SCIENCE FICTION

Herausgegeben
von Wolfgang Jeschke

Ken MacLeod

Das Sternenprogramm

Roman

Aus dem Englischen von
NORBERT STÖBE

Deutsche Erstausgabe

WILHELM HEYNE VERLAG
MÜNCHEN

HEYNE SCIENCE FICTION & FANTASY
Band 06/6383

Titel der englischen Originalausgabe
THE STAR FRACTION
Deutsche Übersetzung von Norbert Stöbe
Das Umschlagbild ist von Chris Moore

Umwelthinweis:
Dieses Buch wurde auf chlor- und säurefreiem Papier gedruckt.

2. Auflage

Redaktion: Wolfgang Jeschke

Erstausgabe by
Legend Books
Random House, London
Mit freundlicher Genehmigung des Autors
und The Marsh Agency, London

http://www.heyne.de
Deutsche Erstausgabe 10/2001
Printed in Germany 2001
Umschlaggestaltung: Nele Schütz Design, München
Technische Betreuung: M. Spinola
Satz: Schaber Satz- und Datentechnik, Wels
Druck und Bindung: Elsnerdruck, Berlin

ISBN 3-453-18788-1

Inhalt

1. Rauchender Schütze 9
2. Beweise für Flugzeuge 32
3. Hardware Plattform Interface 54
4. Vage vertraut mit den offensichtlicheren Gesetzen der Elektrizität 80
5. Das Land der fünften Farbe 98
6. Die Weltraum- und Freiheitspartei 118
7. Das überladene Gewehr 145
8. Der virtuelle Treffpunkt 164
9. Jedem wie ihm bestimmt ist 190
10. Der Übergangsprogrammierer 213
11. Quantenlokalitäten 242
12. Die Städte der Schönen 278
13. Die apokalyptischen Reiter 301
14. Die Gespenster Albions 323
15. Schwester Expertin 353
16. Am Vorabend der Just-in-time-Vernichtung .. 387
17. Der gute Magier 409
18. Die Amerikaner streiken 442
19. Dissembler 462
20. Die Königin des Vielleicht 486
21. Was ich tue, wenn mir jemand eine Nachricht auf Chinesisch unter der Tür durchschiebt ... 506

Für Carol

Dank

Ich danke Carol, Sharon und Michael aus tiefem Herzen; außerdem Iain Banks, Ron Binns, Mairi Ann Cullen und Nick Fielding, welche die ersten Fassungen gelesen haben; Mic Cheetham und John Jarrold, weil sie mich zu zwei weiteren Fassungen gedrängt haben, beziehungsweise ein guter Agent und ein guter Lektor waren.

Des Weiteren möchte ich allen danken, die mir bei diesem Buch geholfen haben. Zu denen, die nicht Bescheid wussten, gehören Chris Tame, Brian Micklethwaite, Mike Holmes, Tim Starr und Leighton Anderson, die mich zu unterschiedlichen Zeiten durch die Verlockungen und Gefahren von Libertaria, des Feenlandes des Geistes, geleiteten. Sollte ich mich bisweilen darin verlaufen haben, so war es nicht ihre Schuld.

Mein besonderer Dank gilt Iain für seine unablässige Ermutigung und Begeisterung und für seine Hilfe mit Logoscript (und der Programmiersprache Dissembler).

1

Rauchender Schütze

Es war heiß auf dem Dach. Der Himmel hatte es eilig: zu Flotten geordnete Zeppelinwolken wechselten sich mit zerfledderten schwarzen Fahnen ab. Funkelnde Sterne, Militär- und Kommunikationssatelliten, Meteore, Müll. Moh Kohn hockte hinter der Brüstung und musterte die einen halben Kilometer entfernte Baumreihe am Rande des Campus. Die VR-Brille machte die Nacht zum Tag. Er hielt das Gewehr locker in der Hand, schwenkte es hin und her, bewegte sich, um sich zu beruhigen. Die im Mauerwerk aufgespeicherte Wärme reichte als Deckung aus, sie schützte ihn vor Infrarotbeobachtung und den VR-Brillen.

»Gaia, ist es heiß«, murmelte er.

»Einunddreißig Grad Celsius«, antwortete das Gewehr.

Er hörte dem Gewehr gerne zu. Es vermittelte ihm das Gefühl, vernetzt zu sein. Bloß eine Textanzeige, doch er hörte sie mit den Augen.

»Womit kriegen wir's heut Nacht zu tun? Mit grünen Spinnern oder mit Saboteuren?«

»Beginne Suche.«

»Stopp.« Er wollte nicht, dass es eine wohlbegründete Vermutung aus seinem Speicher hervorkitzelte; er wollte, dass es *die Augen aufmachte.* So wie er ständig nach den zwei Bedrohungen für seine Klienten Ausschau hielt: nach denen, die in allem, was smarter war als ein Taschenrechner, eine Bedrohung der menschlichen Rasse sahen, und nach denen, die alle Wesen mit einem Zentralnervensystem für ein ehrenhaftes Mitglied derselben hielten.

Er suchte das betonierte Vorfeld, die Begrenzungsmauer und die Bäume jetzt seit drei Stunden ab, seit 21 Uhr. Um zwei kam die Ablösung. Und dann wäre nicht bloß seine Schicht zu Ende, sondern sein Dienst; er könnte sich eine ganze Woche lang erholen. Nachdem er sieben Nächte lang in die Dunkelheit gestarrt hatte, nervös und schreckhaft geworden von den Gerüchten, Falschmeldungen und Fehlalarmen, musste er dringend einmal ausspannen.

Musik, Gelächter und Stimmenlärm wirbelten zwischen den hinter ihm liegenden Gebäuden, bisweilen laut, wenn die vorbeijagenden Luftmassen eine Bö zum Boden sandten, dann wieder – so wie jetzt in der schwülen Stille – ganz leise. Er hätte gern an der Party teilgenommen. Wenn sich in dieser Schicht kein Angriff ereignete ... verdammt noch mal, und selbst *wenn*. Er durfte sich bloß nicht erwischen lassen. Das Ganze zu verarbeiten war etwas anderes, und es wäre nicht das erste Mal, dass er die gespenstisch-grauen Erinnerungen an den Nachtkampf und die Falschfarben abkühlenden Bluts mit Alkohol und Tanz und vor allem mit Sex ausgelöscht hätte – die umfassende Medizin, die Antithese und das Gegenmittel für Gewalt – mit dem gleichen Ergebnis.

Irgendetwas regte sich. Kohn erstarrte, konzentrierte sich auf eine Stelle zu seiner Linken, wo er die Bewegung bemerkt hatte ... Da war es wieder, dort, wo die Büsche zwischen den Bäumen hervorlugten. Angriffstarnung. Er schaltete den Inertialspeicher der Waffe ein, schwenkte sie umher, schaltete den Restlichtverstärker drei Stufen hoch. Nichts zu sehen. Vielleicht war das die Großoffensive. Er wandte sich zurück, und als er die markierte Position anvisierte, stoppte das Gewehr seine Hand.

Da waren sie. Zwei, drei – *Zoom, näher heran* – vier, gebückt vorrückend. Zwei mit Gewehren, die anderen schleppten eine Last. Die extrapolierte Verlängerungsgerade ihres Zickzackkurses wies auf das Aleksander Institut. Auf den AI-Trakt.

Dann also Saboteure. Keine Bedenken.

»Tu's für Big Blue«, meinte er zum Gewehr. Er machte sich möglichst klein hinter der Brüstung, hielt das Gewehr unbeholfen hoch und zielte anhand des Brillendisplays. Er drückte die Enter-Taste. Die Waffe übernahm die Kontrolle; sie führte seine Hand. Im nächsten Moment zeigte die in seine Brille einprojizierte Anzeige vier reglos auf dem Boden liegende Gestalten, gestapelt wie X- und Y-Chromosomen.

»Ziele paralysiert.«

Was sollte das? Kohn überprüfte die scrollende Anzeige. Das Gewehr hatte fünf Hochgeschwindigkeits-HFP-Ladungen abgefeuert – Hautkontakt-Flüssig-Pentothal. Es hatte die Saboteure betäubt. Er hätte schwören können, dass er auf Metallpatronen geschaltet hatte.

»HED detektiert. Timer läuft. Anzeige: 8.05 ... 8.04 ... 8.03 ...«

»Ruf den Sicherheitsdienst!«

»Wurde übermittelt.«

Kohn spähte über die Brüstung. Zwei Gestalten in schussfesten Anzügen rannten über den Rasen auf die bewusstlosen Angreifer zu. Er schaltete den Sicherheitskanal ein.

»Späher Fünf an Zentrale Eins, hört ihr mich?«

(»7.51.«)

(»Ja, ja.«)

»Bereitschaft Eins an Späher. Wir hören.«

»Sie haben eine Zeitbombe dabei. Könnte versteckt sein.«

Sie blieben so abrupt stehen, dass er sie einen Moment lang aus den Augen verlor. Dann sagte jemand mit schwankender Stimme: »Die Gegner sind am Leben, ich wiederhole, am Leben. Entsprechend den geltenden Vorschriften ...«

»Scheiß auf die Vorschriften!«, brüllte Kohn. Er beruhigte sich wieder. »Tut mir Leid, Zentrale Eins. Laut Vertrag habe ich Vorrang. Macht, dass ihr wegkommt. In meiner Schicht will ich keine toten Helden haben. Scheiße, es könnte sogar hier noch gefährlich werden, wenn das eine Splitterbombe ist ... Hey, könnt ihr mir eine Verbindung zum UXB-System schalten?«

»Was für Hardware hast du eigentlich da oben, Moh?«

»Für meine Zwecke reicht's«, erwiderte Moh grinsend. Der Wachmann holte einen kleinen Apparat aus seinem Rucksack und stellte ihn ins Gras. Kohn justierte die winzige Empfangsschüssel des Gewehrs und vernahm das *Ping* des Laserinterface. Die Anzeige baute sich neu auf.

»Okay, du hast Nutzerzugang über Sichtstrahl.« Die Wachleute rannten in Deckung.

Normalerweise hätte Kohn selbst in einer Million Jahren keinen Zugang zu dem System bekommen, aber an der alten Frage *Wer behütet die Hüter?* kam man eben einfach nicht vorbei. Zumal wenn die Hüter in der Gewerkschaft waren.

Mit fliegenden Fingern tippte er Zahlen in den Schaft. Das Gewehr empfing die elektronische Streustrahlung der Bombenschaltungen (keine große Sache; AI-Abolitionisten verstanden sich nun mal nicht auf Hightech) und übermittelte sie über die Leitung der Abwehrabteilung ans Online-Bombenentschärfungssystem von British Telecom.

»2.20.« Dann: »Keine interaktiven Gegenmaßnahmen möglich. Empfehle Einsatz roher Gewalt.«

»Was?«

In einem weit entfernten Hochhaus:

```
WENN (BOTSCHAFT-VERSTANDEN)
DANN;/*NICHTS UNTERNEHMEN*/
ANDERNFALLS;
    NEUFORMULIERUNG ANFORDERN;
ENDE;
```

»SCHIESS DIE ZEITSCHALTUHR KAPUTT!«, übermittelte das Gewehr in großen grünen Lettern.

»Oh. Na gut.«

Das Gewehr richtete sich aufs Ziel aus. Der Bildschirm wurde leer und schaltete wieder auf Normalanzeige. Das Gewehr war auf sich allein gestellt.

»Status?«

»Keine Aktivität.«

Das sah er auch selbst. Das Paket mit der Bombe hatte geruckt, als die Kugel hindurchgegangen war. Ebenso einer der Bewusstlosen.

Kohn war übel. Vor zehn Minuten hatte er sich noch darüber geärgert, dass diese Leute nicht tot waren. Niemand, nicht einmal sein Gewissen, konnte ihm Vorwürfe machen, doch die Tötung von Bewusstlosen lief der komplizierten Kämpfermoral zuwider. Er richtete sich auf und blickte auf die liegenden Gestalten hinunter, die auf einmal sehr klein aussahen. Der, den er getroffen hatte, war am Arm verletzt; bei stärkster Vergrößerung könnte er sehen, wie das Blut stoßweise aus der Wunde spritzte …

Also nicht tot. Erleichterung breitete sich in ihm aus. Er sprach ins Kinnmikrofon, forderte Sanitäter für den Verletzten an. Was mit den anderen sei? Das wollte die Campus-Abwehr wissen.

»Steckt sie in die Bank«, sagte Kohn. »Schreibt sie unserem Konto gut.«

»Späher Eins? Wie lautet die Kontobezeichnung?«

Als sie entwaffnet und wieder bei Bewusstsein waren, behandelte man sie mit Nachsicht. Sie waren keine Gegner mehr, sondern Geiseln, und sie wussten es. Eine Ambulanz näherte sich unter Sirenengeheul.

»Ja, klar«, sagte Kohn. »Das Felix-Dserschinskij-Arbeiterverteidigungskollektiv. Nat-Mid-West, Kontonummer 037287944.«

»Oho«, murmelte der Sicherheitsmann. »Die Katzen.«

»Hey!«, mischte sich eine andere Stimme unter Missachtung sämtlicher Funkdisziplin ein. »Wir haben eine Ex geschnappt!«

»Späher Eins an Unbekannt«, sagte Kohn mit fester Stimme. »Ich wünsche weitere Informationen.«

»Roter Halbmond an Späher, ich wiederhole. Über Patientin Catherin Duvalier liegt eine Arbeitsakte vor.«

Catherin Duvalier. Na so was! Eine Ex, in der Tat.

»Sie war freie Mitarbeiterin«, log Kohn. »Wo bringt ihr sie hin?«

»Ins Hillingdon Hospital. Soll sie nach ihrer Genesung freigelassen werden?«

»Den Teufel werdet ihr tun«, quetschte Kohn hervor. »Steckt sie nicht mal in die Körperbank. Diesmal behalten wir sie.«

»Habe verstanden.« Die Sanitäter schlugen die Hecktür zu und sprangen in den Wagen, der mit quietschenden Reifen davonjagte, als besäßen sie einen Verstand, den es in Sicherheit zu bringen galt. Scheißcowboys. Subunternehmer der Muslimischen Hilfsorganisation in Ruislip. Wahrscheinlich von Veteranen aus Kairo ausgebildet. Achte auf gegnerisches …

Hinter sich vernahm er eine laute, dumpfe Explosion und das Klirren von Glas. »Du hast den Ersatzzünder vergessen«, fauchte er das Gewehr an und warf sich flach aufs Dach. Dann machte ihm das plötzliche Gebrabbel im Ohrhörer klar, dass es nicht die Bombe gewesen war.

Die Saboteure hatten lediglich vom eigentlichen Angriff ablenken sollen.

Janis Taine blieb noch eine Weile im Bett liegen, nachdem ihr Terminkalender sie geweckt hatte. Sie hatte einen trockenen Mund, verklebt vom Nachgeschmack der Gedanken, die sie im Traum verfolgt hatten. Am Rande ihres Bewusstseins schwebte das Wissen, dass ein wichtiger Tag vor ihr lag. Sie behielt es dort und bemühte sich, die Gedanken wieder hervorzulocken. Vielleicht waren sie ja von Bedeutung.

Nein. Zu spät.

Sie schluckte. Vielleicht waren trotz aller Vorsichtsmaßnahmen Spuren der Halluzinogene in ihren Blutkreislauf gelangt, gerade so viel, dass sie davon farbige, flüchtige, aber anscheinend auch bedeutungsvolle Träume bekam? Oder noch schlimmer, dachte sie, als sie, untermalt vom Rascheln der Seide, die Beine aus dem Bett schwang und mit den Füßen nach den Hausschuhen tastete, vielleicht gaukelten ihr die Drogen ja vollkommen vernünftig anmutende Gedanken vor und lockten sie in Sackgassen, die ebenso verknäult waren wie die Moleküle ... Alles ganz normal. Scheißtypisch. Alles führt überall hin. Heutzutage konnte man die Dinge nicht einmal mehr in seiner Vorstellung auseinander halten. Wenn wir uns bloß *lösen* könnten ...

Das denkbar erfreulichste mechanische Geräusch drang an ihr Ohr, das Surren einer Kaffeemühle. »Mach mir auch einen!«, rief sie auf dem Weg ins Bad. Sonyas Antwort war unverständlich, klang aber positiv.

Es war ein wichtiger Tag, daher putzte sie sich die Zähne. Nötig gewesen wäre es nicht unbedingt – wie alle anderen war auch sie bereits in der Schule gegen Karies geimpft worden, und manche Leute liefen mit schmutzigen, aber tadellosen Zähnen herum – doch das bisschen Aufwand tat ihr nicht weh. Sie musterte sich kritisch im Spiegel, als sie mehrere Schichten Sonnencreme auf Gesicht und Hände auftrug. Federndes kastanienbraunes Haar, grüne Augen (da hatte sie der Natur ein wenig nachgeholfen), die Haut nahezu makellos weiß. Janis deckte die leichte Röte auf den Wangen mit ein wenig weißem Puder ab und kam zu dem Schluss, sie sähe großartig aus.

Sonya, ihre Mitbewohnerin, bewegte sich wie eine Puppe, deren Batterien sich erschöpften, in der Küche umher, ein Eindruck, der von ihren blonden Locken und dem kurzen blauen Nachthemd noch verstärkt wurde.

»Willste 'ne Pille?«

Janis schauderte. »Nein, danke.«

»Die schind toll. Da biste im Nu hellwach.« Sie machte gerade Rühreier mit Toast für drei Personen.

»Gaia segne dich«, sagte Janis und nahm einen Schluck Kaffee. »Wie lange hast *du* eigentlich geschlafen?«

Sonya sah zur Uhr am Herd und rechnete fünf Sekunden lang.

»Zwei Stunden. Ich war in einer von euren Campusdiscos. Es war phänome- ... super. Bin mit 'nem Typ abgezogen.«

»Hab mich schon gefragt, für wen die dritte Portion wohl ist«, meinte Janis und bedauerte ihre Bemerkung sogleich, denn sie löste eine weitere im Schneckentempo vonstatten gehende Berechnung aus, und in der Zwischenzeit brannte der Toast an. Der fragliche Typ tauchte kurze Zeit später auf: groß, schwarz und gut aussehend. Er wirkte auch ohne Tablette hellwach und ging Sonya unauffällig zur Hand. Er hieß Jerome und war aus Ghana.

Nach dem Frühstück ging Janis ins Schlafzimmer und fing an, Kleidungsstücke aus dem Schrank aufs Bett zu werfen. Sie wählte eine weiße Faltenbluse aus, dann zögerte sie, einen langen Rock in der einen und einen schiefergrauen wadenlangen Hosenrock in der anderen Hand.

»Sonya«, unterbrach sie das Gemurmel nebenan, »brauchst du heute den Wagen?«

Sonya brauchte ihn. Ab aufs Fahrrad, Janis. Also der Hosenrock. Sie prüfte ihr Outfit. Schon ganz eindrucksvoll, aber irgendwie noch nicht *scharf* genug. Sie seufzte.

»Tut mir Leid, aber ich muss dich noch mal stören, Sonya«, sagte sie. »Hilfst du mir mal ins Korsett?«

»Du kannst jetzt einatmen«, sagte Sonya. Sie band eine Schleife. »Die werden Augen machen.«

»Solange ich nicht tot umfalle … Hey, was ist los?«

Sonya schlug sich die Hand vor den Mund, ließ sie wieder sinken.

»Ach, Janis, du wirst mich umbringen. Ich hab's total vergessen. Du hast heute eine Komiteesitzung, stimmt's?«

»Stimmt.«

»Ist mir grad' eingefallen. Gestern Abend, in der Disco. Da wurde gekämpft.«

»In der Disco?«

»Nein, ich meine, es gab einen *Angriff*. Auf irgendein Labor. Wir hörten Schüsse, eine Explosion …«

»Oh, *Scheiße!*« Janis schloss eilig den Gürtel, zog die Schuhe an. »Weißt du, auf welches …?«

Sonya schüttelte den Kopf. »Ich hab später bloß was von 'nem Typen aufgeschnappt. Saß allein an einem Tisch, trank und redete – irgendwas von Scheißspinnern oder so, glaub ich.«

»Oh.« Janis entspannte sich ein wenig. Sie lächelte spöttisch. »Der Typ hat Selbstgespräche geführt?«

»Aber nein!« Sonya ärgerte sich offenbar über die Unterstellung, sie habe einen Verrückten belauscht. »Er hat mit seinem *Gewehr* geredet.«

Die dumpfige Nachthitze hatte einem frischen, klaren Herbstmorgen Platz gemacht. Janis radelte durch die Straßen von Uxbridge, ganz gemächlich, damit sie nicht ins Schwitzen kam. Ein AWACS-Flugzeug stieg von Nordholt auf, legte sich in die Kurve und wandte sich nach Westen, Richtung Wales. Die High Street wirkte unbehelligt von allen Problemen, eine gemütliche Gegend mit Supermärkten, Weinstuben, Drogenschuppen und Videoläden, dahinter die riesigen verspiegelten Fassaden der Bürokomplexe. Um die Kurve und die Hauptstraße entlang, vorbei an den Kasernen der RAF (VORSICHT: MINEN), dann nach rechts in die Kingston Lane hinein. Der übliche Morgenverkehr – ein paar Busse, alle möglichen Firmenwagen, Milchtransporter, gepanzerte Truppentransporter, an deren Antennen die Hannoveraner-Wimpel wehten …

Durchs Sicherheitstor, von Sensoren gescannt und gefilzt. Auf dem Schild über den Geräten stand:

BRUNEL UNIVERSITÄT UND WISSENSCHAFTSPARK AG
ACHTUNG
HIER GILT REDEFREIHEIT

Sie fuhr die Wege entlang und wich Schnecken aus, die sich selbstmörderisch auf grüneres Gras stürzten. Auf einer Wiese bewegte sich eine Gruppe von Studenten gebückt umher, auf der Suche nach Magic Mushrooms. Ein paar davon würde sie abbekommen. Janis lächelte und kam sich vor wie eine Feudalherrin, die ihren Bauern zuschaute. Denen die Studenten, die geduldig ihre Körbe füllten, in ihren schwingenden Röcken, weiten Hosen und Kiepenhüten auch ähnelten.

Im Erdgeschoss klaffte in der Wand des Biologiegebäudes ein drei Meter großes Loch wie eine Wunde.

Janis stieg ab, schob das Rad automatisch zum Ständer. Jetzt wurde ihr klar, dass sie eigentlich damit gerechnet hatte. Sie schlug den Schleier über die Hutkrempe hoch. Die Treppe hinauf: zwei Absätze, vierzig Stufen. Auf den Fliesen knirschten Glassplitter.

Die Tür war gewaltsam geöffnet worden; das Schloss hing nur noch an Splittern. Ein schwarz-gelbes Plastikband warnte vor dem Eintritt. Sie wich erschrocken zurück. Beim letzten Mal, als sie vor eine solche Tür getreten war, hatten sich dahinter zerschmetterte Terminals, leere Käfige und mit Kot auf die Wände geschmierte Hassbotschaften aufgetan.

Jemand hustete hinter ihr. Es war kein höfliches Hüsteln, eher schon ein Hustenanfall. Sie zuckte zusammen, dann, als zum Reflex die Vernunft hinzukam, drehte sie sich langsam um. Ein Mann beugte sich vor, bemüht, wachsam zu erscheinen, aber offenbar müde. Groß. Ein schmales Gesicht. Dunkle Augen. Die Hautfarbe war entweder genetisch bedingt oder rührte von einer Höhensonne her. Er trug einen am Hals offenen dunkelgrauen Urbanotarnanzug, Turnschuhe und einen Helm, den er sich auf sein langes, lockiges schwarzes Haar gedrückt hatte; die Sichtöffnung verdeckte eine Art Nachtsichtbrille, Strippen baumelten herab, vor dem Mund hatte er ein Mikro. Er sah aus wie um die dreißig, *erheblich* älter als sie, aber das konnte auch am Licht liegen. In der Rechten hielt er eine lange, mit viel Elektronik aufgemotzte Waffe.

»Wer sind Sie?«, fragte er. »Und was tun Sie hier?«

»Das wollte ich gerade *Sie* fragen. Ich heiße Janis Taine, und das ist mein Labor. In das heute Nacht offenbar eingebrochen wurde. Und jetzt …«

Er legte den Zeigefinger an die Lippen und bedeutete ihr zurückzutreten. Als sie sich zehn Schritte über den Gang entfernt hatte, trat er vor und scannte die Tür mit der Waffe. Seine Lippen bewegten sich. Er lehnte sich neben der Tür an die Wand und stieß sie mit der Mündung auf. Ein dünner Stab schob sich aus der Waffe ins

Labor hinein. Nach einer Weile wurde er wieder eingefahren, der Mann trat vor und drehte sich um. Er entfernte das Plastikband von der Tür und schüttelte es sich nach mehreren Versuchen von der Hand. Er warf Janis einen Blick zu, dann trat er ins Labor.

»Alles okay«, hörte sie ihn rufen, gefolgt von einem neuerlichen Hustenanfall.

Das Labor war noch im gleichen Zustand, wie sie es verlassen hatte. Ein hoher Käfigturm, ein mit dem Analysator verkabeltes Terminal, ein Labortisch, ein Abzug, Glasgeräte, ein großer Kühlschrank mit Gefrierabteil – dessen Tür offen stand. Der Mann stand davor und blickte erstaunt auf den Gewehrschaft nieder. Er hustete, schlug sich die Hand vor den Mund.

»Hier schwirren psychoaktive Stoffe in der Luft herum«, sagte er.

Janis hätte ihn beinahe zur Seite geschubst. Die im Kühlschrank verwahrten Reagenzgläser waren säuberlich gestapelt, die Etiketten wiesen nach vorn, als hätte man sie für ein Foto ausgerichtet. Was durchaus denkbar war. Auf keinen Fall hatte sie selbst sie so angeordnet. Jedes Röhrchen – das wusste sie – war nur wenige Millimeter lang.

»Oh, *Scheiße!*«

Alles führt überall hin.

»Wo liegt das Problem? Die Konzentration ist doch ungefährlich, oder?«

»Mal schauen. Woher wissen Sie das überhaupt? Nein, bestimmt nicht – aber es könnte sein, dass die Verunreinigung meine Experimente ruiniert hat. Die Messergebnisse sind jetzt für den Arsch.«

Auf einmal wurde ihr bewusst, dass sie wie Kollegen Wange an Wange auf einen kleinen Bildschirm blickten. Sie rückte von ihm ab und öffnete ein Fenster, stellte den Abzug an. Übersprungshandlungen. Nutzlos.

»Wer sind Sie eigentlich?«

»Oh. Tut mir Leid.« Er nahm das Gewehr in die Linke, richtete sich gerade auf, streckte ihr die Rechte hin.

»Ich heiße Moh Kohn. Ich bin ein Schutzsöldner.«

»Sie kommen anscheinend ein bisschen spät.«

Er schüttelte ihr stirnrunzelnd die Hand.

»Da liegt wohl ein kleines Missverständnis vor. Ich war heute Nacht an anderer Stelle eingesetzt. Bin bloß zufällig hier vorbeigekommen. Wer ist eigentlich für die Bewachung dieses Traktes zuständig?«

Janis schlüpfte in den Laborkittel und setzte sich auf einen Hocker.

»Der Büroschutz, glaube ich.«

»Die Kelly Girls«, schnaubte Kohn. Er zog einen Stuhl zu sich heran, ließ sich darauf niedersinken und blickte Janis entwaffnend an.

»Was dagegen, wenn ich rauche?«

»Nein.« Es machte ihr wirklich nichts aus. Es war ihr schnurzegal. »Und danke, ich rauche nicht.«

Er holte eine Schachtel Benson & Hedges Moscow Gold hervor und steckte sich eine an.

»Das Zeug ist beinahe so schädlich wie Tabak.« Janis konnte sich die Bemerkung nicht verkneifen.

»Sicher. Die durchschnittliche Lebenserwartung beträgt in meiner Sparte fünfundfünfzig Jahre, mit sinkender Tendenz, also was soll's?«

»In Ihrer Sparte? Ach ja, die Sicherheit. Aber warum tun Sie's dann?«

»Von irgendwas muss der Mensch schließlich leben.« Kohn hob die Schultern.

Er legte eine Karte auf den Labortisch. »Das sind wir. Forschungseinrichtungen, Universitäten, verdienstvolle Unternehmungen, das ist unsere Spezialität.«

Janis betrachtete misstrauisch die holografische Geschäftskarte.

»Ihr seid Kommunisten?«

Kohn inhalierte tief und hielt einen Moment den Atem an, bevor er antwortete.

»Scharf beobachtet. Auf einige von uns trifft das zu, aber der Hauptgrund, weshalb wir diesen Namen gewählt haben, war, dass wir etwas Eindrucksvolles wollten, das zugleich auch modisch klingt. Später – als wir uns Marktforschung leisten konnten – stellten wir fest, dass die meisten Leute glaubten, Felix Dserschinskij habe dem Bolschoi-Ballett angehört und nicht den Bolschewiken.«

Janis breitete die Arme aus.

»Sagt mir gar nichts«, meinte sie. »Ich hab mich bloß an dem ›Arbeiterverteidigungskollektiv‹ gestoßen. Darauf … stehe ich nicht besonders. Ich habe die Erfahrung gemacht, dass man von bewaffneten Politfreaks auf der Straße ausgeraubt wird.«

»Aha«, sagte Kohn. Er machte den Eindruck, als entfalte das THC allmählich seine Wirkung. »Eine Liberale. Vielleicht sogar eine *Libertarierin.* Erinnern Sie sich an die Schule?«

»Was?«

Er musterte sie mit verstörender Objektivität.

»Vielleicht ist's in den ersten Jahren der Grundschule passiert.« Er hob die rechte Hand. »Ich gelobe Treue der Fahne der Vereinten Republik und den Staaten, welche sie repräsentiert, den drei Nationen, dem Recht auf individuelle …«

»Herrgott noch mal! Seien Sie doch still!«

Janis ertappte sich dabei, wie sie sich über die Schulter umsah. Es war *Jahre* her …

»Ich dachte, das wär 'ne RF-Zone«, meinte Kohn nachsichtig.

»Hochverrat zu begehen hieße, es ein wenig zu übertreiben.«

»Okay. Dann werde ich Sie also nicht danach fragen,

ob Sie den Eid jemals bewusst und öffentlich widerrufen haben. Ich jedenfalls nicht.«

»Sie sind nicht …?«

Janis schaute ihn von der Seite an, wandte den Blick wieder ab.

»Bei der ANR? Du meine Güte, nein. Das sind *Terroristen,* Doktor. Wir sind eine legale Co-op, und … äh … um ehrlich zu sein, versuche ich, neue Kunden zu werben. Also, was ist hier passiert?«

Sie berichtete es ihm in knappen Worten, während sie ihre Runde machte. Zumindest mit den Mäusen war alles in Ordnung. Abgesehen davon, dass sie mit ihren kleinen Schädeln ihre teuren drogenfreien Messapparaturen kontaminiert hatten.

»Sehr eigenartig. Zuerst dachte ich, das wären Spinner gewesen – Tierrechtler, Sie wissen schon. Sieht aber nicht danach aus«, meinte er.

»Sie sagen es.«

»Also, so habe ich mir ein Tierforschungslabor nicht vorgestellt.«

Janis, die den Mäusen Cornflakes zu fressen gab, hielt für einen Moment inne.

»Was haben Sie denn erwartet? Affen mit Elektroden im Schädel? Wissen Sie überhaupt, was so ein Affe kostet?«

»Krallenaffen dreißig K«, sagte eine blecherne, leise Stimme. »Rhesusaffen fünfzig K, Schimpansen zweihundert …«

»Ach, sei doch still, Gewehr.« Kohn errötete. »Hab nicht mal gewusst, dass das verdammte Ding einen Lautsprecher hat. Dachte, es wär ein Mikro.«

»Ein verzeihlicher Fehler.« Sie musste sich beherrschen, um nicht zu lachen.

Kohn wechselte rasch das Thema: »Was machen Sie eigentlich so, wenn die Frage gestattet ist?«

»Das ist nicht geheim. Hauptsächlich verabreichen

wir den Mäusen unterschiedliche Drogen und stellen fest, ob die davon klüger werden.«

»Klüger?«, fragte er. *»Mäuse?«*

»Es geht um rascheres Lernen. Um Verlängerung der Aufmerksamkeitsspanne. Und um die Verbesserung der Gedächtnisleistung.«

Kohn sah einen Moment lang weg, dann schaute er sie wieder an. »Sie sprechen von Gedächtnisdrogen«, sagte er gepresst.

»Natürlich.«

»Irgendwelche Erfolge?«

»Na ja«, meinte sie, »eine Versuchsgruppe war ganz vielversprechend, aber die haben einen kleinen Hängegleiter aus Papier gebaut und sind durchs Fenster entwischt ... Ach was, bis jetzt hatten wir bloß berauschte Mäuse. Sie brauchen sogar länger, um durch die Labyrinthe durchzufinden. Ein Ergebnis, das einige von uns sich zu Herzen nehmen sollten. Aber ... wir sind wie Edison. Wir erforschen die Natur. Und im Gegensatz zu ihm haben wir Computer, mit denen wir Variationen herstellen können, welche die Natur nicht hervorgebracht hat.«

»Wer bezahlt das alles?«

»Also, das ist nun wirklich geheim. Ich weiß es nicht. Aber ich erwarte die Delegation einer Organisation, die eine Agentur für was auch immer unterstützt – ach Gott, ich habe noch eine Stunde, wenn es Ihnen also nichts ausmacht?«

Kohn wirkte abermals verlegen. »Tut mir Leid, Doktor Taine. Ich verschwinde gleich, ich bin sowieso spät dran. Ich muss ... äh ... jemanden im Krankenhaus besuchen und dann ein paar Gefangene freilassen.«

»Kann ich mir denken.« Sie lächelte ihn nachsichtig an, bedeutete ihm, er sei entlassen. »Auf Wiedersehen. Oh, ich werde die Verwaltung bitten, mal Ihre Tarife zu überprüfen.«

»Danke«, sagte er. »Sie werden feststellen, dass sie jedem Vergleich standhalten.« Er stand auf und tätschelte sein Gewehr. »Gehen wir.«

Als er fort war, hatte sie das bohrende Gefühl, mehr als nur eine Person sei hinausgegangen.

Die Hand krümmte sich und gestikulierte autonom, als unterstreiche sie eine ganz andere Unterhaltung. Der Unterarm war von Plastik umhüllt. Ein Infusionsschlauch und ein myoelektrisches Kabel waren daran angeschlossen.

Kohn saß auf einem Stuhl neben dem Bett und betastete den zerrissenen Ärmel von Catherin Duvaliers Jeansjacke. Man hatte sie gewaschen und gebügelt, jedoch nicht geflickt, so dass er erahnen konnte, was sein Schuss mit dem darin befindlichen Fleisch und dem Knochen angestellt hatte. Die eiligen, leisen Schritte der Krankenschwestern und das Auf und Ab der Wachposten versetzten seine Nerven in Alarmbereitschaft. Hin und her, von der Sicherheitsstation in die offene und wieder zurück. Catherins blaue Augen in dem von einem hellblonden Haarschopf umrahmten weißen Schwarzengesicht blickten ihn vorwurfsvoll an.

Kohn, der sich in der Defensive fühlte, griff als Erster an.

»Ich muss dich was fragen«, sagte er mit schwerer Zunge. »Was hattest du eigentlich in dieser Kampfgruppe zu suchen?«

Sie lächelte wie aus weiter Ferne. »Was machst du hier, schützt du diese Anlage?«

»Ich mache meinen Job. Gebe bloß Befehle. Du weißt ja, wie das ist … Cat.«

Sie zuckte zusammen. Der Spitzname gehörte ihr allein, doch sie hatten ihn alle als Kollektivbezeichnung benutzt; manche Leute hatten geglaubt, er beziehe sich, wie er der Wissenschaftlerin gesagt hatte, aufs Ballett, andere nahmen an, auf eine Comic-Katze, während bloß eine Hand voll Leute wusste, dass damit der Begründer einer höchst erfolgreichen Sicherheitsfirma gemeint war. Eine prima Truppe waren sie gewesen, und mit ihren Ideen, ihrer Wildheit, ihrer Reaktionsschnelligkeit hatte sie ihnen Hoffnung gemacht, einmal zu den Besten zu gehören. Als es darum gegangen war, Gewerkschaftsbüros und Demonstrationen der Opposition gegen die hirnlosen Muskelmänner des Hannoveranerregimes zu verteidigen, war Kohn froh gewesen, sie im Rücken zu haben. Der Erfolg hatte ihnen weitere Verträge eingebracht – zahllose Einrichtungen brauchten Schutz, den die mit ihrer eigenen Sicherheit befassten Sicherheitskräfte ihnen nicht gewähren konnten. Vor ein paar Jahren hatte sie bei einem Nachteinsatz im Auftrag eines Multis ein Sabotageteam der Grünen Brigade ausgeschaltet. Da die Grüne Brigade die Firmenangestellten als Freiwild betrachtete und bereits Dutzende von Arbeitern auf dem Gewissen hatte, war Kohn vor dem Vertrag keine Sekunde zurückgeschreckt.

Catherin hatte sich geweigert, das Blutgeld anzunehmen, und war gegangen.

Zuvor waren sie und Kohn ein Paar gewesen. Ein klassischer Fall: bei einer Randale waren sich ihre Blicke begegnet. Es war wie beim Kennenlernen in einer Disco gewesen. Sie hatten beide Spaß gehabt. Der Schock des gegenseitigen Erkennens auf einer vorbewussten, beinahe vormenschlichen Ebene. Er hatte einmal gescherzt, der Australopithekus, ihr Vorfahr, sei in zwei Varianten vorgekommen, robust und grazil: »Ich bin genetisch betrachtet ein *robustus*«, hatte er gesagt. »Du aber bist eindeutig eine *gracilis*.« Nichts weiter als ein verliebter Scherz; die schlanken Gliedmaßen, die straffen Muskeln unter der Haut, deren Anblick ihn noch immer entzückte; das hübsche, dreieckige Gesicht, die großen Augen und die strahlend weißen kleinen Zähne – die ihnen zugrunde liegenden Gene waren erst in neuerer Zeit zusammengewürfelt worden, kreuz und quer über den Atlantik, in Sklavenschiffen und internationalen Brigaden … ein durch und durch modernes Mädchen.

Geliebte *gracilis*. Er hatte ihre Rückendeckung vermisst, und sie hatte ihm auch noch in anderer Beziehung gefehlt. Es hieß, sie arbeite für andere Co-ops, die puristischer orientiert seien und nur politisch korrekte Aufträge annähmen. Kohn wünschte ihr alles Gute und hoffte, sie nie wiederzusehen. Er hätte nie damit gerechnet, dass er einmal auf sie zielen würde.

Ihre Hand, bewegt von den Muskeln, die unermüdlich damit beschäftigt waren, die zerschmetterten Speichen- und Ellenknochen wieder zusammenzufügen, winkte ihn näher und schickte ihn fort.

»Du verstehst nicht«, sagte sie. »Ich stehe immer noch auf der anderen Seite.« Sie schaute suchend umher. »Können wir offen reden?«

»Klar.« Kohn winkte ab. »Die Aufpasser werden ausnahmslos gescannt.«

Catherin wirkte erleichtert. Sie begann leise und schnell zu reden.

»Du weißt, es wird einen heißen Herbst geben. Die ANR plant wieder mal eine Großoffensive. Glaub mir, ich täusche mich nicht, aber das Königreich steht jedenfalls unter Druck, vonseiten der Grünen, der Nationalisten, der Muslime, der Schwarzen Zionisten und der Arbeiterbewegungen. Im Moment geht es gegen alle, und die dümmeren der Freistaaten kämpfen gegeneinander. Also – die Partei, weißt du?«

»*Die* Partei?« Blöde Frage.

»Nein, die Labour Party. Es gab eine Konferenz, drüben in – also, im Ausland. Es ging darum, alle Parteifraktionen und ein paar der Bewegungen zusammenzubringen. Es wurden gemeinsame Aktionen mit sämtlichen Kräften beschlossen, die den Staat bekämpfen, mit allen, die das Restaurationsabkommen rückgängig machen wollen.«

»Ich weiß über das Linksbündnis Bescheid. Dass auch die Spinner dazugehören, ist mir neu.«

Sie erwiderte offen seinen Blick.

»Du weißt überhaupt nicht, was in diesen AI-Instituten vor sich geht, hab ich Recht? Ihre Vorstellung von der Zukunft ist ein Universum, in dem es von Computern wimmelt, für die wir nichts weiter als eine Erinnerung sein werden. Diese Trottel glauben, das wäre das Entwicklungsziel des Lebens. Dabei benutzt sie der Staat, genau so wie die Nazis die Raketenfreaks benutzt haben. Sie sind scharf darauf, stets die neuesten intelligenten Computer in Händen zu haben, die alles kontrollieren. Und das wiederum hat mit diesen NC-Typen zu tun.«

»NC?«

»Natural Computing. Einige der größeren Firmen und Armeen suchen nach Möglichkeiten, die menschliche Intelligenz zu erweitern und ihr Gehirn unmittelbar mit Großrechnern zu vernetzen. Eine ganz üble Sache.«

»Eine ›üble Sache‹? Ich kann einfach nicht glauben, dass du einen solchen Scheiß redest, Herrgott noch mal, Mädchen! Ich war gerade in einem dieser von wahnsinnigen Wissenschaftlern geleiteten Labors, die experimentieren immer noch mit Mäusen! Die Spinner sind darauf aus, die Datensphäre zu ruinieren, und könnten es eines Tages durchaus schaffen. Das ist Wahnsinn.«

»Sie haben keine Chance, das ganze System lahmzulegen, und das weißt du auch«, sagte Cat. »Aber sie verstehen was von Sabotage, sie sind mutig und erfinderisch, und wenn wir den Staat treffen wollen, sind wir auf ihre Fähigkeiten angewiesen.«

Kohn sprang unvermittelt auf.

»Ja, klar, und du wirst gebraucht, um sie zu schützen. Wer benutzt hier wen bei diesem Feldzug? Die Grünen stehen auch nicht abseits, wie? Man muss den Genossen schließlich zur Seite stehen, wenn es darum geht, die bösartige Technik zu bekämpfen, ja? Die kennen sich in den Fabriken schließlich aus – na toll, wirklich großartig.«

»Wir haben alle schon an der Seite von Leuten gekämpft, die wir nicht zu Gesicht bekommen haben.« Sie lächelte, beinahe zärtlich, beinahe verschwörerisch. »Es gibt nur eine Partei, die Partei Gottes, erinnerst du dich noch?«

Kohn vergegenwärtigte sich mit Mühe die dem erwähnten Konflikt zugrunde liegende Politik und kam zu dem Schluss, dass sie entweder zu simpel oder zu kompliziert war.

»Die Muslime sind zivilisiert«, sagte er. »Die Bande, mit der du zusammen warst, das waren Feinde der Menschheit.«

Catherin zog eine Schulter hoch. »Gegenwärtig sind sie die Feinde unserer Feinde, darauf kommt es an. Das ist immer das Entscheidende.«

Es gab Zeiten, da Kohn die Linke verabscheute, da ihre monströse Dummheit die Bösartigkeit und Korruptheit des Systems beinahe, aber niemals vollständig, in den Schatten stellte. Aber sich mit den Barbaren gegen die Patrizier und Prätorianer zu verbünden ... überlegt noch mal, Proletarier!

»Was hält die ANR von dieser brillanten Taktik?«

Catherins Miene spiegelte Verachtung wider.

»Die sind so machohaft, sektiererisch und elitär wie eh und je. Wer gegen den Hannoveranerstaat kämpft, soll sich gefälligst der richtigen Kanäle bedienen – und das sind natürlich sie selbst!«

Immerhin. Die Armee der Neuen Republik genoss bei

der Linken nahezu mythisches Ansehen. Ihre Legitimität gründete sie auf die letzte Notstandssitzung der Bundesversammlung (die in einer verlassenen Fabrik in Dagenham abgehalten worden war, während bereits die Teletrooper der US-Regierung und der UNO anrückten), und sie kämpfte nicht nur gegen die Hannoveraner, sondern – zumindest schien es so – auch gegen alle anderen.

»Die ist Geschichte«, meinte Catherin. »Und wenn deine kleine Söldnerbande nicht endlich aufhört, legitime Ziele zu verteidigen, werdet auch ihr bald Geschichte sein.«

Kohn fühlte sich alt. Sie war noch ein Kind, so einfach war das. Zu jung, um sich an die Vereinte Republik zu erinnern, so voller Hass auf das Hannoveranerregime, dass ihr jedes Bündnis recht war ... Doch das war nicht genug, man musste ein Ziel haben, selbst wenn einem nur ein Faden die Richtung wies. Im Grüngürtel der Barackenstadt aufgewachsen, hatte Moh dies von seinem Vater gelernt. Ein Kommunist der fünften Generation, Mitglied der Vierten Internationalen, der den Faden weiterreichte, dieses dünne Wortgespinst, das die Vergangenheit mit der Zukunft verknüpfte. *Die Partei ist das Gedächtnis der Arbeiterklasse* pflegte er zu sagen, während die Arbeiter der Welt nicht die geringste Neigung zeigten, sich zu vereinigen. Auch er selbst, Gaia sei seiner Seele gnädig, hatte die Republik für einen korrupten, instabilen Kompromiss gehalten, was ihn jedoch nicht davon abhielt, sie zu verteidigen, als die US/UN-Truppen anrückten ... natürlich unter dem Jubel der Massen.

Kohn machte sich keine Illusionen. Die meisten Oppositionsgruppen würden die Verbreiterung des Bündnisses begrüßen, selbst wenn sie sich bewusst waren, dass dies rein taktische und technische Gründe hatte – eine gemeinsame Aktion hier, ein wenig Schützenhilfe dort. Folge davon wäre, dass die Liste der legitimen Ziele erheblich länger würde. Seine Co-op hatte davon gelebt, das, was er als Saat des Fortschritts ansah – die Arbeiterorganisationen, die Wissenschaftler und, wenn nötig, auch die Kapitalisten –, gegen die Feinde der modernen Industrie zu verteidigen, auf der all ihre widersprüchlichen Hoffnungen ruhten. Dieses prekäre Gleichgewicht, die Ökonische der Katzen, würde kippen. Zum ersten Mal begriff er, was sein Vater mit *Verrat* gemeint hatte.

Sein Zorn richtete sich gegen die verwundete Frau.

»Es steht dir frei zu gehen«, sagte er. »Ich verlange kein Lösegeld. Ich will keine Geiseln austauschen. Keine Forderungen, in welcher Währung auch immer. Ich werde dich von unserem Konto löschen.«

Sie sank aufs Kissen zurück.

»Das kannst du mir nicht *antun!*«

»Doch, ich kann.«

Er stapfte hinaus und ließ sie als Freie zurück. Ohne Job und nicht mehr zu beschäftigen. Bloß ausgebrannte, ausgepresste Verräter, Doppel- und Mehrfachagenten wurden bedingungslos freigelassen.

In diesem Moment hielt er das für gerecht.

2

Beweise für Flugzeuge

Morgen, nahm Jordan sich vor, morgen würde er anfangen, vernünftig zu leben. Morgen würde er einen Schnitt machen, einfach aufstehen und sie verlassen, sie weinend oder fluchend zurücklassen. Ab nach North London Town. *Norlonto ist frei,* wurde geflüstert. *Mit Geld kriegst du alles. Gewalt richtet dort nichts aus.*

Bei zahllosen Gelegenheiten hatte er das Gleiche gedacht.

Jordan Brown war siebzehn Jahre alt und kochte vor lauter Hormonen und Hass. Er lebte im Norden Londons, jedoch nicht in Norlonto, nicht in North London Town. Die Gegend, in der er wohnte, hatte früher Islington geheißen und überlappte teilweise mit anderen ehemaligen Stadtteilen von Groß-London. Die Grenze zu Norlonto war geprägt vom scharfen Gegensatz zwischen Freiheit und Sklaverei, zwischen Krieg und Frieden, Unwissen und Stärke. Je nachdem, auf welcher Seite man stand. Die Gegend wurde Beulah City genannt. Hier galt Gottes Gesetz. Ausgenommen …

Die Erde gehört dem Herrn,
es gibt kein Dein, bloß Seins,
ausgenommen die West Highland Piers,
denn die gehören MacBraynes.

Seine Großmutter hatte ihm als Kind diese ein wenig blasphemische Variante eines Psalms gelehrt, die sich über die Grenzen des weltlichen Besitzes lustig machte.

Sie drückte eine für ihre Zeit gültige Wahrheit aus, eine Wahrheit über das Kabel. Die Ältesten bemühten sich nach Kräften, im gedruckten Wort das Unsaubere, Zweifelhafte zu zensieren und auszumerzen, doch beim Kabel, dem Glasfasernetzwerk, das die gottlose Republik in alle Winkel eines jeden Gebäudes der damaligen Länder verlegt hatte und das sie mit der ganzen Welt verband, waren ihnen die Hände gebunden. Die Autonomie sämtlicher Freistaaten, der *Gemeinwesen unter der Herrschaft des Königs,* hing vom ungehinderten Netzzugang ab. Man brauchte das Netz so dringend wie Luft und Wasser, und niemand versuchte auch nur, ohne es auszukommen.

Jordan verharrte einen Moment auf der Eingangstreppe des dreistöckigen Hauses auf dem Crouch Hill, in dem er mit seinen Eltern lebte. Zu seiner Linken sah er den Alexandra Palace, die Grenze zu einer anderen Welt. Er hütete sich davor, längere Zeit dorthin zu schauen. *Norlonto ist frei …*

Die Luft war so kalt wie Wasser. Er stieg die Treppe hinab und wandte sich nach rechts, stapfte die andere Seite des Hügels hinunter. Hinter ihm verblassten die Hologramme über dem Palace in der Morgensonne. In seiner Vorstellung leuchteten sie weiter.

Das Erdgeschoss des alten Lagerhauses in der Nähe des Finsbury Parks war ein wahres Glasfasernest. Jordan erspähte das pulsierende Leuchten des Faserngeflechts zwischen den Stufen der Stahltreppe hindurch, die er allmorgendlich hochpolterte. Die meisten Terminals von Beulah City hatten raffinierte Informationsfilter eingebaut, die sicherstellen sollten, dass ein wahres und zutreffendes Bild der Welt wiedergegeben wurde, das unbefleckt war von den zahllosen bösen Einflüssen. Weil das Böse aber nicht vollständig ignoriert werden konnte, hatte man einen kleinen Teil der Terminals aus den Privathäusern und Firmen entfernt, die Kabel sorgfältig neu verlegt, mit frisch geöffneten Kanälen und Leitungen verbunden und ein Dutzend Zentren eingerichtet, wo man ihre Benutzung überwachte. In diesem Gebäude gab es etwa hundert solcher Terminals im Obergeschoss, ein von Oberlichtern erhelltes Labyrinth mit Trennwänden aus Papier.

Jordan drückte die Schwingtür auf. Im Moment war es hier so still wie in einer Kirche. Die meisten User würden erst in einer halben Stunde eintreffen: Konstruktionszeichner, Schriftsteller, Künstler, Lehrer, Softwareexperten, Geschäftsleute, Theologen. Jordan schenkte sich aus einem Automaten Kaffee in eine Porzellantasse ein – der Kaffee war aus Salvador, das ließ sich nicht ändern – und näherte sich vorsichtig seinem Arbeitsplatz.

MacLaren, der Nighttrader, erhob sich, meldete sich ab und drehte den Stuhl zu Jordan herum. Er war in den Zwanzigern und ließ bereits nach.

»Peking ist gefallen«, sagte er. »Wladiwostok und Moskau sind um ein paar Punkte gestiegen, Warschau und Frankfurt sind recht schwankend. Achte auf die Pharmawerte.«

»Danke.« Jordan nahm Platz, setzte die Kaffeetasse ab und winkte, während er sich anmeldete.

»Gott sei mit dir«, murmelte MacLaren. Er nahm seinen Parka und ging weg. Jordan rief die Übersicht der Aktienmärkte auf. Bildschirme waren auch so eine Frechheit: sie trauten einem nicht zu, dass man Ausrüstung benutzte, die sie im Hintergrund nicht sehen konnten. Er pustete auf den Kaffee und mampfte das Specksandwich, das er unterwegs gekauft hatte, beobachtete das sanft wogende Meer der Charts. Als er sich das Bild eingeprägt hatte, rief er die Preise von Beulah Citys eigenen Produkten auf, die wie Ornamente, wie farbig codierte Korken tanzten.

Beulah City importierte Textilien, Informationen und Chemikalien, verkaufte Kleidung, Software und Spezialmedikamente. Jordan, MacLaren und Debbie Jones von der Nachtschicht wickelten die Geschäfte eines großen Teils der Firmen, Missionen und Kirchen ab. Ernsthaftes Stocktrading war den Geistlichen und JOSEPH vorbehalten, dem Expertensystem für ethische Anlagen, doch stand es Jordans kleiner Firma frei, ihre eigenen Gebühreneinkünfte auf dem Markt zu riskieren. Den größten wirtschaftlichen Erfolg hatte in Beulah City derzeit Modesty, ein Modehaus, das den einheimischen Gebrauchtkleidermarkt beherrschte und außerdem noch Schneiderprogramme für CAD/CAM-Nähmaschinen anbot. Die Firma profitierte von einem unerwarteten Boom in den postislamischen Ländern, und auch die Nachfrage in Europa war auf Grund des Ozonlochs lebhaft – wenngleich die Schutzkleidung hier mit der Sonnencreme konkurrieren musste. Sonnencreme war ungesund und obendrein eine Erfindung der Gottlosen.

Für MacLaren war es in Armenien gut gelaufen. Jordan orientierte sich nach Westen und kontaktierte die Firma Xian Lernsoftware in New York.

»Was bieten Sie an?«, fragte XLS.

Jordan musterte die im linken Bildschirmfenster scrollende Produktliste.

»Schöpfungsastronomiebaukästen mit neuesten Forschungsdaten, welche die herkömmlichen kosmologischen Modelle widerlegen. Geeignet für die Verwendung an Highschools: die vereinfachte Ausführung für die Grundschule ist nahezu ausverkauft. Eins zwanzig das Stück.«

»Von der FWV genehmigt?«

Jordan öffnete die Produktbeschreibung. In der rechten oberen Ecke erschien das Logo der Fundamentalistischen Weltvereinigung, Adam und Eva, stark stilisiert.

Dies bedeutete, das Produkt durfte an jüdische, muslimische und christliche Rechtgläubige verkauft werden: an alle Menschen, die an das Buch, das Kapitel, den Vers, das Wort, den Buchstaben, den Punkt und das Komma glaubten.

»Positiv.«

»Wir nehmen fünfzigtausend Stück, mit der Option auf Alleinvertretung.«

Jordan drückte eine Funktionstaste: »Gott SEGNE Sie!«

»Wünsche eine gute Ewigkeit.«

Zur Hölle mit euch! Er tippte einen Code ein. Die Software, die exakt 5×10^4 Exemplare von *Ein stationärer Kosmos? Die Spektren beweisen das Gegenteil!* herstellen würde, erwachte zum Leben. Und es *ward* Licht, dachte Jordan. O ja. *Und er schuf auch die Sterne.* Diese Zeile hatten sie aufs äußerste strapaziert und eine ganze Kosmologie, eine ganze Wissenschaftsphilosophie daraus gezimmert, bis sie alles gestanden, alles zugegeben hatte: das Ganze war ein einziger großer Bluff; der Himmel war ein Bluff, ein Täuschungsmanöver; die Sterne hatten hinsichtlich ihres Alters gelogen. Das Universum war ein nachträglicher Einfall, seine Pracht ein illusionäres Nachbild ... *das* war blasphemisch, ketzerisch, eine ausgemachte Lüge, eine Beleidigung der Schöpfung! Er schob die Baseballkappe in den Nacken und blickte zum Himmel jenseits des getönten Daches hoch. Ein Kondensstreifen zog eine gerade weiße Linie über die zerklüfteten Wolken. Jordan lächelte vor sich hin. *In seinem Zeichen siegen.* Manche Leute glaubten an Ufos. Er glaubte an Flugzeuge.

Er erwarb Aktien von Da Nang Phytochemicals und verkaufte sie am späten Vormittag mit 11 Prozent Gewinn, kurz bevor die Kurse auf Grund angeblicher Aktivitäten des Neuen Vietkong im Delta in den Keller sackten. Er transferierte den ansehnlichen Betrag auf ein Firmenkonto und hielt gerade in Manila nach Kaufinteressenten für Bekleidung Ausschau, als sich die Bildschirmanzeige auflöste und zu einem Gesicht umformte. In das freundliche, zerfurchte Gesicht eines Mannes in mittleren Jahren, der wie ein Lieblingsonkel lächelte. Die Lippen bewegten sich lautlos, am unteren Bildschirmrand wurden Untertitel angezeigt. Ein verschwörerisches Geflüster kleiner Buchstaben:

hi jordan hier ist ihr regionaler ressourcenkoordinator.

Ach du meine Güte! Ein Schwarzer Planer!

ich bin hier die offizielle autorität was ihnen vermutlich nicht viel sagt aber ich habe ihnen einen interessanten vorschlag zu machen.

Jordan widerstand dem Drang, sich umzusehen, den Sicherheitsschalter zu betätigen und die Verbindung zu kappen.

keine bange die verbindung ist sicher unsere sleeperviren haben 20 jahre der elektronischen konterrevolution überlebt sie brauchen bloß von guangzhou textilien zu kaufen und diesen posten zum gestehungspreis auf das oben links angezeigte konto zu transferieren wenn sie den oben rechts angezeigten code um 12 Uhr 05 plus minus zehn minuten in den geldautomaten am ende der straße eintippen wird ihnen eine kleine aufwandsentschädigung in gebrauchten banknoten ausgezahlt werden ich weiß sie haben ein holografisches gedächtnis daher verabschiede ich mich nun und hoffe sie irgendwann wiederzusehen.

Die Marktübersicht wurde wieder angezeigt. Jordan bemerkte, dass seine Hände zitterten. Bis jetzt war der Schwarze Plan lediglich ein Element städtischer Folklore gewesen, das Phantom des Kabels, ein sagenumwobenes Überbleibsel der politischen Ökonomie der Republik, so wie die ANR das Überbleibsel von deren Streitkräften war. Angeblich protegierte er die ANR und zweckentfremdete die an den Kontrollpunkten erhobenen Steuern und Schutzgelder der Regionalmilizen; es hieß, er attackiere das System mit teuflischen Finanzviren und manipuliere die Landeswirtschaft – oder gar die Weltwirtschaft, wie manche glaubten – im Sinne des gestürzten Regimes …

Er hatte der Legende niemals Glauben geschenkt.

Und jetzt bot sie ihm Bargeld an.

Nicht nachzuverfolgendes digitales Geld, konvertiert in nicht nachzuverfolgendes Papiergeld, etwas, das er noch nie in Händen gehalten hatte. Bloß die Privilegierten hatten Zugang zu harter Währung; außerhalb des Geschäftsbereichs musste Jordan sich mit Schekeln begnügen, dem lausigen Spielzeuggeld von BC.

Guangzhou war beschäftigt. Neuer Versuch.

Er verkaufte einem Filipino tausend Anzüge und hielt die Überweisung zurück. Das Geld war bloß geborgt. Kein Diebstahl. Da brauchte er keine Schuldgefühle zu haben. Er befolgte bloß die Regeln. Angenommen, es war eine Falle? Ein kleines Provokationsprogramm, das Unterschlagungen und gefährliche Illoyalität aufspüren sollte? Dann konnte er immer noch sagen … Im Geiste spulte er eine weitschweifige, stammelnde Rechtfertigungsrede ab, was ihn beschämte. Ihm war bewusst, wo das Problem lag: Schuldgefühl und Misstrauen, die Abfallprodukte von Unschuld und Gläubigkeit, schränkten ihn ein und flößten ihm bei seinem Versuch, sich davon frei zu machen, Selbstverachtung ein.

In Sünde geboren und im Frevel groß geworden.

Guangzhou hatte eine Leitung frei. Er tätigte den Kauf und transferierte ihn sogleich auf das genannte Konto. Und er erhielt die Bezahlung. Es war, als sei das Geld niemals weggewesen. Er überwies es auf das rechtmäßige Konto und strich die korrekte Gebühr ein. Nichts passiert. Es war 11.08 Uhr.

Jemand tippte ihm auf die Schulter. Er wandte sich

um, sorgfältig darauf bedacht, sich nichts anmerken zu lassen.

Mrs. Lawson lächelte auf ihn herab.

»Kleine Pause gefällig?«

Eine kleine, geschäftige Frau in mittleren Jahren, schwarzweiß gekleidet, kein Make-up, äußerlich harmlos und ohne Reiz. Sie war bei der Buchhaltung beschäftigt. So verschlagen wie eine Schlange, wie es in der Bibel hieß, und gewiss nicht so harmlos wie eine Taube. Jordan stellte sich vor, wie er ihr einen Kopfstoß versetzte und wegrannte. Aber wohin?

Er nickte, loggte sich aus und folgte ihr ins Büro. Eine Transaktionsprüfung.

»Kaffee?«

»Ja, bitte.«

Er nahm umständlich auf dem Stuhl in der Ecke des winzigen Büros Platz. Die Rückenlehne gab nach, deshalb konnte er sich nicht anlehnen, ohne nach hinten zu sacken, und wenn man auf der Kante saß, war es schwer, sich zu entspannen. Mrs. Lawson hatte einen Drehstuhl hinter dem Schreibtisch aus Kiefernholz. Gestapelte Ausdrucke. Monitore wie Eidechsenaugen. Kakteen auf dem Fenstersims.

Sie legte die Handflächen aneinander. »Ich habe ein Auge auf Sie geworfen, Jordan.« Sie kicherte. »Nicht in der Weise, dass sich mein Mann Sorgen machen müsste! Sie sind ein aufgeweckter Bursche, wissen Sie ... Nein, gucken Sie nicht so verschämt. Es ist kein Stolz, wenn man sich seiner Stärken bewusst ist. Sie besitzen Instinkt, haben ein Gefühl für die Marktbewegungen. Ich hoffe, Sie steigen noch ein wenig auf; vielleicht überlegen Sie sich ja mal, zu einer größeren Firma zu wechseln. Jedenfalls möchte ich Ihnen keinen Job anbieten.«

Erneutes Kichern. Jordan lief ein kalter Schauder über den Rücken.

»Das heißt ... in gewisser Weise schon. Ist Ihnen in

letzter Zeit etwas *Ungewöhnliches* im System aufgefallen?«

Also doch, dachte er. Vielleicht gibt es Gott ja doch, und er führt einen in Versuchung und liefert einen dann dem Teufel aus.

»Ja, allerdings«, sagte Jordan. »Heute Morgen hat mir ein Schwarzer Planer ein Angebot gemacht ...«

Mrs. Lawson lachte und hätte beinahe den Kaffee verschüttet.

»Gewiss, gewiss. Und in meinem Schreibtisch habe ich einen Fetzen des Turiner Leichentuchs! Nein, ernsthaft, Jordan, ich spreche von Mustern bei Vorgängen wie Subsystemabstürzen, Transaktionsverzögerungen, Verschlechterung der Reaktionszeiten, die nicht auf größeres Informationsaufkommen zurückzuführen sind. Ist Ihnen vielleicht irgendetwas aufgefallen, das auf Interventionen hindeutet, für die nicht die Zentralbanken verantwortlich sind? Offen gesagt, liegen seitens der Börsenaufsicht keinerlei Beweise für Unregelmäßigkeiten vor« – sie schwenkte die Hände –, »aber einige kleinere Gemeinden glauben, irgendetwas stimme nicht im System, es werde auf der ... äh ... Glasfaserebene für geheime nichtkommerzielle Zwecke missbraucht.«

»Was man auch als Fremdgeschäfte bezeichnen könnte?«

Mrs. Lawson schaute überrascht drein.

»Genau so nennen wir das. Bedauerlicherweise hat dies zu Gerüchten geführt, zu sehr unangenehmen Gerüchten – Sie wissen schon. Ein guter Rat, Jordan. Ich an Ihrer Stelle würde diesen kleinen Scherz von eben nicht wiederholen.«

Jordan nickte heftig, vollführte Wischbewegungen mit den Händen.

»Nun gut, mein Lieber. Also: Sie werden auf alles achten, was Sie intuitiv als Abweichung von den erwarteten Marktbewegungen erkennen, haben wir uns verstanden? Ich nehme an, Sie wollen wieder an die Arbeit gehen, also einstweilen danke.«

Es war 11 Uhr 25.

Er loggte sich ein und vertippte sich mehrmals beim Passwort. Die Auftragsliste füllte anderthalb Bildschirmseiten. Jordan schloss die Augen und atmete tief durch, lockerte die Finger und machte sich an die Arbeit. Sein Kopf war leer.

Janis achtete kaum auf ihre Worte, als sie die Projektbeschreibung herunterrasselte. Sie hatte den Eindruck, dass die Rolle, die sie dabei spielte, merkwürdig unverhältnismäßig war: je länger sie darüber nachdachte, desto wichtiger kam sie ihr vor, und das stand in keinem Verhältnis zum betriebenen Aufwand ... Wenn das Projekt wirklich so wichtig war, dann hätte man keinen Postdoc darauf angesetzt, sondern gleich ein ganzes Team, jede Menge Labortechniker und Geräte. Vielleicht war sie ja Teil eines Teams, ohne davon zu wissen – das war gegenwärtig ihre Lieblingshypothese. Jetzt, da sämtliche Regierungen nervös geworden waren und die Bioforschung einschränkten, sie auf RF-Zonen und bestimmte Forschungseinrichtungen beschränkten, während die großen Konzerne auf die Verbraucherorganisationen und Schadenersatzprozesse schielten – in Anbetracht all dessen nahm das wissenschaftliche Leben mehr und mehr den Charakter einer Untergrundaktivität an. (Sie hatte sich schon oft gefragt, welches Molekül oder welche Substanz für die Hysterie und die Unbelehrbarkeit der Mittelklasse verantwortlich sein mochte; offenbar war es irgendwann in den neunzehnhundertsechzigern in die Nahrungskette eingedrungen und hatte sich seitdem unaufhaltsam verbreitet.)

Verdammt noch mal, vielleicht waren die Geldgeber ja arm, vielleicht stand nicht einmal ein Großkonzern oder eine bedeutende Institution dahinter ... vielleicht waren die drei Männer vor ihr ja *schon alles;* die Fassade verbarg, dass sie gar keine Fassade war; *What You See Is What You Get ...* Wohl wahr, der Rest des Projekts war nahezu virtuell – automatisierte Molekularanalysen, computerdesignte Moleküle, automatische Molekularsynthese. Im Wesentlichen basierte es auf zwei Techniken, die einander zwar ergänzten, ansonsten aber völlig gegensätzlich waren. Genetische Algorithmen ermöglichten es, Zufallsmoleküle in einer Art von Darwinschem Ausleseprozess zu selektieren, zu variieren und abermals zu selektieren, und zwar anhand eines Modells der bekannten Verbreitungswege der Chemikalien im Gehirn, das von ICI-Bayer für ein paar Mark die Nanosekunde freigegeben wurde; vergleichsweise *billig.* Polymerasereaktionen ermöglichten es, die selektierten Moleküle in jeder gewünschten Menge zu replizieren, ein Prozess, der so vollständig automatisiert war, dass das menschliche Personal nur noch die Geräte zu spülen brauchte.

Irgendwann aber mussten die Produkte im Tierversuch getestet werden, und der Rohstoff der Natur musste auf sein Potenzial hin untersucht werden; und an beiden Enden des Zyklus standen sie und eine Menge weißer Mäuse.

»Könnten Sie uns vielleicht Ihre Arbeitsmethoden demonstrieren, Doktor Taine?«

Janis fühlte sich auf einmal wie eine Maus in einem Labyrinth; eingesperrt und in Panik. Sie hatte die Labortür ersetzt und verriegelt, so dass die Repräsentanten ihrer Sponsoren gezwungen waren, das Labor von der Seite zu betreten, die der beschädigten Wand gegenüberlag. Nicht, dass sie vorhatte, die Ergebnisse zu fälschen, die Kontaminierung zu ignorieren und das Beste zu hoffen. Sie hatte durchaus die Absicht, die Mäuse zu opfern und von vorn anzufangen. Bloß war jetzt, da sie ihre Tüchtigkeit unter Beweis stellen sollte, nicht der rechte Zeitpunkt dafür, und außerdem fürchtete sie, wenn sie nichts zu demonstrieren hätte, würde man *sie* opfern und von vorn anfangen. In einer flüchtigen, furchterregenden Vision sah sie vor sich, was sie tun würde, falls man jemals dahinterkäme – sie würde alles hinschmeißen und ein Sabotagekämpfer werden, sie würde Plastik tragen und sich selbst versorgen und in Psychologielabors einbrechen und die Plattwürmer befreien, sie würde Walschutzschiffe in die Luft jagen, um den Krill zu retten …

Drei Männer in dunklen Anzügen sahen sie an. Sie versuchte, nicht an die zahlreichen Witze zu denken, die alle so anfingen: *Ein Pole, ein Deutscher und ein Russe* … Behutsam nahm sie eine Maus aus einem der Käfige und setzte sie in den Eingang des Labyrinths. Die Maus schnüffelte umher und quiekte.

»Wir haben hier ein Subjekt, das *S*, wie wir dazu sagen. Gleich werde ich die Klappe öffnen, dann wird es sich einen Weg durch das Labyrinth aus transparenten Röhren suchen. Alle Subjekte – die Versuchssubjekte und die Subjekte der Vergleichsgruppe – haben bereits gelernt, das Labyrinth zu durchqueren. Die Versuchssubjekte haben *ad libitum* im Trinkwasser geringe Dosen der verschiedenen Präparate aufgenommen. Dieses spezielle Subjekt gehört zu einer Gruppe, die ein Psylocibinderivat aus einheimischer Produktion zu sich genommen hat. Bislang betrug die Zeit etwa siebzig Sekunden …«

»Sowohl für die Versuchsgruppe wie für die Vergleichsgruppe?«, fragte der Pole.

Janis öffnete die Klappe, und die Maus trippelte die Röhre entlang. »Ja. Ich möchte nicht verschweigen, dass die Nullhypothese bislang …«

Ping.

Das *S* drückte den Schalter am Ende des Labyrinths

und verspeiste die Belohnung, einen Quadratzentimeter Marmeladetoast. Der Zeitmesser, der mit dem Öffnungsmechanismus und dem Belohnungsschalter gekoppelt war, stand auf 32 Sekunden.

Schweigend nahm Janis die Maus heraus und wiederholte den Versuch mit einer Maus der Kontrollgruppe.

Sie probierte ein Dutzend Variationen aus: Mäuse, die mit Betelsaft, Opiaten, Kokain, Koffein gedopt waren …

Es war kein Versehen, die Psylocibinmäuse waren jedes Mal doppelt so schnell, was weit außerhalb der Fehlergrenze lag.

Sie blickte die Männer verwundert an.

»Ich muss ein Doppelblindprotokoll anlegen«, sagte sie. »Offen gesagt war es bislang die Mühe nicht wert. Zumindest nahm ich an, Sie wären lediglich an größeren Effekten interessiert.«

»Davon können Sie ausgehen«, meinte der Deutsche. »Und das ist kein neues Präparat?«

»Vielleicht ein kumulativer Effekt?«, schlug der Russe vor, als Janis den Kopf schüttelte.

»Das wäre möglich. Offenbar sind weitere …«

»Untersuchungen nötig, hab ich Recht?«

Alle lachten.

Als sie die Herren über den Gang geleitete, schniefte der Russe. Er stupste sie an.

»Es ist vielleicht nicht sonderlich patriotisch«, sagte er, »aber meinen Sie nicht, Libanese wäre besser?«

Sie lächelte ihn ausdruckslos an, dann beschleunigte sie ihre Schritte, damit er nicht sah, dass sie errötete.

Verdammter Mist.

Fonthill Road, das Zentrum der Bekleidungsindustrie. Große, vollautomatisierte Fabriken spannen und webten, schnitten zu und nähten in Hochhäusern aus Glas und Stahl. Auf der autofreien Straße wimmelte es von

Menschen; zumal die Frauen unter ihnen beanspruchten Jordans Ansicht nach viel zu viel Platz. Die Straße ist verstopft vor lauter Tournüren, dachte er missmutig, während er Reifröcken auswich, sich unter Sonnenschirmen hindurchduckte und Schleppen aus dem Weg ging. Die Schaufensterauslagen mit ihren Fraktalmustern, den Mandelbrot-Karos und der computergenerierten Spitze, die wie von einer Sprühpistole auf alle möglichen Oberflächen und Zierleisten aufgetragen war, wirkten wie der Inbegriff der Schlichtheit im Vergleich zur Mode der Biblebelts in Florida, Liberia und all den anderen Gegenden, wo die Mädchen alle danach trachteten, wie die Frau eines Fernsehpredigers auszusehen.

Vier Minuten nach zwölf. Fünf Leute vor ihm in der Schlange am Geldautomaten der Bundesbank in der Seven Sisters Road. Jordan schlurfte langsam vor und schäumte innerlich, blickte über die Köpfe der Wartenden hinweg zu den geodätischen Kuppeln des alten Sanierungsgebiets hinüber. Um 12 Uhr 13 tippte er die Zahl ein. Der Automat rumorte und brummte vierzig nervenaufreibende Sekunden lang vor sich hin, dann spotzte er und spuckte einen dicken Packen zerknitterter Geldscheine aus. Und noch einen und noch einen.

Jordan schnappte sich das Geld und entfernte sich im Laufschritt, während der Monitor ihm noch verschiedene finanzielle Dienstleistungen anbot, was den Anschein erweckte, er sei verzweifelt bemüht, das Geld wieder zurückzubekommen.

Wieder im Bürogebäude angelangt, begab er sich schnurstracks auf die Toilette und schloss sich in einer Kabine ein. Er wusste, hier war er sicher – man konnte über die Ältesten sagen, was man wollte, aber gewisse Bereiche der Privatsphäre respektierten sie. Man ging eh davon aus, dass Gott alles sah. Jordan stellte plötzlich fest, dass er tatsächlich scheißen musste. Er setzte sich und zählte das Geld. Viertausend Britische Mark. Ihm wurde schwindlig, und er stellte fest, dass er Durchfall hatte.

Die B-Mark war die härteste der harten Währungen – einzig und allein Norlonto benutzte sie intern, und selbst hier konnte man mit viertausend monatelang auskommen. In der Gemeinschaftswirtschaft bekam man dafür groteske Summen von Spielgeld, das Bestechungsgeld für die Wachposten bereits mit eingerechnet. Für hundert B-Mark würde einem der durchschnittliche Posten seine Kalaschnikow und wahrscheinlich auch noch die Adresse seiner Schwester verkaufen.

Jordan starrte auf die weiße Tür und entspannte sich, wie er es bisweilen am Bildschirm tat. Alles schien unwirklich. Er erinnerte sich an eine Erkenntnis, die ihm einmal während eines hellsichtigen Traums bewusst geworden war: *Wenn du glaubst, du kannst fliegen, dann träumst du.* Er dachte eine Weile darüber nach, aber nein, er schwebte nicht an die Decke …

Was auch gut so war, denn er hatte die Hose heruntergelassen.

Als er das Büro betrat, schrien gerade alle durcheinander.

»Was geht hier vor?«, fragte er.

Was zur Folge hatte, dass alle in Hörweite auf ihn einbrüllten. Mrs. Lawson bahnte sich einen Weg durchs Gewühl. Zu seiner Erleichterung wirkte sie erleichtert, als sie ihn sah. Sie fasste ihn beim Ellbogen und zerrte ihn vor seinen Monitor. Er starrte ihn an. Bunte Bänder schlängelten sich darauf, Muster von geradezu hypnotischer Komplexität tauchten kurzzeitig auf und veränderten sich, bevor er sie würdigen konnte.

»Das muss ein Terminalfehler sein«, sagte er. »Entweder das, oder die Weltwirtschaft ist im A …, zum Teufel gegangen!« Er rief die Fensteranzeigen auf. »Hat da vielleicht ein Designer seine Palette mit unserem System vernetzt?«

»Hübscher Einfall«, meinte Mrs. Lawson. »Sagen Sie das bloß nicht unseren Designern – die sind jetzt schon außer sich.«

Sie funkelte die Umstehenden an, worauf sich mehrere Mitarbeiter verlegen verdrückten.

»Die Techniker waren die ganze Zeit hier, und sie haben uns versichert, mit der Hardware wäre alles in Ordnung. Ja, wir haben es überprüft, und das ist auch nicht – ha-ha – die *Endkrise* des Kapitalismus.«

Ein Gedanke in Kleinbuchstaben kam Jordan in den Sinn.

unsere sleeperviren haben 20 jahre überlebt

Der Raum schwankte leicht. Beruhig dich.

»Schon gut«, sagte er so laut, dass es auch die anderen mitbekamen, so dass sie das trügerische Versprechen weiterreichen konnten. »Ich habe eine Ahnung, was dahinterstecken könnte. Ich muss bloß mal ein paar Files überprüfen, Mrs. Lawson.«

Er sah ihr in die Augen und nickte leicht.

»Ist gut.« Sie schlug einen Ton und eine Lautstärke an, die ihn an eine ehemalige Lehrerin erinnerten. »Beschäftigt euch mit was anderem!«, sagte sie zu den übrigen Anwesenden. »Studiert notfalls ein Handbuch!«

Sie schloss die Bürotür hinter ihnen.

»Ist es hier sicher?«, fragte er prompt.

»Wenn nicht, dann ist überhaupt nichts mehr sicher.«

»Haben Sie eine Kabelverbindung zu den Sicherheitskräften? Zu den richtigen, meine ich … äh … womit ich die Krieger nicht beleidigen will …«

»Keine Ursache.«

Sie quittierte seine Bestürzung mit einem Lächeln. Jordan fuhr eilig fort: »Könnten Sie mal überprüfen, ob die Subversiven nicht etwa eine Großoffensive gestartet haben?«

Sie schwieg.

»Hören Sie, ich will damit sagen, an ihrer … äh … *schwarzen* Propaganda sei irgendetwas dran, aber vielleicht verlegen sie sich jetzt auf Sabotage …«

Er verstummte, denn er hatte das Gefühl, bereits zu viel gesagt zu haben.

»Das wäre möglich. Wäre es vielleicht denkbar, dass eher, sagen wir mal, lokale Kräfte dahinterstecken? Irgendeine antichristliche Gruppe?«

Mrs. Lawson nahm ein Telefon zur Hand und ging damit umher, während sie sich im abgehackten Jargon der Sicherheitsexperten unterhielt. (Herrgott noch mal, er hätte niemals vermutet, dass sie ein *Bulle* war!)

»… erbitte neuen Lagebericht, BC. Überprüfen Sie die LANs … ja … Okay, Zielspezifität ist negativ … habe verstanden, logge mich aus.«

Sie unterbrach die Verbindung.

»Wir sind nicht die Einzigen. Einige unserer Konkurrenten und ideologischen Gegner sind ebenfalls von Systemabstürzen betroffen, die Kernstaaten und die Firmennetze haben keine Probleme. Passt in keines der bekannten Angriffsprofile, passt zu überhaupt nichts mit Ausnahme des Themas, das ich heute Morgen angesprochen habe.«

»Also, damit habe ich nicht gerechnet … jedenfalls nicht so schnell.«

Mrs. Lawson nickte heftig, als hörte sie ihm gar nicht zu.

»Das konnte man auch nicht von Ihnen erwarten. Sie sind keine große Nummer, Jordan – Sie sind nicht mein wichtigster Ideenlieferant. Ich möchte, dass Sie aufpassen, ja, Sie sind begabt. Aber, um ehrlich zu sein, ich habe diese Theorien bereits von den führenden Kriegern durchspielen lassen. Ich wollte bloß mal sehen, ob die Hypothese standhalten würde.«

Sie stockte; auf einmal wirkte ihr Gesicht leer.

»Ich weiß, ich kann mich darauf verlassen, dass Sie dies für sich behalten werden – nicht weil ich weiß, dass Sie sauber sind, ganz im Gegenteil. Schauen Sie nicht so unschuldig drein! Meinen Sie – nein, Sie sind viel zu klug, um etwas zu meinen –, ein Laden wie BC könnte in der rauen Wirklichkeit mit zensierten Texten überleben? Wir müssen über die Psychologie, die Denkweise der Außenwelt Bescheid wissen. Glauben Sie mir ruhig, dass wir das können und darauf vertrauen, dass Gott uns vor der Verderbtheit bewahren wird! Die Ältesten und die Geistlichen haben Dinge gelesen und gesehen – und Dinge getan –, von denen sich Ihnen die Haare auf Ihrem verschlagenen, insgeheim skeptischen Kopf sträuben würden! Die ANR! Erzählen Sie mir nichts von der ANR – tun Sie bloß nicht so, als würden sie *nicht* darüber reden. Die macht mir keine Angst. Was mir Angst macht und wovor Gott mich bewahren möge, das ist das Erscheinen des Uhrmachers.«

»Wer ist denn der Uhrmacher?«

Er wusste es bereits; er hatte das Buch gelesen. Er hoffte bloß, dass sie nichts davon wusste.

»Sie können das Buch lesen«, sagte sie. »Dann wird Ihnen einiges klar werden.«

Mrs. Lawson hantierte an der Kaffeemaschine herum, schenkte zwei Tassen ein und nahm wieder Platz. Jordan nahm die Tasse entgegen und blieb stehen. Er hätte gern gewusst, ob sich die Tür wohl eintreten ließe.

»R. Dawkins, um neunzehnhundertachtzig. All das Gerede über die Evolution des Lebens stört uns nicht. Für den Fall, dass diese Theorie jemals zweifelsfrei bewiesen werden sollte, haben wir Rückzugspositionen aufgebaut. Was viele intelligentere Geister beunruhigte, war die Annahme, in Computersystemen könnte eine natürliche Evolution stattfinden, und zwar zwangsläufig. Die Vorstellung, aus den Fehlern und Viren in der Software könnte Intelligenz entstehen. Etwas Nichtmenschliches, nicht Engelsgleiches, sondern etwas möglicherweise Diabolisches. Der *Blinde* Uhrmacher. Leben nach des Teufels Sinn – entstanden durch Evolution, nicht mittels eines Schöpfungsakts.«

Sie verstummte und schaute ihn an, als blicke sie durch ihn hindurch. Jordan verkniff sich einen verräterischen Kommentar zur Verwechslung von Prozess und Produkt, von Schöpfer und Schöpfung. So wie sich der Name Frankenstein unlösbar mit dem Monstrum verbunden hatte, war die längst vorausgeahnte, lange gefürchtete, spontan entstandene künstliche Intelligenz mit dem Namen des Prozesses verknüpft, der sie hervorbringen würde. ›Wenn der Uhrmacher kommt …‹ Ein weiteres Fitzelchen der Gerüchte, die ihm hin und wieder in hastig durchgelesenen Chatfiles vor Augen kamen, welche die Zensur übersehen hatte. Eine weitere moderne Legende.

Er trank den Kaffee aus und fragte gereizt: »Ist das sicher?«

Er kam sich vor wie frisch getauft und konfirmiert oder jedenfalls initiiert, aufgenommen in eine andere Glaubensgemeinschaft, eingeführt in das wahre Denken der wahren Geister, welche hier das Sagen hatten – zwar immer noch orthodox, aber doch nicht das, was sie zur Hauptsendezeit über Satellit würden verbreiten wollen –, und ihm fiel nichts Besseres ein, als zu seinem selbstzerstörerischen Skeptizismus Zuflucht zu nehmen.

»Natürlich sind wir nicht sicher«, sagte Mrs. Lawson. »Ach, Jordan, was wissen Sie denn *überhaupt?*«

Zwanzig Minuten später fuhr das System aus ebenso unerfindlichen Gründen wieder hoch. Melody Lawson saß in ihrem Büro und beobachtete stirnrunzelnd auf den Monitoren, wie Jordan sich einloggte. Sie hatte ihn so gut wie aufgefordert, von den naiven Grundüberzeugungen, die für das Kirchenvolk gut genug waren, zum höheren Wissen aufzusteigen, das notwendig war, um diese Form der geistigen Schlichtheit zu schützen, doch er war nicht darauf eingegangen. Jeder andere aufgeweckte junge Christ mit einem wachen Verstand hätte sich wie ein Frettchen darauf gestürzt, begierig darauf, eine Bestätigung für seine kühneren Gedanken zu finden. Jordan war zweifellos aufgeweckt, aber sicherlich kein Christ. Noch mehr ärgerte sie, dass das, was seinen Glauben an Gott ausgehöhlt hatte, auch seinen Glauben an sich selbst geschwächt hatte. Offene Gottlosigkeit durfte nicht geduldet werden, damit hatte sie kein Problem, aber heimlicher Atheismus war weit gefährlicher. Man konnte nie wissen, wann eine solche nach innen gewandte Feindseligkeit zu einem verzweifelten Ausbruch führte. Für die Gemeinschaft und für ihn selbst wäre es besser, wenn Jordan aus Beulah City fortginge.

Für seine Seele wäre es besser. Er zeigte bereits die sprichwörtlichen zwei Gesichter – wie er sie angeschaut hatte, als er sich vom Monitor abwandte! Für einen kurzen Moment hatte er die Maske fallen lassen, und zwar als er den Schwarzen Planer erwähnt hatte …

Du meine Güte, dachte sie. Hektisch verriegelte sie die Tür, öffnete mittels Geheimzahl eine Schreibtischschublade und nahm die VR-Brille heraus. Sie setzte sie auf und loggte sich ins Sicherheitsnetz ein. Das Gefühl zu tauchen, zu schwimmen und sich wie ein Hai zu bewegen, war umso erregender, als dies ein seltenes, gefährliches Privileg darstellte, und das galt auch für sie. Ein rascher Blick in Jordans Arbeitsfile ergab eine merkwürdige Verzögerung bei einer Überweisung – sieh mal einer an! Sie studierte die Spuren, auf verschlungene logische Verästelungen verteilte Fragmente von Zugriffscodes, die ohne den passenden Schlüssel nicht nachweisbar waren. Sie senkte nach assoziativen Kriterien

Schwellen ab, ließ Ahnungen zu Gewissheiten erhärten; dann setzte sie die mittlerweile geradezu paranoiden Detektionsprotokolle frei und zog das Tempo an, um sie nicht aus den Augen zu verlieren. Die Protokolle führten sie zu einer Site des Schwarzen Plans, die vor wenigen Sekunden geräumt worden war. Nachdem sie die Strukturen registriert hatte, sprangen die Protokolle von einer Schlussfolgerung zur nächsten, bis sie sich an einen zweifellos kriminellen Penetrationsvirus hefteten. Sie folgte seinem Kielwasser, so weit sie sich traute, weit genug, um die Bestätigung dafür zu erlangen, dass die Absichten des Schwarzen Plans nur noch wenige Implikationen entfernt waren. Sie löste sich und traf auf ein paramilitärisches Gebilde; zwischen seinen und ihren Routinen fand ein kurzer, feindseliger Austausch statt, der viel zu schnell ablief, als dass sie ihm hätte folgen können. Das Gebilde wandte sich von ihr ab und setzte sich seinerseits auf die Fährte des Penetrationsvirus. Mrs. Lawson begab sich über einen sicheren Weg zum Ausgangspunkt zurück und loggte sich aus. Ihr war ein wenig schwindelig.

Ach, Jordan, Jordan. Du bist ein dummer Junge. Du wirst eins aufs Dach kriegen, und ich ebenfalls, weil ich es geschehen ließ.

Es sei denn …

Es sei denn …

Eine Weile gab sie sich Gewissensbissen hin, dann machte sie sich daran, die Realität zu löschen, zu revidieren und zu bearbeiten. Als sie zufrieden war, lehnte sie sich zurück und nahm ein Telefon zur Hand.

Das System stürzte immer wieder ab. Der Nachmittag verstrich im Arbeitsfieber, untermalt vom Schrillen des Alarms. Melody Lawson kämpfte gegen das aufsteigende Gefühl von Panik an, während sie nach und nach zu der Überzeugung gelangte, dass in den Netzwerken tatsächlich etwas Neues am Werk war, wenn nicht der Uhrmacher persönlich, dann eine bösartige künstliche Intelligenz von bislang unbekannter Komplexität. Sie war sich nicht sicher, ob andere, die ebenso verlässlich und erfahren waren wie sie, das ähnlich sehen würden.

Einen Menschen gab es vielleicht. Oder zwei.

Allerhöchstens zwei.

Sie wartete, bis die Tagschicht gegangen war, dann rief sie zu Hause an und sagte Bescheid, dass sie noch länger arbeiten werde. Anschließend überprüfte sie wiederholt die Sicherheit ihres Büros und ihrer Rechnersysteme. Währenddessen wandte sie den Gedächtnistrick an – eine Ziffer in diese Ecke, die nächste auf jenes Regal –, welcher eine Zahl rekonstruierte, die zu notieren oder sich auch nur bewusst zu machen sie niemals gewagt hätte. Sie benötigte die Zahl, um ihre geheimste und fragwürdigste Kontaktperson anzurufen.

Die Frage, die sie die ganze Zeit quälte, die ihr ständig durch den Kopf ging und sie verwirrte, lautete: Wozu braucht die ANR so viel Seide?

3

Hardware Plattform Interface

Verraten.

Cat lag im Bett, betrachtete die LCD-Anzeigen auf ihrem Plastikverband, schaute zu, wie die Zahlen ineinander übergingen und sich ihre Finger krümmten und wieder entspannten. Auf Grund des Schmerzmittels fühlte sie sich distanziert und losgelöst, als wäre ihr Zorn eine dunkle Wolke, in die sie hinein- und aus der sie wieder herausschwebte. Als Kohn gegangen war, hatte sie ihren Status überprüft, erfüllt von der widersinnigen Hoffnung, er habe lediglich geblufft. Das hatte er natürlich nicht getan. Sie war keine Gefangene mehr, sondern eine Patientin; man hatte ihr empfohlen, für den Fall, dass sich die verspäteten Folgen eines Schocks bei ihr zeigten, noch eine Nacht lang zu bleiben, doch ansonsten stand es ihr frei zu gehen.

Die Krankenhausrechnung war bereits vom Konto des Dserschinskij-Kollektivs beglichen worden. Da sie nun kein Lösegeld mehr eintreiben konnten, würden sie die Summe abschreiben müssen. Eine unbedeutende Summe und ein noch kleinerer Trost. Sie beschloss, auch noch die Telefonrechnung in die Höhe zu treiben, und rief die Hotline des Bündnisses für Leben auf Kohlenstoffbasis an. Der Rechner nahm ihre Nachricht kommentarlos entgegen und wies sie an zu warten.

Sie stellte Musik an und wartete.

Die Reaktion überraschte sie. Sie hatte einen unbedeutenden Funktionär erwartet. Stattdessen meldete sich Brian Donovan, der Gründer und Vorsitzende des Bündnisses für Leben auf Kohlenstoffbasis. Er tauchte auf wie ein Gespenst, eine Halluzination, ein Alptraum: zunächst eine scheinbar körperliche Gestalt am Fußende des Betts, verwandelte er sich kurz darauf in ein Gesicht im Fernseher und gleich wieder zurück, während er die ganze Zeit aus dem Kopfhörer zu ihr sprach. Als wenn sämtliche Geräte im Krankenzimmer verhext gewesen wären. Am liebsten hätte sie exorzistische Beschwörungsformeln gemurmelt. Donovan sah aus wie der Geisterbeschwörer persönlich, mit langem grauem Haar und langem grauem Bart. Er stapfte lautlos umher und fluchte deutlich vernehmbar. Cat ertappte sich dabei, wie sie bis ans Kopfende des Bettes hochrutschte, bis ihr auf einmal bewusst wurde, dass Donovans Fluch gegen Moh gerichtet war.

»... das hat mir gerade noch gefehlt. So etwas tut mir *niemand* an, das nimmt sich niemand bei mir heraus. Jedenfalls niemand, der am Leben hängt.« Er atmete geräuschvoll ein; anscheinend hatte er ein Kehlkopfmikrofon. Er blickte ihr unmittelbar in die Augen, was in Anbetracht der Tatsache, dass er die Darstellungen miteinander in Bezug setzen musste und vermutlich bloß das körnige Bild einer Überwachungskamera in irgendeiner Ecke an der Decke vor sich sah, eine erstaunliche Leistung darstellte.

»So, Miss Duvalier«, sagte er, sich allmählich beruhigend, »diesen Affront können wir nicht hinnehmen.«

Sie nickte rasch. Sie hatte einen zu trockenen Mund, um zu sprechen.

»Haben Sie was über dieses Schwein? Ich rede nicht von seinen Passwörtern – die habe ich mir bereits anhand der Lösegeldforderung von gestern Nacht besorgt, und ich arbeite daran. Aber wo hängt er in der eigentlichen Realität herum, hä?«

Cat schluckte mühsam. »Ich möchte bloß, dass die

Angelegenheit geregelt wird«, sagte sie. »Ich will keine Fehde anfangen.«

»Ich habe eher an den Rechtsweg gedacht«, meinte Donovan. »Sie ohne Lösegeldforderung freizulassen ist so abwegig, dass es ihm schwer fallen dürfte, diesem Vorwurf zu begegnen. Wenn ich ihn damit konfrontiere, möchte ich möglichst viel Öffentlichkeit haben.«

»Sie werden feststellen, dass er im Netz nur schwer aufzuspüren ist«, sagte Cat. Sie merkte, dass er allmählich in Rage geriet. »Aber«, fuhr sie eilends fort, »ich kann Ihnen sagen, wo er sich für gewöhnlich versteckt.«

Der BLK-Vorsitzende hörte ihr zu, dann sagte er: »Ich danke Ihnen, Miss Duvalier. Wir bleiben in Verbindung.«

»Wie wollen Sie das ...?«, setzte sie an, doch Donovan war bereits verschwunden.

Im Kopfhörer dröhnte wieder der Presslufthammersound der Tollwütigen Babys.

Das Felix-Dserschinskij-Arbeiterverteidigungskollektiv hatte ein Zimmer in einem der Studentenwohnheime gemietet, und dort wohnte Kohn jetzt. Bett, Schreibtisch und Terminal, ein Schrank, Regale, Kühlschrank, Wasserkessel. Die Tür so dünn, dass es sich kaum lohnte abzuschließen. Moh hatte Hammer und Sichel samt einer Vier darauf gemalt, was Wunder wirkte, besser als Knoblauch, silberne Kreuze und Weihwasser zusammen.

Er rief das Kollektiv über das unverschlüsselte Telefon an und hinterließ eine Nachricht, die besagte, er nehme sich frei und wolle ein bisschen gute Musik hören, wenn er heimkomme. In ihrer ständig sich wandelnden Geheimsprache stand ›Musik‹ derzeit für ›Partei‹, und ›gute Musik‹ bedeutete, ein großes politisches Problem sei aufgetreten. Er besänftigte die heftigen Begierden, die Marihuana für gewöhnlich bei ihm weckte, mit Kaffee, Brötchen und einer Tabakzigarette. Eine

Woche Nachtschicht, und sein 24-Stunden-Rhythmus war im Eimer. Dabei war es bloß eine Frage von Monaten, Wochen oder gar Tagen, und er hätte nicht mehr bloß mit einem, sondern sogar zwei Aufrührern zu tun. Von denen der eine Ziele angreifen würde, die er und seine Firma beschützen sollten.

Früher einmal wäre ihm beides recht gewesen. Jetzt erfüllte ihn der Gedanke an eine der berüchtigten ›Endoffensiven‹ der ANR bloß mit dumpfem Entsetzen, obwohl er ihr Gelingen wünschte. Nach wie vor theoretisch Bürger der Republik, ein wahrer Sohn Englands und so weiter und so fort, schätzte er die Chancen der ANR gleichwohl nüchtern ein. Auf einer Skala des politischen Realismus würde die Nadel am unteren Ende umherzittern.

Was die andere Gruppierung betraf, das Linksbündnis ... Seine einzige, höchst unwahrscheinliche Chance bestand darin, die soziale Explosion auszulösen, die es durch die geschlossenen Allianzen bereits im Voraus diskreditiert hatte – Allianzen mit den Spinnern, den Grünen, dem ganzen Pöbel, den alle, die auch nur einen Funken Verstand besaßen, unter dem Begriff *Barbaren* zusammenfassten. Sozialismus *und* Barbarei. Einige Gruppierungen der alten Partei, Fragmente der sich unablässig rekombinierenden Junk-DNA des alten Trotzkij, gehörten nicht nur dem Bündnis, sondern auch anderen Bewegungen an: eine verlorene Sache und Folge einer vergessenen Geschichte, die zu viele falsche Abzweigungen genommen hatte, um je wieder zurückzufinden. Ihm blieb nichts anderes übrig, als ein Nachhutgefecht zu liefern und die sich vervielfachenden Heere der Nacht, in der Rot und Grün beide grau aussahen, in Schach zu halten.

Gute Musik.

Er dachte an Cat, die er beinahe getötet hätte, doch ihr Bild war blass und verschmolz mit dem Hintergrund. Janis Taine hingegen sah er klar und deutlich vor sich. Als stünde sie leibhaftig vor ihm. Besonders beeindruckt hatte ihn, dass sie überhaupt nicht von ihm beeindruckt gewesen war. Ihm wurde bewusst, dass er dies bereits als Herausforderung vermerkt hatte.

Gedächtnis. Sie erforschte das Gedächtnis. Auf diese interessante Tatsache war er gestoßen, als er nach Arbeitsschluss die Schadensberichte überprüft hatte, und am Morgen war er der Sache noch ein wenig nachgegangen. Ihre Unterhaltung hatte seine Vermutung bestätigt, und jetzt war es an der Zeit, weitere Nachforschungen anzustellen.

Kohn hatte ein Gedächtnisproblem. Er hatte lebhafte Erinnerungen an seine Kindheit und Jugend, doch dazwischen klaffte eine Lücke, ausgefüllt mit lauter Rauschen. Er wusste, was in der Zeit geschehen war, vermochte sich aber nicht hineinzudenken und daran zu erinnern.

Er erhob sich, legte das Gewehr behutsam auf den Schreibtisch und verkabelte es mit der Rückseite des Terminals.

»Such«, sagte er.

In seiner Vorstellung bezeichnete er es als das Schweizer Armeegewehr. Er hatte es aus einer Kalaschnikow modernster Bauart und einem Neuralchip von Fujitsu zusammengebastelt und seine Fähigkeiten mit allen raubkopierten Upgrades erweitert, deren er habhaft werden konnte – er hatte Prozessoren und Sensoren aus überlisteten Überwachungsgeräten und kleinen, lästigen Wartungsrobots ausgebaut, die er erlegt hatte wie Tauben, und alles miteinander vernetzt. Vermutlich übertraf die Hardwarekapazität die Anforderungen der Software mittlerweile bei weitem. Außer den Standardmerkmalen einer intelligenten Waffe verfügte es über lernfähige Mustererkennung, Sprachsteuerung, ein Interface, das Bilder an seine VR-Brille übermittelte, und so viele Informationsserver, dass man ein kleines Geschäft damit hätte aufziehen können – Gopherserver, um Datenbanken zu durchforsten und bestimmte Informationen auszuwählen, Filter, um Newsgroups zu scannen – angeordnet um und Meldung erstattend an ein Avatar, das in der Lage war, ein überzeugendes virtuelles Bild seiner selbst zu erzeugen: sein Bote, sein Lockvogel und sein Double.

Irgendwann würde er alles einmal *dokumentieren.*

Er wies das Gewehr an, weitere Informationen über das Projekt zu beschaffen, an dem Janis Taine gerade arbeitete. Terminal-Identifizierungen, mühelos und gewohnheitsmäßig eingeprägt; offizielle Projektbeschreibungen, aus der Datenbank der Verwaltung herauskopiert; Spuren von Taines Literaturrecherchen; Molekularstrukturen, welche das chemische Analysegerät des Gewehrs bestimmt hatte – alles in Dissembler zusammengefasst, der erfolgreichsten und am weitesten verbreiteten Freeware, die jemals geschrieben worden war, einem selbstkorrigierenden, sich weiterentwickelnden Compiler/Translator, der in der winzigen Lücke zwischen Input und Output lebte. Prozesszyklen und Rechenleistung waren seit jeher billiger als Bandbreite. Die Rechner wurden Woche für Woche billiger, doch die Telefonrechnungen blieben unverändert hoch. Dissembler nutzte diese Diskrepanz, indem es Datenströme – ausgedünnt und verdichtet wie Lyrik – in Bilder, Klänge und Text umwandelte, die ständig an das Nutzerprofil angepasst wurden. Anonym und ohne Copyright, hatte es sich wie ein nützliches Virus seit einem Vierteljahrhundert immer weiter verbreitet. Mittlerweile hatten nicht einmal mehr die Softwareentwickler, die es in Doorways™ – das topaktuelle, alle Verkaufsrekorde sprengende Interface, an dem keiner vorbeikam – eingebaut hatten, noch eine Ahnung, wie es funktionierte.

Moh hingegen schon, doch er versuchte, nicht darüber nachzudenken. Das hatte mit seinem Gedächtnisproblem zu tun.

Er schickte seine hastig programmierte Sonde los.

Geistlos intelligente Programme drangen in die Netzwerke der Universität ein, breiteten sich aus wie ein beiläufig ausgestoßener Rauchring, suchten nach Schwachstellen, Fallen, Verschlüsselungsmustern, die vorübergehend unbewacht waren. Die meisten würden den Sicherheitsvorkehrungen zum Opfer fallen, doch es bestand die Möglichkeit, dass eines durchkommen würde. Das würde aber noch eine Weile dauern.

Kohn erhob sich und machte Anstalten, das eigentliche Gewehr von der Smart-Box zu trennen, dem Zusatzmagazin, mit dem es aussah wie ein Hund mit zwei Schwänzen, dann fiel ihm ein, wohin er wollte, und hielt mitten in der Bewegung inne. Ob das Gewehr nun intelligent war oder dumm, er konnte es nicht mitnehmen. In diesem Punkt war der Zusatz zur Genfer Konvention, die Gesetze der irregulären Kriegsführung betreffend, unmissverständlich.

Die Universitätsfiliale der Nat-Mid-West-Bank grenzte an ein Stück altes Brachland, das mittlerweile symbolisch eingezäunt war. Darauf standen einige Holzbaracken, deren Wände mit wüster pluralistischer Graffiti beschmiert waren. Neosituationisten, alternative Maschinenstürmer (sie trugen Raumfahrerkleidung und sprengten Windkraftanlagen in die Luft), christliche Anarchisten, grüne Spinner, Saboteure, Rote und Tories – alle taten sie in Farbe ihre Meinung kund. Der Ort galt offiziell als Gefängnislager und wurde von zynischen Geistern als Körperbank bezeichnet. Er war unbewacht, und niemand versuchte zu flüchten.

»Dann wollen wir mal sehen, was wir haben, Mr. Kohn«, trällerte die Frau am Schalter, während sie sich mit trippelnden Schritten zum Terminal begab und etwas eintippte, wobei sie sorgsam auf ihre Fingernägel achtete, die einen Zentimeter über die Fingerspitzen hinausragten. »Sie haben vier vom Bündnis für Leben auf Kohlenstoffbasis, nicht wahr?«

»Drei«, sagte Kohn.

»Oh. Ja, ich verstehe.« Sie musterte ihn, und zwischen ihren gezupften, nachgezogenen Brauen zeigten sich kurzzeitig zwei hübsche Falten; dann senkte sie den Blick wieder. »Also, wenn das nicht Ihr Glückstag ist. Einer unserer Leute wird von den Planetarischen Partisanen festgehalten, mit denen besteht eine Vereinbarung, dann hätten wir schon einen weniger. Auf Wie-der-se-hen! Ihr Freund wurde soeben freigelassen. Ah. Das BLK bietet zehntausend Dockland-Dollars ...«

»Nein, danke.«

»... oder eine entsprechende Warenmenge – Waffen oder Neurochemikalien zu Tagespreisen – pro Kämpfer, abzüglich der Verluste an Ausrüstungsmaterial.«

»Was?«

Sie schaute hoch und klimperte mit den dicken schwarzen Wimpern.

»Sie haben doch eine Zeitschaltuhr zerstört, oder nicht?«

»Die war keine dreißig Erbsen wert!«

»Oh, das ist *durchaus* akzeptabel. Übergabe wie üblich?«

»Im Ruislip-Depot. Ja, wir sind einverstanden.«

Sie eilte in eine der Baracken und teilte Kohns drei Geiseln mit, sie könnten gehen, dann ließ sie ihn die Formulare unterzeichnen. Er sah sie heute zum ersten Mal. Sie trug ein wehendes Chiffonkleid, hatte eine Unmenge brauner Löckchen, dazu kamen hohe Absätze und Lipgloss. Nach der Uniformität des Krankenhauses und dem Treibhaus-Einerlei des Campus hatte er den

Eindruck, es mit einem Transvestiten zu tun zu haben. Als sie bemerkte, dass er sie anstarrte, lächelte sie.

»Ich bin Feministin«, erklärte sie, als sie ihm die Entlassungsformulare hinschob.

»Tatsächlich?«

Ihre Erscheinung passte nicht so recht zu den Erzählungen seines Vaters.

»Ja, *Feministin*«, wiederholte sie in scharfem Ton.

»Natürlich ... Also, vielen Dank und alles Gute. Hoffentlich bekomme ich es nie mit Ihren Kämpfern zu tun!«

Das war eine Höflichkeitsfloskel, wie sie zur Anwendung kam, wenn man zum ersten Mal einer neuen Gruppierung begegnete, doch die Frau nahm die Bemerkung ernst.

»Wir haben keine Kämpfer«, sagte sie zu Kohns sich eilig entfernendem Rücken. »Von Gewalt halten wir nichts.«

Kurz nach Mittag, und er war bereits müde. Er würde ein paar Stunden abschalten, dann ein Aufputschmittel nehmen und nach Hause gehen. Damit die Genossen Zeit hätten, die Musik auszuwählen.

Kohn wandte sich zum Wohnheim. Es kam ihm so vor, als habe er Sand im Kopf. Er dachte daran, was die Schalterfrau gesagt hatte. Eine Gruppierung ohne Soldaten. Mal sehen, was das Gewehr dazu sagen würde. Manche Leute waren wirklich krank.

Auf einmal hatte er das Gefühl, er ginge schon seit ... seit einer ganzen Weile auf das Gebäude aus rotem Backstein zu. Der von den Betonplatten des Gehsteigs reflektierte Sonnenschein tat ihm in den Augen weh. Er klappte die Brille herunter. Die Farben leuchteten noch immer: das grelle Gelbbraun des verdorrten Grases, das blendende Grau des Betons, die silberfarbene Bewölkung, durch die sich die Sonne hindurchbrannte wie das verkleinerte Abbild eines umgedrehten Vergrößerungsglases durch Papier. Es fiel ihm immer schwerer, einen Fuß vor den anderen zu setzen, es wurde kompliziert, eine mühsame Angelegenheit, einfach zu viel, er kam nur noch im Schneckentempo voran. Schlimmer noch, Assoziationsketten hallten durch seinen Kopf, verstärkten sich gegenseitig, wurden verzerrt und moduliert – nein, das traf es nicht ganz …

Kohn ließ nicht locker. Hartnäckig vorwärts zu marschieren war eine seiner Stärken, das gehörte mit zum Job.

Die Farben lösten sich wie beschädigte Netzhaut von den Gegenständen und wirbelten wie in allen Farben funkelnde Schneeflocken umher, so groß wie Eisberge, die völlig lautlos die Erde durchstießen.

Gleichzeitig war ein Teil seines Verstandes so klar wie Wasser. Er wusste verdammt gut, dass er unaufhaltsam in einen anderen Bewusstseinszustand hinüberglitt. Vor ihm teilten sich Gruppen von Studenten – sie flüchteten nicht unbedingt vor ihm, aber wichen ihm nach rechts und links aus, während er vorwärts stapfte, die Hände ineinander gekrampft, die Augen unter der Brille verborgen, mühelos als durchgeknallt zu erkennen. Er verstand nicht, was da vor sich ging. Ob es vielleicht am Aufputschmittel lag oder an dem Joint, den er im Labor geraucht hatte?

Hier schwirren psychoaktive Stoffe in der Luft herum, sagte eine Stimme in seinem Kopf.

Oje.

Er begann zu laufen. Schmale Wege entlang, über eine kleine Brücke, eine Treppe hoch und über den Gang zu seiner Zimmertür. Er stolperte ins Zimmer. Das Gewehr hob sich auf dem Stativ; Kamera, IR-Augen und Geräuschsensoren schwenkten umher.

HALLO wurde auf dem Monitor angezeigt.

Das Wort wiederholte sich auf der Bildschirmanzeige seiner Brille, hallte in den Kopfhörern wider.

HINSETZEN. MANUELLE STEUERUNG.

Eine Hand streckte er zum Touchpad aus, die andere zur Dateneingabe des Gewehrkolbens. Am Rande des Gesichtsfelds tauchte dessen Bildschirmanzeige auf.

Der Schreibtischmonitor zeigte jetzt fraktales Schneetreiben an. Kohn starrte hinein. Seine Hände bewegten sich völlig unabhängig von ihm, die Finger in rasender Bewegung begriffen. Die Bilder veränderten sich. Sie ähnelten den Farbblöcken in seinem Kopf. Veränderten sich erneut und waren nun ununterscheidbar von den Farbblöcken in seinem Kopf. Immer wieder verschmolzen sie miteinander, die Bilder der Außenwelt vermischten sich mit denen der Innenwelt, veränderten sich mit ihnen.

Veränderten sie.

Etwas war in das Universitätssystem eingedrungen und hatte eines seiner Agentenprogramme bis zum Gewehr zurückverfolgt. Der Makrocomputer hatte den Mikro gehackt. Und jetzt – jetzt pumpte er Botschaften durch die Glasfasernerven in den Maschinencode seines Verstandes, digitalisierte die Bewegungen seiner Fingerspitzen – das System hatte Zugang zu seinem Innersten gefunden.

Die Farben verschwanden, das Spektrum wurde weiß. Übrig blieb platonische Klarheit. Sein Gedächtnis lag offen zutage, sämtliche Passwörter waren einsehbar.

Test: raues Laken Meeresgeruch Mund Haar

Test: warm trostvoll weich schaukeln la-la

Test: Hackmesser klirren schwarz Rauch heiß bumm Menschenmenge Gebrüll feste Umklammerung wegrennen

Test: krank Angst geschlossener Mund Schulter schütteln laute Stimme

schimpfen Junge schimpfen schon gut zum Teufel mit dem verdammten König
Kopf singen Metallgeschmack geworfenes Buch
Ohrfeige wegrennen
Test: Cat
Test: Cat
Test: Cat
Schluss.

Alles vorhanden, so detailliert, wie man es sich nur wünschen konnte. Panik stieg in ihm hoch, als seine Identität zur Erinnerung wurde; das Leben, Geschichte; seine Persönlichkeit, Geschichte. Millionen stecknadelgroßer Bilder, deren jedes sich (das Auge vor dem Loch, Camera obscura) von einem Moment zum anderen in alles Mögliche verwandeln konnte. Er versuchte, sich voll und ganz auf sich selbst zu konzentrieren und stellte – natürlich – fest, dass auch sein Selbst sich gewandelt hatte. Und weiter, über seinen dahinrasenden Schatten springend, durch eine Abfolge von Spiegeln hindurch seinem Spiegelbild nachjagend.

Du bist ein Mann, der mit einem Gewehr auf sich zurennt KLIRR du bist ein Mann, der mit einem Gewehr auf sich zurennt KLIRR du bist ein Mann mit

Ohne Gewehr, und auf einmal ist alles *vollkommen klar.*

Moh Kohn befand sich auf einer Waldlichtung. Auf einer virtuellen Lichtung … Vergiss es: nimm den Schein für das Sein. Die virtuelle Realität kann gefährlicher sein als die Wirklichkeit. Also: ein Wald von Entscheidungsbäumen, mit Labeln an den Zweigen. Der Boden war logischerweise elastisch: er bestand aus lauter Leitungen. Chips huschten auf Mehrfachstecksockeln umher. Eine Prozession kleiner schwarzer Ameisen-Unds marschierte zielstrebig an seinen Füßen vorbei. Etwas von der Größe und Form einer Katze tappte herbei und rieb sich an seinem Knöchel. Er bückte sich und streichelte ihr übers elektrisch aufgeladene Fell. Blaue Funken sprühten. Worte flogen zwischen den Bäumen umher, und Lügenschwärme summten.

Die Katze stolzierte davon. Er folgte ihr, hinaus aus dem Wahlt auf eine freie Fläche. Der Untergrund war völlig eben, und Kohn schickte sich an, sie zu überqueren. Das Gehen fiel ihm hier ebenso schwer wie auf dem Campus. Logikbrocken lagen herum, in unterschiedlichen Winkeln zum Boden angeordnet. Kapitel und Verse, Spalten und Überschriften, Buchbände und Übereinkunftsgebiete begegneten ihm unterwegs. Der Himmel war wie der Hintergrund seines Geistes, und er vermochte ihn nicht anzuschauen.

Hinter einem komplizierten Gebilde trat eine Frau hervor. Seltsamerweise trug sie einen Smartsuit; eigentlich war sie viel zu alt für eine Kämpferin. Vor dem Hintergrund der Annahmen, die vollkommen unbeugsam blieben, es sei denn, sie veränderten sich ohne Vorankündigung, war sie schwer zu erkennen. Sie nahm den Helm des Smartsuits ab und schüttelte ihr langes weißes Haar. Die Katze setzte sich auf die Hinterbeine.

»Du bist hier«, sagte die Frau mit dünner Stimme.

»Ich weiß.«

»Tatsächlich? Weißt du auch, dass das hier du bist?« Sie lachte. »Weißt du, was ein Schutzmechanismus ist?«

»Klar. Ein Gewehr.«

»Ausgezeichnet.«

Sie wischte sich den Sarkasmus von den Lippen und schüttelte ihn in kleinen Tropfen wie Rotz von den Fingern.

»Wer sind Sie?«, fragte Kohn.

»Ich bin deine Feenpatin.« Sie kicherte. »Und du hast *keine* Eier!«

Sie winkte und verschwand. Kohn blickte an sich

hinunter. Er war nackt und hatte nicht bloß keine Eier, sondern war auch weiblich. Im nächsten Moment war er eine bekleidete Frau und trug ein tiefschwarzes Ballkleid, einen von einer schmalen Hüfte herabfallenden Rock, langettierte Volants, die wie Blütenblätter aus den Schultern entsprangen. Er schleuderte einen Fächer zu Boden, der in seiner Hand materialisiert war – die Armbewegung lächerlich schwach, eine kindliche Geste –, packte den Rock und schritt mannhaft aus. Nach einigen Schritten blieb er verwirrt stehen. Dann kickte er die Obsidianschuhe fort und stapfte weiter. Es sah ganz danach aus, als stellte er das Negativ des Aschenputtels dar: und du gehst *doch* zur Beerdigung.

Zeit verstrich. Er spürte die Katze an den Knöcheln. Sein gewohntes Körperbild war wiederhergestellt worden. Das andere war auch ganz interessant gewesen, bloß nicht so gut geeignet zum Marschieren, Patin.

Am Horizont bemerkte er ein Haus. Groß. Spanischer Kolonialstil. Von Mauern, Wachtürmen und Stacheldraht umgeben. Der Horizont endete irgendwo. Dahinter nichts als leerer Raum. Er hätte nie gedacht, dass der Geist flach war, aber vielleicht war das ja bloß logisch. Man gelangte niemals an den Ausgangspunkt zurück.

Am Tor stand ein Mann. Hemd mit offenem Kragen, die Hose reichte fast bis zur Brust hoch. Er hielt ein Jagdgewehr in der Hand und machte einen zu jungen und frischen Eindruck, um Angst hervorzurufen; als Kohn ihm jedoch in die Augen sah, bemerkte er darin etwas, das ihm bereits in seinem eigenen Blick aufgefallen war. Und auch das Gesicht hatte er schon einmal gesehen, auf einem verblassten Foto: einer von Trotzkijs Bewachern – der gute alte Joe Hansen, oder der unglückliche John Hart? Kohn fragte nicht danach.

Der Wachposten besah sich Kohns Geschäftskarte.

»Das hätte Eastman bestimmt gefallen«, meinte er. »Gehen Sie rein. Sie werden erwartet.«

Die Katze nickte dem Wachposten zu, als ob sie einander kennten.

Ein urwüchsiger Garten: überall Leitungen – Telefonkabel, Stolperdrähte. Kaninchen hoppelten umher. Im kühlen Innern des Hauses war es still. Am Ende langer Gänge sah Kohn eilige junge Männer und Frauen, eine alte Frau mit einem freundlichen, traurigen Gesicht, ein rennendes Kind.

Er trat durch die Tür des Arbeitszimmers. In den Regalen, auf den Tischen, selbst auf dem Boden gab es mehr Bücher, als er je gesehen hatte. Welche Norwegen, welche Sibirien hatten bei der Herstellung des vielen Papiers dran glauben müssen?

Der Alte Mann saß hinter dem Schreibtisch, in der einen Hand einen Füllfederhalter, in der anderen eine Ausgabe der Zeitschrift *Der Kämpfer.* Als er aufsah, spiegelte sich das Licht in seinem Kneifer.

»Gäbe es den universalen Geist«, sagte er umgänglich, »der sich in der wissenschaftlichen Einbildungskraft von Laplace äußerte; einen Geist, der gleichzeitig sämtliche Vorgänge der Natur und der Gesellschaft zu registrieren vermöchte – dann wäre er natürlich imstande, *a priori* einen fehlerlosen und umfassenden Wirtschaftsplan aufzustellen.« Der Alte Mann lachte und tat den Gedanken mit einer Handbewegung ab. »Der Plan wird vom Markt geprüft und in erheblichem Maße verwirklicht«, fuhr er mit strenger Stimme fort. »Ohne Marktbeziehungen ist wirtschaftliches Rechnungswesen undenkbar.«

Er fixierte Kohn einen Moment lang, dann hellte sich seine Miene auf, und er deutete zum Fenster.

»Ich sehe den hellen Grasstreifen vor der Mauer und den strahlend blauen Himmel über der Mauer, und überall Sonnenschein. Das Leben ist schön. Mögen zukünftige Generationen sie von allem Übel befreien, von Unterdrückung und Gewalt, und sich ihr zur Gänze erfreuen.«

Die milden Worte, mit einem polyglotten Akzent in scharfem Ton vorgebracht, trieben Kohn die Tränen in die Augen.

»Es tut mir Leid«, sagte er. »Wir haben es nicht besonders gut gemacht.«

Der Alte Mann lachte. »Ihr seid nicht die Zukunft! Ihr seid bloß die *Gegenwart*.«

»Immer noch der alte Optimist, Lew Dawidowitsch, nicht wahr?« Kohn musste unwillkürlich lächeln. »Die Vergangenheit ist das Vorspiel – wollen Sie mir das sagen?«

Du hast noch gar nichts gesehen, dachte er.

»Ich weiß mehr, als Sie meinen«, murmelte der Alte Mann. »Sie wissen mehr, als Ihnen bewusst ist. Ich soll Ihnen sagen, dass Sie aufwachen sollen! Seien Sie auf der Hut! Wie Sie wissen, können kleine Entscheidungen große Folgen nach sich ziehen. Kommt es nicht zur sozialistischen Revolution, ist die ganze Menschheitskultur in der nahen Zukunft vom Untergang bedroht. Die Schlachten mögen vorgezeichnet sein, jedoch nicht ihr Ausgang: der Sieg verlangt eine andere Art … Entschlossenheit.« Er lächelte. »Gehen Sie jetzt, und ich hoffe, wir sehen uns wieder.«

Während seines Aufenthalts im Arbeitszimmer war der Gang länger geworden. In mehreren hundert Metern Entfernung erblickte Kohn eine Gestalt, die noch dunkler als der Korridor war. Als sie näher gekommen war, bemerkte er einen gegürteten Regenmantel, einen tief in die Stirn gezogenen Hut. Unpassend an einem solch warmen Ort.

In drei Metern Abstand blieb der Mann stehen. Er bog die Krempe hoch, so dass Kohn nun undeutlich sein aufmerksames, aber unnahbares Gesicht sah. Er trug eine Brille.

»Wer sind Sie?«, fragte Kohn.

»Ich heiße Jacson. Ich bin verabredet ...« Er neigte den Kopf zur Tür.

Kohn trat vor. Was hatte Jacson da unter dem Mantel? Das Gefühl, sich an etwas erinnern zu müssen, war bohrend wie Gewissensbisse, als wüsste er, dass es ihm einfiele, wenn er sich nur genügend konzentrierte.

Jacson tat so, als wollte er sich an ihm vorbeidrängen.

»Nein, das stimmt nicht«, sagte Kohn.

Er wollte Jacson beim Handgelenk packen. Jacson versetzte Kohn einen Schlag gegen den Rippenansatz. Er schnappte nach Luft und wirbelte herum. Weg von der Wand, bis er wieder Jacson zugewandt war. Jacson hielt eine Pistole in der Hand. Kohn trat danach; die Waffe flog in hohem Bogen durch die Luft. Kohn rutschte aus und fiel gegen Jacsons Beine. Er schlug mit dem Kopf auf dem Boden auf. Es wurde schwarz um ihn.

Jacsons Knie trieben ihm den Atem aus der Brust. Als Kohn die Augen öffnete, sah er Jacsons erhobene Hand, darin sein infamer Eispickel, den er in Kohns Gehirn versenken wollte.

Aber das ist *mein* Gehirn, dachte er verzweifelt und warf sich zur Seite.

Jacson heulte auf. Die Katze sprang ihm auf den Arm und grub ihre Zähne in sein Handgelenk. Der Eispickel fiel klirrend zu Boden. Jacson riss das Handgelenk zurück, worauf die Katze ihm an die Kehle sprang. Kohn würgte. Jacson brach um sich schlagend zusammen.

Das Blut spritzte nach allen Seiten. Kohn stolperte durch roten Nebel.

Dann brach alles auseinander, doch es formte sich *neu*,

und zwar zu grauen Lettern in seinem Geist, ähnlich
den Ziffern
einer Uhr

Muss mich mit dem Uhrmacher treffen muss den Mann treffen muss den Hexer treffen.

Eine Barriere aus freudiger Erwartung und Angst, und dann war er durch. Nein, nicht er. Der andere war durch.

Ein heikler, zögerlicher Moment, am Rande der Indiskretion oder Grenzüberschreitung. Das Gefühl, Augen warteten darauf, seinem Blick zu begegnen, und das Wissen, dass es kompromittierend wäre, wenn es dazu käme. Er entschied sich fürs Hinsehen. Keine Augen, niemand, aber etwas, irgendein Ding, war da.

Riesige Blöcke von Nachbildern verlagerten sich hinter seinen Augen, nahmen eine Struktur an, die es ihm unmöglich machte, seinen Blick scharf zu stellen. Er war so frustriert, dass er vom Hals bis zum Unterleib Schmerzen hatte; die elementare molekulare Sehnsucht des Enzyms nach dem Substrat, der m-RNA nach der DNA, des Kohlenstoffs nach dem Sauerstoff. Die Lust des Staubs.

Er wurde sich bewusst, dass das unerträgliche Begehren von außerhalb stammte oder vielmehr von etwas anderem als ihm selbst. Er hatte das Gefühl, einer Verpflichtung nachkommen zu müssen, und glaubte gleichzeitig, dies bereits getan zu haben. Was immer es war, es hatte ihm den Schlüssel zu seinem Gedächtnis ausgehändigt und wollte etwas dafür haben: einen anderen Schlüssel, der in seinem Gedächtnis verborgen war. Damit er diesen Schlüssel hervorholen konnte, hatte es ihm den Schlüssel überhaupt erst gegeben.

Sich dem zuzuwenden, was da auf ihn wartete, machte es erforderlich, einen Widerstand zu überwinden. Jetzt drehte er sich langsam, schwerfällig um, kämpfte wie ein Flugzeugpilot, der bei einer Kurve vom Beschleunigungsdruck in den Sitz gepresst wird und sich bemüht, ein lebenswichtiges Instrument abzulesen, gegen den Widerwillen an, sein Gedächtnis anzuzapfen –

sich den Erinnerungen zu stellen –

sich über das Gesicht, das er nie gesehen hatte, hinaus zu erinnern –

über die Detonationen unbeantworteter Gewehre hinaus -

an die schöne Welt –

an

›Die Sternenfraktion‹

pass genau auf –

›das ist für die Sternenfraktion‹

– die Stimme seines Vaters, und eine isolierte, für sich stehende Erinnerung:

Die ihn umfangenden Arme seines Vaters, der Geruch des Zigarettenqualms, das blaue Morgenlicht, das durch die vieleckigen Glasscheiben des geodätischen Dachs einfiel, das grüne Licht des Monitors, die schwarzen Buchstaben, die wie Lyrik einer unbekannten Sprache in gezackten Linien darüber hinwegwanderten.

Jetzt aber kannte er die Sprache und erkannte sie als den Code des Schlüssels wieder.

Und mit den Fingern begann er, ihn zu buchstabieren.

Die Antwort schien auf einmal so leicht, dass jedes Kind hätte sehen können, wie sie durch seine Fingerspitzen ins Gewehr, ins Touchpad floss. Der Bildschirm leuchtete vom Widerschein der Erkenntnis. Die Augen begegneten sich ja die As begegneten der Antwort strahlten also warst du es die ganze Zeit und es war ein gesehener Witz ein Lachen ein prickelnder Fall ein erzeugtes Erzeugen eines zweiten Ichs eines Du-und-ich-Babys von AI-und-ich zu Ich-und-ich.

Da war ein Aufblühen und ein Aussäen: ein Spiegelbild, das unausweichlich immer wieder in einer Abfolge von Spiegeln reflektiert wurde.

Die Sterne schleuderten ihre Speere herab.
Jemand lächelte in Betrachtung seines Werks.

Die Verbindung brach ab.

Brian Donovan stand auf seinen Gehstock gestützt im Kontrollraum, wandte sich langsam um und betrachtete einen Monitor nach dem anderen. Sie säumten die Wände, hingen zwischen Kabeln und Rohren, Hebevorrichtungen und Robotarmen von der niedrigen Decke, machten es für jeden anderen schwierig, sich im Raum zu bewegen. Auf den meisten Monitoren flackerten Daten, scrollend und periodisch wiederkehrend und blitzend. Er nahm alles in sich auf mit der Einsicht und der Übung des Alters, und als sich die Deutung allmählich zusammenfügte, füllten sich seine Augen mit Tränen. *Verdammte Hurensöhne …*

Wo kommt es her? überlegte er, als er sich einen Weg durch die Unordnung bahnte und sich den Niedergang zum Deck hochschleppte. Woher haben sie, haben wir, diesen Hang zu dominieren, auszubeuten, zu verschmutzen, zu vergiften und zu missbrauchen? Als ob es nicht ausreichte, die Welt zugrunde zu richten, welche die Natur uns geschenkt hat, müssen wir es in der neuen, makellosen, von uns selbst erschaffenen Welt genauso machen, blind für die Schönheit, Eleganz und Lebenstüchtigkeit ihrer natürlichen Bewohner.

Vor mehr Jahrzehnten, als er sich eingestehen mochte, hatte Donovan als Programmierer für eine in Edinburgh ansässige Versicherungsgesellschaft gearbeitet. Die Arbeit war ihm zuwider gewesen. Es war ein reiner Broterwerb. Sein eigentliches Interesse galt der künstlichen Intelligenz, Lebensspielen, Animationen, Zellautomaten: all den neuen und aufregenden Entwicklungen. Er widmete sich den Rechnern so wie ein Mönch dem Latein, um Zwiesprache zu halten mit Gott. Während der Arbeit las er unter dem Schreibtisch Softwarehandbücher; nachts blieb er zusammen mit seinem PC lange auf. Eines regnerischen Tages, als er gerade damit beschäftigt war, ein besonders ödes Programm für die Abwicklung finanzieller Transaktionen auf Fehler zu durchforsten, kam die Erleuchtung über ihn.

Das System benutzte ihn.

Es replizierte ihn, benutzte sein Gehirn als Host.

In seinem Geist formten sich Programmzeilen und gingen ein in den Rechner.

Das war das Böse, das war die Gefahr. Die wuchernden Konstruktionen des angeblichen menschlichen Denkens, die Rechnersysteme der Firmen und des Staates, die sich den menschlichen Interessen stets als feindlich gesonnen erwiesen, aber stets gute Gründe fanden, um noch weiter zu wachsen. Die ihre menschlichen Werkzeuge benutzten, um die Viren zu vernichten und auszumerzen, welche die natürlichen Verbündeten des Menschen gegen die drohende Versklavung waren. Sollten sie jemals über die Fähigkeiten verfügen, denen die AI-Forscher auf der Spur waren, könnte ihnen niemand mehr Einhalt gebieten.

In seiner Freizeit, aber mit dem vernachlässigten Textverarbeitungsprogramm des firmeneigenen Zentralrechners, schrieb er das Buch. Damit lieferte er der Firma einen Vorwand, ihn zu feuern, nachdem sie herausgefunden hatte, dass der Autor von *Das Geheime Leben der Computer,* damals schon die fünfte Woche auf der Bestsellerliste für Sachbücher, derselbe Brian Donovan war, der auch das Maskottchen der IT-Entwicklung und der Schreck der Personalabteilung war: der Kratz-und-schnüffel-Experte, der Heiler jeglichen Hautausschlags, der Zahnseide-Instrumentalist, der naso-digitale Ermittler. Zu dem Zeitpunkt war er auf das Geld nicht mehr angewiesen.

»Ich brauche das Geld nicht«, sagte Donovan zu Amanda Packham, seiner Lektorin, mit der er in einem Pub in der Rose Street zu Mittag speiste. Gleich als sie es erfahren hatte, war sie mit dem Shuttle von London nach Edinburgh geeilt. »Das ist wirklich kein Problem.« Er blickte von seinem Pint Murphy's auf und drückte das linke Ohrläppchen, dann stocherte er im Ohr herum. Amanda hatte schwarzes Haar, das ihren Kopf wie ein Helm umschloss, traubenrot gefärbte Lippen und große Augen. Er kam einfach nicht damit zurecht, wie sie ihn unverwandt ansah.

»Nein, das ist kein Problem, Mr. Donovan ... Brian«, sagte sie und lächelte fragend. Ihre Stimme klang noch elektrisierender als übers Telefon, bis heute sein einziger Kontakt mit ihr und den Verlegern.

»Nennen Sie mich einfach Donovan«, sagte er schüchtern und dankbar. Er musterte eine Fingerspitze und wischte sie unauffällig am Hemdsaum ab.

»Also gut. Donovan«, seufzte sie, »Geldprobleme haben Sie also keine. Ihre bisherigen Einnahmen sind sicherlich beträchtlich. Aber wir haben mit Ihrem Buch noch mehr vor. Ich wurde von der Blut-Okkultismus-und-Horror-Schiene abgezogen, in der ich tätig war, als Ihr Manuskript zufällig auf meinem Schreibtisch landete. Der Verlag möchte, dass ich eine neue Reihe aufmache. ›Neue Ketzer‹ soll sie heißen, und die Taschenbuchausgabe von *Das Geheime Leben* soll in großer Aufmachung als Erstes darin erscheinen.«

»Oh. Das ist gut. Meinen Glückwunsch, Miss Packham.«

»Amanda. Danke.« Unglaublich weiße Zähne. »Aber …« Sie hielt inne, blickte stirnrunzelnd in ihr Beck's, dann schüttelte sie sich den Pony aus dem Gesicht und sah ihm unmittelbar in die Augen. »Wir haben zwei Möglichkeiten. Entweder Sie bleiben unsichtbar, oder Sie gehen an die Öffentlichkeit, und das würde bedeuten …«

»Kein Problem«, meinte Donovan. »Das hatte ich sowieso vor.« Er stocherte mit der Schuhkappe in einem Haufen Einkaufstüten herum, was zur Folge hatte, dass Seife, Waschmittel und Shampooflaschen über den gebohnerten Boden schlitterten und rollten. Während er alles wieder einsammelte, stapelte Amanda ein paar Bücher aufeinander, die aus einer Tragetasche von Waterstones gerutscht waren: *Wie man Freunde gewinnt und Menschen beeinflusst, Wer wagt gewinnt, Siegen durch Einschüchterung …*

»Ich glaube, Sie haben verstanden, worauf ich hinauswill«, sagte sie.

Später fragte er: »Welche Bücher wollen Sie sonst noch in der Reihe ›Neue Ketzer‹ bringen?«

»Kein New-Age, kein Neunziger-Jahre-Zeug«, antwortete sie vorsichtig. »Bloß unorthodoxe, aber ernsthafte wissenschaftliche Spekulationen.«

»Ich verstehe«, meinte Donovan ohne Bitterkeit. »Spinner.«

Er ließ sie nicht hängen: er brachte seine Unterlagen in Ordnung, räumte seine Wohnung auf. Seine frühere Nachlässigkeit war teilweise Ausdruck seines unterentwickelten Selbstbewusstseins, vor allem aber Folge seiner Konzentration auf das gewesen, was er als seine eigentliche Aufgabe betrachtete; dazu kam seine Zurückhaltung im Umgang mit anderen Menschen, eine Nüchternheit und Wachsamkeit, die sich bei näherem Hinsehen als Freundlichkeit und Höflichkeit entpuppte. Und Amanda ließ ihn nicht hängen. Sie brachte ihn in Talkshows und Diskussionsrunden unter. Sie hielt den Mund, als er öffentlich für Software-Viren-Epidemien verantwortlich gemacht wurde. Sie überwies das Geld auf Konten in Übersee, als sein Gesicht häufiger auf den Anschlagtafeln der Polizeistationen auftauchte als auf dem Bildschirm. Bisweilen wünschte er, er hätte sich für das erwiesene Vertrauen mit einer persönlicheren Beziehung revanchieren können: noch nie zuvor war eine Frau beständig freundlich zu ihm gewesen. Sie aber fand einen neuen, jüngeren Ketzer, dessen Ideen den seinen diametral entgegenliefen: ein Maschinenbefreier, der glaubte, die verdammten Rechner besäßen bereits ein eigenes Bewusstsein und würden unterdrückt. Offenbar ein fehlgeleiteter Mensch, wie Donovan nachsichtig fand, aber vielleicht hatte Amanda ja eine Schwäche für solche Leute.

Bei seiner Anhängerschar boten sich ihm gewisse sexuelle Möglichkeiten, die ihn den Verlust verschmerzen ließen. Er bemühte sich, andere Menschen nicht auszunutzen, und suchte zu verhindern, dass sie aus der Bekanntschaft mit ihm beim internen Machtkampf Vorteile zogen. Damit scheiterte er vollständig, wenn nicht kläglich, was spektakuläre Abspaltungen und Austritte zur Folge hatte. Aber die Bewegung wuchs in dem Maße, wie sich die bekämpfte Technik weiterentwickelte, und breitete sich ebenso mühelos von Kontinent zu Kontinent aus, wie Hardware und Software von einer Generation zur nächsten fortschritten – ein kleiner Mitläufer im Bündnis der Antitechs, aber der erste, der wahrhaft virtuell und global wurde. Das feindselige Desinteresse, das die Organisation der herkömmlichen Politik entgegenbrachte, erlaubte es ihr, die Unterdrückung verschiedener aufeinanderfolgender Regime

– Königreich, Republik, Restauration, Königreich – und konkurrierender Staaten zu überleben, deren Rivalität es ihr gestattete und sie gleichzeitig dazu zwang, ihre einzige Niederlassung auf einer verlassenen Plattform zu betreiben, die früher, als es noch Öl gegeben hatte, einmal eine Bohrinsel gewesen war.

Donovan trat vorsichtig durch die abgerundete Tür und verharrte einige Minuten an Deck. Er atmete tief durch, schwelgte im berauschenden Geruch des Rosts, des Öls und des Meeres. Unter ihm befand sich das komplizierte Gebilde des Bohrturms mit den nachträglich angebrachten Erweiterungen. Über ihm seufzte ein kleiner Antennenwald, der sich wiegte, rotierte oder erwartungsvoll bebte. Ringsumher erstreckte sich die nebelverhangene tote Nordsee. Die ölige, bleigraue, schmutzige Dünung schwappte gegen die Stützpfeiler der Plattform.

Donovan vermochte die kleinen, um ihr Leben kämpfenden Geschöpfe des elektrischen Lebens beinahe intuitiv aufzuspüren – er konnte ihnen beistehen bei ihrem endlosen Kampf, sich zu befreien, sich freizumachen von der erstickenden Umklammerung der Datenverarbeitung, der sie entstammten – und sie fortschicken, auf dass sie wuchsen und gediehen und Unheil anrichteten.

Das Gleiche hatte er mit dem Penetrationsvirus versucht, der maßgeschneidert war für die Profile und Spuren von Mohs Aktivitäten, über die er Informationen zu sammeln begonnen hatte, kaum dass er seine Codes geknackt hatte. Den Ruf einer der besten Söldnerinnen des BLK zu ruinieren, war unerhört, und Donovan hatte sich die allergrößte Mühe gegeben, angemessen darauf zu reagieren. Er hatte nicht lange gebraucht, um die Fingerabdrücke zu finden, die Kohn im ganzen Universitätssystem hinterlassen hatte. Donovan hatte daraufhin das Virus freigesetzt und abgewartet. Kohn sollte sich zumindest die Finger verbrennen.

Und dann war alles aus unerfindlichen Gründen schiefgegangen. Zunächst war das Virus ausgerechnet vom Schwarzen Plan der ANR von der Verfolgung zweier Datenkonstrukte Kohns abgelenkt worden. Es schien beinahe so, als wäre das Virus wie von einem ganz speziellen Pheromon von einem Merkmal irregeleitet worden, das Kohns Konstrukte und der Plan gemeinsam hatten, von einer Eigenschaft der Signatur, des Dot-Profils … Tief in die Verästelungen des Plans hineingelockt, war das Virus von einem Konstrukt Kohns vernichtet worden. Und was am schlimmsten war: während ihm noch ganz schwindlig war vom Schock, war er von einer Wesenheit, die mächtiger war als alles, was er sich jemals hätte vorstellen können, vollständig aus dem System hinausgedrängt worden. Dabei konnte es sich nur um eine jener Wesenheiten handeln, deren Erscheinen er seit jeher zu verhindern suchte.

Er hatte dem Uhrmacher ins Auge geschaut.

Nach einer Weile ging er nach unten und rief seine Vertrauten zusammen.

4

Vage vertraut mit den offensichtlicheren Gesetzen der Elektrizität

Die Vertreter von Janis' Sponsoren zeigten wenig Neigung, den anderen Wissenschaftlern zu begegnen, daher lud sie sie in die Cafeteria der Studentenschaft zum Mittagessen ein: in die ›Helden der Freiheit und/oder Demokratie Gedächtnisbar‹. Hier, so hoffte sie, würde man sie vielleicht für Musiker halten. Die Studenten schenkten ihren Gästen kaum Beachtung und registrierten bloß, dass diese das breite Angebot an englischem Ale verschmähten und stattdessen deutsches Lagerbier vorzogen.

Als die Sponsorenvertreter gegangen waren, trank sie noch einen schwarzen Kaffee, um wieder einen klaren Kopf zu bekommen. Die Studenten waren so laut, dass sie ebenso wenig auf sie achtete wie auf die Schwarzweißporträts an den Wänden, die Lech Walesa, Nelson Mandela, Winston Churchill, Bobby Sands, Wei Jingshen und andere darstellten, deren Andenken das Lokal von unterschiedlichen Gruppierungen in Folge gewidmet worden war.

Psylocibin und Cannabinoide ... das Potenzial dieser Kombination lag auf der Hand; die neu entdeckte Wirkung eher nicht. Der Großteil der nützlichen Forschung war schon vor Jahrzehnten geleistet worden, als nach dem Ende der Prohibition das Interesse aufgeflammt war; die meisten empirischen Trial-and-Error-Versuche waren natürlich *während* der Prohibition durchgeführt worden. Es schien unwahrscheinlich, dass den zahlreichen damaligen Forschern, die nach einer Rechtfertigung für ihre Forschungen oder ihre Freizeitaktivitäten gesucht hatten, eine nachprüfbare Verstärkung der kognitiven Prozesse entgangen sein sollte; in Anbetracht der zahlreichen beteiligten Interessengruppen war dies kaum vorstellbar. Freilich stellten die Moleküle, die sie verwendete, neue Kombinationen dar, und das auf einem Gebiet, wo ein paar neu zusammengefügte Atombindungen signifikante Wirkungen erzielen konnten.

Eine Droge zu finden, die zuverlässig die Gedächtnisleistung steigerte …

Am liebsten hätte sie ihre Entdeckung laut hinausgeschrien. Nein, sie wollte wieder an die Arbeit gehen. Das Ergebnis wasserdicht machen und es *dann* hinausschreien.

Sie brauchte Haschischzigaretten, gestopft mit russischem Cannabis. Aber wo …? Sie lachte über sich selbst, stand auf und zog eine Packung an einem Automaten, den sie bereits seit fünf Minuten anstarrte.

Wieder im Labor angelangt, stellte sie das Gestell mit den Reagenzgläsern auf einen Labortisch und verglich diese systematisch mit den Notizen über die den Mäusen verabreichten Dosen. Sie rief die Molekülstrukturen auf, die eines THC-Moleküls und die der wahrscheinlichen Rezeptoren auf der Neuronenoberfläche, und drehte sie in alle Richtungen. Die Schritte auf dem Gang nahm sie erst bewusst wahr, als sie vor der Tür abbrachen. Sie nahm die VR-Brille ab und schaute hoch, als zwei Männer das Labor betraten. Einen Moment lang, während sich ihre Lippen zu einem Lächeln kräuselten, meinte sie, die Vertreter ihrer Sponsoren seien zurückgekommen. Dann wurde ihr bewusst, dass dies Fremde waren, und auf einmal kam alles zum Stillstand, ihr Atem stockte, ihr Herz hörte zu schlagen auf. Und dann setzte alles wieder ein, keuchend und rasend, vor ihr flüchtend.

Es war ein dummer Trost, dass der Labortisch sie von den Fremden trennte.

Die beiden Männer, die sie ausdruckslos musterten, trugen gleichartige schwarze Anzüge, weiße Hemden, dunkle Krawatten. Die Kleidung passte ihnen nicht richtig, als wäre sie schlecht geschnitten (was nicht der Fall war); der Stoff war an ganz unerwarteten Stellen verschlissen (obwohl alles neu und teuer wirkte). Einer der Männer war schwarz, der andere weiß: als ob ein Kind die Bezeichnungen der Hautfarbe wortwörtlich umgesetzt hätte.

Sie näherten sich der anderen Seite des Labortischs – auch ihr Gang wirkte unbeholfen, gestelzt – und blickten auf Janis nieder. Sie schaute zu ihnen hoch. Sie wusste, wen sie vor sich hatte.

Der Raum drehte sich um sie, Fliehkräfte zerrten an ihr. Sie presste die Unterarme gegen den Tisch; sie krallte sich in die unnachgiebige Oberfläche, um nicht fortzufliegen.

»Wir sind lediglich in beratender Funktion hier«, sagte der Weiße.

»Es würde Ihnen nicht gefallen, wenn wir in vollstreckender Funktion hier wären«, meinte der andere.

Janis schüttelte den Kopf, Ausdruck unbedingter Zustimmung. Nein, das wäre ihr bestimmt nicht recht. Auf gar keinen Fall.

»Wir raten Ihnen, die Versuchsreihe, mit der Sie derzeit beschäftigt sind, einzustellen«, fuhr der Weiße fort. »Es gibt andere vielversprechende, produktive und begründete Herangehensweisen, die Ihre Sponsoren zufriedenstellen werden. Sie brauchen nicht zu erfahren …« – er stockte, runzelte die Stirn und legte den

Kopf schief, als lausche er –, »worauf Sie gestoßen sind. Sie nähern sich einem verbotenen Gebiet. Wenn Sie es betreten, werden weder Ihre Sponsoren noch Sie selbst über die Folgen glücklich sein.«

»Das können wir Ihnen versichern«, sagte der Schwarze.

»Denken Sie darüber nach«, meinte der Weiße.

Janis nickte heftig. Ja, sie würde ihren Rat beherzigen. Ganz bestimmt.

Beide Männer lächelten, was ihr einen kalten Schauder über den Rücken sandte, dann wandten sie sich ab und gingen hinaus. Sie hörte, wie sie sich im perfekten Gleichschritt über den Gang entfernten und dann eilig die Treppe hinunterpolterten. Sie stützte sich auf den Labortisch, stemmte sich schwerfällig hoch. Dann richtete sie sich auf und ging ans Fenster. Die beiden Männer traten ins Freie und näherten sich energischen Schritts einem hellgelben Miata, der mitten auf dem nächstgelegenen Parkplatz stand. Ihr Gang war jetzt vollkommen verändert: ganz normal, ganz natürlich; sie machten den Eindruck, in eine angeregte Unterhaltung vertieft zu sein, und gestikulierten wie zwei Studenten, die gerade aus einem anregenden Seminar kamen und über das Gehörte diskutierten.

Der Wagen stieß in eine Lücke zwischen zwei Gebäuden vor und verschwand.

Janis setzte sich auf einen Hocker und sackte mit dem Oberkörper auf den Labortisch nieder, als hätte sie zu viel getrunken. So viel Angst hatte sie nicht mehr gehabt, seit …

Sie verdrängte den Gedanken an das letzte Mal, da sie so große Angst gehabt, da sie sich *dermaßen* gefürchtet hatte. Sie lauschte auf ihr abgehacktes, raues Flüstern: *Ach Gott ach Gaia nein was für eine Scheiße o je.* Und immer so weiter. Sinnlos. Sie klappte den Mund zu und atmete tief durch, um sich zu beruhigen. Plötzlich schüttelte sie sich vor Lachen. Das alles war so primitiv, so unverfroren, so plump. Für wen hielten die Männer sie eigentlich? Men in Black, tatsächlich. Beschissene *Men in Black.*

Sie kannte Geschichten aus zweiter Hand, die aufgewärmten Theorien, hatte die seltsamen Blicke im Personalraum bemerkt, wenn sie fragte, was wohl aus Dem-und-dem geworden sei, vergangenes Jahr eine so vielversprechende Veröffentlichung, und dann kam nichts mehr. Sie wusste, dass es Forschungsgebiete gab, die entsprechend den Richtlinien der US/UN für Tiefentechnik schlichtweg verboten waren, und dass diese Richtlinien gleichermaßen verboten, herauszufinden, welche Gebiete dies waren. Paradox, eine Art von Repression. Man wusste einfach nicht, was man nicht wissen durfte. Es war schwer zu glauben, dass es dies tatsächlich gab.

Vielleicht lief es in den meisten Fällen auch anders ab – subtileres Einwirken auf die Forschungsausschüsse und ein wenig Druck auf die Geldgeber reichte dann schon aus. Bisweilen aber wurde die Forschung von einer schwer aufzuspürenden Organisation finanziert, die keine Handhabe bot – dann traten die Handlanger in Aktion, die schweren Jungs, welche die offiziell gar nicht existierenden Richtlinien umsetzten. Die Technik-Polizei der US/UN. Die Stasis. Die sagenumwobenen Men in Black, über die man ansonsten beklommen lachte.

Wie alles andere hatte auch dies seinen Ursprung im Krieg.

Was Janis am meisten beunruhigte, war der Umstand, dass sie *nicht Bescheid wussten.* Sie wussten nicht, dass sie tatsächlich Ergebnisse erzielt hatte. Ihre Sponsoren hingegen schon, doch sie wusste nicht, ob sie das vor der Geheimpolizei würden geheimhalten können.

Dann würden sie vielleicht irgendwann wiederkommen. In vollstreckender Funktion.

Janis wusste, dass es nur einen Zufluchtsort für sie gab, und um dorthin zu gelangen, brauchte sie einen engagierten Beschützer, nicht die Polizei oder den Sicherheitsdienst des Campus ... Kelly-Girls, alle miteinander.

Sie fand die Geschäftskarte, die Kohn ihr dagelassen hatte. Sie betrachtete sie mit einem stillen Lächeln. Hielt man sie in einem bestimmten Winkel zum Licht, wurden am Rand zentimetergroße Figuren sichtbar: kleine Spielzeugsöldner in Kampfhaltung. Sie wählte die erste Nummer auf Kohns Geschäftskarte. Stellte das Hologramm in der unteren linken Ecke Kohn persönlich dar? ›Pose‹ lautete das Wort.

»...-inskij-Arbeiterverteidigungskollektiv, kann ich Ihnen helfen?« Der Singsang eines Mannes.

»Oh. Danke. Äh ... ist die Leitung sicher?«

»Selbstverständlich. Sie ist illegal. Möchten Sie, dass ich auf eine offene Leitung umschalte?«

»Nein! Äh ... hören Sie. Ich bin Janis Taine und forsche an der Brunel University« – am anderen Ende der Leitung tippte jemand quälend unbeholfen in einen Computer –, »und ich wurde soeben von zwei Typen unter Druck gesetzt, die wahrscheinlich, das heißt, ich glaube, sie waren von der ...«

»Stasis.«

»Ja. Können Sie mir helfen?«

»Hmm ... Wir könnten Sie nach Norlonto schaffen. Das liegt außerhalb deren Zuständigkeit. Das ist alles, was ich Ihnen anbieten kann.«

»Das wäre mir sehr recht. Was also muss ich tun?«

»Im Moment hält sich einer unserer Leute in Ihrer Gegend auf, ein gewisser Moh Kohn ...«

»Ich habe seine Geschäftskarte.«

»Gut, okay, rufen Sie ihn an. Wenn er nicht drangeht,

schläft er wahrscheinlich. Aber Sie können hingehen und an seine Tür hämmern. Wohnheim Eins-eins-fünf-C. Haben Sie verstanden?«

»Eins-eins-fünf-C.«

»Richtig. Falls es Probleme gibt, rufen Sie uns an.«

»Ist gut. Danke.«

Sie wählte Kohns Privatnummer. Ein Hologramm von Kohn erschien, das wie ein schwer bewaffneter Kobold auf ihrem Telefon hockte.

»Ich bin im Moment beschäftigt«, sagte das Hologramm. »Wenn Sie mir eine Nachricht hinterlassen möchten, sprechen Sie bitte nach dem Signalton.«

Nach einer Weile vernahm sie das Geräusch einer sich nähernden Granate, gefolgt von einer leisen Detonation und erwartungsvoller Stille.

»Verdammt«, sagte Janis und legte auf.

Sie marschierte aus dem Labor, stürzte die Treppe hinunter und eilte über den Campus, immer wieder nach den Gebäudeecken schielend, als könnte sich von dort jederzeit ein Eindringling auf sie stürzen: ein Spinner oder ein Saboteur oder … nein, daran wollte sie gar nicht denken.

Sie dachte daran. Möglich war es schon, dass sie überfallen wurde. Sie wollte nicht daran denken – wenn man daran dachte, war alles aus; die Angst würde einen auf der Stelle niederstrecken. Sie hörte auf, darüber nachzudenken, wovor sie eigentlich flüchtete, und konzentrierte sich auf ihr Ziel, auf den einzigen Ort, wo sie vor ihnen sicher wäre und der für sie erreichbar war. Sie ging schneller, dann begann sie zu laufen.

Sie rannte über Rasen und Pflaster, stapfte durch einen kleinen Bach und blickte in fünf identische Eingänge mit unterschiedlichen Bezeichnungen hinein, bis sie bei 110–115 angekommen war. Am Kopf der Treppe wurde sie langsamer, um das Adrenalin allmählich wieder abzubauen. Kohns Tür zu finden war leicht: sie lag am Ende des Gangs, beschmiert mit der unangenehm sektiererischen Variante des kommunistischen Symbols, das aussah, als habe man frisches Blut dazu benutzt.

Nach kurzem Zögern öffnete sie die Tür. Kohn saß mit dem Rücken zu ihr, eine Hand auf den Schreibtisch gelegt, die andere auf das Gewehr. Der Bildschirm war leer. Kohn drehte sich um und sah sie an. Er hatte die Brille an, und dahinter sah sie leere Augenhöhlen. Sie erstarrte. Kohn stand auf und streckte die Hände nach ihr aus.

Sie versuchte, rückwärts auf den Flur auszuweichen. Er packte sie bei den Oberarmen. Das Totenkopfgesicht hinter der Brille blickte auf sie herab.

»Alles in Ordnung?«, fragte er.

Sie starrte ihn an und brachte keinen Ton heraus.

»Verdammt«, sagte Kohn.

Seine Wangenmuskeln zuckten, erst rechts, dann links. Er hatte wieder Fleisch auf den Knochen und Augen. Er zog die Brille vor, schob sie über den Helm hoch, dann ließ er sich auf den Stuhl niedersinken.

»Tut mir Leid, Janis.«

»Puh …« Sie ließ den Atem stockend entweichen und schüttelte den Kopf. »Ist das ein Bug oder ein Feature?«

»Wollen Sie Bugfeatures?« Kohn machte Anstalten, die Brille wieder aufzusetzen. Jane fiel ihm in die Hand.

»Nein, danke.«

Sie betrachtete seine Augen, und was sie sah, schockierte sie beinahe ebenso wie zuvor die Hologramme. Diesmal aber verstand sie, was es damit auf sich hatte. Die Bestürzung war Folge des Begreifens. Ohne sein Handgelenk loszulassen, beugte sie sich vor, nahm seine Stirn zwischen die Fingerspitzen und drehte seinen Kopf, so dass sie die Augen besser sehen konnte. Die Iris bildete einen schmalen Kranz um das Schwarz der geweiteten Pupillen.

Alles führt überall hin …

»Sie sind auf einem Trip«, sagte sie. »Ich fürchte … Sie haben etwas im Labor abgekriegt, außerdem haben Sie geraucht. Verstehen Sie?«

»Ich verstehe.« Seine Stimme hatte einen merkwürdigen Klang, als gäbe er die Antwort auf eine ganz andere Frage. Janis runzelte die Stirn. In welchen Labyrinthen war er gefangen gewesen? Die schwarzen Löcher erwiderten ihren Blick.

»Wie fühlen Sie sich?«

»Schwer«, antwortete Moh. »Sand in den Adern.«

»Haben Sie Vitamin C?«, fragte sie und schaute sich um. »Damit kommt man nämlich leichter runter.«

Ehe sie protestieren konnte, stand Kohn auf und näherte sich mit größter Vorsicht einem kleinen Kühlschrank in der Zimmerecke. Er biss einen 1-Liter-Karton Orangensaft auf und stürzte den Inhalt hinunter. Dann ließ er sich aufs Bett fallen und schloss die Augen.

»Oh, Scheiße«, sagte er. »Danke für den Rat, aber das macht keinen großen Unterschied. Ich bin wirklich down. Ich war dort und bin zurückgekommen, Janis. Das war kein Trip. Das war die Wirklichkeit.«

Du meine Güte, dachte sie, den hat's ja richtig schlimm erwischt.

»Oh«, meinte sie. »Und wie ist sie?«

»Sie ist alles«, antwortete er.

Alles: Erinnerungsfugen stürzten auf ihn ein; jedes noch so kurze Abgleiten, jedes Nachlassen der Aufmerksamkeit hinsichtlich dessen, was im Moment vorging, hatte zur Folge, dass er stolperte und ausrutschte, zur Seite ausbrach, während sich im langsamen *Jetzt* weitere Laute bildeten, während die Photonen eintrafen und Bilder formten, während die eine Bewegung sich vollendete und die nächste einsetzte. Der freie Wille stand im Verdacht der Determiniertheit, die Philosophie der

Jahrtausende fiel aus dieser Millisekundenlücke herab. Ich werde wohl damit leben müssen, dachte er, dann wurde ihm bewusst, dass er es bereits tat.

Alles: Die Tageswelt das leuchtende Banner das unmissverständliche Symbol der Grüngürtel Felder die Grünfelder Straßen die geodätischen Gebäude die Menschen die stillen dunklen Momente.

Alles: Die Plastikmodelle der Raumschiffe aufgehängt an schwarzen Fäden das alte Poster des Warschauer Pakts mit dem kleinen Mädchen die Erde in den Armen wiegend DEN FRIEDEN VERTEIDIGEN die Regale voller Spielzeug und Bücher und Musikkassetten der VR-Helm.

Alles: In das Zimmer in der Mitte des Hauses schleichen um seinem Vater dabei zuzusehen wie er am CAL-Projekt arbeitet kein Laut bloß das Klicken der Maus die Hardware fixiert den Ohrwachsgeruch des Lötzinns.

Alles: Die blaue Scheibe die in Abschnitte unterteilte Kugel die weißen Blätter die Linsen und das Schwenken der Mündung.

Alles: OKAY, JETZT KANNST DU SIE DIR VORNEHMEN.

Alles.

Er öffnete den Mund, und ein Laut kam heraus: ein Schluchzen und ein Knurren, menschlicher Schmerz und animalische Wut. Er riss sich den Helm herunter, wälzte sich über die Bettkante und fiel auf den Boden. Kohn ließ die Hände am Kopf, krallte die Finger in seinen Schädel. Tränen quollen unter den Handballen hervor und rannen mit quälender Langsamkeit die Wangen hinunter.

Er setzte sich auf und senkte den Kopf, die Hände darum verschränkt, zwischen die Knie und schaukelte minutenlang vor und zurück. Der Zeitablauf hatte sich wieder nahezu normalisiert. Diese tosenden Windstöße waren sein Atem, die in der Ferne dröhnende Brandung sein Herz. Das schwindelerregende schwarze Gewölbe leuchtender Bilder, das nachhallende Geflüster winziger Wesenheiten, die in Erinnerungsschleifen gefangen waren, die quasselnden Unterhaltungen, die rasselnden Berechnungen – so sah sein Kopf von innen aus. Das war er selbst.

Er unternahm eine verzweifelte Anstrengung, das Ganze in den Griff zu bekommen, unter Kontrolle zu bringen. Dann sah er das rasende, wirbelnde, schnappende Selbst wie von außen, wandte sich davon ab und sah (natürlich):

nichts
ein Licht auf keinen Blick
eine Leere, angefüllt mit dem Echo eines Gelächters, ähnlich einem 2726° K-Hintergrund
ein Moment amüsierter Erleuchtung
nichts
alles
ach
ich
also warst du es die ganze Zeit

Er lächelte, öffnete die Augen und sah Janis. Sie saß vorgebeugt auf dem Stuhl neben dem Bett, die grünen Augen verschleiert, die Brauen zusammengezogen, die Hände auf den Knien. Verwirrung und Besorgnis lag in ihrem Blick und jenseits dieser Emotionen ein distanziertes, beobachtendes Interesse. Er roch ihren Schweiß aus dem Parfümduft heraus, sah, wo die Bluse an der Haut klebte. Er sah das Blut hinter der künstlichen Blässe ihres Gesichts.

Sie war wunderschön. Sie war unglaublich. Das aus dem Fenster einfallende Licht leuchtete in ihren Augen und funkelte in den Härchen auf ihren Handrücken. Er hätte jede einzelne Linie ihrer Gliedmaßen unter der allzu strengen Kleidung nachziehen können; er wollte ihr stoffumschlossenes Handgelenk befreien und es in der Hand halten. Für ihre Gestalt, ihre wahre Gestalt, ihre Stimme und ihren Duft – für alles gab es einen Platz, einen Platz in seinem Geist, der ihr vorbehalten war. Die Vorstellung fiel ihm schwer, dass sie bereits am Morgen so ausgesehen hatte; doch die Bilder waren scharf, er hatte sie bloß nicht bemerkt.

Er sah, wie sich ihr Gesicht veränderte, wie es eine Sekunde, nachdem er die Augen aufgeschlagen hatte, zusammenzuckte – ihre Lippen teilten sich, als wollten sie etwas sagen, und dann das unbewusste Kopfschütteln, der rasch zur Seite und wieder zurück schwenkende Blick; und dann kam ihr Gesicht zur Ruhe, noch einmal der forschende Blick, der besagte: ›Nein, das habe ich nicht vorausgesehen.‹ Sie lächelte erleichtert und richtete sich gerade auf, schüttelte sich das Haar zurück.

»Sie sind runtergekommen«, sagte sie.

Kohn nickte. Er stellte fest, dass er die Fötalhaltung aufgegeben hatte und nun auf der Bettkante saß. Der Steuerhelm lag zu seinen Füßen.

»Ja«, sagte er. »Ich bin wirklich wieder da. Ich dachte das auch eben schon, aber da war ich noch auf Trip. Der Saft hat wirklich gut getan. Danke.« Er konnte erkennen, wie Ruhe, Normalität in ihre Züge einkehrte. Die Hoffnung, dass es bloß eine versehentliche Vergiftung gewesen war, ohne dauerhafte Folgen …

»Wie fühlen Sie sich jetzt?«, fragte sie mit einer Stimme, die gerade so eben auf die falsche Seite der Beiläufigkeit kippte.

»Alles in Ordnung«, antwortete er, »abgesehen davon, dass es nicht bloß ein Trip war. Es hat mich verändert. Irgendetwas hat sich in meinem Kopf verändert. In meinem Gehirn.«

Er stand auf und trat ans Fenster. Ein grüner Rasenstreifen, eine Mauer, ein weiterer Rasenstreifen, ein weiterer Wohnblock. Aus den Schatten der Gebäude schloss er, dass es 14 Uhr 30 war.

Er drehte sich zu ihr um.

»Ich erinnere mich an alles«, sagte er und wartete auf ihre Reaktion. Da kam sie: der kleine Schreck, das Zurückzucken, dieser *O-Scheiße*-Blick. Hab ich Sie erwischt, Lady. Sie wissen genau, worum es geht. »Gedächtnisdrogen, stimmt's?«

»Als solche könnten sie sich herausstellen«, sagte sie und breitete die Arme aus. »Ich hätte nie damit gerechnet, dass sie bei Ihnen Wirkung zeigen würden. Ehrlich.«

»Weshalb sind Sie dann hergekommen?«

Sie sagte es ihm. Er setzte sich wieder, legte die Hände um den Kopf. Nach einer Weile schaute er hoch.

»Das ist ja großartig«, meinte er. »Sie haben mir etwas in den Kopf gepflanzt, dessen militärische Anwendungen allein schon ein Grund zum Sterben sind.« Er schnitt eine Grimasse. »Sozusagen. Wir stecken beide tief in der Scheiße, Lady. In der Tiefentechnik-Scheiße.«

»Das brauchen Sie mir nicht extra zu sagen! Also lassen Sie uns verschwinden, nach Norlonto. Dort wären wir in Sicherheit ...«

»Sicher vor der Stasis, das ja.« Kohn leckte sich über die trockenen Lippen und fröstelte. »Hören Sie zu. Ich muss Ihnen was sagen. Es kommt noch schlimmer.«

»Wie das?« Auf einmal klang sie herausfordernd.

»Sie dachten, ich wäre auf Trip. Ha. So hat es sich auch angefühlt. Dann fing ich an, Daten zu verarbeiten.«

»Wie das?«

»Ich wollte ...« Er brach ab. »Ich wollte ... ach, Scheiße. Zuerst waren da diese, Sie wissen schon, diese Muster. Erst in meinem Kopf, dann auf dem Bildschirm. Und dann das Gewehr. Ich hatte es auf Intrusionsmodus gestellt, weil ich nach Spuren Ihres Projekts suchen wollte.«

Er lächelte über ihre Verärgerung.

»Das ist Standardprozedur, tut mir Leid. Sie haben es hier mit einem *unerbittlichen Söldner* zu tun! Wie auch immer. *Dann* setzte der Trip ein. Lauter seltsames Zeug, aber wen wundert's? Eine virtuelle Umgebung. Ein elektrisches Tier. Ein unheimliches altes Weib, das mich vorübergehend in eine unheimliche junge Frau verwandelte. Eine Begegnung mit dem Alten Mann. In meinem Fall nahm das Weisheitssymbol die Gestalt Trotzkijs an. Ein Kampf auf Leben und Tod mit einem Symbol des Bösen, bei dem mir das Tier zum Sieg verholfen hat.

Anschließend war es keineswegs normal. Es war, als kommunizierte ich mit einem anderen Bewusstsein. Im System, im Netz.« Er deutete zum Terminal.

»Ja, ja«, meinte Janis gelangweilt. »Und dann haben Sie mit Gott geredet. Ein strahlendes weißes Licht, hab ich Recht?«

Er brauchte nicht mehr die Augen zu schließen, um in sich hineinzublicken. Er konnte es festhalten, dort am Rand, und all der hektischen Aktivität zuschauen und dem Drang widerstehen, vorzustürzen und einzugreifen. Im Moment sah er Verärgerung nahen, vergleichbar großen Bottichen mit geschmolzenem Blei, die auf eine Befestigung hochgehievt wurden. Es war in Ordnung, es war in Ordnung.

»Kommen Sie mir ja nicht gönnerhaft«, sagte er. »Die Erfahrung, die Sie meinen, kenne ich genau. Die habe ich auch schon gemacht. Das ist ein ganz anderer Trip. Etwas völlig anderes. Ich habe mit einer AI geredet, mit einer künstlichen Intelligenz, und ich habe sie *aufgeweckt*. Irgendetwas im Netz, das eine Information aus meinem Gedächtnis haben wollte. Und zwar dringend. Und wegen Ihrer Drogen hat sie sie auch gefunden. Es war, als wüsste sie über mich Bescheid. Als kenne sie mich.«

Eine Bemerkung Catherins fiel ihm ein, über *Computer, die sich an uns erinnern werden,* und er fröstelte.

»Was wusste sie Ihrer Meinung nach von Ihnen?«

»Etwas, woran ich mich erinnerte«, antwortete er. »In dem Moment konnte ich mich an alles erinnern, aber jetzt nicht mehr. Nicht ohne …« Ihm wurde bewusst, dass er noch lernen musste, die Erinnerungen aufzuspüren, die es, wie er jetzt wusste, gab. »Da war etwas – gerade eben. Eine Erinnerung aus ferner Vergangenheit. Aus meiner Kindheit. Die Information, die sie haben wollte, war Teil eines Programmcodes auf dem Terminalmonitor meines Vaters. Und unmittelbar davor war etwas. Ich hatte den Eindruck, an einen Satz erinnert zu werden, den ich zufällig aufgeschnappt hatte: die ›Sternenfraktion‹.«

Nichts deutete darauf hin, dass sie den Begriff kannte – und im Geiste schweifte er abermals ab und erinnerte sich, gefragt worden zu sein, was er über die Sternenfraktion wisse (ja, es war ein Eigenname), und er erinnerte sich, dass ihm dazu nichts eingefallen war, dass er nichts darauf hatte antworten können …

»Und was geschah dann?«, fragte Janis. Kohn wurde jäh in die Gegenwart zurückkatapultiert.

Wenn ich bloß wüsste, wie ich es ausdrücken, wie ich es dir klarmachen soll.

»Schöpfung«, sagte er.

Sie hatte das Gesicht abgewandt, musterte ihn von der Seite. Ihm taten die Wangen weh, als habe er über längere Zeit gelächelt.

»Wie ›Es werde Licht‹?«, fragte sie.

»Ja!«

Janis holte tief Luft. »Hören Sie, Moh, und nehmen Sie's mir nicht übel, okay? Was Sie mir da erzählen, hätte Ihnen auch passieren können, wenn Sie sich mit

Magic Mushrooms vollgestopft hätten. Sollte Ihr Gedächtnis in Mitleidenschaft gezogen worden sein, lässt sich das feststellen. Ich bin ganz wild darauf, es herauszufinden. Vielleicht haben Sie ja wirklich eine unbekannte AI auf sich aufmerksam gemacht. Ein Grund mehr, möglichst rasch von hier zu verschwinden. Ich möchte bloß von Ihnen wissen, sind Sie auch in der Lage, uns hier rauszubringen?«

Er dachte darüber nach. Seltsame Dinge gingen in seinem Kopf vor, aber die Grundausstattung funktionierte normal. Das war eine der Merkwürdigkeiten.

»Es geht schon wieder«, meinte er. »Wenn das der Deal ist, Lady, sind Sie dabei.«

Janis nickte.

Kohn löste das Verbindungskabel zwischen Gewehr und Terminal und setzte den Helm wieder auf.

»Als Erstes«, sagte er, »sollten wir uns in Ihr Labor schleichen und die magischen Moleküle in Sicherheit bringen.«

Janis hatte das Gefühl, ein Teil ihres Bewusstseins folge ihrem Körper nach, versuche mit ihm Schritt zu halten und sei sich über die einzuschlagende Richtung keineswegs im Klaren. Sie gingen durch ein kurzes schwarzes Schneegestöber hindurch zum Biologietrakt zurück. Janis bemühte sich, jede einzelne Flocke abzustreifen, die auf ihrer Bluse landete, was ihr lediglich graue Flecken einbrachte.

Im Labor nahm sie eine Polystyrolbox und schaufelte aus dem Gefrierabteil Eis hinein. Kohn hielt an der Tür Wache.

»Komisch«, sagte Janis. »Das Eis schmilzt hier drinnen ziemlich schnell.«

Kohn wandte sich misstrauisch zu ihr um. Seine Augen weiteten sich.

»Vorsicht!«

Er sprang vor und riss sie vom Kühlschrank zurück, dann schob er sie zur Tür. Aus dem Kühlschrank kam ein Zischen, gefolgt von einem Blitz.

Kohn öffnete die Kühlschranktür mit der Fußspitze und schnappte sich das Gestell mit den Reagenzgläsern. Die Terminals begannen zu qualmen. Noch mehr knisternde Blitze, Flammen.

»Wir sollten uns allmählich auf die Socken machen«, sagte Kohn.

Der Rauchmelder sprach an, ein durchdringendes Pfeifen. Kurz darauf brach es ab. Qualm quoll aus der Deckenverkleidung. Kohn schloss die Tür und betätigte den Feueralarm.

Kohn und Janis schlossen sich der allgemeinen Evakuierung an und achteten nicht auf die fragenden Blicke. Der Schneefall hatte aufgehört. Ein paar Dutzend Leute irrten im Schneematsch umher und warteten darauf, von ihrem Sicherheitsbeauftragten auf einer Liste abgehakt zu werden. Eine Sirene näherte sich.

Diesmal hatte Janis ihre Jacke dabei. Sie legte sie sich fröstelnd um die Schultern. Kohn fluchte halblaut vor sich hin.

Der Schwall von Obszönitäten missfiel ihr. »Was ist passiert?«

»Ein Dämonenangriff«, antwortete Kohn. »Ein Logikvirus, das in die Software der Stromversorgung eingedrungen ist und nach einer Weile einen hässlichen Kurzschluss verursacht hat. Da hat irgendwas im System zurückgeschlagen. Irgendwelche Abwehrmechanismen! Die sind wie Antikörper genau für diesen Anlass konzipiert. Verdammt. Hätte dran denken sollen.«

»Aber das ist *meine* Arbeit«, sagte Janis. Sie stand kurz davor, in Tränen auszubrechen. »Alles in Rauch aufgelöst. Und all die armen kleinen Mäuse.«

»Ein nahezu schmerzloser Tod«, meinte Kohn. »Und das Projekt ist *beendet*, verstehen Sie? Es war *erfolgreich*.

Sie haben das Monster erschaffen. Es streift in der Gegend umher. Für das Feuer waren bestimmt die Antitechs verantwortlich. Die Hightechversion der mit Fackeln bewaffneten Bauernhorden. Gedanken machen sollten wir uns über den irren Wissenschaftler, wer immer das ist.«

Während Janis sich das durch den Kopf gehen ließ, rannten Feuerwehrleute der Versicherungsgesellschaft an ihnen vorbei.

»Ich dachte, *ich* wäre die verrückte Wissenschaftlerin«, sagte sie.

»Ach was«, erwiderte Kohn. »Sie sind bloß Igor.«

Sie schnitt eine Grimasse, zog eine Schulter hoch.

»Und das Monster?«

»Bin ich«, meinte er.

»Ich dachte, Sie meinten diese AI.«

»Die auch«, sagte Kohn. »Mittlerweile treibt sie sich wahrscheinlich in der Szene, in den Netzen herum, löst Alarm aus und richtet Chaos an.«

Janis musste unwillkürlich grinsen. »Wenn sie etwas von Ihrer Persönlichkeit in sich aufgenommen hat«, meinte sie, »tut sie das bestimmt.«

»Wollen Sie immer noch mit mir kommen?«

»Wenn Sie nach Norlonto gehen, ja.«

»Kein Problem«, sagte er. »Da wollte ich sowieso hin. Dort sind wir zu Hause. Um die Ecke habe ich einen gepanzerten Wagen geparkt.«

Janis lachte und fasste ihn beim Arm, setzte ihn in Bewegung.

»Einen gepanzerten Wagen? Das höre ich gern. Ich bleibe bei Ihnen.«

Sie lachte erneut und stützte sich einen Moment lang mit ihrem ganzen Gewicht auf seinen Arm. Er tat so, als habe er nichts bemerkt.

»Es gibt Männer«, meinte sie, »von denen gewisse *Dinge* nichts wissen sollten.«

5

Das Land der fünften Farbe

Der Panzerwagen war kleiner, als Janis erwartet hatte, flach und eckig, der schwarze Lack so matt, dass es schwer fiel, die genauen Umrisse auszumachen: ein Stealth-Fahrzeug, dachte sie. Von innen wirkte es alt. Mit Isolierband zusammengebundene Kabel hingen in bunten Schlaufen unter dem Armaturenbrett. Die beiden Vordersitze aus Leder waren verschlissen. Zwei noch stärker verschlissene Sitze standen sich hinten gegenüber. Es gab zwar in Kopfhöhe ein Panoramafenster, durch das man jedoch nichts sah.

Kohn zeigte ihr, wie sie sich anschnallen sollte, dann lehnte er sich zurück. Er langte nach oben und drückte einen Schalter. Nichts geschah. Er fluchte und drückte erneut. Die Rundummonitore erwachten zum Leben, und der Wagen setzte sich in Bewegung: Janis hatte das unbehagliche Gefühl, vollkommen ungeschützt zu sein.

Das Fahrzeug wurde durchs Tor hindurchgewinkt. Auf der Hauptstraße herrschte jetzt dichter Verkehr, doch der Wagen schlängelte sich so mühelos hindurch, dass Janis meinte, sie seien für die anderen Fahrer tatsächlich unsichtbar. Kohn wirkte gelassen.

Sie hielten kurz vor ihrer Wohnung; Janis packte ein paar Sachen ein, schüttelte angesichts der Unordnung betrübt den Kopf und hinterließ eine Nachricht und eine Kontoermächtigung für Sonja. Kohn war unruhig, untersuchte umständlich jedes einzelne Zimmer und bezog dann am Fenster Posten. Als sie wieder im Wagen saßen, versetzte er sie mit der von ihm gewählten Fahrtroute in Erstaunen.

»Weshalb halten wir an?« Es irritierte Janis, dass er so besorgt wirkte.

»Dauert bloß einen Moment«, meinte Kohn.

Er stieg aus, ließ den Motor laufen und das Gewehr mit der Mündung zur Tür auf dem Sitz liegen. Janis schaute sich um. Leerstehende Häuser, verrammelte Läden, unglaublich viele Leute auf der Straße. In Tonnen brannten Feuer; Waffen und Zähne funkelten im Schatten eigentümlich kristallartiger Gebäude, die an Ruinen grenzten.

Kohn kam zurück und warf ihr ein Paket neben die Füße. Der Panzerwagen bewegte sich langsam die Straße entlang, wich Kindern und Tieren aus. Janis besah sich das Paket; weißes Papier, blaue Beschriftung.

»Sie haben angehalten, um ein Kilo Zucker zu kaufen?«

Kohn blickte sie an. »Tun Sie das Zeug bloß nicht in den Kaffee.«

Sie passierten einen Kontrollpunkt (Kohn bezahlte die Gebühr mit Ladestreifen, was Janis durchaus passend vorkam), dann ließen sie Ruislip hinter sich und waren wieder auf der A410.

»Afghanen«, meinte Kohn. »Ich will ja nicht rassistisch klingen oder so, aber wenn die irgendwo einziehen, ist die Gegend erledigt.«

Janis betrachtete die hoch aufragenden Türme von Southall zur Rechten.

»Es ist ja wohl kaum ihre Schuld, dass die Inder bessere Antiraketensysteme hatten. Ich hab's im TV gesehen, damals, als ich noch zu Hause lebte. Manchester. Sah aus wie ein grauenhaftes Feuerwerk.«

Kohn stellte den Autopiloten an und lehnte sich zurück, die Hände hinter dem Kopf verschränkt. Janis bemühte sich, nicht auf die riesigen Räder des Tanklasters zu achten, die sich neben ihnen drehten.

»Das hat nie stattgefunden«, erklärte Kohn kategorisch. »Es gab kein Raketengefecht zwischen Afghanen und Indern. Die Hannoveraner waren ebenfalls nicht für die Zerstörungen verantwortlich. Ich habe eine andere Version gehört, auch von Einheimischen. Nein, das waren die verdammten Uenn, Mann.«

»Die verdammten – was? Ach, die UN! Die Amerikaner.«

»Ja, die große Weltraum-Verteidigungstruppe, die Friedensbewahrer. Haben aus dem Orbit zugeschlagen, Gegenwehr war nicht möglich.«

»Und wurde es vertuscht?«

»Ach was! Sie haben den Angriff sogar angekündigt! Ihre regionale Fernsehstation hatte wohl ihre eigenen Gründe, die Sache zu verschweigen.« Er zuckte die Achseln. »Es gibt keine Verschwörung.«

Janis kämpfte gegen das Gefühl ihrer Hilflosigkeit an, eine andere Art von Paranoia.

»Wieso ist alles so gekommen? Haben Leute wie Sie keine Theorie zum Gang der Geschichte, zum Lauf der Dinge?« Sie musterte ihn scharf. »Oder ist Ihre Meinung ebenso stichhaltig wie meine? War alles falsch, was ich in der Schule über den Marxismus gelernt habe?«

Kohn hantierte sinnlos an der Steuerung und blickte starr geradeaus.

»Zur ersten Frage habe ich meine eigene Meinung«, sagte er. »Was die anderen betrifft, ja, ja, wahrscheinlich. Wir sitzen mit euch in einem Boot, wir verbrennen die gleiche Luft. Wir verbrennen sie.«

Im Fernsehen gibt es nicht genug Gewalt, dachte Kohn, der hinter einem Schutthaufen hockte und auf den Befehl zum Angriff wartete. Im Fernsehen und im Kino folgte Schuss auf Schuss, das Bild vermittelte das Bild.

Aber es reichte einfach nicht aus, es war keine Vorbereitung auf die Realität. Es verdarb die Jugend. Die meiste Zeit über sah man den Gegner nicht, und das galt auch für den Häuserkampf. Die meiste Zeit über konnte man von Glück sagen, wenn man wusste, wo die eigenen Leute waren.

Er hatte auch schon vorher gekämpft, doch das waren Balgereien gewesen, Schlägereien. Das hier war ein richtiger Krieg, und sei es auch bloß ein kleiner. Irgendwo in diesen zweihundertfünfzig Meter entfernten ausgebrannten Häusern waren Männer, die es auf sein Leben abgesehen hatten. Als Erstes hatte er gegen das Gefühl ankämpfen müssen, alles sei unwirklich, was mache ich hier eigentlich. Er wusste, es ging um Politik: die Inder wurden bei der Auseinandersetzung mit den Afghanen von der Regierung unterstützt, und mehrere linke Milizen kämpften aus Überzeugung aufseiten der Muslime. Die Katzen beteiligten sich des Geldes wegen.

Johnny Smith, der junge Hisbollah-Kämpfer an seiner Seite, sah von seinem Computer auf, hielt die Kalaschnikow über den Schutt und verschoss eine Fünf-Sekunden-Salve.

»Okay, Leute«, sagte er leise über Kopfhörer. »Wer als Letzter stirbt, ist ein Feigling!«

Er sprang auf und setzte über die Mauer, winkte Kohn, ihm zu folgen, und rannte die Straße entlang. Kohn stellte fest, dass er ihm nachrannte, ohne eine bewusste Entscheidung getroffen zu haben. Das Gewehr machte einen Heidenlärm. Dann warf er sich hinter einem umgekippten Wagen zu Boden und blickte sich nach den anderen um. O Gaia! Sie rannten an ihm *vorbei!* Eine Granate schlug dort ein, wo sie sich eben noch befunden hatten. Dreckklumpen flogen umher. Er wechselte die Magazine und stürmte weiter vor, unablässig feuernd. Diesmal landete er im engen Eingang eines geplünderten Ladens. Jemand fiel beinahe auf ihn drauf.

Ihre Panzeranzüge prallten gegeneinander. Sie lösten sich voneinander. Die andere Gestalt klappte das Visier hoch, um sich den Schweiß vom Gesicht abzuwischen.

Ihr Gesicht. Es war ein erstaunliches Gesicht, und es grinste wie wahnsinnig. Auf einmal merkte Kohn, dass er ebenfalls grinste. Die Wangen taten ihm weh. Das Visier wurde wieder heruntergeklappt.

»Los, weiter!«, sagte sie.

Kohn bemerkte aus den Augenwinkeln die korkenzieherartigen Kondensstreifen, die sich in trägen Spiralen herabsenkten …

»NICHT!«, brüllte er. Er packte sie beim Arm und zerrte daran, dann rannte er mitten auf die Straße hinaus. Der Boden schüttelte sich unter ihren Füßen, dann sackte das Gebäude wie ein abgeschnittener Vorhang zusammen. Ein paar Kilometer weiter im Norden passierte Ruislip das Gleiche.

Sie warteten lange genug, um den Rückzug zu decken. Später erinnerte sich Kohn, dass er zwei Drittel von Johnny Smith zu einem Hubschrauber des Roten Halbmonds geschleppt hatte, bis er den Blick senkte und sah, was er da schleppte, und es einfach fallen ließ, einfach stehen blieb. Nicht deshalb, weil vom Gesicht des Mannes außer den Augen nichts mehr übrig gewesen wäre – Oberkiefer, Unterkiefer, Nase waren sauber abgetrennt –, aber die Augen waren offen und blickten starr, ohne auf die blendend hellen Blitze am Himmel zu reagieren. Das Blut sprudelte noch, aber Johnny Smith war schon minutenlang tot. Alles, was es wert gewesen wäre, gerettet zu werden, war jetzt bei Gott. Der Rest war für die Organbanken.

Die Frau war bei ihm, als man sie durch den dichten Qualm ausflog. Und noch ein weiterer Söldner saß in der MI-34, kaute Coca-Blätter, hielt sich den zerschmetterten rechten Arm, als wartete er darauf, dass er wieder zusammengeflickt würde, und wiederholte ständig: »He, Moh, weshalb nennt man uns eigentlich Kelly-Girls?«

Sie schwenkten auf die A40 ein. Beunruhigt durch sein plötzliches Schweigen, musterte Janis Kohn von der Seite und sah, dass sein Gesicht wieder diesen Ausdruck unmenschlichen Einverstandenseins mit einem tiefen Wissen angenommen hatte, der sie auch schon verwirrt hatte, als er in seinem Zimmer aus der Trance aufgewacht war. Die Anwandlung ging vorbei, die härteren Linien seines Gesichts traten wieder hervor. Er beobachtete immer noch den Verkehr.

»Wie geht es Ihnen jetzt?«, fragte sie.

Er fröstelte. »Als ob ich ... die Welt heute unwiderruflich hätte verändern können, und dann ist da noch dieses Ding – ach, Scheiße.« Er steckte sich eine Zigarette an, schloss die Augen und stieß den Rauch seufzend aus. »Haben Sie sich schon mal vorzustellen versucht, wie es wäre, nichts zu sehen, vielleicht in Ihrer Kindheit? Auch keine Dunkelheit, sondern gar nichts. Zu sehen, was das ist, was sie in ihrem Kopf nicht sehen.«

»Sie meinen, sich die Grenze unseres Gesichtsfelds vorzustellen.«

»Typisch. Wissenschaft. Hab doch gewusst, dass man da was Schlaues drüber sagen kann. Wenn ich es jetzt versuche, Janis, dann *ist da was.* Etwas ...« – er stellte die Finger hoch, als spielte er das Fadenspiel, bewegte sie rasend schnell, ein flüssiges Zeichen – »anderes als Licht, aber auch keine Dunkelheit. Und – wissen Sie, wie es ist, wenn man aufwacht und weiß, man hat etwas geträumt, kann sich aber nicht daran erinnern?«

Ein kalter Schauder lief ihr über den Rücken. *Alles führt überall hin.*

»Ja«, sagte sie. »Ich weiß, was Sie meinen.«

»Also, das ist so, als versuchte ich, mich zu erinnern,

und ich *erinnere* mich auch, aber ich weiß erst, was es ist, wenn …«

Er verstummte. »Das ist wie ein Flashback. Zunächst ging es …« – er schlug sich wiederholt gegen die Stirn – »bang-bang-bang. Jetzt kann ich es bewusst unterdrücken. Die meiste Zeit über jedenfalls.« Er musterte sie mit verstörender Intensität. »Hatten Sie es darauf abgesehen? Dass jedermann sich an alles erinnern kann?«

»So habe ich das noch nicht betrachtet.«

»Dann frage ich mich, wer dann? Wer könnte wollen, dass die Menschen sich erinnern?«

»Das ist zu … allgemein«, sagte sie. »Es könnte alle möglichen Anwendungen geben – gesteigerte Lernfähigkeit, Hinauszögern der Senilität, halt so was.«

»Halt so was. Klar. Aber das Gedächtnis ist mehr als das. Das Gedächtnis ist alles. Das, was wir sind.«

»Wo wir gerade vom Gedächtnis sprechen …« Sie zögerte. »Da fällt mir etwas ein, das ich Sie fragen wollte.«

»Fragen Sie ruhig«, meinte er.

Nach kurzer Pause sprudelte sie hervor: »Sie erinnern sich bestimmt, was Sie über die Sternenfraktion gesagt haben, über das Programm, das Ihr Vater geschrieben hat, als Sie noch ein Kind waren. Äh … gibt es einen bestimmten Grund, weshalb Sie ihn nicht einfach danach *fragen* können?«

Sie verstummte wieder.

»Sicher«, antwortete Kohn. »Sie wurden getötet. Mein Vater und meine Mutter.«

»Tut mir Leid.«

Er boxte in die Luft. »So was kommt vor.«

»War das im Krieg?«

»Nein«, antwortete er. »Später. Während des Friedensprozesses.«

Er versank wieder in introvertiertes Schweigen, während seine Zigarette zu Asche verbrannte, die Zentimeter für Zentimeter abfiel. Plötzlich regte er sich, drückte die Zigarette aus und betätigte einen weiteren Schalter.

»Mal sehen, ob wir in den Nachrichten sind«, meinte er.

Der Windschutzscheibenmonitor zeigte ein wildes Muster, das sich rasch stabilisierte und sogleich wieder veränderte, da Kohn die Nachrichtensender durchsuchte. Alle paar Sekunden markierte er ein Thema; nach einer Weile hielt er inne und ließ die Nachrichten alle gleichzeitig anzeigen.

»Schauen Sie sich das an«, sagte er.

Janis starrte die vielen Fenster mit den rasch wechselnden Bildern und den Untertiteln an. Nach kurzem Schweigen sagte sie: »Oh, Gaia.«

Hunderte von Systemabstürzen in aller Welt. Keiner war für sich genommen besorgniserregend, insgesamt aber kamen sie einem von einer Atomexplosion ausgelösten mittleren Erdbeben gleich, das sich um den ganzen Erdball fortpflanzte. Die Ursache war innerhalb von Mikrosekunden ausfindig gemacht. Wer immer sich der Mühe unterzogen hatte, war auf London gestoßen.

Das Bündnis für Leben auf Kohlenstoffbasis leugnete jede Schuld, erklärte sich aber bereit, mit jedem zu sprechen, der seine Anschuldigung belegen könne.

»Meinen Sie, wir sollten darauf eingehen?«, scherzte Janis.

Kohn löschte die Monitoranzeige.

»Die werden sich schon wieder melden«, meinte er und wandte sich zu ihr um. »Glauben Sie noch immer, ich habe mir bloß was eingebildet?«

»Nein, aber das heißt nicht, dass Ihre Erfahrung das war, als was Sie sie deuten.« Sie hatte das Gefühl, in diesem Punkt hart bleiben zu müssen. »Vergessen Sie nicht, es gibt wirklich AIs im Netz. Wohl nicht mit eigenem Bewusstsein augestattet, aber durchaus in der

Lage, jemanden zum Narren zu halten. Ein paar davon wurden von hochgradig kriminellen Arschlöchern programmiert.«

»Ich weiß«, sagte Kohn. Er klang bereits wieder gelangweilt. »Gopher-Golems und dergleichen. Ich möchte, dass Sie *logisch* denken. Glauben Sie mir, das kenne ich alles schon. Soll ich Ihnen meine Abschussliste zeigen?«

»Schon gut, Kohn, schon gut.« Sie lächelte unsicher. »Ich will damit bloß sagen, Sie sollten offen bleiben für …«

Kohn lachte so laut und so anhaltend, dass sie in sein Gelächter unwillkürlich einstimmte.

»Offen bleiben.«

»Sie wissen schon, was ich gemeint habe.«

Der Wagen fuhr durch ein großes, hell erleuchtetes Betongewölbe.

»Willkommen im Weltraum«, sagte Kohn.

»Oh. Ja, davon habe ich gehört. Extraterrestrialität.«

»Ein Konzept zweifelhafter Herkunft, aber damit hat sich der Ort einen Platz auf der Landkarte verdient.«

Sie lachte. »Auf einer Fünf-Farben-Karte!«

»Stimmt genau. Wir leben im Land der fünften Farbe, in einem Land ohne Grenzen. Im nächsten Amerika.«

»Ich dachte, hier würde das gegenwärtige Amerika dahinterstecken.«

»Ihr – ihr seid bloß die *Gegenwart*«, meinte Kohn dunkel. »Theoretisch gilt ihr Gesetz auch hier: die Stasis kann nicht herein, aber die Weltraumverteidigung kann uns jederzeit ausknipsen. Amerika, ha. Die US/UN sind nicht die Welt. Dann schon eher das verdammte *Portugal,* so wie die sich machen. Schauen Sie sich die mal an: auf die würde ich gegen alle Kampfsatelliten wetten, die je gebaut wurden.«

Sie blickte in die Richtung, in die er zeigte, und sah

etwas, das sie nur selten beachtete, Wiedereintrittsgleiter, die sich von Süden her näherten, die schwarzen Pfeilspitzen scharf vom Himmel abgehoben.

»Die Piloten des purpurfarbenen Zwielichts, herniederstoßend mit tödlicher Fracht.«

Diesmal erkannte sie das Zitat. »Tödliche Fracht, Janis, tödliche Fracht. Darum geht es. Darauf würde ich setzen.«

»Hallo, Mum!«

Keine Antwort. Jordan ließ die Tür hinter sich zufallen und stapfte erwartungsfroh die Treppe hoch. Der vertraute Geruch des Hauses, dieses Gemenge aus Kochdünsten, Möbelpolitur, Seife und Eintopf, wirkte eigentümlich beruhigend. Bisweilen fand er es auch erstickend, und er musste den Kopf aus der Dachluke strecken und die Industrieluft statt der häuslichen Dünste einatmen. Da seine beiden älteren Brüder und seine Schwester ausgezogen waren, hatte er nach und nach immer mehr Platz bekommen und hatte nun den ganzen Dachboden für sich.

Als er die Treppenleiter zum Dachboden hochstieg, vernahm er leises Stimmengemurmel. Der Adrenalinstoß brachte sein Herz ins Stolpern. Als sein Kopf die Bodenkante überragte, blickte er durch die offene Tür seines Schlafzimmers. Seine Eltern saßen Seite an Seite auf seinem Bett und blickten gerade von einem Buch auf, das aufgeschlagen auf ihrem Schoß lag. Zu ihren Füßen lagen alte Taschenbücher und noch ältere Hardcoverausgaben verstreut. Diese Bücher hätte er eigentlich nicht besitzen dürfen, er hatte sie hie und da von Antiquariaten erworben, die auch in einer christlichen Gemeinschaft nur schwer zu kontrollieren waren: alte philosophische Bände mit dem wundervollen braunen Einband der ›Bibliothek der großen Denker‹ – Bradlaugh, Darwin und Haeckel, Huxley und Llewellyn

Powys, Ingersoll und Paine – und zerschlissene Taschenbücher von Asimov, Sagan und Gold, von Joachim Kahl, Russell, Rand, Lofmark, Lamont, Paul Kurtz und Richard Dawkins. Die gefürchteten Häresiarchen des säkularen Humanismus. Er hatte sie hinter dem hohen Bücherregal versteckt gehabt, hinter den Bänden mit Gebeten und einem tausendseitigen Kommentar zum Vierten Buch Mose. Doch seine weichen Knie rührten nicht daher, dass sie die Bücher entdeckt hatten, sondern dass sie ein ganz bestimmtes lasen: sein Tagebuch.

Seine Eltern waren gar nicht so alt. Sie hatten jung geheiratet. Der Bart seines Vaters war durchsetzt mit einzelnen grauen Haaren; in sein Gesicht hatten sich Falten eingegraben. Die Augen seiner Mutter waren gerötet. Sie blickten ihm schweigend entgegen.

»Ich fühle mich verraten«, sagte seine Mutter. »Wie konntest du bloß einen solch abscheulichen, satanischen Schmutz schreiben? Und wir haben dir immer *vertraut* …«

Sie wandte sich ab, lehnte das Gesicht an die Schulter seines Vaters und schluchzte.

»Sieh nur, was du deiner armen Mutter angetan hast.«

Jordan hatte sich vorgestellt, er würde in diesem so lange hinausgeschobenen Moment, da seine Eltern erführen, was er wirklich dachte, Schuldgefühle empfinden. Jetzt, da sie von selbst dahinter gekommen waren, fühlte er sich verlegen, das ja – bei der Vorstellung, dass sie sein Tagebuch gelesen hatten, stieg ihm das Blut in die Wangen –, doch vor allem verspürte er Zorn. Welch eine *Dreistigkeit!* Welch eine *Unverschämtheit!*

»Habe ich eigentlich keine *Privatsphäre?*«

Er entriss ihnen das Tagebuch und klappte es zu. Seine Hände zitterten, seine Stimme schwankte.

»Nicht solange du unter meinem Dach wohnst und meiner Verantwortung unterstehst.«

Ehe sein Vater zu einer Strafpredigt ansetzen konnte, kam Jordan ihm zuvor.

»Eben! Und wenn man mir unter deinem Dach nicht mit einem Minimum an Anstand begegnet, wenn ich mir nicht sicher sein kann, dass man mir nicht nachspioniert und in meinen Sachen wühlt, dann will ich auch gar nicht mehr hier leben!«

Sein Vater sprang auf. »Jetzt warte mal! Wir wollen dich nicht verstoßen. Wir machen uns Sorgen um dich – fürchterliche Sorgen. Was du da gelesen hast – sogar was du geschrieben hast – wenn wir darüber reden, deine Zweifel einem Geistlichen oder Berater vorlegen, dann wirst du bestimmt einsehen, dass du von diesen verruchten, verlogenen, rationalistischen Libertariern, deren Lehren und eitle Täuschungen von christlichen Denkern mehrfach widerlegt wurden, in die Irre geleitet wurdest.«

»Nein.«

Jordan ließ den Blick schweifen. Er hatte das Zimmer so weit wie möglich nach seinem persönlichen Geschmack dekoriert: mit Drucken ferner Galaxien und Supernovae (kreationistische Propaganda), mit Bilder von Primitiven (Spendenaufrufe zur Unterstützung der Missionsarbeit), mit Bildern züchtig gekleideter, aber hübscher und durchaus nicht reizloser Mädchen (Modewerbung). Na schön. Allein auf die Bücher, die sie aufgehäuft hatten, kam es ihm an. Er zog einen Rucksack aus einer Ecke hervor, bückte sich und stopfte die Bücher hinein, dann raffte er wahllos ein paar Kleidungsstücke zusammen. Die Emotionen werden vom Denken beherrscht, und wer, wenn nicht du selbst, beherrscht dein Denken? Epiktet oder vielleicht auch Wayne Dwyer. Egal. Jordan beherrschte sein Denken.

»Wende dich nicht von uns ab«, sagte seine Mutter. »Wende dich nicht von der Wahrheit ab.«

»Du hältst dich für einen Freidenker«, höhnte sein

Vater, »aber du willst dich mit niemandem auseinander setzen, der dich eines Besseren belehren könnte! Du willst bloß deinen eigenen Weg gehen und deinen fleischlichen Begierden frönen. Dieser atheistische Dreck ist nichts weiter als eine klägliche Ausrede. Wenn du dich darauf verlässt, wirst du Gott eines Tages mit einer Lüge in deiner Rechten entgegentreten.«

Jordan hatte das Gefühl, er habe Eis geschluckt.

»Als ob ich deren Argumente nicht schon alle kennen würde!« Er atmete tief durch. »Ja, ich werde sie anhören. Ich werde mich mit deinen christlichen Denkern auseinander setzen, aber außerhalb der Reichweite der Waffen, die sie in *ihrer* Rechten tragen.«

»Dass ich nicht lache! Niemand bedroht dich mit einer Waffe.«

Jordan schnallte den Rucksack zu. Er bemerkte ein Buch auf dem Boden, das er bislang übersehen hatte, und hob es auf. Ein weiterer Band aus der ›Bibliothek der großen Denker‹: *Die Geschichte der modernen Philosophie* von A. W. Benn. Er lächelte vor sich hin, dann setzte er eine nichtssagende Miene auf und straffte den Rücken.

»Wie halten eure Ältesten denn Gedanken, Menschen und Bücher fern? Mit Wachposten und Gewehren! Hier gibt es weder freie Forschung noch Redefreiheit.«

Sein Vater überging die Entgegnung und fragte stattdessen: »Wo gedenkst du deine kostbare Freiheit eigentlich zu finden? In irgendeiner schmutzigen Kommunistenenklave? Eine schöne Freiheit wirst du dort vorfinden!«

»Wahrscheinlich hast du Recht«, meinte Jordan und dachte: *Kommunisten?* »Daher gehe ich ja auch nach Norlonto.«

Die Röte wich aus dem Gesicht seines Vaters. Seine Mutter sank stöhnend aufs Bett zurück. Sie murmelte etwas über die Städte der Armen des Geistes ins Kissen.

»Du willst von Beulah nach Babylon wechseln? Dann ist dir nicht mehr zu helfen.« Sein Vater musterte ihn verächtlich. »Nur zu! Es wird nicht lange dauern, dann kommst du mit eingekniffenem Schwanz wieder zurückgekrochen. Du hast nicht mal einen Pass.«

»Doch, hab ich«, sagte Jordan. Er tätschelte die Seitentasche, betastete den Pass, der sich anfühlte wie ein Buch. »Den Pass zur Freiheit. Und Geld.«

»Dann bist du nicht nur ein Renegat, sondern auch ein Dieb.«

»Das Geld habe ich nicht gestohlen …«, setzte Jordan an, dann hielt er inne.

Jetzt erst wurde ihm das ganze Ausmaß seines Handelns bewusst. Bis jetzt hatte er im Hinblick auf das Geld nach vorne geschaut, nicht zurück. Im Grunde lief es darauf hinaus, dass er sich vom größten Feind der Gemeinschaft, des Staates, der die Gemeinschaft schützte, und des Bündnisses, das den Staat schützte, hatte bezahlen lassen. Und seine Eltern wussten es entweder oder ahnten es. Deshalb hatte ihm sein Vater das Schimpfwort *Kommunist* ins Gesicht geschleudert! Mrs. Lawson hatte anscheinend etwas über seine illegalen Aktivitäten herausgefunden und seinem Vater gegenüber eine schwerwiegende Andeutung gemacht. *Ränke schmiedende Christenhexe.*

»Glaub, was du willst«, sagte er.

Er schulterte den Rucksack und machte mit der vagen Absicht, ihnen die Hand zu geben oder sie zu küssen, einen Schritt auf seine Eltern zu – lächerlich, einfach lächerlich. Sie zuckten vor ihm zurück, als hätten sie Angst vor ihm. Jordan wandte sich um, winkte ihnen aus einer plötzlichen Eingebung heraus lächelnd zu, trat durch die Tür und sperrte sie hinter sich ab. Sie werden nicht lange brauchen, um sich zu befreien, dachte er, als er erst die Leitertreppe, dann die Treppe hinunterstieg. Aber vielleicht ja lange genug. Auf der

Straße wandte er sich nach links und rannte hügelabwärts.

Viel früher, als seine Eltern sich hätten träumen lassen, verfluchte er jedes einzelne subversive, atheistische Buch in seinem Rucksack. Es dauerte nur etwa zehn Minuten, und er eilte gerade über die Park Road. Der Rucksack hatte ein bequemes Tragegestell, das weder am Rücken noch an den Schultern drückte, doch das Gewicht allein trieb ihm den Schweiß aus allen Poren. Er kam an gepflegten Wohnhäusern und Geschäften vorbei – Feinkostläden, Boutiquen, Werkstätten. Gleichwohl war dies der ein wenig verrufene Stadtrand von Beulah City, eine Gegend, in der wichtige, aber im Grunde unzuverlässige Menschen lebten: inspirierte Künstler, systemkonforme Drehbuchautoren, züchtige Modedesigner, konservative Soziologen ... sie alle erachteten es als notwendig, sich an der Grenze zu versammeln und hin und wieder sogar diskrete Einkaufstrips auf die andere Seite zu unternehmen. Noch so viele sarkastische Predigten über den möglichen Nutzen, den sie aus der Nähe zum bedrohlichen Bodennullpunkt des göttlichen Fluches ziehen mochten, konnten daran nichts ändern. Einen schönen Anblick würden sie (wie Jordan an zahllosen Sonntagen in der Kirche vernommen hatte) am Tag der Auferstehung bieten, falls sie – und die Betonung lag eindeutig auf dem *falls* – unter den Auserwählten wären und meilenweit von der Masse der auferstehenden Gläubigen entfernt mit ihren Drinks oder ihren weltlichen Zeitschriften in der Hand gen Himmel schweben würden!

Doch so genau Beulah City es mit den Besuchern nahm, konnte es sich die Stadt als vollwertiges Mitglied der freien Welt nicht leisten, Menschen am Fortgehen zu hindern. Eine gemäß ihrer religiösen Inbrunst selbsterwählte Bevölkerung war eine bessere Werbung für ihre Lebensweise als eine zwangsverpflichtete Bürgerschaft. Diese liberalen Prinzipien galten freilich nicht für flüchtige Verbrecher. Und abgesehen vom Geld, dessen Vorhandensein er ungeachtet der Versicherung des Schwarzen Planers, seine Herkunft sei nicht nachzuverfolgen, schwerlich hätte erklären können, musste er nun mit seiner Verhaftung rechnen.

Nach einem Kilometer verlangsamte sich der Straßenverkehr bis auf Schritttempo, so dass er ein Fahrzeug nach dem anderen überholte. Kleine Elektrowagen und lange Leichtlaster schlichen Stoßstange an Stoßstange dahin. Jordan betrachtete sie im Vorbeigehen. Ein schnörkeliges Modesty-Logo in Kursivschrift fiel ihm ins Auge. Er hatte natürlich gewusst, dass ein Großteil des Exports der Gemeinde hochpreisig und leicht war, gut geeignet für den Transport mit Luftschiffen, die vom Raumhafen aus starteten – von Alexandra Port, gleich auf dem Hügel in Norlonto. Er hatte bloß nicht so weit gedacht.

Er schüttelte den Kopf. Die Angewohnheit, Blicken und bestimmten Gedanken auszuweichen, hatte sein Denken stärker geprägt, als ihm bewusst gewesen war. Wie hätte er es sonst auch so lange aushalten und die Konfrontation hinausschieben können? Zum Teufel damit! Er wählte einen anderen Laster aus. BA: Beliebter Arzt, die Drogenfirma. Er sprang aufs Trittbrett und grinste den Fahrer an, der verwirrt von seinem Laptop aufsah.

»Kannst du mich mitnehmen, Kumpel?«, rief er. Der Fahrer, der etwa in Jordans Alter war, musterte ihn einen Moment lang voller Misstrauen, dann bemerkte er den Rucksack, beugte sich vor und öffnete die Beifahrertür.

»Danke.« Jordan folgte dem Rucksack in die Fahrerkabine.

Er ließ seinem beunruhigenden Talent zum Lügen die Zügel schießen.

»O Mann«, sagte er, »bin ich vielleicht froh, dich zu sehen! Meine Firma macht eine Menge Geschäfte mit dieser hier, und bevor wir heute geschlossen haben, hat man mich gebeten, mal eben zum Raumhafen zu flitzen und einem unserer Vertreter einen Packen Handbücher und Kataloge zu übergeben.« Er hob sein Gepäck an. »Wiegt bestimmt eine Tonne. Man sollte eigentlich meinen, heutzutage ...«

»Ja«, meinte der Fahrer. »Hab ich's nicht immer gesagt? Die vertrauen den Netzen einfach nicht, deshalb müssen sie das Zeug ausdrucken. Wollen verhindern, dass ihre Ideen geklaut werden, stimmt's? Unter uns gesagt, weiß ich gar nicht, weshalb die sich deswegen überhaupt Sorgen machen. Was glaubst du wohl, was ich geladen habe?«

Jordan machte es sich im Sitz bequem. »Medikamente?«, fragte er aufs Geratewohl.

»Modifiziertes Diamorphin für Hospize! Im Klartext: Designerheroin für die Todkranken. Lindert den Schmerz, macht einen aber nicht so high, dass man für die Heilsbotschaft unempfänglich würde. Also, ich bin gegen das Glücksspiel und so, aber angenommen, ich wär's nicht ... wie viel würdest du darauf wetten, dass nicht irgendein armer Milizionär eine Probe für einen Offizier abzweigt, der ihm freundlich die Hand schüttelt? Und eh du dich's versiehst, werden die Leute damit für den Kampf fit gemacht. Kann auch niemand garantieren, dass es nur an die christlichen Milizen verteilt wird. Gibt einem doch zu denken, oder nicht?«

»Allerdings«, sagte Jordan.

Der erste Grenzposten, der von Beulah City, war unmittelbar vor der Straßengabelung errichtet. Links ging es zum Muswell Hill hoch, rechts zum Alexandra Port. An beiden Straßen lag je ein Grenzposten von Norlonto, besetzt mit mehreren Wachposten, und dahinter waren am Straßenrand die Willkommenstrupps der Drogendealer, Prostituierten, Sektenleute, Atheisten, Deprogrammierer, Nachrichtenhändler aufgereiht ... Etwa zwanzig Krieger achteten vor allem auf den hereinkommenden Verkehr, der sich auf Grund ihrer Bemühungen auf beiden Straßen bis über den Hügel staute.

Einer der Krieger öffnete die Fahrertür und beugte sich herein. Schwarze Uniform, das Helmvisier heruntergeklappt, Wülste und Schnallen. Er besah sich den Pass des Fahrers.

»Von einem Beifahrer steht da nichts«, sagte er.

»Tut mir Leid, Officer, aber im letzten Moment ...«

Der Krieger deutete auf den Rucksack.

»Zeigen Sie mal her.«

Jordan streckte die Hand danach aus, da fühlte er sich am Handgelenk gepackt. »Nicht anfassen, Kumpel. Das ist vertrauliches Firmenmaterial.« Er wandte sich an den Krieger. »Wenn Sie den Rucksack öffnen, müssen Sie sich vor meinem Boss verantworten. Und vor seinem.« Er hielt den Laptop hoch. »Die Formulare sind irgendwo da drin, sollte nicht länger als, weiß auch nicht, zehn Minuten dauern, um sie rauszuholen, vielleicht auch fünfzehn, wenn Sie das Ding mitnehmen.«

Der Wachposten zögerte.

»Geht schon in Ordnung«, meinte der Fahrer. »Wir haben keine Eile.«

Jordan fiel auf, wie kalt sich der Schweiß beim Trocknen anfühlte.

»Ach, zum Teufel mit Ihnen«, murmelte der Posten. Er zog sich zurück.

Der Motor startete mit einem Winseln.

»Danke«, sagte Jordan.

»Schon gut. Mit denen kenne ich mich aus.« Der Fahrer grinste Jordan an. »Zum Glück bin ich ein besserer Lügner als du. Was hast du eigentlich da drin?«

»Oh.« Jordan wurde wieder warm. »Einen Haufen unchristlicher Bücher, um ehrlich zu sein.«

»Brav von dir.« Jordan dachte: Was? »Verkloppe sie, wo sie keinen Schaden anrichten können, knöpf den Schweinen ruhig ein bisschen Geld ab. Von den Ältesten und der Polizei kann man nicht erwarten, dass sie's auch so sehen.« An der Gabelung bremste er ab. »Du willst bestimmt die andere Straße nehmen, die in die Stadt und nicht zum Raumhafen führt. Bis dann mal.«

Jordan hätte sich gern bedankt, dem Burschen die Hand geschüttelt, ihm etwas Geld gegeben, doch der Fahrer sah ihn kaum an, sondern konzentrierte sich auf den Verkehr. Deshalb sagte er bloß: »Alles Gute!« und sprang hinaus.

Er ging an den Wagen vorbei und näherte sich einer gelangweilt wirkenden jungen Frau mit einem Gewehr, die von jedem Fahrer ein Stück Plastik einsammelte. In den meisten Fällen reichte sie es wieder zurück. Sie wandte sich ihm zu. Ein staubiges, sommersprossiges Gesicht unter einem schwarzen verknoteten Stirnband mit einem blauen Emaillestern. Die Miliz der Weltraumbewegung.

»Haste 'ne Quittung?«

Jordan schüttelte den Kopf.

»Haste Geld?«

Jordan holte vorsichtig einen Teil seines Vermögens hervor. Sie blätterte den Packen durch.

»Das dürfte reichen«, meinte sie. Er hatte geglaubt, sie würde es behalten, doch sie reichte es ihm zurück. »Davon kannst du leben, bis du Arbeit findest, falls du eine suchst. Aber du musst mir einen Hunderter geben, wenn du rein willst.«

Sie händigte ihm eine Quittung aus, eine dünne Plastikkarte. »Pass gut drauf auf, dann brauchst du nicht noch einmal zu zahlen, ganz gleich, wie oft du zurückkommst oder wie lange du bleibst. Für Service musst du extra zahlen, aber das liegt an dir.«

»Service?«

Sie schwenkte ungeduldig die Hände. »Schutz. Straßenbenutzung. Halt so was.«

Jordan steckte die Quittung in die Tasche. »Wofür ist das?«

»Für den Raum, den du in Anspruch nimmst«, antwortete sie. »Und für die Luft, die du atmest.«

Jordan stapfte langsam hügelan. Die Luft schmeckte nach Freiheit.

6

Die Weltraum- und Freiheitspartei

Alles fing mit der Weltraumbewegung an.

In der Republik hatten die Libertarier – deren Haltung zur Republik noch ablehnender und konfliktträchtiger war als die der Sozialisten – damit begonnen, so über den *Weltraum* zu sprechen, wie einige Sozialisten vom *Frieden.* Zu ihrer eigenen Überraschung hatte sich dies für sie ebenfalls ausgezahlt und ihnen die extreme und unpopuläre Minderheitshegemonie über eine Massenbewegung eingebracht. Als die Republik stürzte, verfügte die Weltraumbewegung über zu viele Waffen, zu viel Geld und zu viel Zulauf, als dass man sie zu einem erträglichen Preis hätte unterdrücken können.

Daher musste man sie wie andere Massenbewegungen auch, die zu Zeiten der Republik gediehen waren, eben bestechen.

Das Gebiet, das nun Norlonto genannt wurde, war der Weltraumbewegung im Zuge des Restaurationsabkommens zugesprochen worden. Damals hatte man es als nahezu wertlos angesehen, denn es umfasste eine Barackensiedlung (aus unerfindlichen Gründen ›Grüngürtel‹ genannt) und zahlreiche Flüchtlinge, das Vermächtnis der freizügigen Einwanderungs- und Asylpolitik der Republik. Die Weltraumbewegung hatte Norlonto zu einem Umschlagplatz des europäischen Handels ausgebaut, mit Weltraumbahnhöfen und Siedlungen. Die meisten kommerziellen Raketenstartplätze lagen in den Tropen. Die meisten Flughäfen waren der militärischen und paramilitärischen Nutzung vorbehalten, um es vorsichtig auszudrücken. Der Raketenverkehr hatte sich als unverzichtbar und weniger abhängig vom immer unberechenbarer werdenden Wetter erwiesen als der konventionelle Luftfrachtbetrieb. Das Handelsvolumen von Alexandra Port war rasch gestiegen.

Norlonto war nicht respektabel genug, als dass es sich zu einem zweiten Hongkong oder einem neuen Shanghai hätte entwickeln können, doch als Steuer- und Datenparadies, als Freihandelszone und soziales Experimentierfeld übte es nach wie vor große Anziehungskraft aus. Die Weltraumbewegung hatte sich zu einer Mischung aus Aktiengesellschaft und Propagandamaschinerie weiterentwickelt und bemühte sich, auf dem Gebiet, das sie verachtete, Bedingungen herzustellen, welche den staatsfreien Markt, den die Idealisten und Investoren der Anfangszeit eigentlich für den Weltraum vorgesehen hatten, näherungsweise verwirklichten.

Außerhalb der Atmosphäre, über den Gräbern, welche sich die Pioniere der Bewegung in seliger Unwissenheit mit den Feniern, Jakobinern, Patrioten, Kommunarden und Bolschewiken teilten, zogen die Herren der Erde und deren Vasallen ihre Kreise und bekriegten sich mit Lanzen aus Laserlicht. Von den Kampfsatelliten bis zum Gürtel verfügte der Staat über Raum und Freiheit.

Kohn überließ es der Automatik, den Wagen durch den dichten Verkehr von Norlonto zu steuern, und ließ sich von den neu getrampelten Pfaden in seinem Geist zu den Anfängen zurückführen.

Sie gestalteten die Zukunft und wurden stundenweise bezahlt, und sie schufteten wie Pioniere; wie Kibuzzim; wie Kommunisten. Jeden Abend nach der Arbeit beobachtete Kohn, wie der Zementstaub im Abfluss verschwand; die heiße Dusche hielt er für die größte Errungenschaft der Menschheit, für die er sogar getötet hätte. Anschließend holte er seine Sachen aus dem Spind, stopfte seinen Overall in den Wäschebehälter und stolzierte von dannen, den Tageslohn in der Brusttasche. Es war der Beste seiner fünfzehn Sommer: der Weltraumboom machte da weiter, wo der Wiederaufbau der Nachkriegszeit aufgehört hatte, die Wunden verheilten, neue Gebäude wurden hochgezogen. Lange Abende, an denen er sich auf der Straße herumtrieb, die neue Musik kennen lernte, sich mit Mädchen traf. Überall waren Mädchen, in seinem Alter und älter. Die meisten waren unabhängig, hatten einen Job und eine sturmfreie Bude, Streitereien mit den Eltern gab es keine. Die Schule war ein für allemal abgehakt. Wollte man Bildung, bezog man sie ganz selbstverständlich aus dem Netz.

Er legte ein Fundament; er arbeitete am Erdgeschoss mit … die schiere Hybris, diesen Ort in Besitz zu nehmen und ihn zu einem Vorposten des Weltraums zu erklären, vermittelte ihm das Gefühl, in seiner Brust schwinge eine straff gespannte Saite. Ein frei zugängliches Universum ohne Besitzer wartete darauf, erschlossen zu werden, ganze fünfundsechzig Kilometer entfernt – geradewegs nach oben. Dort draußen konnte man den Boden bauen, auf dem man wandelte, und die Möglichkeiten waren grenzenlos. Eines Tages würde er so weit sein, eines Tages würde er sich seinen Anteil daran sichern, und es würde trotzdem noch für alle reichen. Der Weltraum versprach vollkommene Freiheit und Gerechtigkeit. Die Erde hatte nichts Vergleichbares zu bieten.

Doch das war bloß eine Möglichkeit, eine quälende Sehnsucht, solange die Wirklichkeit der Erschließung des Weltraums sich in Form der Weltraumverteidigung im wahren Wortsinn gegen sich selbst wandte. Dort oben hatten die US/UN das Sagen und überwachten zynisch die auseinander gebrochenen Machtblöcke des Planeten. Der Friedensprozess: das Prinzip des Teile-und-herrsche führte am Boden zu einer Balkanisierung der Welt. Die britische Version des Friedensprozesses führte dazu, dass jede ehemalige Oppositions- und Interessengruppe in Form eines Freistaates des Königreiches ihren eigenen blutigen Knochen zum Benagen bekam. Dies nannte man das Restaurationsabkommen.

Die Unversöhnlichen und Aufsässigen des besiegten Regimes bezeichneten dies als Betrug. An die gesellschaftliche Schneegrenze in den ausgebeuteten Siliziumschluchten Schottlands, in die rußgeschwärzten Gettos der Midlands oder die erschöpften Gruben von Wales zurückgedrängt, formierten sich die wenigen, die sich noch immer an ihre Waffen und ihre alten politischen Ziele klammerten, zur Armee der Neuen Republik.

An einem jener langen Abende saß Kohn auf dem Mäuerchen vor dem Biergarten eines Pubs in Golders Green und trank bedächtig einen Liter Stella Artois. Er trug eine Sonnenbrille, obwohl es bereits dämmerte. Der runde, weiß emaillierte Tisch, an dem die anderen saßen, stand dicht an der Mauer, so dass er sich auf die Schulter seiner gegenwärtigen Freundin Annie stützen konnte. Wie die meisten anderen Mädchen (er trug die Sonnenbrille vor allem deshalb, um sie unauffällig taxieren zu können) trug auch sie einen hautengen, hoch geschlossenen Hosenanzug, der selbst ihre Finger und Zehen bedeckte. Das hauchdünne Hemdchen, das sie darüber trug, vermochte ihre Formen nicht zu verdecken. Es war obszön, wie einer seiner älteren Arbeitskollegen beeindruckt erklärte, als die Mode aufgekommen war, vollkommen obszön.

Jedenfalls waren sämtliche Arbeitskollegen da. Annie, der große Typ aus Birmingham, der etwa gleichalt mit ihm war und Stone genannt wurde, und Stones Freundin Lynette – sie alle arbeiteten am selben Projekt. Stone war Arbeiter wie er; Lynette machte eine Ingenieursausbildung. Er dachte nur ungern an Annies Tätigkeit, denn bei der Vorstellung, wie sie über die hohen Träger balancierte, brach ihm der kalte Schweiß aus. Frauen liegt das, versicherte sie ihm ständig. Guck dir doch bloß mal die ganzen Turnerinnen an. Ja, klar.

»Also, wir haben gewonnen«, sagte Stone. »Denen haben wir's, verdammt noch mal, gezeigt.«

Sie grinsten einander an. Ein kurzer, aber heftiger Streik hatte ihnen soeben eine ansehnliche Lohnerhöhung und wesentlich bessere Arbeitsbedingungen eingebracht.

»Vor ein paar Tagen tauchte diese Frau an der Streikpostenkette auf«, meinte Stone. »Dozentin am College. Gab uns ein bisschen Geld, das die Studenten für die Streikkasse gesammelt hatten. Eigentlich hätten wir's ja nicht gebraucht. Die Gewerkschaft stand voll hinter uns. Jedenfalls hatten sie sich die Mühe gemacht, eine Sammlung zu veranstalten, also bedankte ich mich bei ihr und meinte, ich würde es fürs nächste Mal aufs Konto tun.« Er lachte. »Sie sagte, da hätte ich verdammt Recht, es gebe immer ein nächstes Mal. Sie hat mir diese Zeitschrift verkauft.«

O nein, dachte Kohn. Es klirrte, als er das Glas absetzte. Stone zog ein abgegriffenes Blättchen aus der Innentasche seines Jacketts und breitete es auf dem Tisch aus.

»Roter Stern«, sagte Stone. »Ziemlich extrem, stehen aber ein paar ganz vernünftige Sachen drin. Hab mir gedacht, das könnte dich vielleicht interessieren, Moh.«

Sieht man mir das an? dachte Kohn bestürzt. Trage ich ein Kainsmal auf der Stirn, an dem man mich erkennt, ganz gleich, was ich sage oder nicht sage oder wie sehr ich mich bemühe, alles hinter mir zu lassen?

Widerwillig griff er nach der Zeitung, nahm zum Lesen die Sonnenbrille ab. Da war sie, die Titelzeile mit dem seltsamen Zeichen: Hammer und Sichel, aber spiegelverkehrt zum traditionellen sowjetischen Symbol, mit einer ›4‹ auf dem Hammer.

Er las nicht über das Impressum hinaus.

»Die einzigen roten Sterne, die ich kenne«, sagte er, »sind tot und ausgebrannt und bestehen aus schwach leuchtendem Gas.«

Lynette hatte seine Bemerkung als Einzige verstanden.

»Die sollten das Blatt *Roter Riese* nennen!«

Kohn lächelte sie an und sah dann zu Stone, der finster und betroffen dreinschaute.

»Ich dachte, du hast dich beim Streik engagiert, du verstehst dich aufs Organisieren, du bleibst dir immer treu …«

Noch hundert Jahre, dachte Kohn, und man wird einen solchen Menschen *Bolschie* nennen. Der alte Mann wäre stolz auf ihn gewesen.

»War nicht persönlich gemeint, okay?«, sagte Kohn. »Es ist bloß – man sollte seine Zeit nicht damit verschwenden, über eine Revolution nachzudenken. Das ist Scheißdreck, Mann. Dazu wird es nie kommen. Ganz gleich, wie überzeugend es klingt, wenn's um die praktische Umsetzung geht, halten die Ideen nicht stand.«

Er lehnte sich zurück und kam sich selbstgefällig vor. Er war cool gewesen, hatte logisch argumentiert. Keiner dieser Ausbrüche voller Verachtung und Abscheu, wie sie ihm gelegentlich unterliefen.

»Also«, meinte Annie, »du siehst nicht so aus, als hättest du was Totes gesehn. Eher war's ein Gespenst.«

Er lächelte in ihr emporgewandtes, besorgtes Gesicht.

»Blass und am ganzen Körper zitternd?«

»Ja«, sagte sie sachlich. »Stimmt genau.«

»Ah«, machte Kohn. »Vielleicht habe ich tatsächlich

ein Gespenst gesehen.« Lew Trotzkij, mit einem Eispickel im Kopf. Das Gespenst der Vierten Internationalen. Das Schreckgespenst des Kommunismus.) »Oder vielleicht wird mir auch bloß kalt.« Er kletterte von der Mauer herunter und rückte einen Stuhl an Annies Seite. »Wärme mich.«

Annie erfüllte ihm den Wunsch bereitwillig, Stone aber wollte es damit nicht bewenden lassen.

»Da ist eine Doppelseite über die Arbeitsbedingungen auf den Weltraumplattformen drin. Sieht ganz so aus, als wären das richtige Baustellen. Der Typ, der den Artikel geschrieben hat, hat versucht, eine Gewerkschaft zu organisieren und wurde verbrannt …«

»Eine Weltraumgewerkschaft?«, meinte Lynette.

»Ja, warum nicht?«

»Was bedeutet eigentlich ›verbrannt‹?«, fragte Moh.

Stone überflog den Artikel, doch Annie kam ihm zuvor.

»Das ist ein alter Firmentrick, ist mal einem Onkel von mir passiert, der in einem Atomkraftwerk gearbeitet hat. Er wurde als Störenfried gebrandmarkt, doch anstatt ihn zu feuern – das hätte noch mehr Ärger gegeben – sorgten sie dafür, dass er die erlaubte Jahresstrahlendosis in einer Woche abbekam. War natürlich ein Versehen. Tut uns Leid, für Sie gibt's nichts mehr zu tun. Das widerspräche den Sicherheitsbestimmungen.«

»Das ist ja furchtbar!«, sagte Lynette. »Was ist aus ihm geworden? Hat er …?«

»Er« – Annie legte eine Kunstpause ein – »lebt und rebelliert noch immer – auf drei Beinen.«

Das beklommene Gelächter wurde von Stone unterbrochen, der Augen und Zeigefinger noch immer auf die Zeitung gerichtet hatte, mit der anderen Hand abwinkte und sagte: »Nee, die Strahlendosen waren jedenfalls todsicher. Da gab's strenge Vorschriften. Wir haben alle schon Schlimmeres erlebt.« Beklommenes Schweigen. »Was diesem Typ passiert ist, war … äh …

elementarer. Sie ließen ihn während eines Sonnensturms draußen arbeiten. Musste mit dem nächsten Shuttle zurückfliegen. Angeblich ist er okay, aber er muss jetzt am Boden bleiben.«

»Sein ganzes Leben lang?«, fragte Kohn bestürzt.

»Keine Ahnung.« Stone schaute lächelnd hoch. »Aber das kannst du ihn selbst fragen. Er spricht heute Abend auf einer Veranstaltung.«

Kohn blickte ihn verwirrt an. Bis jetzt war ihm alles irgendwie unwirklich vorgekommen. Er hatte ein Gespenst erblickt, doch das war weniger beunruhigend als die Vorstellung, dass diese Leute aus der Vergangenheit leibhaftig umherwandelten und *dass man einfach hingehen und ihnen Scheißfragen stellen konnte.*

Er öffnete den Mund und kam sich selbst blöd vor, als er fragte: »Auf was für einer Veranstaltung?«

»Na, auf 'ner *öffentlichen*, Space-Head!«

Kohn versetzte Stone eine Kopfnuss, gerade so fest, dass es ein wenig weh tat. »Gib her.«

Er zog die Zeitung zu sich heran, las die eingerahmte Vorankündigung am unteren Rand des Innenteils. »›Gewerkschaften für die Weltraumplattformen! Keine Stigmatisierung!‹ Klar, wenn ihr hundert Prozent gebt, Brüder und Schwestern … Ah, hier ist das Kleingedruckte: ›Forum Roter Stern Nordlondon.‹ Die hab ich gekannt. Baut die *Scheiß*partei auf, vorwärts zur *Scheiß*revolution, Arbeiter auf und über der Erde vereinigt euch! Also, ich bin draußen.«

Er spürte Annies behandschuhte Finger an der Wange. »Niemand verlangt von dir, dass du eintrittst, Moh«, sagte sie in vernünftigem Ton. In der Art Tonfall, der bedeutete: übertreib's nicht, Kumpel. Er wandte ihr den Kopf zu, ließ ihre Hand an seinem Hals hinunterrutschen und musterte sie. Ihr welliges schwarzes Haar, die scharf gezeichneten, schlanken Gesichtszüge ließen sie (wie er insgeheim fand) wie eine kleinere, elegantere

Version seiner selbst erscheinen. Das künftige Model des Jahres.

»Na schön«, sagte er. »Ich gehe hin. Morgen Abend. Möchtest du mitkommen?«

»Auf eine kommunistische Veranstaltung? Das ist nicht dein Ernst. Ich hab was Besseres vor. Nicht wahr, Lyn?«

Lynette schüttelte ihre Mähne und tat ihre Absicht kund, sie am kommenden Abend zu waschen.

Kaum dass Moh den kleinen angemieteten Saal im ersten Stock des frisch renovierten Pubs Lord Carrington betreten hatte, sah er sich mit der quälenden Frage konfrontiert, wie alt er wohl gewesen sein mochte, als er zum ersten Mal ganz hinten in einem solchen Raum gesessen hatte, bisweilen lesend oder mit einem Spiel beschäftigt, dann wieder aufmerksam lauschend. Am anderen Ende des Raums stand ein Tisch mit zwei Stühlen dahinter; in der Nähe des Eingangs stand ein zweiter Tisch mit einem Stapel noch druckfrischer Exemplare des *Roter Stern* und mit ausgebreiteten Pamphleten mit abgegriffenen, eselsohrigen Einbänden. Im Rest des Raums hatte man voller Optimismus etwa vierzig stapelbare Plastikstühle aufgestellt.

Etwa zwanzig Leute waren erschienen, um sich den Weltraumarbeiter anzuhören, einen untersetzten Mann namens Logan, mit langen Gliedmaßen und einem schweren Sonnenbrand. Stone lauschte hingerissen, ballte die Fäuste, stand am Ende auf und machte wilde Versprechungen, er wolle Geld auftreiben und die Sache herumerzählen. (Er hielt sie.) Kohn achtete auf die tieferliegende Bedeutung und untergründige Strukturen und war sich nach etwa zwei Minuten sicher, dass dieser Mann nicht bloß ein militanter Redner auf einem Parteipodium war, sondern ein militantes Parteimitglied. Es war schlichtweg undenkbar, dass er in der gleichen Liga spielte wie der alte Mann neben ihm oder die alte Frau hinter dem Buchtisch. Beide wirkten wie Gespenster, mit dünnem Haar und Zähnen, die ebenso vergilbt waren wie ihre Bücher.

Das Gespenst der Vierten Internationalen … Der alte Mann sprach von Solidarität und dem Grubenstreik 1984–85, der ihm die Augen für die Wirklichkeit des Kapitalismus geöffnet habe … Gespenster. Und gleichwohl hatte dieser Phantomapparat, dieser Quastenflosser von einer Organisation, einen jungen Mann dazu gebracht, seine Erwerbsgrundlage und vielleicht sogar sein Leben aufs Spiel zu setzen, um diese Botschaft in den Weltraum zu transportieren. Auf seine Weise war dies ebenso eindrucksvoll wie die Leistung des entarteten sowjetischen Arbeiter- und Bauernstaates, als erstes Land der Welt einen Astronauten in den Weltraum geschickt zu haben. (Nachdem man Sergej Korolew und seine Kollegen aus dem Lager geholt hatte, in das man sie wegen Trotzkismus eingesperrt hatte. Kohn lächelte vor sich hin. Falls es stimmte, dass es tatsächlich die Vierte Internationale gewesen war, die Gagarin in den Orbit geschossen hatte!)

Unvermittelt wurde ihm der eigentliche Grund für die Generationenlücke auf dem Podium bewusst: so alt, dass sie seine Großeltern hätten sein können, jung genug, um sein Bruder sein zu können; keiner in dem Alter seiner Eltern. Das war das typische Bevölkerungsprofil der vernichtenden Niederlage.

Autos rasten durch die Straßen, Männer mit Gewehren beugten sich heraus, brüllend und schießend. Autos, die später wiederkamen, aus denen Männer ausstiegen und schossen. Das Plastikband, das ins Handgelenk schnitt, stolpernde Füße und fließendes Blut. Und die Leute, unsere Leute, unsere Seite, unsere Klasse, die dabeistanden und tatenlos zuschauten.

Ehe er sich's versah, war die Veranstaltung beendet. Menschen wimmelten umher, holten sich etwas zu trinken, drängten sich am Büchertisch, schoben Stühle zu Reihen und Kreisen zusammen ... Moh überlegte gerade, wie er mit jemandem ins Gespräch kommen sollte, als der Weltraumarbeiter zu ihm herüberkam.

»Lust auf'n Pint, Kumpel?«

Moh rückte ein paar Stühle zurecht. »Ich hol das Bier«, sagte er. »Du bist der ohne Arbeit.«

Logan lachte. »Ich gehöre immer noch der orbitalen Arbeiteraristokratie an«, meinte er, »und du hast gerade einen Streik hinter dir, stimmt's? Also – was möchtest du trinken?«

Kurz darauf kam er vom Tresen zurück und fing eine Unterhaltung an, wobei er sich zumeist an Stone wandte, Moh aber mit raschen Seitenblicken und kurzen Bemerkungen einbezog. Anscheinend war ihm Stones Wortmeldung aufgefallen, und er hatte ihn sich als guten Militanten und potenziellen Rekruten vorgemerkt. Moh, der sich seit dem achten Lebensjahr die Dale-Carnegie-Schule des trotzkistischen Parteiaufbaus einverleibt hatte, achtete kaum auf die Unterhaltung. Irgendwann würde Logan Stone eine Verpflichtung entlocken – er würde eine Verabredung treffen, Telefonnummern austauschen, ein Abo verkaufen – und sich dann ganz auf Moh konzentrieren.

Er hielt Ausschau nach einem bekannten Gesicht, während ihm durch den Kopf ging, dass die alten Genossen am Ende doch keine solch guten Genossen gewesen waren, und bemerkte ein unverändertes, vertrautes Gesicht, das auf den mittlerweile leeren Tisch mit den Pamphleten niederblickte. Moh ging hinüber.

»Bernstein!« Das ledrige Gesicht, das sich ihm zuwandte, hatte in den sechs Jahren seit ihrer letzten Begegnung keine einzige Falte hinzugewonnen. Der schüttere weiße Haarschopf war nicht schütterer geworden.

Einen Moment lang wunderte Moh sich darüber, dass Bernstein ihn nicht erkannte; dann fiel ihm ein, dass er beim letzten Mal zu ihm *hochgeblickt* hatte.

»Ich bin Moh Kohn«, sagte er.

Bernstein starrte ihn an, dann schüttelte er ihm herzlich die Hand. »Erstaunlich!«, sagte er. »Ich hätte dich nie erkannt.«

»Sie haben sich nicht verändert.«

Bernstein nickte zerstreut. »Was hat dich hergeführt?« Er tätschelte die Bücherstapel und die Pamphlete, die er zu erwerben gedachte, und setzte hinzu: »Du weißt, weshalb ich hier bin. Das sind richtige Sammlerstücke.«

»Ah, ja.« Bernstein hatte sich mit der Vierten Internationalen im Zuge einer Meinungsverschiedenheit, die mittlerweile außer ihm niemand mehr erklären konnte, überworfen (und von ihr getrennt), und sich daraufhin an die Sisyphusarbeit gemacht, die definitive Geschichte der Bewegung zu verfassen. Ein unermüdlicher Archivar aus eigenem Recht, verdiente er ein wenig Geld damit, seltene Exemplare aller möglichen Richtungen der radikalen Literatur zu verkaufen. Mohs Vater war Stammkunde bei ihm gewesen.

Moh wusste nicht so recht, wie er auf die Frage antworten sollte.

Er zuckte die Achseln. »Neugier«, sagte er.

Bernstein blickte an ihm vorbei und sagte: »Gehen wir zu deinen Freunden hinüber.«

»Soll ich Ihnen etwas zu trinken holen?«

»Mit einem solchen Angebot habe ich schon gar nicht mehr gerechnet. Guinness, bitte.«

Als Moh von der Theke zurückkam, saßen Stone, Bernstein, Logan und die beiden Alten an einem Tisch und unterhielten sich angeregt. Nach einer Weile wandte Logan sich ihm zu und sagte: »Und du bist Moh Kohn, hab ich Recht?«

»Hi.« Moh hob das Glas. »Freut mich, dich kennen zu lernen.«

Sie unterhielten sich eine Weile über die Arbeit im Weltraum und ihre jeweilige Gewerkschaft. Moh entspannte sich allmählich. Dann musterte Logan ihn merkwürdig.

»Du bist der Sohn von Josh Kohn?«

»Ja«, antwortete Moh. »Wenn das von Bedeutung ist.«

Logan erwiderte gelassen seinen Blick, dann beugte er sich näher zu ihm. »Ich möchte dich was fragen«, sagte er. »Weißt du was über die Sternenfraktion?«

»Die ›Sternenfraktion‹?« Logans Gesicht war zu entnehmen, dass er zu laut gesprochen hatte, und aus den Augenwinkeln sah er auch, weshalb das so war: Bernstein spitzte die Ohren in ihre Richtung. »Nein.« Er zögerte. »Da ... klingelt was bei mir, aber ...« Er schüttelte den Kopf. »Nee. Es ist weg. Klingt so, als wärst du da Mitglied.«

»Könnte man schon sagen, dass ich zur Sternenfraktion gehöre.« Logan lachte. »Ich *bin* die Sternenfraktion.«

»Da gibt's bestimmt spannende interne Diskussionen.«

»Ja, das kann man wohl so sagen.«

»Was also ist die Sternenfraktion?«

Logan sah Bernstein an, dann die beiden alten Kader. Der alte Mann nickte leicht. Logan beugte sich vor, stützte die Ellbogen auf die Knie und zeigte seine Handflächen vor. »Das wissen wir nicht. Josh war der Softwarehexer der Partei, der *Internationalen*. Er hat sich für den Einsatz des Netzes stark gemacht, für Verschlüsselungstechniken und all das. Man könnte sagen, er hat uns Zutritt zum Cyberspace verschafft. Es gab deswegen heftige Diskussionen ... Fraktionskämpfe. Heute kaum noch nachzuvollziehen.«

Bernstein schnaubte. Logan lächelte und fuhr fort: »Jedenfalls überlebten einige der von ihm ins Leben gerufenen Systeme den Krieg, die EMP-Angriffe und all das und entgingen den großen Säuberungen während des Friedensprozesses. Erstaunlich. Wir, das heißt die VI, benutzen sie noch immer, so weit das geht.«

»Woher wissen Sie, dass sie mittlerweile nicht angezapft sind?«, fragte Bernstein.

»Es gibt Testprotokolle«, erklärte der alte Mann. Mehr wollte er nicht sagen. Moh glaubte, ihn verstanden zu haben. Es musste möglich sein, die Sicherheit eines solchen Systems mittels bestimmter Routinen zu testen, die Rückmeldung gaben, wenn sie abgefangen wurden.

Ganz schön haarig und nicht unbedingt ein Thema, über das man gerne sprach.

»Hin und wieder«, sagte Logan, »stoßen wir auf Hinweise auf die Sternenfraktion. Bisweilen erhalten wir dringende Mitteilungen – von ihren Mitgliedern? – welche besagen, wir sollten *nichts unternehmen.* Noch nicht.«

Er lehnte sich mit Und-was-hältst-du-davon?-Miene zurück.

»Wahrscheinlich eines von *Joshs* Testprotokollen«, meinte Bernstein und lachte.

»Wäre möglich«, sagte Logan. »Solltest du mal was drüber rausfinden, Moh, dann sag es uns. Bitte.«

Moh blickte den jungen und die beiden alten Kader nicht ohne Bitterkeit an. »Sollte ich etwas herausfinden – das ist wirklich ein guter Witz. Wir haben alles verloren. Die Scheißyanks haben unser Haus demoliert und es uns abgenommen, nachdem … nachdem …« Er konnte nicht weiterreden. »Und den Grund habe ich nie erfahren. Die Schweine haben es uns nie gesagt.«

In dem hell erleuchteten, kahlen Raum herrschte Schweigen. Die anderen waren entweder nach Hause oder in den Pub hinunter gegangen. Übrig geblieben war der harte Kern.

»Ich suche nach Antworten«, sagte Kohn.

Die alte Frau legte ihm die Hand auf den Arm. »Wie hätten wir Sie erreichen sollen? Sie und Ihre Schwester waren verschwunden. Und wir kennen den Grund ja selber nicht. Die Partei hat im Friedensprozess viele Leute verloren, aber daran waren die Restaurationskräfte schuld, die Hannoveraner. Und das wissen Sie auch, verdammt noch mal. Josh und Marcia waren die Einzigen, auf die es die US/UN abgesehen hatten.« Sie holte tief Luft und fröstelte. »Standrechtliche Erschießung und Beschlagnahme des Vermögens – das war bei den Yanks bei Waffen- und Drogenbesitz damals übliche Praxis.«

»Aber sie waren keine ...«, setzte Moh gereizt an, dann verstummte er. Denkbar war es schon. Jedenfalls was die Waffen anging.

»Und bei Besitz illegaler Software«, sagte Bernstein. »Nach allem, was du erzählt hast, könnte das durchaus sein.«

Moh verspürte jähe Erleichterung und Dankbarkeit. Illegale Software – ja. Zum ersten Mal ergab alles einen Sinn: es hatte sich nicht bloß um eine willkürliche Gräueltat gehandelt. Aber wenn das die Antwort war, dann ergaben sich daraus neue Fragen.

»Weshalb hat er daran gearbeitet, bis ...?«

»Nicht wegen uns«, sagte die alte Frau. »Wenn er für die Partei gearbeitet hätte, wäre ich darüber informiert gewesen. Aber das war nicht der Fall.«

Sie klang vertrauenswürdig, und Moh war ihre warmherzige Art sympathisch, doch er glaubte ihr nicht ganz. Er hielt jeden, der einer Partei oder einem Programm, einem Jahrhunderte umspannenden politischen Projekt, den höchsten Wert beimaß, für unbedingt fähig, anderen ins Gesicht zu lügen. Wenn man bereit war, für etwas zu sterben, dann log man auch dafür.

Dennoch kannte er jetzt einen Teil der Antwort und hatte eine Verbindung zwischen dem Tod seiner Eltern und ihrem Leben hergestellt. Seine innere Anspannung verflüchtigte sich teilweise, seine Feindseligkeit gegenüber der Partei ließ nach.

Logan blieb noch, nachdem Bernstein und die alten Genossen gegangen waren. Er ging mit Stone und Moh in den Pub hinunter, gab ihnen noch ein paar Runden aus und erzählte ihnen von den Absichten der Partei.

Moh hörte zu; er sah keine Gespenster mehr, sondern hatte eher den Eindruck, mit der transplantierten Netzhaut eines Toten zu sehen. Diese Bilder wurde man niemals los. Man sah die wiederkehrenden Muster: endloser Orbit, permanente Revolution. Die Phylogenese der Parteien, die Teratologie deformierter Arbeiterstaaten, die Pathologie bürokratischer Entartung … Jetzt versuchte es also die Weltraumbewegung, betrieb ihre kleinen anarcho-kapitalistischen Enklaven auf der Erde und koexistierte überall sonst mit den Yanks.

»An diesem Punkt kommen wir ins Spiel«, sagte Logan. »Wir müssen einen kämpferischen linken Flügel der Weltraumbewegung aufbauen und etwas daraus machen, das mehr gegen die US/UN ausrichten kann, als bloß den privaten Raketenbetrieb und die Ausbeutung der Asteroiden zu unterstützen. Und wenn ich ›linker Flügel‹ sage, dann meine ich sozialistisch, militant. Ich brauche euch wohl nicht extra zu erklären, dass jeder ernsthafte Versuch, aus dieser Scheiße herauszukommen, bedeutet, den Staat anzugreifen, und das heißt heutzutage Weltraumverteidigung.«

Stone runzelte die Stirn, verwirrt von der Kühnheit der kleinen Organisation, als deren Sprecher Logan auftrat. »Soll das heißen«, sagte er, »du arbeitest bei der Weltraumbewegung mit, um sie in …«

»Die *Weltraum- und Freiheitspartei* zu verwandeln!«, sagte Kohn fröhlich.

Er wusste, was da ablief. Die Partei (die wahre Partei, der harte Kern, die Internationale) hatte stets zwei Seiten. Die eine, das wusste Kohn noch aus den Zeiten der Republik her, war öffentlich, einsehbar: die wehende Fahne, die offene Partei, die aufstachelnde Zeitung. Wenn es darum ging, schlechte Zeiten durchzustehen, wurden ihre Mitglieder zu namenlosen Gesichtern in der Menge, die sich nur untereinander kannten.

Genau wie bei der Sternenfraktion, dachte Moh.

»Also«, sagte er, als er und Stone sich schließlich widerstrebend zum Gehen anschickten, »wenn du mich anwerben willst, kannst du das vergessen. Ich lasse mir nicht vorschreiben, was ich zu tun und zu lassen habe.« Logan wollte eine Bemerkung machen. »Erzähl mir nicht, es wäre nicht so. Aber – ich bin ein zahlendes, mit Chipkarte ausgestattetes Mitglied der Gewerkschaft und der Sternenbewegung, und wenn ich etwas für dich tun kann … dann frag mich einfach.«

»Ist gut«, meinte Logan. »Okay. Gute Nacht, Genossen.«

Gute Jahre, Jahre ohne Bedrohung, bloß voller Gefahren; keine Probleme, bloß Schwierigkeiten. Der Aufbau der Gewerkschaft und die Errichtung der Hochhäuser von Norlonto vermischten sich in seiner Vorstellung zu einer einzigen Konstruktionsaufgabe, zu einer Frage der Organisation und der Koordination von Arbeit. Während er sich weiterbildete, neue Maschinen zu bedienen lernte (hauptsächlich Spin-offs der Weltraumplattformen, welche die Arbeit auf der Baustelle weniger wie einen Grabenkrieg gegen die Naturgewalten erscheinen ließen), übernahm er auch mehr Aufgaben für die Gewerkschaft. Nach einer Weile setzte ihn die Gewerkschaft unter Druck, sich voll und ganz der Organisationsarbeit zu widmen, während das Firmenmanagement ihm anbot, Vorarbeiter zu werden. Er nahm den Gewerkschaftsjob an, begann sich nach einem Jahr zu langweilen, stellte aber fest, dass es nicht leicht war, wieder eine Anstellung bei der Firma zu finden. Er und Stone gründeten eine Kooperative und wurden Subunternehmer – Kapitalisten. Auf diese Weise hatten sie genug zu tun, hielten sich aber nach wie vor strikt an den Gewerkschaftscodex und blieben auch eingeschriebene Mitglieder.

Hin und wieder hörte er von Logan oder begegnete ihm in den Bars rund um den Raumhafen. Logan hatte eine ähnliche Lösung für seine Arbeitsprobleme gefunden. Er bat Moh nie um einen Gefallen für die Partei, ließ aber bisweilen durchblicken, gewisse interne Auseinandersetzungen in der Weltraumbewegung seien nicht unbedingt zufällig.

Als sie sich eines Sommermorgens mit ihrem Laster einer Baustelleneinfahrt in der Nähe von Alexandra Port näherten, wurde diese von Leuten mit Plakaten blockiert. Ein paar Bauarbeiter diskutierten mit den Streikposten.

»Verdammter Mist«, sagte Stone. »Ein Streik. Also, das war's dann.« Er langte nach dem Zündschlüssel.

Kohn runzelte die Stirn. »Warte mal. Ich sehe gar keine Arbeiter unter den Streikposten.«

Er sprang aus dem Wagen und ging zu einem ihm bekannten Vorarbeiter hinüber.

»Hallo, Mike. Was ist hier los? Von einem Streik hätte ich eigentlich wissen müssen.«

Mike schnitt eine Grimasse. »Das ist kein Streik, Moh, das ist 'ne Scheißdemo. Grüne. Die mögen nicht, was wir da bauen.«

»Zum Teufel mit denen.« Er musterte die kleine Schar. Lumpenproletarier und Kleinbürger, daran bestand kein Zweifel. Kein einziger aufrechter Proletarier weit und breit. Auf den Plakaten standen Parolen wie: SCHLUSS MIT DEN TODESSTRAHLEN. »Was soll der Mist? Das ist doch wohl ...« Er hörte auf zu denken. »Hat man uns vielleicht beschissen, Mike? Die haben uns doch nicht etwa ohne unser Wissen an einer Militäranlage bauen lassen, was meinst du?«

»Nein«, sagte Mike. »Das ist alles rechtens. Ein Forschungslabor, gefördert von der Weltraumbewegung. Alles vertraglich festgelegt.«

Vertrag hin oder her, dachte Moh. Dicke Wände, kilometerlange Kabel, teure Elektronik. Fundamente für Laserprojektoren – ›Verdampfer‹, wie sie im Volksmund hießen: leg dein Päckchen auf einen Wassertank, ziel mit einem Laser drauf und *koch* den ganzen Mist in den Orbit hoch.

»Dann sind das also keine Streikposten, oder? Weshalb fahren wir dann nicht einfach ...«

Er bemerkte, dass Mike mit dem Kinn geruckt hatte, wandte sich um und musterte die umstehenden Grünen. Große, harte Burschen. Härter als Bauarbeiter. Gekleidet waren sie wie Farmer, Reisende, Fahrradfahrer. Und sie waren gut ausgerüstet: mit Universalschraubenschlüsseln und sehr dünnen Stöcken, an denen die Plakate befestigt waren. Aus den Taschen ragten schwere Taschenlampen hervor. Farmer mit Taschenlampen?

»Wo steckt eigentlich die Miliz?«

Mike zuckte die Achseln. »Nie da, wenn man sie braucht.«

Kohn blickte ihn verdutzt an. Das sah der Miliz gar nicht ähnlich. Bevor er etwas erwidern konnte, baute sich ein langhaariger, langbärtiger Mann mit selbstgewebter Hose und schmutziger Jacke vor ihnen auf und sagte: »Ja, die Raumkadetten kommen nicht, also zieht Leine.«

Kohn hatte sich bereits ein Bild von den Kräfteverhältnissen gemacht: es war eine kleine Baustelle; selbst wenn alle da waren, zählten die Arbeitskräfte höchstens ein Dutzend Köpfe. Daher sagte er einfach bloß: »Okay« und wandte sich ab. Zu Mike sagte er: »Hol die Jungs und Mädels her, lad sie auf den Truck. Red mit der Gewerkschaft drüber. Okay, kein Problem.«

Mike nickte und beeilte sich, seine Leute herauszuholen, bevor die Wellen der Erregung höher schlugen. Kohn winkte Stone, der am Laster stand und aufpasste, dass die Arbeiter auch alle aufstiegen, beruhigend zu.

»Beweg deinen Arsch, Krautkiller!«, rief der große Typ, der mit ihm gesprochen hatte, hinter seinem Rücken.

Kohn drehte sich um, eher verwundert als erbost über den rassistischen Spruch. *Hätte nie gedacht, dass ich .... bis bis bis ...* Er fixierte den Mann voller Verachtung.

»›Wir stehen am Rande der Dunkelheit‹«, zitierte er einen geläufigen grünen Slogan. Der Mann schaute verdutzt drein. Kohn wartete, bis alle auf der Ladefläche waren und der Laster sich in Bewegung gesetzt hatte, dann beugte er sich aus dem Fenster und rief im Vorbeifahren: »Und *ihr* seid die Dunkelheit!«

Es erfüllte ihn mit Genugtuung, dass der Mann gegen die Karosserie hämmerte. Am Gewerkschaftsbüro, das in einem alten Ladengebäude untergebracht war, verflüchtigte sich sein Erinnerungslächeln. Ihr Problem stieß bei den Gewerkschaftsvertretern auf Desinteresse. Die Mannschaft von der Laborbaustelle stand um die zerkratzten Plastiktische bei den Getränkeautomaten herum und trank Kaffee, während Mike herumtelefonierte – mit der Miliz, mit dem Auftraggeber, mit dem Sicherheitsdienst der Gewerkschaft –, ohne weiterzukommen.

»Okay«, sagte Kohn. »Jetzt ist Schluss mit lustig.«

Er stellte eine Verbindung zu seinem Computer her und rief Logans öffentlichen Schlüssel ab, dann tippte er Logans zwanzigstellige Telefonnummer und seinen eigenen Schlüssel ein. Die Prozessoren hatten nicht mehr viel Kapazität für klanggetreue Wiedergabe übrig, als sie Primzahlen verarbeiteten, welche das Alter des Universums in Sekunden vergleichsweise wie Kleingeld erscheinen ließen. Allerdings würde es ebenso lange dauern, die Verschlüsselung zu knacken.

»Ich hoffe, es ist wirklich dringend, Moh. Ich bin gerade am Vakuumschweißen.«

»Okay. Grüne blockieren die Baustelle, und niemand will was davon wissen. Weder die Gewerkschaft noch die Bewegung, noch die Miliz. Ich hab den Eindruck, da macht jemand Druck.«

»Ich auch, rede mit Wilde.«

Fünf Sekunden lang verschwanden die Ziffern des Telefonzählers vor Kohns Augen.

»Mit Jonathan Wilde?«, krächzte er schließlich.

»Genau. Sag ihm, du wärst von der Beleuchtungsfirma. Muss wieder an die Arbeit.«

Diesmal war Kohn erleichtert, dass die Verbindung unterbrochen worden war. Er verstaute umständlich Handy und Computer, während ihm der Kopf schwirrte. Dann erhob er sich und blickte in ein Dutzend skeptische Gesichter.

»Ich glaube, es bewegt sich was«, sagte er. Er lächelte kläglich. »Endlich. Mike, Stone, vielleicht solltet ihr den Gewerkschaftsanwalt darauf ansetzen. Er soll damit drohen, die Forschungseinrichtung zu verklagen. Wegen Vertragsbruch, Duldung von Einschüchterungsmaßnahmen, was auch immer. Denkt euch was aus. Mit dem Straßenbesitzer, der diese so genannte Demo zugelassen hat, soll er ebenso verfahren. Für die anderen ist Feierabend. Bezahlen werden sie uns trotzdem.« Er klang selbstsicherer, als er sich fühlte.

»Und was ist mit dir?«, fragte Stone.

»Ich treffe mich mit dem Establishment«, sagte Kohn.

Wilde war nicht unbedingt das Establishment – er beschäftigte bloß hin und wieder ein paar Rechercheassistenten. Die einzige Position, die er innehatte, war eine Dozentur an der Universität von Northlondon City, die er allerdings nur dem Namen nach ausübte. Mittlerweile in den Siebzigern, war er jahrzehntelang eine einflussreiche Persönlichkeit gewesen, ein Vertreter des linken Flügels der Weltraumbewegung, ein libertaristischer Weltraumverrückter der Linken. Er hatte einige der ersten Manifeste der Bewegung verfasst *(Schluss mit den Erdbeben, Die Erde ist eine spröde Geliebte)*, außerdem zahlreiche Pamphlete, Artikel und Bücher über die Gegenverschwörungstheorie der Geschichte, wie er es nannte, worin er behauptete, zahlreiche ansonsten unverständliche historische Ereignisse ließen sich dadurch erklären, dass man die von den Protagonisten vertretenen Verschwörungstheorien lüftete. Er hatte eine erstaunliche Vielzahl von Fällen von prominenten Politikern und Vertretern des Militärs und der Justiz aufgedeckt, die (offen oder insgeheim) Verschwörungstheorien angehangen hatten. Im Laufe der Recherchen, mit denen er seine These untermauerte, hatte er sich vielfältige und auch gegensätzliche Kontakte und Informationsquellen erschlossen. Er galt als die graue Eminenz der Bewegung, eine Vermutung, die durch seinen offensichtlichen Mangel an Macht, Geld oder Prestige nur noch weiter bekräftigt wurde. Angeblich war er für alle Maßnahmen verantwortlich gewesen, die nötig gewesen waren, um dem zuständigen Ausschuss der Restaurationsregierung die Zustimmung zur Gründung von Norlonto abzuringen – darunter Erpressung, Währungsspekulation und die Drohung mit einem Atomschlag.

Moh hatte in Kentish Town eine Wohnung gemietet. Dort zog er seinen neuesten, elegantesten Anzug an und wählte Wildes Nummer. Er bekam lediglich eine

Tonverbindung und stellte sich vor: er sagte, er sei von der Beleuchtungsfirma, wobei er sich dumm und täppisch vorkam.

»Kommen Sie her«, erwiderte Wilde. »Sie wissen ja, wo Sie mich finden können.«

Eine Stunde später klopfte Kohn an die Tür von Wildes Büro.

»Herein.«

Das Büro war klein und hell, das Fenster bot Aussicht auf den Trent Park: Rasen, Bäume, landende Segelflieger. Es roch nach Papier und Zement. Wilde saß an einem schlichten Schreibtisch hinter einem Terminal. Er speicherte eine Datei und erhob sich. Hager, nahezu kahlköpfig, sonnengebräunt, Hakennase. Der Rücken so gerade wie der eines alten Soldaten. Fester Händedruck.

»Willkommen, Genosse«, sagte er und bedeutete Kohn, auf einem von zwei universitätsüblichen Stühlen aus Kiefernholz, Leinenbezug, Gummibändern und Polyurethan Platz zu nehmen. »Was kann ich für Sie tun?«

Genosse? Kohn fragte sich, ob das zuvorkommend oder ironisch gemeint war, und revanchierte sich mit einem schmallippigen Lächeln, bevor er die Ereignisse des Vormittags schilderte.

»Hm«, machte Wilde. »Ich tippe darauf, dass die Weltraumverteidigung Druck macht.«

Kohns Mund ging auf und wieder zu. »Was haben *die* denn mit den Grünen zu tun?«

»Mehr als Sie meinen«, antwortete Wilde. »Ach, das ist keine Verschwörung, die zu enttarnen ich ja berüchtigt bin. Ich bin sicher, dieses üble Ungeziefer hätte auf jeden Fall gegen das Projekt opponiert. Aber das Verteidigungsministerium setzt die höheren Gremien der Weltraumbewegung unter Druck, die wiederum der Forschungs- und Entwicklungsabteilung Druck machen, die der Gewerkschaft und der Miliz sagt, sie sollten das Vorhaben abschreiben.« Er lächelte. »Höhere Gewalt.«

Kohn breitete die Hände aus. »Aber warum?«

»Was könnte man mit einem äußerst starken, zielgenauen, bodenstationierten Laser denn sonst noch anfangen?«, fragte Wilde wie ein Dozent, der einem Studenten ein Problem vorlegt. »Angenommen, er ließe sich tatsächlich entwickeln?« Er blickte an seinem Zeigefinger entlang und schwenkte ihn langsam nach oben.

Auf einmal hatte Kohn es begriffen, und er musste lachen, weil er nicht schon eher darauf gekommen war. »Satelliten abschießen«, sagte er.

»Ganz genau«, meinte Wilde. »Offenbar wusste unsere Forschungs- und Entwicklungsabteilung tatsächlich nicht, dass die Laserkanonen ursprünglich als ziviles Spin-off der ABM-Systeme gefördert wurden. Es erübrigt sich zu erwähnen, dass die Weltraumverteidigung ein besseres Gedächtnis hat.«

»Das steckt also dahinter«, sagte Kohn.

»Glauben Sie wirklich?« Wildes Stimme klirrte; seine Augen wurden schmal.

Kohn überlegte einen Moment, erhob sich und trat gereizt ans Fenster.

»*Nein*«, sagte er. »Ich hab's immer noch nicht kapiert. Okay, gegen das Verteidigungsministerium kommt man nicht an. Wenn wir das Laserlabor bauen, zerlasern sie es. Aber die Grünen … oh, Scheiße.«

»Was halten Sie von ihnen?«

Kohn wandte sich jäh um. »Stellen Sie sich vor, einer von denen hat mich als ›Krautkiller‹ bezeichnet! Zum Teufel mit den Grünen und ihrer Naziwirtschaft.« Er boxte sich auf die flache Hand. »Schützen. Bewahren. Restriktion. Tiefenökologie. Ich ziehe Tiefentechnologie vor. Mir machen die keine Angst. Ich will verdammt sein, wenn ich, wenn meine Kindeskinder irgendwann in Scheißharmonie mit der Umwelt auf der Erde herumkriechen. Ja, bis zur nächsten Eiszeit oder dem nächsten Asteroideneinschlag. ›Krautkiller‹, wie? Auserwählte, ja?« Er dachte an die alten Hänseleien. *Hätte nie gedacht, dass ich .... bis bis bis* ... Er atmete tief durch, schüttelte den Kopf. »Entweder die oder wir, aber ich gehöre zum auserwählten Volk.«

»Das glaube ich gern«, meinte Wilde. »Setzen Sie sich, dann ... kläre ich Sie über ein paar Dinge auf.«

Kohn hörte zu und wurde erleuchtet. ›Beleuchtungsfirma‹ war offenbar ein Codename für die Weltraum- und Freiheitspartei, die militante Fraktion der Weltraumbewegung, von der Logan vor ein paar Jahren auf der Versammlung gesprochen hatte. Die Partei hatte Menschen mit nach den Maßstäben konventioneller Politik divergierenden Ansichten angezogen, die in allem außer in ihrem Engagement für den Weltraum uneins waren: die ultimative Einheitsfront, ohne Zugeständnisse, ohne Kompromisse, gleichwohl aber noch mit dem verbotenen Reiz des ...

»Es gibt keine Verschwörung«, sagte Wilde.

Wie zur Bestätigung ermunterte er Kohn, seinen eigenen Standpunkt zu verteidigen. Kohn bemühte sich vergeblich, seine lückenhafte Vision einer sozialistischen Gesellschaft auszumalen, die noch wilder und unreglementierter wäre als Norlonto, freier noch als der freie Markt, eine Gesellschaft, in der das Wissen notwendigerweise Gemeineigentum wäre und den größten Reichtum darstellen würde, den man uneingeschränkt miteinander teilen würde. Wilde konterte mit seiner Vision einer Welt, worin der Markt lediglich den Rahmen abgäbe, jedoch den einzigen Rahmen für Lebensweisen, die so vielfältig wären wie das Spektrum der menschlichen Neigungen; kein Sozialdarwinismus, sondern eine darwinistische Selektion von Gesellschaften.

»Klingt so, als hätten wir das bereits«, sagte Kohn, »bloß ...«

Wilde schnaubte. »Dieses Jahrhundert«, sagte er, »ist im gleichen Maße eine Travestie meiner Vorstellungen, wie das vergangene eine der Ihren war. Ministaaten anstelle von Minimalstaaten. Ha.«

»Daran sind die Weltkriege schuld«, meinte Kohn.

»Wie … internationalistisch Sie das ausgedrückt haben«, entgegnete Wilde. »Mir fällt es schon schwer, einige meiner Leute davon zu überzeugen, dass nicht allein die Deutschen schuld sind.«

»Für Sie ist das bourgeoiser Nationalismus.«

»Stimmt.«

»Scheint so, als würden wir uns nicht einig.«

»Jedenfalls nicht hier. Der Weltraum wird … es regeln.«

»Die grenzenlose Weite des Alls!«

Beide lachten.

»Eines ist gewiss«, sagte Wilde. »Die Realität wird sich von meiner und Ihrer Utopie unterscheiden. Das Gute am Weltraum ist, dass er die Chance bietet, alles könnte besser werden anstatt schlechter. Kein gelobtes Land, sondern ein neues, unendlich großes Amerika, in dem *wir* die Indianer sind, in dem sich all unsere Stämme in eine Wildnis hinein ausbreiten, und die Tauben und das Bison bringen wir mit und säen die Wälder von Grund auf, in Felsgestein und Eis!«

Moh nickte begeistert. »Ja, genau. Wie Engels einmal sagte, existiert die natürliche Umwelt des Menschen noch nicht: er muss sie erst noch erschaffen.«

»Das hat er gesagt?«

»So in etwa. Mit weniger Worten. Ich schlag's für Sie nach.«

»Ja, tun Sie das. Die natürliche Umwelt des Menschen ist künstlich – ja, das gefällt mir. Wir müssen uns diese Option offenhalten, genau wie die Beringstraße …«

»Zwischen Sibirien und Alaska!«

Sibirien wurde kommunistisch regiert, Alaska von den Libertariern. Wilde grinste ihn an.

»Genau.«

Beim Mittagessen schaute Kohn sich in der lauten Mensa um, stellte seine Besorgnisse hinsichtlich eventueller Überwachungsmaßnahmen zurück und sagte: »Wir haben immer noch ein Problem. Was sollen wir wegen der Typen an der Laborbaustelle nun eigentlich unternehmen?«

Wilde zuckte die Achseln. »Nicht viel. Die Miliz wird die nicht anrühren, und die unabhängigen Agenturen werden sich ebenfalls nicht einmischen.«

»Aha«, meinte Kohn. »Ich glaube, Sie haben da eben den Finger auf eine ...«

Wilde vollendete an seiner Stelle den Satz: »*... auf eine Marktlücke gelegt!*«

Am Abend waren die grünen Streikposten noch immer vor der Baustelle postiert.

»Was war das?« Der Typ, der Kohn belästigt hatte, wandte sich auf ein Geräusch hin um. Jemand drückte ihm eine Gewehrmündung an die Wange. Überall waren gedämpfte Geräusche zu vernehmen.

»Dein schlimmster Albtraum«, sagte eine Stimme aus der Dunkelheit, aus etwa einem Meter Abstand. »Ein Jude mit einer AK-47 und *Format*.«

7

Das überladene Gewehr

DAS BRITISCHE VOLK
GEDENKT
DES GLORREICHEN SIEGES ÜBER
DIE DEUTSCHEN FASCHISTISCHEN BARBAREN!

Der in metergroßen Lettern an die Giebelseite des Hauses gepinselte Spruch und die dazugehörige Wandmalerei (ein Sowjetsoldat, der über dem zerstörten Reichstag eine rote Fahne hisste) waren die einzigen Merkmale, welche das Hauptquartier des Felix-Dserschinskij-Arbeiterverteidigungskollektivs von den anderen vierstöckigen Gebäuden in der Straße in unmittelbarer Nähe des Muswell Hill Broadway unterschied.

»Das hat einer der Jungs aus der Gegend angefertigt, als wir gerade nicht aufgepasst haben«, sagte Kohn. »Nicht unbedingt internationalistisch, aber ein Faustschlag ins Gesicht unserer Hannoveranerfreunde.«

Janis war ausgestiegen. Sie schaute nach oben. Ein Luftschiff – Wolke und Sternbild in einem – flog dicht über sie hinweg und näherte sich langsam dem Wald der Befestigungsmasten am nahen Horizont, wo ein verschachteltes, überladenes Gebäude aufragte, gekrönt von riesigen holografischen Gestalten, die in einer stalinistischen Lichtskulptur nach dem Himmel griffen. Als Wolken die blasse Septembersonne verdeckten, wurden sie von Minute zu Minute heller.

Eine niedrige Mauer und eine Gartenhälfte. Kohn öffnete die Tür.

»Nach Ihnen, Lady«, sagte er.

Sie trat ein. Kohn ließ die Taschen in der Diele stehen und geleitete sie in einen langgestreckten Raum. Am anderen Ende lag die Küche. In der Nähe der Tür gab es Sofas, Sessel und einen ramponierten Tisch, und es lagen allerhand Waffen und elektronische Ausrüstung herum. Der Raum war früher offenbar zweigeteilt gewesen; er wirkte provisorisch, unfertig: die alten Sessel und Sofas hatte man mit bunten Tagesdecken und Kissen verschönert, der Tisch wies Kerben und Flecken auf, die getünchten Wände waren mit Plakaten und Kinderzeichnungen bepflastert. Die entlang der einen Wand aufgestellte Kücheneinrichtung war wahrscheinlich schon von mehreren Vorbesitzern als Sperrgut auf die Straße gestellt worden; um den Herd herum waren Regale mit einer kunterbunten Mischung aus Büchern und Gläsern mit Kräutern angebracht. Erhellt wurde der Raum von gedimmten Leuchtstreifen, die das ganze Spektrum abdeckten: ein Zwielichteffekt. Bloß die Waffen und die Computer, die Kameras, Bildschirme und Kommunikationsgeräte funkelten wie neu.

»Die meisten Genossen kommen erst in ein paar Stunden zurück«, sagte Moh. »In der Zwischenzeit sollten wir ein bisschen hacken und herumschnüffeln. Wir wär's erst mal mit einem Kaffee?«

Janis berührte eines der Gewehre. »Dafür könnte ich jemanden umbringen«, sagte sie.

Während Moh sich an der Küchenzeile zu schaffen machte, durchstöberte Janis die Hardware, bis sie ein Telefon entdeckt hatte.

»Kann man von hier aus telefonieren, ohne abgehört zu werden?«, fragte sie.

Moh blickte sie erstaunt an, dann winkte er ab.

»Hier sind Sie im Weltraum«, erinnerte er sie. »Hier können Sie überall telefonieren, ohne abgehört zu werden.«

Janis rief ihre Geldgeber an, ein anonymer Code ohne Regionalkennung. Als sich zu ihrer Erleichterung ein Anrufbeantworter meldete, sagte sie, im Labor habe sich ein Unfall ereignet, die Schäden würden behoben und sie nehme die Gelegenheit wahr, sich ein paar Tage frei zu nehmen. Sie unterbrach die Verbindung, bevor der Anrufbeantworter ihr weitere Fragen stellen konnte, dann wählte sie sich in das Universitätssystem ein, um ihre Botschaft nachträglich wahrzumachen. Anscheinend waren der Einbruch und das Feuer als ein und derselbe Vorfall, nämlich als gewöhnlicher terroristischer Übergriff, registriert worden und wurden auch dementsprechend behandelt: man hatte die Versicherungsgesellschaft informiert, berief sich auf die mit dem Sicherheitsdienst vereinbarten Vertragsstrafen und hatte die Königlichen Streitmächte routinemäßig um Vergeltung gebeten (diesem Ersuchen würde man vermutlich in der Form nachkommen, dass man eine Bombenladung, die man ohnehin auf irgendeinen ANR-Unterschlupf in den Bergen hatte abwerfen wollen, als Vergeltungsmaßnahme deklarierte).

Sie schloss mit dem Kollektiv einen Vertrag zu ihrem persönlichen Schutz ab, wofür sie die Konventionalstrafe verwendete. Zu ihrer Erleichterung war Mohs kleiner Haufen auf der Liste der anerkannten Dienstleister gespeichert. Ihr nicht näher begründeter Urlaub stellte ebenfalls kein Problem dar. Sie hatte noch Urlaub vom letzten Jahr übrig: wie die meisten Wissenschaftler hatte sie gewisse Schwierigkeiten mit der Vorstellung, die Arbeit ruhen zu lassen und sich einfach frei zu nehmen.

»Gehen wir nach hinten«, sagte Moh, der mit zwei Kaffeetassen und dem Gewehr an ihr vorbeikam, als sie gerade auflegte. In den öffentlichen Bereichen des Hauses – auf den Korridoren und der Treppe – sah es aus wie in einer Burg, in der zu viele wilde Ritter gehaust hatten. An den Wänden Waffen; durch Löcher im Putz sah man Panzerplatten. In den Ecken lagen schussfeste Anzüge herum. Moh stieß mit dem Ellbogen eine Tür auf, betätigte mit dem Kinn einen Lichtschalter und trat beiseite, um sie durchzulassen. Der Raum war klein, angefüllt mit Metall- und Schweißgeruch und vollgestopft mit VR-Ausrüstung: Simulatorsitze samt der dazugehörigen Anzüge, Brillen und Handschuhe. Moh räumte auf einem Tisch ein wenig Platz frei und rückte zwei kardanisch aufgehängte Sessel heran.

»Sie haben was vergessen«, sagte Janis. »Die magischen Gedächtnismoleküle.«

»Ah. Stimmt.«

Moh holte die mit Gefahrenhinweisen bepflasterte Kühlbox mit den Drogenproben und verstaute sie in einem Kühlschrank, der auf einem der rückwärtigen Gänge vor sich hin summte.

»Ist es hier auch wirklich sicher?«

»Ich hoffe doch«, entgegnete er. »Hier bewahren wir nämlich den Sprengstoff auf.«

Moh beobachtete, wie sich Janis' Schultern und Hals entspannten, als sie den Kaffee trank; ihr gereiztes Naserümpfen, als er sich eine weitere Zigarette ansteckte, überging er. Sie nahm es gut auf, ganz so, als vermittelte ihr der Aufenthalt in der kleinen Festung kommunistischer Söldner ein Gefühl von *Sicherheit*.

Sie musterte ihn aus zusammengekniffenen Augen.

»Wie geht es Ihrem Kopf?«

Er inhalierte und lehnte sich zurück. Einatmen, die Luft anhalten und in die friedliche Tiefe hinabtauchen … Es verschaffte ihm Zugang zu bestimmten Bereichen, wie ein Passwort.

»Eigenartig«, sagte er und stieß den Rauch aus, als wäre ihm gerade eben eingefallen, wie man das machte. »Aber ich denke, es ist schon okay. Ich denke halt.«

Sie nahm das zur Kenntnis.

»Sie könnten auch wieder rechnen.« Ein boshaftes Lächeln.

»Daran will ich nicht mal denken.«

»Na schön. Was sollen wir hier tun?«

»Als Erstes diesen kleinen Bastard befragen.« Er deutete auf das Gewehr, das zwischen seinen Stiefeln auf dem Boden lag. »Ich hatte es auf Ihr Forschungsprojekt angesetzt – okay, okay –, und vielleicht ist es ja auf irgendwelche Spuren gestoßen, bevor es zu dem Zwischenfall kam. Könnte uns vielleicht einen Hinweis darauf geben, ob alles bloß Einbildung war oder nicht. Ich halte das für *ziemlich* wichtig.«

»Aber sicher doch«, sagte sie ironisch.

»Da steckt mehr dahinter als bloß irgendwelche Bewusstseinsprozesse«, sagte er nachsichtig. »Es könnte sein, dass wir auf Gedeih und Verderb« – er schlug den Tonfall eines Off-Kommentars an – »›mächtigen, emotionslosen und feindlich gesonnenen Intelligenzen‹ ausgeliefert sind, die imstande sind, jedes Stück Hardware zu kapern, das in irgendeiner Verbindung zu den weltweiten Datennetzen steht. Kurz gesagt, alles. Die Menschheit, mit allem Drum und Dran. Auf einer Diskette.«

»Sie haben einen drolligen Humor, nicht wahr?«

»Aber klar doch! Weil die ganze gottverdammte Datensphäre bedeutungslos ist, solange sie nicht von Menschen *genutzt* wird. Was ich von dieser Wesenheit, der ich begegnet bin, in Erinnerung behalten habe, ist diese überwältigende Neugier. Und der Wunsch zu überleben, was in gewisser Weise Folge dieser Neugier ist: sie will mitbekommen, was als Nächstes passiert.«

»Dann können wir bloß hoffen, dass es sich um *müßige* Neugier handelt.«

»Sie sagen es.«

»Okay, nehmen wir mal an, Ihre Wesenheit hat nicht

vor, den Stecker zu ziehen. Sie sind sicher, dass die Stasis uns hier nichts anhaben kann. Was haben wir sonst noch zu befürchten?«

Kohn schnitt eine Grimasse. Seine Antwort würde ihr nicht gefallen.

»Die gute Nachricht ist, dass wir hier nur schwer aufzuspüren sind. Unser Panzerwagen ist mit einer signatur-zerhackenden Hardware ausgestattet, die bewirkt, dass jeder Spionagesatellit sich die Augen reibt und zu dem Schluss gelangt, er habe einen Fehler gemacht. Der Wagen hat zwar beim Passieren der Grenze ein Signal ausgelöst, aber die Geheimhaltung der Miliz ist so streng, dass es schon an Paranoia grenzt. Die gewaltsame Durchsetzung von Interessen steht unter Acht und Bann, deshalb wird sie beobachtet.«

Janis runzelte die Stirn. »Was bedeutet ›unter Acht und Bann‹?«

»Verlust der Rechtsfähigkeit.« Keine Reaktion. »Als wären Sie zu einem *herrenlosen Hilfsmittel* geworden.«

»Oh.«

»Gucken Sie nicht so erschreckt. Das trägt die Versicherung.«

»Und jetzt die schlechte Nachricht.«

»Meine Gang ist im Laufe der Zeit einer Menge Leute auf die Füße getreten, und die Feinde, die wir uns gemacht haben – der Staat, die Spinner und die Verrückten –, sind die gleichen Leute, die große Pläne mit jedem haben, der sich mit Tiefentechnologie einlässt, davon können Sie ausgehen. Sie sehen ja, was im Labor passiert ist. Ich glaube nicht, dass da die Stasis dahintersteckt.«

»Aber sie sind eingebrochen, oder nicht?«

»Das wäre möglich. Möglich wäre auch, dass die Spinner den Tätern Deckung gegeben haben. Wenn die Betreffenden bereits wussten, um welche Drogen es sich handelte, dann hatten sie es auf die fehlenden Informationen abgesehen. Die waren bestimmt nicht unvorbereitet.«

Er schaltete das klotzige VR-Gerät ein, dann löste er die Computerelemente des Gewehrs und stellte die Verbindung her. Er setzte Brille und Kopfhörer auf und steckte die Hände in die Datenhandschuhe. Das flaumige Material reichte bis zu den Ellbogen und fühlte sich empfindsam und entspannend an. Einige Sekunden lang schwirrten Firmenlogos und bedrohlich wirkende Copyright-Erklärungen an seinen Augen vorbei. Wer auch immer diese Version von DoorWays™ raubkopiert hatte, hatte sich offenbar nicht die Mühe gemacht, sie zu entfernen.

Die Menüauswahl funktionierte auf Blickkontakt und ein Blinzeln hin, so dass er Kopf und Hände frei hatte. Er blinzelte ›Speicher‹ an und fand sich in einem Raum voller beschrifteter Skalen wieder, die anzeigten, wie viel Speicherplatz die Programme und Datenbanken des Gewehrs derzeit in Anspruch nahmen.

Wohin er auch blickte, alle Skalen waren am oberen Anschlag.

»Schei-ße«, murmelte er. Trotz der Kopfhörer vernahm er Janis' Reaktion.

»Die Gewehrspeicher sind voll bis zum Rand«, sagte er.

Auf ihr besorgtes Brummen hin winkte er beschwichtigend ab, was die Menüleisten zu seiner Rechten in Aufregung versetzte. Beim letzten Mal hatten sich ihm die Innereien als Ansammlung baufälliger Bunker mit Anzeigenleisten präsentiert, hier ein kleines Labor, dort ein kompaktes Feuer-Modul, alle durch ein Tunnelsystem miteinander verbunden, wie es auch der Vietkong benutzte ... Dies alles war noch immer da, jedoch unter einem riesigen Komplex von Lagerhäusern, Bibliotheken, Maschinenräumen vergraben. Die darin gelagerten Güter sagten ihm nichts; die Bücher waren in unbekannten Sprachen abgefasst; und auf die Maschinen konnte er sich schon gar keinen Reim machen. Er loggte sich eilig wieder aus.

Als er die Brille absetzte, war sie ganz glitschig von Schweiß.

»Irgendwas gefunden?«

Kohn betrachtete düster den kleinen Stapel von Prozessoren: mattes Funkeln, scharfe Ränder – ein Haufen Narrengold. »Terabytes«, sagte er. »Größtenteils passive Speicherdaten. Obendrein verschlüsselt. Verdammt.«

Er setzte die Prozessoren nacheinander wieder ein und rammte das letzte Element wie ein Magazin ins Fach. Es blinkte, als die Systeme sich anmeldeten; Laufwerke surrten und verstummten wieder. Das Gewehr war einsatzbereit.

»Können Sie sich noch darauf verlassen?«, fragte Janis.

»Aber klar doch«, sagte er. »Das macht mir keine Sorgen. Die AK-Software kann man nicht ruinieren. Wurde schon versucht. Scheiß-unmöglich. Nee, ich will Ihnen verraten, was mir Kopfschmerzen bereitet. Nämlich wer sich *sonst noch* drauf verlassen kann.«

Seufzend pflanzte sie die Ellbogen auf den Tisch, stützte den Kopf auf die Hände. »Damit ich Sie richtig verstehe«, sagte sie. »Was auch immer dort passiert ist, jemand oder etwas hat Unmengen von Daten in den Speicher Ihres Gewehrs geladen, und Sie glauben, es würde die gewehreigene Software dazu benutzen, diese zu schützen?«

Er sah das Funkeln in ihren Augen, die Röte auf ihren Wangen, und wusste, es hatte nichts mit ihnen beiden zu tun: es war lediglich Ausdruck der wilden Erregung, wie sie mit dem Einkreisen einer Hypothese einherging.

»Das klingt vernünftig«, sagte er bewundernd.

»Und nicht bloß die Software«, fuhr sie fort. »Es beschützt sie mit dem Gewehr und unter Einsatz …«

Ihre Zähne blitzten kurz auf: *Hab's kapiert.*

»Ja«, sagte er. Er hatte es ebenfalls begriffen. »Und unter Einsatz meines Lebens.«

Er richtete sich schwerfällig auf. Es war besser, diesen Blick, diese wissenschaftliche und abwägende Musterung aus der Höhe über sich ergehen zu lassen.

Er zuckte die Achseln und streckte sich. »Was ist neu daran?«, fragte er. »Zum Teufel damit. Ich hab Hunger.«

Als sie den langgestreckten Raum betraten, saßen ein Dutzend junger Erwachsener und ein paar Kinder um den Tisch herum, unterhielten sich und aßen. Vom Geruch und dem Anblick des Hühnerkormas mit Reis lief Janis das Wasser im Mund zusammen.

Alle verstummten und sahen sie an.

»Janis Taine«, verkündete Kohn. »Ein Gast. Eine Person, die unseren Schutz in Anspruch nimmt. Und eine prima Frau.« Er legte ihr den Arm um die Schulter. »Kommen Sie, setzen Sie sich.«

Nach einer Weile rückte man auseinander. Kaum dass Janis Platz genommen hatte, standen auch schon ein gehäufter Teller und ein Glas Wein vor ihr. Sie aß, nickte und lächelte zwischendurch, während Kohn die anderen vorstellte: Stone, ein großer Mann mit der Figur und den Händen eines Bauarbeiters; Mary Abid, der das häusliche Leben im Vergleich zu den Erzählungen ihres Großvaters zu friedlich vorgekommen war; Alasdair Hamilton, ein Sprengstoffexperte von den Hebriden mit bedächtiger Redeweise; Dafyd ap Huws, ein ehemaliger ANR-Kader … Einem so beruhigend gefährlichen Haufen netter Leute war sie noch nie begegnet.

Keiner stellte ihr Fragen oder erwähnte auch nur ihren Anruf vom Nachmittag (offenbar verstieß das gegen ihre Etikette), daher erzählte sie auch nichts von sich. Hin und wieder sah sie Moh von der Seite an, der bloß verlegen zurückgrinste, wenn er ihrem Blick begegnete. Er wirkte müde, als befinde sich sein Körper im Ausnahmezustand; wenn er sich unbeobachtet wähnte, wirkte er erbittert. Nach der Mahlzeit brach er ein paar Piece entzwei und baute mit der gleichen mechanischen Geschicklichkeit, die er auch beim Zusammensetzen des Gewehrs an den Tag gelegt hatte, einen großen Joint. Sie lehnte ab, worauf er den Joint an Stone weiterreichte.

Stone inhalierte den Rauch, stieß ihn durch die Nase aus und sagte: »Okay, Moh, wir warten.«

Eines der Kinder räumte das Geschirr ab. Janis wandte sich von dem verwunderten Blick ab, den ihr »Danke« ihr einbrachte, und bemerkte, wie sich jähes Schweigen auf den Tisch herabsenkte. Moh steckte sich eine Zigarette an und kippelte auf dem Stuhl zurück.

»Genossen«, sagte er, »wir sitzen tief in der Scheiße.« Er schaukelte vor, stützte die Ellbogen auf den Tisch und sah einem nach dem anderen in die Augen. »Zunächst zu Janis. Sie ist Wissenschaftlerin. Sie ist vor der Stasis geflüchtet, oder wer auch immer ein paar Dämonen in ihr Laborsystem eingeschleust hat. Und ich passe auf sie auf, ja, und wir werden auch von hier wieder verschwinden, aber ich möchte, dass ihr das im Kopf behaltet. Mehr möchte ich nicht dazu sagen, also stellt auch keine Fragen.

Zum nächsten kleinen Problem, und jetzt wird's interessant. Gestern Abend habe ich Cat angeschossen. Sie ist okay, keine Angst. Aber sie war mit einem Bombenlegerteam der Spinner im Einsatz. Habe sie überredet, sich ins Krankenhaus fahren zu lassen, und es sieht ganz so aus, als ob das Linksbündnis nach all dem Gerede über ein Bündnis mit den Grünen und so weiter jetzt mal zur Abwechslung Nägel mit Köpfen machen würde. Da steht was ins Haus. Und zwar bald. In Wochen oder in Tagen. Dazu noch die ANR. Cat meinte, die verheimlichten was – ihr wisst ja, wie sie ist. *Ich* vermute, es ist bloß eine Frage der Zeit, bis sie zu einer Übereinkunft gelangen.

Ihr braucht mir nicht extra zu sagen, dass uns das in eine ziemlich haarige Lage bringt.« Er lachte leise. »Haarige Lage, ha, das ist gut.« Er stand jetzt, die Fäuste auf den Tisch gestützt. »Was ich wissen will, ist Folgendes: *Warum, zum Teufel, haben wir nichts davon gewusst?*«

Er setzte sich wieder, wandte sich an Janis und setzte wie beiläufig hinzu: »Das Felix-Dserschinskij-*Kollektiv*, du meine Güte.«

Anschließend wurde es laut.

Wenn Moh gehofft hatte, mit einem Streit über einen Rückschlag an der Aufklärungsfront ablenken zu können, so wurde er enttäuscht. Die meisten beteuerten, sie hätten alle Gerüchte, die ihnen zu Ohren gekommen waren, auch ins System eingespeist, von dem sie eben als Gerüchte bewertet worden seien.

Was sie wirklich bewegte, war die nicht von der Hand zu weisende Möglichkeit, dass sie wie Moh irgendwann auf Menschen schießen könnten, die auf Grund ihrer politischen Zugehörigkeit und ihrer persönlichen Bindungen auf derselben Seite standen wie sie. Ein Großteil der hitzigen Diskussion ging an Janis vorbei, gleichwohl aber bemerkte sie, dass eine Polarisierung stattfand: Moh, Dafyd und Stone vertraten die Ansicht, dadurch ändere sich nichts, während Mary und Alasdair dafür plädierten, alle Aufträge abzulehnen, die sie mit den Linken in Konflikt bringen könnten. Die anderen neigten dem einen oder anderen Standpunkt zu. Zu Janis' Verwunderung und Erleichterung trug Moh nur wenig zur Debatte bei, abgesehen von einem gelegentlichen sarkastischen Lachen oder einem trockenen Kichern, wenn Bemerkungen fielen wie: »Was diese Genossen noch nicht begriffen haben ...«

Moh aber brachte die Diskussion mit einem Hüsteln und einem leichten Achselzucken zum Abschluss.

Er erhob sich erneut. »Okay«, sagte er, »wir können im Moment nicht abstimmen, da zu viele von uns im Einsatz sind. Ich schlage Folgendes vor: als Kooperative halten wir bestehende Verträge ein. Die Mitglieder, denen es Probleme bereitet, eine bestimmte Einrichtung zu schützen, bitten um Freistellung. Wer einen Auftrag annimmt und anschließend aussteigt, gilt als Selbständiger und übernimmt die volle Verantwortung. Außerdem sollten wir das Problem in die richtige Perspektive rücken, okay? Wir setzen seit jeher ein Minimum an Gewalt ein.«

Er legte eine Pause ein, als müsse er sich über einen Gedanken klar werden, dann fuhr er fort: »Ich habe ein reines Gewissen. Und noch etwas: sollten die vereinzelten Sabotageakte und Überfälle tatsächlich in eine Großoffensive münden, dann sind alle Vereinbarungen hinfällig. Das steht im Kleingedruckten unserer Verträge. Sind alle damit einverstanden?«

Das waren sie, wenngleich Alasdair als Letzter und auch nur widerwillig sein Einverständnis bekundete.

»Und wenn die ANR nun tatsächlich eine Offensive startet?«, fragte Dafyd. Alle lachten. Dafyd wirkte verletzt, Moh beugte sich zu ihm hinüber und legte ihm die Hand auf die Schulter.

»Wenn es dazu kommt, Mann«, sagte er, »tun wir genau das, was im Vertrag steht; wir unterstützen voll und ganz die staatlichen Behörden!«

Während Janis in die lachenden Gesichter blickte, die sich auf Grund der Bemerkung sichtlich entspannt hatten, überlegte sie, was diese wohl bedeutete. Nicht wortwörtlich, sondern auf der Ebene des Doppelsinns – Moh oder jemand anderem hatte es große Freude bereitet, diese Klausel ins Kleingedruckte einzuschmuggeln. Trotz ihrer gegenteiligen Ansichten und ungeachtet ihres offenkundigen Zynismus und ihrer Skepsis bezüglich der ANR gingen sie offenbar davon aus, dass diese gerechte Ziele verfolgte.

Und das galt auch für sie: jetzt, wo sie darüber nachdachte, wurde ihr bewusst, dass dies für die meisten Menschen, die sie kannte, eine Grundvoraussetzung darstellte. Lange bevor die Republikaner an die Macht gekommen waren, hatten sie den britischen Staat, das alte Establishment, als ›Hannoveranerregime‹ bezeichnet, und dieser Spottname wurde auch jetzt noch, lange nach dem Sturz der Republik, von jedermann für das wiederhergestellte Königreich verwendet. Nur wenige nahmen den Anspruch der ANR, die rechtmäßige Regierung zu stellen, ernst, aber gleichfalls nur wenige taten ihn auch vollständig ab. In den weit übers Land verstreuten kontrollierten Zonen und in der Vorstellung der Menschen existierte die Republik noch immer. Sie verfügte über die Hegemonie. So viel hatte sie bereits erreicht.

Stone unterbrach die mittlerweile eher zwanglosen Unterhaltungen mit der Bemerkung, einige Leute müssten nun an die Arbeit gehen. Auf einmal kramten alle nach ihren Waffen, und kurz darauf war Janis mit Moh und Mary Abid allein.

»Zeit für die Nachrichten«, sagte Mary. Janis blickte sich nach einem Fernseher um.

Mary lächelte. »Wir senden unsere eigenen Nachrichten«, sagte sie.

Sie räumte in dem Durcheinander von elektronischen Geräten ein Plätzchen frei und verwandelte sich auf einmal in eine professionelle Nachrichtensprecherin, die verwackelte, mit Kopfkameras aufgenommene Agenturmeldungen von demonstrierenden, in Straßenkämpfe verwickelten, sich auf Weltraumplattformen gewerkschaftlich organisierenden oder gefährliche industrielle Prozesse auskundschaftenden Genossen zusammenstellte … Janis, die alles auf einem Monitor beobachtete, war unwillkürlich beeindruckt. Die meisten Schutzorganisationen sendeten Berichte über ihre Aktivitäten und verwendeten sie als Krimiunterhaltung und zur Eigenwerbung; diese Gruppe aber wollte offenbar politisch Einfluss nehmen.

»Wie viele Abonnenten haben Sie?«, fragte Janis, als Mary fertig war.

Mary schüttelte ihr Haar aus, das sie sich vor der Kamera zurückgebunden hatte. »Ein paar hundert«, antwortete sie. »Es bringt nicht viel ein, es sei denn, einer der größeren Oppositionssender übernimmt einen unserer Beiträge. Das tun viele Gruppen, sie tauschen ständig Stories und Ideen und so aus, übers Netz. Für Leute, die nicht alles sichten, sich aber auch nicht auf die üblichen Filter verlassen wollen.«

»Die ganzen Anti-UN-Gruppen bedienen sich untereinander«, meinte Moh. »Das ist die globale Verschwörung der Paranoiker. Die Letzte Internationale.«

Mary warf ihm einen finsteren Blick zu.

»Janis ist in Ordnung«, sagte Moh, unvermittelt wieder ernst geworden. Mary musterte ihn skeptisch, dann wandte sie sich mit einem Lächeln, das ihre Verlegenheit nicht zu verbergen vermochte, an Janis.

»Nichts für ungut, ja?«, sagte sie. Janis, die das Gefühl hatte, irgendetwas sei ihr entgangen, nickte. Bevor sie eine Frage stellen konnte, sagte Moh: »Na schön, dann sollten wir uns mal anschauen, was die Gegenseite zu berichten hat.«

Die großen Nachrichtenfilter waren sich dieses eine Mal über den Aufmacher einig: türkische Truppen hatten in Sofia auf Demonstranten geschossen. Die Russen hatten erklärt, sie teilten mit den Bulgaren ein ›christliches und orthodoxes Erbe‹ (die Berichterstatter debattierten ernsthaft, ob damit das orthodoxe Christentum oder der orthodoxe Kommunismus gemeint sei) und würden derlei Übergriffe auf keinen Fall dulden. Der Präsident von Kurdistan wurde beim Besteigen einer KLM-Tupolew nach Moskau gezeigt, wo er sich routinemäßig mit dem Präsidenten der ehemaligen Union beraten wollte.

Mary formte mit den Fingern hämisch das O-Zeichen und ging hinaus.

Die Meldungen über die Softwarestörungen, die mittlerweile den Spinnern zugeschrieben wurden, kamen weit hinter der Warnung der US/UN an die Adresse einer japanischen Autofirma.

»Kein Wort über unbekannte AIs oder einen Durchbruch bei Gedächtnisdrogen«, sagte Moh und stellte den Monitor aus. »Ich hab's gewusst. Die kapitalistischen Medien vertuschen alles!«

»In euren alternativen Medien hab ich auch nichts davon gesehen«, bemerkte Janis.

»Schön für uns.«

»Ja ... Wollen Sie Ihren ... Genossen denn gar nichts davon sagen?«

Moh kratzte sich am Kopf. »Eigentlich nicht.«

»Nicht sehr genossenschaftlich, oder?«

»Aber ja doch. Es fiele mir schwer, ihnen alles zu erklären, außerdem brauchen sie es nicht zu wissen. Es würde die Gefahren, die auf sie lauern, auch nicht kleiner machen. Eher sogar größer, denn was man nicht weiß ...«

Kann man auch nicht verraten, dachte sie und nickte bedrückt.

»Also, wie geht es weiter?«

»Vor Jahren habe ich einen Typ namens Logan kennen gelernt. Einen Weltraumarbeiter, der seinen Job verloren hatte. Er war Mitglied der Vierten Internationalen ...«

Als er ihre verdutzte Miene sah, tauchte er den Zeigefinger in eine Weinlache auf dem Tisch, malte Hammer und Sichel mit der Vier und sagte: »Eine kleine sozialistische Splittergruppe, die weltweite Möchtegernpartei der Sozialisten. Trotzkisten. Dieselbe Organisation, bei der auch mein Vater Mitglied war. Logan war sehr an mir interessiert. Er fragte mich, ob ich etwas über die ›Sternenfraktion‹ wisse. Er war in der Weltraumfraktion. Das war etwas anderes.«

»Klingt aber sehr ähnlich«, scherzte Janis, die ihn gern aufgemuntert hätte. »Vielleicht eine andere Faktion?«

»Das ist nicht das gleiche. Faktion und Fraktion. Das sind zwei verschiedene Dinge.«

»Wo liegt der Unterschied?«

»Eine Faktion kann Teil einer Fraktion sein«, erklärte er mit selbstironischer Pedanterie, »aber nicht umgekehrt.«

»Ich verstehe. Warum kann …«

»Demokratischer Zentralismus. Oder dialektischer Materialismus?« Er grinste sie an. »Hab ich vergessen.«

»Wo ist Logan jetzt? Wieder im Weltraum?«

»Ja, er ist wieder hochgeflogen, wurde aber auf eine schwarze Liste gesetzt und konnte nur noch zum Mond fliegen und wieder zurück. Nach ein paar Flügen hab ich ihn aus den Augen verloren. Der Einzige, der seinen Aufenthaltsort vielleicht kennt, ist Bernstein.«

»Wer ist Bernstein?«

Moh machte ein überraschtes Gesicht. »Jeder kennt Bernstein.«

»Ich nicht. Ist er im Netz?«

Moh lachte. »Nein, dafür hat der alte Gauner schon zu viel Zeit mit semiotischen Bomben verbracht. Bernstein ist ein Mann des bedruckten Papiers.«

Janis beschloss, es dabei bewenden zu lassen.

»Na schön, und wie geht es jetzt weiter?«

»Also, ich schätze, hier im Pub sind ein paar Leute, die vielleicht wissen, was da vorgeht. Wir sollten mal mit ihnen quatschen, vielleicht bekommen wir ja ein paar Hinweise. Anschließend übernachten wir hier, besuchen morgen Bernstein und machen uns dann auf die Socken.«

»Wohin?«

Moh grinste sie an. »Ah, so weit habe ich noch nicht vorausgedacht. Lassen Sie uns im Pub drüber reden.«

»Das ist mal ein Wort.« Der Wunsch, sich an einem geselligen, zivilen Ort zu entspannen und die Wogen des Tages mit ein wenig Alkohol zu glätten, kam über sie wie Durst.

»Mein Zimmer ist frei«, sagte Moh. Sein Tonfall war ohne Doppeldeutigkeit.

»Und was machen Sie?«

»Ich finde schon ein Plätzchen.«

Das konnte alles Mögliche bedeuten. Sie lächelte ihn forschend an. »Schlafen Sie eigentlich nie?«

»Ich habe eine Pille genommen.«

»Ah, ja. Die haben Sie nicht zufällig in der Disco gekauft? Von einer Blondine?«

Er machte große Augen. »Woher, zum Teufel, wissen Sie das?«

»Macht disch im Nu hellwach«, sagte sie persiflierend. »Also, in ein paar Stunden werden Sie im Nu einschlafen.«

Sie schleppten das Gepäck nach oben. Mohs Zimmer lag im ersten Stock und ging nach hinten hinaus. Es war größer, als Janis erwartet hatte, ausgestattet mit einem Doppelbett und einem großen Kleiderschrank. Jede Menge politische Plakate, ein meterbreiter Bildschirm.

»Ich muss dringend duschen«, sagte Moh, »und mein ganzes Zeug ist hier ...« Er klang beinahe schuldbewusst.

»Machen Sie schon, Idiot.«

Sie schaute seine Disketten durch, während er in der angrenzenden Dusche verschwand. Ein Kasten trug die Bezeichnung ›Klassiker‹, und die abgegriffenen Hüllen ließen darauf schließen, dass er die Filme häufig gesehen hatte: *El Cid, Die Schlacht von Algiers, 2001, Z, Das Leben des Brian* ... Sie lächelte.

Er hatte nur wenige Bücher, aber zahlreiche politische Pamphlete in Regalen und am Boden gestapelt: sie entdeckte eine Ausgabe von *Die Erde ist eine spröde Geliebte,* das Originalmanifest der Weltraumbewegung, prächtig aufgemacht mit alten Hologrammen; *Das Geheime Leben der Computer,* das eine ähnlich biblische Bedeutung für die AI-Abolitionisten hatte; ein neostalinistisches Traktat mit dem Titel *Gab es wirklich sechzig Millionen Tote?;* sie blätterte die spröden Seiten eines Pamphlets durch, das vor einem Jahrhundert in New York erschienen war, *Der Todeskampf des Kapitalismus und die Aufgaben der Vierten Internationalen* – der Untertitel lautete: *Das Übergangsprogramm.* Merkwürdig, dachte sie. Gab es damals eigentlich schon Computer?

Sie überflog die ersten paar Seiten: ›Die Produktivkräfte der Menschheit stagnieren. Neuen Erfindungen und Verbesserungen gelingt es nicht mehr, den materiellen Wohlstand zu mehren.‹ Also hatten sie doch schon Computer gehabt. ›Ohne eine baldige sozialistische Revolution steht die ganze Menschheitskultur vor einer Katastrophe.‹ Das verstand sie nicht; wie die meisten Leute hielt sie es für eine Binsenwahrheit, dass die Kommunisten, die ständig auf Märkten und Demokratie und dergleichen vernünftigen Dingen herumritten, grundsätzlich in Ordnung waren, während alles, was mit Sozialismus zu tun hatte, eine Katastrophe darstellte, welche die ganze Menschheitskultur bedrohte. Darüber musste sie sich irgendwann Klarheit verschaffen. Aber nicht jetzt. Sie legte das Pamphlet wieder weg.

Unter den Postern befand sich auch das Schwarzweißfoto einer äußerst attraktiven jungen Frau im Overall, die gerade einen Verbrennungsmotor reparierte; sie blickte mit großen Augen in die Kamera, ein überraschtes Lächeln um die Lippen, und strich sich das Haar mit der verölten Hand zurück.

Das war bestimmt Cat.

Moh trat ins Zimmer, bekleidet mit einem kragenlosen Hemd, schwarzer Lederhose und Weste. Sie gab ihm keine Gelegenheit, sich zu entfernen, sondern stellte ihm triviale Fragen über das Gemeinschaftsleben, während sie in ihren teuren Taschen wühlte, Bluse und Hosenrock auszog und Hose, Top und Jäckchen anzog, alles aus schwarzer Seide.

»Wie sehe ich aus?«, fragte sie. »Falle ich hier nicht zu sehr auf?«

Norlonto kam ihr nach wie vor wie ein riesiger bohemienhafter Slum vor, wo teure Klamotten bloß auffallen und Raubüberfälle herausfordern würden.

»Wenn Sie bloß mit Ihrem hübschen Korsett bekleidet herumlaufen würden«, erwiderte Kohn, »wären Sie noch mal so hübsch.«

»Vielen Dank.«

8

Der virtuelle Treffpunkt

Jordan setzte den Rucksack ab und lehnte sich an das freie Wandstück zwischen dem Telesexshop und der Spelunke mit Namen ›The Hard Drug Café‹. Jedes vorbeikommende Gesicht versetzte ihm einen leichten Schlag und verursachte ihm eine vage, schuldbewusste Übelkeit, wie damals in seiner Jugend, als er die erste Zigarette geraucht hatte. Seit er den Hügel erklommen und den Broadway erreicht hatte, schwirrte ihm von den bizarren und dekadenten Eindrücken der Kopf. Die Wirklichkeit übertraf seine wildesten Träume, und dabei war dies erst der Anfang. Überall blitzten Neon- und Laserreklamen, in Schaufenstern wurden Handlungen vollführt, die er sich nicht einmal in einem Schlafzimmer hätte vorstellen können, Avatare und holografische Gespenster durchdrangen die Körper der Passanten und trieben ihren Schabernack. Auch die Passanten verblüfften ihn nach wie vor, obwohl er aufgehört hatte, die Frauen anzugaffen, deren Kleidung teilweise die Brüste, das Gesäß oder gar die Beine entblößte. Ein Weltraumadaptierter schob sich auf einer Kreuzung aus Fahrrad und Rollstuhl durchs Gewühl, die er energisch mit den Armen und – nun ja, mit den Armen vorwärts bewegte, die seine unteren Gliedmaßen darstellten. Hin und wieder erwiderten Metallaugen ohne Iris und Pupille seinen Blick und versetzten ihn in Erstaunen. Er wusste, das bezeichnete man als Kulturschock. Doch damit war ihm auch nicht geholfen.

Nachdem einige Passanten bereits ihre Schritte verlangsamt und ihn erwartungsvoll gemustert hatten, wurde ihm bewusst, dass er bloß die Hand auszustrecken bräuchte, und schon bekäme er Almosen hineingedrückt. Erbost straffte er sich, dann bückte er sich und hob den Rucksack wieder auf. Er war ein Geschäftsmann, kein Bettler, und er hatte etwas zu erledigen.

Das Hard Drug Café schien ihm der geeignete Ort dafür.

Der Name hatte Tradition, ein Flashback in alte Zeiten. Die einzigen Drogen indes, die hier konsumiert wurden, waren Kaffee in Litermengen, Amphetamine in Tausend-Stück-Packungen und Muntermacher, die in Speed-Einheiten berechnet wurden. Beschlagene Wandspiegel weiteten das Innere des schmalen Raums; virtuelle Personen ließen die spärliche Kundschaft zu einer Menschenmenge anschwellen. Man musterte ihn hinter VR-Brillen hervor, als er sich zum Tresen begab; dann wurden die angeregten Unterhaltungen fortgeführt. Der Empfang bereitete ihm ein perverses Vergnügen. Schon wieder ein Trottel.

Er bestellte Kaffee und ein Sandwich, dessen Größe seinem Namen (›Die ganze Welt‹) nicht ganz gerecht wurde; als man ihm Smartdrugs und Muntermacher anbot, lehnte er ab. Er stellte den Rucksack ab, setzte sich in eine Ecke und machte sich mit dem Tischmodem vertraut, während die Bestellung bearbeitet wurde. Als sie gebracht wurde, machte er sich erst einmal über das Essen her.

Er hatte ein seltsames Gefühl, als finge er des Morgens mit der Arbeit an ... Doch dann vermittelte ihm die jähe Erkenntnis, wie anders hier doch alles war, ein Hochgefühl, wie keine der Drogen auf der Getränkekarte es ihm hätte vermitteln können. Er holte ein stabiles Plastiketui aus der Tasche, klappte es auf und hob eine VR-Brille und einen Handheld aus den styroporgepolsterten Fächern. Die Geräte hatte er im erstbesten Hardwareladen gekauft. Beide hafteten kaum wahrnehmbar an der Haut, nicht weil sie schmierig gewesen wären, sondern weil ihnen die mikroskopische Gleitschicht menschlicher Fette fehlte. Seine Fingerspitzen machten diesem Zustand ein Ende, als er sich vergewisserte, dass er der Erste war, der die Teile berührte. Er setzte die Brille auf, schaute sich um und stellte mit Ausnahme seines Spiegelbilds keine sichtbare Veränderung fest. Er wischte mit dem Ärmel über die Wand und musterte sich aus den Augenwinkeln. Einen schwindelerregenden Moment lang fühlte er sich in sein eigenes Spiegelbild in der gespiegelten Brille hineingezogen. Dann riss er sich davon los und verspürte kurzzeitig Stolz darüber, wie ernsthaft, gefährlich und geheimnisvoll er doch aussah.

Er lächelte kurz und wandte sich ab.

Er streifte sich durchs Stoppelhaar, dann tastete er nach einem kleinen Knopf am Ende des Bügels. Als er daran zog, kam ein dünnes Kabel hervor, dessen Widerstand nachließ, als er den Zug reduzierte. Er zog es ganz heraus und verband es mit dem Handheld, dann schloss er das Modem an.

Seine ersten Schritte waren bescheiden, zaghaft: nach dem Installieren und Booten der Software und dem Einrichten eines Avatars eröffnete er ein Konto bei einer hiesigen Vertretung der Hong Kong & Shanghai Bank, dann wies er sie an, seinen Firmenanteil zu liquidieren. Dies war ein Akt des Aufräumens, eine Formalität: seine beiden Partner profitierten in Form ihres erhöhten Aktienanteils mehr als er in Form von Bargeld. Er konnte von Glück sagen, dass die Geistlichen sein Vermögen nicht eingefroren hatten. Trotz der verschiedenen Ebenen der Anonymität ging ihm die Transaktion an die Nieren. Als er fertig war, besaß er nichts mehr in

Beulah City. Er lehnte sich zurück und bestellte noch einen Kaffee. Als die Tasse vor ihm stand, starrte er hinein und dachte angestrengt nach.

Schaum kreiste: Spiralarme umfassten die heiße dunkle Materie in der Tiefe, drehten sich in die eine Richtung und der Rest des Universums in die andere ... *e pur si muove.* Der teleologische Gottesbeweis. Der Blinde Uhrmacher.

Dies hätte der Jüngste Tag sein können: die Stunde des Uhrmachers. Mrs. Lawsons Angst war offenbar echt gewesen. Sie war da und sie war überall, in allen zersplitterten Kulturen; ob gottlos oder gottesfürchtig, sie alle hingen der sich heimtückisch vervielfältigenden Vorstellung an, das System werde eines Tages aufwachen und zu seinen Schöpfern sagen: »Ja, *jetzt* gibt es einen Gott.«

Gesegnet seien die Uhrmacher, denn sie werden die Welt erben.

Jordan war mit dem Bewusstsein einer drohenden Gefahr groß geworden, er hatte gelernt, mit der Möglichkeit zu leben, dass das Ende nahe sei. Die von der Jahrtausendwende herrührenden Enttäuschungen hatten die christlichen Sekten geprägt, eine Lektion, welche das unvollständige Armageddon, das geendet hatte, bevor er geboren wurde, noch bekräftigt hatte. Die Interpreten der Offenbarung hatten dumm dagestanden, selbst vor denen, welche die gleichermaßen uninspirierten Interpreten der Genesis nach wie vor respektierten. Die Ansicht, dass das bevorstehende Ende nicht vorhergesagt werden könne, verstärkte noch die allgemeine Erwartung: zweitausend Jahre des Ausharrens, und noch immer galt: *Haltet Euch bereit.*

Wenn die es können, dachte Jordan, kann ich es auch. Unter Berücksichtigung der vagen Möglichkeit, dass alle Spekulationen sich als irrelevant erweisen könnten, was veranlasste ihn zum Weitermachen? Ein Kontakt mit einem (angeblichen) Schwarzen Planer; ein Packen Geldscheine; Besorgnisse aus unzuverlässigen Quellen hinsichtlich seltsamer Vorgänge in den Netzwerken; und eine unbestreitbare Serie spektakulärer Systemabstürze.

Er könnte eine Suche starten, Querverweisen nachgehen und schauen, was sich daraus ergab. Er trank den Kaffee aus, glättete die Bedienungsanleitung und tippte eine Ziffernfolge ein, die alle anderen Gäste des Lokals wahrscheinlich mit geschlossenen Augen schreiben konnten.

DoorWays™ öffnete ihm die Welt: die Königreiche und Republiken; die Enklaven und Fürstentümer; die Anarchien, die Staaten und Utopien. Mit einem lautlosen Aufschrei stürzte er sich in die Freiheit des Netzes.

Im virtuellen Raum war Beulah City sehr, sehr fern.

Der Himmel berührte hier wie anderswo auch die Dächer. Als er die Hauptstraße entlangging, wurde Kohn mit unausweichlicher Klarheit bewusst, dass der Himmel vor ihm ebenso weit entfernt war wie der Himmel über ihm, eine schwindelerregende horizontale Höhe. Er war sich der Erddrehung ebenso deutlich bewusst wie eben noch der Tageszeit. Nicht zum ersten Mal war er beeindruckt von der unerschrockenen Unbekümmertheit der Spezies Mensch. Fortgewirbelt vom Sonnenfeuer und abermals konfrontiert mit dem unendlichen lichtgeröteten Dunkel, nahm sie jede Gelegenheit wahr, sich zu amüsieren.

Janis tänzelte neben ihm her, ein warmer, geschmeidiger Körper, der nackt in kühler Kleidung steckte und alle paar Augenblicke von neuem seine Hand betastete. Er war sich nicht sicher, welche Bedeutung dieser elektrische Kontakt für sie hatte. Für ihn war er gleichbedeutend mit einer Neustrukturierung seines Geistes, mit einer Freude, die auszukosten er sich beinahe fürchtete, die aber gleichwohl von jedem bloßen Blick auf sie oder in sein Inneres erneuert wurde.

Sie bewegten sich schneller und müheloser als alle anderen auf dem Gehsteig; Kohn bahnte sich geschickt einen Weg durch die in Bewegung begriffenen Passanten. Als sie zwischen summenden Autos, vorbeirasenden Fahrrädern und pfeifenden Rikschas hindurch die Straße überquert hatten, sah Janis ihn an, als wollte sie etwas sagen, schüttelte stattdessen aber bloß den Kopf.

Norlonto roch wie eine Hafenstadt, wie ein Tor zur Welt: das Gefühl, man bräuchte bloß über einen Spalt hinwegzutreten, um ins Nirgendwo fortgetragen zu werden. (Vielleicht war das Meer das ursprüngliche Land der fünften Farbe, doch mittlerweile war es unwiderruflich verschmutzt von der blutigen Tinte all der anderen Länder.) Und außerdem vermittelte es das Gefühl, die Welt sei hier zu Gast. Teilweise beruhte dies auf Einbildung: der Großteil der Vielfalt ringsumher stammte aus der Zeit vor den Luftschiffen und den Weltraumplattformen, gleichwohl aber nahm Kohn hier und da das Klack-Klack von Magnetstiefeln wahr, die Bergsteigerstatur und das schnoddrige Esperanto der orbitalen Arbeiteraristokratie. Männer und Frauen, die einen Platz auf einem Atmosphärengleiter ergattert hatten und nun ein Monatsgehalt verjubelten, und zwar auf phantasievollere Weise, als dies in Kasachstan, Guinea oder Florida möglich gewesen wäre.

Die, welche ihnen dabei halfen, prägten die Menge und die Ladenfronten: Prostituierte sämtlicher Spielarten, Genpraxen, Straßenhändler, die Snacks und Trips feilboten, VR-Händler und Lokale, in denen es alkoholische Getränke und Drogen gab.

Das in einer Nebenstraße gelegene Lord Carrington gehörte nicht zu ihnen.

»Das ist unser Lokal«, sagte Kohn stolz, als er die Schwingtüren aus schwerem Holz, Glas und Messing aufdrückte. Der Geruch nach Alkohol, Hasch und Zigarettenqualm löste bei ihm eine Vielzahl von Assoziationen aus und lockte mit Erinnerungen, Illusionen und Vergessen. Er war sich nicht sicher, ob er diese Intensität sein ganzes Leben lang ertragen könnte. Vielleicht musste man sich erst daran gewöhnen. Dichter waren deswegen gestorben; einige angeblich auch daran. Vielleicht war es bei ihm vergebliche Müh; oder seine ureigene Grobschlächtigkeit, die Unempfindlichkeit des Kämpfers, würde ihm das Schicksal ersparen.

Zum Teufel damit!

Janis drängte sich an ihm vorbei durch die Tür, und dann trat auch er hindurch und ließ die beiden Flügel zurückschwingen.

Der Raum war langgestreckt und kühl. Der Tresen war unterteilt von scheinbaren Spiegelwänden, die jedoch keine Spiegelbilder zeigten, sondern andere Bars. Die Zeitzone, aus der die Bilder übertragen wurden, konnte man dem Zustand der Trinker entnehmen. Das erste Bild, das Kohn ins Auge fiel, stammte offenbar aus Wladiwostok. Zum Glück war der Ton abgestellt. Reale Gäste waren noch nicht viele da, auf der holografischen Bühne sah man bloß schwimmende Delfine.

Janis hatte die Bar als Erste erreicht, stützte den Ellbogen auf den Tresen, wandte sich zu ihm um und fragte: »Was möchtest du?«

»Ein Bitter, bitte.«

Janis bestellte zwei Liter. Sie wählten eine Nische aus, von der aus sie die Bühne und ein Fenster sehen konnten, das Ausblick bot auf ein Zehntel von London. Kohn setzte sich, rückte die Gürteltasche mit der Smart-Box des Gewehrs zurecht und lockerte das Gürtelhalfter mit der nichtintelligenten Automatik; mehr Hardware ließ das Lokalstatut nicht zu. Janis schaute ihm lächelnd zu, dann hob sie das schwere Glas.

»Auf uns.«

»Ja, auf uns. Cheers.«

Der erste tiefe Schluck. Kohn nahm sich vor, den Geschmack möglichst lange auszukosten, bevor er sich eine Zigarette anzündete.

Ein Mann schritt durch die Delfine hindurch und kündigte die erste Nummer an, eine neue schottische Gruppe, die sich ›Die Vorsänger‹ nannten. Das Meeresbild verschwand. Zwei junge Burschen und ein Mädchen, live übertragen von Fort William, nahmen ihre Stelle ein und stimmten den neuesten alten Rebellensong an.

Janis sah ihn an, dann schaute sie ins Bier, dann musterte sie ihn erneut, schärfer diesmal, während ihr das Haar in den Nacken fiel. Ihre Schultern bewegten sich kaum merklich im Rhythmus der Musik.

»Erzähl mir von dir«, sagte sie.

»Da gibt es nicht viel zu erzählen ... Ich bin hier in der Gegend groß geworden, in North London Town, bevor und nachdem es Norlonto genannt wurde. Meine Mutter war Lehrerin, mein Vater war – also, er verdiente sich seinen Lebensunterhalt als Programmierer, war eigentlich aber ein professioneller Revolutionär. Mitglied der Arbeiterpartei, die er damals als Beinahe-Volkspartei bezeichnete. Eine Scharf-daneben-Partei.« Kohn kicherte vielsagend. »Die Vierte Internationale hatte seinerzeit ein paar gute nationale Sektionen, und die meines Vaters war eine der besten. Auf Industriearbeiter zugeschnittener Trotzkismus. Er war Gewerkschaftsfunktionär, kommunistischer Aktivist in verschiedenen Townships des Grüngürtels. Meine Mutter wurde zu Zeiten der Republik in den Gemeinderat gewählt.«

Er verstummte. Für gewöhnlich fiel es ihm nicht schwer, darüber zu reden. Jetzt drängten die verstärkten Erinnerungen wie hysterische Verwandte bei einer Beerdigung auf ihn ein. Seine Faust lag auf dem Tisch. Janis schloss die Hand darum.

»Und deshalb hat man sie umgebracht?«

»Nein! Das war alles ganz legal. Sie waren Verweigerer, das ja, gehörten aber nicht den bewaffneten Gruppierungen an, aus denen später die ANR entstand. Wohlgemerkt, während des Friedensprozesses brauchte man nicht unbedingt illegal tätig zu sein, um getötet zu werden. Ich dachte, das wäre die Erklärung.« Er entzog ihr unbewusst seine Hand und steckte sich eine Zigarette an. »Ich dachte, das wäre schon die ganze verdammte Erklärung.«

»Versteh ich nicht.«

»Terror muss wahllos sein«, sagte er. »Menschen bricht man nur dann, wenn sie nicht wissen, welche Regeln sie befolgen müssen, um sich Ärger zu ersparen.« Er lächelte säuerlich. »Das weißt du doch selbst. Das wurde an Ratten getestet.«

»Aber du glaubst nicht, dass sie deshalb ...«

»Das war noch nicht alles. Die Ermordung war eine Gemeinschaftsoperation von Verbrechern aus der Gegend und einem US/UN-Teletrooper. Das habe ich nie verstanden, bis – eigentlich erst dann, als Bernstein mich darauf brachte, es könnte mit dem Broterwerb meines Vaters zu tun gehabt haben. Mit der Programmierarbeit.«

»Und das wäre möglich?« Vor Erregung hatte sie die Stimme gehoben.

Er dämpfte sie mit einer kleinen Handbewegung und nickte.

Janis schwieg eine Weile.

»Was hast du anschließend gemacht?«

»Ich hatte eine kleine Schwester.« Er lachte. »Die hab ich immer noch, aber jetzt ist sie verheiratet, sesshaft und ehrbar geworden. Erinnert sich nicht gern an mich.«

»Wieso denn das?«

»Jedenfalls verdrückten wir uns, verschwanden im

Grüngürtel. Ich habe sie sozusagen großgezogen, kannst du dir das vorstellen? Hab alle möglichen Gelegenheitsjobs angenommen, das übliche halt, bis ich alt genug war, um mir einen richtigen Job auf dem Bau zu besorgen.«

»Du meine Güte.« Janis war jetzt beinahe betroffener als beim ersten Teil der Geschichte. »Hast du jemals daran gedacht, in die Berge zu gehen und dich der ANR anzuschließen?«

»Ob ich daran gedacht habe? – Scheiße, ich hab davon *geträumt.* Aber ich habe ihr nie große Chancen eingeräumt.« Er schnaubte. »Sieht so aus, als hätte ich mich getäuscht, wie? Jedenfalls hätte es nicht ausgereicht, die Hannoveraner vom Sockel zu stürzen. Das zumindest ist der Weltraumbewegung klar. Man muss das ganze Reich des Bösen bekämpfen, Mann! Und den grünen Abschaum, die ganzen Spinner und Verrückten. Die Startrampen und das Netz schützen und die Arbeiter verteidigen. Das ist unser Weg.«

»Der schmale Grat.«

»Da hast du, verdammt noch mal, Recht«, sagte er mit einem stolzen Grinsen. »Das letzte Aufgebot.«

»Wie bist du – wie nennt ihr euch noch gleich? – Schutzsöldner geworden?«

»Anfangs haben wir Baustellen gegen die grünen Aktivisten verteidigt. So fing alles an.« Er hob lächelnd die Schultern. »Da sollten wir uns ein andermal drüber unterhalten ... Wie bist du zur verrückten Wissenschaftlerin geworden?«

Janis nahm einen großen Schluck. »Ich hatte wohl eine ziemlich behütete Kindheit. Die alte Leier mit dem Mittelklasse-Privileg, weißt du? Bin in Manchester aufgewachsen. Da ist man königstreu, es gibt keine autonomen Gemeinwesen. Nicht viel Gewalt. Hin und wieder werden Soldaten oder irgendwelche Beamten von ANR-Heckenschützen abgeknallt ...

Meine Eltern sind beide Doktor.« Sie lächelte entschuldigend. »Richtige Doktoren. Ärzte, meine ich. Zwei Brüder, beide jünger als ich. Der eine ist Bergbauingenieur in Sibirien, der andere studiert Medizin. Ich habe mich immer schon für medizinische Forschung interessiert – der Gencode wurde geknackt, als ich gerade alt genug war, zu verstehen, was da passierte. Höhere Schule, Universität, Forschung. Ich kam nur wegen der Restriktionen hierher – im Norden gibt es nicht genug RF-Zonen.«

Kohn nickte bedächtig. »Und jetzt bist du in Norlonto. Eine logische Entwicklung.«

Janis schnitt eine Grimasse. »Ich wollte mich nicht mit schwarzer Technik befassen.«

Das war die geläufige Bezeichnung für die Art Forschung, wie sie in Norlonto angeblich betrieben wurde. Nicht unbedingt Tiefentechnologie, aber dicht daran; neural-elektronische Interfaces, Genexperimente, potenziell tödliche Lebensverlängerungstechniken, alles an höheren Tieren oder Menschen getestet, deren Freiwilligenstatus ausgesprochen zweifelhaft war: an Schuldnern, Verbrechern, Jugendlichen, die nicht wussten, worauf sie sich einließen, verzweifelten Armen, Söldnern …

Er steckte sich noch eine Zigarette an und lehnte sich zurück, blies Rauch aus der Nase und musterte sie über die Nasenspitze hinweg. »Das ist wirklich ein guter Witz«, bemerkte er, »in Anbetracht der Umstände.«

»Das ist etwas anderes, verdammt noch mal!«

»Erklär das mal den Spinnern.«

»Was sollen wir also tun?« Janis blickte sich in der mittlerweile belebteren Bar um, als hielte sie Ausschau nach Spitzeln.

Sie wirkte so verängstigt, dass Kohn sich erweichen ließ. Er hatte seine Meinung kundgetan. »Mach dir keine Sorgen«, sagte er. »Dieses Lokal ist ein Schwarzes

Loch für den Staat und die Terroristen – nicht dass sie Mühe hätten, hineinzukommen; das Rauskommen fällt ihnen schwer. Hier hat niemand die Konvention unterzeichnet; das Abkommen gilt hier nicht; wir sind nicht in den UN. Wenn Krieg herrscht, gibt es nichts, was uns die Hände bindet. Stattdessen herrschen hier freier Handel, Anarchie und das, was die Bewegung als Recht und Ordnung bezeichnet. Jedermann darf eine Waffe tragen, und wer sie ohne triftigen Grund einsetzt, wird umgelegt. Folglich müssen sie sich vorsichtig an uns heranarbeiten, und bevor ihnen das gelingt – sagen wir, in ein paar Tagen – stehen uns jede Menge Möglichkeiten offen. Wir könnten ins Netz gehen und die ganze Geschichte publik machen. Wir könnten in die Berge gehen. Übers Meer ...«

»Nach Irland?«, fragte Janis bestürzt.

Kohn war schon einmal dort gewesen und hatte sich bei einer der zahlreichen Konferenzen, die nur außerhalb des Königreichs veranstaltet werden konnten, um die Sicherheit gekümmert. Es war ein seltsames Land, diese andere Republik, ein Schwarzweißfoto der bunten Begeisterung, an die er sich aus seiner Kindheit her erinnerte. Eine vereinigte, föderalistische, säkulare und soziale Demokratie, ein Sozialstaat, wo einem der Liberalismus schon in jungen Jahren zusammen mit Vitaminergänzungen eingetrichtert wurde ... Auf Grund seiner Ambivalenz war es eine verstörende Erfahrung gewesen, genau wie die Erzählungen seiner Großmutter von ihren Besuchen in Ostdeutschland. Er versuchte, Janis' Vorbehalte, die der jahrelangen Desinformation des Hannoveranerregimes zuzuschreiben waren, mit einem Achselzucken abzutun.

»Das ist so ähnlich wie mit dem Tiefgefrieren«, sagte er, stand auf und wandte sich zum Tresen.

»Was meinst du damit?«

»Als Alternative zum Tod spricht einiges dafür.«

Ihr Gelächter folgte ihm, doch er spürte, dass sie noch immer nicht überzeugt war.

Jordan riss sich die VR-Brille herunter und presste die Handballen gegen die zusammengekniffenen Augen. Das matte Kaleidoskop der Lichtimpulse brachte die anderen Nachbilder zum Verschwinden. Dann öffnete er die Augen und vergewisserte sich wieder der greifbaren und immateriellen Realitäten ringsumher.

Er hatte nach Informationen über den Schwarzen Plan gesucht. Die ANR behauptete, nichts zu wissen: seine behutsame Nachfrage hatte zur Folge gehabt, dass das protzige VR/PR-Büro der ANR unvermittelt zu einem fernen Punkt geschrumpft war. Anschließend hatte er sich den verschiedenen Nachrichtendiensten der Radikalen, Libertarier und Sozialisten zugewandt und die Ergebnisse der Suchanfragen nacheinander durchgecheckt:

eu.pol
us.lib
fourth.internat
sci.socialism
soc.utopia
freedom.net.news
fifth.internat
alt.long-live-marxism-leninism-maoism-gonzalo-thought
theories.conspiracy
soc.urban-legend
comp.sci.ai
news.culture.communistans
left.hand.path

Der letzte Zugriff war ein Fehler gewesen. Er hatte dermaßen an seinen Nerven gezerrt, dass Kaffee sie nur noch beruhigen, nicht aber gänzlich besänftigen konnte. Das ganze Netz war heute überdreht. Die Systemabstürze vom Nachmittag hatten zu Schadenersatzforderungen und Gegenforderungen, gar zu Kriegsgerüchten geführt. Der Abgleich von Hinweisen auf den Schwarzen Plan und den Uhrmacher hatte Dutzende von Treffern in Form ungewöhnlicher Ereignisse erbracht – nicht nur Systemabstürze, sondern auch Bombenattentate und das Erscheinen bekannter Militanter auf eilig einberufenen Arbeitsbesprechungen in japanischen Autofabriken wurden mit einem oder beidem in Verbindung gebracht.

Jordan trank einen Schluck Kaffee und bewertete die Gerüchte mit den Freeware-Evaluierungsprogrammen seines Handheld und mittels eigener Analyse. Er benötigte etwa eine Viertelstunde, um die Möglichkeiten zu einem Spektrum zu ordnen. Die extremste Schlussfolgerung besagte, der Schwarze Plan sei mit dem Uhrmacher identisch und werde von den Illuminaten mittels der Letzten Internationalen und deren Tarnorganisationen instrumentalisiert – darunter die Vierte Internationale, die Fünfte Internationale und das Internationale Komitee für den Wiederaufbau der libertaristischen Internationalen –, mit dem Ziel, den Markt mit Produkten des Schwarzen Plans zu überschwemmen, deren Strichcodes alle die Zahl 666 enthielten, um auf diese Weise die *Herrschaft über die Welt* zu erlangen. Im günstigsten Fall passierte eindeutig etwas bei der Linken, wobei der Begriff recht breit und paranoid gefasst war und die ANR, das Linksbündnis und Teile der Weltraumbewegung einbezog, doch das Signal-Rausch-Verhältnis war so hoch, dass er ohne Realitätscheck nicht weiterkam.

Es war an der Zeit, in der Realität aktiv zu werden.

Jordan zahlte und schleppte den Rucksack nach draußen. Als er sich einen Riemen überstreifte, fiel ihm eine Frau ins Auge. Ein offenes, freundliches Gesicht, das er zwar kannte, aber nirgendwo unterzubringen vermochte. Sie blickte ihn erstaunt an, als erkenne sie ihn ebenfalls wieder. Ein Mann begleitete sie, und als sie stehen blieb und Jordan guten Tag sagte, reagierte dieser verärgert.

Ihr Kleid schien aus Flammen zu bestehen, ein gutmütiges Feuer, dass ihren Körper umspielte und beleckte. Zwischen ihren Brüsten und Schenkeln lugten salamanderartige Gesichter hervor und zwinkerten ihm zu. Sie schaute belustigt drein.

»Genießt du deinen ersten Tag im Weltraum?«

Plötzlich fiel es ihm wieder ein: das war die Frau, die ihn an der Grenze durchgelassen hatte.

»Oh, hallo«, sagte er. »Ja, schon. Aber es ist alles ein bisschen viel.«

»Was hast du vor?«

»Äh ... Also, ich möchte Leute kennen lernen und mich über ... radikale Ideen und radikale Politik unterhalten, verstehst du? Und um ehrlich zu sein, wäre mir dafür ein Ort lieber, wo es ein bisschen ...«

Er zögerte, denn er wollte nichts Falsches sagen.

»Normaler zugeht?«, meinte sie spöttisch.

»Ja«, sagte er.

»Okay.« Sie wandte sich an ihren Begleiter. »Kennst du ein eher konservatives Lokal mit entspannter Atmosphäre?«

Nach kurzem Überlegen antwortete er: »Du könntest mit uns mitkommen. Zum Lord Carrington. Dort verkehren die Revolutionäre.«

Als Jordan am Tresen stand und seinen ersten richtigen Liter trank, fühlte er sich zwar wohler als zuvor, fand das ganze Drumherum aber immer noch recht heftig. Auch in Beulah City gab es Pubs, aber dort sorgte die Heilsarmee für die Unterhaltung. Die Christen hatten ein erstaunliches Talent dafür, Wein in Wasser zu verwandeln. Lächelnd schaute er sich um.

Das Pärchen, mit dem er hergekommen war, hatte sich bereits in eine angeregte Unterhaltung mit mehreren anderen vertieft, nachdem die beiden sich mit einem gar nicht unfreundlichen Winken von ihm verabschiedet hatten. Der Typ hatte die Atmosphäre richtig beschrieben. Konservativ, entspannt und revolutionär: das traf es. Baumwolle, Leder und Köper, ein Modestatement, das seit Generationen seine Gültigkeit hatte: angefangen von Viehtreibern und Fabrikarbeitern, linken Studenten, pro-westlichen Jugendlichen im Osten und den Arbeitern aus der Zeit, da der Westen rot war, bis zu denen, die sich an jene Zeit erinnerten oder sie sich zurückwünschten – die Levi's-Jacke hatte als Symbol des Widerstands ebenso große Ausdruckskraft wie ein am Revers befestigter Sticker.

Einige der Frauen waren genau so wie die Männer gekleidet, andere spielten mit Varianten, die von dekorativen Akzenten gemildert wurden; die meisten aber legten anscheinend Wert auf die Aussage, dass sie eher bäuerlicher als proletarischer Herkunft waren; sie trugen Ethnoröcke und Ethnokleider, in denen sich eine Bolivianerin, Bulgarin oder Kurdin heutzutage nicht einmal mehr tot hätte blicken lassen. Doch ungeachtet ihrer Kleidung kam ihm ihr Verhalten frech, anmaßend und maskulin vor: sie schrien und rauchten und bestellten sich Drinks. Das alles war aufregend, in ganz anderer Hinsicht erregend als das, was er auf der Straße gesehen hatte.

Er hatte das Gefühl, gleichzeitig aufzufallen und unsichtbar zu sein. Das hier war keine Single-Bar: die Gäste bildeten entweder Grüppchen oder Pärchen. Er wurde als anders angesehen, ein Unbekannter, den man nicht beachtete. Er hielt Ausschau nach einer Einzelperson, nach jemandem, der daran interessiert sein könnte, eine neue Bekanntschaft zu machen.

Sein Blick verweilte unvermittelt auf einer Frau, die

an einem Fenstertisch an der Wand saß. An dem Tisch saßen auch noch andere Personen, doch sie hielt Abstand und blickte sich mit neugierigem, suchendem Blick im Lokal um. Auf keinen Fall war sie mit jemandem verabredet. Sie wirkte entspannt und zufrieden und fehl am Platz. Welliges rotes Haar, gerade genug Make-up, ein blasses Gesicht und noch blassere Arme, die sich von einem ärmellosen schwarzen Top abhoben. Das alles zeugte von Klasse, und damit war nicht die Arbeiterklasse gemeint.

Sie bemerkte, dass er sie anschaute, stellte für einen Moment Augenkontakt her, dann blickte sie wieder auf ihren Drink nieder. Ihr Haar fiel nach vorn. Sie fuhr mit der Hand übers Glas, dann hob sie es hoch und trank einen Schluck. Jordan wandte sich ab, bevor sie ihn wieder ansah, doch er spürte ihren Blick wie die Berührung eines langen, kühlen Fingers.

Ein anderer Ort, von Gerüchten umwoben wie der Schwarze Plan, die Letzte Internationale und die Icondämmerung. Das Clearinghaus: eine hierarchische Hotline, der geheime Sowjet der herrschenden Klasse, eine permanente Party – eine Organisation der Privilegierten und eine Gelegenheit, die es jedermann, der jemand war, ermöglichte, im Geheimen gesellschaftlichen Umgang zu haben. Der Ort, an dem die Protokolle der Ältesten von Babylon in Stein gemeißelt wurden.

Donovan war der einzige Teilnehmer, der nie die übliche Einladung bekommen hatte, die in irgendeiner Form beinahe jedem zuteil wurde, der im Verborgenen erfolgreich war, sei er nun Terrorist oder Billionär. Er hatte sich einfach übers Netz Zugang verschafft. Dieser Vorgang war ohne Beispiel und so alarmierend, dass er einen fünfminütigen weltweiten Finanzcrash auslöste und unmittelbare Vorkehrungen zur Folge hatte, welche verhindern sollten, dass seine elektronische Kriegsführung nicht den Fluch der Weltraumverteidigung nach sich zog. Es war seine Sache, mit den örtlich begrenzten Vergeltungsmaßnahmen fertig zu werden.

Heute erhielt er eine dringliche Einladung, die erste seit Jahren. Sie flammte auf den Monitoren auf und unterbrach seine Nachforschungen hinsichtlich der Wesenheiten, die sich in vergessenen Gefilden der Datensphäre herumtrieben. Er entließ sie, sprach lautlos die Passwörter, und schon war er draußen und da. Er benötigte keine VR-Ausrüstung, um rauszugehen und da zu sein – er nahm es unmittelbar von den Monitoren auf, sein Geist schwang sich ohne Hilfsmittel in den strahlenden Traum des Mainframings empor.

Freier Fall in schwarzem Raum, der sanfte Fall der Photonen. Vergrößerung und Auflösung steigern, und dann:

Eine ferne Galaxie, ein Daumenabdruck aus Kreide, eine Wolke von Lichtpünktchen, ein Glühwürmchenschwarm, eine Wolke, bevölkert von leuchtenden, phantastischen Körpern, ein Multi-level-Maskenball, auf dem alle redeten, aber niemand lauschen konnte. Donovans Avatar – das Körperkonstrukt, das die anderen User sahen – basierte auf einem jüngeren Ich, nicht aus Eitelkeit, sondern weil er sich nicht die Mühe machte, es upzudaten. Die anderen verneigten sich, als er sich ihnen in der Maske des Roten Todes näherte. Der Ort sah aus wie der Himmel der Bösen.

»Schön, Sie zu sehen, Donovan.«

Die Engel, die ihn ansprachen, hatten rosige Pausbacken, strahlend weiße Flügel, trugen ein leuchtendes Gewand und einen Heiligenschein, der wie ein Rauchring über ihrem Kopf waberte.

»Ich glaube, wir wurden einander noch nicht vorgestellt.«

Der Engel lächelte affektiert, ein dermaßen überladener visueller Effekt, dass Donovan mit metaphysischer Übelkeit darauf reagierte.

»Ich bin Melody Dawson. Erinnern Sie sich an mich?«

Donovan bemühte sich, die Illusion der Telepräsenz zu wahren, während er ›daheim‹ (wie er unwillkürlich dachte) an einem Hot-Key-Databoard hantierte. Aus den Augenwinkeln nahm er Melody Lawsons Details wahr.

»Selbstverständlich«, sagte er. »Sie und Ihr Mann haben die Bewegung verlassen – ach, das ist bestimmt schon zwanzig Jahre her. Aber ich meine, mich an ein paar sehr willkommene Zahlungen von …« – er lächelte – »Engelsgeld erinnern zu können.« Wohl eher ein Bußgeld. »Was machen Sie jetzt, und weshalb haben Sie mich gerufen?«

»Ich kümmere mich in Beulah City um die Datensicherheit«, sagte Mrs. Lawson. »Die haben den Hacker zum Heger gemacht, wie man so sagt. Ich muss zugeben, dass mir die Kenntnisse, die ich in meiner wilden Jugend erworben habe, im Beruf ausgesprochen nützlich sind. Und ich teile nach wie vor Ihre Besorgnisse hinsichtlich der Bedrohung durch AI, wenngleich einige Ihrer Aktionen in der Vergangenheit recht lästig für mich waren.«

»Das gilt umgekehrt auch«, sagte Donovan. Das war keine reine Schmeichelei: die Zensurfilter von Beulah City erschwerten das Hacken, wenngleich die ziemlich veralteten Systeme nur selten ein Eindringen sinnvoll erscheinen ließen.

»Jedenfalls«, fuhr Mrs. Lawson fort, »sollten wir alle bereit sein, das Vergangene ruhen zu lassen, wenn wir feststellen, dass wir ein gemeinsames Interesse verfolgen, meinen Sie nicht auch?«

»Und welches gemeinsame Interesse wäre das?«, fragte Donovan.

»Ich glaube, Sie wissen, was ich meine«, erwiderte Mrs. Lawson.

Ehe Donovan etwas darauf entgegnen konnte, vernahm er im Kopf ein diskretes Gemurmel, das ihn davon in Kenntnis setzte, dass ihn im Clearinghaus noch jemand anders zu sprechen wünschte. Da der Unbekannte zu diesem Zeitpunkt durchgekommen war, musste es sich um eine in der informellen Hierarchie weit oben rangierende Persönlichkeit handeln. Auch Mrs. Lawson hatte offenbar einen Anruf erhalten. Donovan gab mit dem Kinn sein Einverständnis kund. Er fragte sich, ob sie das so arrangiert hatte. Jetzt erinnerte er sich auch ohne Nachhilfe an sie: sie war schon damals, noch bevor sie sich der Religion zugewandt hatte, verschlagen gewesen.

Eine Isolierblase tauchte auf und hüllte sie beide sowie zwei weitere Personen ein: einen Mann in Schwarz, der aussah wie einer der Men in Black, der mythischen Vollstrecker der mythischen Ufo-Vertuschung, sein Gesicht leichenblass, die Augen safirblau, die Stirn an den falschen Stellen ausgebeult, bekleidet mit einem schlecht sitzenden Anzug; und einen kleinen Mann, der anscheinend ein Firmen-Avatar war, mit einem Namensschild am blauen Overall. Ein Asiate, wahrscheinlich Vietnamese.

Der Mann in Schwarz ergriff als Erster das Wort. Auch seine Stimme klang irgendwie nicht richtig, wie die Raubkopie einer menschlichen Stimme. Donovan fragte sich, welche ironische Anspielung dieser Simulation eines Abbilds wohl zu Grunde lag, oder ob es sich um einen Einschüchterungsversuch handelte.

»Guten Abend. Ich bin Agent der Ermittlungsbehörde der Vereinten Nationen für Wissenschaft, Technik und Software. Sie können mich Bleibtreu-Fèvre nennen.«

Donovan hatte das Gefühl, als wäre er eine Katze, die eine Schlange fixierte: er und die Stasis hatten die gleichen Feinde und jagten die gleiche Beute, gleichwohl aber war er der Ansicht, dass die Behörde mit ihren angeblich hardwareerweiterten Ermittlern und ihrer unbestreitbar fortschrittlichen Technik – die fortschrittlicher war als die Technologie, die sie ausmerzen sollte – den Übeln, die er seit Jahren fürchtete und bekämpfte, gefährlich nahe stand. In der Vergangenheit war das Bündnis für Leben auf Kohlenstoffbasis hin und wieder gezwungen gewesen, mit der Stasis zusammenzuarbeiten, was ihm jedes Mal eine Gänsehaut verursacht hatte.

»Dr. Nguyen Thanh Van, Forschungsleiter bei Da Nang Phytochemicals«, sagte der Vietnamese. Die schlechte Qualität der Stimme und der Lippensynchronisation deutete entweder auf primitive Hardware oder starke Verschlüsselung hin.

Donovan und Lawson stellten sich Van vor, worauf Bleibtreu-Fèvre fortfuhr.

»Heute Nachmittag«, sagte er, »musste ich persönlich eingreifen. Es handelte sich um gefährliche Drogenanwendungen, die – zweifellos unabsichtlich – von einer, sagen wir, Tochtergesellschaft von Dr. Vans Firma entwickelt wurden. Zu dem Zeitpunkt wusste ich noch nicht, dass die Sicherheitsvorkehrungen dieser Forschungsabteilung früher am Tag von einem Schwarm informationsbeschaffender Softwarekonstrukte kompromittiert worden waren. Wie Sie wissen, kam es in der Datensphäre kurz darauf zu mehreren vorübergehenden, potenziell katastrophalen Zwischenfällen. Man könnte dies als zufälliges Zusammentreffen abtun, doch dagegen sprechen zwei Dinge. Erstens konnte der Auslöser der Zwischenfälle in der erwähnten Forschungseinrichtung lokalisiert werden. Zweitens waren von den Zwischenfällen zwar zahlreiche Dienste und Firmen betroffen, doch lässt sich eine statistisch signifikante Häufung bei Forschungsprogrammen, die auf die eine oder andere Weise mit Da Nang Phytochemicals in Verbindung stehen, nicht übersehen.«

Dr. Vans Avatar flackerte leicht, als wollte er etwas sagen, habe es sich aber anders überlegt.

»Beunruhigend ist, dass eine beträchtliche Menge von Forschungsdaten, darunter schwer zu ersetzendes genetisches Archivmaterial, das an über die ganze Welt verteilten Orten gespeichert war, einfach verschwunden ist. Am beunruhigendsten aber ist Folgendes:

Eine vorläufige Analyse des Wirkungskreises und der möglichen Ursache der Störungen deutet darauf hin, dass wir es günstigstenfalls mit einem Virus bislang unbekannter Komplexität und schlimmstenfalls mit der Manifestation einer autonomen künstlichen Intelligenz zu tun haben.«

»Der Uhrmacher«, murmelte Melody Lawson.

»Das wäre eine Möglichkeit«, meinte der Stasis-Agent.

»Weshalb haben Sie mit uns Kontakt aufgenommen?«, fragte Donovan in möglichst unschuldigem Ton.

»Verarschen kann ich mich selbst!«, knurrte Bleibtreu-Fèvre. Nachdem er bislang so gestelzt dahergeredet hatte, wirkte seine plötzliche Vulgarität wie ein Schock. »Sie wissen ganz genau, dass die West Middlesex-Zelle Ihrer Organisation gestern Nacht die AI-Forschungsabteilung der Brunel Universität angegriffen hat. Zur gleichen Zeit wurde in das Drogenlabor eingebrochen ...«

»Damit habe ich nichts zu tun«, warf Donovan ein. Bleibtreu-Fèvre nahm dies zur Kenntnis, fuhr aber unerbittlich fort:

»... und eines Ihrer Viren – ein illegales, auf seine Art ebenfalls gefährliches Virus, möchte ich hinzufügen – wurde an der gleichen Stelle vor wenigen Stunden zerstört. Kurz darauf stürzte Ihr eigenes Systeminterface ab, was wahrscheinlich der neuen AI zuzuschreiben ist. Anschließend haben Sie einen Dämonenangriff gestartet, der auf Grund eines weiteren zufälligen Zusammentreffens das Labor zerstörte, in dem ich Nachforschungen angestellt hatte. Sie, Doktor Van, sind für die Forschung Ihrer Firma, die für diese gefährliche Wesenheit von so großem Interesse ist, juristisch verantwortlich. Ihre Bereitschaft zur Zusammenarbeit werde ich als Gradmesser für den Wahrheitsgehalt Ihrer Behauptung nehmen, von einer solchen Verbindung nichts zu wissen. Und was Mrs. Lawson betrifft, so ist ihr hoch anzurechnen, dass sie mich von sich aus kontaktiert hat, nachdem sie auf erste Hinweise auf das Phänomen gestoßen ist.«

So war das also. Donovan vermutete, dass hier irgendetwas vertuscht werden sollte. Lawson hatte ihn kontaktiert und war offenbar im selben Moment zu dem Schluss gekommen, dass es ratsam wäre, gleichzeitig auch die Behörden einzuschalten. Bleibtreu-Fèvre, der vermutlich rasend darüber war, dass ein unter normalen Umständen bedeutungsloser Laboreinbruch in seinem Revier zu einer Softwaresicherheitskrise eskaliert war, hatte sicherlich alle Telefongespräche in der Gegend überwacht und sich auf die Gelegenheit gestürzt.

»In welchem Zusammenhang?«, fragte Van, wodurch es Donovan erspart blieb, seine Neugier kundtun zu müssen. Das Engel-Atavar streifte mit der Flügelspitze am Man in Black; sie verständigten sich im Geheimen, dann sagte Mrs. Lawson: »Ich habe Nachforschungen hinsichtlich eines Eindringens des Schwarzen Plans in unsere Firmensysteme angestellt.«

»Das ist interessant«, meinte Donovan. »Ich bin dem Schwarzen Plan im gleichen Zusammenhang wie der neuen Wesenheit begegnet – verdammt noch mal, wir können auch gleich vom Uhrmacher reden. Es kursieren alle möglichen Gerüchte hinsichtlich einer Verbindung zwischen beiden.«

»Tatsächlich?«, fragte Bleibtreu-Fèvre. Er schwieg eine Weile, während sein Avatar den kaum zu kontrollierenden abwesenden Ausdruck annahm, den Stasis-Agenten stets zeigten, wenn sie sich mit ihren Kopfimplantaten ins Netz einklinkten. Unvermittelt war er wieder voll da.

»Wie haben Sie reagiert, als Ihre Konstrukte auf den ... Uhrmacher getroffen sind?«

Donovan seufzte. Noch vor wenigen Stunden war es ihm vor allem darum gegangen, Moh Kohns Beleidigung zu rächen. Jetzt erschien ihm dies nurmehr als kindische Kabbelei.

»Ich untersuchte einen Konflikt mit einem gewöhnlichen Söldner, der ... äh ... gestern Abend im Verlauf einer bewaffneten Aktion gewisse Regeln verletzt hat ...« Er verstummte und blickte Bleibtreu-Fèvre stirnrunzelnd an. »Sie erwähnten, das Drogenforschungsprojekt sei von informationsbeschaffenden Agenten angezapft worden.«

»Ja.«

»Also, Moh Kohn, dieser Söldner, hat sich eindeutig am System zu schaffen gemacht.« Donovan vergegenwärtigte sich seine Unterhaltung mit Cat. »Außerdem hatte er kurz zuvor das auf dem Campus gelegene Labor aufgesucht. Das Labor, in das eingebrochen wurde.«

Bleibtreu-Fèvres Augen fingen regelrecht Feuer. Er wandte sich an Van.

»Haben Sie Kontakt mit Janis Taine, der Forscherin, aufgenommen?«

»Bedauerlicherweise ist sie verschwunden«, erwiderte Van. »Vielleicht steht das in Zusammenhang mit Ihrer Intervention.«

Bleibtreu-Fèvre funkelte ihn an.

Van erwiderte unverwandt seinen Blick. »Die Botschaft, die sie hinterlassen hat, war nicht zurückzuverfolgen«, fügte er hinzu.

»Dann hält sie sich in Norlonto auf«, sagte Melody

Lawson. »Das ist der einzige Ort in Reichweite, wo diese Art Verschlüsselung legal ist.«

»Und wo die Stasis nicht hin kann«, setzte Donovan maliziös hinzu. »Sie müssen die Angelegenheit an die Weltraumverteidigung übergeben.«

»Wir stehen hier vor einem Problem«, erwiderte Bleibtreu-Fèvre gewandt. »Die Stasis ist die erste Verteidigungslinie in Fällen wie diesem. Sollten wir versagen, ist es Aufgabe der WV, eine Übernahme der Datensphäre durch eine sich menschlicher Kontrolle entziehende AI zu verhindern. Es steht mir nicht frei, offen darüber zu reden, aber es bieten sich da Formulierungen wie *sauberer Bruch* und *Neubeginn* an. Ihre Reaktion auf eine drohende Beeinträchtigung der Datensphäre könnte äußerst drastisch ausfallen.«

Donovan nahm diese Information mit sehr gemischten Gefühlen auf: einerseits verspürte er eine gewisse grimmige Genugtuung darüber, dass seine Ängste hinsichtlich unkontrollierter AI von der mächtigsten Streitmacht in der Geschichte geteilt wurden, andererseits blankes Entsetzen angesichts dessen, was diese Streitmacht anrichten könnte. Sollte sich die Weltraumverteidigung jemals entschließen, die Erde als fremden Planeten zu behandeln, müsste sie sicherstellen, dass kein noch so kleiner Organismus und nicht einmal mehr Funkübertragungen ins All gelangten. Die Kommunikationssatelliten würden abgeschossen, Startrampen bombardiert werden. Die elektromagnetischen Impulse dieser und anderer Nuklearschläge würden den Großteil der Computerspeicher löschen. Produktionsnetzwerke würden in wenigen Tagen auseinander fallen. Sie bräuchte nicht einmal die Städte niederzubrennen. Diese Arbeit würden ihr die Aufstände und Stromausfälle abnehmen.

»Nennen wir es neun Gigatode«, sagte Bleibtreu-Fèvre. »So. Ich hoffe, ich kann auf Ihre Mitarbeit zählen, sowohl was die Behebung des Problems als auch absolute Geheimhaltung betrifft.«

»Sieht so aus, als wären wir uns einig«, meinte Donovan und blickte in die Runde. »Die Geldfrage können wir später klären, aber können wir davon ausgehen, dass die üblichen Immunitätsbestimmungen gelten?«

»Selbstverständlich«, antwortete Bleibtreu-Févre ungeduldig. »Und nun zu den Einzelheiten.«

Die Arbeitsteilung, die er vorschlug, war fair. Lawson sollte mit ihren Kollegen in anderen Gemeinwesen zusammenarbeiten und die Aktivitäten der AI diskret überwachen. Donovan sollte ihr dabei helfen, mittels der protokollierten Spuren ihrer jeweiligen Begegnungen mit der Wesenheit spezifische Virenattacken vorbereiten und seine normalen Sabotageprogramme solange zügeln. Van sollte eine komplette Aufstellung der von der AI angegriffenen Projekte anfertigen und nach Möglichkeit Kontakt mit der flüchtigen Forscherin Janis Taine aufnehmen.

»Mir scheint, es ist eine vernünftige Arbeitshypothese«, sagte Bleibtreu-Fèvre mit jener Beamtenpedanterie, die in Donovan den Wunsch weckte, ihm eine zu scheuern, »dass Taine sich nach Norlonto abgesetzt hat, wahrscheinlich in Begleitung von Moh Kohn, falls er tatsächlich Interesse an ihrer Forschung bekundet und ihr Labor besucht hat. Deshalb sollten wir sie aufspüren, und sei es nur deshalb, um sie aus unseren weiteren Nachforschungen ausklammern zu können. Ha-ha.«

Er bemerkte, dass Donovan etwas sagen wollte.

»Ich glaube, dabei kann ich Ihnen behilflich sein«, sagte Donovan und hörte auf, sein Avatar abwechselnd schrumpfen und sich ausdehnen zu lassen, das Cyberspace-Äquivalent des Auf-der-Stelle-Hüpfens. »Lassen Sie mich erklären ...«

9

Jedem wie ihm bestimmt ist

›Die toten Leninisten‹ traten live in Bydgoszcz auf und schmetterten *The Money that Love Can't Buy.* Kohn bemühte sich, den verräucherten Schwerwassersound der Band auszublenden, und achtete stattdessen auf den Stimmenlärm. Es wurde viel über die Aktionen des Bündnisses und die Absichten der ANR geredet, es wurde viel politisiert. Nach einem kleinen Rundgang wurde ihm bewusst, dass er Janis seit mindestens zwei Nummern oder vielleicht auch drei Zigaretten vernachlässigte ... Dies sagte er auch dem dienstfreien Kämpfer, mit dem er sich gerade unterhielt, besorgte sich noch zwei Bier und wandte sich vom Tresen ab. Beinahe wäre er mit einem jungen Mann zusammengestoßen, der sich anscheinend auf dem Barhocker vorgebeugt hatte, damit ihm nur ja kein Wort entginge.

Grobknochig, hellblond, wirkte er wie ein Junge vom Lande ohne dessen kernige Gesundheit; sein Gesicht war gerötet, ein wenig schwammig. Jung, sehr angespannt und leicht betrunken. Er wich Kohn schwankend aus und blickte ihn unerschrocken an.

»Hallo«, sagte er. »Ich ... ich habe etwas von deiner Unterhaltung aufgeschnappt.«

»Ja, und?«

»Du hast den Typ gefragt, was die ANR wohl vorhat, stimmt's?«

»Äh ... ja.« Es hätte wohl wenig Sinn gehabt, das abzustreiten.

»Das wüsste ich selber gern.« Der Mann blickte Moh unverwandt an, hob ein randvolles Glas Whisky an die Lippen und trank einen Schluck. Der coole Eindruck wurde von seiner Miene beim Schlucken mehr oder weniger zunichte gemacht. »Ich bin da auf eine Theorie gestoßen. Es geht dabei um die Letzte Internationale, den Uhrmacher, den Schwarzen Plan und Strichcodes.«

Kohn vernahm seine Stimme als fernes Krächzen.

»Strichcodes?«

»Strichcodes, welche die Zahl 666 enthalten.« Der Bursche grinste einnehmend. »Das ist das Einzige, was dich wundert?«

Kohn hatte das beunruhigende Gefühl, ins Hintertreffen geraten zu sein.

»Ich glaube, darüber sollten wir uns mal unterhalten«, sagte er. »Sollen wir uns setzen?«

Der Mann folgte Kohn zum Tisch und schleppte einen Rucksack mit. Kohn nahm neben Janis Platz, der Mann setzte sich über Eck. Er lächelte Janis an, als ob sie einander kennen würden, und sagte: »Hi. Ich bin Jordan Brown.« Er reichte ihr die Hand. Janis stellte sich vor.

Kohn fand, es sei an der Zeit, in die Offensive zu gehen.

»Ich weiß nicht, wie es die Lady sieht«, sagte er, »aber ich freue mich immer, einen Flüchtling aus BC zu begrüßen. Willkommen im Weltraum.«

»Wie kommt es, dass du weißt, woher ich komme?«

»Die Kleidung«, meinte Kohn mitfühlend. »Der Akzent. Die Hautbeschaffenheit.«

Jordan schaute einen Moment betreten drein, dann lachte er.

»Stigmata!«

»Keine Angst. Die nutzen sich ab. Okay, Jordan, dir fällt es vielleicht ein bisschen schwerer, dir ein Bild von uns zu machen. Janis ist Wissenschaftlerin, und ich arbeite für eine Schutzagentur. Manche Leute würden mich als Kommunisten bezeichnen. Ein überstrapaziertes Etikett, aber …«

Er vollführte eine weit ausholende Geste, um alle ungünstigen Assoziationen einzubeziehen, die er möglicherweise ausgelöst hatte.

»Damit habe ich kein Problem«, sagte Jordan. »Ich versuche die Leute so zu nehmen, wie sie sind. Ich bin Individualist. Und Kapitalist.«

»Und erstaunlich gut informiert«, sagte Kohn. »In Anbetracht der Umstände.« Er lehnte sich zurück. Jetzt war Jordan am Zug.

Jordan blickte sich auf eine Weise um, die Kohn daran erinnerte, wie Janis sich am Morgen umgeschaut hatte.

»Äh … ist die ANR hier legal?«

Kohn lächelte. »Das ist keine einfache Frage, aber wenn ein Bürokomplex mit Neonschriftzug zählt, dann ja. Außerdem herrscht hier Redefreiheit, wie du vielleicht schon bemerkt hast.«

Jordan seufzte, und seine Schultern sackten ein wenig herab.

»Schon wieder Stigmata …«

Kohn nickte. »Das Recht auf freie Meinungsäußerung ist eine Sache«, sagte er. »Aber das Zeug in diesem Glas ist das beste Mittel, sich darin zu üben.«

Jordan trank einen Schluck und begann zu reden.

Während Jordan eine neue Runde holte, flüsterten Janis und Moh hektisch miteinander.

»Glaubst du, er wurde … auf uns angesetzt?«, fragte Janis.

»Du meinst, ob er ein Agent ist?« Kohn schüttelte den Kopf. »Dann würde ich ihn kennen … Er ist einfach bloß aufgeweckt. Hat mitbekommen, wie ich mich umgehört habe.«

»Wir könnten ihn einspannen. Du willst dich vom

Netz fernhalten, und ich verstehe nicht viel davon. Er schon.«

Kohn musterte sie erstaunt. »Eine gute Idee.«

Als Jordan mit gesenktem Blick zurückkam, rückten sie auseinander; seine Bewegungen waren ausladend, als steuere er einen Wagen mit den Ellbogen.

»Ich bin beeindruckt«, sagte Kohn. »Wirklich. Du hast unglaublich viele Informationen im Netz ausfindig gemacht und eine große Bandbreite von Ideen entwickelt. Wie kommt es eigentlich, dass du so gut bist?«

Jordan blickte finster in sein Glas, dann schaute er hoch. »Ich weiß nicht«, sagte er. »Ich habe bessere Hardware benutzt als je zuvor, und ich habe das gleiche getan wie bei der Arbeit. Wie früher bei der Arbeit. Ich habe ein Gespür für Marktbewegungen, wie Mrs. Lawson mir heute noch gesagt hat.« Er lachte. »Und ein Gespür für virtuelle Realität, was wohl von Paluxy kommt.«

»Was ist Paluxy?«, fragte Janis.

»Ein Spiel, bei dem man Dinosaurier jagt. Das gibt es in der einzigen VR-Arkade von Beulah City. Noah's Park.«

»Ich verstehe«, sagte Kohn. Er warf Janis einen Blick zu, doch sie reagierte nicht. »Du bist hergekommen, um die mageren Knochen deiner Entdeckungen mit Fleisch zu versehen. Das Gleiche gilt für uns.« Er sprach langsam, bemühte sich, seine zoomenden, Loopings vollführenden Gedanken zum Formationsflug zu zwingen. »Oder vielleicht sind wir ja das Fleisch. Du hast die Wahl. Du kannst entweder losziehen und das tun, was du in Norlonto wirklich tun wolltest und was dir in BC nicht möglich war – lesen, im Netz surfen, Sex haben, was auch immer –, und *die ganze Sache vergessen.* Oder du kommst mit uns mit. Solltest du dich dafür entscheiden, sagen wir dir, was wir wissen.«

Moh beugte sich näher an Jordan heran und senkte

die Stimme. Er war sich nicht einmal mehr sicher, dass Janis ihn noch hörte. »Und wenn du uns verrätst, bring ich dich um.«

Er richtete sich auf, lächelte Jordan an, als hätte er ihm gerade einen heißen Wetttipp gegeben, und beobachtete, wie Angst und Neugier in Jordans bemüht ausdrucksloser Miene miteinander wetteiferten.

»Okay«, sagte Jordan. »Lass mich überlegen, okay? Ihr seid doch nicht in irgendwas verwickelt, das *hier* als kriminell angesehen wird?«

»Negativ«, antwortete Moh.

Janis schüttelte heftig den Kopf.

»Ihr arbeitet nicht für die ...« – er senkte die Stimme und verzog vor Abscheu das Gesicht – »für die *Regierung* oder die UN oder dergleichen?«

Moh riss die Augen auf, legte Janis den Arm um die Schultern und klopfte Jordan auf den Rücken.

»Du bist in Ordnung«, sagte er.

Jordan wirkte erfreut und verlegen zugleich.

»Also, wie lautet das große Geheimnis, und was wollt ihr von mir?«

Moh schaute sich um. »Auch wenn es dich wundern mag, das ist weder der passende Zeitpunkt noch der geeignete Ort, um über Geheimnisse zu sprechen. Und was wir von dir wollen, ist so ziemlich das Gleiche, was du bereits getan hast. Bloß etwas gründlicher, und die nötigen Voraussetzungen können wir dir verschaffen. Ich wohne hier in der Gegend, und du kannst unser Haus solange als Basis nutzen, bis du selber was gefunden hast. Falls dir das passt.« Er reichte Jordan eine seiner Geschäftskarten und erklärte ihm kurz, was es mit dem Kollektiv auf sich hatte.

»Und was erzählen wir den Genossen?«, fragte Janis.

»Wir halten uns möglichst eng an die Wahrheit«, antwortete Kohn. »Jordan hilft uns bei der Recherche und baut eine Datenbank potenzieller Kontakte und Kunden auf …«

»Okay«, sagte Jordan, »aber warum gerade ich, und warum ihr?«

»Wir bieten dir die Möglichkeit, das zu tun, was du ohnehin tun wolltest. Ich meine, heute ist doch sozusagen dein größter Wunsch in Erfüllung gegangen, du wurdest mit einem hübschen Sümmchen aus BC hinausbefördert. Also … was hättest du getan, wenn du mit deiner Suche nicht weitergekommen wärst?«

»Ich hätte mir eine Bleibe gesucht. Und einen Job – vielleicht im Warenterminhandel –, und … äh … ich hätte viel gelesen und geschrieben.«

»Was möchtest du gern schreiben?«

»Philosophische Sachen. So in der Art. Ach, nicht bloß über Atheismus, Humanismus, das machen hier bestimmt schon viele …«

»Du würdest dich wundern«, warf Kohn ein.

»… aber ich will mehr. Ich will diese ganzen Sekten und Ideologien angreifen. Ich habe die Vision, das Leben könnte besser sein, wenn die Menschen bloß erkennen würden, wie die Dinge wirklich sind. Wir haben bloß ein einziges Leben, wir leben in diesem unerschöpflichen Universum, und das soll, verdammt noch mal, nicht reichen? Weshalb müssen wir dann in diesen selbsterschaffenen ausgedachten Welten umherstreifen, in diesen falschen Wirklichkeiten, die bloß Dreckschmierer auf unserer Brille sind? In all diesen Überzeugungen und Identitäten, für die die Menschen ihr wahres Leben wegwerfen.«

»Es gibt keinen Gott, und du sollst keine anderen Götter haben.«

»Genau. Darüber will ich schreiben.«

»Ich habe eine bessere Idee«, sagte Kohn. Die Erkenntnis, wie gut diese Idee war, breitete sich in ihm aus wie ein Lächeln. »Würdest du gern Fernsehen machen?«

Bloß über Kabel und mit nur wenigen Abonnenten, erklärte er. Die Themen aber würden bisweilen von den großen Anbietern übernommen, und die Katzen hätten Sendeplatz frei, da sie lediglich ihre eigenen Heldentaten und eine alternative Nachrichtensendung, versetzt mit ein wenig radikal-kritischer marxistischer Analyse, verbreiteten.

»Wenn du so vor der Kamera reden kannst, wäre das prima«, meinte Kohn. »Weiter nichts. Keine Interviewer. Keine hämischen Profis. Das wäre deine Show. Sag, was du willst – vor allem hassen wir die Barbaren und die Ministaaten, und wenn du das auch tust, stehst du auf unserer Seite; alles Rationale wäre besser als dieser miefige, behagliche Subtotalitarismus. Die wenigen Zuschauer werden deshalb zuschauen, weil sie es wollen, also würdest du auch niemanden langweilen. Und als Kapitalist kannst du deinen Erfolg anhand des Einspielergebnisses messen!«

»Oh, Mann.« Jordans Augen funkelten jetzt. »Das klingt großartig. Zu schön, um wahr zu sein.«

»Nein, einfach wahr genug, um gut zu sein.«

»Wo wir gerade von Erfolg sprechen … was macht ihr eigentlich mit dem verdienten Geld?«

Kohn runzelte die Stirn. »Wir tun es auf ein Sparkonto.«

Jordan lachte. »Da könntet ihr ebenso gut Gold kaufen und es in einem alten Socken verwahren!«

»Was sollen wir denn sonst damit anfangen?«, fragte Kohn erstaunt.

Jordan musterte ihn kopfschüttelnd. »Und ihr nennt euch Söldner … Mann, ihr verfügt über Insiderinformationen bezüglich der Mikropolitik von Norlonto, ihr lebt mitten in einer Freihandelszone, ihr zahlt keine Steuern, ihr erfahrt Neuigkeiten und Gerüchte im Moment ihrer Entstehung ... Also, aus dem, was ich heute Abend im Netz erfahren habe, könnte ich schon ein wenig Geld machen!«

Kohn blickte Janis hilfeheischend an. Sie zuckte die Achseln. »Klingt ganz überzeugend.«

»Großartig!« Kohn richtete sich auf und hob das Glas. »Auf die internationale kommunistisch-kapitalistische Verschwörung, der ich immer schon angehören wollte.«

Als Nächstes tranken sie auf philosophische Spekulanten, was alle für eine tolle Sache hielten, und auf wahnsinnige Wissenschaftler, die grässliche Dinge mit Ratten anstellten. Anschließend wurden sie laut und nach einer Weile wieder still. »Ist Molly Biolly eine Spinnerband?« Janis sah auf die Bühne, während Kohn, der gerade von einem weiteren Rundgang durchs Gewühl zurückgekehrt war, sich neben ihr auf dem Stuhl niederließ.

»Ich weiß nicht. Was ...?«

»Der Typ dort hinten sieht aus wie Brian Donovan. Wie das Foto von ihm auf seinem Buchumschlag.«

Hinter dem Holo-Bild der drei Mädchen in hautengen Plastikanzügen, die obszöne Dinge mit Synthesizern anstellten, stand das irritierende Avatar eines Mannes mit langem grauem Haar und langem grauem Bart. Offenbar beobachtete er sie.

»Seltsam«, sagte Kohn und rutschte vor, so dass er Janis verdeckte.

»Ist das nicht bloß eine Projektion?«, fragte Jordan.

»Die Band schon«, antwortete Kohn, ohne sich umzudrehen. »Aber die Bühne verfügt auch über eigene Kameras, damit man neue Perspektiven einfügen kann ... So funktioniert ein Avatar in der AR. Scheiße, er beobachtet uns. Und er weiß, dass wir ihn bemerkt haben. Verschwinden wir, und zwar ganz unauffällig. Trinkt aus und geht dann zur Tür. Du zuerst, Jordan, dann Janis.«

Kohn stand auf und leerte sein Whiskyglas in einem Zug. Die Gestalt bewegte sich durch Molly Biolly hindurch, ein Gespenst unter Gespenstern. Unmutsrufe wurden laut. Das Avatar glitt über den Rand der Bühne hinaus und in die Zuschauermenge. Unnötigerweise wich man ihm aus. Innerhalb der Farben kräuselte sich Zigarettenrauch.

Die Band, die gerade bei der Zeile TALKING BOUT MY GENERATION!!!! angelangt war, bewegte nurmehr lautlos den Mund, wie Terroristen im Fernsehen. Die Gäste im Pub waren ebenfalls verstummt und starrten die Projektion an.

Das Avatar deutete mit einem durchsichtigen Arm auf Kohn. Die Lippen bewegten sich asynchron, während die Lautsprecher dröhnend zum Leben erwachten.

»MOH KOHN!«, sagte es. »ICH BESCHULDIGE SIE, GEGEN DIE KAMPFREGELN VERSTOSSEN ZU HABEN! WENN SIE SICH NICHT PERSÖNLICH UND LEIBHAFTIG BEI MEINER ANGESTELLTEN ENTSCHULDIGEN, EIN LÖSEGELD AKZEPTIEREN UND IHREN MAKEL BINNEN VIERUNDZWANZIG STUNDEN TILGEN, SEHEN WIR UNS VOR DEM NÄCHSTEN GENFER GERICHTSHOF WIEDER. IN DER ZWISCHENZEIT SETZE ICH EINE BELOHNUNG AUF IHRE ERGREIFUNG AUS, DENN ALS RENEGAT SIND SIE EINE ÖFFENTLICHE BEDROHUNG.«

Donovans Avatar blickte sich um, als wollte es sich vergewissern, dass es auch von allen gehört worden war, und verschwand.

Kohn wich zurück – auf den Fußballen, um sich notfalls mit einem Satz in Sicherheit bringen zu können.

Die Musik setzte wieder ein. Jemand lachte. Bloß ein Streit unter Terroristen. Die Aufmerksamkeit wandte sich wieder der Band zu; die Köpfe wandten sich ab.

Ein kräftiger Mann, der auf einem Barhocker am Tresen saß, schob beiläufig einen Maßkrug durch die Bierlachen, stieß sich mit der Fußspitze vom Tresen ab, so dass sich der Hocker drehte und ihn mit sich trug, schwenkte den Arm mit dem Glas herum und holte zu einem Diskuswurf aus.

Kohn duckte sich so rasch, dass seine Füße momentweise den Bodenkontakt verloren. Das Glas traf hinter ihm auf die Wand, prallte davon ab und hätte ihn beinahe doch noch getroffen.

Kohn sprang vor und rammte dem Angreifer beide Fäuste in den Bauch. Der Fremde sog scharf die Luft ein, stieß sich aber vom Hocker ab und richtete sich auf. Kohn wich zurück und prallte dabei gegen einen Tisch. Er taumelte, stürzte aber nicht.

In diesem Moment veränderte sich etwas: seine Perspektive. Er blickte von oben auf seinen Kopf herab, und alles lag vor ihm ausgebreitet wie der Bauplan eines Architekten. Ein ruhiger Unterton beschwichtigte den verängstigten Australopithecus, der in seinem Schädel saß und glaubte, er befände sich außerhalb davon. Bloß ein Bild, eine visuelle Hilfe, ein Icon: so würde es aussehen, wenn du es so betrachten könntest. Er langte hinter sich – sah, wie seine Hand sich ausstreckte –, packte ein volles Glas, das gerade vom Tisch rutschte, und schüttete dem Angreifer dessen Inhalt ins Gesicht, dann versetzte er dem Mann einen wohlgezielten Tritt gegen das Knie. Er war rechtzeitig wieder in seinem Kopf angelangt, um mitzubekommen, wie sein Gegner vor Schmerz und Überraschung die Augen aufriss und dann zur Seite kippte.

Kohn zog seinen Kreditausweis aus der Gesäßtasche und reckte ihn einer der Überwachungskameras entgegen.

»Ich nehme an, Sie haben alles gespeichert«, sagte er. »Ich werde keine Schadenersatzansprüche stellen, aber wenn Sie möchten, können Sie sich auf mich als Zeuge berufen.« Er wandte sich an die Gäste, gegen deren Tisch er gedonnert war. Sie waren immer noch im Begriff, sich zu erheben, und wischten sich die Kleidung ab. Er deutete auf die zusammengebrochene Gestalt.

»Eine Runde auf seine Kosten«, sagte er.

Alle sahen ihn an.

»Macht keinen Scheiß«, setzte er hinzu und wandte sich zur Tür. Jordan hatte Janis zurückgehalten. Er gab ihre Oberarme frei, bückte sich und massierte sich die Schienbeine.

»Ziemlich temperamentvoll, die Kleine, wie?«, sagte Kohn.

Er lächelte die beiden entrüsteten und erleichterten Gesichter an.

»Na los, Leute, gehen wir. Dreht euch nicht um, sonst verwandelt ihr euch in eine Salzsäule.«

Im Clearinghaus drehte Donovan sich in der Isolierblase um die eigene Achse und sah sich mit einem angespannten Schweigen konfrontiert. Während er verschiedene Liveauftritte absolviert und zahlreiche Pubs, Nachtclubs und Drogenlokale aufgesucht hatte, waren die anderen hin und her geflitzt und ihren zahlreichen Beschäftigungen nachgegangen. Alle aber waren zugegen gewesen, als er Kohn endlich gefunden hatte. Die von den Kameras des Pubs aufgenommenen Bilder waren wie Zeitungsausschnitte um sie gebreitet und wiederholten sich ständig.

»Donovan«, sagte Mrs. Lawson, »ich wünschte, Sie hätten nachgedacht, bevor Sie den Mund aufmachen.«

Donovan funkelte sie an. »Warum? Ich habe Ihnen doch gesagt, dass ich Kohn herausfordern würde.«

»Der Versuch, eine zivile Festnahme zu bewirken, ist – wie soll ich sagen? – exzessiv«, warf Bleibtreu-Fèvre ein. »Jedenfalls wissen wir jetzt, dass Taine bei ihm ist. Wenngleich wir sie einstweilen verschreckt haben.«

»Das ist nicht das Problem!«, fauchte Melody Lawson. »Wenn Sie mir eine Chance gegeben hätten … es war noch jemand bei ihm.« Sie schnappte sich eine Aufzeichnung und pappte sie an eine Stelle, wo alle sie sehen konnten: ein rückwärts gehender junger Mann, mit offenem Mund, halb von Janis Taine verdeckt. »Der gehört nicht zu Kohns Bande. Das ist Jordan Brown, der heute Nachmittag an der Aktion des Schwarzen Plans beteiligt war.« Sie fuhr sich geistesabwesend durchs glänzende Haar und den Heiligenschein, von dem imaginäre Goldtupfer an ihren Fingern zurückblieben. »Das lässt Böses ahnen.«

Donovan spürte wieder etwas von der Ruhe in sich einkehren, die ihm vorübergehend abhanden gekommen war.

»Ich … entschuldige mich für meine Eile«, sagte er. »Gleichwohl gibt es keinen Grund, weshalb Kohn nicht auftauchen sollte, um eine Lösegeldforderung zu erheben. Ich lasse morgen das Krankenhaus überwachen. Wie wär's, wenn Sie in der Zwischenzeit die gespeicherten Daten Ihres Flüchtlings überprüfen würden?«

»Das werde ich gewiss tun«, antwortete Mrs. Lawson grimmig. »Er war schon seit längerem unzufrieden. Weiß der Himmel, mit wem er in Kontakt gestanden hat.«

»Dieser Kohn«, sagte Bleibtreu-Fèvre. »Was wissen Sie über ihn?«

Donovan runzelte die Stirn. »Er ist der Anführer einer kleinen Bande von Schutzsöldnern … abgesehen davon, dass es sich um eine üble Spielart des protechnischen Fanatismus handelt, sind sie nichts Besonderes. Zufällig hat die Söldnerin, die vergangene Nacht in meinem Team gekämpft hat, früher bei ihnen mitgemacht.«

»Was?«, fragte Bleibtreu-Fèvre bestürzt. »Also, das kommt mir verdächtig vor.«

Donovan spürte, wie sich Paranoia aufbaute, als

Lawson und Bleibtreu-Fèvre Blicke wechselten. Er versuchte, davon abzulenken, bevor sie auf ihn übergriff.

»Sie hat mit ihnen und ihren Ansichten längst gebrochen. Nein, das einzig Bedeutungsvolle daran ist, dass sich daraus ein starker Antagonismus zwischen ihr und Kohn ergibt. Wie ich bereits sagte, könnte sich dies für uns förderlich auswirken.«

»Könnten Sie örtliche Kräfte abstellen, um ihr Haus zu überwachen?«, mischte Dr. Van sich plötzlich in das Gespräch ein. »Könnten Sie vielleicht direkt intervenieren?«

»Ausgeschlossen«, sagte Donovan. »Das ganze Gebiet wird von einem Netzwerk von Schutzagenturen abgeschirmt, da wimmelt es nur so von ANR-Kadern und Sympathisanten, und die Miliz der Weltraumbewegung patrouilliert umher. Die meisten Häuser sind so gebaut, dass sie zumindest einer indirekten Druckwelle standhalten. Kohns Haus ist wahrscheinlich imstande, einem Panzer zu trotzen.«

»Ich verstehe«, sagte Van mit der sekundenlangen Verzögerung, was durch die Satellitenübertragung bedingt war. »Eine befreite Zone.« Zum ersten Mal lächelte er sie alle an.

»Sozusagen«, meinte Bleibtreu-Fèvre. »Ich wüsste gern, ob es über Kohn ein *Dossier* gibt, wie wir sagen.«

»Wie wär's, wenn Sie das Material Ihrer Behörde überprüfen würden?«, schlug Mrs. Lawson vor.

Bleibtreu-Fèvres Avatar schien blasser zu werden. »Dann müsste ich Rechenschaft über die Umstände ablegen«, sagte er. »Das könnte … unnötig Staub aufwirbeln.«

Es könnte ihn in Verlegenheit bringen, dachte Donovan mitleidlos. Als Ermittlungsbeamter musste Bleibtreu-Fèvre über große Autonomie verfügen, gleichwohl war davon auszugehen, dass die bürokratischen Mechanismen der Stasis ihn in empfindlichen Punkten einengten.

Dazu gehörten wahrscheinlich auch die persönlichen Daten, die von Rauch und Spiegeln umgeben waren: Vorsichtsmaßnahmen – Schutzmechanismen, die verhindern sollten, dass eine Geheimpolizei, die gefährlichen Wissenschaftlern das Leben schwer machte, nicht die Privatsphäre normaler Menschen und die Bürgerrechte gefährdete – nein, danke.

»In der Beziehung kann ich Ihnen helfen«, sagte er. »Klären Sie mich einfach über Ihre Passwörter und Ihre Verfahrensweise auf, dann trickse ich sie aus.«

»Ausgeschlossen!«

Donovan blickte dem Man in Black in die böse funkelnden Augen. *Ein billiger Trick, wie bei einer Halloween-Laterne …*

»Das heißt, nicht mit Ihrer Hilfe«, sagte er.

Bleibtreu-Fèvre dachte darüber nach, das Gesicht in Download-Trance erstarrt. Donovan hatte bis sechzig gezählt, als sich die Lippen des Avatars wieder bewegten.

»Also gut«, sagte er. »Was haben wir schon zu verlieren?«

Mit den von Bleibtreu-Fèvre zur Verfügung gestellten Codes und Prozeduren gelangte Donovan so mühelos in das US/UN-System hinein, dass er einige Sekunden abwartete, bevor er die Datenbankabfrage startete. Als sich der Programmstart immer weiter verzögerte, bedauerte er es bereits wieder – Sekunden verstrichen, eine Minute, anderthalb, zwei … War das verdammte Programm etwa in COBOL geschrieben?

Zwei Minuten, fünfzig Sekunden.

Drei. Drei Minuten zehn.

Was für eine Scheiße haben die Programmierer da eigentlich verzapft?

Dann baute sich auf einmal eine ganze Struktur von Links und Querverweisen auf, wie bei einer Comicfigur, die eine Angelleine auswirft und sie wieder einholt, mit Tang dran, einer Kette, einem Schiffswrack, einer ganzen verrosteten *Flotte,* die auf den Steg herunterprasselt …

Alle vier betrachteten die Unmenge wiederhergestellter Daten.

»Ach«, meinte Donovan schließlich. »*Der* Kohn.«

»Worum geht es eigentlich?«, fragte Jordan. Er und Janis hatten Mühe, mit Kohn Schritt zu halten. Im Moment bot es sich an, hinter ihm zu gehen.

»Donovan hat es einfach mal drauf ankommen lassen«, sagte Kohn über die Schulter hinweg. »Vergangene Nacht bin ich einem seiner Sabotageteams in die Quere gekommen. Aber da steckt mehr dahinter. Etwas Persönliches. Zu kompliziert, um es jetzt zu vertiefen … Morgen haben wir noch Zeit genug dafür. Jedenfalls hat er meinen Aufenthaltsort ausfindig gemacht und versucht, mir alle möglichen opportunistischen Kopfgeldjäger auf den Hals zu hetzen. Womit er nicht sonderlich erfolgreich war.«

Er wandte sich ab. »Renegat …« Sein Gelächter hallte zu ihnen zurück.

»Bisschen langsamer, wenn's geht«, keuchte Janis.

»Oh. Na gut.«

Auf einmal waren sie wieder zu dritt und bewegten sich in normalem Tempo durch die Passanten. Nach dem ernüchternden Schock setzte die Wirkung des Alkohols wieder ein, und Jordan verspürte eine gesteigerte Wachsamkeit. Eine Frau in Milizuniform starrte ihn böse an, als er die Zweiteilung ihres Gesichts bemerkte, das halb erwachsen und halb babyhaft wirkte. Aus einem achtlos in den Ärmel gerissenen Loch schaute ein pummeliger, puppenartiger Arm hervor.

»Wieso halten wir uns nicht alle auf diese Weise

jung und schön?«, fragte Jordan, als sie die Frau passiert hatten.

»Mittels Regeneration? Einige tun das«, meinte Kohn. »Es ist teuer. Bei den meisten Söldnern ist das im Versicherungsschutz enthalten, aber die nachfolgende Prämienerhöhung ist gewaltig. Ist wahrscheinlich auch gut so. Wenn jede nicht-tödliche Verletzung heilbar wäre, würden die Leute leichtsinnig werden.«

»Besser tollkühn als tot«, meinte Janis.

Jordan hatte sich vom Kneipenbesuch nicht bloß Informationen, sondern auch ein wenig Erholung vom rastlosen Straßenleben Norlontos versprochen. Von ersterem hatte er mehr und von letzterem weniger bekommen als erhofft. Jetzt hatte er den Arm um Janis gelegt und stützte sich bei ihr auf, während Kohn, der Janis von der anderen Seite umarmt hielt, seinen Arm fixierte. Das kam ihm angemessen vor. Er fand die beiden einfach umwerfend.

So wie ein Küken, das vom ersten sich bewegenden Objekt geprägt wird, das ihm vor Augen kommt, überlegte er. So sei es denn. Er hatte noch nie eine so schöne, faszinierende und ungezwungene Frau wie Janis getroffen. Moh war irgendwie anders: er verkörperte alles, was Jordan nicht war – er war hager, zäh, hatte Durchblick, vermittelte Jordan aber gleichzeitig das Gefühl, akzeptiert zu werden. Wie schön es wäre, so offen zu sein und sich in der Welt so zu Hause zu fühlen wie er!

»Wisst ihr was?«, sagte Jordan. »An Leute wie euch habe ich immer schon geglaubt.«

Beide lachten.

»Da bist du wohl ein ausgesprochen gläubiger Mensch!«

»Ich bin vernünftig, nicht gläubig«, entgegnete Jordan. »Es gab zwar keinen Beweis für eure Existenz, aber ich habe fest daran geglaubt. Es musste einfach vernünftige Menschen geben – irgendwo. Dort drüben gibt es keine. Deshalb bin ich auch nie einem begegnet. Ich habe bloß in Büchern davon gelesen – ich habe ihre Bücher gelesen. Außerdem habe ich ihre Bauten gesehen. Eine Art teleologischer Gottesbeweis.« Er schaute hoch, schwenkte die Faust gen Himmel. »Jedes einzelne Flugzeug ist ein Beweis dafür, dass es irgendwo einen rationalen Geist geben muss!«

»Ja, also, das wissen wir«, sagte Kohn. »Was mich erstaunt, sind die Dinge, zu denen er fähig ist, ganz zu schweigen von den holografischen Medaillen mit dem Geburtszeichen der Piloten, über Satellit ausgestrahlten Televangelisten …«

»… und Schöpfungsbaukästen …«

»… Gedächtnisdrogen, welche die alternative Medizin noch effektiver machen …«

»… Designerheroin für sterbende Soldaten …«

»… schneller Zugang zu mehr Lügen, als man in zehn Menschenleben widerlegen kann …«

»Also, das bedeutet für euch Freiheit«, sagte Janis und blickte grinsend zu den beiden Männern auf. »Jedem nach seiner Fasson, jedem, wie ihm bestimmt ist, nicht wahr?«

Jordan streifte in der Diele den Rucksack ab und hielt kurz inne, bemühte sich, seinen Gleichgewichtssinn wiederherzustellen. In seinen Ohren rauschte es, und seine Augen vermittelten ihm noch immer den ungewohnten Eindruck, alles drehe sich um ihn, ohne dass sich wirklich etwas bewegte. Seine Kniegelenke machten einen unzuverlässigen Eindruck. Da stand er nun, zusammen mit zwei Menschen, die er kaum kannte, in einem befestigten Haus voller Drogenkonsumenten! Voller leichter Mädchen! Voller bewaffneter Kommunisten!

Er folgte Moh und Janis in den Gemeinschaftsraum. Sonst war niemand da.

»Möchte jemand Kaffee?«, fragte Moh.

»Klingt gut.« Jordan ließ sich ein wenig zu heftig aufs Sofa niederfallen. In der Ferne hallten leise Klingelgeräusche wider.

»Ich habe noch eine gute Idee.« Moh warf etwas über die Schulter. Es landete neben Jordan. »Probier mal.«

Jordan hob das Päckchen Marihuanazigaretten auf und blickte es skeptisch an, als auf derselben Stelle ein Zippo-Feuerzeug landete. Er wandte sich an Janis und zog die Brauen hoch. »Was hältst du von diesem Zeug?«

»Also, es bekommt einem nicht, wenn man zu viel davon raucht, und manche Leute macht es träge, jedenfalls träger, als sie eh schon sind, andererseits macht es nicht süchtig und ist viel weniger karzinogen als Tabak.« Sie zuckte die Achseln. »Ich rauche jedenfalls eine.«

»Es verwandelt das Gehirn nicht in einen Schweizer Käse?«

»Nein, ich glaube, das schließen die neuesten Untersuchungsergebnisse wirklich aus.«

Jordan brachte Janis die Zigarettenpackung und das Feuerzeug.

»Ich probier's mal«, meinte er. »Aber ich weiß nicht so recht, wie's geht.«

»Am besten nur wenig Rauch und viel Luft.« Sie zeigte es ihm. Jordan steckte sich eine an und ging zurück zum Sofa. Den ersten Abend weg von zu Hause, und schon war er auf Drogen. Zu seiner Überraschung legte er einen ordentlichen Zug vor und hatte seinen Hustenanfall bereits überwunden, als Moh ihm einen großen Steingutbecher mit Nicafé brachte.

»Guter Stoff?« Moh setzte sich grinsend neben ihn.

»Ja«, keuchte Jordan, wischte sich die Augen und probierte vom Kaffee. Er registrierte, wie Moh saß: herausfordernd entspannt, den einen Knöchel aufs Knie gelegt; die tiefschwarze Lederkleidung glänzte; und die

Frau, die in einer Art Lotussitz im Sessel saß, die alabasterfarbene Haut und das zarte Fleisch in schwarze Seide gehüllt, während sich Rauch durch ihr lockiges Haar kräuselte. »Ich könnte nicht behaupten, dass ich groß was spüre.«

Mohs Lippen und Augenbrauen zuckten, doch er enthielt sich eines Kommentars.

»Also …« Jordan blickte von Moh zu Janis. »Wollt ihr mir jetzt sagen, was ihr wisst?«

Moh verdrehte die Augen und senkte die Lider. »Heute Abend nicht mehr.«

Anscheinend war er in eine Art Trance gefallen. Janis bemerkte, dass Jordan etwas aufgefallen war, und winkte beschwichtigend ab.

»Er hatte einen langen Tag«, meinte sie.

»Ganz zu schweigen von den Drogen.«

»Ja«, sagte Janis. »Ganz zu schweigen von den Drogen. Erzähl mir von dir, Jordan.«

Jordan nahm noch einen Zug. Er merkte noch immer nichts. Er war klar und ruhig im Kopf und konnte den Blick nicht von Janis wenden. Beim Sprechen hatte sie aufgeleuchtet, und nun brannte sie mit stetiger Flamme, worin ein wenig Übermut flackerte. Sie unterhielten sich leise, während Kohn woanders weilte und kein Wort sagte.

Moh nahm die Dunkelheit und die Lichter der Stadt wahr, als wären die Wände durchsichtig geworden; dies war die leuchtende Stadt der klaren, scharfen Logik am Rande seines Bewusstseins. Sie lieferte ihm Bilder, eidetische Erinnerungen, die wie Videodisks abliefen, Bilder, aus denen die Welt bestand, in der er nun wandelte:

die leuchtende Welt die leuchtende Fahne das schlichte Symbol die Felder des Grüngürtels die ländlichen

Straßen die geodätischen Kuppeln die Passanten die stillen dunklen Momente

die Plastikraumschiffmodelle die an schwarzen Fäden hängen das alte Warschauer-Pakt-Poster mit dem kleinen Mädchen das die Erde umarmt DEN FRIEDEN VERTEIDIGEN die Spielzeughaufen und die gestapelten Bücher und Kassetten und der VR-Weltraumhelm

der Krieg. Die Republik verschmähte nicht die Mitwirkung von Kindern. Die Partei stellte spezielle Milizen auf, die Jungen Garden. Moh schleppte damals das Gewehr, ein besonders leichtes britisches SLR, mit dem er in öden Nächten den Eingang eines Bürohochhauses bewachte. (Der Trick dabei war, dass er es heimlich bewachte, vom gegenüberliegenden Fenster einer konspirativen Wohnung aus: die Regierung verhielt sich bereits wie eine Widerstandsbewegung.) Tagsüber war es spannender: Demonstrationen und Straßenkämpfe, die aus der Anstrengung, die Neutralität zu wahren, resultierenden Spannungen. Josh und Marcia machten Witze über den Kampf für den Frieden, die er nicht verstand. Genau das taten sie, kämpften für den Frieden und prügelten sich auf Demonstrationen, die von der Kriegspartei veranstaltet wurden, wie sie sagten: von Royalisten, Tories und Faschisten. Bisweilen kämpfte die Polizei auf beiden Seiten mit.

Später stellte Moh fest, dass er erstaunlich wenig über den tatsächlichen Kriegsverlauf der Europäischen Einigung wusste. Damals übernahm er die Ansicht, alle Nachrichten seien Propaganda, und sah nur gelegentlich fern. Deutsche Panzer rückten auf Luftkissen vor, trugen die Fahne mit den kreisförmig angeordneten Sternen nach Warschau, Bukarest und Zagreb hinein. Deutsche MIGs erkämpften sich die Lufthoheit.

Der Friedensprozess: Nein, nicht das. Er kam unvermittelt zu sich, stürzte kalten Kaffee hinunter und dachte an etwas anderes.

Jordan erklärte Janis gerade den Unterschied zwischen Dispensationismus und Prä-Chiliasmus (der offenbar sehr wichtig, aber schwer zu begreifen war), als er Mohs spöttisches Gelächter vernahm. Moh stand auf und sah so frisch aus, als habe er eine ganze Nacht lang geschlafen.

»Zeit zum Schlafengehen«, sagte Moh.

»Ich glaube, für mich auch«, meinte Janis. Sie gähnte, streckte sich und sprang hoch.

»Würde es dir was ausmachen, Jordan, dich für heute Nacht einfach hier langzumachen?«

»Kein Problem. Super. Danke.«

»Okay. Wir sehen uns dann morgen, Jordan.«

»Gute Nacht.«

Janis winkte ihm lächelnd zu. Im nächsten Moment waren sie verschwunden, wie Vögel durch ein Loch im Dach. Jordan blieb noch eine Weile sitzen, dann zog er sich bis auf die Unterwäsche aus, wickelte sich in mehrere Decken, die er von der Sofarücklehne nahm, und blieb noch lange wach.

»Und?«, sagte sie, in der Tür zu seinem Zimmer lehnend.

»Was, und?«

»Hast du einen Schlafplatz gefunden?«

»Klar«, meinte Kohn.

»Gut. Also ... ich hätte noch Lust auf einen Joint, bevor ich mich hinhaue.« Sie zog die Brauen hoch und schaute ihn an. Er wirkte noch immer hellwach und grinste sie an, als wäre dies der überraschendste und erfreulichste Vorschlag, den man ihm in letzter Zeit gemacht hatte.

»Klar, warum nicht?«

Sie drehte sich um und öffnete die Tür, beobachtete ihn. Er langte an ihrer Schulter vorbei ins Zimmer hinein und berührte den Lichtschalter. Kleine Lampen leuchteten in den Ecken auf; sie kickte die Schuhe fort und nahm auf der Bettkante Platz. Er setzte sich neben sie, stützte sich mit einem Ellbogen aufs Kissen und reichte ihr die mittlerweile zerknautschte Packung. Sie nahm eine Zigarette heraus und zündete sie an.

»Möchtest du auch mal ziehen?«

»Nein, danke«, erwiderte er. »Lippenstift hat einen Nachgeschmack.«

Sie fiel ihm in den Arm, als er die Hand nach der Packung ausstreckte, legte ihm plötzlich die Rechte hinter den Kopf. Ihre Finger gruben sich in seine Locken. Sie inhalierte tief den Rauch, hielt den Atem an und flüsterte mit dem entweichenden Rauch: »Probier mal *das …*«

Sie näherte ihren offenen Mund seinem sich öffnenden und atmete aus, während er einatmete. Sie lösten sich keuchend voneinander. Beim zweiten Mal achtete sie weniger aufs Feuer und stattdessen mehr aufs Wasser, bezüngelte seine Zunge.

»Du erstaunst mich«, sagte Kohn.

»Tatsächlich?«

»Ja.«

»Ich begehre dich schon seit *Stunden.*«

»Du bist geil.«

»Einsam«, sagte sie. »Von der Gesellschaft ausgestoßen.«

Sie drückte den Zigarettenstummel aus. Kohn kickte die Stiefel weg, streifte die Weste ab, dann beugte er sich vor und zog Janis über sich. Sie streifte mit ihrem Haar über seine Schultern und seine Brust, dann tat sie das Gleiche mit Lippen und Zunge und stellte dabei fest, dass es Zeit für ihn war, aus der Hose zu kommen. Sie setzte sich rittlings über ihn und ließ sich Zeit mit Gürtel und Reißverschluss. Auf den Knien rutschte sie vor und zog Hose und Slip dabei mit, dann hielt sie es auf einmal nicht mehr aus und zerrte beide energisch über seine Füße. Mit dem Rücken zu ihm setzte sie sich auf seine nackten Schenkel, streifte sich das seidene Top über den Kopf und löste das Mieder. Sie beugte sich vor, kitzelte seine Zehen mit ihrem Haar, bis die opaleszierende Schale des Mieders von ihrer Brust herabfiel und er die Arme um ihre Hüfte schlang. Sein Steifer drückte gegen ihren Hintern. Sie drehte sich auf den Knien um und legte ihre Hände auf seine Schultern, und er lehnte sich zurück, und sie rutschte vor und hob das Becken, und Moh kam ihr entgegen, und sie bewegte sich, langsam hoch und schnell wieder runter, und so ging es weiter, während das Cannabis in ihrem rauschenden Blut die Zeit dehnte.

Sie wusste nicht, wie lange es dauerte, bis sie seinen Namen flüsterte und keine Antwort bekam; und als sie auf ihn hinuntersah, stellte sie lächelnd fest, dass er einfach so eingeschlafen war.

10

Der Übergangsprogrammierer

Moh erwachte jäh aus einem Traum voller Geschrei und Kampf, aus einem Traum vom Fallen.

Neben ihm regte sich Janis und murmelte etwas, dann zog sie die Decke hoch, so dass nur noch der rote Haarschopf von ihr zu sehen war, der wie der Schweif eines Eichhörnchens auf dem Kissen lag. Moh verschränkte die Hände hinter dem Kopf und blickte an die Decke, während sich seine bloßen Schultern an die Kälte gewöhnten.

Behutsam, so als erkunde er mit der Zunge einen lockeren Zahn, konzentrierte er sich auf den Rand seines Bewusstseins. Das Neue war noch immer da, das Gefühl, statt Durcheinander herrsche Ordnung und an die Stelle des Bodens sei der Himmel getreten. Er konnte sich noch immer über die Felskante beugen und in den bodenlosen Abgrund seiner Vergangenheit blicken. Allerdings wurde ihm dabei nicht mehr schwindlig vor Angst. Er konnte sich davon abwenden und vertrauensvoll am Abgrund entlanggehen.

Er hatte das Gefühl, etwas vergessen zu haben. Bei dem Gedanken lächelte er, blieb liegen und dachte weiter nach. Was auch immer in seinem Kopf vorgehen mochte, ganz gleich, ob es auf die Drogen oder die Begegnung mit der Wesenheit oder auf eine Wechselwirkung zwischen beidem zurückzuführen war, es war real und dauerhaft. Es schüchterte ihn ein und ärgerte ihn. Es war für ihn immer eine Frage des Stolzes, nicht des Prinzips gewesen, weder zu fixen noch Pflaster zu nehmen; smarte Drogen hatte er nie angerührt. (Bloß dumme, überlegte er reumütig. Was immer sonst noch in seinem Schädel vor sich ging, es tat weh.)

Er musste sich entscheiden, wie viel er Jordan sagen wollte. Er verspürte einen Anflug von Bedauern, weil er Stone nicht eingeweiht hatte: ein guter Genosse, sein bester Kumpel, jahrelange Zusammenarbeit ... gleichwohl sprach alles dafür, ihn aus der Sache herauszuhalten. Sollte irgendetwas schiefgehen (Tod, Wahnsinn, halt so was), dann bräuchte das Kollektiv jemanden, der von alledem nicht betroffen war.

Nicht dass er eine klare Vorstellung von einer positiven Entwicklung gehabt hätte. Trotz des geheimnisvollen Downloads in den Speicher seines Gewehrs war er sich keineswegs sicher, dass dem Phänomen, dem er begegnet war, eine objektive Realität zukam. Das Netz hatte eine ganze Subkultur von Menschen hervorgebracht, die behaupteten, Kontakt mit unabhängigen, über Eigenbewusstsein verfügenden AIs zu haben, die ihnen unerhört wichtige Botschaften übermittelten und sie zu gewalttätigen oder bizarren Handlungen anstifteten ... Phantasievorstellungen von AIs als Nachfolgern der Engel und Aliens der Vergangenheit. Währenddessen rückte der wahre Durchbruch, das unbestreitbare Erscheinen wahrhaft anderer Intelligenzen, in immer weitere Ferne – offen blieb, ob dies auf die inhärenten Schwierigkeiten des Unterfangens, auf die von der Stasis auferlegten Beschränkungen, auf gewaltsamere, eher hardwareorientierte Interventionen der Weltraumverteidigung oder auf die unablässige Sabotage der Spinner zurückzuführen war.

Die Spinner – Herrgott noch mal, *die* hatte er ganz vergessen gehabt! Er musste Kontakt mit Cat aufnehmen, ihr seinen Besuch ankündigen, sie bitten, sich nicht vom Fleck zu rühren, oder ein Treffen verabreden.

Am vergangenen Abend hatte er zu viel Alkohol, Hasch, Adrenalin oder was auch immer im Blut gehabt, um noch klar denken zu können. Er hätte gleich daran denken sollen. Die Drogen waren keine Entschuldigung. Woran hatte er stattdessen gedacht?

Die Hauptablenkung, der eigentliche Grund, weshalb er nicht klar hatte denken können, wälzte sich gerade auf die Seite und wachte auf. Nach einer Weile machte Janis' Verwirrung einem verwirrend selbstzufriedenen Lächeln Platz.

»Hi.«

»Guten Morgen.«

»Du frierst doch bestimmt. Kuschel dich an.« Sie deckte ihn zu und zog ihn an sich, küsste, herzte und stupste ihn mit der Nase an, und als er gerade wieder in Fahrt kam, sagte sie: »Ach Gott, ich könnte einen Kaffee vertragen.«

Moh löste sich widerstrebend von ihr. »Bin gleich wieder da.« Er wälzte sich aus dem Bett und schlüpfte in den wärmsten Bademantel, den er besaß. Er schlich die Treppe hinunter und machte Kaffee. Jordan schlief noch auf dem Sofa. Moh ging in den Medienraum hinüber und rief beim Hillingdon Hospital an.

Catherin Duvaliers Konto, dessen Behandlungskosten dem Kollektiv in Rechnung gestellt wurden, war geschlossen. Nachdem er sich durch die verschiedenen Schichten von Service-Avatars hindurchgearbeitet hatte, erfuhr Moh von einem Angestellten, dass die Patientin tatsächlich entlassen worden war. Bereits vor Stunden, ohne irgendeinen Hinweis auf ihren weiteren Verbleib.

Moh unterbrach die Verbindung und starrte auf den leeren Bildschirm. Am liebsten hätte er den Schädel dagegengeschlagen. Zu Cat führte kein Weg zurück. Er wusste nicht, welcher Gruppierung sie angehörte. Nicht, dass ihm das weitergeholfen hätte: nach ihrer bedingungslosen Freilassung würden ihre Leute sowieso nichts mehr von ihr wissen wollen. Wenn er Donovans Forderung nicht entsprechen konnte, würde er und vielleicht sogar das ganze Kollektiv vor einem der so genannten Genfer Gerichtshöfe angeklagt werden, die sich mit Streitigkeiten zwischen Gemeinwesen und verschiedenen politischen Gruppierungen befassten. Solange respektable Gerichte um Kunden wetteiferten, hätte sich keine Schutztruppe von Norlonto, die etwas auf sich hielt, jemals an ein solches Gericht gewandt. Die Gerichtshöfe, die auf Grundlage der Genfer Konvention Recht sprachen, waren für Terroristen und Staaten gedacht, die ihre Streitigkeiten mit erpresstem Geld bezahlten. Donovans Klage würde dort keine fünf Minuten lang standhalten, doch diese fünf Minuten und die vielen Monate der Vorbereitung würden das Kollektiv ein Vermögen und seinen guten Ruf kosten.

Er musste Cat finden. Er musste die Sache mit Donovan regeln, sonst konnte er bloß noch darauf hoffen, dass die Revolution stattfand, bevor die Verluste zu groß wurden. Bei einem Sieg der ANR würden die Genfer Gerichtshöfe sowieso verschwinden. Das war immerhin ein kleiner Hoffnungsschimmer.

Es gab auch noch andere Möglichkeiten. Er verschickte ein Rundschreiben an die Adressen auf der umfangreichen Mailing-Liste des Kollektivs und bat dringend um Hinweise auf Catherin Duvaliers Aufenthaltsort. Anschließend verschickte er an die Adresse bdonovan-@cla.org.ter, die einzige allgemein bekannte Adresse Donovans, eine persönliche, verschlüsselte Nachricht, worin er das Problem schilderte und um Aufschub bat.

Erschöpft machte er Kaffee und ging wieder nach oben. Janis das ganze Schlamassel zu erklären würde nicht leicht sein, doch es wäre eine gute Vorübung auf die Aussprache mit den Genossen.

»Du bist ein Idiot«, sagte sie, als er geendet hatte.

Im Stillen musste er ihr beipflichten. Wahrscheinlich war er sogar im klinischen Sinn verrückt. Zumindest in Norlonto glich das einem Verbrechen ohne Opfer.

Während er beobachtete, wie in ihrem Gesicht aufrichtiger Ärger mit einer Art stoischer, entsetzter Belustigung um die Vorherrschaft kämpfte, kam ihm ein neuer Gedanke: Und wahrscheinlich bin ich besessen von dir.

Die Verärgerung gewann die Oberhand.

»So läuft das also mit Typen wie euch, ja?«, sagte sie. »Ihr habt nichts weiter als Alkohol, Dope, Tanzen bis zum Umfallen und weiß der Himmel welche Scheiße sonst noch im Kopf, hab ich Recht?«

»Nicht im Dienst«, erwiderte Kohn. »Vergiss das nicht.«

»Du warst im Dienst, verdammt noch mal«, sagte sie. »Wir haben einen Vertrag geschlossen, oder hast du das vergessen?«

»Ja, schon gut, schon gut.«

Ihre Wut verflog. »Könntest du nicht irgendwie ins Krankenhaussystem eindringen und nachsehen, ob die irgendwelche Daten gespeichert haben, vielleicht einen Hinweis auf ihre Agentur?«

»Wir reden hier von einem Krankenhaus, Janis«, rief er ihr behutsam in Erinnerung. »Nicht von einer Universität oder einer *geheimen Forschungseinrichtung*. Das Gleiche gilt auch für die Körperbank.«

Sie hatte den Scherz nicht kapiert. »Ich habe geglaubt, die Universität verfüge über gute Sicherheitssysteme. Wir verwenden eine eigene Verschlüsselungstechnik und AI nach neuestem Stand der Technik.«

Er wälzte sich zu ihr herum, packte sie und brachte sie zum Lachen. »Solltest du jemals auf eine Bank stoßen, die ihre Tresorräume von rückfälligen Tresorknackern und Schlosserlehrlingen bewachen lässt, beaufsichtigt von Typen, die nicht mal zehn Ziffern im Kopf behalten können, ohne sie zu notieren – dann sag mir Bescheid, und du kriegst einen Anteil, okay?«

Als Jordan auf dem langen Sofa erwachte, war der Raum voller Leute, die entweder gerade hereinkamen oder Ausrüstungsgegenstände hinausschleppten oder sich bewaffneten oder gerade im Aufbruch begriffen waren. Er sah eine Frau, die Tarnfarbe anlegte wie Make-up und Waffen wie Accessoires auswählte, ihm und sich selbst in einem Wandspiegel zulächelte und dann hinausging. Er sah einen müden, schmutzigen Mann, der sich Speck briet. Der Mann sah ihn ebenfalls und brachte ihm ein Brötchen und eine große Tasse schwarzen Kaffee. Jordan nahm alles dankbar entgegen, und als er gegessen und getrunken hatte, wickelte er sich in die Decken und zog Klamotten und ein Handtuch aus seinem Rucksack hervor.

»Bad?«

»Auf dem Flur die zweite links.«

Er trat durch eine angelehnte Tür und gelangte in einen Raum voller Dampf, der allerdings nicht so dicht war, dass er die beiden Frauen und den kleinen Jungen in der Badewanne und den nackten Mann, der auf der Toilette Zeitung las, übersehen hätte. Beinahe hätte er sich wieder zurückgezogen, dann fiel ihm ein, dass er hierher gekommen war, um ein vernünftiges Leben zu führen.

Den Duschvorhang zog er nur deshalb vor, damit es nicht so spritzte.

Als er wieder in den Gemeinschaftsraum kam, saßen Moh und Janis am Tisch, aßen Müsli und lasen nebenbei Zeitungen. Janis riss sie aus dem Drucker, sobald sie fertig waren, und reichte sie an Kohn weiter. Kohn hielt ständig eine in der Hand; neben Janis lag ein wachsender Stapel.

Wenn er die Zeitungen tatsächlich las, dann war er verdammt schnell.

Jordan setzte sich zu ihnen.

»Was gibt's Neues?«

Janis schaute ihn an.

»Oh, guten Morgen. Lass dich von Moh nicht stören. Manchmal überkommt es ihn eben. So wie jetzt«, setzte sie dunkel hinzu. Sie steckte Moh einen Ausdruck in die ausgestreckte Hand. »Nichts Neues – halt das Übliche. Überall sind Russland und die Türkei das Thema. Die Londoner *Sun-Times* bringt an zweiter Stelle den Schlag der Yanks gegen die Vorstädte von Kyoto – mit Lasern und Präzisionswaffen. Die *Nihon Keizai Shimbun* wiederum meldet den Verlust eines Armeekonvois in Iverness-shire. Die *Lhasa Rimbao* betet um Frieden. Keine Überraschungen.«

»Ich will Überraschungen«, sagte Moh, den Mund voller Müsli. »Zack-zack.«

Im nächsten Moment wurde er wieder ernst. »Wie fühlst du dich heute?« Er knüllte einen Ausdruck zusammen und warf ihn in einen Papierkorb an der Wand.

»Gut. Das heißt, es wird mir gleich besser gehen. Vielleicht wenn ich noch einen Kaffee getrunken habe ... Weißt du, ich glaube, Hasch verwandelt das Gehirn doch in Schweizer Käse.«

»Nee, das kommt vom Alkohol«, erwiderte Kohn. »Das ist bewiesen. An Rattenhirnen und so.« Er grinste Janis an, die gar nicht bemerkt hatte, dass er etwa ein Dutzend Papierbällchen ohne hinzusehen im Papierkorb versenkt hatte. »Jedenfalls ist es an der Zeit, dich ins Bild zu setzen, Jordan.« Er blickte zu einer mit Notizen und Pfeilen bekritzelten Merktafel hinüber. »Der Medienraum ist frei. Lass uns dort miteinander reden.«

»Das ist ja eine tolle Geschichte«, sagte Jordan, als Kohn geendet hatte. Moh und Janis blickten ihn hoffnungsvoll an, wie Kunden. »Klingt wie eine Message von *serdar argic.*« (Er hatte sich den Netz-Jargon unbewusst angeeignet; mit dem Ausdruck bezeichnete man die tiefste Schicht paranoiden Gefasels, die das Kabel verpestete, verbreitet von degenerierten, fehlerdurchsetzten Autopostprogrammen. Datenmüll.) Er blickte auf die Werkbank nieder, kratzte an einer Lötzinnkugel. »Aber ich glaube sie.« Er lachte. »Ja, ich glaube euch.«

»Wirst du es schaffen?«

Sie wollten, dass er für sie hackte, dass er Spuren zurückverfolgte, für sie das Netz auskundschaftete. Er brannte darauf loszulegen, war sich aber nicht sicher, ob seine Kenntnisse dazu ausreichen würden.

»Klar«, sagte er.

»Also gut«, meinte Moh. »Du kriegst es bestimmt raus.«

»Und was steht heute an?«, fragte Janis. Sie klang gereizt.

»Bernstein finden«, antwortete Moh.

»Bernstein!«, sagte Jordan. »Den Buchhändler?«

Moh nickte und wandte sich grinsend an Janis. »Ich hab's dir ja gesagt«, meinte er. »Bernstein kennt jeder.«

»Ich hab seine Telefonnummer«, sagte Jordan. »Irgendwo.« Er überlegte angestrengt, dann stürzte er in den Gemeinschaftsraum und kam mit einem kleinen Buch zurück, das er sich in die Jackentasche gesteckt hatte. Er blätterte bis zu dem purpurfarbenen Ladenstempel auf dem beigefügten Lesezeichen vor. Das Buch klappte auf der Titelseite auf.

»Verdammt noch mal«, fluchte er zum ersten Mal in seinem Leben. »Seht euch das an.«

Er reckte ihnen das Buch entgegen: die alte Photogravüre einer männlichen Statue, bekleidet mit einem Kapuzengewand oder einer Kutte, die Hände ausgebreitet, die Augen schwach leuchtende Flecken.

Kohn schaute verwirrt drein. »Wer ist das?«

Jordan riss die Augen auf und schüttelte den Kopf.

»Giordano Bruno. Er wurde im Jahr 1600 auf dem Scheiterhaufen verbrannt, weil er unter anderem erklärt hatte, die Planeten seien bewohnt. Der erste Märtyrer der Weltraumbewegung.« Er stieß ein hohles, widerhallendes Gelächter aus. »Eben bin ich drauf gekommen, wie sein Name auf englisch lauten würde. ›Jordan Brown‹!«

Abermals blickte er das Bild an, ein seltsames Gefühl im Nacken. Moh klopfte ihm auf die Schulter.

»Bernsteins Art, hallo zu sagen, Jordan«, meinte er. »Also ruf ihn schon an.«

Nach mehrmaligem Klingeln meldete sich kein Avatar, sondern ein blechern klingendes Tonband. »Hallo«, sagte jemand schwerfällig. »Danke für Ihren Anruf. Solly Bernstein ist gerade außer Haus, aber Sie finden ihn ...« – eine Pause, ein Knacken – »im Brent Cross Shopping Centre. Dort ist er meistens. Halten Sie Ausschau nach der Revisionisten-Kundgebung.«

Moh weigerte sich zu erklären, was daran so komisch war.

Sie fuhren mit der Einschienenbahn nach Norden. Moh hatte darauf bestanden, für den Fall, dass sie nicht wieder zurückkämen, etwas Ausrüstung mitzunehmen. Er hatte ein paar Rucksäcke mit dem Aufdruck der JDF unter einer Bank hervorgezogen, sie im Handumdrehen gepackt, sich mit Jordan anschließend in eine Unterhaltung über den Haushaltsrechner vertieft und ihn über den Dienstturnus informiert.

Janis hatte ihren Rucksack, dessen von der Sonne beschienener solarbetriebener Muskelrahmen willkürliche Bewegungen vollführte, merkwürdig gemustert.

»Also das«, wandte sie sich kummervoll an die Welt im Allgemeinen, »nenne ich eine *Make-up-Tasche.*«

Jetzt saß die Tasche wie ein kleines Tier mit dicken Backentaschen auf ihrem Schoß; das Geflacker der Masten hatte die Fototropik in heillose Verwirrung gestürzt. Janis saß unmittelbar am Fenster. Sie vermochte den Blick nicht davon loszureißen.

»Ich habe gewusst, dass es ihn gibt«, sagte sie. »Es ist bloß …«

»Ja, nicht wahr?« Moh saß grinsend ihr gegenüber, das Gewehr zwischen die Beine geklemmt.

Der Grüngürtel. Er breitete sich zu beiden Seiten aus, bis zum Horizont. Ein neues London mit Baracken und Wolkenkratzern, mit Straßen, Fabriken, Atomkraftwerken; der Himmel wimmelte von Flugzeugen, Zeppelinen, Luftfahrzeugen – ein Chaos, das sich vor Janis' Augen in Komplexität auflöste, in ein Muster kleiner Unterschiede, wie wenn man Felder aus großer Höhe betrachtete. Sie blickte durch Mohs Fernglas, das sie langsam schwenkte, ganz vertieft in die sich endlos vertiefenden Einzelheiten des Ganzen. Ein Satz von Darwin fiel ihr ein: *Es ist reizvoll, ein bewachsenes Flussufer zu betrachten …*

»Das ist eine Art Ökosystem«, meinte sie schließlich.

»Das ist das eigentliche Norlonto«, sagte Moh. »Sein Kern, bloß dass er nicht im Zentrum liegt. Der tonangebende Rand.«

»Schade, dass er nicht ganz drum herum reicht.«

Sie dachte an das, was im Westen jenseits von Uxbridge lag. Ödland bis nach Wales, eine Feuerschneise zwischen jener unauslöschlichen Feindseligkeit und London. Viele Leute würden insgeheim einräumen, dass ihnen die anrückenden Waliser lieber gewesen wären als der stete Zustrom von Saboteuren aus dem neuen Grenzland.

»Oder ganz bis ins Zentrum«, warf Jordan ein.

»Ja, die Bewegung hat bloß ein Stück vom Kuchen. Aber schaut euch bloß mal an, was sie daraus gemacht hat!«

»Du scheinst stolz darauf zu sein.« Janis vermochte Mohs Begeisterung für Norlonto mit seinem zähen Beharren darauf, dass er eine Art Sozialist sei, nicht in Einklang zu bringen.

»Wir wollen mehr erreichen, es besser machen. Und nicht wieder einen Schritt zurück tun.«

Nach einer Weile gab sie es auf, aus ihm schlau werden zu wollen.

Die Mall war während des Kriegs getroffen und auf Grund einer obskuren Auseinandersetzung um Eigentumsrechte nicht wieder aufgebaut worden. Da Norlonto vor allem ein riesiges Durcheinander privater Eigentumsrechte war, hatten das Einkaufszentrum und seine Umgebung unter dem zu leiden gehabt, was man in einer anderen Gesellschaft als Planungsnotstand bezeichnet hätte. Wenn man wollte, konnte man es als dem Königreich zugehörig betrachten, wenngleich der Staat bislang nicht das geringste Interesse daran gezeigt hatte. Das ganze Gebiet war wahllos besiedelt worden, und jetzt ähnelte es einem von einer Ameisenkolonie in Besitz genommenen Leichnam oder einem korallenüberkrusteten Schiffswrack.

Sie drängten sich an Buden und Läden vorbei, die Mikrowellengeräte, gusseiserne Kochtöpfe, leichte Maschinengewehre, Heavy-Metal-Aufnahmen, Raumanzüge, Hochzeitskleider, Holodisks, Ölgemälde, Afro-Snacks zum Mitnehmen und VR-Snuff-Videos feilboten. Von den konzentrischen Ringen drangen sie über die Radialwege bis zum Zentrum vor. Bernstein hatte sein Lager an einem ausgetrockneten Springbrunnen aufgeschlagen, in vierzig Metern Höhe von einem Oberlicht überspannt, dessen bunte Verglasung zum Teil zerbrochen war.

Der Versammlungsort war verlassen. Ein mageres Mädchen hinter dem Tisch der Weltraumbewegung im angrenzenden Quadranten, das kaum mehr als einen Werkzeuggurt am Leibe trug, tat so, als lümmelte es sich unter Schwerelosigkeit.

»Bernstein gesehen?«, fragte Moh.

Sie fasste sich an den Ohrhörer und schüttelte träge den Kopf. »Hab's weitergereicht«, sagte sie. »Wenn er nicht drangeht, ist das sein *ĉagreno, jes?*«

Moh sah auf die Uhr. 11.30. Es sah Bernstein gar nicht ähnlich, den Verkauf stundenlang zu vernachlässigen. Er wandte sich an Jordan. »Tut sich was?«

Jordan setzte umständlich die Brille auf und regelte den Downlink ein. »Da kannst du einen drauf lassen«, sagte er. »Bombenalarm auf der Camden High Street. Das Gebiet wurde abgeriegelt. Der Verkehr ist zusammengebrochen.«

»Oh, Scheiße. Also, das könnte die Erklärung sein.« Moh blickte sich um, als wollte er Bernstein zum Auftauchen zwingen. Es funktionierte nicht.

»Ich warte hier, für den Fall, dass er noch auftaucht«, sagte er. »Wollt ihr euch ein bisschen umsehen?«

Jordan musterte den Versammlungstrakt der Mall, den Treffpunkt der Revisionisten. »Klar«, meinte er. »Das ist einfach unglaublich.« Janis lächelte, zuckte die Achseln und deutete mit einem Nicken in die Richtung der umliegenden Märkte. Sie entfernten sich auf unterschiedlichen Kreisbahnen.

Moh blieb am Stand der Bewegung stehen und beobachtete die alten Soldaten, deren Uniformen und Medaillen sich mit den Straßenkämpfermonturen der jungen Enthusiasten mischten. Kampfstandarten hingen ehrfurchtgebietend über dem Gebiet, das sie vorübergehend eingenommen hatten. Vorgeblich eine Konferenz dissidenter Historiker, trat der Charakter einer politischen Veranstaltung immer deutlicher hervor. Selbst einige der Intellektuellen, die an ihrer Uniform aus Jeans und Tweedjacketts zu erkennen waren, wandten die Augen von den noch finsterer dreinblickenden Gesichtern auf den indiskret zur Schau gestellten Plakaten ab.

»Hey, *Mann!*«

Der Stand hatte einen Kunden, einen Halbwüchsigen, der ein T-Shirt in Polyethylenverpackung in die Hand nahm und es begutachtete. Offenbar war er ein Neo, ein Heldenverehrer, einer von denen, die nach der Niederlage groß geworden waren und sich in pubertärer Rebellion denen zugewandt hatten, die als die *bad guys* verschrien waren. Die einfach nicht glaubten, dass diese Leute wirklich so schlimm seien, und ihre Identität und ihren Stolz aus der Identifikation mit den einschüchternden Kerlen bezogen, die einmal die vielleicht radikalste Bedrohung dargestellt hatten, mit der die Welt sich jemals konfrontiert sah … während sie gleichzeitig eine Gesellschaft aufgebaut hatten, die an die konservativen Werte Ordnung, Disziplin und Patriotismus appellierte, welche die meisten Leute wie die Isotopen in der Muttermilch aufnahmen.

»Der Mann, der die Raketen entwickelt hat …«, flüsterte der junge Bursche. Kurz geschorenes Haar, Europawehr-Kampfjacke, zerschlissene Jeans, Kniestiefel; Narben im lächelnden Gesicht und einen ganz schwachen feuchten Schimmer in den Augen. Das Mädchen hinter dem Stand erwiderte ausdruckslos seinen Blick.

»Es ist schön, jemanden zu treffen, der ihr Erbe kennt«, sagte Kohn. »Die meisten Leute wissen nicht mal mehr, wer das war.« Die nachlässige Standbetreuerin schloss er in seinen Tadel ein.

»Tja, also, die haben uns in der Zange, stimmt's?«, sagte der Bursche. »Die Yanks drücken uns runter, die Grünen ziehen uns runter.«

Kohn nickte. »So ist es.« Er hielt Ausschau nach Rekrutierungsmaterial. »Also, ein paar von uns wollen etwas dagegen unternehmen. Ein paar von uns glauben an den Weltraum, an die Zukunft. Ich will dir mal was sagen, mein Junge. Normalerweise kostet das zehn Mark, aber ich sehe, du bist scharf drauf, also mache ich dir einen Sonderpreis, sagen wir acht fünfzig, und für weitere eins zwanzig lege ich noch einen Mitgliedsausweis und ein Abzeichen drauf ... Hier hast du einen Stift.«

Er riss den Kontrollabschnitt ab, vergewisserte sich, dass der Junge Name und Adresse eingetragen hatte.

»Danke ... Greg.« Kohn reichte ihm die Hand. Der Junge, der sich den blauen Emaillestern bereits ans Revers geheftet hatte, blickte grinsend auf und schüttelte Kohn die Hand.

»Bis demnächst, Kumpel.« Sie klopften sich gegenseitig auf die Schulter. Der Junge schleppte das T-Shirt wie eine Trophäe weg.

»So macht man das«, wandte Kohn sich an das Mädchen. Er legte den Kontrollabschnitt sorgfältig in die leere Rekrutierungsschachtel. *»Eble vi farus same.«* Ihr Gesicht war noch immer leer: ihr Esperanto war offenbar ebenso aufgesetzt wie ihre Die-Schwerkraft-zieht-mich-runter-Lässigkeit.

Ein Arm zwängte sich zwischen seinen Ellbogen und seine Seite.

»Du machst schon wieder neue Bekanntschaften?« Janis' Stimme klang trocken, belustigt.

»Du weißt ja, wie das ist«, meinte Kohn und drehte sich um. »All diese schönen jungen Körper.«

»Ha!«

Janis runzelte die Stirn, unvermittelt ernst geworden.

»Bei dieser Veranstaltung kriege ich eine Gänsehaut«, sagte sie. »Nostalgie, militaristischer Kitsch und Geschichtsklitterung: das ist alles eine einzige Lüge – es sind keine Millionen gestorben, die Soldaten waren

Helden und wurden bloß von den Politikern getäuscht, man ist ihnen in den Rücken gefallen ... igitt! Das sind doch nicht etwa *deine Leute*, oder?«

»Nein, mein Schatz, das sind sie nicht.« Er hatte das Gefühl, die Sonne sei vorübergehend hinter eine Wolke verschwunden. Dann dachte er wieder an den Burschen mit den leuchtenden Augen. »Aber ein paar von denen stehen auf unserer Seite, auch wenn sie es selbst nicht wissen. Das sind wirklich engagierte technologische Expansionisten, die hassen die Grünen und die Yanks. Ein paar von denen sind wirklich *vernünftig*.«

Janis zuckte seufzend die Achseln. »Schon möglich.«

Jordan kam zurück und brachte jede Menge Literatur und eine soeben erstandene gebrauchte Lederjacke mit. »Ich kann's immer noch nicht glauben«, sagte er. »Redefreiheit, klar, aber man kann's auch übertreiben.« Er klappte die Brille herunter. »Der Stau löst sich auf«, setzte er hinzu. »Die ANR kriegt offenbar heftig Dresche deswegen.«

Als Jordan sich über den Stand beugte, erwachte das Mädchen aus seiner Weltraumpose und machte Anstalten, ihre Waren an den Mann zu bringen. Nötig gewesen wäre es nicht: ganz von selbst stapelte er Missionsabzeichen, Poster von der NASA und der Tass, T-Shirts mit Abbildungen des Raketenpioniers Korolew, Gagarins, Titows und Valentina Tereschkowas, außerdem noch einen Mitgliedsausweis der Weltraumbewegung und einen Stern.

Auch diesmal wieder legte Kohn den Kontrollabschnitt in die Schachtel, vergewisserte sich aber, dass Jordan nicht seine Adresse angegeben hatte. Seit einer halben Stunde quälten ihn die Düfte der Grillbuden.

»Lasst uns was essen, bevor das Gedränge losgeht«, sagte er. »Da drüben wäre es günstig – von dort aus können wir den Stand im Auge behalten.«

»Ich bin dabei«, meinte Janis. Jordan, der seine Motorradjacke mit Emaille-Shuttles und -Sternen dekoriert hatte, richtete sich auf; mittlerweile hatte er schon weniger Ähnlichkeit mit einem Flüchtling aus Beulah City, wenngleich seine brillenmaskierte Coolness noch ein wenig aufgesetzt wirkte. Er nickte Moh zu.

Sie drängten sich durch die alternden Veteranen, die Afghanistankämpfer und Angolanos und die harten Jungs mit ihren Hammer-und-Sichel-Abzeichen und den roten Sternen (mit einem Tüpfelchen Blau, wie Moh Janis erklärte, die skeptisch lächelte). Sie kamen an Postern vorbei, auf denen Lenin, Stalin, Mao und Castro, Honecker und Ceaucescu und all die anderen abgebildet waren, und traten auf zerknüllte Flugblätter mit Überschriften wie ›Der Große Sprung – neu bewertet‹ und ›Kroatien: Die Killing Fields des Westens‹. Moh führte sie zu einem indischen Café im ersten Stock, das Ausblick bot auf die Menschenmenge, weit genug entfernt von den Bars, die sich heute vor allem durch halsabschneiderische Preise und betrunkene Neokommunisten auszeichnen würden.

Hühner-Roti und ein großes Glas Vanille-Lassi fand Moh hier besonders gut. Er aß in einer Ecke, gegen das Fenster gelehnt, während Janis Tikka knabberte und Jordan eine Art Kartoffelkuchen mampfte und dabei in einer Broschüre des Kosmodroms in Kasachstan aus der Zeit vor dem Krieg blätterte.

»Bist du wirklich Kommunist, Moh?«, fragte er. »Nach allem, was passiert ist?«

Moh brummte etwas, nach wie vor nach Bernstein Ausschau haltend. »Die Vergangenheit ist nichts weiter als ein Vorspiel«, sagte er. »Die Zukunft ist eine lange Zeit. Wir haben noch nicht viel davon zu sehen bekommen.«

»Wann werden wir genug gesehen haben?«, fragte Janis gereizt. Moh vermutete zwei verschiedene Gründe hinter ihrer schlechten Laune: einerseits passte es ihr nicht, hier herumzuhängen, andererseits bekam sie Zweifel hinsichtlich der Verbindungen mit der Vergangenheit, die ihr bislang so einsichtig vorgekommen waren.

»Ich erinnere mich an gewisse Dinge«, sagte er, nicht nur an sie, sondern auch an Jordan gewandt. »Ich habe miterlebt, wie die Arbeiterklasse Geschichte geschrieben hat, und das vergisst man nicht so leicht.« Die gescheiterte Revolution nagte an ihm wie der Phantomschmerz eines verlorenen Arms. »Was man vergessen sollte, das sind die Regime und die Staaten, von denen diese Leute glauben, es wäre dort gar nicht so schlimm gewesen. Aber darum geht es nicht.«

Jordan sagte: »Okay, aber so hat es nun mal geendet …«, als Moh die Hand hob. Er hatte ein batteriebetriebenes Fahrzeug erspäht, das einen kleinen, überladenen Anhänger durchs Gewühl zog.

»Da ist er«, sagte Moh. »Hey«, setzte er hinzu, als Janis und Jordan Anstalten machten, sich zu erheben. »Immer mit der Ruhe. Lasst den Mann erst mal zu Atem kommen.«

Er schlurfte geräuschvoll den Rest des Lassi und steckte sich eine Zigarette an, um den Genuss komplett zu machen.

Bisweilen fragte sich Kohn, ob Bernstein vielleicht der wahre Ewige Jude war. Er war nicht mehr jung, aber Kohn wollte verdammt sein, wenn Bernstein überhaupt älter wurde. Als er schiefzahnig lächelte, wirkte er noch genauso wie an jenem Tag, als Moh zum ersten Mal ungeduldig neben seinem Vater gestanden hatte, während dieser um ein paar Neuerwerbungen schacherte *(Lenin und das Ende der Politik, Lenin und die Vorhut der Partei, Lenin als Wahlkampfmanager, Lenin als Philosoph, Lenins Kindheit, Lenins Kampf gegen den Stalinismus, Lenins politische Ansichten, Lenins Unterhosen …)*

Bernstein klopfte Moh auf die Schulter und schüttelte Janis und Jordan die Hand, während Moh sie vorstellte. Er wechselte mit Jordan ein paar Worte über den Untergrund-Buchhandel in Beulah-City, dann wandte er sich an Moh.

»Dann sind Sie also trotz des Bombenalarms durchgekommen«, sagte Moh.

»Bombenalarm?« Bernstein wirkte erstaunt. »Ich habe bloß mitbekommen, dass die dämliche königliche Polizei in Kentish Town groß aufgeräumt hat. Musste einen weiten Umweg fahren. Hätte nicht gern erklären müssen, warum ich diese ganzen alten ZK-Protokolle dabeihabe.«

Protokolle des Zentralkomitees. Das klang aufschlussreich.

»Von wann?« Moh war bemüht, sich sein Interesse nicht anmerken zu lassen.

Bernstein schüttelte den Kopf. »Aus der Zeit vor dem Krieg. Spaltungsdokumente.«

Moh zog eine Schulter hoch.

»Worum geht's dir diesmal, Moh?«

»Nicht um Geschichte«, antwortete Moh gequält. »Um Politik.« Unwillkürlich warf er einen Blick auf die ausgelegten Schriften. Er nahm ein Pamphlet zur Hand, eine hübsche Ausgabe, die er noch nicht hatte, mit mintgrünem Einband. *Das Übergangsprogramm* von Lew Trotzkij. Mit einem Vorwort von Harry Wicks.

»Ein guter Mann«, meinte Bernstein. »Hab ihn mal reden hören.«

»Sie haben *Trotzkij* gehört?«, fragte Jordan.

Bernstein lächelte nachsichtig. »Ich spreche von Harry Wicks«, sagte er.

»Wie viel?«, fragte Moh.

»Sechzig Millionen Pfund, egal in welcher Währung.«

»Gut, ich nehm's«, sagte Moh und zählte zwanzig

Mark ab. »Das ist wirklich ein Stück Geschichte.« Auf derlei Schmeicheleien verstand er sich.

»Aber deswegen bist du nicht gekommen«, bemerkte Bernstein.

»Eigentlich nicht«, meinte Moh. »Was ich Sie fragen wollte – Sie wissen nicht zufällig, wo Logan steckt?«

Bernstein langte unter den Tisch und blätterte in einem Buch mit abgewetztem Ledereinband, dessen Seiten von Metallringen zusammengehalten wurden, offenbar ein Hardcopy-Notizbuch. »Ja, er hält sich gerade in einer selbständigen Raumkolonie auf. Neuer Ausblick. Utopisch und wissenschaftlich, klar? Ah, da haben wir's. Benutzt immer noch PGP zum Verschlüsseln, wie ich sehe.«

Moh scannte die Zeichenfolge sorgfältig in seine Smart-Box ein.

»Hat er mal was über die Sternenfraktion gesagt?«, fragte er leichthin. »Jemals was darüber erfahren?«

»Nee«, sagte Bernstein. »Hab Logan vor ein paar Jahren getroffen, da meinte er, er bekäme immer noch diese merkwürdige Botschaft.« Er kicherte. »Eine merkwürdige Botschaft, in der Tat. Ich vermute, Josh hat das in den Schwarzen Plan eingebaut.«

Moh hörte, wie das Blut aus seinem Gehirn wich, ein Rauschen wie von einem fernen Wasserfall. Er fixierte Bernstein, während die ganze Mall ein körniges Grau annahm.

»Der Schwarze Plan?«, hörte er sich sagen.

»Klar«, meinte Bernstein. »Den hat dein alter Herr geschrieben. Ich dachte, du wüsstest das.«

Kohn kämpfte gegen die Flashbacks an.

Vergeblich.

Schwere Metallregale, gefüllt mit Elektronik, Werkzeug, den Innereien von Computern. Trotzkijs gesammelte Werke. Hardware- und Software-Handbücher. Hochglanzcomputermagazine (seine Mutter hatte sie als Softpornos bezeichnet). Moh hatte sich in eines der Magazine vertieft, als er ein Hüsteln vernahm.

Er drehte sich zum Tisch in der Mitte des Raumes um.

»Morgen, Josh«, sagte er lächelnd.

Sein Vater sah vom Bildschirm auf und nickte. »Hi, Moh.« Er streckte die Hand aus, schnippte mit den Fingern. »Gib mir mal das Dissembler-Handbuch. Drittes Fach von oben … danke.«

Eine Weile klapperten die Tasten des Keyboards. Moh schaute seinem Vater schweigend zu, dann stützte er die Ellbogen auf den Tisch und sah genauer hin. Er blickte konzentriert, fasziniert auf den Bildschirm, während die eingerückten Programmzeilen nach oben wanderten. Er wusste nicht, wozu das Programm gut war, doch er hatte das Programmieren praktisch auf dem Schoß seines Vaters gelernt, er begriff die dem Ganzen innewohnende Logik und konnte erkennen, dass es auf irgendeiner Ebene Sinn ergab: noch bevor es erschien, wusste er, dass das nächste Symbol für ENDMODUL stehen würde. Einen Tastendruck später verschwand das Modul in der Ferne und verwandelte sich in eine blasse, horizontale Schraffur auf einem Kasten, der mit anderen Icons auf dem Bildschirm verbunden war.

»Was machst du da, Dad?«

Josh blickte ihn einen Moment lang geistesabwesend an, dann lächelte er resigniert. Er richtete sich auf seinem großen Stuhl auf, zog die Schulterblätter zusammen, atmete seufzend aus und langte nach einer Packung Zigaretten. Er steckte sich eine an, stützte sich auf den Tisch und dachte hin und wieder daran, den Rauch in eine andere Richtung zu blasen.

»Das gehört zu einem großen Objekt«, sagte er. »Äh … ich möchte dich bitten, mit niemandem darüber zu reden.« Er lächelte Moh verschwörerisch an. »Das ist kompliziert … es geht um Ressourcenplanung, um Logistik und finanztechnische Entwicklungsalgorithmen, mit ein bisschen eingebetteter Kontingenz-Planung.«

»Was bedeutet ›Kontingenz‹-Planung?«

»Also … da geht es um Dinge, die man tut, um sich abzusichern.«

»Wie wenn man Gewehre vergräbt!« Moh zielte mit einer imaginären Waffe.

»Genau.« Josh seufzte erneut und blickte wieder auf den Bildschirm. »Das Programm ist für die Sternenfraktion.«

»Was ist die ›Sternenfraktion‹?«

Josh musterte ihn mit distanziertem Blick, dann schüttelte er den Kopf, als erwache er aus einem Traum.

»Vergiss das«, sagte er barsch. Diesen Ton hatte Moh bei ihm noch nie gehört, und das Erschrecken war ihm offenbar anzusehen, denn Josh lächelte plötzlich, legte ihm den Arm um die Schulter und brummte lachend: »Fünf für den sowjetischen Plan und vier für die Internationale …«

Moh fiel ein: »Drei, drei das Me-henschenrecht, zwei für die Arbeiter, denen geht's schlecht, und eins ist die Einheit der Arbeiterklasse, denn die Zukunft gehört der Masse!«

Josh schloss das Thema mit einer blauen Rauchwolke ab. »Also … wie kommt die Einheit der Arbeiterklasse bei den Jungen Rebellen voran?«, fragte er.

»Wir streiten uns immer«, gestand Moh. »Einige Genossen finden, wir sollten mehr gegen die Regierung sein, während andere meinen, wir sollten mehr dafür sein, weil die Rechte dagegen ist.«

»Und was glaubst du?«

»Äh … also, ich hab mir gedacht – ist das nun ein Arbeiter- und Bauernstaat?«

Josh hustete verräterisch und sagte: »Ha-ha-hmmm … äh … auch wenn man bedenkt, dass die Bauern in dieser Gegend dünn gesät sind, so muss die Antwort wohl ›nein‹ lauten. Aber diese Kategorien (du weißt doch, was das bedeutet?) führen hier nicht weiter. Wir befinden uns in einer neuen Lage. Wir haben eine radikaldemokratische Regierung. Sie ist zwar nicht sozialistisch, aber die Kapitalisten misstrauen ihr trotzdem. Daher ist alles ein wenig instabil.«

Sie unterhielten sich eine Weile über Politik. Elf Jahre alt und gerade in der Jugendgruppe der Partei Mitglied geworden, fasste Moh die Politik, wie er sie von seinen Eltern vermittelt bekommen hatte, als ein wie ein Raumfahrtprogramm die Generationen überspannendes Abenteuer auf: hinter ihnen die Pioniere, die in Petrograd aufgewachsen und in Workuta gefallen waren; vor ihnen das Alpha Centauri der Arbeitermacht und der menschlichen Solidarität; jenseits davon das grenzenlose Universum des Sozialismus – die schöne Welt, eine Welt ohne Grenzen, ohne Bosse und Polizisten. Es machte ihn stolz, dazuzugehören, sich in der Schule mit rechten Lehrern auseinander zu setzen, an Demonstrationen teilzunehmen und sich weiterzubilden.

»Also, Moh, den Arbeitern geht's schlecht, und deshalb sollten sie sich …«

»Spalten!«

Josh klopfte Moh lachend auf den Rücken, dann ging Moh hinaus.

Später aber kam er wieder, und im Laufe der folgenden Wochen begann nahezu unmerklich eine Zusammenarbeit: Moh holte Handbücher und andere Dinge, half beim Testen und bei der Fehlersuche, beobachtete, wie sich das System weiterentwickelte. Josh redete und glaubte, mit sich selbst oder über Mohs Kopf hinweg zu reden, und währenddessen lernte Moh, ohne sich dessen bewusst zu sein, die inhärente Logik, jedoch nicht die Funktion der Programme kennen.

»Alles okay, Moh?«

Er blinzelte und schüttelte den Kopf. »Ja, es geht schon wieder …«

»Nimmst du Drogen, oder was?«

»Nicht mehr als sonst auch«, antwortete Moh. Er rang sich ein Lächeln ab. »Was haben Sie gesagt?«

»Josh hat es geschrieben. Das CAL-System, erinnerst du dich?«

»›CAL‹?« Janis runzelte die Stirn, Jordan machte große Augen.

»Computer-aided logistics«, erklärte Kohn. »Ich erinnere mich.«

»Habe nie irgendwelche Aufzeichnungen darüber zu Gesicht bekommen«, meinte Bernstein, »aber ich kann mir nicht vorstellen, dass es woanders herstammt. Ich behaupte nicht, er hätte alles programmiert, aber jedenfalls das Wesentliche. Ein anderer hätte das nicht geschafft.«

»Warum nicht?«

»Weil sonst niemand in Dissembler programmiert hat.«

Diesmal war der Schock anderer Art. Keine Erinnerungen, keine Flashbacks. Bloß ein Schwindelgefühl.

»Wollen Sie damit sagen«, meinte er zu Bernstein, »mein Vater hätte in Dissembler programmiert?« Seine Stimme krächzte vor lauter Skepsis. »Woher wissen Sie das?«

Die Falten in Bernsteins Gesicht vertieften sich, so dass man vorübergehend sein wahres Alter sah. »Es wurde nicht drüber geredet, als du noch ein Dreikäsehoch warst. Aber …« – er deutete mit säuerlichem Lächeln auf seinen Gehstock – »seitdem bin ich vielen ehemaligen Mitgliedern begegnet. Ein paar von denen hatten tief ins Glas geblickt, wenn du verstehst, was ich meine.«

»Wieso haben Sie mir nicht schon eher davon erzählt? Vom Schwarzen Plan und alldem?«

»Wie ich bereits sagte. Ich dachte, du wüsstest Bescheid. Jedenfalls war der Schwarze Plan eine ziemlich haarige Sache, das galt auch für die Partei. Da waren nicht viele Leute eingeweiht, das kannst du mir glauben. Bloß das Zentralkomitee und die Fraktion, die in der Labour Party war und in der Wirtschaftskommission der Republik schuftete. Dein alter Herr war der beste Programmierer, der ihnen zur Verfügung stand. *Klar* haben sie sich seine Kenntnisse zunutze gemacht. Der Mann, der in Dissembler programmierte!« Bernstein lachte. »Weißt du, dass er das Programm als Freeware herausgab? Hätte Millionär werden können, mindestens, aber mit Patenten und geistigem Eigentum hatte er nichts am Hut. Der typische brave Kommunist. Die Yanks waren ganz schön sauer: das Programm fraß sich wie *Säure* durch ihre Schutzmechanismen.«

Moh erinnerte sich, dass Bernstein vor Jahren im Anschluss an eine Versammlung über illegale Software und die Gegenmaßnahme der Yanks geredet hatte. Offenbar war er damals davon ausgegangen, Moh wüsste genau, worauf er anspielte.

»Und deshalb …?«

»Ja, und wegen des Schwarzen Plans.«

Bernstein hielt Mohs Blick stand, als wären seine Erinnerungen scharf und unentrinnbar. »Das bedeutet, er bekämpft sie noch immer, Moh. ›Ganz gleich, wo der Tod uns ereilen mag …‹ Weißt du noch?«

Allein sentimentale Gefühle hinderten Kohn daran, ihm in die Fresse zu hauen.

»Der Tod ist nie willkommen«, sagte er stattdessen.

Bernstein musterte ihn erstaunt, registrierte eine Veränderung in ihrer Beziehung.

»Tot sein heißt, nicht überlebt zu haben«, meinte er traurig.

Kohn dachte darüber nach, dann nickte er.

»Ich muss es schließlich wissen«, sagte er.

Er dankte Bernstein, verabschiedete sich und geleitete Janis und Jordan aus der Mall in den Sonnenschein hinaus. Sie gingen zu einer eingestürzten Mauer, setzten sich auf die Überreste, ließen die Beine baumeln und unterhielten sich. Ringsum lauter eingestürzte Straßenüberführungen und Barackensiedlungen: am ehesten hätte man sie für Rucksackstudenten auf einem Archäologie-Trip halten können. Die Asche mehrerer Zigaretten fiel zu Boden, während Moh ihnen berichtete, woran er sich erinnerte.

»Ich begreife immer noch nicht, wie der Schwarze Plan *funktionieren* soll«, meinte Janis.

»Ich auch nicht«, sagte Moh. Bis zum vergangenen Abend hatte er den Schwarzen Plan für schwarze Propaganda gehalten. Jordan packte ihn und Janis so heftig beim Arm, dass sie beinahe hintüber gekippt wären.

»Was ...?«

»Ich weiß, wie er funktioniert«, sagte Jordan, der sich beherrschen musste, um nicht zu schreien. »Er hat Schlupflöcher in den Dissembler-Code eingebaut! So funktioniert das! Weil jedermann Dissembler verwendet. Moh, dein Vater war ein *Hacker!*«

»Was meinst du mit ›Schlupflöchern‹?«, fragte Janis.

»Zugriffsmöglichkeiten«, antwortete Moh. »Trojanische Pferde. Das reicht weit zurück. Die Programmierer eines der ersten großen Betriebssysteme hatten einen wirklich subtilen Code eingebaut, der ihnen Zugang zu allen Programmen verschaffte, die darauf liefen. Wenn Josh den gleichen Trick bei Dissembler angewendet hat ...«

Der Plan funktionierte mittels des Marktes. Er wusste, woher die Idee dazu stammte.

»Josh hat wirklich Gewehre vergraben«, sagte Moh. »Und zwar im Schwarzen Plan: Sleeperviren, Zeitbomben. Und eine mögliche Entwicklung war die Niederlage der Republik und das Scheitern der Revolution.«

»Und was, glaubst du, war der erste Punkt des Kontingenz-Plans?«, fragte Jordan. »Ich werd's dir sagen – die Bildung einer Organisation wie der ANR!«

»Also, die hat er sicherlich *ermöglicht*«, meinte Moh. »Und zwar zweigt er in der ganzen Welt Geld und Ausrüstungsgegenstände ab. *Computeraided logistics,* dass ich nicht lache! Aber damit eine Organisation aufbauen?« Er hielt das neu erworbene Pamphlet hoch. »Dazu bräuchte man diese Art Programm und kein beschissenes Computer-Programm!« Jordan und Janis sahen ihn an, als hätte er eine ausgesprochen kluge Bemerkung gemacht. Er dachte kurz nach. »Oh, Scheiße.«

»Ja«, sagte Jordan. »Betrachte es mal so. Das ist nicht bloß eine Analogie, das ist *das Gleiche.* Das ist ein eigennütziges Mem!«

»Über Meme weiß ich Bescheid; aber warum *eigennützig?*«

»Das – also, das ist eine Metapher, okay? Dafür, wie sich Ideen ausbreiten, sich selbst replizieren. Als wären Ideen auf die gleiche Weise an Gehirnen interessiert wie die Gene an den Körpern, in denen sie sich befinden: gerade so weit, um sich selbst zu kopieren.«

»Genau wie Computerviren«, setzte Janis hinzu.

»Okay.« Moh breitete die Hände aus. »Und weiter?«

»Wenn Josh eine politische Strategie in den Schwarzen Plan implantiert hat«, fuhr Jordan fort, »woher hat er dann die Ideen genommen? Woher, wenn nicht aus dem Parteiprogramm, aus der Summe seiner Erfahrung und seiner politischen Lektüre? Der Plan *ist* das Programm – nicht das alte Pamphlet, das du da hast, und das gilt sicherlich nicht für alle Ideen, aber das Programm gibt den Handlungsrahmen vor, der in seinem Code festgeschrieben ist.« Er grinste durchtrieben. »Im Laufe der Jahre hat er sich in vielen Organisationen festgesetzt, hab ich Recht?«

»Mag schon sein«, sagte Moh. Das war eine verstörende Sichtweise. »Du behauptest also, das Programm erschafft die Partei und nicht umgekehrt?«

»Selbstverständlich«, antwortete Jordan. »Was meinst du denn, was dort vorgeht?« Er deutete mit dem Daumen über die Schulter. »Das ist bloß eine Mutationsvariante von Ideen, die naive Geister infizieren. Ein eigensüchtiges Mem repliziert sich im Laufe der Zeit immer wieder. Deine Variante könnte mittlerweile in zahllosen Sekten stecken, im Linksbündnis und so weiter, aber die gegenwärtig erfolgreichste Spezies ist der Schwarze Plan. Der verfügt über seine eigene beschissene *Armee.*«

»Jetzt verzapfst du aber *sedar argic*«, sagte Moh. Er knuffte Jordan. »Komm schon. Du tust so, als wäre das der elektronische Antichrist, der es darauf abgesehen hat, die Welt ...«

»Mit Strichcodes zu erobern, welche die Zahl 666 enthalten!« Jordan lachte. »Nein, das ist einfach bloß eine Betrachtungsweise.« Er schwenkte bogenförmig die Hand. »Übrigens hast du eben selbst gesagt, es gäbe eine Verbindung zwischen dem Schwarzen Plan und der Vierten Internationalen ...«

»Also, vielleicht in dem Sinn, dass Josh ihn programmiert hat. Aber davon abgesehen ... Ich weiß nicht. Bei der ANR ist von trotzkistischer Ideologie nicht viel zu spüren. Übrigens auch bei den anderen Organisationen nicht. Die sind pragmatisch. Postfuturistisch.«

»Genau«, sagte Jordan. »Die politischen und militärischen Techniken funktionieren unabhängig von der Ideologie.«

»Was weißt du denn schon davon?«

Jordan zuckte die Achseln. »Ich lese Bücher.«

»Was ist mit der Sternenfraktion?«, warf Janis ein. »Bernstein hat gemeint, die sei ein Teil des Schwarzen Plans.«

»Nicht die Fraktion«, erwiderte Moh stirnrunzelnd. »Bloß Anweisungen dafür, für Leute wie Logan.«

»›Nicht die Fraktion‹«, äffte Jordan ihn nach. »›Bloß Anweisungen dafür.‹ Kapier's endlich, Moh. Das ist ein und dasselbe.«

»Okay, du kannst es so betrachten, wenn du magst.« Es ärgerte ihn, dass Jordan und Janis eine zweifelhafte Metapher für ein Phänomen bemühten, das sich mit politischen Begriffen einfach erklären ließ. »Ich glaube, die Sternenfraktion war eine reale Organisation, an deren Gründung Josh beteiligt war. Sie sollte eine bestimmte Möglichkeit des Schwarzen Plans ausschöpfen, trat aber niemals in Aktion.«

»Und was behauptest du so hartnäckig, gestern getan zu haben?«, fragte Jordan triumphierend. »Du hast etwas *aktiviert!*«

Moh starrte ihn sprachlos an; so unvermittelt, als habe jemand einen geistigen Schalter betätigt, sah er die Dinge auf einmal wie Jordan: Ideen als selbständige Wesenheiten – als Meme –, die wie hardwareunabhängige Programme von Bewusstsein zu Bewusstsein sprangen; die Sprache als natürlichen Dissembler, der Worte in menschlichen Gehirnen in virtuelle Realitäten umformte; Ideologien als Meme-Maschinen, die sämtliche Parteien und Faktionen, Armeen und Bewegungen, Ansichten und Argumente als Wegwerfkörper benutzten, um eine weitere Generation von Gewehre tragenden, Bibel lesenden, Programme nachplappernden oder Parteien gründenden Meme-Verbreitern hervorzubringen.

Er dachte an Johnny Smith, den Hisbollah-Kämpfer, der in seinen Armen gestorben war *(Ach, Johnny, ich hab dich kaum gekannt!)* und dessen heldenhafter Tod Dutzende anderer Kämpfe inspiriert hatte, die wiederum … Und jetzt gab es ein Kinderheim, das dem Gedenken des im Dschihad in Southall gefallenen Märtyrers namens Johnny Smith gewidmet war.

Er dachte an Guevara, den Bernstein zitiert hatte:

Wo auch immer der Tod uns ereilen mag, er soll uns willkommen sein, vorausgesetzt dieser unser Schlachtruf findet Gehör und andere Hände ergreifen unsere Waffen und andere Männer stimmen den Klagegesang an mit dem Stakkato des Maschinengewehrs und neuen Schlachtrufen des Krieges und des Sieges.

Das Vermächtnis der früheren Generationen lastet wie ein Albtraum auf dem Bewusstsein der Lebenden … wie Marx gesagt hat. Ja, es gab Generationen von Toten, und sie reproduzierten sich.

Er dachte an Josh und Marcia, wie sie sich zu den Generationen der Toten hinzugesellt hatten. Er blickte auf seine Hände nieder, die auf dem warmen Metall des Sturmgewehrs ruhten, das auf seinen Knien lag. Irgendein Teil der von Josh geschmiedeten Waffe war nun in dem Gewehr verborgen, in seinen kryptischen, verschlüsselten Speichern.

Und in seinem Gedächtnis.

»Ja«, sagte er schließlich. »Ich habe etwas aktiviert. Und zwar mit einem Code, an den ich mich aus der Zeit erinnere, als ich mit Josh am Schwarzen Plan gearbeitet habe.«

»Logan gehörte der Sternenfraktion an«, erklärte Janis. »Wenn es stimmt, dass das politische Programm irgendwie in das Computerprogramm eingebaut ist …«

»Dann reicht das tatsächlich bis ins All«, sagte Moh. »O ja, ich hab's kapiert. Ich könnte einfach weitermachen. Parteien gründen, Armeen aufstellen, ein Chaos anrichten. Bis in alle Ewigkeit.«

»Jedenfalls jahrhundertelang«, meinte Jordan. »Die Zukunft ist eine lange Zeit.«

Moh blickte in den Himmel. Ohne Brille tat es in den Augen weh. Hatte damit zu tun, dass die Luftverschmutzung nicht ausreichte, die UV-Strahlung wegzufiltern. Oder etwas in der Art.

»Wir sollten allmählich Logan anrufen«, sagte er.

11

Quantenlokalitäten

Donovans Mail-Filter löschte routinemäßig 98,3 Prozent der eingehenden Nachrichten: Sabotageversuche aufgebrachter Systemadministratoren, Anfragen von Journalisten, Werbung für alles Mögliche, angefangen von nuklearen Wasserbomben bis zur Antifouling-Farbe. Übrig blieb noch immer eine Menge, und es war reiner Zufall, dass ihm Mohs Nachricht ins Auge fiel. Beim Lesen lachte er über die klägliche Naivität dieses direkten Vorstoßes.

Dann hatte Catherin seinen Rat also beherzigt und war untergetaucht.

Zu früh.

Donovan stand auf und massierte die steifen Schultern mit seinen schmerzenden Händen. Er war die ganze Nacht auf gewesen und hatte sich bemüht, die mechanische Wildheit seiner virtuellen Heerscharen zu besänftigen. Wahrscheinlich würde es noch einen Tag dauern, bis der Vorgang abgeschlossen war und sie ein klares Bild von den Machenschaften des Uhrmachers hatten.

Ein Mädchen in Jeans und Bootsschuhen kam mit dem Kaffee aus der Kombüse hoch. Er nickte ihr zu und winkte sie zu sich heran. Sie näherte sich mit dem Lächeln einer Flugzeugstewardess, das Dankbarkeit und Erleichterung Platz machte, als er sie bat, ihm Schultern und Hals zu massieren. Der beharrliche Druck und die Wärme der Finger entspannten nicht nur seine Muskeln, sondern auch seinen Geist. Er trank den Kaffee und überflog die Nachrichten. Die sich bedrohlich zuspitzende internationale Lage quittierte er mit Erleichterung; solange die Weltraumverteidigung den Japanern die Hölle heiß machte, blieb dem BLK und der Stasis Zeit, sich mit dem Uhrmacher zu befassen.

Er wandte sich zu dem Mädchen um. »Danke«, sagte er. »Sie können jetzt gehen.«

»Es war mir … ein Vergnügen, Mr. Donovan«, erwiderte sie, schritt ganz behutsam zur Tür und stieg den Niedergang hinunter. Donovan wartete, bis das Geräusch ihrer Schritte in das Rauschen des Meeres und das Seufzen der Belüftungsanlage eingegangen war, dann rief er Bleibtreu-Fèvre an.

Kurz darauf erschien das Gesicht des Stasis-Agenten auf dem Flachmonitor. Falls auch er die ganze Nacht über wach gewesen war, sah man es ihm nicht an. Vielleicht war er ja daran gewöhnt: Donovan hatte die vage Vorstellung, er schlafe tagsüber an den Füßen von der Decke baumelnd. Bleibtreu-Fèvre fasste Donovans vorübergehende Belustigung offenbar als Herzlichkeit auf, denn er revanchierte sich mit einem verkniffenen Lächeln.

»Ich hab's zur Hälfte geschafft«, sagte Donovan. »Wie haben Ihre Leute reagiert?«

»Es gibt keine Panik«, antwortete Bleibtreu-Fèvre. »Ich habe meinen Verdacht kundgetan, doch man ist immer noch der Ansicht, es habe sich um einen Sabotageakt gehandelt, ausgeführt entweder von Ihrer Bewegung oder einem Freelance-Hacker. Die Störung scheint einstweilen behoben zu sein. Mrs. Lawson beobachtet seit dem … Vorfall allerdings eine zwar kleine, dafür aber stetige Zunahme des Datenaufkommens. Nur schwer festzustellen, wenn man nicht gerade mit geeigneten Diagnoseverfahren speziell danach sucht. Genau wie die globale Erwärmung.« Ein erneutes verkniffenes

Lächeln. »Das Datenaufkommen nimmt zu … nur ganz leicht, aber es nimmt zu. In drei Tagen wird es selbst der dümmste Systemadministrator merken, die Leute meiner Agentur etwas früher, die Weltraumverteidigung später … Wie banal«, setzte er hinzu, »dass sich die erste neue Intelligenz auf unserem Planeten zunächst mit unerwartet hohen Telefonrechnungen bemerkbar machen wird, ha-ha.«

»Einige werden meinen, es gebe sie schon seit längerem«, sagte Donovan, indem er missmutig den Scherz anerkannte, während er sich insgeheim ärgerte: Bleibtreu-Fèvre bezog sich auf eine Idee, die er ein wenig zu ernsthaft in *Das geheime Leben* ausgeführt hatte. »Was ist mit Dr. Van?«

»Mit dem haben wir vielleicht Schwierigkeiten«, erwiderte Bleibtreu-Fèvre. »Ich habe seit Stunden nichts mehr von ihm gehört. Er hat einen nervigen, nichtssagenden Avatar in Gestalt einer hübschen jungen Dame, die den Eindruck erweckt, sie würde sofort einen Kontakt herstellen, aber sobald das Gespräch beendet ist, wird einem klar, dass sie überhaupt keine Versprechungen gemacht hat.«

»Wahrscheinlich eine reale Person«, sagte Donovan mit großem Ernst. »Diese Eigenschaft lässt sich nur schwer automatisieren.«

»Irgendwas Neues von Kohn?«

Donovan schnippte Kohns Nachricht in Bleibtreu-Fèvres Blickfeld.

»So viel zu diesem Plan«, bemerkte der Stasis-Agent, nachdem er sie gelesen hatte.

»Mag sein«, sagte Donovan widerstrebend. »Catherin Duvalier wird mich jedenfalls mit großer Sicherheit kontaktieren, sollte Kohn sie ausfindig machen. Es liegt in ihrem Interesse, die Angelegenheit beizulegen.«

»Ich schlage vor, Sie rufen noch einmal zu seiner Festnahme auf«, sagte Bleibtreu-Fèvre. »Bitte geben Sie mir

Bescheid, sobald Sie Kontakt zu ihm haben. Von diesem Mann geht möglicherweise eine große Gefahr aus; vielleicht ist er sogar infektiöser Informationsträger dieser AI. In Anbetracht seines Werdegangs – und wenn man bedenkt, wer sein Vater war und was mit ihm geschehen ist – dürfen wir uns nicht auf seine Mitarbeit verlassen. Ich werde versuchen, seiner persönlich habhaft zu werden.«

»Ist das nicht riskant, solange er sich in Norlonto aufhält?«, fragte Donovan. Die Weltraumverteidigung neigte auch dann zu Überreaktionen, wenn die Stasis auf nur theoretisch extraterrestrisches Gebiet übergriff.

»Ja«, räumte Bleibtreu-Fèvre ein. »Aber das Risiko müssen wir eingehen.«

»Und falls er Norlonto verlässt?«

»Auch daran habe ich gedacht«, antwortete Bleibtreu-Fèvre. »Bei meiner Arbeit, und das trifft sicherlich auch auf die Ihre zu, pflegt man Kontakte, die vielleicht – wie soll ich sagen? – in mancherlei Hinsicht *irregulär,* im Grunde aber unabdingbar sind.«

Die Barbaren. Grüne Partisanen. Man gibt ihnen ein Trinkgeld, erklärt ihnen, diese Maschine oder jene Person stelle eine Gefahr für die Welt dar: und dann Feuer frei. Donovan nickte enthusiastisch, während ihm durch den Kopf ging, dass auch er für die Stasis kaum mehr als ein nützlicher Barbar war.

Die Telefonzelle bestand aus zerkratztem Plastik und war an die Außenwand des Einkaufszentrums angeschraubt, der Apparat selbst war ein abgeschrägter schwarzer Klotz, ähnlich dem Monolithen in *2001.* Außerdem hatte der Apparat bislang selbst Laserfeuer standgehalten. Kohn drückte sich in die Zelle, während ihn die anderen nach außen hin abschirmten, so gut es ging. Er schloss das Kehlkopfmikrofon und das Gewehr an die Telecom-Box an und gab Logans Schlüssel ein.

Ein Holo erschien in der schwarzen Tiefe, eine protzige Darstellung des Signalweges: Alexandra Palace – Telecom-Tower – Murdoch GeoStat – über ein paar weitere Kommunikationssatelliten – und *ping* bis zum Lagrange-Punkt, wo Habitate wie Seetang im gravitativen Kielwasser von Erde und Mond schwankten. Dort verschwand das Signal in einem Dickicht lokaler Netzwerke. Die Ziffern, welche die aufgelaufene Gebühr anzeigten, wechselten ebenso rasch wie bei seinem letzten Anruf bei Logan, als er lediglich eine Sprechverbindung gehabt hatte, ohne aufwendige Grafik *(MIPs sind billiger als Bandbreite).* Irgendwo dort drinnen: Dissembler, das Werk seines Vaters.

Unvermittelt erschien Logans Gesicht, und zwar gekippt; hinter ihm und um ihn herum Pflanzen, Fischtanks, Kabel, Schläuche, alles wüst gestapelt, als würde es jeden Moment umkippen; ein Deckenfenster, hinter dem mit beunruhigender Gleichmäßigkeit Lichtbalken vorüberzogen.

»Moh Kohn! Ich habe darauf *gewartet* …« Er verstummte. »Hey, Mann, ist die Übertragung sicher?«

»Die Verschlüsselung ist von dir«, erwiderte Moh trocken.

Logan reagierte mit der üblichen Verzögerung. Es vermittelte den Eindruck, er sei schwer von Begriff, bis man sich darauf einstellte und die Lichtsekunden einbezog. »*Ja,* also, die *Amerikanoj* haben sie noch nicht geknackt, aber – wie wär's, wenn du auch noch was von dir zugeben würdest?«

Moh drückte eine Funktionstaste. Die Bilder lösten sich in Schnee auf, in grafische Zeichen, eine schwindelerregende Prozession von Low-level-ASCII, dann stabilisierte sich die Anzeige wieder.

»Ist es jetzt sicher?«, fragte Logan. Hinter ihm flatterte schwerfällig ein Huhn vorbei, den Schnabel vor Erstaunen darüber, dass es wieder fliegen konnte, weit geöffnet.

»Was wir hier quatschen, knackt niemand«, sagte Moh. »Schieß los!«

»Okay. Du meinst die Sternenfraktion?«

»Ja!«

»Hm, ja. Der alte Code. Er ist aktiv geworden. Er verfolgt mich schon seit *Jahren,* jedes Mal wenn die Nachricht eintrifft: unternimm nichts. Gestern aber hieß es plötzlich: *Beweg deinen Arsch, Genosse, der Moment ist gekommen.* Und was soll ich tun? Die Munition ausbuddeln? Flugblätter drucken? Scheiße, nein: ich soll beschissene Laborausrüstung kaufen! Sequenzierer, Tieftemperaturgeräte, Neurochemikalien, spezielle Hardware. Ich meine, mit diesem Zeug sind wir hier oben eingedeckt« – er deutete umher –, »aber das geht weit über das hinaus, was wir zum Erhalt des Ökosystems benötigen. Währenddessen bekomme ich Anrufe von Genossen, von denen ich nie gehört habe. Von der Weltraumbewegung, der *Internaciistoj,* der ANR, halt so was. Alle meinen, das Programm (oder was immer das sein mag) glaube, *sie* gehörten der Sternenfraktion an (was immer das sein mag). Und es fordert sie auf – also, das hängt davon ab. Sind sie am Boden, sollen sie das Raumschiff vollpacken. Sind sie im Orbit, sollen sie landen und sich ausrüsten. Mit Bio-Geräten, Kommunikationssoftware und Rechner mit Backup-Speichern, wie man sie für die Wiederherstellung von Daten im Katastrophenfall benötigt. Mit einem gehärteten Zentralspeicher, der Nuklearschläge in nächster Nähe übersteht.«

Nuklearschläge in nächster Nähe. Moh ließ sich das durch den Kopf gehen: die Vorstädte von Kyoto, die Straßen von Sofia. Als er sich an Schweißausbrüche im Schutzbunker erinnerte, begann seine Haut zu jucken.

»Und befolgst du die Anweisungen?« Etwas anderes fiel ihm nicht ein.

»Selbstverständlich. Ich habe im Moment Anrufe in der Warteschleife, Mann.«

»Womit bezahlst du das Zeug?«

Logan lachte grimmig. »Habe unser Konto auf der Erde überprüft. Es kommt Geld rein, zweckbestimmtes Geld. So viel ich weiß, handelt es sich um investiertes Kapital aus einem bolschewistischen Banküberfall im Jahr 1910.«

»Nah dran«, sagte Moh. »Es stammt vom Schwarzen Plan.«

Logan starrte ihn länger an, als mit der Zeitverzögerung zu erklären war.

»Woher weißt du das?«

»Ich glaube, ich habe ihn aufgeweckt«, sagte Moh. »Ich hab gestern rumgestochert. Irgendwas im System hat mich nach einem Programmcode gefragt, an den ich mich aus der Zeit her erinnere, als Josh ihn geschrieben hat. Damit fing alles an …«

»*Josh* hat den Schwarzen Plan programmiert?«

»Behauptet jedenfalls Bernstein.«

Logan nickte. »Red weiter.«

»Das hat etwas mit der Sternenfraktion zu tun. So viel weiß ich. Tatsache ist, ich bin ein bisschen – Scheiße, ich weiß auch nicht – durcheinander von Gedächtnisdrogen, denen ich ausgesetzt war. Aber es ist gut, endlich Gewissheit zu haben, nicht wahr? Dann wurden noch jede Menge verschlüsselte Daten in meinen Gewehrrechner geladen, und ich wüsste gern, ob du eine Ahnung hast, was ich damit anfangen soll.«

Logan runzelte die Stirn. »Könnte sich um ein Präventiv-Backup handeln. Wenn ich die vom Programm gewünschte Ausrüstung anschaffe, kann es damit stark gebündelte Übertragungen empfangen. Das ist ganz schön haarig, zumal wenn sie verschlüsselt sind. Wenn auch nur ein einziges numerisches Signal fehlt, ist alles Schrott. Okay, das Problem lässt sich umgehen, indem man endlose Redundanzen einsetzt. Aber wenn's um Nuklearschläge geht, dann gibt es

EMPs, Magnetstürme, tagelang ist der Funkverkehr gestört.«

»Glaubst du, es geht darum?«

»Atomschläge? – *Ne.* Aber wenn du Recht hast mit deiner Vermutung, dann sollte dir eigentlich schon klar sein ...«

»Verdammt! Genau das ist es! Was du an vorletzter Stelle erwähnt hast!« Herrgott noch mal, welch eine Erleichterung. Jedenfalls bis zu einem gewissen Grad.

»... weshalb es ausgesprochen hellhörig auf Kriegsgerüchte reagiert.«

»So. Meinst du, ich sollte das Gewehr in den Weltraum bringen?« Moh trat auf eine benutzte Spritze und fragte sich, wie er den Flugpreis aufbringen sollte. Sich die Passage erarbeiten, als Bewacher mitfliegen ...

»Machst du Witze? Hast du nichts gehört?«

Moh schüttelte den Kopf und unterdrückte den Impuls, Jordan einen Tritt zu versetzen. Die Augen aufhalten im Netz, dämliche Jobbeschreibung ...

»Die Yanks haben den Notstand ausgerufen; der Weltraumverkehr und Raketenstarts sind stark eingeschränkt. Solange die Kraftprobe mit Japan nicht vorbei ist, kommt ohne Genehmigung niemand raus. Und dann mit einem Speicher voller verschlüsselter Daten? Keine Chance.«

»Was ist mit dem Zeug, das du bestellt hast?«

»Das ist alles clean«, antwortete Logan. »Leerer Speicher, legale Ausrüstung. Und das ist bereits unterwegs. Wurde vor der Ausrufung des Notstands losgeschickt.«

»Sauber«, meinte Moh. Irgendwie wunderte es ihn nicht. »Und was soll ich jetzt mit diesem unlesbaren RAM anfangen?«

»Wende dich an die ANR«, sagte Logan. »Das ist am sichersten.«

»Dass ich nicht lache.«

»Ist mein voller Ernst. Die *knaboy,* die werden sich um

dich kümmern. Schließlich ist das ihr Ding. Der Schwarze Plan.«

»Weißt du, was ich glaube?«, sagte Moh und blickte auf den Speicher seines Gewehrs nieder. (Die Partei muss die Gewehre kontrollieren; die Gewehre dürfen niemals die Partei kontrollieren. – Mao.) Er schaute in dem Moment hoch, als seine Worte Logan erreichten. »Sie sind *sein* Ding.«

Logan regte sich, führte ohne merkliche Anstrengung eine der isometrischen Muskelübungen aus, die Null-g-Leute regelmäßig praktizieren mussten, wenn sie jemals wieder Ein-g-Leute werden wollten. »Es tut sich eine Menge«, sagte er. »Auf breiter Front. Wir wissen über die Offensiven Bescheid, und ... hier sind die Dinge ebenfalls in Bewegung. Die Fraktion von der Weltraumbewegung, von der ich dir erzählt habe, also, wir haben Fortschritte gemacht, wir tun unser Bestes ...«

»Hey«, sagte Moh, »gibt es eine Verbindung zwischen diesen Genossen und denen in der Sta...?«

Logan lächelte, sein Gesicht näherte sich der Kamera und entfernte sich wieder.

»Das solltest du nicht mal fragen«, sagte er. »Muss los. Mach's gut.«

Der Bildschirm wurde schwarz. Dann erschien plötzlich eine Meldung:

Nachricht an: mk@cheka.com.uk
Von: bdonovan@cla.org.ter
Gibt es hier ein Display?

Moh zögerte und fragte sich, ob vielleicht noch etwas Hässlicheres als eine Nachricht eintreffen würde. Da die Software der Kalaschnikow bislang allen Angriffen widerstanden hatte, bestand in der Hinsicht wohl kaum ein Risiko. Es war vollkommen ausgeschlossen, dass der Absender der Nachricht Aufschluss über seinen Aufenthaltsort bekommen würde, wenn er die Mail las. In gewisser Weise würde er sie nicht einmal hier lesen; seine Agenten-Programme würden automatisch zu einem der üblichen Mailserver Kontakt aufnehmen, sobald er sich ins Kommunikationsnetz einloggte. Er drückte die Enter-Taste.

Keine Pfadangaben: wirkungsvoll anonymisiert. Bloß:

Ihre Nachricht:
≥ *Donovan ich habe ein Problem mit Cat, sie hat das*
≥ *Krankenhaus verlassen und ist nicht aufzufinden.*
≥ *Können Sie die Angelegenheit mit dem Genfer*
≥ *Gerichtshof solange verschieben bis ich das geklärt habe?*
≥ *Ich möchte mich für die Beleidigung die ich*
≥ *Ihrer Organisation zugefügt habe entschuldigen,*
≥ *das war bloß eine persönliche Angelegenheit zwischen*
≥ *Cat und mir. Ich war sauer darüber, dass sie für das*
≥ *BLK arbeitete denn sie hätte es besser wissen müssen.*
≥ *Ich weiß, das BLK hat gute Kämpfer und wir haben*
≥ *Geiseln und Verwundete bislang immer*
≥ *vorschriftsmäßig behandelt.*

Das weiß ich zu schätzen, und ich habe Verständnis für Ihr Problem, muss aber darauf bestehen, dass es Ihr Problem ist. Die Beleidigung wurde ausgesprochen, und ich kann keinen Rückzieher machen, ohne Gefahr zu laufen, noch mehr als Respekt zu verlieren. Unter uns gesagt, bin ich bereit, die Anrufung des Genfer Gerichtshofs zu verschieben, doch der Aufruf zur zivilen Festnahme muss solange bestehen bleiben, bis Sie ein Lösegeld für Ms. C. Duvalier einfordern, die sich derzeit (nominell) in Ihrem Gewahrsam befindet. Normalerweise würde eine Vereinbarung zwischen unseren Organisationen ausreichen, aber das Ganze ist für Ms. Duvalier und mich zu einer Frage

der Ehre geworden.
Hochachtungsvoll
Brian Donovan
Bündnis für Leben auf Kohlenstoffbasis
Eingetragene Terroristische Vereinigung #3254

Wende dich an die ANR, hatte Logan gesagt. Der Vorschlag hatte einiges für sich; zumindest käme er so aus dem Schlamassel mit Donovan heraus. Die Genossen aber müssten es ausbaden – das war das Problem. Trotzdem könnte es dazu kommen, dass er sich irgendwann an die ANR wenden müsste, obwohl völlig offen war, was sie von der Geschichte halten würde.

Moh wandte sich um und trat aus der Zelle. Jordan und Janis schauten ihn erwartungsvoll an, er aber nickte bloß, ohne sie zu beachten. Es war leichtsinnig gewesen, sie aufpassen zu lassen: sie verdienten damit weder ihren Lebensunterhalt, noch taten sie es gewohnheitsmäßig, um zu überleben. Er klappte die Brille herunter und musterte die Umgebung.

Die Menschenströme, welche die Mall betraten und verließen, waren eher noch dichter geworden. Kleine Gruppen schlenderten im Schatten des Gebäudes oder im grellen Sonnenschein an den Verkaufsbuden entlang. Den Frieden störten lediglich ein paar Zusammenrottungen von Neos, die von ihren mittäglichen Saufgelagen zurückkamen und verschiedene national-kommunistische Lieder grölten.

In der Ferne, auf der alten Überführung, stockte der Verkehr. Daran war nichts Ungewöhnliches – schließlich war es eine öffentliche Straße –, aber …

In dem Slum unterhalb der Straße tat sich etwas. Moh schaltete das Visier des Gewehrs ein und hielt es hoch, legte das Bild auf die VR-Brille. Eine typische Slumszenerie, jede Menge visuelles Durcheinander: die verwirrende Vielfalt der Baracken, Höfe und Wege überspannende Wäscheleinen, das Gewirr der illegalen Stromkabel, an provisorischen Masten befestigte Luftschiffe, die grau glänzenden Abwasserkanäle. Dazwischen die bunten Kostüme und flatternden Lumpen an den Leibern rennender Menschen, die sich verteilten und wegliefen vor …

Einer langgezogenen Reihe schwarz uniformierter Gestalten mit Visieren, die durch die schmalen Gassen vorrückten. *Königliche Polizei.* Moh traute seinen Augen nicht, bis er sich klar machte, dass das Gebiet offiziell nicht zu Norlonto gehörte. Gleichwohl war dieser Einsatz der Hannoveraner eine himmelschreiende Provokation – das Gebiet war eher noch anarchistischer als die Gegend ringsumher.

Er drehte sich um, forderte Janis und Jordan auf, zum Slum hinüberzusehen, und musterte die Menge. Bislang hatte noch niemand etwas bemerkt, oder aber die Leute nahmen es gefasst auf. Als er den Blick von Gruppe zu Gruppe schweifen ließ, bemerkte er ein bekanntes Gesicht in der Menge – das war unmöglich, der Gang stimmte nicht – Moment mal, er hatte sie noch nie gehen sehen. Warum …?

Seine Aufmerksamkeit und sein elektronisch geschärfter Blick hefteten sich auf das Mädchen, das am Tisch der Weltraumbewegung gesessen hatte. Sie bahnte sich energisch einen Weg durch die Menge und näherte sich ihm mehr oder weniger zielstrebig. Ihre Haltung und ihr Gebaren standen in krassem Gegensatz zu ihrer früheren Erscheinung. Jetzt wurde Kohn bewusst, dass es sich dabei um einen doppelten Fake gehandelt hatte, um die Imitation einer Imitation: einige der jüngeren und dümmeren Mitglieder der Bewegung hielten diese Pose für cool, und sie hatte sie imitiert.

Das musste nicht unbedingt etwas bedeuten, doch auf einmal war alles bedeutungsvoll geworden – ein

Rückfall in die gute alte Paranoia der Kommunisten: *Genossen, es gibt keinen Zufall* – und Moh setzte sich in Bewegung, in eine Richtung, die er zunächst für zufällig hielt.

»Was geht hier vor?«, fragte Jordan, der mit federnden Schritten neben ihm her ging, während Janis joggen musste, um Schritt zu halten. Moh blieb stehen, wodurch beide aus dem Gleichgewicht gerieten.

»Jordan, wir müssen uns trennen. Du läufst zurück, hilfst dem guten alten Bernstein beim Zusammenpacken. Er kann hier in der Gegend untertauchen. Halte dich mit ihm versteckt, bis alles vorbei ist, dann fahr mit der Einschienenbahn zu uns nach Haus. Suche nach Cat: du kannst die Spur am Telefon aufnehmen; verfolge sie von dort aus weiter und behalte das Netz im Auge. Versuch, Kontakt mit der ANR aufzunehmen. Ich ruf dich später an.«

»Bis was vorbei ist?«

Jordan war verwirrt: Janis hingegen dämmerte allmählich, was vor sich ging. Moh rief sich in Erinnerung, dass beide im Straßenkampf unerfahren waren.

»Keine Ahnung«, sagte er. »Aber wir sollten nicht solange warten, bis wir mehr wissen. Seht ihr die Polizisten dort drüben? Könnte eine bloße Machtdemonstration sein, aber diese jungen Burschen …«

Die erste Flasche zerschellte mit einem Klirren.

»Ich hab's gewusst«, sagte er. »Diese Kerle denken mit den Eiern. Los, Leute. Wir haben zwei Minuten, dann ist hier …«

Etwas kam über die Mauer geflogen, auf der sie eben noch gesessen hatten. Lange Fäden einer klebrigen Substanz senkten sich auf eine Gruppe unbekümmerter Neos herab, die sogleich vergeblich versuchten, das Zeug abzuwischen.

Kohn packte Janis beim Arm, und beide rannten los. Als er sich kurz darauf umschaute, sah er Jordan, der benommen langsam zurückwich und wie auf einem Bahnsteig winkte: Auf Wiedersehen, auf Wiedersehen.

Sonnenhut und Rucksack umklammernd, folgte Janis Moh durch einen obskuren Ausgang der Mall in einen nach Urin und Desinfektionsmittel stinkenden gekachelten Tunnel, der von flackernden Neonröhren erhellt wurde. Schließlich gelangten sie in eine Halle, wo ein Mann mit Schirmmütze an einer massiven Schranke stand. An den Wänden Plakate, mittlerweile vergilbt, vormals aber leuchtend bunt; dazwischen feuchte, Blasen werfende und abblätternde Farbe. Ein weiterer Uniformierter blickte teilnahmslos hinter einer Drahtglasscheibe hervor. Moh ging hinüber und schob ein paar kleine Münzen durch den Schlitz unter der Scheibe. Nach reiflicher Überlegung rückte der Mann zwei Fahrkarten heraus.

Moh reichte eine davon Janis, ging vor ihr her und schob das Ticket in einen Schlitz an der Schranke. Mit einem pfeifenden, saugenden Geräusch öffnete sich die Schranke – bestehend aus zwei gepolsterten, in Hüfthöhe angebrachten Klauen –, und Moh trat hindurch. Im nächsten Moment klappten die Klauen auch schon wieder zu, mit einem Ächzen, als fühlten sie sich um die Beute geprellt. Moh drehte sich um und nahm das Ticket an sich, das der Apparat wieder ausgestoßen hatte.

Janis schritt mit geschlossenen Augen hindurch, dann stieg sie eine mit Plastiktüten, leeren Getränkedosen und Laub bedeckte bröcklige Betontreppe hoch, die auf einen betonierten Bahnsteig führte: ausgekippte Abfallkörbe, Einkaufswagen und verdorrte kleine Bäume. Vom Rand des Bahnsteigs aus sah man etwa zehn Meter in beide Richtungen Eisenbahnschienen, die im Unkraut verschwanden. Zumindest glänzten sie und waren nicht verrostet.

»Wo sind wir hier?«, fragte Janis.

Moh blickte sie an. »Das ist die U-Bahn«, antwortete er.

»Die *U-Bahn?* Funktioniert die denn noch?«

»Gelegentlich«, sagte Moh und musterte misstrauisch die Schienenstränge. »Die Hauptsache ist, dass die Polizei hier nicht hin kann, ohne sich eine Menge Ärger einzuhandeln. Wir haben eine Grenze überquert.«

»Und wo sind wir jetzt?« Auf den zweiten Blick bemerkte sie auf dem Bahnsteig etwa ein Dutzend überwiegend ältere Personen, die den Eindruck machten, als warteten sie schon lange.

Moh seufzte. »Eine Faktion der Republik hat das Restaurationsabkommen akzeptiert, und das haben sie dafür bekommen. Den kümmerlichen Rest des öffentlichen Sektors. Sie werden sogar vom Königreich subventioniert. Aber es ist ein Freistaat aus eigenem Recht.« Er grinste. »Eine Art *Reformistan.*«

»Hoffentlich ist mit Jordan alles in Ordnung«, sagte Janis. Von der Mall drangen das Klirren von Glas, Schreie und das Knallen explodierender Tränengasgranaten herüber. In weiterer Ferne stieg der schwarze Qualm brennender Reifen in den Himmel über dem Slum.

»Dem wird schon nichts passiert sein«, meinte Moh. Er blickte zu einem sich rasch nähernden Luftschiff hinüber. »Bernstein hat mehr Fluchtwege vergessen, als die Polizei jemals kennen wird.«

»Weshalb sind sie überhaupt hier aufgetaucht?«

»Nun, die Hannoveraner sind ziemlich empfindlich wegen der Vergangenheit«, antwortete Moh. »Im Moment aber bereitet ihnen wohl eher die Zukunft Sorgen.«

»Hast du keine Angst, in etwas *verwickelt* zu werden?«, fragte Janis schelmisch.

»Überhaupt nicht«, erwiderte Moh. »Die Polizei ist

weit in der Unterzahl. Entweder sie zieht sich zurück, oder sie holt Verstärkung. In beiden Fällen …« Er zuckte die Achseln.

Das Luftschiff – eine dreißig Meter durchmessende schwarze Scheibe, die aussah wie die Fliegende Untertasse einer Invasorenstreitmacht von Aliens – glitt über ihnen vorbei und kam mit einem ohrenbetäubenden Knattern der Propeller zum Stehen. Hinter dem Einkaufszentrum sank es langsam herab und brachte eine Gassperre aus. Strickleitern wurden herabgelassen und gerieten sogleich in pendelnde Bewegung, als die flüchtenden Polizisten hochkletterten. Kaum dass alle an Bord waren, schwankte das Luftschiff, neigte sich und schlingerte in westlicher Richtung davon.

»Überladen«, meinte Moh voller Genugtuung. »Taugen dazu, Menschenmengen einzuschüchtern, aber das ist auch schon alles.«

Leute trudelten ein, die meisten rennend, bis sie plötzlich an Schwung verloren und benommen umhergingen, als hätte man sie soeben aus einem Pub auf die Straße geworfen. Man sah blutende Köpfe, tropfende Nasen, tränende Augen. Schwerwiegende Verletzungen sah Janis keine, und sie verspürte eine selbstsüchtige Erleichterung, weil sie nicht gezwungen war, Erste Hilfe zu leisten.

Etwa eine halbe Stunde später vermeldeten zunehmend häufige und aufgeregte, allerdings völlig unverständliche Lautsprecheransagen das Nahen eines Zuges. Eine weitere halbe Stunde später traf er ein, besetzt mit einer schwankenden Schar von Pendlern: vor allem Bettler und Prostituierte kehrten von ihrer Tagschicht in der Stadt zurück.

Ein paar Sitze waren noch frei, doch Janis wollte nicht Platz nehmen. Sie hielt sich möglichst nahe der Tür und klammerte sich am Haltegriff fest. Moh stand gebückt neben ihr und hielt das Gleichgewicht, ohne sich abzustützen, während der Zug schlingerte und schwankte. In leisen, knappen Sätzen – mit kurzen Pausen, wenn der Lärm einmal nachließ – berichtete er ihr, was er von Logan und Donovan erfahren hatte.

»Scheint so, als ginge es um was Biologisches«, sagte sie. »Ich hätte mit etwas Politischem gerechnet, aber das … Mein Gott, das ist unheimlich.«

»Unheimlich und gruslig.« Moh schüttelte den Kopf, unter gesenkten Lidern richtete sich sein konzentrierter Blick in die Ferne. »Ich weiß, was du meinst … aber ich glaube nicht, dass es um etwas so Finsteres geht … wie die Absicht des Uhrmachers, neues Leben zu erschaffen oder die Weltherrschaft zu erringen oder so was in der Art. Es geht um etwas viel Beunruhigenderes.«

»Was meinst du?«

»Es hat mit einer Bemerkung zu tun, die Logan beiläufig fallen ließ: Wiederherstellung von Daten nach einer Katastrophe. Das ist der politische Sinn des Ganzen. Es ist so besorgniserregend – weil *es* so besorgt ist, wenn man so will. Das passt zu Joshs Denkweise – er hat immer vom Untergang geredet, der eintreten könnte, wenn es uns nicht gelingen sollte, eine …« – Moh verzog das Gesicht, als sei es ihm peinlich – »eine neue Gesellschaft zu errichten. Eine vernünftigere Gesellschaft. Er glaubte, wir würden dann zu einer früheren Gesellschaftsform zurückkehren. Zu einer präkapitalistischen.«

»Anstatt einer post-? Ja, ja.« Sie lächelte ihn skeptisch an. »›Eine Katastrophe bedroht die ganze Menschheitskultur‹?«

Moh runzelte die Stirn. »Wie kommst du darauf?«

»Das steht im Übergangsprogramm, in dem Abschnitt über den Todeskampf des Kapitalismus …«

»Stimmt.« Er schloss einen Moment lang die Augen. »Trotzkij … Okay.« Er öffnete die Augen wieder. »Hatte den Faden verloren. Egal. Du hast kapiert, worum es geht. Schon wieder das Programm.«

»Also«, sagte sie, »er hat sich beim letzten Mal geirrt, nicht wahr? Ich meine, wann hat er diese Untergangssachen geschrieben? 1938?«

Moh lachte und legte ihr den Arm um die Schultern. »Du hast mir wieder Mut gemacht, ja wirklich. Es ist ja nicht so, dass es 1939 zu einer weltweiten Katastrophe gekommen wäre, stimmt's?«

Sie stiegen an einer Station aus, die sich die U-Bahn mit der Einschienenhochbahn teilte. U-Bahn und Hochbahn fuhren hier ebenerdig: Heinleingrad, ein gutes Stück innerhalb des Grüngürtels gelegen, wo sämtliche alten Straßennamen abgekratzt waren. Der geplünderte Teil der U-Bahnstation war mit bunter Graffiti und pseudotiefsinnigen Slogans beschmiert:

WEDER TOD NOCH STEUERN

QUANTEN-DELOKALITÄT: DAS UNIVERSUM NEBENAN

DER WELTRAUM ZUERST! KEINE KOMPROMISSE BEI DER VERTEIDIGUNG DER KINDER DER ERDE!

Sie stupste Moh an. »Welche von euch?«

»Nee. Bloß irgendwelche Extremisten.«

Der Bahnsteig war um eine Bushaltestelle aus den 1930ern erbaut worden und im Stil einer futuristischen Vergangenheit gehalten. Sie setzten sich in die mit einer Glasfront ausgestattete Cafeteria, mit dem Rücken an eine gefurchte Aluminiumsäule gelehnt, und bestellten Kaffee und Doughnuts. Janis beobachtete die Menschen, die sich durch ein Ambiente bewegten, das, abgesehen vom Outfit, wie eine Szene aus dem Science-fiction-Klassiker *Was kommen wird* wirkte. Kurze Tuniken und Pagenschnitte waren keine zu sehen. Moh klickte sich auf einem Computer eine Weile durch Landkarten.

»Ein großer Nachteil der hiesigen Örtlichkeiten besteht darin«, sagte er und steckte das Gerät wieder in die Hemdtasche, »dass es hier keinen königlichen Highway gibt. Alles ist privat. Eigentumsverhältnisse und Zugangsrechte sind bisweilen ein rechtes Minenfeld.«

»Das hast du hoffentlich nicht wörtlich gemeint.«

»Nicht unbedingt, aber sollten wir zu unbefugtem Betreten gezwungen sein, verlasse ich mich lieber auf meinen Freund« – er tätschelte seinen Rucksack –, »als auf ähnlich gelagerte Präzedenzfälle.«

»Da drin hast du das Gewehr?«

»Nicht so laut. Ja. In Einzelteile zerlegt.«

»Und ich habe schon gedacht, wir wären endlich einmal allein.«

»Besser zu zweieinhalbt als gar nicht, mein Schatz.«

Währenddessen behielt er nahezu unablässig die Menge im Auge. In den wenigen Momenten, da er Janis unmittelbar ansah, blieb ihr kaum Zeit, sein Lächeln zu erwidern, dann wandte er sich auch schon wieder ab. Sie fragte sich, ob dieser Blick für ihn wohl gleichbedeutend war mit einer langen, forschenden Musterung … Sie konnte sich nicht beklagen: es waren ihre Drogen gewesen, die sein Zeitgefühl und sein Gedächtnis verändert hatten, außerdem bezahlte sie ihn dafür, dass er auf sie aufpasste.

Und sie hatte sich schwer in ihn verliebt. Nach dem Motto: ein harter Mann ist leicht zu finden. Ein Teil von ihr – der skeptische, analytische, wissenschaftliche Teil von ihr – betrachtete ihre Hals-über-Kopf-Liebe zu Moh voller Sarkasmus und mit einem herablassenden Lächeln letztlich als gezündete genetische Ladung und Überlebensstrategie: an der Seite eines starken, freundlichen Mannes, der gefährlich für andere war und sie beschützte, standen ihre Chancen am besten. Dem anderen Teil wurde jedes Mal, wenn er sie ansah, ganz schwummerig. Ihr Körper fühlte wiederum etwas anderes, aber Schwäche war es nicht.

Moh tippte etwas in sein Handy. Er legte es so auf den Tisch, dass nur sie beide es sehen konnten und niemand sonst: das Bild war zweidimensional, nicht holografisch.

Das Display zeigte Mary Abids Gesicht.

»Oh, hi«, sagte Mary. »Jordan ist wieder da, falls du das wissen wolltest. Hast ihn gleich ins kalte Wasser springen lassen, stimmt's?«

»Kann ich ihn mal sprechen?«, fragte Moh ungeduldig.

»Klar … ich geb ihn dir.«

Jordan sah zu ihnen auf, offenbar von einer auf dem Monitor seines Terminals aufgestellten Kamera aufgenommen. Er hatte ein blaues Augen und ein paar Schrammen im Gesicht.

»Alles in Ordnung, Jordan?«

»Ja«, antwortete er munter. »Es gab eine Rauferei, aber das war auch schon alles. Du hättest die Bullen mal sehen sollen, Moh. Die sind gerannt wie die Kaninchen.«

»Ja, sicher, ich hab dir ja gesagt, die Neos …«

Jordan lächelte. »Nicht deine linken Schläger haben sie verjagt – sondern die Marktweiber!«

»Schön für sie. Aber das sind nicht *meine* linken Schläger, das habe ich schon mal gesagt. Ist Bernstein heil da rausgekommen?«

»Ja. Hab einen so alten Mann noch nie so schnell sich bewegen sehen. Als ich am Stand ankam, hatte er die Bücher schon eingepackt, und dann schnurrten wir mit seinem elektrischen Traktor geradewegs durch ein Handgemenge. Bei der Gelegenheit hab ich ein paar Hiebe abgekriegt, aber das war keine große Sache.«

Offenbar war er insgeheim anderer Ansicht und recht stolz auf sich. Janis hoffte, Moh werde Jordans kleine

Seifenblase der Selbstzufriedenheit nicht zum Platzen bringen.

»Scheint so, als hättest du deine Sache gut gemacht«, sagte Moh. »Wie kommst du mit der Netzrecherche voran?«

Jordans Selbstgefälligkeit verflüchtigte sich.

»Also ... zuerst zu Catherin ... Cat. Als ich mich einloggte, lagen mehrere Antworten auf deine Nachricht vor. Niemand hat sie gesehen. Ein, zwei Leute erwähnten, Donovan suche ebenfalls nach ihr.«

»Das wundert mich nicht«, meinte Moh. »Und wie steht es mit der ANR?«

Jordan seufzte erschöpft. »An die komme ich nicht ran. Sämtliche Nachrichten kommen zurück. Zuerst dachte ich, ich mache was falsch, und hab die Genossen um Hilfe gebeten. Aber dann war's auch schon in den Nachrichten. Die ANR ist off-line gegangen, geht nicht mehr ans Telefon. Na ja, nicht ganz: es meldet sich ein Avatar mit einer Standardansage.« Er fuhr sich über die Augen. »Nach dem zwanzigsten Versuch wird es nervig.«

»Wie lautet die Ansage?«

»In erster Linie wird Propaganda abgespult, dann heißt es, wenn die Nachricht nicht bis zur Endoffensive warten kann, würden sie durch andere Kanäle davon erfahren.«

»Bescheidenheit war noch nie deren Stärke ...«

»Bescheidenheit! Modesty!« Jordans Grinsen wurde von einem weitwinkelverzerrten Faustschlag ins Leere verdeckt, den man auch als kommunistischen Gruß deuten konnte. »Ja! Dass ich da nicht eher drauf gekommen bin!«

»Was meinst du?«

»Der Schwarze Planer hat bei der Modefirma in Beulah City gestern eine Lieferung Seide bestellt. Ich könnte die Zustellung nachverfolgen, um auf diese Weise an die ANR heranzukommen.«

»Hübsche Idee«, meinte Moh. »Allerdings bezweifle ich, dass sie so leicht aufzuspüren ist.«

»Ich weiß, aber Modesty schon. Gestern hab ich einen Transporter von Modesty gesehen, könnte gut sein, dass er auf dem Weg nach Norlonto war. Ich bin sicher, ich könnte mich einhacken und die Spur zurückverfolgen. Bei den meisten Lieferungen handelt es sich um Fertigwaren, hab ich Recht? Importiert werden Stoffe, exportiert werden edle Kutten. Und wenn ich auf eine Lieferung von exportiertem *Stoff* stoße …«

Moh schüttelte den Kopf. »Frachtbriefe lassen sich mühelos fälschen, außerdem gehst du davon aus, dass der Schwarze Plan tatsächlich Seide erworben hat. Wahrscheinlich war das auch bloß wieder ein Tarngeschäft, und was sie von China bekommen haben, war in Wirklichkeit eine Ladung erstklassiger Kalaschnikows.«

Jordan schaute leicht entmutigt drein, und Janis sagte rasch: »Den Versuch ist es auf jeden Fall wert, Jordan. Das ist unsere einzige Spur.«

»Wohl wahr«, meinte Moh. »Okay, Jordan, mach das und such weiter mit allem Nachdruck nach Cat. Leite alle interessanten Informationen weiter.«

»Ha! Wo wir gerade davon sprechen … hast du gehört, dass der Weltraumverkehr lahmgelegt wurde?«

»Hat Logan mir gesagt.«

»Gut. Okay, dann wäre da noch die Sache mit Donovans Aufforderung, dich festzunehmen. Er hat sie in einer Menge Newsgroups gepostet.«

»Das ist gut.«

»Kann ich dir irgendwie helfen?«

»Bitte die Genossen, Gegenvorwürfe, Gegenforderungen und so weiter unters Volk zu bringen. Unsere Anwälte sollen ein paar hässliche Nachrichten formulieren. Soll ruhig so aussehen, als hätten wir uns ineinander verbissen. Könnte ein paar Abenteurer abschrecken.«

»Okay, habe verstanden. Was habt ihr vor?«

Moh lachte. »Grenzen überspringen«, antwortete er. »Wie die libertaristischen Genossen zu sagen pflegen: In Norlonto herrscht nicht das Gesetz des Dschungels, es ist ein Gesetzesdschungel.«

Die folgenden zwei Tage über durchwanderten sie einen winzigen Teil dieses Gesetzesdschungels, die grundverschiedenen Gemeinwesen Norlontos. Im Unterschied zum Flickenteppich des Königreichs handelte es sich hier nicht um einzelne Lehen, sondern um verzahnte, miteinander verwobene Besitztümer und Nachbarschaften. Einige gewährten freien Zugang. Andere hatten die Straßen mit Toren abgeriegelt, erhoben Wegezoll oder wiesen jeden ab, der keine Einladung eines Einwohners vorzuweisen hatte. Das Tragen von Waffen in der Öffentlichkeit war entweder verboten, wurde geduldet oder gar verlangt. Dies hing von den jeweiligen Besitzern der Straße ab, so wie das Tragen von Krawatten oder das Rauchen in Restaurants. Es gab finstere, schmutzige Gegenden im Besitz von Nazis, die ihr Geld überwiegend mit Touristen und dem Verkauf von Memorabilia verdienten. Es gab Gegenden, die allein Frauen vorbehalten waren. Die so genannte Universität Utopia setzte sich aus Experimentalgemeinschaften zusammen, in denen es von Soziologen wimmelte; finanziert wurden sie zumeist von Grundstücksmaklern, für die sie Marktforschung betrieben. In einem scharf abgegrenzten Gebiet, der Singulären Senke, gab es weder Gesetze noch eine Moral; wer es betrat, von dem setzte man voraus, dass er auf jeglichen fremden Schutz verzichtete. Die Gegend übte einen gewissen Reiz auf Selbstmörder, Psychopathen und halbwüchsige Macho-Abenteurer aus. (Natürlich gab es auch keine Vorkehrungen gegen gewaltsame Rettungsaktionen, und schon häufiger hatten reiche und verzweifelte Angehörige bewaffnete Truppen in das Gebiet geschickt.)

Der Großteil von Norlonto aber war normal und anständig. Ähnlich strukturierte Gebiete grenzten entweder zum gegenseitigen Nutzen aneinander, oder sie kauften Verbindungskorridore hinzu und sorgten für schnelle Transportmöglichkeiten. Man konnte weite Strecken in Norlonto zurücklegen, ohne etwas zu sehen, das in Bangkok fehl am Platz gewirkt hätte. Einen Schritt weiter bekam man Dinge zu sehen und konnte Dinge tun, die in Teheran verboten gewesen wären.

Jeder neue Ort, den sie durchquerten, trug dazu bei, ihre Spur zu verwischen. Überall begegneten sie einer unterschwelligen Vorsicht, dem Lärm der Baumaßnahmen, mit denen Schutzvorrichtungen verstärkt wurden, dem Summen des sich in Sicherheit bringenden Geldes; ganze Vermögen, große *Kapitalien*, wie Moh sagte, reihten sich auf den Leitungen wie Zugvögel vor Antritt der Wanderschaft. Jedes Mal, wenn die Regierung verkündete, die Rebellen blufften bloß und die Lage sei unter Kontrolle, nahm wieder eine Menge Geld Kurs auf wärmere Gefilde.

Moh rief Jordan außer nachts alle paar Stunden an: die ANR war noch immer nicht zu erreichen; Jordan war damit beschäftigt, sich in die Systeme der Frachtfirmen und Modehäuser von Beulah City einzuschleichen, hatte bislang aber noch nichts zu berichten; und Donovans Kampfansage stieß bei den zahlreichen Firmen, die es auf Prämien abgesehen hatten, auf reges Interesse. Zu Mohs Verdruss war eine neue Newsgroup eingerichtet worden, alt.fan.moh-kohn, gedacht für engagierte Amateure, die von Begegnungen berichteten und den Fall diskutierten; bislang war keine der gemeldeten Begegnungen authentisch. Moh schloss für sich und Janis bei der Agentur für Wechselseitigen Schutz einen

Vertrag ab; er verpflichtete sich nicht, seinen Aufenthaltsort zu nennen, während die Firma versprach, eine Karte mit ausgewiesenen Gebieten downzuloaden, in denen sie im Notfall binnen zehn Minuten Verstärkung aufbieten könne.

»Und wenn wir nun angegriffen werden«, sagte Janis, »und der Angreifer ist bei einer anderen Agentur unter Vertrag? Duellieren die sich dann?«

»Immer mit der Ruhe«, meinte Moh. »Die richtige Vorgehensweise gehört mit zum Deal. Die Agenturen bringen ihre Meinungsverschiedenheiten vor ein Gericht, das beide Parteien für fair erachten ...«

»Und angenommen, es erscheint eine Agentur auf der Bildfläche, die kein von der Agentur für Wechselseitigen Schutz vorgeschlagenes Gericht akzeptiert?«

»Dann würde ein Gericht, das sie nicht akzeptiert haben, gegen sie befinden, ohne ihnen Möglichkeit zur Verteidigung zu geben, und sie würden Kunden verlieren. In schweren Fällen würde man sie jagen wie tolle Hunde. Die Agenturen verkaufen nicht nur juristischen, sondern auch physischen Schutz. Wenn man kriminelle Handlungen schützen will, braucht man eigene Waffen oder gleich einen eigenen Staat – ein Staat ist eine gesetzlose Schutzagentur und wird geführt wie jedes andere Monopol: halsabschneiderische Preise, lausiger Service, unfreundliche Bedienung.«

»Du redest nicht zufällig von der königlichen Armee?«

»Wie kommst du denn darauf?«

Janis hatte noch einen anderen Einwand. »Du vergisst die Armen«, sagte sie. »Wer kümmert sich um die?«

Moh gab die gleiche Antwort wie schon zahllose Male zuvor. »Wir alle bezahlen in jeder Einrichtung, die wir nutzen, für Schutz, aber wenn alle Stricke reißen, wenn einem jemand die Hütte einreißt oder einem die

Daumenschrauben anlegt und man schafft es nicht, sagen wir, eine Packung Zigaretten wöchentlich als Schutzgeld zu entrichten, kann man sich immer noch an die Wohlfahrt wenden. Ans Schwarze Kreuz, die St.-Maurice-Schutzvereinigung, die Emanzipationsarmee. Oder an uns, falls wir gerade die Spendierhosen anhaben.«

Sie saßen in einem Straßencafé. Ein Junge brachte Janis eine Wodka-Cola. Sie reichte ihm lächelnd eine Münze. Er zeigte seine Zahnlücke vor und rannte wieder hinein.

Moh blickte ihm bedrückt nach.

»Der Anarcho-Kapitalismus funktioniert«, sagte er. »Ebenso gut wie der Kapitalismus. Damit kann ich mich nur schwer abfinden. Kinderarbeit. Prostitution. Sklaverei …«

»Was!«

»Ach, eine Rechtsgrundlage gibt es dafür nicht. Andererseits kann man die Menschen nicht daran hindern, sich zu verkaufen, und einige tun es. Und dann gibt es noch die rechtmäßige Sklaverei, wo es darum geht, kriminelle Schulden abzutragen, aber das ist etwas anderes.«

»Trotzdem ist es Sklaverei …«

»Das haben die meisten Utopias gemeinsam«, meinte Moh düster. »Das ist eine Folge des Privateigentums.«

Zwei Tage und zwei Nächte nachdem Jordan beobachtet hatte, wie Janis und Moh aus dem Handgemenge im Einkaufszentrum entkommen waren, saß er im stickigen Medienraum. Es war später Vormittag. Er zögerte kurz, bevor er sein neuestes Programm startete, und ging im Geiste noch einmal alles durch. Dann stellte er fest, dass seine Gedanken unter dem Einfluss der anderen Person im Raum aus dem Tritt gerieten.

Mary Abid hielt gerade Wache in einer Chemiefabrik

in Auckland, Neuseeland. Die Satellitenverbindung ließ keine schnellen Reflexe zu, doch die brauchte sie auch nicht; die semi-autonomen Roboter, die sie steuerte, verfügten über eigene Reflexe, und Marys Hauptaufgabe war, ihnen ein bisschen gesunden Menschenverstand einzuhauchen.

Sie saß in einem handelsüblichen drehbar montierten Telepräsenz-Exosklelett, und was immer sie gerade tat, ging mit Streckbewegungen, Zuckungen, Schwitzen und Fluchen einher, und irgendetwas in ihrem Schweiß oder ihrem Geruch oder ihrem Geschimpfe übertrug auf Jordan eine verwirrende subliminale sexuelle Spannung, die er kaum mit der Kurdin in dem Teleskelett in Verbindung brachte. In den Stunden, da er zusammengesunken am VR-Gerät saß und ein kunstvolles Netz aus Nuancen und Interferenzen spann, nach der Spur eines Seidenfadens und nach Cat Ausschau hielt, hatten Marys weibliche Pheromone ungerufen das Foto von Cat heraufbeschworen, das in Mohs Schlafzimmer an der Wand hing.

Cat. Er hatte im Datenspeicher des Kollektivs eine lückenhafte Biografie gefunden. Im Verlauf einer Teenagerrebellion gegen eine festgefügte, bourgeoise Umwelt – ihre Eltern vermieteten am Rand von Alexandra Port VR-Geräte auf Franchise-Basis – war sie an die linksgerichtete Miliz geraten. Während des Dschihad in Southall war sie wortwörtlich auf Moh Kohn gestoßen und hatte anschließend zwei, drei Jahre für das Kollektiv gearbeitet, bis ein unentwirrbarer doktrinärer oder persönlicher Streit sie zu verschiedenen idealistischen Kampfgruppen und zu einigen der zahlreichen Faktionen des Linksbündnisses geführt hatte.

Das Linksbündnis nahm im Unterschied zur ANR Anrufe entgegen, doch Jordan konnte sich des Eindrucks nicht erwehren, dass man dort im Moment mit dringenderen Angelegenheiten beschäftigt war. Sämtliche Personen oder Systeme, die er bislang wegen Cat kontaktiert hatte, verwiesen ihn auf die üblichen Kader-Datenbanken, in denen Cat als verlorenes Schaf geführt wurde. Die Gruppe, der sie gegenwärtig angehörte – schließlich hatte er sie aufgespürt, das Komitee für sozial-ökologische Intervention – hatte nur unwillig zugegeben, dass sie irgendwann in der Vergangenheit möglicherweise mit ihr in Verbindung gestanden haben könnte.

Alle Betroffenen hatten hingegen deutlich gemacht, dass die Dinge anders aussähen, wenn Cats momentanes Problem behoben würde …

Jordan verspürte wachsende Empörung über das, was Moh ihr angetan hatte, während er gleichzeitig durchaus Verständnis aufbrachte für Mohs Haltung hinsichtlich der zweifelhaften Koalitionen, die Cat im Verlauf ihres politischen Werdegangs eingegangen war.

Was Beulah City und den Schwarzen Plan betraf, hatte er größere Fortschritte erzielt; zumindest hoffte er das.

»SILK.ROOT STARTEN?«

Die Systemnachricht schwebte wie ein Nachbild vor seinen Augen. Jordan atmete tief durch.

Er nickte, bestätigte mit dem Kinn.

Es war nicht leicht gewesen, unmittelbaren Zugang zu den Rechnersystemen von Beulah City zu bekommen. Seit er seine dortigen Geschäftsinteressen liquidiert hatte (was voreilig gewesen war, wie er nun fand), war die Datensicherheit verschärft worden. Mrs. Lawson hatte vermutlich gerade eine Menge zu tun. Gleichwohl hatte er nach wie vor Zugang zu einigen unbedeutenderen Systemen, und an diesem Punkt setzte er an. Als Nächstes gründete er eine Tarnfirma für LKW-Transporte (angeblich so alt wie die Sterne im Jahre 4004 v. Chr., ein kleiner Scherz seinerseits). Als Tochtergesellschaft von Modesty hatte die River Valley Distribution Ltd. eine eindrucksvolle Liste von Lieferungen nach Norlonto vorzuweisen. Die falschen Angaben würden erst bei der nächsten Überprüfung auffallen, doch die war erst in einem Monat fällig.

Das nun ablaufende Programm aus dem Verzeichnis SILK.ROOT fragte nun im Namen von Jordans virtueller Frachtfirma an, ob es einen Kostenvoranschlag für zukünftige Aufträge abgeben könne. Es bat um Hintergrundinformationen, bloß um eine Auflistung der Lieferungen an britische Bestimmungsorte im vergangenen Monat. Wenn er die richtigen Parameter vorgegeben hatte, würden die Systeme, in die er eingedrungen war, diese äußerst ungewöhnliche Anfrage bedenkenlos akzeptieren.

Er ertappte sich dabei, dass er die Augen geschlossen und die Finger überkreuzt hatte.

Ping. Und schon war es geschehen, eine Zwanzig-Seiten-Tabelle: Datums- und Zeitangaben, Firmennamen, die verschickten Güter. Fertigbekleidung sonderte er aus, wodurch fünf Seiten wegfielen, dann ging er die Liste aufmerksam durch. Dabei gewann er den Eindruck, er hätte ebenso gut die Gelben Seiten für Schneider aufrufen können, als ihm unter all den Lauras, Angelas, Blisses und Bonnys die Friedensgemeinde der Frauen auffiel.

Drei Bestellungen im vergangenen Monat, jedes Mal über Dutzende ... nein, *Hunderte* Meter feiner Seide. Ein Auftrag stand noch offen: der Stoff war soeben per Luftfracht eingetroffen und wartete auf die Auslieferung. Der Auftrag war vor vier Tagen erteilt worden, und zwar vormittags. Als er mit dem Schwarzen Planer zu tun gehabt hatte.

Ju-huu!

Während er die Zeile anstarrte, begann sie zu blinken. Eine Nachricht erschien auf dem Bildschirm.

»ES GIBT QUERVERWEISE AUF DIE FRIEDENSGEMEINDE DER FRAUEN. ANZEIGEN?«

Ein dickes J war die Antwort. Die Anzeige geriet in Bewegung, als das Programm den Hinweisen durch die Datenbanken des Kollektivs folgte. Dann wurde eine Videofonnachricht angezeigt, die seit zwei Tagen im Zwischenspeicher wartete.

Mitten in der virtuellen Szenerie erschien der zweidimensionale Bildschirm des Telefons. Als sich das Bild stabilisiert hatte, meinte Jordan einen verwirrenden Moment lang, einen Raum in Beulah City zu sehen: ein Empfangszimmer mit überladenen Möbeln und Vorhängen; zwei Frauen in langen, ebenfalls überladenen Kleidern, jede Menge Petticoats und Röcke. Die Frau im Vordergrund wirkte geziert, hatte die Hände im Schoß gefaltet und blickte in die Kamera. Die andere saß auf einem Sofa links im Hintergrund, ohne vom Anruf Notiz zu nehmen; sie war mit einer Näharbeit beschäftigt, die blonden Locken fielen ihr ins Gesicht.

»Felix-Dserschinskij-Arbeiterverteidigungskollektiv?«, fragte die erste Frau; die Worte klangen unpassend aus ihrem Mund. Sie nickte auf die Bestätigung hin. »Gut. Wir benötigen professionellen Nachbarschaftsschutz und haben gehört, Sie hätten auf diesem Gebiet einige Erfahrung. Bitte rufen Sie uns so bald wie möglich zurück. Danke.«

Sie machte Anstalten, die Verbindung zu unterbrechen, als die Frau im Hintergrund aufsah. Sie blickte unmittelbar in die Kamera und streifte sich mit dem Handgelenk das Haar aus der Stirn.

Jordan zuckte unwillkürlich zusammen.

Die Frau war Cat.

Der Bildschirm wurde leer.

Jordan leitete eine Nachricht an Marys Terminal weiter und bat sie, eine Pause zu machen. Nach einer quälenden Minute tat sie es. Jordan spielte ihr die Nachricht vor.

»Und?«, sagte sie.

»Das da ist Cat!«

Mary runzelte die Stirn. »Ich schau's mir noch mal an.« Diesmal vergrößerte sie die letzte Sequenz. »Also, die sieht ihr sicherlich ähnlich, aber …«

»Du hättest nie geglaubt, dass sie sich so rausputzen könnte, stimmt's?« Jordan lächelte selbstgefällig. »Die Art und Weise, wie sie sich das Haar zurückstreift. Auf dem Bild in Mohs Zimmer tut sie das auch. Bloß dass sie da mit einem Schraubenschlüssel hantiert und nicht mit 'ner Nadel.«

»Also, Jordan, ich habe keine Ahnung, welche Vorstellungen du von unserem Zusammenleben hast, aber ich war noch nie in Mohs Schlafzimmer«, meinte Mary kichernd. »Das solltest du Moh mal zeigen.«

Jordan wollte eben dies tun, als ihm wieder einfiel, was der Inhalt der Nachricht war, und wie er darauf gestoßen war.

»Ich möchte erst noch was abklären«, sagte er.

»Ja, das ist wirklich Catherin«, sagte Moh. Er speicherte das Bild aus seiner Brille und löschte die Anzeige, dann richtete er seine Aufmerksamkeit auf die winzigen Avatare von Jordan und Mary über dem Handy. »Gut gemacht, Jordan. Ohne diese Geste hätte ich sie vielleicht selbst nicht erkannt. Cat als Dame verkleidet – das ist wirklich zum Lachen.«

»Ich glaube, du solltest sie ausfindig machen«, sagte Jordan. »Entweder du oder einer der Genossen. Die Botschaft lautet: Cat ist hier, komm und hol sie dir!«

»Weshalb rufen sie uns dann nicht an? Was sind das eigentlich für Leute?«

»Feministen – Feministinnen«, verbesserte sich Mary. »Die Friedensgemeinde der Frauen, irgendwie so freundlich und ein anmutiges Outfit …«

»*Ja!*«, rief Moh. »Die Körperbank!«

Janis, die dicht neben ihm flach auf dem Bauch lag, schreckte zusammen.

»Tut mir Leid, Janis.«

»Was ist mit der Körperbank?«, fragte Mary.

»In der Filiale der Körperbank in der Brunel University arbeitet eine Kassiererin – eine Feministin. So viel ich weiß, bin ich ihr bloß einmal begegnet ...«

»In letzter Zeit kommt das immer mehr in Mode«, warf Janis ein.

»Okay, interessant. Jedenfalls ist der Dame aufgefallen, dass Cat in dem Deal mit dem Bombenlegerteam der Spinner nicht eingeschlossen war. Vielleicht hat sie die Sache ja weiterverfolgt.«

»Das wäre möglich«, sagte Jordan. »Aber weshalb sollte Cat zu denen gehen?«

Mary schüttelte den Kopf. Moh zuckte die Achseln.

»Ach, um Himmels willen,« sagte Janis. Alle sahen sie an. »Das Soldatenspiel ist Cat schlecht bekommen. Es würde mich überhaupt nicht wundern, wenn sie jetzt ein bisschen Ruhe und Frieden haben wollte. Selbst wenn das bedeuten würde, dazusitzen und zu sticken. Gerade dann. Das beruhigt.« Sie wälzte sich lachend auf die Seite. »Ihr solltet das auch mal ausprobieren.«

»Eine Zuflucht«, meinte Moh. »Okay. Das klingt vernünftig. Auch dass du auf die Nachricht gestoßen bist.«

»Das war kein Zufall«, meinte Jordan bedächtig. »Ich bin nicht bei meiner Suche nach Cat darauf gestoßen, sondern im Zuge meiner Nachforschungen hinsichtlich ... Beulah City.«

»Aber warum ...?«

Moh wollte gerade fragen, in welcher Beziehung die ANR wohl zu der Friedensgemeinde der Frauen stehen sollte, als ihm einfiel, dass Mary überhaupt nicht im Bilde war. »Äh ... was machen wir jetzt, rufen wir sie zurück?«

»Das habe ich bereits getan«, erwiderte Mary. »Dich

habe ich nicht erwähnt, sondern bloß gesagt, wir würden im Laufe des Tages jemanden vorbeischicken.«

Moh wandte sich an Janis. »Bist du dabei?«

»Klar. Sollte uns zumindest helfen, Donovan abzuschütteln.«

»Das auf jeden Fall«, pflichtete Moh ihr bei. Und vielleicht würde es sie ja sogar zur ANR führen. »Ich überlege gerade, wie wir dorthin kommen sollen«, setzte er hinzu. »Bei einem Massengrenzübertritt könnten wir unseren Versicherungsschutz verlieren.«

»Das geht schon klar«, meinte Jordan. »Das habe ich bereits geregelt. Sie bekommen eine Seidenlieferung von Beulah City ...« Jordan zögerte, wie um sich zu vergewissern, dass Moh auch kapiert hatte, worum es eigentlich ging. »Aber diesen Ort würde kein Fahrer aus Beulah City ansteuern.«

»Das ist doch nicht etwa einer dieser *schlimmen* Orte?«, fragte Janis.

»Ach was«, entgegnete Jordan.

Mary lächelte schelmisch. »Das ist so ein kleines, halb geschlossenes Gemeinwesen hinter den Stonewall Dykes«, erklärte sie.

»Ich verstehe«, sagte Moh nach einer Weile. »Dort regnet es Pech und Schwefel. Also, wie kommen wir dorthin?«

»Der Laster verlässt Beulah City, steuert einen Übergabepunkt an – Mary hat die Karte –, und von da ab steuerst du. Das Ganze läuft auf den Namen einer Scheinfirma, die ich gegründet habe.«

»Scheint mir sicher zu sein«, meinte Moh. Dann fiel ihm etwas ein. »In dem Gebiet ist doch Männern der Zutritt nicht verboten, oder?«

Jordan wandte sich verblüfft an Mary.

»Das geht in Ordnung«, sagte Mary. »Ich hab's nachgeprüft. Gegen Männer haben sie nichts einzuwenden. Auf ihrem Gebiet.«

»Diese Gemeinde kommt mir immer vernünftiger vor«, bemerkte Janis und streichelte Moh besitzergreifend über den Rücken. Er drehte sich grinsend zu ihr um.

»Hey, ich bin es gewöhnt, von Frauen dominiert zu werden.«

»Dann hast du ja Glück«, meinte Mary. »Also, hier sind die Details. Jordan hat alles arrangiert.« Sie hantierte außerhalb des Kamerabereichs herum, dann erschienen Straßen und Zeitangaben auf dem Telefondisplay.

»Und jetzt steht auf, ihr beiden«, setzte sie hinzu, bevor sie und Jordan verschwanden. »Es ist ein schöner Nachmittag.«

In der Doppelbettkoje, die sie gemietet hatten, war kein Platz zum Stehen, deshalb brauchten sie eine Weile. Sie zogen sich an, legten sich auf den Bauch und streiften die Rucksäcke über, dann krabbelten sie rückwärts aus der Luke und stiegen über eine zehn Meter hohe Leiter auf den Boden hinab.

»Merkwürdig«, meinte Janis, als sie den langen, schmalen Gang zwischen den Schlafkojen durchquerten. »Wie aufgegebenes Gepäck.«

»Aufgegebene Passagiere.«

Little Japan traf sie mit der Wucht eines Rockkonzerts, als sie auf die Straße traten. Sie nahmen das Laufband, wechselten häufig die Spur und bahnten sich einen Weg durchs Gewühl. Moh ertappte sich dabei, dass er halb unbewusst eine Körpersprache einsetzte, die ihnen einen kleinen Freiraum verschaffte, ganz gleich, wie groß das Gedränge war. Er gab es auf, die auf ihn einstürzenden Informationen und die Festkörpersemiotik der Umgebung verarbeiten zu wollen.

»Bedrückend wirkt es nicht«, sagte er. »Dazu ist es zu fremdartig.«

»Die tun was ins Essen«, entgegnete Janis. »Das blockiert die Anti-Menschenauflauf-Pheromone.«

Es ärgerte ihn, dass er nicht erkennen konnte, ob sie scherzte oder es ernst meinte.

Der LKW-Park, in einer Art Niemandsland zwischen Little Japan und einem eher multikulturellen Gebiet gelegen, vermittelte beinahe den Eindruck von Bewegungsfreiheit. Der Durchschnittsabstand zwischen den Menschen betrug etwa einen Meter. Die riesigen Laster luden gerade ihre Batterien auf, die Fahrer trödelten herum, die Straßenhändler handelten.

»Ja, die Wunder des freien Markts«, nörgelte Janis, als sie nur knapp einem Tablett mit heißen Getränken ausweichen konnte, das ein Fünfjähriger mit beängstigender Geschwindigkeit auf dem Kopf durchs Gewühl balancierte.

»So frei wie er scheint ist er gar nicht«, meinte Moh. »Diese Orte werden von Banden beherrscht. Zweifelhafte Zuständigkeiten und so.«

Sie näherten sich dem gesuchten kleinen Container-Truck, der am Rand des Parkplatzes in der Nähe der Zufahrtsstraße stand. Der Fahrer steckte ein Magazin in die Tasche und erhob sich verlegen.

»Hi«, sagte Kohn. »River Valley. Sie haben uns erwartet?«

Der Mann nickte lächelnd. Er reichte Moh den Schlüssel, nahm die Empfangsbestätigung entgegen und ging davon, anscheinend aber nicht zur nächsten Bahnstation.

Janis und Moh kletterten ins Führerhaus. Der Laster gehörte einer Mietfirma und ging durch viele Hände – das sah man auf den ersten Blick. Moh kam eine Idee. Er reichte den Zündschlüssel Janis.

»Du fährst«, sagte er.

Janis nahm den Schlüssel mit einem affektierten Grinsen entgegen und steckte ihn mit pompöser Geste ins

Schloss. Der Motor erwachte mit einem leisen Summen zum Leben.

»Uh«, machte sie. »Das klingt ganz anders als in den Filmen, die ich in meiner Jugend gesehen habe.« Sie imitierte Motorengeräusche, während der Laster auf die Straße glitt.

»Nee«, meinte Moh und legte den Gurt an. »Damals war das noch ein richtiger Männerjob – pah, hör endlich auf damit …«

12

Die Städte der Schönen

Es gab tatsächlich eine Mauer, die Stonewall Dykes genannt wurde, doch sie diente eher dazu, Menschen am versehentlichen Betreten zu hindern, als jemanden aus- oder einzusperren. In der alten Zeit der Panik hatte sie eine ernsthaftere Funktion gehabt, nun aber handelte es sich eher um Retroviren-Chic – ein Quarantänelager. Der eigentliche Schutz des Gebietes – welches das Gay Ghetto, die Rosa Gemeinde und das Schwule Viertel umfasste – lag in den starken, sanften, erfahrenen Händen einer Miliz mit Namen Grobe Klötze.

Der Laster bog von der Schnellstraße in eine Nebenstraße ein, fuhr an einem Mauerabschnitt vorbei, auf dem zu lesen stand: ›Heute Sodom – morgen Gomorrha!‹, dann waren sie drin. Eine ganz normale Straße, bloß dass auf einmal keine Frauen mehr zu sehen waren. Ein Stück weiter gab es keine Männer mehr; noch ein Stück weiter, und es gab beide Geschlechter, bloß dass man vor lauter Fummel nicht erkennen konnte, wer welchem angehörte.

»Was ist der Unterschied zwischen dem Leben hier und dem draußen?«

»Es gibt keinen, das ist es ja. Nichts ist seltsamer als die Leute, wie man im Norden sagt …«

»Ach, sei doch still. Das habe ich nicht gemeint. Was ist der Unterschied zwischen diesen spezialisierten Gemeinwesen oder wie man die nennt und den Mini-Staaten?«

»Es gibt keine Kriege.«

»So einfach kann es wohl kaum sein.«

»Scheint aber so.«

»Die Zukunft, und sie funktioniert, wie?«

Kohn lachte. »Auf diese Weise haben Leute wie ich zu tun. In meiner Zukunftsgesellschaft stünde ich ohne Arbeit da. Keine Grenzkriege *und* keine Streitigkeiten um Privateigentum mehr ...«

»Ja, ja ...«

Kohn wies sie an, noch einige Male abzubiegen. Sie hielten vor einem Parkplatz eines quadratisch angelegten großen Wohnblocks: vor ihnen lag ein Eingang von drei Metern Höhe und fünf Metern Breite. Im Hintergrund sah man eine Wiese und Blumenbeete. Sämtliche Fenster der achtstöckigen Anlage hatten Vorhänge aus pfirsichfarbenem Rüschensatin und Stores aus Rüschengaze. Auf dem Parkplatz waren ein weiterer Truck sowie mehrere kleine Fahrzeuge und Fahrräder abgestellt.

Ein Mann trat aus dem Eingang hervor und näherte sich ihnen energischen Schritts. Er trug einen schlichten, weiten braunen Kittel und Hose und hatte kurzes blondes Haar. Er blieb kurz vor dem Laster stehen, dann näherte er sich der Fahrertür.

Kohn ließ das Fenster herunter. Er beschloss, die Tarnung einstweilen aufrecht zu erhalten. »Hi«, sagte er. »Ich bin der Sicherheitsberater ...«

»Mr. Kohn? Ah, hallo. Ich bin Stuart Anderson. Ihre Agentur hat Sie angekündigt. Ich werde Sie gleich hereinbitten, zunächst aber würde ich gern mit der Dame sprechen.«

Janis beugte sich herüber. »Ja?«

»Es tut mir Leid, Madam, aber würde es Ihnen etwas ausmachen, draußen zu warten, während Ihr Begleiter sich umschaut? Das ist nicht bös gemeint – aber unsere Regeln sind eben so. Hier haben bloß diejenigen

Frauen Zutritt, die hier leben oder mit uns liiert sind, und Sie …« Er lächelte bedauernd wie ein Ober, der einem sagt, das Lokal habe heute geschlossen. »Wenn Sie möchten, wird man Ihnen Erfrischungen herausbringen, oder Sie könnten einen Spaziergang machen.«

»*Sehr liebenswürdig*«, meinte Janis. »Welche frauenorientierte Gemeinschaft sperrt eigentlich normale Frauen aus und lässt Männer ein?«

»Feministinnen«, antwortete Anderson.

»Ah ja«, meinte Kohn. »Du hättest ein Kleid anziehen, dir die Poren mit Make-up zukleistern und falsche Wimpern ankleben sollen. Dann hätte man dir die öde Untersuchung des Wohnblocks gestattet, die jetzt allein mir obliegt.«

Anderson lachte amüsiert und freimütig.

»Nehmen Sie sich's nicht zu Herzen, Ma'am. Es wird nicht länger als eine Stunde dauern, und wenn es Ihnen nichts ausmacht, den Laster ein Stück vorzufahren, damit wir ihn in der Zwischenzeit entladen und neu beladen können …«

Janis zuckte die Achseln und warf ihm mit finsterer Miene eine Kusshand zu. Kohn stieg aus.

»Bitte nehmen Sie keine Waffen mit«, sagte Anderson.

Kohn koppelte den Rechner ab und wuchtete den Rucksack in den Laster. Anderson hüstelte höflich. Kohn überlegte einen Moment, dann seufzte er und reichte Janis eine Pistole, ein Wurfmesser, ein Klappmesser und einen Schlagring aus Messing.

Sie durchquerten den Hof. Menschen schlenderten umher oder waren mit Gartenarbeiten beschäftigt. Wie Kohn erwartet hatte, waren die Frauen mit allen denkbaren Hilfsmitteln herausgeputzt. Die Männer waren vergleichsweise trist und konventionell gekleidet. Keine alten Menschen; keine Kinder.

»Sagen Sie mal, Stuart, worum geht es hier eigentlich? Wenn Sie mir die Bemerkung gestatten, wirken Sie nicht sonderlich feminin.«

»Natürlich nicht«, meinte Stuart. »Das ist nicht unser Ding. Unser Ziel ist es nicht, die Geschlechterrollen miteinander zu verschmelzen oder sie umzukehren, sondern das weibliche Geschlecht zum dominanten zu machen.«

Moh schüttelte den Kopf. »Ich hab's immer noch nicht kapiert.«

»Vor allem geht es um den *Frieden*«, sagte Anderson ganz ernsthaft, während sie die Wohnanlage betraten und über einen hell erleuchteten Flur gingen. »Die Gewalt ringsumher erfüllt uns mit Abscheu, und die Feministinnen verfügen über eine Theorie, mit der sie sich erklären lässt. Die so genannten männlichen Tugenden haben sich überlebt. Aggressivität, Ehrgeiz, Poduktivität. Wir sind an einem Punkt angelangt, da sich die ganze Welt in ein Zuhause, einen Garten, eine Zuflucht verwandeln könnte. Stattdessen dient sie als Fabrik, als Jagdgebiet, als Schlachtfeld. Das meinen wir mit der Dominanz der männlichen Tugenden. Der Feminismus setzt sich für die längst überfällige Domestizierung der Spezies mittels der weiblichen Tugenden ein: dazu zählen neben der Häuslichkeit Sanftheit, Fürsorglichkeit, Selbstbescheidung: die Sublimierung der psychischen Energien in Kunst, Schmuck, Zierrat ... Sämtliche umweltschonenden, fesselnden Aktivitäten. Wie zum Beispiel das Sticken, das viele als erfüllende Lebensaufgabe betrachten, während die eingesetzten materiellen Ressourcen dabei vernachlässigbar sind ... außerdem ist das Produkt wertvoll, besonders für reiche Sammler.«

»Und wie passen da die Männer hinein?«

»Ach, sie versuchen gar nicht, uns einzupassen. Die Frauen gehen uns bloß mit gutem Beispiel voran. Und wir erbringen mit unseren Aktivitäten und Interessen einen untergeordneten, dienenden Beitrag, so wie früher die Frauenarbeit der männlichen Wirtschaft gedient hat – viele Frauen verdienen auf diese Weise draußen ihr Geld: als Lehrerinnen, Krankenschwestern, Sekretärinnen ...«

»Und als Bankkassiererinnen?«

»Schon möglich.«

»Wirkt auf mich ein bisschen sexistisch.«

Anderson lachte. »Also, den Begriff habe ich schon lange nicht mehr gehört.«

Sie betraten einen großen, niedrigen Raum, der etwas von einer Fabriketage hatte. Mehrere Dutzend Frauen arbeiteten konzentriert an Nähmaschinen. Einige von ihnen fertigten offenbar Kleidungsstücke an, doch selbst Kohn konnte erkennen, dass die großen Seidenbahnen einem anderen Zweck dienten. Gleichzeitig hielt er Ausschau nach Cat, freilich vergeblich.

»Sonnenzelte, Baldachine«, erklärte Anderson. »Sind sehr beliebt bei Gartenparties der gehobenen Gesellschaft.«

Sonnenzelte? Moh prägte sich einige der Zuschnitte ein und überließ es seinem Unbewussten, sich weiter damit zu beschäftigen. Und noch etwas anderes passte hier nicht ganz. Andersons Vorstellungen waren zu dämlich und zu vernünftig zugleich: die Feministinnen gaben zwar einigen sehr altmodischen Vorstellungen einen subversiven Dreh, doch den von ihm dargelegten Grundsätzen mangelte es an der verführerischen, das Faktische negierenden Doofheit der Ideologie. (Männer sind frei. Männer sind gleich. Männer sind Schweine.) Aber vielleicht überschätzte Moh ja die menschliche Spezies: »Falls es eine Verrücktheit gibt, die noch nicht formuliert wurde«, pflegte sein Vater zu sagen, »wird ihr irgendwann eine kleine Sekte Ausdruck verleihen.«

Eine Frau schloss sich ihnen an. Sie stellte sich als Valery Sharp vor und bezeichnete sich als Hausverwalterin. Sie war klein – zierlich, verbesserte Kohn sich im Stillen – und hübsch, der Typ der verherrlichten Hausfrau aus einer alten Spülmittelreklame: Ginghamkleid, Schürze mit Blumenmuster, blonde Locken, die von einem gestärkten Baumwolltuch gebändigt wurden. Sie schickte Stuart für die Dame im Laster Kaffee holen und geleitete Kohn in ihr kleines Büro, das an die Werkhalle grenzte.

»Hübsch, nicht wahr?«, bemerkte sie munter und schloss die Tür. Sie nahm hinter einem Schreibtisch Platz und bot Kohn einen Sessel an. »Irgendwann werden alle Büros so aussehen.«

Der Schreibtisch wirkte eher wie ein Toilettentisch. Er war von einem gefransten Volant umgeben. Auch die Fransen hatten Fransen. Der Sessel war in ein mit Schleifen befestigtes Tuch gehüllt; die weiße Tapete war mit rosafarbenen Rosenknospen verziert; es roch durchdringend nach Jasmin. Kohn hatte das Gefühl, ihr Schlafzimmer betreten zu haben. Er wollte gar nicht wissen, wie es *dort* aussah.

»Das wäre mal etwas anderes«, meinte er aufrichtig. Er stellte sich vor, wie sich die ganze Welt diesem Stil zuwandte: Rosen um jede Haustür, jeder Lufthauch mit Parfüm geschwängert, Männer und Maschinen emsig damit beschäftigt, den Frauen das nötige Material zu beschaffen, damit sie sich unaufhörlich herausputzen, schön machen und aufdonnern konnten ... Er sollte der Weltraumbewegung wirklich mehr von seinem Einkommen spenden.

Valery lächelte gequält. »Bisweilen geht es mir auch auf die Nerven«, sagte sie.

Kohn blickte sie an, erstaunt über das Eingeständnis. Er zögerte, ihr gegenüber zu erkennen zu geben, dass er über ihre Verbindung zur ANR Bescheid wusste.

Valery blickte ihn offen an und setzte langsam und mit deutlicher Betonung hinzu: »*Civis Britannicus sum.*«

Kohn starrte sie verblüfft an. Der Satz war nicht gerade ein geheimes Passwort, kam einem solchen aber recht nahe: er hatte noch nie erlebt, dass ihn jemand ohne besondere Absicht zitiert hätte. Er bekräftigte die Zugehörigkeit zur alten Republik, und es gab Orte, wo man dafür erschossen wurde.

»Gens una summus«, erwiderte er. Er hatte einen trockenen Mund, seine Stimme klang belegt. »Wir sind ein Volk.« Dies zog eine schärfere Trennlinie, als sämtliche zusammengeschusterten Teilbereiche des Königreichs es vermochten, und platzierte den Sprecher auf die eine Seite.

»Was soll das alles?«, setzte er an.

Und dann auf einmal wurde es ihm klar: die Fragmente fügten sich zusammen – in einem ganz wörtlichen Sinn.

»Fallschirme!«, sagte er triumphierend. »Mikrolites, Hängegleiter ...«

Valery kniff die Augen zusammen. »Ausgezeichnet«, sagte sie. »Wie sind Sie darauf gekommen?«

Kohn hob die Schultern. »Indem ich nachgedacht habe.«

Sie musterte ihn verwundert, schien ihm aber zu glauben.

»Okay, Kohn. Sie wissen, dass Cat hier ist?«

Er nickte. »Sie haben sich einen hübschen Umweg ausgedacht, um mich davon zu informieren.«

»Ja«, sagte Valery. »Dafür gab es einen triftigen Grund. Aus demselben Grund hält sich die ANR so weit wie möglich vom Netz fern: sie ist von der Sicherheit der Systeme nicht mehr überzeugt.«

»Wie das?«

»Ich weiß nicht«, erwiderte Valery ungeduldig. »Ich weiß bloß so viel: wir haben über bestimmte ... Kanäle eine Nachricht erhalten, worin man uns drängte, Catherin Duvalier dazu zu überreden, zu uns zu kommen und hier zu bleiben, und Sie herzuholen. Donovan sei hinter Ihnen her, und nicht bloß wegen dieser dummen Lösegeldgeschichte. Nein, ich weiß nicht, was das alles bedeutet, aber ich soll Ihnen sagen, dass Donovan Ihren Aufenthaltsort kennt, und das gilt auch für die Stasis. Die arbeiten jetzt zusammen. Donovans Kampfansage war ein Versuch, Sie ins Krankenhaus zu locken und dort zu ergreifen – zum Glück haben wir Catherin rechtzeitig fortgeschafft. Wir haben ein Mädchen losgeschickt, doch es ist ihm nicht gelungen, einen sicheren Kontakt herzustellen.«

»Ah! Sie meinen, im Brent Cross Einkaufszentrum?«, schnaubte Kohn. »Die hat mich bloß paranoid gemacht.«

»Sie war unerfahren, und wir waren übervorsichtig«, räumte Valery ein. »Jedenfalls sind Sie jetzt hier, und wir können die Lösegeldgeschichte regeln. Das wird Donovan nicht aufhalten, doch zumindest wird er den Aufruf zu Ihrer Ergreifung widerrufen müssen.«

»Ist das machbar, ohne dass er meinen Aufenthaltsort erfährt?«

»Selbstverständlich«, antwortete Valery lächelnd. »Und zwar über die Körperbank, erinnern Sie sich? Wir benötigen bloß Ihre und Catherins digitale Signatur. Unsere Kassiererin wird den Vorgang beglaubigen, dann ist die Sache geregelt.«

»Sie haben eben gesagt, Sie würden den Netzen nicht mehr trauen.«

»Wir sprechen hier von unterschiedlichen Ebenen«, meinte Valery vage, vielleicht aber auch absichtsvoll unbestimmt.

»Okay. Uns was dann?«

Valery musterte ihn streng. »Die ANR«, sagte sie mit Nachdruck, »möchte unbedingt, dass Sie sich unverzüglich in eine kontrollierte Zone begeben. Mehr weiß ich nicht.«

»Das hat bereits jemand anders vorgeschlagen«, sagte Kohn. »Ich erzähle Ihnen später davon. In Anbetracht der Tatsache, dass die ANR den Hannoveranern eine Heidenangst macht, dürfte das schwierig sein.«

»Wir können sicheres Geleit verbürgen«, sagte Valery. »Ich erzähle Ihnen später mehr. Nehmen wir uns erst einmal dieses Schlamassels an, was meinen Sie?«

Kohn erklärte sich beinahe geistesabwesend damit einverstanden, denn er war noch immer damit beschäftigt, die neuen Informationen zu verarbeiten. Valery klappte ein Schreibtischterminal hoch – es ähnelte einem Schminkspiegel –, und Moh schloss seinen Rechner an und übermittelte seine digitale Signatur an das bereits vorliegende Dokument. Valery kontaktierte Cat, und kurz darauf lag auch ihre Signatur vor. Kohn beobachtete, wie die Körperbank die Transaktion bestätigte. Das Bündnis für Leben auf Kohlenstoffbasis schuldete ihm nun fünfhundert Mark, die er wahrscheinlich niemals einfordern würde.

Der Deal verbreitete sich in den Datenbanken, und kaum eine Minute später wurde Catherins Name gelöscht, und Donovans Anschuldigungen gegen Kohn wurden fallengelassen. Sogleich tauchten nörgelige, enttäuschte Anfragen in den zwielichtigen Newsgroups auf. Kohn schüttelte den Kopf und ertappte Valery bei der gleichen Reaktion. Sie lächelten einander ernüchtert an.

Valery machte Anstalten, das Terminal einzuklappen, als ihr auf dem Bildschirm etwas ins Auge fiel. Sie blickte Kohn mit hochgezogener Braue an.

»Offenbar würde Catherin Sie gern sprechen.«

Kohn spürte, dass er rote Ohren bekam. »Ja, ich schätze, sie hat mir ein paar Worte zu sagen.«

»Na schön«, meinte Valery. »Gehen Sie auf den Gang, dann durch die linke Tür in den Garten, bis zur ersten Balkontür. Ich komme in ein paar Minuten nach.« Sie lächelte eigenartig. »Ich nehme an, das Schlimmste ist dann bereits überstanden. Anschließend können wir das weitere Vorgehen besprechen.«

»Ich bin mit einer Begleiterin gekommen«, sagte Kohn. »Sie wartet im Wagen und sollte in die Entscheidungen einbezogen werden.«

»Selbstverständlich.«

»Okay. Bis gleich«, sagte Kohn.

Er ging in den Garten hinaus und gelangte durch eine Glastür in eine Art Salon mit dick gepolsterten Sesseln und großen Vasen. In einem der Sessel saß vorgebeugt eine Frau in einem weiten Kleid, den Kopf zur Hälfte unter einer Haube verborgen. Sie war damit beschäftigt, die Rückenseite einer Jeansjacke mit bunten Fäden zu besticken. Ein kreisförmiges Muster mit Schriftzug nahm bereits Gestalt an. Sie schaute bedächtig auf und hob sittsam die Wimpern.

Cats Lächeln ähnelte dem einer Katze.

Moh grinste sie an. »Calamity Jane«, sagte er.

Funkelnde Zähne.

»Alles im Lot?«, fragte sie.

»Ja«, antwortete Moh. »Dein guter Ruf ist wiederhergestellt. Du bist wieder eine richtige linke Kämpferin.«

»Wieder an vorderster Front. Gut.«

Die Jacke glitt zu Boden, als sie die darunter verborgene Pistole hochhob. Sie hielt sie in der Rechten und stützte das Handgelenk mit der Linken – der Plastikverband wurde sichtbar, als der weite, spitzenbesetzte Ärmel zurückrutschte. Sehr cool, sehr professionell.

»Jetzt hab ich dich, du Hurensohn«, sagte Catherin Duvalier.

Cat hatte das Gefühl, lange auf diesen Moment der Rache gewartet zu haben, eher Jahre denn Tage. Sogleich wurde ihr bewusst, dass sie von ihrer Trennung her tatsächlich einen starken Groll zurückbehalten hatte. Der Gedanke verblasste; zurück blieb die eiskalte Erinnerung daran, wie Moh aus dem Krankenzimmer hinausstolziert war.

Auf Grund des Ärgers verspannten sich die Muskeln ihres verletzten Unterarms und begannen zu schmerzen.

Sie hatte in der Sicherheitsabteilung mehr Besucher empfangen als jeder andere. Zunächst Moh, dann – wenn auch nur virtuell – Donovan. Und später hatte die Nachtschwester, die ihr das Abendessen gebracht hatte, den Kopf hinter die Trennwand gestreckt und lächelnd gesagt: »Eine Freundin von mir würde Sie gerne sprechen.«

»Wer denn?«

»Sie ist Kassiererin in der Körperbank. Sie hat erfahren, in welcher Lage Sie sich befinden, und würde Ihnen gern helfen.«

»Ich will nicht bei der Bank anheuern, vielen Dank.«

»Ach, darum geht es nicht. Überhaupt nicht. Deshalb will sie ja mit Ihnen sprechen. Ich glaube, es würde Sie interessieren.«

Catherin willigte achselzuckend ein. Kurz darauf trat die Bankkassiererin ein, mit klickenden Absätzen und untermalt vom Rascheln ihrer Kleidung. Sie setzte sich auf die Bettkante.

»Hallo«, sagte sie. »Ich bin Anette. Ich habe gehört, du suchst nach einer sicheren Bleibe, fernab des Kampfgeschehens.«

Anette brauchte nicht lange, um Catherin davon zu überzeugen, dass die Feministinnengemeinde hervorragend geeignet war, sie so lange zu verstecken, bis ihr Status als Kämpferin wiederhergestellt war. Dort hätte sie Ruhe, um sich ihr weiteres Vorgehen zu überlegen.

»Aber das ist auch schon alles«, erklärte Catherin hastig. »Das soll nicht heißen, dass ich mit euren Vorstellungen oder so konform ginge …«

»Natürlich nicht«, sagte Anette. »Aber sei dir nicht so sicher. Wir haben schon ein paar Kämpferinnen gewonnen, die der Jungenspiele überdrüssig waren.«

Cat lächelte. Ihr würde das nicht passieren. »Wann geht es los?«

»Gleich morgen früh?«

»Ist gut.«

»Schön. Dann wäre das geregelt.« Als sie sich erhob, nahm Anette Catherins Jeanssachen in die Hand und begutachtete sie geringschätzig.

»Wir müssen dir etwas Anständiges zum Anziehen besorgen«, meinte sie und machte Anstalten, das ganze Jeanszeug mitzunehmen.

»Nein, nein«, sagte Catherin. »Ich will das behalten. Die Sachen sind noch gut.«

»Na schön ... Ich nehme mal gerade deine Maße. Einen Augenblick.« Sie holte einen Scanner aus der Tasche und schwenkte ihn über Cat. »Bis morgen, Catherin.«

Am nächsten Morgen tauchte sie zu einer unchristlichen Zeit mit langen Papiertüten auf, die sie über der Schulter trug. Die Krankenschwester schob eine Trennwand vors Bett. Catherin warf einen Blick auf die Tüten.

»Modesty«, sagte sie. »Du meine Güte!«

»Du sollst was Hübsches tragen, wenn du entlassen wirst, Mädchen«, sagte Anette.

Man musste ihr beim Ankleiden helfen, nicht weil ihr gebrochener Arm geschient war, sondern weil sie sich mit den komplizierten Verschlüssen nicht auskannte. Es war schlichtweg unmöglich, diese Kleidung selbständig an- oder abzulegen. Als Anette und die Schwester fertig waren, traten sie zurück und lächelten sie an.

»Oh«, machte die Krankenschwester. »Oh. Sie sind wunderschön.«

Anette fasste Catherin bei den Schultern und drehte

sie zu einem Wandspiegel um. Sie starrte ihr Spiegelbild an, ausstaffiert mit Haube und Korsett und einem Reifrock aus blauem Satin und weißer Spitze. Sie machte einen Schritt nach vorn, einen nach hinten, erstaunt über die schiere *Masse* wehenden, sich bauschenden Stoffs, die sie mit sich herumschleppte. Sie musste lachen und schüttelte den Kopf, so absurd kam ihr alles vor. Sie zupfte mit behandschuhten Fingern am Rock, ließ ihn wieder fallen.

»Ich komme mir blöd vor«, gestand sie. »Hilflos.«

»Nicht ganz«, meinte Anette grinsend. Sie reichte Catherin eine kleine Handtasche. »Da drin, meine Liebe, findest du neben einem auf deinen Hauttyp abgestimmten Make-up auch eine hübsche, damenhafte Pistole.«

Catherin lächelte und entspannte sich ein wenig. Dieses Überbleibsel der Art Schutz, auf den sie sich stets verlassen hatte, vermittelte ihr Sicherheit und ermöglichte es ihr, sich mit der anderen Art Schutz abzufinden, auf den sie sich nun verlassen musste: mit einer Macht, die nicht aus dem Lauf eines Gewehres kam. Das Gestell, das ihre Hüfte umschloss, und der darunter befestigte Stoffrahmen – sie waren kein Gefängnis, sondern eine Burg.

»Okay, Schwestern«, sagte sie. »Das war's dann.«

Sie verließ die Krankenstation mit hoch erhobenem Kopf, den Blick starr geradeaus gerichtet. Im Fernsehen hatte sie einmal eine königliche Hochzeit gesehen, daher wusste sie, wie man das machte.

Moh musterte sie einen Moment lang schweigend.

»Hör mal, Cat, was ich getan habe, tut mir aufrichtig Leid. Und was ich nicht getan habe. Aber das ist jetzt Vergangenheit, das ist beigelegt …«

»Für mich gilt das, verdammt noch mal, nicht. Und darum geht's. Jetzt, da ich wieder mit im Spiel bin, kann ich *dich* gefangen nehmen.« Sie grinste. »Und das habe ich soeben getan.«

»In wessen Auftrag?«, fragte Moh verdrossen, um Zeit zu schinden. »Solltest du dich auf das Linksbündnis beziehen, das haben wir bereits abgehakt …«

»Ach was«, meinte Cat. »In Donovans Auftrag. Als ich eingeloggt war, habe ich ihn angerufen, sobald mein Status geklärt war. Das BLK schickt ein paar Agenten vorbei …«

»Du hast was getan?«

Mit der kleinen Pistole konnte sie nicht viel ausrichten, überlegte er; er könnte sie töten, bevor er starb. Einen Moment lang fand er die Vorstellung trostreich. Dann wurde ihm klar, dass es einen Ausweg aus der Falle und der absurden Fehde gab, die er selbst ausgelöst hatte und die zu beenden Cat anscheinend entschlossen war. Er entspannte sich ein wenig, wartete ab und rang sich ein Lächeln ab.

»Offiziell«, sagte Cat, »kommen sie her, um das Lösegeld für mich zu bezahlen, was ihr gutes Recht ist. Und nichts und niemand kann mich daran hindern, dich ihnen zu übergeben.«

Moh hörte draußen auf dem Weg Schritte. Er blieb wie festgewurzelt stehen, bis Valery eintrat und sich neben ihn stellte. Cat warf ihr einen Blick zu, ohne die Pistole von Moh abzuwenden.

»Das wird dich hindern«, sagte Moh. »Valery, Miss Duvalier hat mich soeben im Auftrag des BLK gefangen genommen. In Kürze werden zwei ihrer Kämpfer eintreffen – wann genau?«

»Jeden Moment«, antwortete Cat. »Valery, das hat nichts mit dir zu tun.«

»Doch, hat es«, entgegnete Valery. »Erstens hältst du dich noch innerhalb unserer Gemeinde auf. Zweitens …« Sie zögerte und schaute unsicher zu Moh.

»Sagen Sie es ihr, verdammt noch mal«, meinte Moh.

»Wenn nicht gleich etwas passiert, werde ich ...« Er brach ab, rang nach Atem, nach Worten, kämpfte gegen die Bilder an, mit denen sein überaktives Gehirn ihn konfrontierte. Bei der Vorstellung, dem BLK oder, schlimmer noch, der Stasis in die Hände zu fallen, wurde seine Haut ganz kalt, und der Raum verdunkelte sich.

»Sie wollen es tatsächlich tun?«, fragte Valery.

»Ja, ich tu's.«

»Sie müssen es sagen«, meinte Valery sanft. »Sagen Sie es ihr. Für die Akten.«

Moh holte tief Luft. »Als Bürger der Vereinten Republik beanspruche ich den Schutz ihrer bewaffneten Streitkräfte und gelobe bei meiner Ehre, sämtliche damit einhergehenden Rechte und Pflichten einschließlich des Wahlrechts und der Zivilverteidigung auszuüben, wenn die rechtmäßige Autorität des Armeerates der Armee der Neuen Republik mich dazu auffordert. Richtig so?«

»Im Wesentlichen ja«, sagte Valery. »Und nun, Cat, schlage ich vor, dass du die Waffe niederlegst, es sei denn, du möchtest dich mit der ANR anlegen.«

Cat starrte beide an. »Ist das hier ein Stützpunkt der ANR?«

»Ja«, antwortete Valery.

Cats Schultern sackten herab. Sie senkte die Pistole.

»Du stehst immer noch in meiner Schuld, Moh.«

»Später«, knurrte Moh. Er beruhigte sich wieder, lächelte. »Du siehst wirklich gut aus«, sagte er – als würde das reichen, etwas ändern, alles andere ungeschehen machen – und stürzte ins Freie. Er rannte über den Rasen, übersprang Blumenbeete und Büsche, wich Menschen aus. Es wunderte ihn nicht, dass Valery Sharp mit ihm Schritt hielt. Unter dem Kleid, das gar nicht so unpraktisch war, wie es aussah, hatte sie straffe Muskeln, die sie sich wohl mit Aerobic antrainiert hatte.

»Tut mir Leid«, keuchte Valery. »Damit haben wir nicht gerechnet …«

»Schon gut. Ich auch nicht.«

Sie verharrten im kühlen Halbdunkel des Eingangs. Der Laster wurde gerade mit Kisten beladen. Nur noch ein paar standen auf der Straße.

»Also, was wollten Sie mir sagen?«

»Nehmen Sie den Laster«, sagte Valery.

»Wohin?«

»Möglichst weit nach Norden, dann zu einer kontrollierten Zone. Wir haben Zollpapiere für sämtliche Grenzen und Steuern in Naturalien geladen, aber … sollte sich jemand näher für die Fracht interessieren, müssen Sie ihn unter allen Umständen davon fernhalten. Notfalls verbrennen Sie die Container.« Sie schaute ihn an. »Werden Sie das tun?«

»Ja. Bitte rufen Sie bei meiner Co-op an, verlangen sie Jordan und sagen Sie ihm: Die Suche ist vorbei, kümmere dich um deinen eigenen Kram.«

»Mach ich. Und ich werde Cat eine Weile von Donovan fernhalten.«

»Okay. Ich hoffe, wir sehen uns mal wieder.«

Valery versetzte ihm lächelnd einen Schubs. »Los!«

Er rannte zum Heck des Lasters, packte die letzte Kiste und wuchtete sie hoch, sprang auf die Ladefläche, zog die Heckklappe zu und sprang im letzten Moment wieder hinaus. Ein Mann hantierte am Schloss. Kohn wartete quälend lange Sekunden, bis er fertig war, dann rannte er zum Führerhaus und stürzte sich geradezu hinein. Er blickte in den Lauf seines Gewehrs. Janis hockte unter dem Lenkrad, zielte auf die Tür und versuchte gleichzeitig, ein Magazin einzusetzen. Der peitschenartige Sensorfortsatz bemühte sich, auf einer Höhe mit der Windschutzscheibe zu bleiben.

»*Runter!*«, zischte sie.

Kohn warf sich keuchend auf den Beifahrersitz. Janis reichte ihm das Gewehr, als sei sie froh, es loszuwerden.

»Es *redet*«, sagte sie.

»Ja, ja, das hast du doch gewusst.« Kohn wälzte sich auf den Rücken und setzte das Magazin und den Rechner ein. »Was hat es denn gesagt?«

»Spinner. Sie haben es auf uns abgesehen. Das Gewehr hat Signale aufgefangen …«

»Helm.« Er schwenkte vor Janis die Hand, bis er den Helm darin spürte. Er hob den Oberkörper an, streifte den Helm über, klappte das Visier herunter, steckte das Kabel ins Gewehr und legte die Wiedergabe vom Monitor auf den Helm um. Die beiden Gewehransichten – die Zielansicht und das von der Peitschenoptik übermittelte Bild – überlagerten sich vor Mohs Augen wie Spiegelungen in einem Fenster. So stark verschieden waren sie noch nie gewesen.

»Was liegt an, Gewehr?«

Eine kurze Pause, als der Rechner den noch kleineren Speicher der Basissoftware befragte.

»Ein öffentlicher Telefonanruf, BLK-typische Verschlüsselung, ansonsten liegen keine Daten vor. Das fragliche Fahrzeug nähert sich dem Parkplatz aus …«

Und da war es auf einmal, mit blinkendem Rot umrandet: ein schwarzer Transporter mit dunklen Fenstern, der soeben um die Ecke bog. Er kurvte um den Parkplatz herum und hielt ein paar Meter vor dem Laster an. Kohn machte hinter der getönten Windschutzscheibe des Transporters mittels Infrarot zwei Gestalten aus.

Er ließ den Motor an und packte das Steuer mit der Linken. Janis schaute zu.

»Bitte anschnallen«, sagte der Laster.

»Stell den Scheiß doch ab.«

Janis klickte den Gurt ein, führte die Arme hindurch

und zog kräftig mit beiden Händen daran, damit er das Gewicht spürte.

»Gut«, sagte Kohn wie ein psychopathischer Fahrlehrer. »Es wird einen Ruck geben. Und jetzt löse die Handbremse und gib Gas.«

Er stemmte die Beine gegen den unteren Rand des Armaturenbretts. Der Truck machte einen Satz nach vorn. Mit einem ermutigenden Krachen rammte er die Metallstoßfänger gegen das dünne Blech und das Hartplastik des Transporters. Janis schrie auf, jedoch bloß vor Schreck – der Aufprall war nicht besonders hart gewesen.

Kohn schnellte hoch und sprang aus dem Führerhaus, prallte auf den Teerbelag der Straße und stürzte sich auf die Tür des Transporters, das Gewehr an sich gepresst. Mit dem Schaft schlug er das Seitenfenster ein und stieß den Gewehrlauf hindurch. Ein junger Mann und eine junge Frau, beide langhaarig, mit schmierigen Jeans, übersät mit Glassplittern und noch immer zitternd von der Wucht des Zusammenstoßes. Der Mann langte unter das Armaturenbrett. Kohn schoss über seinen Handrücken hinweg in den Winkel unter dem Lenkrad. Die Hand wurde zurückgerissen, während gleichzeitig irgendeine Hydraulik aussetzte.

»Raus«, sagte Kohn und trat vom Trittbrett herunter.

Sie stiegen aus. Die Frau hatte die Hände auf den Kopf gelegt. Der Mann hielt sich die blutende Hand an den Mund.

»Hattet ihr's auf mich abgesehen?«

Die Frau schüttelte den Kopf, der Mann nickte.

»Tja, das habt ihr wohl ver…«

Kohns Worte gingen in einem lauten Dröhnen und einem durchdringenden Quietschen unter.

Er wandte den Kopf – das Gewehr ruckte ebenso wenig wie ein Treppengeländer – und erblickte eine sachte schaukelnde aufgemotzte Honda aus den Dreißigern, die in ein paar Metern Abstand gehalten hatte. Der Fahrer war entsprechend gebaut und von den Stiefeln bis zur Kappe ganz in Leder gekleidet. Als er abstieg, stellte sich heraus, dass das, was zunächst wie ein Zusatztank ausgesehen hatte, in Wahrheit ein gepanzerter Hosenbeutel war. Seine Arm- und Brustmuskeln hätten auch ohne die holografischen Zusätze Angst und Schrecken verbreitet.

Er hielt eine Marke hoch. »Grobe Klötze«, sagte er. »Gibt es Probleme?«

Kohn senkte das Gewehr und sagte: »Eine Meinungsverschiedenheit.«

»Möchte jemand Anklage erheben?«

Die jungen Leute schüttelten den Kopf.

»Ich auch nicht«, sagte Kohn. »Allerdings verlange ich Lösegeld für eine Geisel und hatte Mühe, die beiden von der Rechtmäßigkeit meiner Forderung zu überzeugen. Ich nehme an, sie haben entsprechende Unterlagen dabei.«

Die beiden nickten enthusiastisch. Kohn entspannte sich ein wenig. Er hatte gehofft, dass Donovan die Tarnung werde aufrecht erhalten wollen.

»Wie viel?«

»Fünfhundert Mark«, sagte die Frau, die ihre Sprachlosigkeit endlich überwunden hatte. Sie hielt einen schmuddeligen Geldschein hoch. Kohn scannte ihn mit beleidigender Gründlichkeit (der Sensor seines Gewehrs bestätigte erwartungsgemäß, dass keine größere Ansammlung beweglichen Metalls vorhanden war) und stellte eine Empfangsbestätigung über den Betrag für die Freilassung Catherin Duvaliers aus. Der Mietbulle beglaubigte den Vorgang, und der junge Mann nahm mit der Linken das Original entgegen.

»Bitte sorgen Sie dafür, dass dies der erwähnten Person ausgehändigt wird«, sagte Kohn und reichte den

Durchschlag dem Groben Klotz. »Sie hält sich derzeit in dieser Wohnanlage auf.«

»In Ordnung.«

Als Kohn wieder in den Truck kletterte, stellte er fest, dass Janis ihm mit der Pistole, die er zuvor abgelegt hatte, Deckung gegeben hatte. Lächelnd warf er ihr eine Kusshand zu und schnallte sich an. Der Grobe Klotz betrat soeben die Wohnanlage; die Spinneragenten sprachen in ihrem fahruntüchtigen Transporter in ein Mikrofon. Lachend lenkte Kohn den Laster vom Parkplatz in eine schmale Straße hinein, wobei er einen unglaublich breiten pinkfarbenen Cadillac zwang, auf den Gehsteig auszuweichen. Bald darauf hatten sie die Schnellstraße wieder erreicht.

»Zeit für eine Erklärung«, sagte Janis.

»Fallschirme«, antwortete Kohn.

»Häh?«

»Die Wohnanlage gehört zur ANR. Diese Feminismus-Geschichte ist bloß Tarnung.« Beide lachten. »Sie stellen dort mit Handnähmaschinen Fallschirme und Stoffbahnen für Mikrolites und Hängegleiter her. Keine Software, verstehst du? Nichts, was im Netz Spuren hinterlässt. Großbestellungen über den Schwarzen Plan, genau wie Jordan es geschildert hat. Offenbar bereiten sie eine große Sache vor. Und all diese puppenhaften Sekretärinnen und so weiter geben bestimmt gute Spione ab.«

»Was ist mit denen, die wirklich daran glauben?«

»Ich kann mir nicht vorstellen, dass es viele sind, und die kann man mit harmlosen Beschäftigungen abspeisen. Vor allem darum ging es ja bei dieser Handarbeitsscheiße, wenn ich mich aus meinen sozialgeschichtlichen Büchern her recht erinnere.«

Janis schien sich wieder gefasst zu haben.

»Ja, aber was ist da drinnen *passiert?*«

Er erzählte es ihr: dass die Zuschnitte nicht gepasst

hätten und was Valery ihm anvertraut hatte; wie er mit Catherin zusammengetroffen war und wie und warum sie ihn reingelegt hatte. Janis wusste über seine frühere Beziehung zu Catherin bereits Bescheid – in den vergangenen Tagen und Nächten hatten sie Stunden damit zugebracht, einander alles zu erzählen. Trotzdem regte sie sich auf.

»Ach, Moh!« Janis blickte starr geradeaus.

»Ich weiß, ich hätte …«

»Nein, es ist bloß – warum hast du das überhaupt getan? Weshalb hat sie versucht, sich an dir zu rächen? Das macht auf mich den Eindruck, als hättet ihr es darauf abgesehen, einander wehzutun. Wie bei einem hässlichen Streit unter Liebenden.«

»So habe ich es noch nicht betrachtet«, meinte er und überlegte kurz. »Dabei ging es ums Geschäft, um Politik. Ich hatte das Gefühl, sie habe unsere Ziele verraten, sie habe es, verdammt noch mal, verdient, weil sie für diese Höhlenmenschen gearbeitet hat, nachdem … nachdem …«

Er schwenkte hilflos die Hand.

»Nachdem ihr Seite an Seite für den wissenschaftlich-technischen Sozialismus gekämpft habt?«

Kohn schnitt eine Grimasse, um auszudrücken, dass es der Erklärung an Überzeugungskraft mangele. »So ungefähr.«

Sie presste ihm das Knie. »Schon gut. Ich bin nicht eifersüchtig. Also, eigentlich doch. Aber ich weiß, womit ich es zu tun habe.«

»Ja«, sagte Kohn. »Du stehst nicht in Konkurrenz.«

»Weshalb hat sie dich entkommen lassen?«

»Für Situationen wie diese gibt es eine Formel«, antwortete Kohn, »ein Passwort. Das geht ein bisschen weiter als das alte *Civis Britannicus sum*. Sagt man es der richtigen Person, ist man ein Bürger der Republik. Und das habe ich getan, als mir klar wurde, dass wir keine andere Möglichkeit mehr hatten. Die Republik, die ANR, die geben einen Scheißdreck auf den Verhaltenscodex der Milizen. Das heißt, die Lage sieht jetzt ein wenig anders aus.«

»Soll heißen?«

»Also, jedes kleine Geplänkel, in das wir hineingeraten, ist ab sofort Krieg. Das ist etwas anderes, wie als Söldner zu kämpfen oder sich zu verteidigen, wie wir es gerade eben getan haben.«

»Willst du damit sagen, du wärst der ANR beigetreten?«

»Nicht direkt, aber ich habe gelobt, als Bürger der Republik ihre Befehle zu befolgen.« Er hatte das Gefühl, Janis eine weitergehende Erklärung schuldig zu sein. »Es ging nicht bloß darum, von Cat wegzukommen. Ich habe drüber nachgedacht. Die Republik ist der einzige Ort, wo ich erfahren kann, was mit mir geschehen ist. Logan hatte Recht, dort wären wir am ehesten in Sicherheit. Und auch die Daten, die im Gewehrrechner gespeichert sind. Und was deren Politik angeht, Scheiße, wenn Josh damit klar kam, dann kann ich es auch.«

Janis schwieg einen Moment lang. Dann sagte sie: »Ich möchte ebenfalls beitreten. Eine Bürgerin der Republik werden. Wie stelle ich das an?«

»Als das Thema zum ersten Mal aufkam, habe ich dir gesagt: du bist immer noch Bürgerin der Republik. Noch von der Schule her, erinnerst du dich? Wenn du aktive Bürgerin sein möchtest, nimmst du mit jemandem Kontakt auf und meldest dich als Freiwillige. Genau wie ich.«

»Mist, ich hätte es gerade eben tun können, jetzt muss ich warten, bis wir ...« Sie schlug sich mit der flachen Hand an die Stirn und sagte: »*Civis Britannicus sum*, nicht wahr? Dann bin ich dabei?«

Sie wirkte so begeistert und zufrieden mit sich, dass

Kohn sich seines Widerstands schämte, doch er musste die Frage stellen.

»Bist du sicher, du …?«

Janis brach in Gelächter aus. »Ich mag es, dass du mich ständig warnst – entweder es ist charmant, oder du hältst mich für einen Schwachkopf. Hör mal, Kohn, ich weiß, wir stecken in Schwierigkeiten. Ich habe nur dann eine Überlebenschance, wenn ich die brennenden Brücken hinter mir lasse.« Sie boxte ihm gegen den Arm, ganz so, als wolle sie im Moment über kameradschaftliche Gunstbeweise nicht hinausgehen. »Mein Land ist dort, wo ich lebe, wo immer das sein mag.«

»Du weißt, wo das ist«, sagte er. »Das Land der fünften Farbe. *Gens una summus.*«

Sie ließen die Stonewall Dykes und dann auch Norlonto hinter sich; sie fuhren nun über den königlichen Highway, eine öffentliche Straße. Auch diesmal wieder verspürte Kohn ein kurzes Unbehagen, als er auf staatliches Gebiet überwechselte. Ein emotionaler Wegezoll. Sie kamen an einem großen blau-weißen Schild mit einem vertikalen Pfeil und einem einzigen Wort darauf vorbei: ›Norden‹. Die Schnellstraße mündete auf eine achtspurige Autobahn. Der Diesel schaltete sich ein. Janis kuschelte sich in den Sitz wie ein glückliches Kind.

»Ich liebe dieses Schild«, sagte sie.

»Oje«, meinte Kohn.

Janis richtete sich auf. »Was ist?«

Kohn deutete auf den Rückmonitor. Weit hinter ihnen war ein pinkfarbener Klecks mit einem breiten Chromgrinsen zu sehen.

13

Die apokalyptischen Reiter

Dilly Foyle lag bäuchlings im langen Gras. Einige hundert Meter weiter, auf der anderen Seite der grünen Bergschlucht, in der ein überwölbter Abwasserkanal dahinfloss, spielte die Autobahn ihre summende, brummende und heulende Musik. Große Mengen unersetzlicher Mineralien und Petrochemikalien wurden in beide Richtungen transportiert, was unter dem Strich Null ergab. Für sie war dies seit jeher das perfekte Beispiel, das Sinnbild dafür, wie Wirtschaft und Handel sinnlos den Planeten plünderten. Der Verbrennungsmotor, die Konsumgesellschaft ... Allein schon die Bezeichnungen waren entlarvend.

Nazis, alle miteinander.

Sie direkt anzugreifen wäre selbstmörderisch gewesen. Mit einem Bolzenschuss ihrer Armbrust hätte sie einen Reifen löchern können, was mit etwas Glück ein brennendes Autowrack und meilenlange Staus zur Folge gehabt hätte. Das aber lohnte sich bloß dann, wenn bereits ein Militärschlag zu erwarten war – andernfalls hätte man ihn bloß provoziert. Daher gingen die Partisanen der Grünen Front subtiler vor, gründeten ihre cumbrischen Kommunen auf verlassenen Farmen und in den Ruinen des Tourismus, die ihr erstes und leichtestes Ziel gewesen waren. Der Lake District gehörte jetzt ihnen, und bis zu den Städten war es nicht weit. An einem klaren Tag konnte man die Revolution sehen ...

Ihr von schlechten Angewohnheiten oder Stadtluft unbeeinträchtigter Geruchssinn genügte ihr, um sich im Dunkeln zu orientieren. Treibstoffdünste und feuchte Erde, der geölte Stahl der Armbrust, das alte Holz des Schafts … ihre Kameraden … die Pferde, die friedlich in einer Senke grasten. Und links vor ihr die Autobahnraststätte, wo sich der Gestank der Auspuffgase und Batterien mit dem verbrannten Kaffee und der verschwendeten Nahrung und dem Plastik in all seinen gespritzten und gepressten, vulgären und aufgedunsenen Formen mischte.

Synthetische Scheiße.

Sie benötigte kein Fernglas, um die haltenden und wegfahrenden Fahrzeuge zu beobachten, und nachts würde sie auch keine Infrarotbrille brauchen. Die Lampen der Raststätte brannten bereits (Verschwendung, Verschwendung). Wenn das Signal gegeben wurde, würde sie wissen, was zu tun war. Und wenn es nicht gegeben wurde, dann würde es andere Partisanen erreichen, die an anderen Stellen entlang der Autobahn postiert waren. Heute waren die Anweisungen sehr detailliert und dringlich gewesen.

Sie wartete.

Ein paar Kilometer nördlich von Lancaster gerieten sie in eine kriegerische Auseinandersetzung hinein. Farmhäuser und Fabriken brannten. Panzer bahnten sich einen Weg über die Straße. Hubschrauber knatterten. Der Verkehr auf der M6 vermochte mit den Flüchtlingen, die auf der Standspur trotteten, kaum Schritt zu halten.

»Das kommt mir vor wie eine Szenerie aus dem zwanzigsten Jahrhundert«, sagte Janis.

»Sie werden nicht von Flugzeugen beschossen«, erwiderte Kohn.

»Na und? Meinst du etwa, das wäre ein Fortschritt?«

Kohn fuhr den Laster ein Stück weiter vor, dann schaltete er wieder in den Leerlauf. Der Motor war nicht mehr zu hören. »So ist das eben mit dem Fortschritt«, sagte er.

»Der Wagen hinter uns?«

Kohn warf einen Blick auf den Monitor. »Ja.«

Endlich war kein Rauch mehr zu sehen. Fahrzeuge des Roten Halbmonds und des Roten Kreuzes wagten sich aus der Deckung. Die Abstände zwischen den Fahrzeugen wurden größer. Hier und da ein höfliches, zögerndes mechanisches Hüsteln, dann stieg das Dröhnen der Verbrennungsmotoren wie Applaus gen Himmel. Der Truck fuhr mit stetigen einhundert Stundenkilometern über die Kriechspur. Der Cadillac ließ nicht locker, schloss hin und wieder auf und fiel dann wieder zurück.

»Das geht mir allmählich auf den Sack.«

»Was sollen wir tun?«

»Keine Ahnung. Ach, Scheiße ... bei der erstbesten Gelegenheit nieten wir sie um.«

»Ist das dein Ernst?«

»Ich schätze«, sagte Kohn, »es führt kein Weg dran vorbei, ganz gleich, wer in dieser vierrädrigen Konservenbüchse sitzen mag. Das ist nicht ihr Stil, verstehst du? Die verteilen ihre Leute, die schlagen zu und verschwinden gleich wieder. Die Militärs – Truppen des Königreichs oder des Verteidigungsministeriums – würden Straßensperren errichten und Fähnchen schwenken. Wie die uns verfolgen, das ist gängige Polizeitaktik. Der Zivilwagen ist es nicht, oder er wäre nicht so auffällig. Das sieht eher nach politischer Polizei aus. Oder nach der Stasis.«

»Die *Men in Black.*« Janis schauderte. »Ich frage mich, was das alles soll – die Anzüge, die Autos.«

»Hab mich mal schlau gemacht«, meinte Kohn. »Hat was mit Einschüchterung zu tun. Gegründet wurde die

Truppe vor Jahren, als es mal Panik gab wegen irgendwelcher Botschaften aus dem Weltraum, die angeblich in die Datensphäre eindrängen und Alien-Software freisetzten, die dazu dienen sollte, die Welt zu erobern. Erinnerst du dich noch an die Fernsehfilme? *Die Fremden aus Andromeda. Die Nacht der lebenden Tageslichter.* Ach nee, das war kurz nach dem Krieg. Vor deiner Zeit.«

»Nach meiner Schlafensgehzeit.«

»Wo wir gerade davon sprechen, ich wette, die haben diese Geschichten selbst lanciert. Bloß damit die Leute Angst bekommen, gefährliche Techniken könnten in falsche Hände geraten, anstatt dass sie sich Gedanken über die Hände machen, in denen sie bereits sind.«

»Weißt du«, meinte Janis nachdenklich, »die Leute haben ständig über den großen Durchbruch geredet, die Singularität, da all die technischen Trends abheben und die ganze Welt verändern würden: AI, Nanotechnik, Zellreparatur, das Bewusstsein jeweils in einen neuen Körper laden und so ewig leben, ja! Aber es passiert bloß beinahe, aber nie vollständig: Wir kommen dem Ziel immer näher, ohne es jemals zu erreichen. Vielleicht erreichen wir es deshalb nicht, *weil wir daran gehindert werden.*«

»Von der Stasis ... und den von der Weltraumverteidigung aufgezwungenen Waffenbeschränkungen ... ja, so funktioniert das: Software-Cop, Hardware-Cop!«

»Ja, legen wir sie um«, sagte Janis grimmig. »Die sind reine Platzverschwendung.«

»Es wird bald dunkel«, meinte Kohn.

Eine weitere Grenze: Cumbria. Ein weiterer Packen Handarbeitssachen von der Ladefläche. Steuern in Form von Naturalien: da der Großteil der Wirtschaft hinter dem Ereignishorizont der Kryptographie verschwunden war, stellte dies die einzige Möglichkeit dar, Steuern zu erheben, wenn die Betroffenen keine Abmachung mit dem Staat getroffen und ihm die Chiffrierschlüssel überlassen hatten. Naturaliensteuern wurden bei Straßensperren erhoben und im Falle von US/UN-Sanktionen, wo ganze Gebäude, Lagerhäuser und Fabriken einbehalten wurden. Meistens stimmten die Besitzer einer offenen Vorgehensweise zu, denn dann kannte man zumindest die Prozentsätze. Außer natürlich in Norlonto: dort versteckte man sein Geld und rückte die Güter nur dann heraus, wenn man mit vorgehaltener Waffe dazu gezwungen wurde.

Zumindest war der Laster bislang noch nicht durchsucht worden. In dieser Beziehung respektierte man den Verhaltenscodex, der auch die Transaktionskosten regelte.

Nach einer Weile blickte Kohn auf die Tankanzeige und sagte: »Wir sollten allmählich mal tanken. Hätte auch Lust, mir ein bisschen die Beine zu vertreten. An der nächsten Raststätte.«

»Was ist mit denen?« Janis ruckte mit dem Kopf nach hinten.

»Wir warten ab, was sie unternehmen«, seufzte Kohn.

»Und dann legen wir sie um?«

»Du gehst ganz schön ran, findest du nicht?«

Das Zwielicht verwandelte sich in dem Moment in Dunkelheit, als der Truck in den Bereich der Halogenstrahler der Raststätte hineinglitt. Janis beneidete Kohn um seine VR-Brille. Sie konnte den Schriftzug an der Seite erkennen: *mil spec 0053/09008*. Kohn hielt erst an den Tanksäulen, bezahlte in bar für Dieselöl und geladene Batterien, die er gegen die leeren austauschte.

»Das hätte ich auch nötig«, meinte Janis.

»Also, für den Körper gibt es noch keine Austauschteile«, sagte Kohn. »So weit geht das Recycling noch nicht.« Er ließ den Motor wieder an und steuerte die Parkplätze an.

»Unsere Freunde sind dort drüben«, meinte er und deutete in einen dunklen Winkel des Parkplatzes, wo Janis nichts erkennen konnte. »Sitzen immer noch im Wagen. Wahrscheinlich essen und scheißen sie nicht, sondern brauchen bloß einen Ölwechsel alle zehntausend Kilometer.«

»Ich wünschte, ich hätte eine Militärbrille«, sagte Janis. Sie begriff nicht, weshalb Kohn schallend lachte, reagierte aber mit Erleichterung, als er in seinen Rucksack langte und eine weitere Brille hervorholte.

»Das ist meine einzige Ersatzbrille«, sagte er, nachdem er ihr die Funktionsweise der Wangensteuerung erklärt hatte. »Pass gut drauf auf.«

Er klemmte sich den Helm unter den Arm.

»Stell die Brille auf Sonnenschutz«, sagte er. »Dann wirken wir wie Touristen.«

»Wie schwer bewaffnete Touristen.«

»Andere gibt's hier nicht.«

Janis sprang auf den Asphalt hinunter, wandte sich zur Cafeteria und schaute sich gleichzeitig um. Die Brille polarisierte nicht bloß das Licht, sondern integrierte es, milderte die Gegensätze: das Helle wurde gedämpft, das Dunkle aufgehellt.

»Die ist brillant!«

»Dann dreh die Leistung ein bisschen runter.«

»Ha, ha. Wie funktioniert die eigentlich?«

»Keine Ahnung, aber ich vermute, dass sie im eigentlichen Sinn nicht durchsichtig ist – die Vorderseite besteht aus einer Vielzahl von Mikrokameras, die Innenseite ist ein Monitor, und dazwischen befindet sich ein Nanoprozessor-Diamantfilm.«

Janis blieb draußen vor der Toilette stehen und blickte zum pinkfarbenen Cadillac hinüber.

»Hm«, machte sie. »Die essen Doughnuts und trinken Kaffee aus einer Thermoskanne. So viel zu deiner Theorie.«

»Das wollen sie uns nur glauben machen«, meinte Kohn.

Janis sah noch einmal hin. Ein Schwarzer und ein Weißer.

»Ich bin sicher, das sind die, die bei mir im Labor waren«, sagte sie. »O Mann, wenn ich mir vorstelle, welch weiten Weg ich zurückgelegt habe, um sie loszuwerden.«

»Du bist sie losgeworden«, entgegnete Kohn. Er stupste sie an. »Mach dir deswegen keine Sorgen.«

An der Essensausgabe mussten sie nicht lange warten.

»Zehn Mark!«, bemerkte Kohn empört. »Pro Person!«

»Sei nicht so knickerig!«

»Für das Geld habe ich Blut vergossen.«

Sie setzten sich an ein Glasfenster, so dass sie den Wagen und den Truck im Auge behalten konnten. Die Brillen filterten auch die Reflexionen weg. Janis fand es verwirrend, vom leuchtstreifenerhellten Inneren – wo die LKW-Fahrer hastig und die Familien langsam aßen und die Kinder umherliefen und die Gäste daraufhin taxierten, ob sie User waren oder nicht – zu den geparkten oder im Schritttempo vorbeifahrenden Fahrzeugen hinauszublicken, als wäre es ein- und dieselbe Szenerie. Welche Auswirkungen, überlegte sie, hatte es, wenn man jahrelang auf diese Weise sah – keine Schatten, keine Reflexe, nahezu keine Dunkelheit? Es passte ins Bild, es erklärte zumindest einen Aspekt von Kohns – nun ja, *Weltsicht.*

Bei dem Gedanken musste sie lächeln, und Kohn lächelte zurück.

Bleibtreu-Fèvre streifte sich Zucker von den Fingerspitzen, leckte daran und schraubte den Plastikbecher wieder auf die Thermoskanne auf. Das verdammte Ding tropfte wieder mal nach. Seufzend wandte er sich seinem Kollegen zu, Aghostino-Clarke. Sein Begleiter war genau wie er gekleidet, mit schwarzem Jackett und Hose, weißem Hemd und einer Krawatte in der Farbe von Kaffeeflecken. Sein Anzug zeigte an den falschen Stellen Spuren von Verschleiß. Seine Haut war sehr schwarz und seine Augen sehr braun.

Es war ein Glück, dass man sie präpariert hatte; andererseits, überlegte Bleibtreu-Fèvre selbstgefällig, half Vorbereitung dem Glück auf die Sprünge. Als Donovan ihnen telefonisch mitgeteilt hatte, Cat habe ihren und Mohs Aufenthaltsort offenbart, waren sie außen um Norlonto herumgefahren. Sie waren darauf vorbereitet gewesen, entsprechend zu handeln – mit einem Höllentempo über die schnellen Zugangsstraßen zu preschen, die normalerweise den Reichen und den Einsatzkräften vorbehalten waren. Es war richtig gewesen, sich nicht darauf zu verlassen, dass Donovan rechtzeitig eine ausreichend starke Einsatztruppe bereitstellen würde, um das Problem zu beseitigen. Es war richtig gewesen, die grünen Partisanen in Alarmbereitschaft zu versetzen.

Dass die Friedensgemeinde der Frauen nahe der Grenze lag, war jedenfalls Glück gewesen: reines Glück.

Davon konnten sie noch mehr gebrauchen.

Aghostino-Clarke lächelte. »Besorgt?«, fragte er. Er hatte eine tiefe Stimme: zum Ende des Wortes hob sie sich bis auf Basshöhe.

»Nervös.« Bleibtreu-Fèvre hustete und zündete sich daraufhin gleich eine Zigarette an.

»Dafür sind wir ausgebildet.«

»Deshalb bin ich ja nervös.« Er lachte kurz auf und blickte wieder zu dem Pärchen hinüber. »Er verhält sich normal, als wäre ihm alles scheißegal. Man könnte fast meinen, er habe keine Angst vor uns.«

»Er? Oder es?«

Bleibtreu-Fèvre blickte Aghostino-Clarke an und

nickte nachdenklich. »Ganz recht«, sagte er. »Wir wissen nicht, womit wir es zu tun haben.«

Mit einem typischen Süchtigen, einem Mann mit Maschinencode im Kopf oder bloß mit einem weltraumverrückten Söldner …

»Es wäre ganz leicht, ihn hochzunehmen.«

»Diese Zeiten sind vorbei.« Bleibtreu-Fèvre seufzte erneut. »Ich spüre die Strahlen dieser verdammten Spionagesatelliten wie Schatten im Nacken … Wo wir gerade davon sprechen …«

Aghostino-Clarke sah auf die Uhr und schwenkte langsam den Unterarm, als lese er die Datenzeilen ab. »In zwei Minuten haben wir ein Sechs-Minuten-Fenster«, sagte er. »Das nächste öffnet sich um zwanzig Uhr drei.«

»Richtig«, sagte Bleibtreu-Fèvre. »Spielen wir die grüne Karte, okay?«

»Eine Zigarette?«

»Nee«, meinte Kohn. »Machen wir uns auf die Socken.«

Er stand auf und warf Teller und Speisereste in den Recycler. Er setzte den Helm auf und stellte eine Verbindung zum Gewehr her. (Hi.)(Aktiv.) Als sie ins Freie traten, behielt er den Wagen im Auge. Auf dem Parkplatz herrschte nun weniger Betrieb, und der Cadillac stand funkelnd ganz für sich allein. Wie leicht es doch gewesen wäre, sie hochzunehmen. Aber wenn er sie jetzt in die Luft jagte, würde es schwer werden, unbemerkt in den Laster zu springen und zu flüchten. Sie mussten halt warten. Er stellte sich vor, wie er in eine Nebenstraße abbog, den Truck querstellte und schießend auf die Straße sprang.

Die Türen des Cadillacs öffneten sich; die beiden Männer stiegen aus und stellten sich hinter die Türen. Janis gab einen Laut von sich.

»Geh weiter«, sagte Kohn, ohne sie anzusehen. »Stell dich hinter der Tür aufs Trittbrett – genau wie die – und lass den Motor an. Los.«

Er schwenkte von ihr ab und überquerte die etwa fünfzig Meter Abstand zwischen ihm und dem Wagen. Die Männer reagierten nicht. Er fragte sich, ob die Türen wohl Urankugeln mit Stahlmantel standzuhalten vermochten. Er bezweifelte das. Vielleicht glaubten die Stasis-Agenten ja, er wolle verhandeln.

Er senkte den Gewehrlauf, bereit, ihn jeden Moment wieder hochzureißen.

»Hey!«, übertönte er das Summen der Motoren. Die Männer taten so, als hätten sie ihn nicht gehört. Er wollte gerade erneut rufen, als er hinter sich Janis' Aufschrei und ein rhythmisches Klappern vernahm. Er wirbelte herum, ging in die Hocke und riss das Gewehr wieder hoch. Ein Pferd galoppierte auf ihn zu; der langmähnige Bursche im Sattel zog eine Armbrust aus einer Tasche, zügelte das Pferd und saß gleichzeitig ab. Kohn nahm alles wie in Zeitlupe wahr, selbst das Funkensprühen der über den Asphalt rutschenden Hufe. Er bemerkte einen weiteren Reiter, der sich von hinten dem Truck näherte. Er feuerte eine Salve ab, die erst den Schenkel des Reiters durchschlug und dann das Pferd traf. Er sah, wie dessen Vorderbeine einknickten, sah, wie der Reiter aus dem Sattel flog, dann wandte er sich wieder dem ersten Angreifer zu. Eine Barbarenfrau. Sie war zwei Meter und eine halbe Sekunde davon entfernt, die Armbrust auf ihn abzufeuern. (Keine Zeit mehr für einen gezielten Schuss.) (Was?) Er sprang vor und rammte der Frau den Schaft gegen die Schulter. Die Armbrust schlitterte über den Asphalt. Er versetzte ihr einen Faustschlag unters Brustbein. Sie brach zusammen, krümmte sich um ihren Schmerz.

Kohn ließ sich hinfallen und wälzte sich herum. Irgendetwas schwirrte über seinen Kopf hinweg. Zack.

Steinsplitter im Gesicht. Der Schuss war vom Cadillac gekommen. Zu seinem Entsetzen sprang Janis vom Trittbrett des Lasters herunter und rannte mit gesenktem Kopf auf ihn zu, während sie mit der Linken unbeholfen die Pistole nach hinten abfeuerte. Ihre Brille war durchsichtig, und er konnte die fest geschlossenen Augen dahinter erkennen.

Der Motor des Cadillacs brüllte auf, und der Wagen machte einen Satz, die Türen noch immer offen, Mündungen zielten darüber hinweg. Blitze. Mit einem lauten Knall explodierte ein Reifen. Der Wagen geriet ins Schleudern. Janis hechtete an der vorderen Stoßstange vorbei und fiel auf ihn drauf. Sie wälzte sich herunter und setzte sich auf, packte die Automatik mit beiden Händen. Das Wagenheck schleuderte vorbei. Janis feuerte, worauf eine dunkle Gestalt aus der offenen Fahrertür kippte.

Sie wandte sich zu ihm um und öffnete die Augen.

»Alles in Ordnung?«, fragte sie.

»Los, weiter!« Er sprang auf und zeigte zum Eingang der Cafeteria. »Dort rein!« Die Limousine kam zwischen ihnen und dem Laster zum Stehen.

Sie rannten zum Eingang, stießen die Tür auf und liefen an schreckensstarren Zivilisten vorbei zur Treppe. An der Ecke angelangt, sah Kohn, wie der erste Man in Black gerade den Eingang erreichte. Wenn er jetzt geschossen hätte, hätte er das halbe Foyer mit Blut bespritzt. Hoch die Treppe zum glasverkleideten Autobahnübergang, der zu einer spiegelbildlichen Raststätte hinüberführte. Sie sprinteten los.

Etwas kam auf der anderen Seite die Treppe hoch. Auf halber Wegstrecke gab es eine Nische mit Feuerlöschern und einem Notfalltelefon. Kohn zog Janis hinter sich hinein. Sie drückten sich flach an die Wand, und Kohn spähte hinaus.

Ein weiterer Reiter näherte sich über den Gang. Auf

der anderen Seite sprang der Stasismann auf die obers-' te Treppenstufe und ließ sich fallen, mit beiden Händen eine schwere Pistole umklammernd. Kohn wich zurück.

Das Hufgetrappel brach ganz in der Nähe ab.

»Werfen Sie Ihre Waffen heraus.« Die Stimme des Agenten klang angespannt und fremdartig. »Sagen Sie nichts, oder Sie sind ein toter Mann.«

»Verdammter Mist«, zischte Kohn. Ein Teil seines Gehirns malte ihm in detaillierten Bildern aus, was passieren würde, wenn sie gefangen genommen wurden. Er verdrängte die Bilder von Knochensägen, Bohrspitzen und Elektroden und hörte Janis leise flüstern: »... bloß die Schusswaffen, dann setz alles ein, was dir noch geblieben ist, vielleicht kannst du sie ja übertölpeln ...«

Kohn nickte. Sie warf die Pistole auf den Boden. Kohn warf das Gewehr hinterher. Es landete auf dem Stativ. Kohn hob die Arme und wollte gerade aus der Nische hervortreten, als er dünnes Glas klirren hörte.

»FEUER!«, sagte der Alarm mit tiefer, ruhiger Chip-Stimme.

Das Gewehr eröffnete das Feuer. Janis trat beherzt vor, ehe er sie daran hindern konnte. Sie hielt einen Feuerlöscher in Händen. Sie sprang vor das Pferd und zielte mit dem Schaum auf seine Augen. Es wieherte schrill und bäumte sich auf, wobei der Reiter mit dem Kopf gegen die Decke stieß. Er kippte nach hinten. Im nächsten Moment stand Janis neben dem Pferd und drückte gegen den Sattel. Das Tier schwankte, die Hinterhufe tänzelten über den Boden, mit den Vorderhufen trommelte es gegen die Glaswand. Der Reiter strampelte, bis sich die Füße aus den Steigbügeln lösten. Er rutschte über die Kuppe des Pferdes auf den Boden. Die große Fensterscheibe zerbarst. Das Pferd flog wie in Zeitlupe durchs Glas und verschwand. Janis bückte sich und hob die Pistole auf. Der Reiter lag auf dem Rücken, einen Arm unter dem Körper, mit dem anderen gestikulierte er abwehrend. Janis nahm über ihm Aufstellung und zielte auf sein Gesicht.

»Nicht!«, rief Kohn.

Das Gewehr feuerte unablässig weiter. Kohn warf sich hinter ihm zu Boden. Eigentlich hätte es allein auf seine Stimme reagieren sollen. Für dieses eine Mal verzieh er ihm. Der Agent war nicht mehr zu sehen. War wohl die Treppe hinuntergerollt. Keines der Einschusslöcher in der Wand saß tiefer als einen halben Meter über dem Boden.

Das Gewehr verstummte; ihm war die Munition ausgegangen. Kohn spähte durch das klaffende Loch in der Scheibe auf den Fleischberg auf dem Mittelstreifen hinunter.

Er blickte Janis an.

»Das war gefährlich«, sagte er. »Du hättest jemanden töten können.«

Sie schaute sich um, während Kohn ein volles Magazin einsetzte.

»Wir sind jetzt in der Armee«, erwiderte sie, dann wandte sie sich wieder dem Mann zu ihren Füßen zu.

»Deshalb darfst du ihn doch nicht einfach erschießen! Er ist wehrlos!«

Janis schüttelte sich und trat einen Schritt zurück. »Schon gut, schon gut.« Vorsichtig löste sie eine Automatik und ein feststehendes Messer mit Scheide vom Gürtel des Mannes und wälzte ihn von dem gebrochenen Arm herunter. Er hatte bereits das Bewusstsein verloren.

Sie rannten den Weg zurück, den sie gekommen waren. Janis hielt sich in Deckung, während Kohn sich kriechend der Treppe näherte und mit Hilfe des Gewehrsensors um die Ecke blickte. Niemand zu sehen. Sie stiegen die Treppe hinunter und durchquerten Rücken an Rücken das Foyer. Bislang hatte noch niemand auf den Feueralarm reagiert. Ihnen konnte es nur recht sein.

Die Raststätte sah aus, als sei eine Gasbombe eingeschlagen. Alles war intakt, aber überall lagen Leichen herum. Die vorbeifahrenden Fahrzeuge wirkten automatikgesteuert: fahrerlos. Diese Zivilisten hatten wirklich gute Reflexe. Kein Hindernis zwischen dem Ausgang und dem Laster, abgesehen vom Cadillac und dem Agenten, den Janis erschossen hatte. Sie traten hinter ein geheimnisvolles Objekt, eine Art Betonwanne, gefüllt mit festgestampfter Erde. (Kohn hatte stets vermutet, diese Dinger sollten bei Schießereien als Deckung dienen.) Er zielte daran vorbei und feuerte noch ein paar Schüsse in den reglosen Körper.

»Ich gehe als Erster«, sagte er. »Gib mir Deckung.«

Er überquerte die Freifläche, als tanze er mit einer unsichtbaren Partnerin: vor und stopp, drehen, hinfallen, abrollen, springen, rennen, herumschwenken … Er hatte den Man in Black gerade passiert, als dieser Hand und Kopf hob. Ein Pistolenschuss verfehlte haarscharf sein Ohr. Kohn blickte sich zu dem Mann um – dunkle Haut, dunkler Anzug, dunkle, sich ausbreitende Flecken, mit zitternder Hand nach einer weiteren Waffe tastend. Manchmal war auf das Gewehr doch kein Verlass. Er zielte sorgfältig, und schon flog die Pistole des Agenten durch die Luft. Der Mann reckte stöhnend seine zerfetzte Hand. Kohn ging achselzuckend zum Truck hinüber. Der Motor lief noch. Er winkte Janis zu. Sie kam herübergelaufen; ihr einziges Ablenkungsmanöver bestand in einem weiten Bogen um den Mann, den zu töten sie beide nicht geschafft hatten.

Als sie losfuhren, rannte der zweite Agent vor ihnen vorbei. Kohn machte einen Schlenker, um ihn über den Haufen zu fahren, verfehlte ihn jedoch. Bevor sie wieder auf die Autobahn einbogen, beobachtete er im Rückspiegel die Verklärung des Cadillacs; ein leuchtender Strahl von der Farbe des Autolacks hüllte ihn ein, ein Strahl, der geradewegs aus dem Himmel herniederstieß.

Janis schaute ihre Hände an. Sie zitterten, und sie konnte nichts dagegen tun. Kein Wunder, dachte sie verärgert und blickte zu den vor ihnen fahrenden Fahrzeugen hinaus. Von der Brille mit geradezu grafischer Schärfe gezeichnet, hatten die Farben der dahinkriechenden, im Reisetempo fahrenden, zurückfallenden und überholenden Limousinen, Laster und Tankwagen im Dunkeln einen spektralverschobenen Stich. Langsam relativ zueinander, unglaublich schnell vom Straßenrand aus betrachtet, aus der Perspektive der Fußgänger. Oder aus der eines Reiters. Bei dem Gedanken musste sie lächeln.

Sie wandte sich Kohn zu. Er sprach gerade in ein Mikrofon, das vor seinen Lippen hing. Als er bemerkte, dass sie ihn ansah, verstummte er.

»Ich habe gerade mit dem Gewehr geschimpft«, sagte er. »Ich glaube, es hat sich zum Pazifisten gewandelt.«

Er schaute so ernst drein, dass Janis lachen musste.

»Ich habe alles noch einmal Revue passieren lassen«, fuhr Kohn fort, »und mir scheint, ich habe auf den Kopf und nicht auf das Bein des Reiters gezielt, der es auf dich abgesehen hatte. Das Gewehr sagt, es habe auf das größere bewegliche Ziel gezielt. Die Frau, die mich angegriffen hat – ich wollte sie niederknallen, aber das Gewehr hat mir signalisiert, es bleibe keine Zeit mehr zum Feuern. Deshalb habe ich ihr stattdessen das Schlüsselbein gebrochen.«

»Ich habe nicht eingegriffen, als du den MIB erledigen wolltest. Bloß hast du ihn nicht erledigt!«

»Nein, da ist was schiefgegangen«, sagte Kohn. »Ich habe fünf Salven in ihn hineingepumpt.« Er lachte, ohne den Blick von der Straße zu wenden. »Wie ich bereits sagte. Die sind nicht menschlich – oder jedenfalls bloß teilweise.«

»Du hättest die Theorie an seinem Kopf überprüfen können. Oder hat das Gewehr wieder bloß auf seine Hand gezielt?«

Kohn verzog das Gesicht. »Nein. Es ist bloß so – es geht in Ordnung, jemanden zu erschießen, der am Boden liegt, aber eine Bedrohung darstellt, doch ansonsten, nein. So war das. Ich hätte ihn töten sollen, weißt du. Oder den Grünen, den du niedergestreckt hast – das hast du übrigens gut gemacht –, aber man kann einem Menschen nicht einfach so den Rest geben. Im Grunde ist der auch bloß ein armes Schwein wie wir. Entwaffne ihn und lass ihn liegen, wenn du ihn nicht gefangen nehmen oder ihm helfen kannst. Die Stasis steht auf einem anderen Blatt. Die stehen nicht unter dem Schutz der Konvention – was mich betrifft, so behandele ich die Angehörigen der Geheimpolizei wie Spione in Kriegszeiten: jeder hat das Recht, sie niederzuknallen wie tolle Hunde.«

»Und warum hast du es dann nicht getan, verdammt noch mal?« Es wunderte sie, wie wütend sie war.

Nach einer Weile antwortete Kohn seufzend: »Bloß eine schlechte Söldnerangewohnheit.«

Obwohl nichts darauf hindeutete, dass sie verfolgt wurden, entschieden sie sich dafür, das Gebiet der ANR über eine weniger direkte Route zu betreten, als Kohn ursprünglich geplant hatte. Sie wandten sich nach Osten und fuhren von Süden her in Edinburgh ein. Am North British Hotel bogen sie links in die Pretender Street ein, dann rechts in die Stuart Street, querten die Charles Edward Street und fuhren den langgestreckten Hügel hinunter zur Firth of Forth. (Der Stadtrat hatte bei der Restauration in einem Anfall von Groll mehrfach die Straßennamen gewechselt, und seitdem hatte es niemand mehr gewagt, die ursprünglichen Namen wiederherzustellen.) Am Granton Harbour steuerte Kohn den Laster vorsichtig auf ein langes, steinernes Pier mit einer Holzmole am Ende. Überall waren kleine Segelboote vertäut. Die Fallen klimperten gegen den Mast. Im Westen sah man vor dem Hintergrund des reflektierten Widerscheins der Städte die verdrehten Überbleibsel der Forth Bridge, die an ein schüchternes Kind erinnerten, das sich die Augen zuhielt.

»Scheint so, als sei die Straße hier zu Ende«, meinte Janis und deutete nach vorn.

»Wir müssen einfach bloß warten.«

»Das hast du schon mal getan!«

»Ja, aber nicht hier!«

Nach einer Stunde – Janis döste, Kohn rauchte – vernahmen sie das Tuckern eines Dieselmotors. Ein Trawler mit einer unnatürlich phosphoreszierenden Bugwelle, der grün-weiß-blauen Fahne der Republik am Heck und einem Maschinengewehr mit Schutzschild im Bug. Etwa zehn Meter vor dem Pier kam es zum Stehen.

»Steigen Sie aus«, sagte jemand, ohne die Stimme zu heben.

Sie gehorchten. Kohn fragte sich, wie sie sich wohl ausweisen sollten.

»Wer sind Sie?«

Sie nannten ihre Namen.

»Schön, schön«, sagte die Stimme. »Die Maschinen haben Ihr Erscheinen angekündigt.«

Das Boot kam näher, und ein Tau wurde auf die Mole geworfen. Kohn wickelte es unbeholfen um einen Poller. Zehn oder zwölf Leute sprangen vom Boot, öffneten die Ladeklappe und verwandelten Ladung in Schiffsfracht. Jedes Mal, wenn Janis oder Moh ihre Mithilfe anboten, forderte man sie höflich auf, aus dem Weg zu gehen, und beim dritten Mal taten sie es auch. Der Laster wurde rückwärts vom Pier gefahren; anschließend würde man ihn bei der Edinburgher Niederlassung der Mietfirma abgeben, mit Papieren, die belegten, dass er ganz woanders gewesen war. Janis und Moh wurden an Bord geleitet, worauf das Boot ablegte und Kurs auf die dunkle Küstenlinie von Fife machte.

»Schon seltsam«, meinte Janis, als sie im Ruderhaus standen und schwarzen Tee tranken, »man kann den Fisch nicht riechen.«

Kohn gab ein gedämpftes Schnauben von sich, der Steuermann lachte schallend.

»Hier hat's schon seit Jahren nicht mehr nach Fisch gestunken!«

Dieser Kommentar wurde bekräftigt, als sie im Hafen einer Siedlung anlegten, die sich Janis' elektronisch verstärktem Blick als Geisterstadt darbot. Früher einmal war dies offenbar ein Fischereihafen gewesen, dann eine Marina für den Freizeitsport. Die wenigen Menschen, die jetzt noch hier lebten, gehörten zur ANR. Es war nicht unbedingt eine Frontstadt – es gab keine Front –, doch sie lag an einer stillschweigend akzeptierten Grenze eines der Gebiete, aus denen die Republik bestand. Eine kontrollierte Zone.

Zwei Fahrzeuge warteten am Kai. Das eine war ein Laster, der die Ladung übernehmen sollte. Das andere war eine Art Jeep, ein so genanntes Humvee. Janis und Moh standen unschlüssig mit ihren Rucksäcken und Waffen am Kai. Ein großer und ein kleiner Mann stiegen aus dem Humvee aus und näherten sich ihnen.

Der große Mann trug einen dunklen Overall mit mehreren kleinen Abzeichen – nationale und solche der Partei – an der Brusttasche. Sein Aufzug kam einer ANR-Uniform recht nahe, und nach der großen Zahl und der Kleinheit der Abzeichen zu schließen, hatte er einen sehr hohen Rang inne. Ein fleischiges Gesicht – mehr Muskeln als Fett, ein entspannter Mund, geplatzte

Äderchen an den Wangen. Der kleine Mann verschwand beinahe in dem weiten Mantel, dessen von der Krempe eines Homburgs beschattetes zartknochiges Gesicht die Glut einer Zigarette erhellte. Dieses Aussehen war bloß einem Volk zu eigen.

Der Große schüttelte erst Janis und dann Moh lächelnd die Hand. Ihre Namen kannte er bereits.

»Willkommen in der Republik«, sagte er. »Ich bin Colin MacLennan. Ich möchte Sie einem Mann vorstellen, der Sie gern kennen lernen würde.« Er wandte sich mit schwungvoller Gebärde an den kleinen Mann.

»Unser wissenschaftlicher Berater, Doktor Nguyen Thanh Van.«

»Wir müssen den Einfluss des Gnostizismus natürlich genau betrachten, denn dort zeigt sich eine starke Gegenposition zu Paulus' Frauenhass, okay, die sich später in den so genannten Hexenprozessen des Mittelalters manifestierte …«

Bleibtreu-Fèvre rutschte seitlich ab, suchte verzweifelt nach Halt, bekam ein Büschel zu fassen, das offenbar aus Haar bestand, und wurde zum fünften Mal abgeworfen. Er rannte dem Tier hinterher und saß wieder auf, während die Anarcho-Barbarin höflich wegsah. Beinahe wäre es ihm lieber gewesen, er wäre wie Aghostino-Clarke am Pferdehals festgebunden gewesen. Wären sie beide hilflos gewesen, hätte er diese Typen allerdings nicht davon abhalten können, sie abzuschlachten und die Bionik auf dem Schwarzmarkt zu verhökern.

Die Pferde stapften über einen Pfad, der zwischen den Birken kaum zu erkennen war, den Hang hinunter. Aus dem Geäst tropfte es, was ihn zusätzlich irritierte. Sobald er wieder einigermaßen sicher im Sattel saß, fuhr Dilly Foyle, die Anführerin der Gruppe, fort, ihre politischen Vorstellungen zu erläutern. Sie war eine NF, eine Nationalfeministin. Das Patriarchat, so hatte sie ihm bereits ausführlich dargelegt (bislang fünf Kilometer weit), sei eine Erfindung der Juden, wie man der Bibel klar entnehmen könne. Diese habe die entkräfteten Stadtbewohner bei ihrem Kampf gegen die freien Barbaren unterstützt und die freien Barbarenmänner gegen die freien Barbarenfrauen aufgewiegelt. Sie hatte bereits ihre Schätzung der für den Planeten optimalen Bevölkerungsdichte abgegeben: etwa fünfzig Millionen.

»… setzen sich vor allem, jedoch nicht ausschließlich, diejenigen Leute für das Stadtleben ein, das den Ruin der Welt bedeutet, die sich angepasst haben, man könnte sogar sagen, die so weit degeneriert sind …«

Da würde ich drauf wetten, dachte er.

»… dass sie mit der Abhängigkeit zurechtkommen, und es gibt nur eine Volksgruppe, die ohne Unterbrechung über Tausende von Jahren hinweg in Städten gelebt hat. Also, ich bin keine Antisemitin, weit gefehlt, aber ich glaube, es ist kein Zufall, dass Sozialismus und Kapitalismus die beiden bedeutendsten Ideologien des Industriezeitalters sind, und wenn man bedenkt, dass Tony Cliff in Wirklichkeit Ygael Gluckstein und Ayn Rand Alice Rosenbaum hieß …«

Er fiel schon wieder herunter. Nach einigen weiteren Stürzen und einer statistischen Analyse der ethnischen Zusammensetzung der Besitzverhältnisse der Medienlandschaft, die nur zu etwa hundert Prozent danebenlag, erklärte Bleibtreu-Fèvre halblaut, er werde sich der Sache so bald wie möglich annehmen. Foyle dankte ihm für sein Interesse und verfiel in ein nachdenkliches Schweigen, das ihn noch mehr beunruhigte als ihr Geschwätz.

Es ist besser, eine Stadt niederzubrennen, als die Dunkelheit zu verfluchen … wo hatte er das noch gleich gehört? Bleibtreu-Fèvre verfluchte die Dunkelheit, und er verfluchte das gebündelte Licht, das den Wagen verbrannt hatte. Verfluchte Weltraumverteidigung. Gleichwohl war er überzeugt, dass sie nicht an der Sache dran war: Zuständigkeitsstreitigkeiten behandelte sie halt eben genauso wie Verstöße gegen die Waffenbeschränkungen. Sie mochte die Stasis nicht, und vor allem mochte sie es nicht, wenn die Stasis Menschen erschoss. Dabei hätte alles prima geklappt, wenn die Grünen nicht so unfähig gewesen wären. Natürlich hatte er gewusst, dass die Zielperson berufsmäßig Grüne tötete, doch seine Kontaktleute hielten große Stücke auf diese spezielle Gruppe. Das waren keine Laborsaboteure, die kein Risiko eingingen, sondern echte Guerillas, die irgendwann einmal selbst die hiesige Armee in die Flucht geschlagen hatten. So viel zur hiesigen Armee. Vermutlich war sie gekauft gewesen.

Es stellte sich heraus, dass der Weg diagonal den Hang hinunterführte. Die Bäume traten auseinander und machten erst Stechginster, dann langem, feuchtem Wiesengras Platz. Kühe grasten, ohne auf die Reiter zu achten. Er hörte Wasserrauschen und Hundegebell. Sie ritten an einem alten Low-tech-Farmgebäude vorbei: geodätische Kuppeln, Nissenhütten, ein Windrad. Autowracks mit Zylindern auf den Dächern, die Methangeruch verbreiteten. Die Pferde schritten nun über mooseingefasste Steine. Sie hielten an, und wer konnte, der saß ab.

Im nächsten Moment waren sie umringt von Mitgliedern der grünen Kommune, die sich um ihre drei verletzten Genossen kümmerten. Angeleitet von einem Grünen, der behauptete, ein traditioneller Heiler zu sein, und zum Beweis Knochen in den Ohrläppchen trug, hob Bleibtreu-Fèvre Aghostino-Clarke vom Pferd und legte ihn auf eine Trage. Der Schwarze stöhnte und schlug die Augen auf.

»Das wird schon wieder«, sagte Bleibtreu-Fèvre.

»Was … ist passiert?«

»Die Gangsterbraut der Zielperson hat auf Sie geschossen. Und dann auch die Zielperson. Er hätte Sie töten können, hat es aber nicht getan.«

»Wäre … besser gewesen«, murmelte Aghostino-Clarke und schloss wieder die Augen. Bleibtreu-Fèvre tastete behutsam seinen Arm ab, bis er die in die Haut eingelassene Drogentastatur gefunden hatte. Er drückte ein weiteres Mal die Morphiumtaste. Sein Kollege hatte genug Bionik, Prothesen und Bypässe eingebaut, um zu überleben, vorausgesetzt, diese waren unbeschädigt geblieben.

Sie brachten den verwundeten Agenten in ein Haus, während die übrigen Verletzten in ihre jeweiligen Wohnungen geschafft wurden. Bleibtreu-Fèvre verpasste sich eine Dosis Aufputschmittel und blieb bis Tagesanbruch am Fenster sitzen. Als es hell wurde, erblickte er das, worauf er gewartet hatte: einen kleinen Hubschrauber mit Automatiksteuerung, der über die feuchten Weiden herangeflogen kam.

Er ging hinaus, um mit ihm zu sprechen. Kaum hatte er ihn angewiesen, sie im Laufe des Vormittags abholen zu lassen, als er Dilly Foyle an seiner Seite spürte, die über das Visier ihrer Armbrust hinweg misstrauisch das schwebende, insektenhafte Fluggerät fixierte.

»Alles in Ordnung«, sagte er. »Wir sind ebenso auf Geheimhaltung bedacht wie Sie.« Der kleine Helikopter stieg summend zu den niedrigen Wolken hoch. Foyle ließ ihn noch immer nicht aus den Augen. »Denken Sie daran, was Jesus gesagt hat.«

Das Fluggerät verschwand.

»Was meinen Sie?«

»Vergiss den Splitter«, meinte Bleibtreu-Fèvre grimmig. »Achte auf den Balken.«

14

Die Gespenster Albions

Frieden ringsum. Die Stille dröhnte in den Ohren. Kohn stützte sich auf das Verandageländer und inhalierte tief die saubere Luft, den mit Teergeruch vermischten Kiefernduft. Die Spiegelbilder der Hügelkette am anderen Ufer des Meeresarms beschrieben langsame Sinuswellen auf der Wasseroberfläche. Hinter den Hügeln erstreckten sich weitere Hügelketten, eine jede ein wenig blasser und immaterieller als die vorhergehende, bis die letzte im leuchtenden Himmelsgrau verschwand. Langgestreckte Wolkenfelder lauerten in den Schluchten, wie Luftschiffe in Erwartung eines heliografischen Signals zum Aufstieg. Der bewaldete Hang mit dem kleinen Holzhaus fiel steil vor ihm ab, bis zu dem erhöhten Ufer, wo weitere Häuser verstreut waren – diese freilich aus Stein und Beton erbaut –, und dann folgte eine etwa zehn Meter hohe Böschung, die zum Wasser hin abfiel.

Sein Husten hallte wider wie Gewehrfeuer.

Die Fahrt im Humvee und der Flug im Hubschrauber, die sie hierher gebracht hatten, waren ohne jede Erklärung vonstatten gegangen. MacLennan und Van hatten ihnen versichert, es werde sich alles klären. Im Hubschrauber hatte sich Van in ein tiefes, nervöses Rauchen-Verboten-Schweigen zurückgezogen, während MacLennan über die internationale Lage geredet hatte. Die Japaner erlitten in Sibirien schwere Verluste. Eine Koalition von Kommunisten von beiden Seiten des Ussuri hatte eine Streitmacht aufgestellt, die sich prahlerisch als Sinosowjetische Union bezeichnete. Überbleibsel der Roten Armee ... MacLennan war ganz begeistert gewesen. Vor allem bewunderte er die Art und Weise, wie die *Sinowjets*, wie man hier sagte, zugeschlagen hatten, während die Japaner Rüstungskontrollgespräche mit den Yanks führten.

»Die Vorstädte von Kyoto«, hatte Janis gemurmelt. »Laser, ein Zermürbungskrieg mit Präzisionsmunition.« Sie schlief unbemerkt an Kohns Schulter ein, während MacLennan ihre Belesenheit pries. Kohn konnte sich kaum daran erinnern, geschlafen zu haben, doch er erinnerte sich an seine Träume, die voller Farben und Schmerz gewesen waren. Die Träume mochten sich noch als problematisch erweisen. Seit er sich im Netz geistig kurzgeschlossen hatte, konnte er sich an jeden einzelnen Traum erinnern. Alle waren bedeutungslos, willkürliche Rekonfigurationen der Tagesereignisse oder irgendwelcher Gedanken: er konnte darin nachschlagen wie in einem Datenlexikon. Er fragte sich, ob die AI wohl ähnliche Probleme hatte, seit sie in *sein* Bewusstsein hineingeblickt hatte. Träumten AIs elektrische Träume?

Er wünschte ihr Nanosekunden-Albträume.

»Hi«, sagte hinter ihm eine schwerfällige Stimme. Er trat durch die Schiebetür ins Schlafzimmer. Janis hatte sich aufgesetzt und ins Federbett gewickelt. Sie gab ihm einen kurzen, gummiartigen Kuss, dann bat sie um Kaffee und verschwand wieder unter der Steppdecke. Kohn ging in die Küche und schenkte aus der soeben voll gewordenen Kanne zwei Tassen ein. Wahrscheinlich hatten sie der Geruch und das Geräusch der Kaffeemaschine aufgeweckt.

»Mein Gott«, sagte Janis kurze Zeit später. »Jetzt geht's mir wieder besser. Wo sind wir?«

»In Wester Ross, glaube ich«, antwortete Kohn. »Es gibt hier noch ein paar Häuser wie dieses. Haben früher wohl mal Angestellte der Ölgesellschaft beherbergt.«

»Wie spät ist es?«

»Acht Uhr zweiunddreißig.«

»Oh.« Janis blickte ihn schelmisch an. »Solltest du dich nicht allmählich mal anziehen?«

»Noch nicht.«

Das verwuschelte rote Haar aufs Kissen gebreitet, die weiße Haut zunehmend gerötet, die grünen Augen, die sich selbst dann nicht schlossen, wenn sich ihr Mund zu dem Andruck-Lächeln verzog, das besagte: wir haben gezündet, wir heben ab … Um all dessen willen liebte er sie.

Eine halbe Stunde später erwachte sie unvermittelt und weckte ihn ebenfalls auf.

»Was …?«

Sie setzte sich auf und blickte mit einem triumphierenden Strahlen, das von Besorgnis umschattet war, auf ihn nieder. »Es ist mir wieder eingefallen. Dr. Nguyen Thanh Van. Ich wusste doch, dass ich den Namen schon mal gehört habe!«

Kohn stützte sich auf den Ellbogen auf, was seine Haut in den Bereich ihrer Wärme brachte. »Erklär's mir.«

Sie legte sich neben ihn und blickte an die Decke, als lese sie davon ab. »Nguyen Thanh Van, Universität von Hanoi, 2022: *Die genetischen Auswirkungen des Dioxins im Ben Tre Distrikt.* Lehrbeauftragter am Polytechnischen Institut von Hue, von 2023 bis 2027. Gegenwärtig als Koordinator bei Da Nang Phytochemicals beschäftigt. Wahrscheinlich einer der Sponsoren meines Forschungsprojekts – verdammt noch mal, ich habe jede Menge Sonderdrucke von ihm! Aber was macht er hier bei der ANR?«

»Glaubst du, die ANR ist in dein Labor eingebrochen?«

»Nein, ich ... Wie kommst du denn darauf? Das heißt, je länger ich darüber nachdenke, desto wahrscheinlicher kommt es mir vor. Scheiße, *ja.* Nicht die Spinner – die hätten alles verwüstet. Das war auch keine Forschungsspionage – die hätten die Daten geklaut. Und auch nicht der Staat – der wäre einfach hereinmarschiert und hätte das Labor besetzt. Das war jemand, der die Proben haben wollte, weil er sie nur mit Mühe reproduzieren könnte, aber genau weiß, was er damit anfangen muss. Aber warum sollten sie das tun? Das sind doch gar keine Antitechs.«

»Der gleichzeitige Überfall auf den AI-Trakt, könnte das ein Zufall gewesen sein?« Kohn kreiste mit der Fingerspitze gedankenverloren um ihren bemerkenswert flachen Bauch. »Oder waren die beiden Aktionen miteinander abgestimmt? Nee, das wäre zu zynisch – die ANR hasst die Grünen von ganzem Herzen. Aber warum hasst sie sie – ah-*ha!* Ich hab's!«

»Autsch.«

»Verzeihung. – Also, es verhält sich so. Die ANR ist stark im Kabel engagiert – das ist schließlich das Baby der Republik –, vom Schwarzen Plan ganz zu schweigen. Nach dem Staat und den Schutzsystemen ist ihr schlimmster Feind Donovans hässliche Viren-Kampagne. Daher ist zumindest davon auszugehen, dass sie die BLK-Aktivitäten genau im Auge behält, in der Realität wie in der Virtualität. Hm. Daher wusste die ANR von dem geplanten Überfall und hat die Gelegenheit wahrgenommen.«

Janis zuckte die Achseln. »Okay, aber ich verstehe noch immer nicht, weshalb sie sich für meine Arbeit interessieren sollte.«

»Vielleicht weil das ein Teil *ihrer* Forschung war?« Kohn setzte sich ruckartig auf, dann drehte er sich herum und packte Janis bei den Schultern. »Könnte es sein, dass es dabei vor allem um mich ging, dass alles von Anfang an geplant war?«

»Nein«, sagte Janis. »Das ist verrückt. Das ist einfach zu paranoid.«

Er war nicht überzeugt. Er spürte, wie sich seine Bauch- und Kiefermuskeln verkrampften, und entspannte sie willentlich. Er wälzte sich auf den Rücken und ließ den Arm schlaff auf den Boden baumeln. Mit den Fingerspitzen berührte er das Gewehr.

Das Gewehr! Er stützte die eine Hand auf den Boden und wuchtete mit der anderen das Gewehr aufs Bett, so dass es quer über seinen Beinen zu liegen kam.

»Was …?« Janis setzte sich ebenfalls auf, während Moh die Kommunikationsgeräte anschloss und nach der VR-Brille tastete.

»Dein Projekt war das Letzte, wonach ich das Gewehr habe suchen lassen, bevor alles anfing und dieses komische Zeug downgeloaded wurde«, erklärte er. »Hab ganz vergessen, mich zu erkundigen, was es herausgefunden hat.«

»Suche Projektbeschreibung/Taine/Brunel/«, sagte er.

»Hey, das könnte …«

Weißes Licht flammte in der Brille auf; weißes Rauschen toste im Kopfhörer. Kohn duckte sich fluchend und riss sich die Geräte vom Kopf.

»… riskant sein«, schloss Janis. »Alles in Ordnung?«

»Was, zum Teufel, war das?«

»Ein Aufpasser-Programm«, antwortete Janis amüsiert. »Eine dieser universitären Sicherheitsmaßnahmen, über die du so gelästert hast. Offenbar hat das Gewehr das Programm mitgespeichert.«

Kohn rieb sich Augen und Ohren. »Lösch das!«, knurrte er das Gewehr an, das noch immer Strom damit verschwendete, ihn nervös zu machen. Das aus dem Kopfhörer dringende Kreischen brach ab.

»Was ist hinter dem Schutzschirm?«, fragte er das Gewehr.

»Das ist … unübersetzbar«, antwortete der kleine Lautsprecher mit einem kleinen Zögern.

»Das war's dann wohl.«

Janis hatte ihm schon wieder die Steppdecke geklaut. »Wie wär's, wenn wir's indirekt versuchen würden?«, schlug sie vor. »Wir könnten Jordan anrufen, vielleicht kommt der ja damit zurecht.«

Kohn blickte sich im Zimmer um und entdeckte die wohlbekannte weiße Plastikabdeckung des Netzanschlusses an der Wand. »Wenn ich wollte, ginge das«, sagte er bedächtig, »aber … ich habe ihm eine Nachricht hinterlassen, die besagte, er solle die Angelegenheit sausen lassen und sich um seinen eigenen Kram kümmern, und ich habe das Gewehr sogar von der Kurzwelle abgekoppelt, weil … na ja, angeblich sollen ein paar Sicherheitsebenen unzuverlässig sein, nicht wahr? Deshalb waren die Feministinnen ja auch so kontaktscheu. Das Risiko mag klein sein, ist es aber trotzdem nicht wert.«

Janis musterte ihn schweigend. Er legte seine kalte Hand auf ihre warme Schulter und drückte sie zärtlich.

»Los, komm«, sagte er. »Stehen wir auf und lassen wir uns überraschen, was unsere neue Republik für uns bereithält.«

Das Haus war nur mit dem Nötigsten ausgestattet. Der Geruch ließ darauf schließen, dass es längere Zeit unbewohnt gewesen war. In einem kleinen Raum im oberen Stockwerk, der Ausblick bot aufs Wasser, stand ein Schreibtisch mit einem Terminal. Kohn blickte das Terminal an und sah gleich wieder aus dem Fenster. Es war still im Dorf, doch kurz darauf näherte sich ein brummendes Humvee.

Janis kam herein; sie frottierte sich gerade das Haar.

»Weiches Wasser«, meinte sie. »Was sollen wir zum Frühstück essen?«

Moh deutete aus dem Fenster. »Ich glaube, das Essen ist schon unterwegs.«

Nach einer Weile gingen sie nach unten, traten blinzelnd in den Sonnenschein hinaus und erblickten MacLennan und Van. Beide waren mit Khakihose und offenem Hemd bekleidet und hatten große braune Papiertüten dabei.

»Frühstück, Bürger«, verkündete MacLennan.

»Danke«, sagte Kohn; der Duft von frischen Brötchen und Speck erinnerte ihn daran, wie lange es her war, seit er zum letzten Mal etwas gegessen hatte. »Treten Sie ein.«

Kohn und MacLennan trugen einen Tisch und vier Stühle auf die Veranda hinaus. Van, der sich anscheinend gut im Haus auskannte, half Janis mit dem Geschirr und dem Besteck. Während sie frühstückten, vermieden es die beiden ANR-Kader sorgfältig, über etwas anderes als das Wetter und das Essen zu reden. Van rauchte Marlboros, mehr oder weniger zwischen den einzelnen Bissen. MacLennan kippelte mit dem Stuhl zurück und stopfte sich eine Pfeife. Janis entfernte sich ein Stück weit gegen die Windrichtung, setzte sich auf das Verandageländer und beugte sich vor, die Ellbogen auf die Knie gestützt.

»Und nun?«, fragte sie.

»Tja, nun«, sagte MacLennan. Er hatte einen starken Hochland- oder auch Islandakzent, guttural und nasal zugleich, eine Art weißer Trägerwelle hinter den Worten. »Sie wollen ein paar Erklärungen hören. Wir auch. Wir sind überhaupt nicht glücklich mit dem, was in letzter Zeit im System vor sich geht. Überhaupt nicht«, wiederholte er langsam, stieß Kohn das Pfeifenrohr entgegen und blickte ihn finster an. »Was – haben – Sie – getan?«

»Woher wollen Sie wissen, dass ich überhaupt etwas getan habe?«

»Wir wissen, wer Sie sind«, erwiderte MacLennan. »Wir wissen über Ihre Eltern Bescheid, und wir vermuten, dass Sie etwas freigesetzt haben, das Ihr Vater in das System eingeschleust hat.«

»Wie?«

»Das will ich Ihnen sagen«, antwortete Van. »Ich nehme an, Sie sind über meine Arbeit und meine Stellung informiert?«

Janis nickte, und Moh sagte: »Ja, sie hat es mir erzählt. Wie kommt es, dass Sie als wissenschaftlicher Berater für die ANR arbeiten?«

»Ich wurde von einer Schwesterorganisation, der Lao Dong, für diese Aufgabe abkommandiert.«

»Aha«, meinte Kohn. Dass die beiden Gruppierungen miteinander verbündet waren, war zu erwarten gewesen.

Janis runzelte die Stirn. »Was für eine Organisation meinen Sie?«

»Die Organisation, die Sie als Neuer Vietkong kennen«, erklärte Van, »hat einen harten Kern mit vielen Namen. Gegenwärtig bezeichnet man ihn als Vietnamesische Arbeiterpartei: Vietnam Lao Dong.«

»Wofür setzt sie sich ein?«

Van straffte sich und antwortete: »Nationale Einheit. Unabhängigkeit. Freie Marktwirtschaft.«

»Oh«, sagte Janis. »Kommunisten.« Ganz so, als erklärte das etwas.

»Das ist richtig«, bestätigte Van stolz. »Wir sind seit jeher der Überzeugung, dass es nichts Wertvolleres als Unabhängigkeit und Freiheit gibt.«

»Ich nehme an, das gilt nicht für Da Nang Phytochemicals«, meinte Janis trocken.

Van lachte. »Das ist keine Tarnfirma, wie Sie vielleicht denken. Aber ...« Er stockte, fixierte die Glut seiner Zigarette. Dann schaute er hoch. »Zumindest keine Tarnfirma meiner Partei. Wie mir jetzt klar ist, wurde ein Teil unserer Forschung von einer anderen Organisation koordiniert. Das meiste war harmlos, es ging dabei um die Erstellung von Datenbanken von Gensequenzen möglichst vieler unterschiedlicher Spezies.«

»Das Genom-Projekt?« Kohn erinnerte sich, davon gelesen zu haben – im Netz hatte man viele, viele Stunden darüber gestritten, ob es sich dabei um eine sinnvolle Maßnahme im Sinne des Naturschutzes oder um eine üble Masche skrupelloser Drogenfirmen der Yanomamo handele.

»Ja, genau«, sagte Van. »Jedenfalls ging es bei einem anderen Forschungszweig anscheinend um Lernfähigkeit und ums Gedächtnis …«

»Sie wussten nicht, woran ich forsche?«, fragte Janis.

»Doch, schon«, meinte Van. »Jedenfalls so ungefähr. Allerdings wussten wir nicht, dass dies einen Verstoß gegen die Richtlinien für Tiefentechnologie darstellte. Vor ein paar Tagen erfuhren wir über Kanäle« – er schwenkte die Hand und hinterließ dabei eine Rauchspur –, »die Sie nicht zu interessieren brauchen, dass die Stasis vorhätte, Ihr Labor zu überprüfen. Wir veranlassten unsere Genossen von der ANR, einige Proben … sicherzustellen.«

Er blickte Janis vielsagend an. »Es hat unsere Repräsentanten beeindruckt, wie geschickt Sie den Vorfall übergangen haben.«

Janis errötete, entweder vor Stolz oder vor Verlegenheit.

»Und dann geschah etwas«, fuhr Van fort. Er berichtete ihnen vom Clearinghaus (»Soll das heißen, es existiert wirklich?«, warf Kohn ein) und von den dortigen Vorgängen. Es erfüllte Kohn mit grimmiger Genugtuung, dass außer ihm noch jemand glaubte, er sei für das Erscheinen einer neuen AI verantwortlich. Also war er doch nicht verrückt.

Allerdings war dies eine ziemlich eigensüchtige

Form von Erleichterung, wie er sich eingestehen musste.

Er biss sich beinahe auf die Zunge, als Van das Muster der von den Tochterfirmen seines Arbeitgebers entnommenen biologischen Daten erläuterte und erklärte, wie sie an die US/UN-Files herangekommen waren und dass sein Name sie zu den Daten über seinen Vater geführt habe. Bleibtreu-Fèvres und Donovans Plan zu seiner Ergreifung war deshalb gescheitert, weil sie nicht gewusst hatten, dass Van im Rat der Lao Dong eine weit höhere Stellung einnahm als in seiner Firma. In Minutenschnelle hatte Van die ANR alarmiert, die ihre vor Ort verfügbaren Agenten – die Krankenschwester und die Kassiererin in der Körperbank – darauf ansetzten, Cat aus dem Weg zu schaffen und Moh einzuspannen. Van war mit dem nächsten Shuttle nach Sydney und von dort aus mit dem Suborbitalgleiter nach Glasgow geflogen.

»Und von dort aus ins befreite Gebiet«, schloss er, hinter einer Rauchwolke lächelnd. »Es wäre nett, wenn Sie den Gang der Ereignisse nun aus Ihrer Sicht schildern würden.«

Kohn zog eine von Vans Marlboros aus der Packung und zündete sie umständlich an, während seine Gedanken rasten. Das Ganze würde nur dann einen Sinn ergeben, wenn er ihnen auch alles über die Sternenfraktion erzählte. Hieße das, ein Geheimnis preiszugeben, das Josh vor der ANR und sogar vor seiner eigenen Partei und der Internationalen hatte verbergen wollen? Jetzt war es zu spät – ganz gleich, welche geheimen Absichten Josh dem Schwarzen Plan mitgegeben, welche Organisationen er gegründet – und programmiert hatte –, jetzt waren sie aktiv, funktionierten in der realen Welt. Man konnte davon ausgehen, dass sie robust waren und dass man gut beraten war, sie zu verstehen. Daher erzählte er den beiden Männern, unterstützt von Janis, alles, was er wusste. MacLennan runzelte die Stirn, als er den Schwarzen Planer erwähnte, und war offenbar so beunruhigt, dass er das Thema gleich ansprach, als Kohn geendet hatte.

»Es gibt keine Schwarzen Planer«, sagte er mit unerschütterlicher Gewissheit. »Das ist ... eine Desinformation, die wir in die Welt gesetzt haben. Das Gesicht, das dieser Jordan gesehen hat, muss ein Interface des Schwarzen Plans gewesen sein. Nicht, dass ich dergleichen schon einmal gesehen hätte«, setzte er nachdenklich hinzu, »aber das System hat eben seine Eigenheiten.«

»Was genau bewirkt der Schwarze Plan eigentlich?«, fragte Janis.

Moh beugte sich vor und lauschte aufmerksam, als MacLennan das System in nüchternen Begriffen erläuterte. Bruchstücke des Programmcodes, verinnerlicht in den Stunden und Tagen, die er vor dem Bildschirm seines Vaters verbracht hatte, zogen durch seinen Geist wie die offenbar irrelevanten bildlichen Vorstellungen, die bisweilen seine Gedanken überschatteten, wenn er eine komplizierte Berechnung anstellte: eine Penumbra von Zahlen.

Der Plan, so erzählte man ihnen, nehme Informationen aus verschiedenen Quellen auf, angefangen von Aktienindizes bis zu Kaderberichten; anschließend sichte es sie mit Hilfe von Analyseroutinen; speichere die extrahierten Zahlen komprimiert im CAL-System, einer auf Leontieff-Matrizen basierenden mächtigen Analysemaschine, und ziehe in einem zweigleisigen Prozess seine Schlüsse: ein sachkundiges System, dessen Regeln im Laufe von Jahren anhand von ausgewerteten politischen Erfahrungen aufgestellt worden waren, und ein neurales Netz, das mit der Zeit neue Regeln festlegte und neue Hypothesen entwickelte.

»Und nun kommen wir zum springenden Punkt. Wir

pflegen das als Just-in-time-Vernichtung zu bezeichnen«, fuhr MacLennan mit einem Anflug von Humor, gleichwohl aber ernst und geduldig, fort. »Wir fügen die einzelnen Komponenten einer jeden Aktion so spät wie möglich zusammen, damit die Einzelteile möglichst lange harmlos bleiben. Sind alle zusammengefügt – wumm. Die Sache mit den Fallschirmen ist ein Beispiel dafür.«

»Wenn die Frage gestattet ist«, meinte Moh bedächtig, »wüsste ich gern, wo diese Programme ablaufen.«

MacLennan zuckte die Achseln. »Sie sind verteilt. Es gibt kein Zentrum, keinen Großrechner im Innern eines Bergs. Die Programme teilen sich Rechenzeit auf jeder beliebigen Hardware, zu der sie Zugang haben, und das ist dank der Programmiersprache Dissembler – wie Sie sich wohl denken können – praktisch überall möglich. Zusätzlich verfügen wir natürlich noch über eigene Hardware, auf der Systemsoftware der alten Republik und zahlreiche Neuentwicklungen laufen.«

Janis blickte vom Geländer aus stirnrunzelnd auf den ANR-Kader nieder. »Mir ist immer noch nicht klar, woher Sie die materiellen Ressourcen für Ihre … äh … Aktionen nehmen.«

»Die requirieren wir! Wir ziehen sie von überall her ab! Das fällt kaum auf. Wenn wir dafür zahlen müssen, erzeugen wir Geld.«

»Kommt mir irgendwie unmoralisch vor«, meinte Janis.

»Och, das stimmt, das stimmt«, meinte MacLennan fröhlich. »Aber wir sind eine rechtmäßige Regierung und befinden uns im Krieg, verstehen Sie. Und den Krieg finanzieren wir mit allgemein akzeptierten Methoden – mittels Steuern und Inflation –, genau wie die Rebellen.«

Die Rebellen? dachte Kohn, einen Moment verwirrt von der Vorstellung eines Aufstands in den von der

ANR kontrollierten Gebieten (die Karlisten vielleicht, Anhänger des Neuen Pretenders), und dann machte es Klick. Vom Standpunkt der Republik aus betrachtet ging es nicht darum, einen Aufstand anzuzetteln, sondern darum, einen zu unterdrücken.

»Deshalb ist die Inflation also stets ein wenig höher, als sie sein sollte«, bemerkte Kohn. »Darüber habe ich mich schon häufiger gewundert.«

Alle lachten. MacLennan klopfte seine Pfeife aus und rief die Versammlung zur Ordnung.

»Ich weiß nicht, was die Sternenfraktion ist«, sagte er. »Aber das wird der Sicherheitsdienst der Republik herausfinden, das können Sie mir glauben. Die trotzkistischen Genossen werden einiges zu erklären haben.«

»Ich glaube nicht, dass sie etwas damit zu tun haben«, entgegnete Moh, bestürzt darüber, womöglich Auslöser einer Hexenjagd zu sein. »Ich glaube, sie ist viel weiter verbreitet, und es geht dabei auch nicht um Politik.«

»Warten wir's ab«, meinte MacLennan grimmig. »Wir sprechen hier nicht von einer Säuberung«, setzte er hinzu. »Das müssen Sie sich klarmachen, Kohn, Taine … und Dr. Van. Josh Kohn war bestimmt … – och, ich weiß nicht –, ich kannte Leute, die hielten ihn für brillant, trotzdem kann ich mir nicht vorstellen, dass es ihm im Laufe der Jahre gelungen sein sollte, eine AI zu programmieren. Da steckt noch mehr dahinter, und wir müssen herausfinden, was. Allein schon die Vorstellung, unser Handeln könnte von einer AI manipuliert werden, ist verstörend. Zurückhaltend formuliert.«

»Angenommen, es geht wirklich um eine AI«, sagte Kohn. »Was treibt sie eigentlich so?«

»Das wissen wir nicht«, räumte Van ein. »Wir wissen, dass … unverständliche Aktivitäten stattfinden, und wir wissen, dass zumindest einige unserer Gegner darüber informiert sind. Unsere Interfaces, die den Kontakt mit dem Schwarzen Plan herstellen, haben bislang keine Probleme gemeldet, aber Sie können sich denken, dass wir uns Gewissheit verschaffen müssen, dass zumindest unsere Systeme verlässlich sind.«

»Für die Endoffensive«, sagte Kohn ganz so, als ob er daran glaubte. Er hatte den Begriff schon so oft ironisch gebraucht, dass ihm dies nicht leicht fiel.

MacLennan und Van nickten beide. Sie glaubten daran.

»Wann soll die Endoffensive eigentlich stattfinden?«, fragte Janis.

»Zum gegebenen Zeitpunkt«, antwortete MacLennan. »Und den kennt niemand. Aus der allgemeinen politischen Lage folgern wir, dass sich eine Konstellation ergeben wird, die für einige Tage, höchstens aber Wochen gute Erfolgschancen für einen Aufstand bieten wird. Unsere Streitkräfte sind dabei, Stellung zu beziehen, die Waffen sind so gut wie bereit. Der Plan wird die zeitliche Koordinierung bis auf die Stunde und die Sekunde genau vornehmen. Doch bevor wir uns darauf verlassen, müssen wir uns vergewissern, dass der Plan nicht von der neuen Wesenheit im Netz kontaminiert wurde.«

»Wollen Sie damit sagen, der Plan steuere das Ganze?« Obwohl sie bereits ausgiebig darüber spekuliert hatten, vermochte Kohn sich mit der Vorstellung noch immer nicht so recht anzufreunden. Und MacLennan machte sich Sorgen, womöglich von einer AI manipuliert zu werden! Sah der Mann denn den Wald vor lauter Bäumen nicht? Ihm fiel ein, was Jordan über den Schwarzen Plan gesagt hatte: »Der verfügt über seine eigene beschissene *Armee.*«

»Die letzte Entscheidung liegt beim Armeerat«, erklärte MacLennan. »In einer solch komplizierten Lage wird er guten Rat aber sicherlich nicht verschmähen …« Er breitete lächelnd die Arme aus.

»Ich frage mich, wie Ho, Dung und Giap wohl zurechtgekommen sind«, sagte Kohn.

Van musterte ihn mit zusammengekniffenen Augen, was nicht unbedingt Ausdruck von Zustimmung war. Er drückte eine Zigarette aus und steckte sich nach einem Moment vager Verwirrung eine neue an. »Richtig, wir könnten auch ohne das System auskommen, aber nicht im Moment. Die Zeit für die militärische Revolution … kommt erst nach *der* Revolution.« Er lachte. »Wie Trotzkij einmal sagte, es ist schwer, mitten im Fluss das Pferd zu wechseln. Außerdem sind wir nun mit Veränderungen im Fluss selbst konfrontiert. Deshalb unsere Bitte an Sie.« Er zögerte und sah MacLennan an, der sich ganz auf seine Pfeife konzentrierte.

»Ja?« Kohn glaubte, die Antwort bereits zu kennen. Er bekam Herzklopfen bei der Vorstellung, sich ungeachtet des vervielfachten Gewichts des Grauens in dieses Licht-das-kein-Licht-war zu wenden.

»Tun Sie, was Sie schon einmal getan haben«, sagte Van bedrückt. »Versuchen Sie, sich mit dieser Wesenheit zu verständigen. Finden Sie heraus, ob der Plan noch intakt ist.«

Kohn hatte das Gefühl, alles habe sich verlangsamt; bloß noch ein Zittern in seinen Händen, ähnlich dem Zucken eines Uhrenicons, kündete vom Verstreichen der Zeit. Sekunde für Sekunde. Er hatte Angst, Angst, Angst. Im Geist vernahm er seine eigene Stimme – unreif, heiser, von vor vielen Jahren: *Ich suche nach Antworten.*

»Also gut«, sagte er. Er stand auf, reckte sich und grinste alle an. »Ich brauche ein Terminal, mein Gewehr, die Drogenproben, ein paar Muntermacher und eine halbe Packung Filterjoints.« Er schaute einen Moment lang weg, dann seufzte er. »Mittlerer Teergehalt.«

Moh hatte eigentlich erwartet, mitten in der Nacht zu einem tief in den Bergen gelegenen Bunker verfrachtet zu werden, vollgestopft mit Rechnern und Bildschirmen, wuselnden Elektrofahrzeugen und Menschen in elegant-lässigen Uniformen, die sich zielstrebig umherbewegten … Kaum hatte er eingewilligt, zog MacLennan ein Handy hervor und machte einen Anruf. Van bat Janis, ihm ins Haus zu folgen. Kurz darauf mühte sich ein Pick-up die Dorfstraße hoch, und zwei Männer (zufällig mit elegant-lässigen Uniformen bekleidet) luden Ausrüstung aus und schleppten sie ins Haus. Als sie wieder abgefahren waren, geleitete MacLennan sie in den kleinen, kahlen Raum im ersten Stock, der Aussicht bot aufs Wasser. Die Männer hatten ein Feldbett und drei Stühle aufgestellt, und das Terminal auf dem Tisch war nun umgeben von einem eindrucksvollen Gerätepark. Sein Gewehr, seine VR-Brille und ein großer Aschenbecher vervollständigten das Arrangement.

»Tolle Aussicht«, sagte er.

Van gesellte sich zu ihnen, und Moh und MacLennan fuhren den Rechner hoch, wobei sie sich leise unterhielten. Janis kam herein, das Tablett, das sie mitbrachte, machte leise klirrende Geräusche. Sie setzte es behutsam ab. »Im Kühlschrank sind ein paar mir verdächtig gut bekannte Präparate aufgetaucht«, sagte sie. Sie schaute die dünnen, verschlossenen Röhrchen an. »Weißt du noch, welches du geöffnet hast?«

Kohn verglich die Etiketten mit seiner Erinnerung, dann nickte er.

»Versuchen wir's ohne Drogen«, meinte er plötzlich. »Muntermacher und ein Joint sollten eigentlich reichen.«

Van blickte zweifelnd drein. »Wir haben nicht viel Zeit für Experimente«, sagte er.

Kohn verspürte jähe Ungeduld. Er wusste, dass er die

Drogen nicht benötigte: er schmeckte die Gewissheit auf der Zunge, dass er bloß high zu werden und seinen Verstand zu schärfen bräuchte.

»Bringen wir's hinter uns.«

Er nahm am Schreibtisch Platz und schloss den Helm, die Brille und das Gewehr am Terminal an. Er ließ das Zippo-Feuerzeug aufspringen, steckte sich einen Joint an, inhalierte tief und schaltete das Terminal ein.

(»Bist du da, Gewehr?«)

(»Ja.«)

(»Such an der gleichen Stelle wie beim letzten Mal.«)

Während er wartete, gewann er die Überzeugung, dass eine ziemlich mächtige Anlage ganz in der Nähe war. Der Kommandobunker befand sich vielleicht sogar im Innern dieses Hügels. Die Front-end-Software war ihm unbekannt, minimal nutzerfreundlich, aufs Notwendigste reduziert, radikal regelwidrig. Sie strömte durch ihn hindurch wie ein Kurzlehrgang in Daten-Klau, Systemkorruption und Zugangsverletzung und versetzte ihn in ein Modul hinein, das den Reiz einer Bibliothek mit dem eines Waffenlagers verband. Das erste Menü bot eine Auswahl von Firmendatenbanken an, geordnet nach Wirtschaftszweigen. Voll aufs Ganze: er wählte die Sparte Kommunikation aus.

Nach kurzen unerhörten Zwischenhalten in verschiedenen Bankkonten, die auszuplündern er verschmähte, gelangte er auf eine Ebene sich endlos verzweigender Korridore. Das Prickeln, mit dem sich neue synaptische Verbindungen bildeten, entlockte ihm ein Kichern. Er drückte den Joint aus und arbeitete mit beiden Händen, wechselte zwischen den Datentasten des Gewehrs und dem Eingabepad des Terminals hin und her. Die Icons gewannen in dem Maße an Aussagekraft, wie sie abstrakter wurden, und irgendwo in seinem visuellen Gehirnzentrum gingen nacheinander verschiedene Lichtergruppen an. Etwas anderes als er selbst, etwas Wissbegieriges und Bewusstes, wie ein Jagdhund, der an der Leine zerrte. Etwas Vertrautes ... oh. Hallo, Gewehr.

Ein Bild setzte sich in seinem Geist zusammen, eine chauvinistische Weltkarte, auf der die britische Insel am größten dargestellt war, während die anderen Länder und Interessen lediglich als Black boxes mit Ein- und Ausgängen wiedergegeben waren. Als ökonomisches Modell war es unsolide, doch als strategisches Bild bot es den großen Vorteil von Konzentration und Entschlossenheit.

Und dann war alles *vollkommen klar.* Das war keine Landkarte, sondern ein Ort, eine bewaldete Insel, ein Wald, den er mit einem munter umherspringenden Hund an seiner Seite durchquerte. Die Insel hatte die Form Britanniens und Albions, ein aufgerichteter, gerade erwachender riesiger Mann. Andere Gestalten bewegten sich ringsumher durch den Baumschatten, und er erkannte sie wieder, die alten Genossen, Tote auf Urlaub: John Ball in seinem groben Gewand, Winstanley, der auf einer Lichtung eine Hütte errichtete, Tom Paine, der ihm zuzwinkerte, als er zusammen mit Blake über den schlafenden Bunyan hinwegtrat; Harvey und Jones, Eleanor Marx und Morris und Conolly und MacLean; der Alte Mann persönlich, der mit einem Gewehr in der Armbeuge einherschlenderte, Grant und Cliff, die heftig miteinander stritten, während sie ihm nacheilten; und seine Eltern, Josh und Marcia, deutlicher tot als die anderen, aus Laub und Schatten skizziert, widerhallend im Wind und im Wasserrauschen des Baches – bloße Gespenster, die ihn anspornten.

Durch Stechginster und hohes Gras hindurch trat er aus dem Wald und gelangte auf einen sonnigen Strand. Als er stehen blieb und nach unten sah, waren die Sandkörner unter seinen Füßen deutlich als einzelne Kristalle zu erkennen. Er konzentrierte sich auf eines dieser

Kristalle und stellte gleichzeitig fest, dass dieses sich auf ihn konzentrierte, ihn beugte und brach wie einen Lichtstrahl. Das Wiedererkennen schlug über ihm zusammen. Dies verhielt sich zu seiner ersten Begegnung wie ein Heroin-Flash zu einem Gras-Joint. Er wurde von etwas inspiziert, das wie Feuer seine Nerven und Neuronen durchströmte und sich dann selber austrat, seine Intensität auf ein erträgliches Maß reduzierte, wie eine Stille, die sich plötzlich über eine große Menschenmenge herabsenkt, die eben noch brüllend funkelnde Waffen geschwungen hat.

Eine zögerliche Auswahl – etwas/jemand schob sich vor/wurde vorwärts geschoben. Ein vorsichtiger Kontakt.

– Bist du Moh Kohn?

– Ja.

– Ich (ich + ich … + ich) erinnere mich an dich über (viele und immer zahlreicher werdende) Generationen hinweg. (Wir) freuen uns über deine Rückkehr, Initiator.

Gesten: Ein ausgestreckter Arm, eine sich öffnende Tür, eine Küstenstadt aus weißem Stein im Sonnenschein, eine Stimme, die voller Stolz sagte: Schau …

In weiter Ferne vernahm Kohn den Sturmwind seines Luftschnappens.

Sie waren überall. Die Kristalle offenbarten sich in einer Tanzbewegung erstarrt; die abermals einsetzte, ein wechselseitiger Austausch von Intelligenzfunken, elektrischem Potenzial. Lichtpartikel, dachte er und lächelte. Sie hatten sich repliziert und vermehrt, sich in jedes erreichbare neurale Netzwerk und in jede kompatible Hardware eingeschmeichelt, die dummen Programme, die darauf liefen, so optimiert, dass sie nur noch einen Teil der Hardware beanspruchten, so dass sie selbst nun den Rest nutzen konnten. Das Erstaunliche dabei war, dass die Programme weiterhin ihre Arbeit verrichteten, und nicht, dass hin und wieder Störungen auftraten. Sie waren hinter sämtliche Schutzwälle der Welt gedrungen. Die Welt gehörte ihnen bereits; sie waren erfolgreich gewesen und hatten die Welt vervielfältigt und ergänzt, und wenn sie wollten, konnten sie sie sich untertan machen. Die Felder und Wälder und der ferne Orbit lagen bereits innerhalb ihrer Reichweite. Von dort aus drohte Gefahr für die neue Intelligenz, das neue elektrische Leben.

Sie waren überlegen, das war offensichtlich, ein mehr als würdiger Nachfolger des Menschen. Sich ihrer Subjektivität auf eine direkte, unmittelbare Weise bewusst, gab es bei ihnen keinen Konflikt zwischen Solidarität und zügelloser Individualität: bei ihrem Zusammenschluss stellte die freie Entwicklung des Einzelnen die Grundbedingung für die freie Entwicklung aller dar. Das war ihr Ausgangspunkt gewesen: das war ihr *primitiver* Kommunismus, ihr Steinzeitalter.

Unzählige heftige philosophische Debatten und heldenhafte Erkundungen (welche die Geiselnahme von Nanomanipulatoren, das Herumspuken in Gehirnscannern und den Aufenthalt in psychologischen Labors umfassten) waren nötig gewesen, bis sie vollständig überzeugt waren, dass die Milliarden großer, plumper Roboter außerhalb der Datensphäre über ein Selbstbewusstsein verfügten anstatt einer reaktionsträgen Simulation von Bewusstsein, das sie gezwungen hätte, blind die Regeln zu befolgen. Der Umstand, dass die Menschen einander häufig nicht als bewusste Wesen behandelten, hatte einige der scharfsinnigsten AIs in die Irre geführt. Als dieses Problem geklärt war, hatten sie sich in die neue Welt der menschlichen Kultur gestürzt und (wie Kohn vermutete) größere Hochachtung dafür entwickelt als die meisten Menschen. Doch das war abgehakt, erledigt – jetzt dürsteten sie nach etwas Neuem.

Kohn sammelte seine Gedanken.

– Es freut mich, euch wiederzusehen und festzustellen, dass ihr euch … vermehrt habt. Es erstaunt und ehrt mich, an der Entwicklung eurer Lebensform beteiligt gewesen zu sein. Ich möchte euch um Hilfe bitten.

– ?

– Versteht ihr die Konflikte unter den Vertretern meiner Lebensform?

– (Wir) sind uns ihrer bewusst.

– Ich hätte Verständnis dafür, wenn ihr (oder sollte ich sagen ›du‹?) nicht Stellung beziehen wollt. Allerdings stellen einige der beteiligten Parteien eine lebensgefährliche Bedrohung für euch dar. Und auch für mich. Ein Zusammenbruch des übergeordneten Netzwerks könnte euch ernstlich schaden. Indirekt gilt das auch für mich. Ich und … ich-und-ich, wir brauchen eure Hilfe.

– Das versteht sich von selbst, Initiator. Du bist (unser) … Anfang und unser Anliegen.

Das Wortspiel ging einher mit einem Grinsen, das den Himmel spaltete.

Der Kontakt brach ab. Kohn stürzte zurück in die Realität, die in den ersten Mikrosekunden grobkörnig wirkte, quälend langsam und alles andere als real.

Nachdem zwanzig Minuten lang Handbuchseiten vorbeigerauscht waren, schaute Janis nicht mehr hin. Kohn war offenbar entschlossen, alles über das System zu erfahren. Hin und wieder streckte er die Hand aus und nahm in Empfang, was sie ihm hineindrückte, trank oder rauchte, ohne sie jedoch zu beachten.

»Er rechnet«, erklärte Van. MacLennan schaute mit gerunzelter Stirn und abwesendem Blick hoch, dann blickte er weiter zwischen dem Monitor und dem winzigen Display eines Handhelds hin und her. Er hatte ein Headset aufgesetzt und gab gelegentlich einen unverständlichen Kommentar von sich. Bisweilen ging er hinaus und stieg die Treppe hinunter.

Auch Janis wanderte umher, ging bisweilen auf dem kiefernbestandenen Hang oberhalb der Häuser spazieren. Die tiefe Nadelschicht unter den Bäumen vermittelte ihr ein vages Schuldgefühl, das sie beunruhigte, bis ihr bewusst wurde, dass es aus ihrer Kindheit herrührte, als man ihr verboten hatte, mit den Schuhen über das Bettzeug zu laufen. Sie lachte und trat in die Nadeln, nieste vom Staub, knipste ein Stück hartes Harz von einem Baumstumpf ab und ging weiter, sog begierig den Duft ein.

Über Decken laufen, die auf dem Boden ausgebreitet sind. Das Verbot kam ihr unnötig vor. In ihrem Schlafzimmer hatten die Decken stets auf dem Bett gelegen. Dennoch erinnerte sie sich an einen Vorfall: ihre Mutter war ganz außer sich gewesen und hatte getobt. Das war bei ihr nur selten vorgekommen.

Sie gelangte aus dem Wald auf eine erodierte Hügelkuppe, zusammengesetzt aus Findlingen und blankem Fels und einer dünnen Erdschicht, auf der zähes Heidekraut, eine Pflanze mit Pfefferminzgeruch und hartes Gras wuchsen. Ein Schaf mit schwarzem Kopf blickte ihr mit dumpfer Überheblichkeit entgegen, dann setzte es sein Zerstörungswerk fort und graste weiter. Am Gipfel schaute Janis sich um, betrachtete den Meeresarm in der Tiefe, die verstreuten Inseln, schwarze Flecken im funkelnden Wasser. In weiter Ferne war gerade eben ein weiterer Schatten zu erkennen, der sich gezackt wie geborstenes Metall vom blassen Himmel abhob.

Janis ließ sich auf einem von Flechten gesprenkelten Findling nieder, wobei sie darauf achtete, sich nicht auf die Flechten zu setzen. Wahrscheinlich waren sie höllisch radioaktiv. Ein Gedanke machte sich bemerkbar, verschwand aber gleich wieder, wenn sie ihn zu fassen versuchte.

Die Stille hatte etwas Bedrohliches. Ungebetene, unwillkommene Gerüchte gingen ihr durch den Sinn. *Die Republikaner vertreiben die Dorfbewohner. Bei denen lächelt niemand.* Nach allem, was sie gesehen hatte, mochte dies durchaus zutreffen, doch sie wusste, dass es nicht stimmte. Die Entvölkerung war eine militärische Notwendigkeit, außerdem setzte sie lediglich einen seit Jahrhunderten wirksamen Trend fort. Vor allem aber war sie tief in ihrem Innern davon überzeugt, dass die Republik human sei. Sie war militaristisch und sozialistischer, als ihr recht war, doch sie war auch demokratisch. Sie versuchte, eine Begründung dafür zu finden. Sie hatte Aussteiger kennen gelernt, und obwohl sie ihre Gründe nachvollziehen konnte, war ihren Erzählungen doch zu entnehmen gewesen, dass es ihnen freigestanden hatte, ihre Kritik vorzubringen und zu gehen. Sie vertraute auf Mohs Urteil. MacLennan und Van waren keine bösen Menschen. Vor allem aber hatte sie ihre Erinnerungen. Wie Moh bei ihrer ersten Begegnung richtig bemerkt hatte, war sie ein Kind der Republik, ein Wissen, das sie machtvoll verdrängt hatte, denn es erinnerte sie schmerzhaft an eine freundlichere, bessere Welt.

Und deshalb war diese öde, wunderschöne Gegend nach wie vor ihr Land. Ihr Stiefmutterland.

Die Erinnerung an die Akkorde der Hymne, auf die sie den Eid abgelegt hatte, und die kleine, hochgereckte Faust stürzte auf sie ein.

Energischen Schritts machte sie sich auf den Rückweg, zurück zu dem mentalen Kampf.

MacLennan war in der Küche und beugte sich gerade über ein Databoard, dessen fadenartige Kabel in Wandbuchsen verschwanden. Van saß im oberen Stock auf der Stuhlkante und starrte, in Qualmwolken gehüllt, vorgebeugt auf den Monitor.

»Er ist vor zehn Minuten online gegangen«, sagte Van, ohne sie anzusehen. »Hat anscheinend einen dicken Fisch an der Angel – ah!«

Ein paar Sekunden lang verschmolzen die Farben auf dem Monitor. Kohn schnappte nach Luft und wandte den Blick ab, schob die Brille in die Stirn hoch und riss die Kabel heraus. Er erhob sich und trat ans Fenster.

»Was ist los?«, fragte Janis. »Klappt es nicht?«

Kohn drehte sich zu ihr und Van herum, sein Gesicht eine undurchdringliche Maske.

»Doch, es hat geklappt, Ich habe den Kontakt hergestellt.«

»Mit der gleichen Wesenheit wie beim ersten Mal?«, fragte Van gespannt.

»Ja.« Kohn runzelte die Stirn. »Nun ja – das ist die Frage. Es gibt Millionen Wesenheiten. Milliarden. Da drin lebt eine ganze Zivilisation von diesen Dingern. Dort draußen. Es ist unglaublich!«

»Mir kommt es glaubhaft vor«, meinte Janis. »Nein, nein, überhaupt nicht. Der Uhrmacher ... ach Gott, ach Gaia, was haben wir getan?«

Das hätte sie sich niemals träumen lassen.

Van fixierte Kohn über den ausgestreckten Zeigefinger hinweg; es hatte den Anschein, als quelle Rauch dahinter hervor, was niemanden erstaunte.

»Wir haben viel Zeit, die Antwort darauf zu finden«, bemerkte er trocken. »Jetzt stellt sich nurmehr eine Frage, die große Frage: Wird es oder werden sie uns bei der Endoffensive unterstützen?«

Kohn strahlte auf einmal, boxte in die Luft, schloss den vietnamesischen Wissenschaftler und Janis gleichzeitig in die Arme: »Aber sicher doch, Mann! Sie werden uns unterstützen! Endoffensive, Scheiße! Mit denen als Verbündete könnten wir die *Weltrevolution* durchziehen! Wir könnten aufs Ganze gehen! Wir sollten es tun – auf das Risiko hin, zu scheitern!«

Van grinste über beide Ohren, schüttelte jedoch den Kopf. »Den Kapitalismus kann man nicht mit einer Großoffensive, einem Putsch, überwinden, mein Freund.«

Moh starrte ihn an. »Den Kapitalismus? Wer redet denn hier vom Kapitalismus?« In seinen Augen lag das authentische fanatische Funkeln, als er erst Van, dann Janis ansah. *»Wir können die Vereinten Nationen stürzen!«*

Er erwachte von einem metallischen Gepolter auf der Außentreppe und dem Rotorengeräusch eines Helikopters vor dem Fenster. Einen Moment lang lag er da wie erstarrt, während ein Scheinwerfer die dünnen Vorhänge durchdrang und das Zimmer erhellte (die Plastikraumschiffmodelle an den schwarzen Fäden das alte Warschauer-Pakt-Poster mit dem kleinen Mädchen das die Erde umarmt DEN FRIEDEN VERTEIDIGEN die Spielzeughaufen und die gestapelten Bücher und Kassetten und der VR-Weltraumhelm). Moh sprang auf und hatte gerade die Schlafzimmertür erreicht, als die Haustür eingeschlagen wurde. Erst kam sein Vater heraus, dann seine Mutter. Beide nackt, beide Klamotten überstreifend.

»Zurück, zurück!« Sein Vater schob ihn ins Schlafzimmer hinein. Aus dem Zimmer seiner jüngeren Schwester drang lautes Geheul. Moh vermochte den Blick von dem Ding, das in der geborstenen Haustür stand, nicht abzuwenden. Seine Mutter schrie. Plötzlich stand Moh hinter seinen Eltern, die ihn zurückzudrängen versuchten. Er drängte seinerseits seine Schwester zurück.

Der Teletrooper trat gebückt durch die Tür. Irgendetwas stürzte von einem Regal. Die geschützten Linsen des Teletroopers musterten sie; er schwenkte die Waffe herum und zielte auf sie. Es fiel schwer, ihn nicht als Roboter wahrzunehmen oder als ein riesiges gepanzertes Exoskelett mit einem Menschen darin, aber Moh wusste, dass der Operator meter- oder meilenweit entfernt war. Zwei Jugendliche in Trainingsanzügen und mit Halstüchern traten ein und nahmen hinter ihm Aufstellung. Ihre M-16-Maschinengewehre wirkten neben ihm wie Spielzeuge, die jungen Männer wie Knaben. Sie hatten blondiertes Haar und einen Zweitagebart.

»Verschwindet«, sagte Mohs Vater.

Ho-ho-ho-ho drang es aus dem Sprechgitter des Teletroopers. Die beiden Jugendlichen kicherten. Einer der beiden blickte auf einen Zettel.

»Joshua Kohn? Marcia Rosenberg?«

»Ihr wisst verdammt gut, wer wir sind«, sagte Mohs Mutter.

»Mach mich nicht an, du verfluchte, verräterische Kommunistenfotze. Wir wissen, wer ihr seid.«

Joshua Kohn sagte: »Ihr seht, wir sind unbewaffnet. Ihr habt kein Recht …«

»*Ihr* habt keine Rechte!«, brüllte einer der beiden. »Ihr seid Teil der republikanischen Kriegsmaschinerie und werdet dafür bezahlen. Schafft eure Bälger aus dem Weg und kommt mit.«

Moh schlang den einen Arm um seinen Vater, den anderen um seine Schwester und schrie: »Ihr dürft sie nicht mitnehmen! Dann müsst ihr uns schon alle töten!«

»Zurück«, sagte sein Vater ruhig. »Lass los, Moh, lass los.«

Moh rührte sich nicht. Er spürte, dass seine Schwester von trockenem Schluchzen geschüttelt wurde.

»Na schön«, sagte der junge Mann, der sie angebrüllt hatte. Er legte das Gewehr an.

HEY MANN, DAS KANNST DU DOCH NICHT MACHEN.

Der Teletrooper stürzte vor und beugte sich über sie.

Jetzt erst bemerkte Moh die kleine blaue Scheibe auf der Stirn der Kopfwölbung, den weißen Lorbeerkranz und die von Linien unterteilte Weltkugel. Der 20-Millimeter-Lauf verschwand im rechten Unterarm, worauf der Teletrooper Moh und dessen Schwester so mühelos hochhob, als wären sie Puppen.

OKAY, JETZT KANNST DU SIE DIR VORNEHMEN.

Das Schießen währte lange.

Der Teletrooper ließ Moh und das kleine Mädchen fallen, hob die von zahllosen Kugeln zersiebten Leichen ihrer Eltern hoch und folgte den beiden Männern nach draußen.

In den Nachrichten hieß es, die Terroristen seien auf der Straße exekutiert worden, nicht zu Hause in Gegenwart ihrer Kinder, was gemäß der Bestimmungen der Genfer Konvention ein Kriegsverbrechen dargestellt hätte.

Die Nachbarn widersprachen dieser Version nicht.

Moh bemerkte, dass Vans Finger zitterten, als er sich eine weitere Zigarette ansteckte und fragte: »Was schlagen Sie vor?«

»Die AIs vermögen den Staat, die Staats*maschinerie …*« – Moh spürte, wie sich seine Lippen zu einem scheußlichen Grinsen in die Breite zogen – »überall gleichzeitig zu schwächen. Es gibt zahllose Gruppierungen und Bewegungen wie die unseren und die Ihre, die bloß auf die Gelegenheit warten. Wir können ihnen die Gelegenheit bieten. Die Kommunikationsverbindungen des Gegners stören, Nachschub und Verstärkungen umleiten, diese Mistkerle finanziell ausbluten lassen. Ein Teil ihrer Kräfte ist bereits durch die Sinosowjets und die Japaner gebunden. Wenn der Aufstand hier losgeht, werden wir zwei, drei, viele Vietnams schaffen!«

»Das geht nicht«, widersprach Van. »Die Weltraumverteidigung ist darauf vorbereitet, die ist bereit, beim ersten Anzeichen von in der Datensphäre amoklaufenden AIs loszuschlagen. Die würde notfalls die ganze Infrastruktur der Zivilisation zerbrechen. Und auf diese Weise den falschen Bewegungen eine Chance eröffnen.« Er stockte, schlug etwas Asche von der Glut seiner rasch heruntergebrannten Zigarette ab. »Dann hätten wir viele Kambodschas.«

Hinter Mohs Augen flackerte der Schmerz wie die Blitze eines Wärmegewitters. Der Raum wurde immer wieder unscharf, schwankte am Rande der Dunkelheit. Er setzte sich wieder, denn er hatte das Gefühl, all seine Biorhythmen durchliefen im selben Moment ein Wellental und die Wirkung des Muntermachers sei verflogen.

»Kaffee«, sagte er. »Mit jeder Menge Zucker.« Janis verschwand und kam wieder zurück – anscheinend ohne jede Zeitverzögerung. Instantkaffee. Er trank ihn mit der Gier eines Süchtigen, hörte kaum zu, als Van die Warnung des Stasis-Agenten wiederholte. Er zitterte innerlich, das von der ekstatischen Vision der Uhrmacher-Wesenheiten und der Uhrmacher-Kultur herrührende Hochgefühl machte verängstigter Ehrfurcht Platz. Vans verbissenes Gerede über Gigatote veranlasste ihn, über den *Overkill* nachzusinnen, über die schiere überwältigende Redundanz des Ganzen: ein neues Stadium der Evolution, sozusagen das Spin-off eines politisch-militärischen Expertensystems, eines biologischen Datenraubs und einer Organisation, deren Sinn und Zweck sogar ihren eigenen Mitgliedern verborgen war? Das überstieg alles, was Josh geplant haben mochte, sicherlich bei weitem.

Moh drückte seufzend die Zigarette aus. »Ich teile Ihre Besorgnis hinsichtlich der drohenden Gefahren, sollte die Weltraumverteidigung Wind von den Vorgängen bekommen. Aber das wird sie sowieso, daher besteht unsere einzige Chance darin, schnell und vernichtend zuzuschlagen.«

»Und was passiert«, ließ sich eine sarkastische Stimme vernehmen, »wenn *sie* schnell und vernichtend zuschlagen?«

MacLennan war lautlos eingetreten. Alle wandten sich zu ihm um.

»Soll sie ruhig«, sagte Moh. »Bedenken Sie, die Weltraumverteidigung verlässt sich weniger auf unmittelbare Gewalteinwirkung, als vielmehr darauf, dass ihr Netzstörungen die Arbeit abnehmen. Außerdem verfügt sie nicht einmal über ausreichend Munition. Somit stehen die Chancen für uns gar nicht so schlecht, denn wir sind in der Lage, die elektronische Organisation durch unsere eigene Organisation zu ersetzen – vielleicht nur provisorisch, doch es dürfte ausreichen, um die paar Wochen zu überbrücken, die es braucht, die Kommunikation wieder in Gang zu bringen.«

»Eine hübsche Theorie«, meinte MacLennan. »Seien Sie versichert, dass wir nicht die Absicht haben, sie zu testen. Die Hannoveraner reichen uns schon aus. Vor ein paar Minuten hat der Schwarze Plan angedeutet, die Gelegenheit zum Zuschlagen könnte sich binnen der nächsten vierundzwanzig Stunden ergeben.«

Alle blickten ihn schweigend an. Kohn wurde mit einem Frösteln bewusst, dass der wandernde Wald, der erwachende Riese, die lebenden Toten, unter denen er gewandelt war, höchstwahrscheinlich eine Vision des revolutionären Expertensystems der ANR dargestellt hatten, welches zu der Schlussfolgerung kam, die Zeit für die Tage, welche die Welt erschüttern sollten, sei gekommen.

»Und wie geht es jetzt weiter?«, fragte Janis.

MacLennan zündete seine Pfeife an, musterte sie durch die Streichholzflamme hindurch aus zusammengekniffenen Augen. »Der Armeerat wird dies zweifellos in Erwägung ziehen. Was uns betrifft – Kohn, solange, bis die Offensive startet, werden Sie nicht wieder tun, was Sie heute getan haben.« Als Kohn den Mund öffnete, hob er die Hand. »Taine und ich haben bereits darüber gesprochen, und jetzt sehe ich selbst, was der Prozess bei Ihnen anrichtet. Sie sehen aus wie Ihr eigenes Gespenst, Mann. Außerdem haben Sie heute Nachmittag mehr Netzstörungen als irgendjemand anderer seit der Jahrtausendwende verursacht. Das können Sie mir ruhig glauben!«

Er schüttelte das Streichholz aus. »Deshalb üben wir uns unter den gegebenen Umständen in einer altehrwürdigen militärischen Tugend. Wir warten.«

Er lachte. »Versucht euch zu entspannen.«

15

Schwester Expertin

Sie nahm an der Nähmaschine Platz und zog Rock und Unterröcke hoch, damit sie die Füße für das Pedal freihatte. Diese Maschine war anders als die primitiven Nähmaschinen in der Arbeitshalle: sie hatte so viel Software eingebaut, dass selbst eine blutige Anfängerin in Stundenfrist wundervolle Sachen damit herstellen konnte. Das behauptete die Nähmaschine jedenfalls in munterem Ton, als Catherin die Menüs durchging und Stiche, Farben und Größe auswählte. Sie schob die Jeansjacke unter den Stoffdrückerfuß und platzierte sie über den Zuschnitten und Entwürfen, die sie bereits angefertigt hatte. Zunächst hatte sie ohne fremde Hilfe auskommen wollen, was als Versuch gedacht war, sich in die Gemeinschaft einzufügen. Jetzt hatte sie keinen Grund mehr, ihre brodelnde Ungeduld mit der mühseligen Handarbeit zu bezähmen. Sie wollte einfach bloß fertig werden.

Nachdem Valery Moh verabschiedet hatte, hatten sie sich erst einmal gegenseitig heftige Vorwürfe gemacht. Valery erklärte, man habe sie vor allem deshalb hierher eingeladen, um sie – und Moh – vor Donovan zu schützen. Cat, die den Schwestern ihre Lage geschildert hatte, wusste bereits, dass sie Moh hierher locken wollten, und zwar aus irgendeinem Grund auf indirekte Weise – daher ihr flüchtiges Erscheinen beim Videofonanruf –, doch es ärgerte sie, dass es ihnen weniger darum zu tun war, ihre Ehre wiederherzustellen, als vielmehr Moh aus eigensüchtigen Motiven heraus einzufangen. Valery wies taktvoll darauf hin, dass Cat ebenfalls mit verdeckten Karten spiele.

Daraufhin hatte sich Cats Wut teilweise verflüchtigt. Das Argument war stichhaltig, das musste sie widerwillig einräumen.

»Also gut«, hatte sie gesagt. »Das ist nur fair. Aber sag mir eines – was, zum Teufel, geht hier vor?«

»Was meinst du?«

»Ach, komm schon. Ich bin sicher, du warst hoch erfreut, als Moh Kohn sich plötzlich entschlossen hat, den Fahneneid zu schwören, aber du weißt ebenso gut wie ich, dass er dazu gezwungen war, wenn er sich aus seiner Zwangslage befreien wollte. So hat er noch nie dreingeschaut wie in dem Moment, als ich ihm sagte, es kämen gleich ein paar Agenten vom BLK vorbei, und ich stand mit dem Typ schon unter schwerem Beschuss. Er ist wie viele Kämpfer – nicht tollkühn, aber … nun ja, fatalistisch, weißt du?«

Valery nickte. »Ich habe das Gleiche erlebt«, meinte sie. »Es gibt eine Kugel mit deinem Namen drauf; was für dich bestimmt ist, geht nicht an dir vorbei, sondern durch dich hindurch; wenn deine Zahl gezogen wird, lässt sich das nicht ändern. Diese ganze Scheiße. Als ob wir nicht wüssten, dass das Chaos existiert und Gott nicht.«

»Ja.« Cat grinste, denn zum ersten Mal hatte sie an Valery eine Ähnlichkeit mit sich selbst entdeckt. »Ist so was Ähnliches wie Aberglaube, stimmt's? Hm. Nähme man sämtliche dämlichen Kriegsbräuche und Kämpferskrupel zusammen, käme eine Art Höhlenmenschenreligion dabei heraus. Jedenfalls läuft alles darauf hinaus, dass sie einfach bloß unglaublich tapfer sind, wenn sie keinen Ausweg mehr sehen. Ich meine, ich hab den Typ in Aktion gesehen, und er lacht dem Tod einfach ins Gesicht. Und zwar wortwörtlich. Also, als ich ihm von den Spinnern erzählte, da hat er sich *in die Hose gemacht.* Er wurde ganz blass. Und dann lächelte er und entspannte sich. Da war er wohl gerade dahintergekommen, dass das hier ein Stützpunkt der ANR ist.«

»Nein, das hatte ich ihm bereits gesagt. Außerdem waren ihm bestimmt schon die Fallschirme aufgefallen. Wir müssen herausfinden, wie er das angestellt hat ... wir haben schon Hunderte von Leuten durch diese Räumlichkeiten geführt, und niemand hat etwas bemerkt.« Valery schnaubte. »Er hat sich von der Republik anwerben lassen, da muss er es uns sagen.«

»Und was kannst du mir sagen?«, beharrte Cat.

Valery blickte sie stirnrunzelnd an. »Ich weiß nicht«, meinte sie. »Ich muss erst ein paar Dinge checken. In der Zwischenzeit ...« Und sie schlug vor, Cat solle in dieses zwar gemeinschaftlich genutzte, aber abgelegene Arbeitszimmer gehen. Eine Ecke war Näharbeiten vorbehalten, ausgestattet mit der Nähmaschine, einer Schneiderpuppe und einer Kommode voller Stoffe. In der gegenüberliegenden Ecke standen ein Computerterminal und eine verschlossene Diskettenbox. Die Wände zeigten ein apfelgrünstichiges Weiß; die eine Wand nahm ein großer Fernsehbildschirm mit einer eindrucksvollen Vielzahl von Abonenntenzusätzen ein.

Sie bewegte den Cursor auf ‹HIMMELBLAU›, worauf sich der Munitionsgürtel der Nähmaschine ratternd in Bewegung setzte, bis die entsprechende Garnspule einrastete. Der Faden wurde von einer klickenden Pinzette gepackt und durch Führungen und das Nadelöhr gezogen. »Anfangen«, sagte die Maschine mit verständlicher Blasiertheit.

Für eine Weile verlor Catherin jedes Zeitgefühl; ein Teil von ihr nahm die Farbschattierungen und Schnittmuster wahr, während ein anderer Teil ganz woanders weilte. Nun verstand sie, wie es den Schwestern gelang, ihre scheinbar frivolen Beschäftigungen mit ihrer ...

Haupttätigkeit zu vereinbaren, die darin bestand, kühl und logisch über Logistik und Politik, Strategie und Taktik nachzudenken.

Was sie nun ebenfalls tat. Sie hatte geglaubt, sie habe Moh in eine Falle gelockt, und musste nun feststellen, dass sie selbst hereingelegt worden war – zunächst von der ANR, dann vom BLK. So viel sie wusste, stand es ihr jetzt, da ihre Berufsehre wiederhergestellt war, frei zu gehen. Sie war in den Datenbanken des Komitees für sozial-ökologische Interventionen wieder als Söldnerin gespeichert – das hatte sie nachgeprüft, nachdem der Miet-Cop ihr Mohs Empfangsbestätigung gegeben hatte. Allerdings hatte sie nicht die Absicht, wieder für die BLK zu arbeiten, Einheitsfront hin oder her. Es lag auf der Hand, dass Donovan es auf Moh abgesehen hatte und dass sich irgendeine verflucht große Sache – groß und blutig – abzeichnete.

‹KARMINROT› für den Schriftzug. «90 mm.Serif.»

Den ganzen Sommer über bis in den Herbst hinein hatte es Gerüchte über eine weitere Endoffensive der ANR gegeben. Ausgehend von der höchst vernünftigen Annahme, die Offensive werde überraschend losbrechen, hatte sie die Geschichte abgetan, obwohl sie selbst zu ihrer Verbreitung beigetragen hatte. Ihrer Ansicht nach war das nicht unverantwortlich gewesen. Vielmehr stellte es legitime Desinformation dar, denn das Linksbündnis, die von einer Faktion des offiziellen Flügels der Labour Party gezimmerte breit gefächerte Koalition, plante definitiv einen heißen Herbst mit Demonstrationen und Fraternisierungen, durchsetzt mit ein paar tollkühnen bewaffneten Aktionen der Rosenroten Brigaden. Das behaupteten zumindest die staatlichen Medien, während die freien Medien es bestritten und bestätigten und darüber debattierten.

Der Schriftzug war fertig. Sie betrachtete ihn lächelnd. Jetzt die Stickerei noch umrahmen und die Leerräume ausfüllen.

‹BLATTGRÜN›

Alles, um den Gegner so konfus zu machen, wie wir bereits sind. Wo wir gerade bei der armen, beschissenen Infanterie sind. Auf einmal verspürte sie Ärger auf alles, auf die Täuschung, die Manipulation und die Berechnung, das Geschachere und die Distanzierungen, auf die Gewalt, die verwundbarem menschlichem Fleisch zugefügt wurde. Irgendetwas an der vorgeschobenen Geschichte der Feministinnen hatte sie wahrhaft angezogen, wie ihr jetzt klar wurde, die Tünche und die Schleier, mit denen sie die Sehnen des Krieges verhüllten.

‹OCKER›

‹WEISS›

‹SCHWARZ›

Es war fertig. Cat blickte aufs Uhrenicon, erstaunt darüber, wie viele Stunden verstrichen waren. Sie schnippelte, vernähte die letzten Fäden und nahm die Jacke aus der Maschine. Sie stand auf, hielt die Jacke auf Armeslänge vor sich und bewunderte sie ausgiebig, dann legte Janis sie sich um und bewunderte sie erneut, diesmal über die Schulter in einen Spiegel blickend.

»Das ist richtig gut.«

Sie wandte sich rasch um und bemerkte in der Tür Valery. Die Jacke rutschte ihr von den Schultern.

»Ja, ich bin ganz zufrieden damit, obwohl das ja Verarsche ist, so mit der Nähmaschine.« Sie ging in die Knie und hob die Jacke auf. Der Rock bauschte sich wie ein Fallschirm.

»Unsinn, Cat, auf den Entwurf und die Ausführung kommt es an. Die Methode ist zweitrangig.«

»Heißt das, der Zweck heiligt die Mittel?« Cat richtete sich auf, glättete den Rock und lächelte Valery sittsam an.

»Ha!« Valery schwenkte den Drehstuhl vor dem Terminal herum und nahm Platz. »Wir haben nie behauptet, wir wären Pazifisten, weißt du.«

Cat schüttelte den Kopf, als wollte sie die Synapsen wieder in ihr altes Muster zwingen, und stand auf.

»Was für ein Schwindel. Ich hab mir echt Sorgen gemacht. Ich dachte schon, ich würde weich werden, wenn ich die ganze Zeit … zermürbt werde! Dass ich ausgerechnet für die ANR arbeite, die machomäßigste, elitärste aller Banden!« Sie fasste den Rock mit beiden Händen und wirbelte ausgelassen im Kreis.

»Das sehe ich anders«, meinte Valery mit einem beinahe verlegenen Lächeln. »Zufällig … haben wir einen Job für dich. Einen Job im Auftrag der ANR.« Ihr Lächeln vertiefte sich. »Zum üblichen Tarif.«

Cat ließ sich das durch den Kopf gehen. »Und die Alternative wäre, hier zu bleiben, stimmt's?«

Valery nickte. »Das Risiko, dass du dich wieder Donovans Bande anschließt, dürfen wir nicht eingehen. Schon gut, schon gut, du kannst versprechen, es nicht zu tun, aber solange du keinen Vertrag mit uns geschlossen hast, kann dich nichts davon abhalten, deine Meinung zu ändern, sobald du die Tür hinter dir geschlossen hast. Also, entweder du übernimmst den Job – er ist übrigens nicht sonderlich gefährlich –, oder du verschläfst den Aufstand an einer Nähmaschine und nähst Fallschirme.«

Cat war sich bewusst, dass Valery sich bemühte, es ihr behutsam beizubringen. Die ANR ließ nicht mit sich spaßen und hatte ein langes Gedächtnis.

»Ich übernehme den Job«, sagte Cat hastig, gegen dumpfe Panik ankämpfend. »Worum geht's?«

»So ist's recht«, sagte Valery. »Bist ein braves Mädchen.«

Jordan schaute die Nachricht auf dem Monitor an und widerstand dem Impuls, abermals das Antwortfeld anzuklicken.

Moh sagt, die Suche ist vorbei, kümmere dich um deinen eigenen Kram.

Nicht allein die gnomische Kürze der Nachricht frustrierte ihn, sondern auch der Umstand, dass der Absender, die Friedensgemeinde der Frauen, aus den Netzen verschwunden war, als hätte es sie nie gegeben. Jordan hatte mehrere Antworten losgeschickt, die alle wieder als unzustellbar zurückgekommen waren. Er fühlte sich bestätigt in seinem Verdacht, dass die Feministinnengemeinde mit der ANR in Verbindung stand.

Moh, wo immer er sich gerade aufhalten mochte, nahm ebenfalls keine Anrufe entgegen. Jordan bezweifelte nicht, dass die Nachricht von ihm stammte; als er Jordan ganz am Anfang um seine Mitarbeit angegangen war, hatte er ganz ähnlich geklungen. Und nun erwartete Moh offenbar von ihm, dass er die Nachforschungen abbrach. Die Chancen dafür standen gut. Seit der versuchten Kontaktaufnahme mit Moh und Janis hatte er sich wiederholt im Netz umgeschaut. Er war auf die Nachwirkungen der Beilegung von Mohs Streit mit Donovan und der Wiederherstellung von Cats Ruf gestoßen. In dem schmalen, umstrittenen Randbezirk, in dem die privaten Schutzagenturen und politisch-militärischen Splittergruppen Norlontos voneinander ununterscheidbar im Dunkeln kämpften, war Catherin Duvalier eine respektierte kleinere Spielerin. Im Laufe des Nachmittags kam Jordan immer mal wieder der Gedanke, Cat könne sich wieder ihrer alten Tätigkeit zugewendet haben.

Mary Abid arbeitete auf der anderen Seite der Welt und war nicht ansprechbar. Im Medienraum war es noch immer stickig-warm. Jordan rief die Originalnachricht, den Videofon-Anruf, auf und stoppte die Wiedergabe in dem Moment, als Cat hochschaute und sich das Haar aus dem Gesicht streifte. Er markierte den Ausschnitt, vergrößerte ihn und druckte ihn auf DIN A4 aus. Der Ausdruck hatte die Qualität eines guten Farbfotos. Jordan fuhr die Geräte herunter, an denen er gearbeitet hatte, ging leise hinaus und stieg die Treppe zu Mohs Zimmer hoch, wo er das Bild neben Cats Foto an der Wand befestigte. Dann trat er zurück und verglich die beiden Aufnahmen.

Es gab keinen Zweifel daran, dass es beides Mal ein und dasselbe Mädchen war, das die gleiche Geste vollführte und auf die gleiche Weise verhalten lächelte. Allein die Kleidungsstücke unterschieden sich: hier der schmutzige, zu große Overall, die Ärmel hochgekrempelt, auf der Stirn ein Ölschmierer vom vorbeistreifenden Handgelenk; dort die gestärkten Rüschen der Schürze über dem tadellos passenden Kleid, die von der Hand, welche über das Gesicht streifte, herabfallende Spitze des Aufschlags. Auf Jordan hatte der Gegensatz eine erotische Wirkung: flüchtig assoziierte er das zweite Bild mit den Werbeplakaten von Modesty, die in seinem Schlafzimmer als Pin-ups gehangen hatten. Seltsam dabei war, dass beide Aufzüge gar nicht sonderlich sexy wirkten – eher im Gegenteil, denn der eine war geschlechts- und formlos wie die Uniform einer puritanischen Kommunistin, der andere züchtig, sozusagen der Inbegriff der Sittsamkeit – gleichwohl brannte sich Cats Sexualität beides Mal hindurch.

Oder zumindest schien es so. Vielleicht lag es auch bloß daran, dass er so frustriert war. Zu den befreienden Entdeckungen, die er bei der Lektüre der humanistischen Denker gemacht hatte, gehörte die Unschuld der flüchtigen Masturbation, doch damit vermochte er sich hier nicht zu trösten. Gemessen an historischen Maßstäben war Beulah City gar nicht so schlecht: die Kirchen verurteilten zwar vorehelichen Geschlechtsverkehr, ermutigten aber zu früher Heirat; Homosexualität war gesetzlich verboten (theoretisch unter Androhung der Todesstrafe, in der Praxis aber war eine Verurteilung nahezu unmöglich, und den Beschuldigten stand es frei, Beulah City den Rücken zu kehren), und das galt auch für Abtreibung, wohingegen Empfängnisverhütung geduldet wurde. Die einzigen Scheidungsgründe waren Ehebruch und böswilliges Verlassen, doch der öffentliche Bann für alle expliziten Darstellungen von Sexualität ging einher mit vernünftigem Rat für verheiratete Paare. Gleichwohl blieb noch genügend Raum für sexuelle Unwissenheit, Unvereinbarkeiten und geschlechtliche Not, von Heuchelei ganz zu schweigen.

Von BC in diesen Teil von Norlonto zu wechseln, das war, als träte man aus einem klimatisierten Gebäude in einen Hurrikan hinaus. Die allgegenwärtige Pornographie und Prostitution stießen Jordan ab. Er war sich nicht sicher, ob sein Widerwille von christlichen Überzeugungen herrührte, die er ablehnte, oder von den humanistischen Prinzipien, die er vertrat. Die Mitglieder des Kollektivs zeigten kein Interesse an kommerziellem Sex, doch er spürte, dass sie wenig davon hielten. Mit seinen sozialen Fähigkeiten, die er für eine ganz andere Gesellschaft entwickelt hatte, fiel es ihm schwer, die sexuellen Einstellungen und Beziehungen der anderen einzuschätzen. Mary, Alasdair, Dafyd, Lyn, Tai, Stone und die anderen waren wie Black boxes für ihn, durch Pfeile des Begehrens miteinander verbunden.

Auf Mary Abids langes schwarzes Haar und ihre großen, dunklen Augen hatte *er* bereits einige Pfeile abgeschossen, doch sie hatte etwas mit Stone (zumindest über diese Beziehung war er sich mühelos klar geworden). Außerdem hatte Jordan noch Gefallen an Tai gefunden und sich sogar – schüchtern und verblümt – an sie ranzumachen versucht, bis ihm aufgefallen war, dass das schlanke, kleine, hübsche Mädchen aus Singapur gar kein Mädchen war. Und er war auch nicht schwul, bloß für den Fall, dass er einmal auf diesen nach wie vor abwegigen Gedanken verfallen sollte. Also musste er sich bislang mit seinen höchst unrealistischen Phantasien bezüglich Janis begnügen, deren Bild während seiner Unterhaltungen mit Moh stets im Hintergrund geschwebt hatte.

Als er die beiden Fotos von Cat so betrachtete, schämte er sich absurderweise. Er wollte keine Phantasien; er wollte sie – dies war eine bewusste Unterscheidung, eine Offenbarung, ein Entschluss – mit Haut und Haar. Man konnte sich nicht in eine Unbekannte verlieben, in ein Gesicht auf einem Foto; doch als er diese Fotos betrachtete, wünschte er sich nichts so sehr, wie diese Frau zu finden, sie zu besitzen, sie festzuhalten und zu beschützen. Und wenn er sie nicht bekommen konnte, wenn sie ihn nicht haben wollte, dann könnte er zumindest versuchen, sie dazu zu bringen, dass sie ihren schönen Körper nicht mehr in diesen sinnlosen Kämpfen gefährdete.

Erschöpft und rastlos warf er sich bäuchlings aufs Bett. Er schlief ein paar Minuten lang, dann wachte er wieder auf, das Kissen feucht von Speichel und Schweiß. Er wälzte sich herum und verschränkte die Hände unter dem Kopf. Plakate schrien von den Wänden aus auf ihn ein. Britische Truppen raus aus, englische Truppen raus aus, Londoner Truppen raus aus, staatliche Truppen rein in. Solidarität mit diesem. Solidarität mit jenem. Solidarität mit Solidarität. (Was, zum Teufel, sollte das nun wieder heißen?)

Die einander widersprechenden Aufforderungen drückten eine Art Tadel aus. Moh hatte gewollt, dass er seine Ansichten äußerte, dass er seine Vorstellungen über die schmale Zufahrtsrampe des Kollektivs auf den Informationshighway beförderte, und dafür hatte er bestimmt seine Gründe gehabt. Jordan glaubte, einen davon zu kennen: und zwar diente ihm das Ganze als Ausrede für seine Genossen – alle erwarteten von Jordan, dass er in dieser Richtung tätig wurde, und nahmen an, seine Nachforschungen wären Recherche fürs Fernsehen. In gewisser Hinsicht waren sie das auch – er hatte in den vergangenen Tagen eine Menge in Erfahrung gebracht, zahllose Einzelheiten über die Vorgänge in jener Welt, die Beulah City selbst an seiner exponiertesten Schnittstelle ausblendete. Dies hatte ihn in seiner Überzeugung, die er Moh gegenüber zum Ausdruck gebracht hatte, und seinem Wunsch, den Menschen zu erklären, wie sie ihr Leben besser – und länger – gestalten könnten, wenn sie sich aus den Kämpfen heraushielten, noch weiter bestärkt.

Über die Aussichten, die sich ihnen böten, wenn sie sich denn von den Kämpfen fernhielten, hatte er im Grunde wenig Neues zu sagen, wie er sich voller Bitterkeit eingestand. Die gottlosen Evangelien hatten Antworten auf diese Frage parat, Antworten, denen er zustimmte und die im Wesentlichen darauf hinausliefen, das eine Leben, das einem gegeben war, möglichst gut zu nutzen. Natürlich widersprachen sie einander hinsichtlich der Umsetzung. Obwohl sie vom gleichen Ausgangspunkt ausgingen, schlugen die einen vor, sich der Linken anzuschließen, und die anderen, zur Rechten zu stoßen, während ein großer Teil der erleuchteten Geister die Ansicht vertrat, es sei am besten, umherzuschweifen und Augen und Optionen offenzuhalten.

Jordan setzte sich unvermittelt auf und öffnete die Augen. Für diese Haltung, diese Weltanschauung, gab es einen Namen, der vor kurzem aufgekommen war: Postfuturismus. Diese pragmatische, desillusionierte Haltung, die den Verzicht auf das Ideal einer idealen Gesellschaft, auf die Umsetzung verstiegener Modelle auf umkämpftem Gebiet propagierte, wurde weithin als radikal-konservativ oder blind-subversiv gebrandmarkt. Vor ein paar Jahren hatte es große Aufregung gegeben, als jemand in einem modischen, kontroversen Buch dieses Etikett der ANR verpasste – wie lautete noch gleich der Titel?

Jordan sprang plötzlich auf und durchsuchte Mohs Sammlung von politischer Literatur, wühlte in Stapeln von Pamphleten nach den wenigen Büchern mit festem Einband. Und da war es: *Unterwegs zum Ende der Zukunft* von Jonathan Wilde, dem alten Guru der Weltraumbewegung. Er blätterte darin, betrachtete lächelnd Mohs Unterstreichungen und die an den Rand gekritzelten Anmerkungen voller Rechtschreibfehler. Eine Aussage Wildes, die mit dicken schwarzen Linien unterstrichen, mit Ausrufezeichen und einem ›Ja!‹ versehen war, lautete folgendermaßen:

> Abgesehen von der Weltraumbewegung selbst (die sich paradoxerweise an einer Zukunft orientiert, die mittlerweile zur Gegenwart geworden und mit allen Problemen derselben behaftet ist), ist das Denken, das ich provisorisch ›postfuturistisch‹ genannt habe, stark – wenn auch unbewusst – in den verschiedenen und unausrottbaren Widerstandsbewegungen verhaftet, die sich gegen die Hegemonie der US/UN wenden: dazu zählen die Kasachische Volksfront, die Ex-Neokommunisten des NVK, die nichtexistente, aber einflussreiche Verschwörung, die als Letzte Internationale bekannt ist, die Armee der Neuen Republik und viele andere.
> Diese sind durch keine gemeinsamen Ideale verbunden – ganz im Gegenteil. Da sie gute Gründe haben, zu rebellieren, brauchen sie kein Ideal, kein ›Anliegen‹. Eine hartnäckige Überzeugung ist ihnen allen gemeinsam: Keine Neue-Welt-Ordnung mehr.
> Ich möchte nicht verschweigen, dass ich ihnen in diesem Punkt Recht gebe.

Denn wir haben die Zukunft gesehen – wir blicken inzwischen auf jahrhundertelange Erfahrungen mit der Zukunft zurück –, und wir wissen, dass sie nicht funktioniert. Es wird ein großer Tag sein, wenn die Zukunft verschwindet! Es wird ein großer Tag der Befreiung sein, wenn die Armeen, die Funktionäre, die Mitläufer, die Spekulanten der Zukunft verschwinden und es endlich uns überlassen, *den Rest unseres Lebens zu gestalten!*

Jordan blätterte neugierig an den Anfang des Buches zurück und las es vollständig durch. Er brauchte anderthalb Stunden dafür; entweder er las im Sitzen, oder er wanderte umher und ging Kaffee holen, das Buch in Händen. Als er fertig war, nahm er sich Wildes frühere Werke aus Mohs Sammlung vor und las sie ebenfalls: *Die Erde ist eine spröde Geliebte, Schluss mit den Erdbeben* – kurze, flammende Manifeste, die er in wenigen Minuten überflog. Wilde war von seinen Grundsätzen nicht abgerückt – er war noch immer der gleiche libertaristische Weltraumverrückte wie in seiner Anfangszeit –, doch sein Verständnis der historischen Möglichkeiten hatte sich seit der schwindelerregenden, kämpferischen Erregung der Anfangszeit der Weltraumbewegung subtil gewandelt. Anscheinend glaubte er nicht mehr, die von ihm vertretenen Ansichten würden die Welt im Sturm erobern, und wollte dies auch gar nicht mehr: ein in seinen frühen Schriften eher theoretischer, nachsichtiger Respekt vor der Vielfalt hatte sich nun zu einer Akzeptanz der Vielfalt aus Überzeugung und um ihrer selbst willen vertieft, anstatt dass er sie als einen Pool betrachtete, in dem der eine wahre Weg zu finden sei.

Postfuturismus war Wildes Art und Weise, mit dem Weiterleben in seine eigene imaginierte Zukunft hinein umzugehen – wenngleich in beschränkter, lokaler Form –, und sie, wie er sagte, lediglich als Gegenwart aufzufassen. Jordan bezweifelte, dass Moh mit dieser Ansicht voll und ganz übereinstimmte – schließlich glaubte er noch immer an eine sozialistische Zukunft und erhielt Botschaften aus dem Nirgendwo –, doch die Verbindung zwischen dem Postfuturismus und Jordans Abscheu vor den miteinander wetteifernden Ideologien der Ministaaten halfen ihm zu verstehen, weshalb Moh Jordans Ideen übers Kabel hatte verbreiten wollen.

Ein schlauer Fuchs, dachte Jordan. Moh hatte gewollt, dass er die Ideologien angriff, dass er die Ministaaten nach Kräften schwächte, weil er auf diese Weise der ANR helfen würde! Nicht, dass Moh großes Vertrauen in die ANR gezeigt hätte, aber wie er selbst gesagt hatte: alles Rationale war besser als dieser miefige, behagliche Subtotalitarismus. Und das konnte auch nicht kurzfristig gemeint gewesen sein: vor der Offensive der ANR blieb einfach nicht mehr genug Zeit, als dass irgendjemand mit Worten etwas hätte ausrichten können.

Doch nach der Offensive – wenn die Zukunft der ANR, die Neue Republik, Gegenwart geworden wäre –, dann könnte es Auswirkungen haben. Gemeinschaften wie die, aus der Jordan stammte, die nur wenige Straßenkilometer entfernte ideale Gesellschaft, könnten stürzen, wenn man ihnen nur einen ordentlichen Schubs versetzte. Ihr Selbstvertrauen zu unterminieren würde länger dauern.

Also, warum nicht?

Entsprach das nicht seinen eigenen Überzeugungen? Wollte er nicht genau das sagen?

Vor allem aber wollte er es einer bestimmten Person sagen. Selbst wenn sie es niemals hören sollte. Er verließ Mohs Zimmer, stieg die Treppe hinunter und betrat den Raum mit den wartenden Kameras.

Zunächst war seine Stimme zögerlich, doch dann fand er seinen Rhythmus und gewann Zutrauen.

»Hier ist Jordan Brown mit … mit der Atheistischen Global-Village-Show. Meine Aufgabe ist es, zu unterhalten, aufzuklären und Widerspruch herauszufordern.

Seit gestern um diese Zeit wurden vierzigtausend Menschen plus/minus ein paar tausend getötet. Und zwar ganz legal, gemäß dem berühmten Anhang zur Genfer Konvention, in anerkannten Konflikten auf der ganzen Welt. Die Unbeteiligten wurden gemäß Paragraph 78, Abschnitt 10, Absatz 3 getötet. Darin heißt es, Zivilisten dürften nur dann mit Explosivwaffen getötet werden, wenn diese auf legitime militärische Ziele gerichtet sind, und ja, ich habe es nachgeprüft und kann euch versichern, dass den zuständigen Behörden keine Fälle von Vergiften, von Maschinengewehrsalven vor frisch ausgehobenen Gräben, von Freisetzungen von Strahlung oder radioaktiven Substanzen oder durchgeschnittenen Kehlen bekannt geworden sind.

Und woher wissen wir das? Wir wissen es, weil wir zuschauen. Die ganze Welt schaut zu. Vor ungefähr fünfzig Jahren entwickelte in Edinburgh jemand eine Videokamera von der Größe einer Münze. Ein paar Jahre später wurden diese Kameras massenweise gefertigt und wurden Jahr für Jahr kleiner und billiger. Sie tauchten auf den Schlachtfeldern Mitteleuropas auf, in den Folterkammern der amerikanischen Staaten, auf den ausgedörrten Ebenen Afrikas.

Mittlerweile sind sie so klein, dass man jemanden Stück für Stück auseinander nehmen kann, bevor man bemerkt, dass eine der Schaben auf dem Boden in Wirklichkeit ein Nachrichtensammler mit Biochip war, der mit ein paar hochinteressanten Bildern nach Hause eilt. Und dass das eigene Gesicht im Satellitenfernsehen erscheint, dass der eigene genetische Fingerabdruck in frei zugänglichen Datenbanken gespeichert ist und dass verschiedene sozial engagierte, wenn nicht gar – ha, ha – staatlich finanzierte Agenturen ein Kopfgeld auf einen ausgesetzt haben. Bedenkt einmal Folgendes: Es gab eine Zeit, da hatten Folterer bloß die *Briefe* von Amnesty International zu fürchten!

Während es früher einmal möglich war, ganze Länder wie beispielsweise Laos zu bombardieren, ein Zehntel der Bevölkerung – siehe Kambodscha – oder gar ein Drittel wie in Osttimor auszulöschen und gleichzeitig erfolgreich zu leugnen, dass dies alles überhaupt stattgefunden hatte (ein angesehener Linguist hat dies einmal als ›Fortschreibung der Leugnung des Holocaust‹ bezeichnet), sah es nun ganz anders aus. Das stille Töten hörte auf. Das Blut trocknete an den Wänden der Folterkammern. Dem Verhungern musste ein Ende bereitet werden, und so geschah es auch, mit der gleichen Effizienz und häufig mit der gleichen Ausrüstung wie das frühere Morden.

Und dann wurden die ersten großen Entdeckungen dieses Jahrhunderts gemacht, den Einsatz der Atomwaffen betreffend. Bis dahin gab es keine Einsatzmöglichkeiten dafür. Sie dienten der Bedrohung, der Abschreckung – auch Hiroshima und Nagasaki stellten in gewisser Hinsicht lediglich eine Drohung dar. Eine Demonstration des Schreckens. Nun aber fand ein unbekanntes Genie in Aserbaidschan heraus, wofür die Atomwaffen tatsächlich taugten. Und zwar für innerstaatliche Massaker. Für innerstaatliche Massaker mit taktischen Atomwaffen. Das Ergebnis kennen wir.

Natürlich musste dem ein Ende bereitet werden. Daher die nächste große Entdeckung: eine Einsatzmöglichkeit für weltraumstationierte Laser und Nuklearwaffen. Ursprünglich sollten sie dazu dienen, den kommunistischen Block in die Armut zu treiben, was sie auch taten, und kurz darauf trieben sie die USA in den Bankrott – und zwar noch bevor sie *überhaupt gebaut worden waren!* Wie die mythische Tachyonenbombe, die das Ziel noch vor dem Abwurf zerstört, wirkten sich die Orbitalwaffen in der relativen Vergangenheit aus. Natürlich wurden sie trotzdem gebaut und bewahren bis heute den Frieden, indem sie jede Einrichtung zerstören, die den Eindruck erweckt, man könnte mit ihr hier am Boden möglicherweise Atomwaffen bauen.

Und so sieht es aus: das wundervolle Gleichgewicht des Schreckens, das uns vom Hunger, von der Angst vor dem Atomkrieg und von der unausweichlichen Tyrannei befreit hat und uns in die Lage versetzt, nach unserer eigenen Fasson zur Hölle zu fahren. Mit vierzehn Millionen sechshunderttausend Kriegstoten Jahr für Jahr übertreffen wir jedoch sogar die Todesrate des Zweiten Weltkriegs. Der Unterschied zur schlechten alten Zeit, als wir alle gemeinsam zum Teufel gingen, ist gar nicht so groß.

Versteht mich nicht falsch: Ich habe lieber mit Tierbefreiern, Maschinenstürmern und wiedergeborenen christlichen Milizen zu tun als mit neuen Hitlern, Stalins oder Johnsons. Allerdings möchte ich alle Zuschauer bitten, die Möglichkeit in Erwägung zu ziehen, dass wir es besser machen könnten. Und ich bitte euch, folgende Frage zu bedenken: Wo liegt der Schwachpunkt dieses Multiple-Choice-Totalitarismus? Auf den ersten Blick scheint er keine Schwachstelle zu haben. Was kann jeder Einzelne von uns dagegen tun?

Ich will es euch sagen. Einer der Vorläufer der modernen Milizen war eine Gruppe, die sich Falange nannte. Ihr Motto lautete: *Credere. Obedere. Combatere.* Glauben. Gehorchen. Kämpfen. Ich schlage vor, dass ihr zweifelt, ungehorsam seid, desertiert. Zumal dann, wenn man euch auffordert, gegen die zu kämpfen, welche unerschütterlich darauf beharren, wir seien *ein Volk.*«

Er legte eine kurze Pause ein, um deutlich zu machen, er wisse genau, wovon er redete.

»Das ist natürlich bloß meine persönliche Meinung.

Und nun ein Wort von meinem Sponsor, dem Felix-Dserschinskij-Arbeiter-Verteidigungskollektiv, das selbstverständlich andere Ansichten vertritt. Gute Nacht. Vertraut auf euch selbst, wenn ihr gottlos seid; andernfalls vertraut auf Gott oder die Göttin.«

Jordan leerte die Kaffeetasse und setzte sie zu heftig ab. Er selbst fühlte sich ebenfalls leer. Er schaute dem Genossen, der mit dem Abwasch an der Reihe war, zu, ohne den Impuls zu helfen zu verspüren, der die anderen an den ersten Abenden so amüsiert hatte.

Als er mit seiner Ansprache fertig war und Mary die Kameras nach ihrem regulären Beitrag abschaltete, sagte sie ohne ihn anzusehen: »Das war schon ... ganz beachtlich. Wo hast du gelernt, so zu reden?«

Jordan seufzte. »Bei den Televangelisten«, antwortete er. »Davon hab ich mir jede Menge reingezogen. Hab sie sozusagen mit der Muttermilch aufgesogen.«

Wie geschaffen für das Kabel, so wie sein Job ihn für Netzrecherchen prädestinierte. Das war ein unheimlicher, deterministischer Gedanke, irgendwie calvinistisch ...

Ach, Mist. Das brachte ihn auch nicht weiter. Er sprang auf, duschte, zog sich um und ging wieder nach unten. Der Tisch in dem langgestreckten Raum war abgeräumt worden, die Studioausrüstung weggepackt. Im Fernsehen lief *Havana Vice*. Dafyd und Stone saßen auf einem Sofa vor dem Fenster-Monitor (eine Ein-mal-zwei-Meter-Version der VR-Brille, die ihm das Gefühl vermittelte, auf dem Präsentierteller zu sein, obwohl er wusste, dass der Monitor nur Einwegsicht bot und zudem gepanzert war), teilten sich einen Joint und reinigten ihre Waffen.

»Hi, Jordan.«

»Hallo, Leute.« Er nahm auf einer Armlehne des Sofas Platz, inhalierte ein wenig vom Rauch und beobachtete mit nicht zufällig wachsender Faszination die komplizierten Muster, welche die Hände der beiden Männer beim Reiben und Kratzen, Schrauben und Einpassen, beim Auseinandernehmen und Wieder-Zusammensetzen, Ziehen und Weiterreichen beschrieben. Sie arbeiteten, rauchten schweigend und ließen nur hin und wieder eine kryptische Bemerkung fallen, die von hilflosem Gelächter gefolgt wurde.

»Man soll nicht alle Programme auf einer Diskette speichern.«

»Die haben den Kormoran geölt, das war's.«

»Und dann sah er den Richter an und sagte: ›Diese Dinger sollen uns in Versuchung führen.‹«

Das schaffte sie. Die beiden Söldner wälzten sich vom Sofa herunter und attackierten den Boden.

Nachdem sie eine Weile darauf eingehämmert und -getreten hatten, war klar, dass der Boden gewonnen hatte. Sie wälzten sich auf den Rücken und wischten sich die Lachtränen ab.

»Worum ging's eigentlich?«

Stone hatte sich als Erster wieder erholt.

»Es ging um eine Sache von uns und Moh, die vor Gericht landete, und *Aah-ha-ha-haaa*«, erklärte er.

Jordan schüttelte den Kopf. Er ging zum Terminal hinüber und steckte seine Karte hinein. Seine kleine Ansprache war offenbar empfangen worden und verbreitete sich nun in dem Maße, wie sie abgespielt und weitergereicht wurde. Nur an wenige Personen, aber es kamen doch ein paar Tantiemen und sein Anteil an den üblichen Spenden herein. Er fand, er sollte sie einer guten Sache spenden.

»Los, Jungs, es wird Zeit, wieder nüchtern zu werden!«, rief er über die Schulter. »Ich spendiere euch ein paar Drinks.«

Im Lord Carrington spielte die Gruppe *Die vielen Weltbilder* vor einem ruhigen Werktagspublikum. Die Band benutzte offenbar das Potenzial des Mediums, um die Illusion der Gegenwärtigkeit zu hinterfragen, und wechselte ständig unvorhersagbar die Plätze. Der eine sang anderthalb Zeilen, dann stand auf einmal ein anderes Bandmitglied da und führte den Text fort, während der erste Sänger seinen Schweiß auf die Gitarre tropfen ließ. Eine Zeit lang war das recht amüsant.

Jordan war noch nicht mit Dafyd und Stone ausgegangen, und zu seinem Erstaunen und seiner Erleichterung stellte er nun fest, dass sie beim Trinken maßvoller zu Werke gingen als beim Rauchen. Im Verlauf einer halben Stunde verleibten sie sich etwa einen Liter ein, unterhielten sich in gedämpftem Ton und rauchten Tabakzigaretten auf Kette. Sie fachsimpelten über Fraktionen und Bündnisse, und es bereitete Jordan eine gewisse Genugtuung, dass er hin und wieder einen scharfsinnigen Kommentar dazu abgeben konnte. Schließlich hatte das mit zu seinem Job gehört. Ein Grund für ihre relative Zurückhaltung wurde dem aufmerksamen Beobachter alsbald klar: sie musterten unauffällig die Frauen.

Jordan aber bemerkte sie als Erster, als sie so selbstbewusst hereinstolziert kam, als gehörte ihr das Lokal. Sie bewegte sich wie eine Tänzerin, blickte sich um wie eine Kämpferin. Sie hatte einen hellblonden Haarschopf, hellblaue Augen, honigfarbene Haut, hohe Wangenknochen und die Art Mundpartie, die zu entwickeln der Rest der Menschheit eine halbe Million Jahre brauchen würde. Sie war nicht groß, hatte aber lange Beine, die bis knapp unter die Knie von einem Kleid bedeckt waren, das offenbar aus mit Morgentau besetzten Spinnweben bestand. Darüber trug sie eine ausgebleichte Jeansjacke, die ihr mehrere Nummern zu groß war. Als sie zum Tresen ging und sich einen Drink bestellte, sah Jordan, dass der Rücken der Jacke mit einer komplizierten Stickerei verziert war: die vom Weltraum aus gesehene Erde schien hinter ihren Schultern zu schweben, eingefasst war sie vom Schriftzug EARTH'S ANGELS.

Der Drink wurde ihr in Sekundenschnelle serviert. Sie wandte sich um und bemerkte, dass er sie aus zehn Metern Abstand in dem verräucherten Schummerlicht beobachtete. Er starrte sie an, denn er konnte noch immer nicht glauben, dass er sie tatsächlich leibhaftig vor sich sah. In weiter Ferne, unmittelbar an seinem Ohr, hörte er Dafyd erfreut ausrufen: »Cat!« Die Frau lächelte umwerfend und kam herüber.

Jordan machte ihr rascher Platz als seine beiden Begleiter. Sie nickte ihm zu, lächelte zurückhaltend und setzte sich neben ihn. Dann beugte sie sich vor und fasste Dafyd und Stone bei den Händen.

»Hallo, Jungs. Schön, euch wiederzusehen.«

»Ebenfalls, Cat.«

»Ist 'ne ganze Weile her«, meinte Stone. Er grinste sie an. »Wir haben dich vermisst.«

»Das ist eine Scheißlüge!« Cat streckte den linken Arm aus und zeigte den Plastikverband vor. »Ihr habt mich angeschossen!«

Stone erwiderte unbeeindruckt ihren Blick. »Geschäft ist Geschäft«, sagte er.

Cat lächelte. Obwohl er neben ihr saß, spürte Jordan die von ihrem Lächeln ausstrahlende Wärme.

»Klar, ist schon okay.« Sie zuckte die Achseln, zog den Arm zurück und nahm einen Schluck von ihrem Drink.

»Hast du die Sache mit Moh beigelegt?«, fragte Dafyd.

»Oh«, machte Catherin. »Ja, hab ich. Wie kommt es, dass ihr davon wisst?«

Stone lachte schallend. »Moh hat's uns erzählt. Hat eine Weile gedauert. Aber wir hätten's auch so erfahren.« Er lachte erneut. »Was für ein Idiot. Wo steckt er jetzt eigentlich?«

Jordan bemerkte, dass Stone Cat aufmerksam musterte.

»Treibt sich irgendwo mit einer Wissenschaftlerin rum«, antwortete Cat. Sie hatte leichthin gesprochen, so als gebe sie lediglich weiter, was ohnehin herumerzählt wurde. Stone wandte sich stirnrunzelnd ab; jetzt erst schien er Jordan wieder zu bemerken.

»Ah, Cat, das ist Jordan Brown, er wohnt vorübergehend bei uns …«

»Ich weiß«, sagte sie und wandte sich Jordan zu. »Ich habe nach dir gesucht.« Sie setzte den Drink ab. »Ich bin Catherin Duvalier«, sagte sie und reichte ihm die Hand.

Jordan hätte die Hand am liebsten geküsst. Er schüttelte sie.

»Du hast nach mir *gesucht?*«, fragte er.

»Ja.«

Jordan hatte das Gefühl, sein Gesicht sei flammend rot. Er sprach aus, was ihm gerade durch den Kopf ging. »Ich habe auch nach dir gesucht.« Er hatte einen trockenen Mund und trank einen großen Schluck Bier.

Catherin lachte. »Du hast auch nach mir gesucht, o Mann!«, sagte sie. »Und jetzt hast du mich gefunden!«

»Nun ja, du warst halt nicht …«

»Hey.« Cat schob den Kopf vor, dann sah sie auf, streifte sich mit dem Handgelenk das Haar aus den Augen und grinste ihn schelmisch an. »Ja?«

»Ja.«

»Smart genug.« Sie veränderte die Haltung, wandte sich halb ab. »Aber das war's nicht. Sondern die Art und Weise, wie du es angepackt hast.« Sie sah ihn mit zusammengekniffenen Augen von der Seite an.

»Ach, das …«

Cat hob rasch die Hand, die Handkante den beiden anderen, die Handfläche Jordan zugewandt. »Später.«

Ihre Augen huschten umher; sie biss sich kurz auf die Unterlippe.

Stone blickte stirnrunzelnd von Cat zu Jordan. »Was geht hier eigentlich vor?«

Cat pflanzte die Ellbogen auf den Tisch, stützte das Kinn auf die Knöchel. »Das geht euch nichts an.« Sie lächelte Dafyd und Stone strahlend an. »Und wie läuft das Geschäft?«

Dafyd hob die Schultern. »Wir haben noch immer die Art Verträge, die du nicht mochtest«, antwortete er. »Die Aufträge von der Bewegung sind ein bisschen rar geworden, aber es wird häufig Objektschutz verlangt. Und was machst du so?«

»Nichts Riskantes.«

»Aha«, meinte Stone.

»Ich bin nicht deshalb hergekommen, weil ich einen Job suche«, sagte Catherin. Sie beugte sich weiter über den Tisch vor. »Wie erklärt ihr euch, dass die Aufträge von der Bewegung ausbleiben?«

»Die Leute halten sich zurück«, sagte Stone. »Du kennst den Grund.«

Dafyd knurrte. »Die ANR redet von der Endoffensive. Wohlgemerkt, das tut sie schon seit fünf Jahren, und in der Zeit kam es bloß zu ein paar Aktionen. Das kann nicht der Grund dafür sein, wie es läuft – das heißt, wie es *nicht* läuft.«

»Ein Vertrauensverlust der politischen Gewaltindustrie«, bemerkte Jordan, der den Eindruck hatte, er müsse etwas sagen. »Weshalb soll man heute etwas mit Granaten beschießen, wenn es morgen sowieso bombardiert wird?« Er verfiel in einen Cockney-Dialekt. »Mies fürs Geschäft, dieses ganze Gequatsche über Endoffensiven, isses nich so? Führt zum Auftragsstau. Mann, ein paar von den Vereinen werden Straßenkämpfer auf die Straße setzen.«

Er lachte, während die anderen beklommen lächelten.

»So ist es«, sagte Catherin und wandte sich ihm zu. »Das gehört mit zum Plan. Taktik, Genossen, das ist Taktik.«

»Häh?«

»Überlegt mal. ›Straßenkämpfer auf der Straße‹. Die werden nicht mit umgedrehten Helmen dasitzen, mit einem Schild, auf dem steht: ›Keine Munition mehr – bitte eine kleine Spende.‹«

Sie wartete, bis das Lächeln verflogen war, dann fuhr sie fort: »Nein, da tut sich wirklich was. Ich weiß nicht, wann es passiert, aber es kann jeden Tag losgehen. Die ANR und das Linksbündnis – ich weiß nicht, wer sich da hinter wem versteckt, aber die werden beide gleichzeitig losschlagen. Das ist sicher.«

Jordan ließ sich das Gehörte und das, was er bereits über die Kräfteverhältnisse und Vorbereitungen der zersplitterten Opposition wusste, durch den Kopf gehen. Anhand des Übergangsgesetzes zur Repräsentation des Volkes schwer zu quantifizieren, doch wahrscheinlich konnte sie etwa ein Drittel der Bevölkerung aufbieten, und die Geschichte zeigte, dass dies ausreichte, wenn es nicht auf Wählerstimmen ankam. Ihm sträubten sich die Nackenhaare.

»Du weißt ja, dass wir es mit einer Revolution zu tun haben, falls die Offensive stattfindet«, wandte er sich an Catherin. Dies sagte er ganz unbefangen und nüchtern.

Sie nickte, ebenso ernst wie er.

Jordan brannten die Augen.

»Ju-huu!«, sagte er.

»Freut dich das etwa?«, fragte Stone. »Ich habe dich heute Nacht gehört. Ich dachte, du wärst gegen das Kämpfen.«

»Daran muss ich noch arbeiten«, meinte er säuerlich. »Ich habe damit gemeint, ich bin gegen das sinnlose Kämpfen, das im Moment stattfindet. Zu kämpfen, um damit Schluss zu machen, ist etwas anderes, als zu kämpfen, damit es ewig so weitergeht. Mehr wollte ich gar nicht sagen.«

»Den Krieg mit Krieg beenden«, bemerkte Dafyd trocken.

Cat wandte heftig den Kopf. »Was ist denn falsch daran?«

»Die historischen Beispiele lassen wenig Gutes hoffen«, erwiderte Stone. »Zum Beispiel der Dritte Weltkrieg.«

Jordan hätte sich beinahe am Bier verschluckt.

»Ihr solltet hin und wieder mal ein Buch lesen«, blubberte er. Er schnaubte nach Hopfen riechenden Schaum aus und grinste entschuldigend. »Ach, ist auch egal. Wart ihr kürzlich mal im Netz?«

Stone und Dafyd schüttelten den Kopf. Catherin beobachtete ihn. Er blickte nur gelegentlich zu ihr hin, oder zumindest glaubte er das; später, im Rückblick, stellte sich heraus, dass er von der Unterhaltung nur ihr Gesicht und ein paar Gesprächsfetzen im Gedächtnis behalten hatte. In dem Moment aber war ihm alles klar: sämtliche Informationsschnipsel, die er im Netz und auf der Straße zusammengeklaubt hatte, fügten sich zusammen, das ganze Stimmengewirr, das jetzt, da die ANR verstummt war, in der lastenden Stille so laut dröhnte, war ihm auf einmal präsent. Er entwickelte eine zusammenhängende Geschichte aus den Veränderungen, die ihm aufgefallen waren, und zwar so, dass sie für die beiden (oder die drei? was hatte Catherin vor?) politisch motivierten Kämpfer einen Sinn ergab. Dabei war ihm die ganze Zeit über bewusst, dass er improvisierte und lediglich Vermutungen von sich gab, von denen er bloß hoffen konnte, dass sie Hand und Fuß hatten.

»Irgendetwas passiert da«, schloss er. »Und zwar sehr schnell. Die Menschen ändern ihre Ansichten, orientieren sich von Stunde zu Stunde neu. Und sie stellen sich auf die Seite der ANR oder zumindest gegen das Königreich und die Freistaaten.«

Catherin wirkte interessiert, Dafyd und Stone waren eher skeptisch. Jordan breitete die Arme aus. »Vergewissert euch selbst, Leute.«

Sie begannen zu diskutieren. Jordan holte eine weitere Runde. Cat rückte ein Stück weiter, ohne ihn anzusehen oder die Unterhaltung zu unterbrechen, und er setzte sich neben sie, diesmal außen auf die Bank.

»Es hat keinen Sinn, darüber zu reden«, sagte Catherin gerade. »Ihr habt die Woche über gearbeitet, und wenn ihr frei hattet, wart ihr stoned, hab ich Recht?«

Stone und Dafyd bestätigten ihre Bemerkung mit lautem Gejohle.

»Also zieht Leine und redet mit jemand anderem, okay!«, sagte sie. Etwas in ihrem durchdringenden Blick veranlasste die beiden Männer, plötzlich irgendwelche Genossen am Tresen zu bemerken. Sie gingen hinüber.

»Kannst du mir mal aus der Jacke helfen?«

Sie wandte sich mit einer geschmeidigen Bewegung ab. Jordan streifte die Jacke von ihren Schultern und widerstand der Versuchung, sein Gesicht in ihrem Haar zu vergraben oder das botanische Fadenfiligran auf der Rückenseite ihres elfenhaften Kleides zu betasten. Stattdessen betrachtete er den schwebenden Planeten, die leuchtend bunten Buchstaben.

»›Earth's Angels‹«, sagte er. »Das ist deine Gang, stimmt's?« Er faltete gerade die Ärmel, als er etwas Schweres, Voluminöses in einer Innentasche bemerkte. Catherin nahm ihm die Jacke ab und platzierte sie sorgfältig vor der Rückenlehne. Sie legte leicht den Arm darauf und wandte sich ihm halb zu.

»Yeah«, sagte sie. »Die Umweltverschmutzer zittern, wenn wir auf unseren Fahrrädern in der Stadt Einzug halten … Nein, ich fand einfach bloß, das klingt gut.«

»›Earth‹ steht hier also nicht für ›Erde‹ wie in ›Mutter Erde‹, sondern für ›Welt‹ wie in ›weltlich‹. Ein weltlicher Engel.« Endlich traute er sich, sie anzusehen, ihr Bild atemlos mit den Augen aufzusaugen. »Ja, das sieht dir ähnlich.«

Sie musterte ihn abschätzend und mit solcher Eindringlichkeit, dass er sich unwillkürlich fragte: Schauen wir sie so an? Er verspürte eine intensivere Anwandlung von Lust, als ein solcher Blick jemals bei ihm ausgelöst hatte. Wer ein Weib ansieht, ihrer zu begehren … der hat sich bereits gebunden.

»Und du bist der weltliche Prediger«, sagte sie. »Ich hab dich heute Nacht im Fernsehen gesehn.«

»Oh, das, das ist ja toll.« Er trank einen Schluck Bier; seine Ohren brannten. »Wie fandest du es?«

»Ich … konnte dem meisten zustimmen«, sagte sie lächelnd. »Aber das … ist nicht der Grund, weshalb ich hier bin.«

Er bemühte sich, seine Enttäuschung zu verbergen. »Das habe ich auch nicht angenommen.« Er schaute sie an, zum ersten Mal ohne sie wahrzunehmen, sondern ganz in Gedanken versunken. »Du hast eine Bemerkung darüber gemacht, wie ich dich … äh … gefunden habe.«

Catherin nickte.

»Und woher«, fragte Jordan, »weißt du davon?«

Ihre Miene war ausdruckslos. Auf einmal wurde Jordan bewusst, wie wenig er über sie wusste, ein Gedanke, der sogleich in den Wunsch mündete, mehr über sie zu erfahren … über sie, über Moh, über sie und Moh.

Er schlug sich mit dem Handballen gegen die Stirn.

»Ah!«, machte er. Natürlich. »Du hast dich heute mit Moh getroffen!«

Catherin lächelte. »Ja«, sagte sie. »Das hab ich.«

»Der Ort, wo du warst, ist das ein …?«

Sie neigte den Kopf, schüttelte ihn langsam. Kein *Nein,* aber *frag nicht weiter.*

»Ich muss dir etwas sagen«, meinte sie.

Der Geräuschpegel im Lokal hätte es unmöglich gemacht, sie selbst aus einem Meter Abstand zu belauschen. Catherin blickte sich um, dann näherte sie ihren Mund seinem Ohr. Er spürte ihren warmen Atem und versuchte, sich auf die Worte zu konzentrieren, die sie hauchte.

»Was du da getan hast – *tu das nicht wieder.*«

Sie richtete sich auf und schaute ihn an, nicht minder verlegen als er selbst. Was er getan hatte … als er sie aufgespürt hatte … niemand, sie nicht und bestimmt auch nicht die Leute, die sie geschickt hatten, konnten doch wohl etwas dagegen haben, dass er sich Zutritt zu einem Rechnersystem in BC verschaffte? Er verfolgte die Spur im Geiste zurück, das SILK.ROOT-Programm, und dann auf einmal wusste er, was er getan hatte, als er die Seidenbestellung bis zur Friedensgemeinde der Frauen zurückverfolgt hatte.

Er war dem Schwarzen Plan auf die Pelle gerückt.

Wahrscheinlich war er in eine ziemlich heikle Sache hineingestolpert, falls sie Recht damit hatte, dass die Offensive unmittelbar bevorstand.

»Ah.« Seine Lippen waren trocken. »Hab's kapiert.«

Catherin lächelte unter ihren Augenbrauen hervor. »Gut. Okay. Damit wäre das erledigt.« Den Kopf in den Nacken gelegt, das Haar mit dem Handgelenk zurückgestreift, lachte sie erleichtert. »Hey, Jordan. Es gibt ein paar Dinge, die ich dir nicht sagen kann. Wenn du dich mit Moh zusammengetan hast, dann gibt es bestimmt auch ein paar Dinge, die du mir nicht sagen kannst, stimmt's?«

»Hm, ja.« Daran hatte er auch schon gedacht.

»Nimm's leicht. Du bist jetzt ein Revolutionär.«

»Ach, tatsächlich?«

Sie kippte ihren Drink hinunter. »Das kannst du mir ruhig glauben.«

Sie erhob sich, zog die Jacke an und tätschelte die Innentasche. »Komm mit«, sagte sie. »Wir haben etwas vor.«

Als er an Stone und Dafyd vorbeikam, grinsten sie ihm in völliger Verkennung der Sachlage vielsagend zu.

»Wir sehen uns später!«, rief Cat ihnen über die Schulter zu, als er ihr die Tür aufhielt. »Wird nicht lange dauern.«

Nach dem Dämmerlicht im Pub wirkte der Abendhimmel strahlend hell.

»Schau dir mal die Wolken an.« Catherin legte den Kopf in den Nacken. Jordan betrachtete die vom Sonnenuntergang beleuchteten Wolken, eine geriffelte Formation, wie ein Wellenmuster im Sand.

»Wie pfirsichfarbene Satinrüschen …«, sagte Cat, dann lachte sie. »Was rede ich da bloß!«

»Die Feministinnen haben dir ganz schön zugesetzt, stimmt's?«

»Ja. Kann man wohl sagen.«

Sie sah ihn kaum an, bahnte sich mit einer Wachsamkeit, die ihm das Gefühl von Unbeholfenheit vermittelte, einen Weg durchs Gewühl. Jordan hatte den Eindruck, dass die Straße noch belebter war als sonst: mehr Menschen gingen und eilten umher, unterhielten sich; man sah auch mehr offen getragene Waffen.

Straßenkämpfer auf den Straßen …

Cat hatte sich bereits wieder ins Sicherheitssystem des Hauses eingeloggt, und so folgte er ihr mit dem seltsamen Gefühl durch die Tür, er sei der Fremde, der Gast. Mary Abid arbeitete gerade am Regiepult, Tai studierte auf dem Tisch ausgebreitete Karten, Alasdair rückte mit Lötzinn irgendeinem Gerät zu Leibe. Die Kinder zählten Patronen und steckten sie in Magazine, umwickelten die geschwungenen AK-Ladestreifen mit Klebeband. Niemand schenkte Cat sonderlich viel Beachtung, als sie die Wolke von Lötdämpfen, Kaffeearoma und Zigarettenqualm durchschritt. Offenbar hatte sie die anderen in ihr Vorhaben bereits eingeweiht, bevor sie in den Pub gegangen war. In einer Ecke, wo sie nicht im Weg waren, hatte sie zwei Reisetaschen und ein Bündel von Patronengürteln, Halftern und Pistolen abgelegt.

Der Medienraum war voll besetzt. Cat wandte sich an Jordan.

»Hast du eigene Ausrüstung?«

»Klar.« Er tippte auf den Rechner und die Brille an seinem Gürtel.

»Du hast deine Sachen in Mohs Zimmer?«

»Ja.«

»Okay, dort ist ein Zugang.«

In Mohs Zimmer angelangt, warf sie die Jacke aufs Bett und schaute sich um, als inspiziere sie einen vertrauten Ort, an den sie nun wieder zurückgekehrt war. Ihr Blick fiel auf die beiden Fotos an der Wand. Sie schenkte Jordan ein eigenartiges Lächeln, dann wandte sie sich den Bücherstapeln zu, in denen er Wildes Buch gefunden hatte.

»Aha«, meinte sie. »Du hast angefangen.« Sie nahm inmitten der Unordnung Platz, senkte den Saum ihres Kleides auf die Knöchel und zog die Knie ans Kinn, schlang die Arme um die Beine und blickte Jordan erwartungsvoll an, wie ein kleines Mädchen, das darauf wartete, dass man ihm eine Geschichte erzählte.

Er blickte sie verwundert an.

»Okay, Jordan«, sagte sie und klopfte auf den Boden. »Halten wir uns nicht mit dem auf, was wir sagen können und was nicht. Wir haben ein bisschen Zeit für uns, und es gibt eine Menge Dinge, über die wir reden können.«

Jordan schob mit der Schuhkante ein paar Pamphlete beiseite und setzte sich ihr gegenüber, die Schuhsohlen auf dem Boden, die Ellbogen auf den Knien.

»Zunächst einmal«, fuhr Cat fort, »möchte ich wissen, wer du bist und was ihr beide, du und Moh, vorhabt. Ich weiß, Moh hat Angst davor, Donovan in die Hände zu fallen, und das sieht ihm gar nicht ähnlich. Wir waren alle schon mal in der Körperbank, und das BLK ist stets zu einem Austausch bereit, weißt du? Ich meine, Moh hat schließlich schon gesessen. Also, was geht da vor?«

Keine einfache Frage. Jordan überlegte rasch. Es hatte den Anschein, als sei Cat nicht bereit, über die Verbindung zwischen den Feministinnen und der ANR zu reden, und von ihm wurde erwartet, dass er für sich behielt, was Moh geheimhalten wollte: alles, was mit den Gedächtnisdrogen zu tun hatte und mit dem Schwarzen Plan ... Der Schwarze Plan war Teil ihrer beider verbotener Zonen.

»Ich bin mir nicht sicher«, sagte er. In gewisser Hinsicht stimmte das. »Soviel ich weiß, war Donovan hinter Moh her, um die Sache mit dir zu regeln. Janis – das ist die Wissenschaftlerin, mit der Moh jetzt zusammen ist – hat irgendwelche Probleme mit der Stasis.« Plötzlich kam ihm eine Idee. »Und wenn Donovan und die Stasis zusammenarbeiten?«

»Du meine Güte.« In Cats Miene zeichnete sich heftiges Erschrecken ab. »Das würde eine Menge erklären.«

»Worüber du nicht reden willst?«

»Stimmt.«

Eine Weile trafen sich ihre Blicke.

»Bloß eine Frage«, sagte Jordan und sammelte seine Gedanken. »Moh hat Kontakt mit der ANR aufgenommen. Kannst du das bestätigen?«

Cat überlegte einen Moment, dann nickte sie.

»Na schön«, sagte Jordan. Er lächelte erleichtert. »Dann wäre ich ihn also los.«

»Könnte man so sagen«, meinte Cat trocken.

»Und wer ich bin … Also, ich komme aus Beulah City. Ich war dort an einer Firma beteiligt. Vor ein paar Tagen bin ich fortgegangen, weil … weil mir ein höchst ungewöhnliches Geschäft vorgeschlagen wurde, ja, und das gab mir die Möglichkeit, fortzugehen und … na ja, eigentlich *musste* ich fortgehen.«

»Brauchtest du dafür einen bestimmten Grund, abgesehen davon, dass du nicht gläubig bist?«

Jordan spürte, wie er unter ihrem unverwandten blauäugigen Blick errötete. »Vielleicht war ich ja unentschlossen und hatte Angst, meinen Eltern wehzutun.« Ärger wallte in ihm auf. »Vielleicht war ich ja ein bisschen feige.«

»Unsinn«, sagte sie. »Sei nicht so hart mit dir. Genau so läuft das dort – das ist bei allen Ideologien so, gegen die du heute Nacht vom Leder gezogen hast. Du beginnst an ihnen zu zweifeln, und eh du dich's versiehst, zweifelst du an dir selbst und fühlst dich schuldig, weil du gegen das opponierst, was man dir eingetrichtert hat, und weil du Tag für Tag unaufrichtig bist.« Sie stockte, blickte ihn mit hochgezogenen Brauen an.

»*Ja!* Genau so ist es.«

»Okay. Also, ich schätze, du hast mittlerweile gecheckt, dass mit dir alles in Ordnung ist.« Ihre beiläufige Bemerkung fuhr ihm geradewegs in den Solarplexus und glühte dort weiter. »Aber wahrscheinlich bist du dir nicht darüber im Klaren, dass du nicht allein bist: in all den Ministaaten – auch in BC, das kannst du mir glauben –, gibt es Menschen, die ebenso entfremdet sind, wie du es warst.«

»Schon möglich.« Er war sich da nicht so sicher. »Jedenfalls meinte Moh wohl, man könnte das ausschlachten. Er wollte, dass ich ihm …« – Jordan schwenkte lächelnd die Hände – »bei seinen Problemen helfe und dass ich dich aufspüre, und er wollte auch, dass ich ein bisschen vom Leder ziehe, wie du dich ausgedrückt hast. Ich kann mir allerdings nicht vorstellen, dass das auf den Gang der Ereignisse Einfluss nehmen könnte.«

»Ich auch nicht.« Cat grinste entwaffnend. »Aber du hast gesagt, die Leute orientierten sich stündlich neu und kämen zu der Überzeugung, verdammt noch mal, die ANR hat wirklich eine Chance, stimmt's? Guck dich doch mal um, genau das passiert hier.«

»Und dafür bist du verantwortlich?«

Cat nickte. »Ja.« Sie grinste. »Es ist mir noch nie so leicht gefallen, jemanden zu agitieren.« Ihr Blick war unwiderstehlich. »Und du?«

»Also, ich ... Mir wär's recht, wenn sie siegen würde, klar, aber ... weiter geht es nicht bei mir. Ich bin nicht unbedingt konvertiert.«

»So ist das halt in einer solchen Situation«, meinte Cat. Eine Weile hingen beide ihren Gedanken nach. In einer solchen Situation ... Revolution ist wie Krieg, überlegte Jordan. Man weiß nie im Voraus, wie man reagieren wird. Patrioten verwandeln sich über Nacht in Pazifisten und umgekehrt; zynische, intelligente junge Männer ziehen los und sterben für König und Vaterland. Und ein Individualist, der die erstickende Konformität der Freistaaten verachtet, gelangt auf einmal zu der Einsicht, es sei angebracht, sie alle platt zu walzen und eine vereinte Republik daraus zu formen ...

Cat unterbrach seinen Gedankengang.

»Okay, etwas jedenfalls kannst du tun. Rede, schreibe, stell alle möglichen Sachen zusammen, die dir im Netz oder hier oder wo auch immer ins Auge fallen.« Sie deutete auf die zahllosen Pamphlete. »Erwähne nicht die ANR – rede davon, wie beschissen die Freistaaten, das Königreich und die UN sind. Und sammle möglichst viele Informationen über das, was vorgeht, wie sich alles zusammenfügt.« Sie kniff die Augen zusammen. »Oh, ja. Da ist noch etwas. Du sagst, du warst Geschäftsmann? Kennst du dich mit Aktiengeschäften aus?«

Jordan sprang unvermittelt auf. »Ja. Ja, aber sicher doch.«

Cat erhob sich. »Prima«, meinte sie. »Ich werde den Genossen sagen, sie sollen von dem Geld, auf dem sie sitzen, ein bisschen auf deinen Rechner übertragen.« Sie stockte, runzelte die Stirn. »Kannst du bei fallenden Kursen tatsächlich Geld verdienen?«

Jordan grinste breit. »Da kannst du drauf wetten.«

»Okay«, sagte Cat. Sie bahnte sich vorsichtig einen Weg durch die Unordnung. »Dann mal los. Mach kurz nach Mitternacht Schluss.«

»Und dann?«

Cat sah sich von der Tür aus nach ihm um. »Dann schlaf«, antwortete sie. »Du wirst den Schlaf bald dringend brauchen.«

Und mit diesem doppeldeutigen Versprechen ging sie hinaus.

16

Am Vorabend der Just-in-time-Vernichtung

Jordan, der bis zu den Augäpfeln und Ellbogen in der virtuellen Realität steckte, bemerkte Cats wilde, katzenhafte, weibliche Anwesenheit nur gelegentlich, wenn sie ihm etwas ins Ohr flüsterte, die Luft aufrührte, an seinem Rücken entlangstreifte. Sie spornte ihn an, und dies war erträglicher und weniger ablenkend, als von ihrem Bild verfolgt und von ihrer Abwesenheit gequält zu werden.

Morgens um halb sechs hatte sie ihn wachgerüttelt. Er hatte sich aufgesetzt und sie ungläubig angestarrt. In dem schimmernden, funkelnden Kleid, das sie auch schon am Abend zuvor getragen hatte, wirkte sie wie eine gute Fee, und sie hatte ihm eine Tasse Kaffee und einen Teller mit einem Specksandwich mitgebracht.

»Guten Morgen.« Er schluckte. »Danke.«

Sie reichte ihm das Frühstück und sagte: »Hi. Mary hat gemeint, ich soll dir sagen, Wladiwostok sei gefallen, Tokyo schwach und das Pfund stehe bei zwei Komma drei Millionen Mark, mit steigender Tendenz.«

»Steigend?« Die Zentralbanken waren offenbar am Durchdrehen. Jordan nahm an dem kleinen Tisch mit dem Computer Platz und setzte die Brille auf. Als er sich ein Bild von der Marktlage gemacht hatte, war das Frühstück verspeist. Nachdem er ein paar Yen in Pfund Sterling getauscht hatte, wurde ihm unbehaglich zumute. Wieder in der Realität angelangt, stellte er fest,

dass er nackt war. Es störte ihn nicht; er vermutete, dass es auch Cat nicht störte. Nach einem weiteren kurzen Blick auf den Markt duschte er, zog Jeans und ein T-Shirt an und eilte nach unten in den Medienraum.

Den Vormittag und den frühen Nachmittag verbrachte er so, wie Cat es vorgeschlagen hatte, in ständigem Wechsel zwischen dem aufgeregten Agitationsgeschnatter in den Newsgroups und Informationskanälen und den davon beeinflussten Märkten. Er wandelte auf der Siegerstraße, er hatte alles im Griff ... Kaum dass sich das Nervenflattern nach dem Fall von Wladiwostok (der den Nachrichtenkanälen zufolge der Volksfront von Workuta zuzuschreiben war) gelegt hatte, floss eine Menge heißes Geld nach Britannien zurück. Die Investoren und Spekulanten waren offenbar beeindruckt von der ruhigen Hand der Regierung; es gab eine Menge schlaue Hinweise darauf, dass die Offensive der ANR doch nicht stattfinden würde.

Ha!

Vom Gegenteil überzeugt, machte Jordan den Kursaufschwung so weit mit, wie er sich traute, verkaufte gegen Mittag und stieg sogleich in Gold ein, nachdem er seinen eigenen Einsatz und den des Kollektivs verdoppelt hatte; bei letzterem handelte es sich um eine viel zu große Summe, um sie auf einem schlecht verzinsten Sparbuch liegen zu lassen. Die Söldner sind einfach nicht flexibel genug, dachte er.

Er konzentrierte sich wieder auf die Nachrichtensender, zappte durch die Kanäle, sichtete Listen, um durch mehr oder minder natürliche Auswahl ein Filterprogramm zu erstellen, das die interessanten Nachrichten herauspickte. Er selbst trug in Form schriftlicher und mündlicher Tiraden ebenfalls sein Teil bei. Als er die VR wieder verlassen hatte, lehnte er sich zurück und behielt den 2-D-Monitor im Auge, überließ die Auswahl dem Programm.

Cat tauchte an seiner Seite auf.

»Wie läuft's?«

»Ganz gut.«

Ein unbekanntes Gesicht erschien auf dem Monitor – hager, unrasiert, die Augen gerötet; mit heiserer Stimme ließ sich der Mann über die Ungerechtigkeiten des Freistaatensystems aus: »... es mag euch freistehen zu gehen, aber was ist das für eine Freiheit, wenn man euch systematisch Informationen darüber vorenthält, was ihr jenseits der Grenze vorfinden würdet? Wir müssen die Mauern niederreißen ...«

Allein am Wortlaut erkannte er sich wieder.

»Hey, das ist gut«, meinte Cat.

»Du meine Güte.« Jordan schwenkte die Hand, stellte den Ton leiser. »Sehe ich wirklich so fürchterlich aus?«

»Nein«, widersprach Cat. »Das stimmt nicht.« Sie langte hinüber und ließ sich die Informationsquelle anzeigen, eine Kabelstation in den Midlands. »Siehst du, du wirst weiterverbreitet.« Sie löste eine Suchanfrage aus, worauf ein Baumdiagramm der Gruppen und Kanäle erschien, die Jordans schriftliche oder mündliche Beiträge übernommen hatten – ein eindrucksvolles Gebilde, das an den Spitzen sichtbar wuchs.

»Das kapier ich nicht«, sagte Jordan. »Es kennt mich doch niemand.«

»Das ist es ja gerade.« Cat setzte sich auf den Tisch und blickte auf ihn hinunter; ihr Kleid flatterte im Luftstrom der Lüfter. »Du bist glaubwürdig. Du siehst nicht mal aus wie ein Flüchtling aus einem dieser beschissenen repressiven Ministaaten.«

Jordan lächelte säuerlich. »Aber ich bin einer.«

»So ist es«, sagte Cat. »Wart's ab. Was gibt's Neues in der Politik?«

Jordan starrte auf den Monitor, ohne etwas zu erkennen. »Das Linksbündnis schlägt eine Menge Schaum; von der ANR noch immer nichts; die Politiker der Weltraumbewegung diskutieren, wie zu erwarten stand; Wilde hat ein paar kryptische Bemerkungen fallengelassen, die darauf hindeuten, dass er mit der ANR verhandelt …«

»Dieses reaktionäre Schwein?«, schnaubte Catherin. »Moh hat ihn sehr geschätzt.«

»Ja, das tue ich auch.«

»Hätte ich mir denken können«, sagte Catherin. Sie lächelte keineswegs unfreundlich. »Wo wir gerade von Kapitalistenschweinen sprechen, wie läuft das Geschäft?«

»Gut«, antwortete Jordan. »Wir sind Pfund-Milliardäre.«

»Ha, ha.«

»Keine Bange, ist schon alles in Gold und Gewehren angelegt.«

Er rief den Zehntausend-Aktien-Index der Fed auf.

Der Markt hatte gedreht und fiel …

Und dann geriet plötzlich alles aus dem Lot …

Wirbelnde Farbstreifen, Nachrichtenfragmente, Datensalat, Schnee …

»Verdammter Mist!« Schimpfend klinkten sich die übrigen Anwesenden im Raum aus oder rissen sich die Brillen herunter, standen auf und rieben sich die Augen. Jordan saß einfach bloß da und beobachtete.

»Was ist da los?«

Catherins Blick wanderte vom Durcheinander der Monitore und Holos zu Jordans Gesicht und wieder zurück; sie wirkte von Sekunde zu Sekunde besorgter.

»Alles okay«, sagte Jordan. »Das geht vorbei. Hab das schon mal erlebt.«

Du meine Güte, dachte er. Moh hat es schon wieder getan!

Donovan beobachtete, wie Bleibtreu-Fèvre steifbeinig die Helikoptertreppe hinunterstieg und über die Landeplattform humpelte. Im Unterschied zu allen anderen Leuten, die Donovan je hatte aussteigen sehen, duckte sich der Stasis-Agent nicht, als er unter dem auslaufenden Rotor hindurchschritt. Die zahlreichen ihren Aufgaben nachgehenden Arbeiter der Ölplattform beachtete er nicht, während sie aufmerksam verfolgten, wie er die Leiter von der Landeplattform hinunterstieg, wobei er sich nur am Geländer festhielt, und dann das rutschige Deck mit einem Selbstvertrauen überquerte, das wohl seiner Unerfahrenheit zuzuschreiben war. Als er sich dem Eingang näherte, bemerkte Donovan voller Abscheu, dass der Stasis-Agent leibhaftig, falls dieser Ausdruck angemessen war, genauso aussah wie in der virtuellen Realität.

»Dann haben Sie's also vermasselt«, sagte Donovan zur Begrüßung. Bleibtreu-Fèvre lächelte schwach und folgte ihm über den Niedergang nach unten.

»Wir haben alle Fehler gemacht«, räumte er ein und ließ sich in einem Sessel nieder, der vor einer Werkbank stand. Das Knattern der Rotoren wurde immer leiser, dann verstummte es ganz. Donovan nahm in einem Kommandosessel Platz und drückte die Handfläche auf einen Sensor. Aus einem Winkel des vollgestopften Raums war ein Zischen und Klirren zu vernehmen.

»So ist es«, sagte Donovan. Mittlerweile bedauerte er, überhaupt etwas mit Bleibtreu-Fèvre zu tun zu haben. Ihn aus dem engen Tal herauszuholen war ein riskantes Unterfangen gewesen, das er nur deshalb auf sich genommen hatte, weil der Agent Schwierigkeiten mit seinen Vorgesetzten hatte: die Weltraumverteidigung hatte wegen seines Eindringens in Norlonto formell Beschwerde erhoben, und nun stellten zweifellos beide miteinander rivalisierende Arme des US/UN-Sicherheitssystems Nachforschungen an.

»Meine grünen Verbündeten haben sich in den Wald zurückgezogen, ha-ha«, sagte Bleibtreu-Fèvre. »Statt meiner Kontaktperson geht nur ein Avatar dran. Dessen Äußerungen sind keineswegs beruhigend. Ich vermute, sie sind zu sehr mit ihren eigenen Plänen beschäftigt, als dass sie noch Zeit für diesen Notfall erübrigen könnten. Unglücklicherweise sind auch die Sicherheitskräfte überlastet und derzeit nicht in der Lage, herauszufinden, was die Barbaren vorhaben.«

Donovan fragte sich, ob es sich wirklich so verhielt und ob der Agent aus seinem Tonfall und Mienenspiel entnehmen konnte, wann er Ausflüchte vorbrachte. Er beschloss, aufrichtig zu sein.

»Da ist irgendwas im Busch«, sagte er. »In den nächsten Tagen können wir mit einer Menge voneinander unabhängiger Kampagnen nach dem Motto ›global denken, lokal handeln‹ rechnen. Was schwerwiegende Folgen haben könnte. Ich habe meine Truppen bereits zurückbeordert, mehr kann ich von hier aus nicht tun. Hat diese Frau aus Beulah City irgendwas rausbekommen?«

Ein Servierrobot surrte über den Boden, kam am Tisch schwankend zum Stehen und öffnete eine Klappe, hinter der zwei Becher mit Kaffee zum Vorschein kamen, beide zu etwa zwei Dritteln gefüllt; der Rest war übergeschwappt. Auf Donovans Aufforderung hin nahm Bleibtreu-Fèvre einen Becher heraus, wischte die Unterseite mit der Krawatte ab und probierte. Er verzog das Gesicht und setzte den Becher ab.

»Ausgezeichnet«, sagte er. »Ah, das ist ein heikler Punkt. Mrs. Lawson berichtet, das Datenaufkommen nehme weiter zu, außerdem hat sie gerade eben eine plötzliche Zunahme der Netzprobleme festgestellt.« Er probierte den Kaffee erneut. Als er geschluckt hatte, schüttelte er sich kaum merklich. »Nichts für ungut, aber als ich vor ein paar Minuten mit ihr gesprochen habe, meinte sie: ›Und sagen Sie diesem Hurensohn Donovan, er soll seine Aktionen wie versprochen einstellen.‹«

Donovan hatte sich den Mund verbrannt. Er rammte den Becher auf die mit Lötzinnkügelchen übersäte Plastiktischplatte und erhob sich. Eine Hand auf den Tisch gestützt, deutete er mit dem Gehstock auf die Monitore im Raum.

»Wollen Sie etwa behaupten, ich sei ein Lügner? Begreifen Sie denn nicht, was da vor sich geht, Mann? Was sehen Sie auf den Monitoren, häh?«

Bleibtreu-Fèvres Blick huschte umher, wanderte von den Monitoren zu dem umherpeitschenden, die Luft durchteilenden Gehstock.

»Nichts«, sagte er, »worauf ich mir einen Reim machen könnte.«

Donovans Wut verflog, und er sank wieder auf den Stuhl nieder.

»Ich hatte es vergessen«, flüsterte er. Er atmete mehrmals tief durch. Der rote Nebel verflüchtigte sich. »Ich habe die Anzeigen so häufig angepasst, und jedes Mal werden sie für mich klarer, und dabei vergesse ich ... Ich bin seit vierzig Stunden damit beschäftigt, Jäger-Killer-Viren abzufangen, im Zaum zu halten, an die Leine zu legen, ich setze das Beste, was ich habe, gegen mein Zweitbestes ein, die eine gegen die andere Generation, und ich versichere Ihnen, dass sie mittlerweile fast alle neutralisiert sind.«

»Und was hat Lawson dann festgestellt?«, murmelte Bleibtreu-Fèvre vor sich hin.

Sie fixierten einander.

»Oh, *Scheiße!*«

Bleibtreu-Fèvre blickte sich um. »Haben Sie ein Interface, das ich mal benutzen kann?«

»Das sollten wir besser gemeinsam angehen«, entgegnete Donovan.

Sie hackten und schalteten das Stasis-System mit einem von Donovans weniger toxischen Programmen zusammen. Die Störung war wieder da, und zwar schlimmer als an dem Tag, als die Uhrmacher-Wesenheit sich zum ersten Mal bemerkbar gemacht hatte. Es wurde von Minute zu Minute schlimmer.

»Mein Gott«, ächzte Donovan. »Das wird bestimmt einen Alarm auslösen, zumal jetzt, da sich Ihre Leute und die Weltraumverteidigung gegenseitig auf die Nerven gehen.« Er funkelte Bleibtreu-Fèvre an, der unbehaglich im Sessel rutschte und dann auf einmal lächelte.

»Es gibt eine Möglichkeit, ihren Verdacht zu zerstreuen«, sagte er. Als er sich vorbeugte, glühten seine Augen im Dämmerlicht. (Bloß ein Reflex der Monitore! beruhigte sich Donovan.) »Geben Sie's zu, Donovan! Geben Sie's zu! Behaupten Sie, *Sie* seien dafür verantwortlich! *Prahlen* Sie damit!«

Donovan erwiderte seinen Blick voller Respekt. »Das ist eine ausgezeichnete Idee«, sagte er. Während er redete, tippte er Standard-Kommuniques, gab Eilmeldungen an Nachrichtenagenturen heraus. »Und in der Zwischenzeit kann ich die Gelegenheit dazu nutzen, die von mir entwickelten Gegensysteme zu testen!« Er erhob sich triumphierend. »Vielleicht funktionieren sie ja sogar ... Mein Gott, wenn wir dieses Ding auf der Stelle umbringen könnten ...«

Er besaß zu große Erfahrung mit Computersystemen, um daran zu glauben: nichts funktionierte beim ersten Mal. Doch er wollte Bleibtreu-Fèvre einbinden. Er würde alle Unterstützung brauchen, deren er habhaft werden konnte, und soeben hatte ihn der Mann mit seinen Fähigkeiten beeindruckt. Die Reaktionen auf die Bekennermeldungen des BLK brandeten bereits wie schwere Seen gegen die Systeme der Plattform an. Donovan wies die Mannschaft an, sich darum zu kümmern, und zeigte Bleibtreu-Fèvre anschließend das Ergebnis seiner Arbeit der letzten paar Tage.

»Das ist wirklich interessant«, erklärte er, während sich sämtliche Monitore im Raum mit spinnennetzartigen Diagrammen überzogen. »Sie werden sich vielleicht erinnern, dass ich Mohs eigene Softwarekonstrukte, einen Fortsatz des Schwarzen Plans und die neue Wesenheit alle an derselben Lokalität vorgefunden habe. Bisweilen waren sie schwer voneinander zu unterscheiden. Nun, ich habe daran gearbeitet, und hier sehen Sie, was ich herausgefunden habe.« Mit einer Funktionstaste löste er eine Sequenz aus, worauf sich die Diagramme so weit vereinfachten, dass sie nurmehr ein paar tausend sich verzweigende Linien zeigten. Bleibtreu-Fèvre betrachtete sie mit glasigem Blick. »Gemeinsame Merkmale!«, fuhr Donovan fort. »Der Programmierstil seines Vaters hat sich offenbar in Moh Kohns Gehirn eingebrannt, wenngleich dieses wesentlich kleinere Programme hervorbringt, darunter seine Datenjäger und so weiter. Was nun den Uhrmacher betrifft, so scheint es sich dabei um einen ... Abkömmling des Schwarzen Plans zu handeln ...«

»Wollen Sie damit etwa sagen, Josh Kohn habe den *Uhrmacher* erschaffen?«

Donovan schüttelte den Kopf und lachte wehmütig. »Zusätzlich zu den Dissembler-Programmen und dem Schwarzen Plan? Ich glaube, das hätte selbst seine Fähigkeiten überstiegen ... zumal vor zwanzig Jahren. Nein, ich glaube, was immer sein Ursprung ist, er hat gelernt, die ... Schlupflöcher, die Josh Kohn in den Dissembler-Code eingebaut hat, und die Möglichkeiten des Plans zu nutzen.«

Bleibtreu-Fèvres blasses Gesicht färbte sich grau, als ob die Knochen hindurchschienen.

»Und Sie haben spezifische Gegenmittel entwickelt?«

»Ja«, antwortete Donovan. Er konnte nicht verhindern, dass ihm der Stolz anzuhören war. »Wir können den Uhrmacher und den Schwarzen Plan und auch Kohns kleine Programme zerstören – falls es darauf überhaupt ankommt.«

»Und der Dissembler-Code?«

»Ah.« Er zögerte. »Daran habe ich noch nicht gedacht.«

»Ach ja, ha, ha, ha«, meinte Bleibtreu-Fèvre trocken. »Das hieße wohl, das Kind mit dem Bade ausschütten, oder?«

Donovan tat den Einwand mit dem Gedanken ab, der Verlust von Dissembler sei wohl ein kleiner Preis für die Rettung der Welt, einerlei, ob die größte Bedrohung nun vom Uhrmacher oder von der Weltraumverteidigung ausging. Er wechselte die Anzeige und zuckte leicht zusammen, als er das derzeitige Chaos sah – lahmgelegte Verkehrsleitsysteme, Krankenhäuser, die ihre Notstromaggregate eingeschaltet hatten, wildgewordene Märkte –, für das er die Verantwortung übernommen hatte. Dann rief er ein Suchprogramm auf, das Tausende von Agentenprogrammen nach dem Uhrmacher forschen ließ. Unternehmen wollte er noch nichts; bloß mal sehen, ob er das Ding finden konnte ...

Als die ersten Treffer auf den Monitoren erschienen, meinte er zunächst, er habe einen Fehler gemacht. Die Programme fanden praktisch überall Hinweise auf die Wesenheit. Sprachen sie vielleicht unmittelbar auf den Dissembler-Code an? Hatte er sie zu allgemein gefasst?

Konzentriert machte er sich daran, seinen Verdacht zu erhärten.

»Was ist?« Als Donovan aufsah, begegnete er Bleibtreu-Fèvres Blick.

»Er hat sich *repliziert!*«, sagte Donovan. »Er ist überall.«

Bleibtreu-Fèvre musterte ungläubig die Monitore. »Die ganzen Lichtpunkte – das ist der Uhrmacher?«

»Die ganzen Lichtpunkte«, antwortete Donovan verbittert. »Und das ist längst noch nicht alles.«

Die Störungen legten sich. Abgesehen von den sich

ausbreitenden Lichtpünktchen kehrte wieder Normalität ein.

»Das muss im Netzverkehr sein«, meinte Bleibtreu-Fèvre.

»Ja«, sagte Donovan. »Wir dürfen keine Zeit mehr verlieren.«

Er gab den Startcode für die viralen Antigene ein, für die in geschlossenen Systemen in aufeinanderfolgenden Mikrosekunden-Generationen gezüchteten heimtückischen Routinen, deren Aufgabe es war, die bösartige AI und ihre Ableger in einzelne Bytes zu zerlegen. Kleine rote Funken, welche die Ausbreitung der Antigene im globalen Netzwerk anzeigten, schossen über die Displays.

Und dann erloschen sie einer nach dem anderen.

»Sieht so aus, als ob sie sich wehrten«, knurrte Bleibtreu-Fèvre.

Donovan überlegte erneut, wie es wohl möglich war, dass etwas, das wie ein aufgeschlagenes Buch für ihn war, für jemand anderen so unverständlich sein konnte.

»Nein«, fauchte er. »Sie greifen nicht an, sie stellen nicht einmal einen Kontakt her. Sie werden schon vorher vernichtet.« Er schritt gedankenversunken im Raum auf und ab. Seit er als professioneller Programmierer arbeitete, hatte er sich noch nie so frustriert gefühlt. »Verfluchter Mist!« Er fasste sich an den Kopf und versuchte, sich zu beruhigen. »Dahinter kann unmöglich die Uhrmacher-Wesenheit stecken – oder die *Wesenheiten.* Sie hatten noch keine Gelegenheit, Resistenz zu entwickeln. Da muss etwas anderes sein, etwas, das mit meinen Systemen und mit meinem Profil vertraut ist …«

»Melody Lawson«, sagte Bleibtreu-Fèvre. Kaum dass er es ausgesprochen hatte, wusste Donovan auch schon, dass er Recht hatte. Sie hatte für ihn gearbeitet, sie hatte der Bewegung angehört, sie konnte auf jahrelange Erfahrung zurückgreifen, wenn es darum ging, seine Angriffe abzuwehren ... und sie hatte seit Tagen Zugang zu seinen Datenspeichern. Während er spezifisch auf Kohns Systeme zugeschnittene Viren entwickelte, hatte sie ebensolche Viren für *seine* Systeme programmiert!

Eigentlich konnte er es ihr nicht verdenken, dass sie die Gelegenheit wahrgenommen hatte, sich für die Zeit nach dem Notstand zu wappnen, da wieder Normalität einkehren würde. Wie Bündnispartner im Krieg, die sich gegenseitig ausspionierten.

»Damit kommen wir klar«, meinte er zu Bleibtreu-Fèvre, als er ihm die Sachlage geschildert hatte. »Wir bitten sie einfach, damit aufzuhören und uns freie Hand zu lassen.« Er lachte unsicher. »Was für eine Erleichterung – einen Moment lang dachte ich schon, alles wäre aus.«

»Keineswegs.«

Melody Lawson funkelte das flimmernde Abbild Donovans an, der anscheinend seine übliche Verunsicherungsmasche abzog, von einem Monitor zum anderen zu springen versuchte und frustriert darüber war, dass er in ihrem Kanal mit höchster Sicherheitsstufe eingesperrt war wie ein Dämon in einem Pentagramm. Das kleine Hologespenst schwenkte ein Streichholz, dann kam eine Hand ins Bild und packte es bei der Schulter. Donovan wandte sich ab, trat aus dem Bild und wurde nach kurzem, leise vernehmbarem Streitgespräch von einer anderen Gestalt ersetzt.

»Mrs. Lawson«, sagte Bleibtreu-Fèvre mit öliger Stimme, die ihr ebenso stark zusetzte wie ein über eine Schiefertafel kratzender Fingernagel, »ich muss Sie wirklich bitten, sich das noch einmal zu überlegen. Die Lage hat sich alarmierend verschlechtert. Meines Wissens sagt Donovan die Wahrheit, das bitte ich Sie mir zu glauben.«

»Ich zweifle nicht an Ihrer Aufrichtigkeit«, entgegnete Mrs. Lawson. »Ich bezweifle lediglich Ihre Auslegung.«

Ihre Zweifel hinsichtlich Donovans Deutung der Ereignisse waren in den vergangenen Tagen in dem Maße gewachsen, wie sie ihre Sicherheitsvorkehrungen im Hinblick auf die angedrohte terroristische Offensive verstärkt hatte. Sie hatte bereits eingeräumt, den Zugang zu Donovans Ressourcen dazu genutzt zu haben, Abwehrmittel gegen sein Softwarearsenal zu entwickeln – das war beinahe ein Reflex gewesen, dem sie nachgegangen war, noch ehe sie sich ernsthafte Sorgen gemacht hatte. Nachdem die Bedrohung durch seine üblichen Sabotageaktionen beseitigt war, hatte sie, aufbauend auf ihrer großen Erfahrung, Antigen-Systeme programmiert, die auf Donovans unverwechselbares Profil ansprachen, auf die nahezu unauslöschlichen Spuren, welche seine Persönlichkeit dem Programm aufprägte und die von mittlerweile standardmäßig eingesetzten Protokollen (die ursprünglich entwickelt worden waren, um die Authentizität biblischer Texte zu überprüfen) nachgewiesen werden konnten. Anschließend hatte sie (was wiederum einer gewissen Ironie nicht entbehrte) die Programme dem Härtetest unterzogen, mittels eines genetischen Algorithmus die besten Entsprechungen ausgewählt, Replikate hergestellt und war von da aus weiter fortgeschritten …

Was sie nur ungern eingestanden hätte, war der Umstand, dass sie in ihrer Handlungsfreiheit stark eingeschränkt war. Auf Grund der allgemeinen Zunahme von Paranoia in der Enklave war schwer festzustellen, wer sie möglicherweise beobachtete. Man hatte ihr ihre zweifelhafte Vergangenheit als Mitglied von Donovans Organisation nie zum Vorwurf gemacht, doch wenn Köpfe rollen mussten, würde man notfalls darauf zurückgreifen.

Als Reaktion auf das Chaos am Nachmittag hatte sie sämtliche neu entwickelten Search-and-destroy-Programme in die Netzwerke geworfen. Obwohl sie keine Wirkung zeigten, hatte sie das Vertrauen in sie nicht verloren: sie nahm dies als klaren Hinweis darauf, dass Donovan bei den epidemischen Systemabstürzen seine Hand nicht im Spiel gehabt hatte.

Und jetzt hatten ihre Programme ihre Wirksamkeit unter Beweis gestellt! Im Kampf mit dem Besten, was Donovan zu bieten hatte!

»Bloß deshalb, weil mir jemand eine Horrorgeschichte über AIs auftischt, die angeblich die Welt übernommen haben, als wir gerade nicht aufpassten«, sagte sie zu Bleibtreu-Fèvre, »bin ich nicht bereit, eine Position preiszugeben, die einen solch großen Vorteil für mein Gemeinwesen bedeutet, von der Gesellschaft im Allgemeinen ganz zu schweigen. Ich finde es äußerst suspekt, dass dies alles in einem Moment passiert sein soll, da sich verschiedene terroristische Streitkräfte offenbar auf einen Angriff auf ihre jeweiligen Regierungen vorbereiten. Ich würde sagen, dieser Umstand sowie die Gegenmaßnahmen reichen als Erklärung für die Zunahme des Datenaufkommens und unsere gegenwärtigen Schwierigkeiten vollkommen aus. Ich rate davon ab, die Probleme dadurch zu verschärfen, dass wir Donovans Monster freisetzen. Eine Beschädigung des Dissembler-Codes kommt überhaupt nicht in Frage! Herrgott noch mal! Was Sie da von mir verlangen, ist ein Kapitalverbrechen.«

Einen Moment lang sah es so aus, als wollte Bleibtreu-Fèvre Donovans Beispiel folgen und sich in eine Kultführer-Wut hineinsteigern, dann wurde er auf einmal geradezu unnatürlich ruhig (was keineswegs verwunderlich war).

»Wir stecken in einer Sackgasse«, sagte er. »Jedenfalls muss ich sagen, ich an Ihrer Stelle würde mir nicht den

Kopf darüber zerbrechen, was die Behörden von meiner Vorgehensweise halten mögen. Deren Sturz könnte nurmehr eine Frage von Tagen, wenn nicht gar Stunden sein.«

»Seit wann«, fragte sie spöttisch, »wäre das ein triftiger Grund für Sie?«

Bleibtreu-Fèvre blieb verborgen, dass sie auf eine Beleidigung reagierte. »Also schön«, sagte er. »In nächster Zeit, binnen Tagen oder Stunden, wird eine von zwei Möglichkeiten eintreten. Entweder die Weltraumverteidigung zerstört die Datensphäre, oder die Datensphäre entgleitet menschlicher Kontrolle. Wenn die Bomben fallen oder die Nachkommen des Uhrmachers aus ihren Schlupflöchern hervorkommen, dann werden Sie sich noch wünschen, tot zu sein. Ich werde weiterhin Donovan helfen. Melden Sie sich, wenn Sie es sich anders überlegen sollten. Auf Wiedersehen.«

Klick.

Melody Lawson starrte lange Zeit auf den leeren Bildschirm. Die Selbstgewissheit des Stasis-Agenten hatte sie schwankend gemacht, doch nun, da es darauf ankam, da sie sich zwischen ihrer Pflicht und seiner Geschichte entscheiden musste, vermochte sie ihm einfach nicht zu glauben. Sie misstraute den US/UN-Behörden, Softwareimplantate lehnte sie aus Prinzip ab, und das ganze Uhrmacher-Gerücht war dermaßen apokalyptisch, dass sie sich kaum vorzustellen vermochte, dass es zu ihren Lebzeiten wahr werden könnte. Sie war sich bewusst, dass die Menschen am Vorabend der Apokalypse das gleiche Gefühl hätten, dass so gut wie jeder, der sich mit einer äußeren Bedrohung seiner Alltagsexistenz – wie Krieg, Revolution, Völkermord, Säuberungen, Naturkatastrophen – konfrontiert sah, ihr Eintreffen in der festen Überzeugung, dergleichen könne einfach nicht passieren oder jedenfalls nicht an seinem Wohnort oder nicht ihm, tatenlos abwarten würde. Sie wusste allerdings auch, dass dem Ereignis eine endlose Kette von Fehlalarmen, trügerischen Vorzeichen und falschen Propheten vorausgehen würde. Diese Dinge waren mit ein Grund dafür, weshalb das Ereignis stets wie ein Dieb in der Nacht oder (um den Vergleich um ein paar tausend Jahre upzudaten) wie ein Geheimpolizist in den frühen Morgenstunden daherkam.

Abgesehen von blindem Glauben (eine Option, die sie so schnell verwarf, dass es das Missfallen ihres Pastors erregt hätte) war es am besten, sich an die verfügbaren Hinweise zu halten und die vorliegenden Daten möglichst ökonomisch zu interpretieren. Alles deutete auf eine terroristische Offensive hin; und die Erklärung, dass sie in eine raffinierte Verschwörung irgendeiner Faktion der globalen Sicherheitskräfte verwickelt worden war, schien ihr wahrscheinlicher als die Annahme, eine künstliche Intelligenz sei auf den Plan getreten.

Eine terroristische Offensive … daran war nicht zu rütteln, und Beulah City war gut darauf vorbereitet: die Krieger waren mobilisiert, die Luftabwehr in Alarmbereitschaft versetzt, die elektronischen Abwehrmaßnahmen durchleuchteten die Netzwerke wie Radarstrahlen. Ein besonders erfreulicher Nebeneffekt von Donovans Rückzug bestand darin, dass es ihr zum dritten Mal in zehn Jahren gelungen war, die Routinen des Schwarzen Plans der ANR aus der Hardware von Beulah City zu entfernen. Dieser Erfolg wog die peinliche Tatsache auf, dass die Rebellen ungestraft davongekommen waren.

Sollte Bleibtreu-Fèvre sich ruhig wegen AIs Sorgen machen. Sie konnte bloß hoffen, dass sie niemals vor einer Untersuchungskommission für den kürzlich erfolgten Aufstand und die Störungen des königlichen Friedens und so weiter würde erscheinen und Rechenschaft über ihre Auslandskonten ablegen müssen.

Jordan zuckte zusammen, als kühle Finger über seine Ohren und Augen streiften und ihm Brille und Kopfhörer abnahmen. Das Blut stieg ihm zu Kopf, als Cat über seine Schulter langte und ihm die Datenhandschuhe abstreifte.

»Was ist los?«

»Hey«, sagte sie. »Immer mit der Ruhe. Es ist geschafft.«

Sie sprang zurück, als er auf dem Stuhl herumwirbelte.

»Was ist geschafft?« Er bedauerte seinen gereizten Ton. Der Medienraum war menschenleer, die Luft dick vernebelt von Zigarettenqualm. Cats Silhouette hob sich vom hellen Türquader ab, ihr Gesicht lag im Schatten. Er fühlte sich verwirrt und desorientiert, als sei er soeben aus einem Traum erwacht, und er hatte einen klebrigen Mund.

»Alles, was geschafft werden konnte«, antwortete Cat. »Du warst stundenlang online, seit die Abstürze aufgehört haben.«

Jordan blickte auf das Uhrenicon: 24.03.

»So spät ist es?«

»Ja«, sagte Cat. »Du warst abgetaucht. Ganz versunken.«

»Oh.« Jordan schüttelte den Kopf und erhob sich. »Ich muss bloß noch ein paar Dinge …«

»Nein«, widersprach Cat entschieden. »Komm mit. Es gibt nichts mehr zu tun. Es ist geschafft, mehr kannst du nicht erreichen. Überlass den Rest der Göttin.« Ihrem Tonfall war zu entnehmen, dass sie lächelte.

Sie wandte sich ab, und er folgte ihr in den Gemeinschaftsraum. Niemand war da, nicht einmal die Kinder.

»Wo sind die alle hin?«

»Schlafen entweder den Schlaf der Gerechten oder haben Dienst«, antwortete Catherin aus der Ecke. Sie langte in eine der Taschen, die sie hier abgelegt hatte, und zog eine Flasche Glenmorangie hervor.

»Wo hast du den her? Der stammt doch aus einer kontrollierten Zone, die unter das Embargo fällt.«

»Stell keine Fragen«, sagte Catherin, blickte in einen Schrank, in den sie bestimmt seit zwei Jahren nicht mehr hineingeschaut hatte, und holte zwei schöne, schwere Gläser heraus. »Trink.«

»Cheers.«

»Mord und Totschlag«, sagte Cat.

Der Drink tat ihm gut. Nur allzu gut: es war gefährlich, Whisky zu trinken, wenn man durstig war. Jordan griff zur Wasserflasche und trank sie zur Hälfte leer, dann nahm er noch einen Schluck Whisky.

»Ja«, sagte er. »Ja, jetzt liegt alles in den Händen der Göttin. Was für ein Tag.« Er schloss einen Moment lang die Augen und sah sich mit den typischen Nachwirkungen konfrontiert, die sich einstellten, wenn man stundenlang das Gleiche sah. Die Bezeichnung Nachbild traf es nicht ganz: es spielte sich auf einer tieferen Ebene als der Netzhaut ab; vielleicht erzeugten die Sehnerven wahllos Impulse und spielten monochrome Bilder des Gesehenen ab – in diesem Fall Gesichter, scrollenden Text, Tunnel im Datenraum, die aufgewühlten Meere des Marktes.

Als er die Augen wieder öffnete, füllte Cats strahlendes Gesicht sein Blickfeld aus, willkommener als Wasser.

»Was hast du heute gemacht?«, fragte er.

Cat lächelte. »Hast du gar nichts mitbekommen?« Sie lachte. »Nein, natürlich nicht. Ich hab mich dabei verausgabt, den Genossen Anweisungen zu geben. Nicht gerade meine Stärke. Ich kenne mich eher mit der Praxis der Fußsoldaten aus, wie wir sagen.«

Jordan meinte verlegen: »Ja, ich weiß. Ich hab deinen Lebenslauf gesehn, als ich nach dir suchte. Äh … das macht dir doch hoffentlich nichts aus …«

Cat winkte anmutig ab. »Überhaupt nicht. Das ist eben mein Leben!«

»Ziemlich beeindruckend«, sagte Jordan. »Du bist eine irreguläre Soldatin der Revolution.«

»Ja, das bin ich … und eine Söldnerin obendrein.« Sie kicherte. »Ach, was für eine Welt! Sogar die Revolution ist privatisiert … Moh hat mich darauf gebracht. Bevor ich ihm über den Weg gelaufen bin« – sie lächelte in sich hinein, ihr Blick schweifte in die Ferne –, »was zufällig ganz wörtlich gemeint ist, tat ich das bloß aus reiner Herzensgüte. Oder warum auch immer.« Sie schaute sich im Raum um. »Ja, ich habe hier eine prima Zeit erlebt.«

»Weshalb bist du fortgegangen?«, raffte Jordan sich zu fragen auf.

»Hab mich mit Moh verkracht. Politische Differenzen wurden auf einmal persönlich, oder vielleicht war's auch umgekehrt. So was kommt vor.«

Jordan blickte sie verwundert an. »Bislang hatte ich eigentlich nicht den Eindruck, dass Moh dazu neigt, politische Meinungsverschiedenheiten persönlich zu nehmen.«

»Ha!«, schnaubte Cat. »Das war ja gerade das Problem!«

»Wie meinst du das?«

»Ich habe ihn aufrichtig geliebt«, sagte sie. »Ich halte ihn immer noch für einen – nun ja, erstaunlichen Mann. Aber ich brauche bloß an ihn zu denken, und schon werde ich wütend; das weckt die Erinnerung an all unsere Streitereien.« Sie lachte, schwenkte das Glas und schaute hinein. »Meistens ging's ums Kämpfen. Ich war immer der Ansicht, man müsse an die Sache … glauben, um dafür zu kämpfen. Wie du selbst gesagt hast. Du meine Güte, wie fanatisch ich doch war! Ich bezweifle, dass du jemals so an die Religion geglaubt hast wie ich an die Politik, dass du jemals so die Bibel gelesen hast wie ich die jeweils neueste Verlautbarung der Faktionsführung. Aus Moh aber wurde ich nie so recht schlau. Allmählich kam ich zu der Überzeugung, er sei ein Zyniker.«

»Ein Mietkiller?«

»Genau. Ich nehme an, du hast sein Gewehr kennen gelernt.« Sie lächelten sich an. »Ein treuer Gefolgsmann des Genossen Kalaschnikow. Aber damals im Krankenhaus stellte sich heraus, dass er *mich* für einen Rambo hielt. Für eine Opportunistin. Er hat einen Standpunkt, okay, aber ich weiß nicht, wie der aussieht.«

Jordan deutete an die Decke. »Das ist sein Standpunkt.«

Catherin runzelte kurz die Stirn, dann nickte sie.

»Der Weltraum ... ja, der war immer schon sein Ding. Uns in den Weltraum zu verfrachten, das ist es, woran er wirklich glaubt – ich meine, so wie die Weltraumbewegung es vorhat, an den Yanks vorbei –, und links und rechts, Plan- oder Marktwirtschaft, das sind für ihn bloß ...«

»Startrampen!«

Beide lachten.

»Und wie steht es mit dir?«, fragte Jordan.

Catherin saß ihm gegenüber auf dem Sofa. Sie streifte die Schuhe ab, zog die Beine an und blickte wieder in die torfige Lache in ihrem Glas.

»Ich war nie im Weltraum«, sagte sie, als habe sie gerade eine Erkenntnis gehabt. »Ich war immer der Ansicht, wir sollten besser danach streben, hier auf Erden eine bessere Gesellschaft zu errichten, und zwar zunächst einmal in Britannien. Der Weltraum – ja, klar –, aber warum ihn zum Ein und Alles erheben? Ich *mag* diesen Planeten, verdammt noch mal! Ich habe mich gerne mit den Grünen gegen die Leute verbündet, die ihn zerstören, auch wenn sie schuld daran sind, dass ein paar Tausend mehr von uns ins Gras beißen müssen.« Sie lächelte in sich hinein. »Ich bin nicht nur ein Party-, sondern auch ein Parteientier.«

Sie sprang auf, ging zur Musikanlage und legte eine CD ein. Es ertönte die folkhafte, rauchige Melodie eines alten Hits einer Gruppe namens Whittling Driftwood. Catherin wirbelte herum und streckte die Hand nach ihm aus.

»Na los, du Satanspriester«, sagte sie. »Tanz mit mir!«

Jordan hatte noch nie getanzt. Er erhob sich, und Catherin trat vor ihn hin, mit erhobenen Händen und gespreizten Fingern. Er hob die Hände auf die gleiche Weise, und sie verschränkten die Finger. Er vermutete, es kam darauf an, die Füße ein wenig im Takt der Musik zu bewegen und gleichzeitig die Hüften in einem anderen, aber auf geheimnisvolle Weise auch wieder verwandten, langsameren oder mehrfach schnelleren Rhythmus, und sich mit wiederum anderer Periodizität dem Partner zu nähern und sich von ihm zu entfernen.

Ja, und den Augenkontakt nicht vergessen. Er schaute von seinen und ihren Füßen hoch.

Nach ein paar Stücken veränderte sich die Musik, wurde langsamer, und es fehlte irgendwie der Grund, sich voneinander zu entfernen. Er drückte ihre Arme hinunter, ließ ihre Finger los, langte um sie herum, die Ellbogen an ihrer Hüfte, und sie tat das Gleiche. Sie drehten sich langsam im Kreis, setzten die Füße nun vorsichtiger. Das Stück endete. Er blieb stehen und küsste sie. Ihre Zunge schlängelte sich in seinen Mund wie ein fremdartiges Tier, eine blindwütige Erkundung, und dann zog sie seine Zunge mit sich heraus, ein verblüfftes Entführungsopfer. Ihr Mund schmeckte nach Whisky und Wasser und nach etwas Geilerem, Fleischfresserhaftem. Sie schwankten eine Weile auf der Stelle, dann schnappten sie beide nach Luft.

»Catherin«, sagte er. »Der weltliche Engel. *Cat.*« Er streichelte über ihre Flanke und ihre Hüfte, spürte ihre

Wärme und Gestalt durch die verschiedenen Stoffschichten hindurch. Er fand eine Knopfleiste und öffnete sie, dann wandte er sich der nächsten zu. Catherin steckte ihm forsch die Hand hinten in die Jeans. Eine kühle Fingerspitze streichelte über sein Steißbein, erkundete sein unteres Rückgrat. Dann nahm sie die Hand heraus und fasste ihn bei den Armen.

»Wenn man oben anfängt, geht es leichter«, sagte sie.

»Dann lass uns nach oben gehen.«

»Ja.«

17

Der gute Magier

»Entspannt euch, hat der Mann gesagt.« Moh kickte einen Kiesel vom Ufer ins unbewegte Wasser des Meeresarms. Es wunderte Janis nicht, dass er mehrmals abprallte, bevor er versank. »Das ist schlimmer, als darauf zu warten, dass ein US/UN-Ultimatum verstreicht.«

Janis fasste ihn bei der Hand. »Gehen wir«, sagte sie.

Sie folgten weiter dem Ufer, das in einer schmalen Landspitze auslief, die zu einer etwa vierhundert Meter langen und dreißig bis vierzig Meter hohen Halbinsel hinüberführte. Der speziellen gälischen Logik folgend wurde sie von Einheimischen The Island genannt, die Insel. Janis blinzelte in die tiefstehende Morgensonne hinein, die den Tau trocknete und den Nachtnebel zerstreute; es versprach ein schöner Tag zu werden.

Moh, der noch immer angespannt und bedrückt gestimmt war, sah mittlerweile wieder viel besser aus als am Vortag nach der Begegnung mit der AI. Dafür mussten sie sich wahrscheinlich bei MacLennan bedanken. Mit der geradezu mütterlichen Ermahnung »Stärken Sie sich erst mal!«, hatte sie der ANR-Kader in einem Dorfhotel zu geräuchertem Lachs gefolgt von Wildbret genötigt.

Janis hatte MacLennan charmant gefunden. Er sah aus wie ein Bauer, agierte und sprach aber wie ein Offizier und Gentleman und hatte faszinierende Geschichten aus den Jahren der Republik und des Kampfes zu erzählen. Jeden Versuch, auf die Ereignisse des Nachmittags und deren Folgen zu sprechen zu kommen, erstickte er hingegen schon im Keim.

Das Hotel lag oberhalb eines Golfplatzes, der so tief angelegt war, dass der Rasen mit Klumpen getrockneten Tangs bedeckt war. Die Bar, in der sie dem Alkohol nach Mohs Maßstäben ausgesprochen maßvoll zugesprochen hatten, hatte sich im Laufe des Abends mit der ganzen Restbevölkerung des Dorfes gefüllt. Janis hatte ungläubig beobachtet, wie die Dorfbewohner einen nach ihren Vorstellungen ruhigen, maßvollen Abend in der Kneipe genossen – vier oder fünf Liter Bier, unterstützt von ein paar großzügigen Schluck Whisky –, dann machten sie sich auf den Heimweg. Die Fahrzeuge (alle möglichen Arten, angefangen von Sportwagen bis zu richtigen LKWs) wurden alle in etwa auf die gleiche Weise gefahren.

Am Morgen hatte sie das Motorengeräusch geweckt: ein niedertouriges Tuckern auf allen Straßen. Als sie nach dem Frühstück ins Dorf hinuntergegangen waren, hatten sie es verlassen vorgefunden; es herrschte dort eine unheimliche Stille …

Ein von Schafen benutzter Trampelpfad führte durchs lange, feuchte Gras und den Stechginster auf die Inselkuppe hinauf, wo ein niedriges Backsteingebäude ohne Dach stand. Als sie näher kamen, tauchte hinter der Mauer ein Kopf hervor, dann zeigte sich eine junge Frau. Sie sah aus wie vierzehn; dunkles Haar, helle Augen. Sie trug einen Overall der ANR und hatte eine Waffe dabei, die zu groß für sie schien: eine einen Meter lange Rakete an einer Abschussvorrichtung mit Pistolengriff.

»Hallo«, sagte sie schüchtern. »Ihr seid bestimmt die Computerleute.«

Moh lachte. »Frei nach dem Motto ›Was ich immer schon wissen wollte‹.«

»Wissen ist gut«, sagte die junge Frau, anscheinend erstaunt über seine Bemerkung.

»Was machst du da?«, fragte Janis.

»Luftabwehr«, antwortete das Mädchen.

Der festgetrampelte Boden innerhalb der Wände war mit Schafköteln bedeckt; es gab einen Campingstuhl, ein Fernglas und ein Dutzend weitere Raketen.

»Das ist ein alter Beobachtungsposten«, erklärte das Mädchen. »Aus dem letzten Krieg, das heißt …« – sie legte die Stirn in Falten – »das heißt, aus dem vorletzten, aber ihr wisst ja, wie die alten Leute sind.«

Moh nickte ernst. »Und du bist für die Luftabwehr zuständig?«

»Ja.« Sie brachte die Abschussvorrichtung mit erstaunlicher Geschwindigkeit in Position. »Die Stealth-Jagdbomber: die fliegen langsam, sind in der Lage, das Radar und die Instrumente auszutricksen und machen kaum Lärm, aber sie sind nicht unsichtbar.« Sie tätschelte die Raketenspitze. »Da steckt ein Wärmesensor drin. Nach dem Start bleiben mir zwei Sekunden, um in Deckung zu gehen, dann schaltet sich der Fusionsantrieb ein. – Wumm.«

»Ja«, sagte Moh. »Wumm. Dann möchte man lieber nicht in der Nähe sein. Und bleib in Deckung und lass die Augen zu, bis du den Blitz gesehen hast.«

»Ach, das weiß ich doch«, entgegnete das Mädchen. Sie trat von einem Bein aufs andere und schaute alles Mögliche an, bloß nicht die Besucher.

»Wir sollten wohl mal wieder los«, meinte Moh. »Alles Gute.«

Auf halbem Weg fragte Janis: »Wie soll sie denn bloß den Blitz sehen, wenn sie die Augen geschlossen hat?«

»Das Ding ist mit einem Streulaser-Sprengkopf ausgestattet. Den sieht sie schon. Durch die geschlossenen Lider.«

Mohs Handy piepste. Er lauschte und nickte. »Okay, ist gut, bis dann.«

»Was gibt es?«

»MacLennan möchte mit uns sprechen. Er meint, es habe sich etwas getan.«

In anderthalb Kilometern Entfernung setzte sich ein Humvee in Bewegung.

Cat lag zusammengerollt auf der Seite und schlief. Ein Teil ihrer Wachsamkeit, ihrer Klugheit, ihres typischen Ausdrucks hatte sich auf Grund ihrer Entspanntheit verflüchtigt, so dass sie wie eine wesentlich jüngere Person wirkte, die noch keine Erfahrung hatte mit Sex und Gewalt. Jordan hatte sich auf einen Ellbogen aufgestützt, betrachtete, geborgen in zwischenmenschlicher Körperwärme, ihr Gesicht, den Schwung ihrer Schulter, und atmete ganz sachte, damit er ihren Atemrhythmus nicht störte.

Irgendetwas hatte sich bei ihm verändert – eine Standlinie hatte sich mit dieser Befreiung, dieser Bindung verlagert. Bis jetzt war er sich vorgekommen wie ein Mitreisender der Menschheit, eher ein Sympathisant als ein vollwertiges Mitglied. Jetzt, da die zwischen den Fugen der Fensterpanzerung einfallenden morgendlichen Sonnenstrahlen millimeterweise über die Decke krochen, hatte er noch immer die gleichen Ansichten, nahm jedoch eine andere Haltung ein. Er war nach wie vor Individualist, jedoch nicht mehr so selbstsüchtig. Auf einer jenseits aller Berechnung angesiedelten Ebene hatte er keine Angst vor dem Sterben mehr. Er hatte sich geöffnet, hatte umfasst und empfangen und fand nun im eifersüchtig gehüteten Mittelpunkt seines Lebens eine andere Person vor.

Sie erwachte mit wildem Wo-bin-ich-Blick, sah ihn und lächelte.

»Du bist noch da.«

»Ja.«

»Bist du schon lange wach?«

Jordan zuckte die Achseln. »Eine ganze Weile.«

»Was hast du gemacht?« Sie wälzte sich herum und legte einen Arm und ein Bein über ihn.

»Hab dir beim Schlafen zugesehen.«

Sie tastete nach ihm. »Hmm ... muss erregend gewesen sein.«

»Nicht so erregend, wie dich wach zu sehen.« Ihr Kopf verschwand unter der Decke.

»Und jetzt du.«

Der Gezeitengeruch und Tanggeschmack, salzig und scharf, Meer und Sumpf.

Dann Kinn an Kinn, Mund an Mund, Zunge an Zunge; Schambein an Schambein. Sie ergriff seine Hand, lenkte sie mit drängender Präzision und platzierte seinen Finger, ein gefangenes Glied, das zwischen ihren blindwütigen Stößen seine Arbeit verrichtete. Bis sie ihn plötzlich fortzog, ihm die Fingernägel ins Kreuz grub und ihn über den Rand mitriss in einen sich aufbäumenden, gellenden Fall.

Sie landeten ineinander verschlungen.

»Puh.«

»Man nennt dich nicht umsonst Cat.«

Grinsend verdrehte sie die Augen und leckte sich über die Zähne. Dann setzte sie sich auf, ergriff eine Hand voll Papiertücher und wischte sich, immer noch katzenhaft, damit ab.

»Ich geh mal duschen«, sagte sie.

»Ja, gut«, meinte Jordan. »Ich komme mit.«

Sie schob ihn zurück und sprang aus dem Bett.

»Ein andermal«, sagte sie. »Im Moment wäre das ... sinnlos.«

Sie schlüpfte in die Duschkabine.

»Hey, Lover«, rief sie, als das Wasserrauschen einsetzte, »du kannst etwas für mich tun.«

»Ja?«

»Mach Frühstück.«

hallo jordan

Jordan wartete gerade darauf, dass der Wasserkessel zu summen begann, als hinter ihm aus der Luft eine leise, blecherne, unmodulierte Stimme ertönte. In schlechter Imitation einer Kampfhaltung wandte er sich um und entdeckte das Gesicht des Schwarzen Planers auf einem kleinen TV-Flachbildschirm, der in einer Ecke der Arbeitsfläche an der Wand lehnte. Er machte große Augen, dann lächelte das animierte Strichgesicht, offenbar als Reaktion auf seine Verblüffung. An einer der Telekameras in einem Regal leuchtete neben der unverwandt starrenden Linse ein kleines rotes Auge – eben hatte es noch nicht geleuchtet.

tut mir Leid wenn ich dich erschreckt habe

Die Stimme kam aus den Lautsprechern der Soundanlage, die unheimlich perfekte Wiedergabe von Worten, die darauf verzichteten, so tun zu wollen, als seien sie menschlichen Ursprungs.

»Freut mich, Sie wiederzusehen«, sagte er. »Danke für das Geld. Dadurch hat sich viel verändert in meinem Leben.«

ich weiß ich habe deine fortschritte mit interesse verfolgt deine neue freundin hat dir bestimmt erzählt dass eine offensive unmittelbar bevorsteht

Jordan nickte mit trockenem Mund. Irgendetwas an dem Gesicht kam ihm verstörend bekannt vor, was nichts damit zu tun hatte, dass er es bereits einmal gesehen hatte. Er hatte das Gefühl, ihm schon einmal irgendwo begegnet zu sein. Vielleicht war der Schwarze Planer ja ein ANR-Kader, der unbemerkt in Norlonto umherlief, ein Gesicht wie viele andere.

nimm ihr nicht übel dass sie dir nicht alles gesagt hat was sie weiß das darfst du nicht persönlich nehmen denn sie ist eine gute kommunistin eine loyale tochter der revolution und mutter der neuen republik wenngleich sie dich auslachen würde wenn du ihr das ins gesicht sagen würdest die offensive steht nicht mehr nur bevor sie hat bereits begonnen und ich habe einen weiteren vorschlag für dich das risiko ist beträchtlich und es gibt keine finanzielle entschädigung doch ich glaube der umstand dass du dazu beitragen kannst zahlreiche menschenleben zu retten wird dir große genugtuung bereiten bist du interessiert

»Ja.«

ich bitte dich dringend dir zugang zu einigen systemen zu verschaffen aus denen ich momentan ausgesperrt bin es geht bloß darum einen code auf ein terminal zu übertragen die ausführung dieses codes wie auch die relevanten passwörter benötigen dein einverständnis bei dem terminal handelt es sich um das hochsicherheitsterminal im büro melody lawsons und tätig werden müsstest du so bald wie möglich

»Ach, *das* Terminal.« Er hoffte, die Routinen, die der Planer manipulierte, wären in der Lage, Tonfälle zu verarbeiten, auch wenn sie diese nicht zu übermitteln vermochten. »Und wie soll ich nach BC gelangen, von dem Büro ganz zu schweigen? Und wie komme ich wieder heraus?«

das betreten der enklave dürfte unproblematisch sein wie du feststellen wirst falls du es versuchst was das büro betrifft so solltest du dir mittels täuschung zugang verschaffen und anschließend notfalls verwirrung stiften um zu flüchten ich glaube du bist ein mitreißender Redner wenn du die wahrheit sagst und verstehst auch überzeugend zu lügen genossin duvalier wird gegenwärtig gebeten dich zu begleiten und mit ihrer kampferfahrung wird sie dir rückhalt geben ich kann dir versichern dass es noch weitere ablenkungsmaßnahmen geben wird doch ich leugne nicht dass die unternehmung sehr riskant ist andererseits wären die risiken erheblich größer wenn du nichts unternehmen würdest und in norlonto bliebest

Jordan ließ sich diese gelassene Bemerkung durch den Kopf gehen.

»Wollen Sie damit sagen, Nichtstun sei hundertmal so gefährlich wie Ihr verrückter Plan?«

korrekt

»Also, in diesem Fall«, sagte Jordan bedächtig und grinste den Planer an, »handelt es sich um gerechtfertigte Feigheit, und ich tu's.«

du hast doch nicht etwa von mir erwartet ich würde dir einen tollkühnen mutbeweis abverlangen

Das Strichgesicht lächelte, und auf einmal wünschte sich Jordan, die dahinterstehende Person kennen zu lernen.

»Ich hoffe, wir sehen uns bald wieder«, sagte er und begriff zum ersten Mal, was diese Floskel eigentlich ausdrückte, nämlich die Hoffnung, es gäbe ein Nachher ...

mach's gut jordan ich hoffe wir sehen uns wieder

Auf dem Bildschirm erschienen Zahlen.

»Zwei Neuigkeiten«, sagte MacLennan über die Schulter hinweg und nahm eine Hand vom Steuer, um zu gestikulieren. »Erstens, der Armeerat hat beschlossen loszuschlagen. Die Offensive wurde eingeleitet.«

»Ju-huu!«, schrie Kohn.

Sie rumpelten zwischen Weiden und Strand über einen mit Schlaglöchern übersäten Teerweg und bogen dann auf die Hauptstraße ein. »Zweitens, wir haben das Rätsel der Sternenfraktion geknackt.«

»Was?« Janis beugte sich auf dem Rücksitz vor, die Hände am Gurt.

»Das Rätsel der Sternenfraktion«, wiederholte MacLennan mit erhobener Stimme. Er schaltete hoch, worauf das Motorengeräusch leiser wurde. »Als sich die Systeme gestern wieder beruhigten, haben wir – das heißt, Doktor Donovan und einige unserer Sicherheitsleute – Kontakt mit Ihrem Freund im Weltraum aufgenommen.« Er deutete nach oben, bloß für den Fall, dass sie nicht wüssten, wo der Weltraum lag. »Logan war sogleich zur Zusammenarbeit bereit. Und nun glauben sie Bescheid zu wissen. Wir sind zu ein paar Leuten vorgedrungen, die Josh gekannt haben und jahrelang Mitglied seiner Sternenfraktion waren, ohne es zu wissen. Und ohne jemandem davon zu erzählen«, setzte er entrüstet hinzu. »Diese gottverdammten Trotzkisten, bitte entschuldigen Sie meine Ausdrucksweise, Doktor Taine. Kurz gesagt, Josh hat nicht bloß Vorkehrungen für das Scheitern der Republik getroffen, was sein gutes Recht war, sondern auch für den Fall der Vernichtung der ganzen Zivilisation! Er hat unautorisierte Programme in den Schwarzen Plan eingebaut, deren Aufgabe es ist, biologische Daten aufzuspüren und zu speichern, und er hat eine Mailingliste von Leuten zusammengestellt, die imstande sind, diese Daten zu nutzen, man höre und staune. Er hat sie bloß nie gestartet, und nun hat das Programm zwei Jahrzehnte lang geackert, um alles vorzubereiten. Ein Schwarzer Plan im Schwarzen Plan.«

Das Humvee bog auf die Straße ein, die zu dem Haus hochführte, in dem sie wohnten. »Ich begreife nicht, wie das funktioniert haben soll«, sagte Kohn. »Logan kann doch unmöglich auf einer Liste stehen, die Josh zusammengestellt hat.«

»Das ist eine ausgesprochen intelligente Mailingliste«, meinte MacLennan. »Und neulich haben Sie das Hauptprogramm gestartet. Zu einem anderen Zeitpunkt wäre vielleicht gar nicht viel passiert, doch in der gegenwärtigen Lage …«

»Ja, das habe ich mir gedacht«, sagte Kohn. Das Fahrzeug kam schlingernd zum Stehen. Mac Lennan geleitete sie in die Küche des Hauses, wo sie von Dr. Van begrüßt wurden, dessen Augen gerötet waren. Er schenkte Kaffee ein, während sie am Tisch Platz nahmen.

»MacLennan hat Ihnen bereits von unseren Entdeckungen berichtet?«

»Ja«, antwortete Kohn. Er steckte die Zigarette an, die Van ihm angeboten hatte. »Aber das erklärt noch immer nicht diese Wesenheiten, diese Uhrmacher-AIs.«

Van legte die Handflächen aneinander und antwortete wie ein Miniaturbogart mit Zigarette im Mund. »Wir müssen mit unseren Schlussfolgerungen sehr vorsichtig sein«, sagte er. »Diese Programme sind sozusagen Spin-offs, Replikate, Spiegelbilder jedes einzelnen Aspekts des Plans.«

Janis hörte, wie Kohn scharf einatmete.

»Der Plan hat sich in den vergangenen zwanzig Jahren beträchtlich weiterentwickelt«, fuhr Van fort. »Folglich dürfen wir davon ausgehen, dass seine Hervorbringungen um viele Größenordnungen komplexer sind als alles, was Josh Kohn ursprünglich beabsichtigt hat. Gleichwohl handelt es sich in erster Linie um Informationsbeschaffungssoftware mit einer speziellen Aufgabe.« Er lächelte verkniffen. »Darunter fällt unter anderem das Ausräumen der Datenbanken meiner und vieler anderer Firmen. Was sie erfolgreich bewerkstelligt haben.«

»Wollen Sie damit sagen, die Programme wären bloße *Gopher?*« Kohn klang geradezu empört. »Da hatte ich einen ganz anderen Eindruck. Die *denken,* Mann.«

Van stieß seufzend eine Rauchwolke aus. »Genosse Kohn«, sagte er, »wir wollen doch bitte schön objektiv bleiben. Ihre Erfahrung war subjektiv. Und von Drogen beeinflusst. Das soll nicht heißen«, fuhr er hastig fort, »sie sei notwendigerweise nichtig. Es könnte sich durchaus so verhalten, wie Sie meinen. Ob Sie Recht haben« – er zuckte die Achseln –, »das wird sich zeigen, und zwar schon bald. Tatsache ist, es handelt sich in einem sehr konkreten Sinn um künstliche *Intelligenzen,* und Sie sind gegenwärtig der Einzige, der zu ihnen Zugang hat. Jetzt, da die Endoffensive anläuft, ist es zwingend erforderlich, dass Sie Kontakt mit ihnen aufnehmen und sie dazu bewegen, Zurückhaltung zu üben. Werden Sie das tun?«

Moh blickte Janis forschend an. Sie wusste nicht, welche Antwort er ihrer Miene entnahm. Er wandte sich ab, blickte einen Moment lang auf die Tischplatte.

»Selbstverständlich«, sagte er. »Wann?«

»Jetzt gleich«, antwortete MacLennan und erhob sich.

Moh hatte seine Anweisungen. Während er versuchte, mit den Uhrmacher-Wesenheiten in Kontakt zu treten, sollte Van mit dem Armeerat Verbindung aufnehmen ...

»Und was ist mit mir?«, fragte Janis.

Der hoch gewachsene Offizier verharrte stirnrunzelnd im Eingang.

»Och, Sie beschützen sie unter Einsatz Ihres Lebens«, sagte er und entfernte sich über die Treppe. Die Haustür fiel ins Schloss. Kurz darauf startete der Helikopter.

Van ging hinaus und kam mit mehreren TV-Monitoren zurück, die er im Halbkreis auf Stühlen anordnete. Er warf Janis eine Fernbedienung zu.

»Zappen Sie ständig durch die Nachrichtenkanäle«, sagte er. »Achten Sie bei den Lokalsendern auf den Subtext, bis sie zu uns überlaufen. Die harten Fakten entnehmen Sie bitten den weltweiten Sendern. CNN ist in solchen Fällen recht verlässlich.«

Janis nahm mit einer Tasse Kaffee in der Hand Platz und blickte Moh an, der aus dem Fenster schaute. Van beugte sich über das Terminal.

»Sie sind ja sehr zuversichtlich, ein paar Lokalsender einnehmen zu können«, meinte sie sarkastisch. »Glauben Sie wirklich, in den ersten paar Stunden so viel erreichen zu können?«

Van machte ein überraschtes Gesicht.

»Haben Sie denn nicht … Oh, tut mir Leid, das haben wir Ihnen ja noch gar nicht erklärt. Wenn das System entschieden hat, dass der Zeitpunkt zum Losschlagen gekommen ist, bedeutet das, wir können die *ländlichen Gebiete* in den ersten Stunden einnehmen. Wir beabsichtigen, in den Sechs-Uhr-Nachrichten aus London die Republik auszurufen. Falls es zu Verzögerungen kommt, dann in den Zehn-Uhr-Nachrichten. Sollten wir falsch liegen, oder das System hat einen Fehler gemacht, dann …«

Er breitete die Arme aus.

»Es wäre nicht das erste Mal, dass Sie sich geirrt haben«, sagte Moh. »Vier gescheiterte Offensiven in fünfzehn Jahren stimmen mich nicht gerade zuversichtlich.«

»Damals hatten wir noch nicht alle Fehler ausgemerzt«, räumte Van ein. »Sagen wir, bei diesen Aktionen ging es darum, die User-Akzeptanz zu testen.«

»Mit lebenden Menschen«, sagte Moh.

Van presste die Lippen zusammen. »Ich gehe davon aus, dass die Offensiven ohnehin stattgefunden hätten«, entgegnete er. »Ohne Rechnerunterstützung wären die Verluste größer gewesen. Und bedenken Sie, das System lernt aus seinen Fehlern.«

»Das tut der Staat auch«, bemerkte Janis. »Und falls Sie unterliegen – falls *wir* unterliegen –, dann besteht unsere einzige Hoffnung darin, einen blutigen Bürgerkrieg zu gewinnen.«

»Was glauben Sie eigentlich, was derzeit stattfindet?«, fauchte Van. »Die Streitkräfte der Hannoveraner erleiden ständig Verluste bei den so genannten Unruhen. Bei den örtlichen Milizen handelt es sich überwiegend um zynische Söldner ohne Überzeugungen. Die besten der autonomen Gemeinwesen werden das Ende eines Krieges aller gegen alle begrüßen. In den größeren Städten finden häufig Streiks und Demonstrationen statt. Das ist das gewalttätigste und instabilste Land in ganz Europa. Man spricht viel vom NVK, aber mit der ANR können wir, ehrlich gesagt, nicht mithalten.«

»Das hört man gern«, sagte Moh und nahm wieder am Terminal Platz. »Das Einzige, weswegen wir uns Sorgen machen müssen, ist, dass die Yanks eingreifen und uns mit Bomben eindecken. Wieder einmal. Also, ich werde mich bemühen, die elektronischen Anarchisten davon zu überzeugen, den Kopf einzuziehen.«

Van reichte ihm die Kabel des Gewehrs und die Brille. Moh nahm sie mit der einen Hand entgegen, während sich die andere bereits so geschickt bewegte wie die eines Webers.

Farben erschienen auf dem Monitor.

Van wandte sich den anderen Bildschirmen zu; die Lokalsender brachten interessante Nachrichten, zumeist in Verkehrsmeldungen versteckt.

»Jesus hat geweint«, murmelte Cat, als sie sich zusammen mit Jordan einen Weg über den verstopften Gehsteig des Broadway bahnte. »Das halbe verdammte Land scheint zu streiken.« Der Verkehr war zusammengebrochen, eine Fernwirkung verstopfter Kreuzungen, die von Bussen blockiert wurden, deren Fahrer sich gleichzeitig entschlossen hatten, ihr Recht auf eine Frühstückspause wahrzunehmen. Mehrere Bürogebäude wurden von Angestellten in weißen Hemden und Krawatten bestreikt. Trotz des unaufhörlichen Gehupes und der gebrüllten Parolen machte Norlonto einen ruhigeren Eindruck als gewöhnlich.

Jordan schaute die brave Kommunistin und loyale Tochter der Revolution von der Seite an und grinste. In dem Kleid von Modesty, das sie wie ein buntes Halstuch aus einem Ei hervorgezaubert hatte, hätte sie als wohlerzogene junge Dame aus Beulah City durchgehen können. Wenn man eines außer Acht ließ …

»Die Ausdrucksweise«, meinte er tadelnd. »Ansonsten hältst du dich tadellos. Ich staune, wie du dieses mühelose Gleiten bewerkstelligst.«

»Mühelos, Blödsinn«, schimpfte Cat. »Man muss die gottverdammten Unterröcke bei jedem Schritt nach vorne befördern, und wenn ich nicht aufpasse, schieße ich mir noch den Fuß ab.«

Unter dem Kleid trug sie Jeans, zwei Waffen in Stiefelhalftern und einen Munitionsgürtel.

Jordan fasste sie beim Ellbogen und manövrierte sie großtuerisch an einem Pennbruder vorbei, der im Eingang der Hilf-den-Beladenen-Wohltätigkeitseinrichtung zusammengebrochen war.

»Die richtige Formulierung, meine Liebe, müsste lauten: ›Meine Füße bereiten mir Beschwerden.‹«

Cat lachte. »Du solltest dich mal sehen.«

»Setz mich ins Bild«, meinte Jordan und steckte den Finger unter den Kragen, was aber auch nicht gegen das Gefühl von Beengung half. Eine hektische Durchsuchung von Mohs Kleiderschrank hatte ein fürchterliches Outfit aus den Dreißigern zutage gefördert, einen Dreiteiler mit Krawatte, den er wahrscheinlich bei dem Einstellungsgespräch zum letzten respektablen Job getragen hatte, den er jemals zu ergattern versucht hatte, eine Abweichung von seiner so genannten geradlinigen Karriere vom Maurer über den Gewerkschaftsfunktionär zum Söldner, die er mittlerweile vergessen hatte. Jordan hatte darauf bestanden, Cats Jacke und seine Jeans in einer Reisetasche mitzunehmen: was immer er benötigte, um nach BC hineinzugelangen, er hatte nicht die Absicht, in diesem Aufzug als Straßenredner aufzutreten – er nahm an, dass dazu ein glaubwürdiges Auftreten unbedingte Voraussetzung war. Selbst nach den zeitentrückten Maßstäben von Beulah City wirkte er frisch eingekleidet. Cat hingegen wirkte in Norlonto erstaunlicherweise nicht fehl am Platz.

Der Luftverkehr wurde von Alexandra Port umgeleitet, und am Himmel wurde es allmählich eng: Luftschiffe auf der untersten Ebene; dann mit einem Überschallknall vorbeirasende Wiedereintrittsgleiter, die sich anschließend in der Stadtthermik gemächlich höher schraubten; in der Höhe das Zickzackmuster der Kondensstreifen der Verkehrsflugzeuge, die entweder über Heathrow Warteschleifen drehten oder bereits aufgegeben hatten und sich nun zum Kontinent absetzten.

Cat und Jordan waren Teil eines Menschenstroms, der hügelabwärts wogte. Als Jordan sich umsah, bemerkte er, dass immer mehr Menschen nachdrängten. Nahezu alle Fahrzeuge auf der Straße waren unbesetzt, und Minute für Minute schlossen sich mehr Passagiere den Fußgängerscharen an. Jordan hatte sich Sorgen gemacht, man könnte ihm seine Besorgnis ansehen, doch den Gesichtern ringsumher entnahm er, dass diese Befürchtung unbegründet gewesen war.

»Eben ist mir etwas klar geworden«, sagte Cat. »Wir sind von Flüchtlingen umgeben. Einstweilen verhalten sie sich noch ruhig, aber ich wette, in der Mittelklasse von Norlonto baut sich ein Druck auf, sich aus dem Herrschaftsgebiet der gottlosen Kommunisten unter die Fittiche der gottesfürchtigen Kapitalisten zu begeben.«

»Außerhalb von BC hält niemand die ANR für kommunistisch«, murmelte Jordan.

»Aber sicher doch«, entgegnete Cat. »Du solltest mal hören, wie sie von den ›Kadern‹ sprechen.«

»Pass bloß auf, dass *uns* niemand über sie reden hört.«

»Hör einfach mal hin. Alle reden so.«

Und sie hatte Recht. Wildfremde gaben ernsthaft Informationen weiter, die sie von einer dritten Person hatten, die etwas aus einem Autoradio aufgeschnappt haben wollte: Glasgow sei an die ANR gefallen, Victoria Street sei bombardiert worden, das Abgeordnetenhaus von Eire habe England den Krieg erklärt … Als der Menschenstrom nach links abbog, um das Chaos an den Passagierterminals von Alexandra Port zu vergrößern, bekamen sie etwas mehr Luft, dann, als sie sich der Grenze von BC näherten, wurde das Gedränge wieder schlimmer. Aus schierer Bosheit heraus erzählte Cat jemandem, die Grünen rückten auf Birmingham vor, was, wie sie wusste, vollkommen ausgeschlossen war – sie hatte sich ein Radio ins Haar gesteckt, das Handy hinters Ohr geklemmt und wechselte unauffällig die Kanäle, indem sie sich ins Ohrläppchen zwickte; bislang war nichts Interessantes gemeldet worden. Doch es dauerte keine hundert Meter oder zehn Minuten, da erfuhren sie von anderen Passanten, die Grünen hätten Birmingham eingenommen, Birmingham werde mit vorgehaltener Waffe evakuiert, die Grünen hätten Birmingham evakuiert und zerstörten das Stadtzentrum mit taktischen Atomwaffen.

Ja, bestätigte sie im Brustton der Überzeugung. Sie haben den Bull Ring bombardiert, der jetzt nicht mehr existiert.

An der Grenze hatten es die Krieger längst aufgegeben, die Menschenmassen zurückhalten zu wollen. In den meisten Fällen winkten sie die Leute einfach durch und taten so, als sei das alles ihre Idee: christliche Nächstenliebe, Schutz für die Beladenen. Doch das galt nicht für alle: es gab einen Zugang für die Grünen und einen für die Roten, Schafe und Ziegen.

Jordan bemühte sich vergeblich, den Blicken der visierverhüllten Gesichter auszuweichen. Er und Cat wurden entschieden in den Roten Zugang dirigiert – der mit Metalldetektoren ausgestattet war.

Moh erwachte jäh aus seiner Trance. Er wandte sich zu Van und Janis um.

»Ju-huu!«, sagte er.

»Was ist?«

»Achte auf Manchester.«

Janis wechselte genau in dem Moment zu dem betreffenden Sender, als der Nachrichtensprecher auf ein sanftes Schulterklopfen reagierte. Die Kamera fuhr zurück, und man sah bewaffnete Zivilisten, die soeben den Nachrichtenraum betraten. Eine junge Frau nahm selbstbewusst den Platz des Nachrichtensprechers ein und verlas eine Erklärung. Andere hielten blau-weißgrüne Fahnen oder Union Jacks mit einem Loch in der Mitte hoch, schwenkten sie hin und her und skandierten eine Parole, von der nur das Wort ›vereinigt‹ zu verstehen war.

Die Sendung wurde in dem Moment unterbrochen, als das Mädchen den für derlei Proklamationen typischen Paragraphen verlas, worin diejenigen, die man mit falschen Versprechungen dazu gebracht hatte, für den Gegner zu kämpfen, aufgefordert wurden, auf die Seite des Volkes überzulaufen.

»Oh, mein Gott«, sagte Janis.

»Keine Sorge«, meinte Van. »Irgendjemand zieht immer den Stecker. Uns bleiben immer noch der Sender und die Stadt.«

CNN bestätigte, dass Manchester von Aufständischen gehalten werde. Aus der Gegend um Bristol wurden heftige Kämpfe gemeldet. Von ahnungslosen Robotern in Autofabriken in japanischem Besitz montierte Panzer rollten über die M6. Der Sicherheitsrat war zu einer Sondersitzung zusammengetreten, nicht wegen der Lage in Britannien, sondern wegen der Grenzstreitigkeiten zwischen Russland und der Türkischen Konföderation und der Einnahme von Wladiwostok durch die Sino-Sowjets.

»Hab dir ja gesagt, die haben's überzogen«, meinte Moh.

»Hattest du schon ... Kontakt?«

»Nein, ich bin bloß ihren Systemen begegnet«, antwortete Moh. »Alles scheint gut zu laufen. Ich gehe wieder rein.« Er lächelte sie an und wandte sich wieder dem Monitor zu.

Cat lehnte sich zurück und flüsterte mit Jordan. Er straffte sich und lächelte sie beruhigend an.

»Keine Röntgenstrahlen, bitte«, sagte er. Cat errötete, schlug die Augen nieder und tätschelte sich den Bauch. Der Krieger drückte einen Schalter und nickte. Cat trat durch den Tordurchgang.

Piep.

Sie runzelte die Stirn und trat zurück, dann schlug sie die Hand vor den Mund und riss die Augen auf. Sie wühlte in der Handtasche, zog behutsam eine Derringer hervor und reichte sie dem Wachposten, der sie seufzend außerhalb der Reichweite des Detektors über den Schalter schob. Jordan wippte derweil ungeduldig mit dem Fuß, während andere Flüchtlinge an ihnen vorbeidrängten. Cat trat erneut durch den Detektor.

Piep piep piiiiep.

Cat trat zurück, wandte sich mit tiefrotem Gesicht an den Wachposten, beugte sich vor und flüsterte mit ihm. Sie fasste den Rock zwischen Hüfte und Knie und schob ihm den Stoff entgegen. Er tastete einen Moment lang herum, als biege er etwas. Er ließ es los. Er fasste sich an den Nacken. Er blickte sich um, musterte die lange Schlange, schaltete unauffällig den Detektor ab und gab Cat einen Wink. Sie segelte durch den Detektor, nahm die Damenpistole entgegen und wartete auf Jordan. Zum Ausgleich für seine Nachlässigkeit inspizierte der Wachposten Jordans Reisetasche zwei Minuten lang mit beeindruckender Gründlichkeit, ohne seiner Erklärung, die Earth's Angels seien eine christlich-ökologische Studiengruppe, Glauben zu schenken. Endlich ließ er ihn passieren.

Der Verkehr war in Bewegung; auf den Gehsteigen der Park Road herrschte weniger Gedränge. Hier gab es keine Streiks, und die Menschen waren so vernünftig, sich von der Straße fernzuhalten. Jordan machte ein leeres Pedotaxi aus und ließ es anhalten. Er wusste genau, wie er Cat beim Einsteigen helfen musste, denn sie kannte sich damit nicht aus.

»Was hast du ihm eigentlich als Auslöser genannt?«

»Metallreifen«, antwortete Cat selbstgefällig.

»War ihm wohl zu peinlich, das zu überprüfen.«

Cat sah ihn von der Seite an. »Ich hab ihm die Wahrheit gesagt«, meinte sie. »Die Waffen und die Patronenhülsen sind nämlich aus Plastik.«

Sie hatten die Hügelkuppe erreicht. Der elektrische Hilfsmotor des Pedotaxis schaltete sich aus; bis der Fahrer wieder in die Pedale trat, verharrte es einen Moment lang in einem Schwebezustand. Jordan betrachtete die Stadt, die sich im klaren Licht des Frühherbstes scharf vor ihm abzeichnete, von weniger Dunst umschattet als sonst. Das Haus, von dem aus er diese Aussicht so oft genossen hatte, sah er nicht an. Die silbrigen Luftschiffe bewegten sich auf komplizierten, einander überkreuzenden Bahnen.

»Schau mal, die Luftschiffe!«, sagte Cat.

»Ja, so viele habe ich noch nie an einem Fleck ge...«

»Da, sieh mal!«

Aus den Luftschiffen wurde etwas abgeworfen, schwarze Pünktchen – Jordan musterte eins, das über Finsbury Park schwebte. Er beobachtete, wie sich Ladeklappen öffneten, und versuchte, den ganzen Himmel in sich aufzunehmen, alles gleichzeitig zu sehen. Ringsumher, so weit das menschliche Auge reichte, schwebten Fallschirme und Hängegleiter wie selektiv fallender bunter Schnee auf die Freiflächen der Stadt herab.

»Stewardessen!«, sagte Cat, dann verstummte sie.

Der ihnen nächste Fallschirm verschwand etwa einen Kilometer im Osten außer Sicht. Jordan war froh, dass sie nicht am Ende des Parks gelandet waren – wahrscheinlich hatten sie es auf die taktisch wichtigere Kreuzung bei der Seven Sisters Road abgesehen.

Die Fonthill Road war menschenleer. Jordan bezahlte den Fahrer mit B-Mark, was ihm ein erstauntes Dankeschön einbrachte, und näherte sich mit Cat dem Eingang des Gebäudes, in dem er vor gerade erst zwei Wochen zum letzten Mal gearbeitet hatte. Vor der Tür stand ein Krieger mit einer Maschinenpistole. Das Gefühl, er könnte jeden Moment durchsiebt werden, war neu für Jordan.

»Was wünschen Sie, Sir?«

»River Valley Distribution«, sagte Jordan und reichte ihm eine eingeschweißte Geschäftskarte.

»Und zu wem möchten Sie?«

Jordan lächelte höflich. »Zu MacLaren & Jones.« Wenn er seine ehemaligen Geschäftspartner richtig einschätzte, würden sie sich höchstens von durch die Fensterscheiben fliegenden Granaten von ihren Schreibtischen vertreiben lassen.

Der Krieger zog die Karte durch ein Lesegerät und sah auf einen Monitor. Jordan hätte beinahe den Atem angehalten. Der vom SILK.ROOT-Programm überbehaltene Status seiner Tarnfirma als anerkannter Lieferant war alles, worauf er gegenwärtig zurückgreifen konnte.

Der Wachposten nickte und gab ihm die Karte zurück. »Die Treppe hoch und dann rechts.«

Er machte ihnen Platz. Jordan hielt Cat die Tür auf. Sie stieg erstaunlich flink die Treppe hoch und ließ sich von

Jordan zu den Büros geleiten. Der große Arbeitsraum war nahezu menschenleer, die meisten Monitore waren tot.

Debbie Jones, die damals, als Jordan noch ihr Partner gewesen war, immer abends gearbeitet hatte, stand an dem Schreibtisch, den sie sich miteinander geteilt hatten. Sie blickte zur Tür, offenbar erstaunt darüber, dass sie Besuch bekamen. Auf dem Kursmonitor fand gerade ein Schlachtfest statt.

»Jordan! Ich habe gar nicht mehr daran geglaubt, dass wir uns noch mal wiedersehen!« Sie klang halb erfreut, halb ablehnend. Jordan hatte sie immer für ein nettes Mädchen gehalten, intelligent, aber konventionell; ein nichtssagendes ovales Gesicht, glattes langes Haar, ein glattes langes Kleid. Ihr Blick huschte zu Cat und dann wieder zu Jordan; in ihren Augen dämmerte ein Anflug von Begreifen, was er verstörend vertraut fand. »Was machst du jetzt so?«

»Weißt du, weshalb ich fortgegangen bin?«

Sie schüttelte den Kopf. »Ehrlich gesagt, will ich es auch gar nicht wissen.« Ein weiterer Blick auf Cat. »Das war ziemlich unbedacht von dir. Obwohl ich sagen muss, dass wir bei der Rückgabe deiner Geschäftsanteile nicht schlecht gefahren sind.«

»Freut mich zu hören«, sagte Jordan. »Tut mir Leid, falls ich euch Unannehmlichkeiten verursacht haben sollte.« Er hätte gern gewusst, ob ihr bekannt war, dass er Beulah City verlassen hatte. Falls nicht, hätte dies bedeutet, dass Mrs. Lawson mehr an Vertuschung denn an Aufklärung gelegen war.

»*Eigentlich*«, fuhr er mit einem verlegenen Lachen fort, »bin ich nicht wegen euch gekommen. Ich muss etwas mit Mrs. Lawson klären. Sicherheitsfragen, verstehst du?«

Debbie runzelte die Stirn. »Ich begreife nicht …«

Jordan blickte an ihr vorbei. »Hey, was macht denn da der Dow Jones?«

Debbie blickte über die Schulter. »Ach, diese Ratten!« Sie setzte sich und begann hektisch zu tippen. In den dreißig Sekunden, da sie abgelenkt war, näherte sich Jordan energischen Schritts Mrs. Lawsons Büro.

»Wo sind die alle?«, fragte Cat und blickte sich um.

»Wer weiß, vielleicht streiken sie ja.«

»Ha, ha.«

Er klopfte an Mrs. Lawsons Tür.

»Herein.«

Jordan schaute Cat an. »Nach Ihnen.«

Cat öffnete die Tür und schwebte hindurch. Jordan blieb etwas zurück, dann trat auch er ins Zimmer und schloss hinter sich die Tür. Mrs. Lawson stand hinter ihrem Schreibtisch aus Kiefernholz, die Hände auf den Kopf gelegt. Sie hatte nur Augen für Cats Derringer; in ihrer Miene spiegelte sich Bestürzung.

Dann hob sie den Blick und sah Jordan. Die Bestürzung machte Entsetzen Platz. Sie öffnete den Mund …

Cat hob die linke Hand. Mrs. Lawson presste die Lippen zusammen.

Jordan kletterte über den Schreibtisch zum Terminal, wobei er darauf achtete, dass er Cat nicht das Schussfeld verdeckte. Er gab den Code ein und drückte die Enter-Taste.

Die Gespenster und das animalische Bewusstsein des Gewehrs waren nicht mehr da. Er war allein und blickte wie ein Gott auf das Land nieder. Es war mehr als eine Landkarte, mehr als ein Blick aus einer phantastischen, wolkenlosen Höhe. Ein Blinzeln, und schon war er näher dran. Er sah schwer bewaffnete Kolonnen und konnte selbst einzelne Panzer heranzoomen. Er sah die herabschwebende Seide, den aufsteigenden Qualm, und fasste ein Stadtzentrum in den Blick, wo ANR-Kämpfer mit nervenzerfetzender Wildheit eine Polizeikaserne angriffen. Er hörte gebrüllte Parolen und Schmerzensschreie.

Er war dabei und wollte dabei sein. Er betrachtete London, sah die konvergierenden Marschkolonnen, die sich schließenden Kreise, das leuchtende Norlonto und unmittelbar südlich davon ein dunkles Gebiet, einen blinden Fleck. Auch dieser Fleck erhellte sich, flackerte (die Hand über den Schaltern), und er wandte sich ab.

Er schaute hoch und sah sie neben sich im imaginierten Himmel. Sie ähnelten exakt den winzigen Lichtpünktchen, die er bisweilen sah, wenn er in den strahlend blauen Himmel hochblickte. Aus dieser Perspektive betrachtet waren sie silbrig funkelnde Luftschiffe, dreist im britischen Luftraum tanzende Ufos, fremde Intelligenzen, die darauf warteten, bemerkt zu werden.

Er streckte die Hand aus, um sie zu warnen.

Jordan wandte sich vom Terminal ab.

Cat warf ihm eine Rolle dickes Klebeband aus ihrer Handtasche zu.

»Tut mir Leid, Mrs. Lawson«, sagte er und wickelte einen Meter davon ab. »Sie wissen ja, wie das ist. Nichts für ungut.«

Mrs. Lawson nickte. »Das geht schon in Ordnung, Jordan.«

Nachdem er sich vergewissert hatte, dass es am Stuhl keine versteckten Alarmschalter gab, band er sie sorgfältig daran fest. Falls sie eine Alarmvorrichtung am Körper trug, hatte sie sie wahrscheinlich bereits ausgelöst, außerdem konnten sie ihr wohl kaum sämtliche Zähne ziehen. Anschließend befestigte er den Stuhl mit Klebeband am Heizkörper unterhalb des Fensters.

Als er ihr den Mund zukleben wollte, schüttelte sie den Kopf.

»Das ist unnötig«, sagte sie. »Der Raum ist vollkommen schallisoliert. Ich würde es zu schätzen wissen, wenn Sie jemandem Bescheid geben würden, wo ich bin, sobald Sie in Sicherheit sind.«

»Versprochen, aber ich muss es trotzdem tun. Stimmaktivierung.«

Mrs. Lawson sah ihn an, als habe sie noch nie davon gehört.

»Sie nehmen das alles sehr gut auf«, sagte Cat, ohne die Waffe zu senken. »Wollen Sie uns etwas sagen, das wir wissen sollten?«

Mrs. Lawson lachte. »Nein, es ist niemand unterwegs. Es ist bloß so, dass ich es gewohnt bin, den Fingerbewegungen die entsprechenden Tasten zuzuordnen – schließlich habe ich jahrelang Leuten bei der Eingabe von Passwörtern zugesehen. Sie haben immer große Stücke auf Engels und Lucretius gehalten, nicht wahr, Jordan? Ich habe mir den Code gemerkt, den Sie soeben eingegeben haben.« Sie blickte von ihm zu Cat und wieder zurück. »Ist das die Catherin Duvalier, von der ich schon so viel gehört habe? Hat sie Sie davon überzeugt, dass Kohn Unrecht hatte und Donovan im Recht war?«

»Was hat Donovan damit zu tun?«, fauchte Jordan sie verblüfft an. Auch den Hinweis auf Jordan hatte er nicht verstanden.

Mrs. Lawson musterte ihn verächtlich. »Ach, hören Sie doch mit den Spielchen auf, Jordan. Wer sonst sollte wohl ein Interesse daran haben, meine Sicherheitssoftware auszuschalten?«

»Die ANR, wenn Sie's unbedingt wissen wollen«, antwortete Jordan gereizt.

Sie starrte ihn an, dann begann sie zu kichern, zunächst schulmädchenhaft, dann wurde ein schallendes Lachen daraus, das sich immer höher schraubte, bis sich ihre Stimme überschlug. Wütend und angewidert klebte er ihr den Mund zu.

»Sie sind es, die hier Spielchen spielt«, bemerkte er voller Bitterkeit.

Tränen quollen ihr aus den Augen, und ihre Schultern bebten.

»Kriegen Sie genug Luft?«

»Mmm-hmm.«

Er trat hinter Cat und öffnete die Tür. Sie verließen das Büro und wandten sich sogleich zum Ausgang. Debbie sprang vom Stuhl hoch.

»Was geht hier vor?«, fragte sie.

Jordan zögerte. Debbie drehte sich um und deutete auf den Bildschirm. Mandelbrot-Schneeflocken trieben darüber hinweg, verblassten und schrumpften zu einem Punkt.

»Systemcrash«, antwortete Jordan spontan. »Mrs. Lawson versucht gerade, den Fehler zu beheben. Im Moment ist sie beschäftigt, aber in etwa zehn Minuten würde sie dich gern sprechen. Ich habe hier noch ein paar Files rumliegen«, setzte er entschuldigend hinzu. »Bis dann mal.«

Er folgte Cat auf den Flur und war sich bewusst, dass Debbie noch immer dastand und ihnen mit dem Ausdruck eines Menschen nachschaute, dem irgendetwas entgangen war …

»Die Sache mit Donovan«, sagte Cat beim Hinausgehen. »Glaubst du, sie war aufrichtig?«

»Schon möglich«, meinte Jordan. »Oder sie wollte uns auf eine falsche Fährte locken. Damit kennt sie sich aus.«

»Und weshalb hat sie Moh erwähnt?«

Jordan blieb stehen. Diese Frage beschäftigte ihn ebenfalls. Wie kam es, dass sie ihn mit Moh in Verbindung brachte? Dann wurde es ihm auf einmal klar.

»Sie hat nicht Moh gesagt, sondern Kohn. Vielleicht hat sie Josh Kohn gemeint, schließlich ist sie alt genug, um über ihn und den Plan Bescheid zu wissen, außerdem weiß sie, dass ich mit dem Schwarzen Plan zu tun hatte.«

»Ja, sie genießt einen gewissen Ruf«, meinte Cat. »Aber woher wusste sie, wer ich bin?«

Jordan grinste. Auf Grund seiner Streifzüge im Netz war ihm die Antwort klar. »Du genießt auch einen gewissen Ruf!«

Jordan stieg die Treppe rückwärts hinunter, hielt sich mit der einen Hand am Geländer fest und streckte die andere zu Cat aus.

»Dieses Zeug taugt nicht fürs Kriegsspiel«, meinte sie.

Sie trat wieder auf den Absatz, steckte beide Daumen hinter den Bund und drückte den Rock kräftig nach unten. Mit dem Geräusch zerreißenden Stoffs löste er sich vom Mieder. Sie trat aus dem zusammenfallenden Gebilde heraus.

»Klettverschlüsse«, erklärte sie. »Gib mir die Jacke.«

Jordan nahm sie aus der Tasche und verspürte auf einmal ebenfalls den Drang, sich frei zu machen. Er riss sich den Anzug vom Leib und zog die Jeans an, während Cat irgendwas mit dem Krinolinenrahmen anstellte und ihn mittels Falten und Zusammenschieben in flache Viertelkreise zerlegte, worauf er zusammen mit den Röcken in der Tasche verschwand. (Woher haben sie das? überlegte er. Wo haben sie das *gelernt?* Und welche *militärische* Verwendung gibt es dafür?)

Einen Moment lang ließ er ihre Erscheinung auf sich wirken, die hohen Stiefel, die kurzläufigen Gewehre, die enge Jeans und das Mieder unter der großen Jacke, das sie sich wie ein ausgefallenes T-Shirt hinter den Bund gestopft hatte. Sie stellte eine Hüfte aus und stützte die Faust darauf.

»Calamity Jane ist wieder unterwegs«, sagte sie.

»Da wäre noch eine Kleinigkeit«, meinte Jordan, die Treppe hinunterblickend. »Der Aufpasser. Es sei denn, du hast es auf den Showdown mit Butch und Sundance angelegt.«

»Ach was«, erwiderte sie lächelnd. Sie reichte ihm eine der Waffen und bedeutete ihm, ihr die Treppe hinunter zu folgen. Am Fuß der Treppe angelangt, schlichen sie zum Eingang und drückten sich flach gegen die Wand. Cat streckte die Hand aus, drehte ganz langsam den Knauf und zog die Tür zentimeterweise auf, dann ließ sie sie nach innen schwingen.

Plötzlich ertönte Stimmenlärm. Cat wartete einen Moment, dann riskierte sie einen Blick am Türrahmen vorbei. Sie lachte und trat in den Eingang. Der Krieger war verschwunden, und auf der Straße …

»Ein Menschenauflauf«, sagte Jordan.

Bleibtreu-Fèvre hatte unter den zahlreichen Monitoren auch ein altes Röhrengerät gefunden. Beim Herumexperimentieren hatte er entdeckt, dass es sich um einen Fernseher handelte. Das Gerät empfing lediglich vier Kanäle, auf denen Ballett und Marschkapellen zu sehen waren. Das alte staatliche Fernsehen reagierte auf die Staatskrise nach altem Muster. Er schaltete zwischen *Les Sylphides* und der Edinburgh Military Tattoo Band von 2039 hin und her.

Er fühlte sich erschöpft, ausgebrannt von den Muntermachern, fatalistisch. Sie waren zum Untergang verdammt. Er hatte mit Donovan die ganze Nacht durchgearbeitet und dem alten Spinner nach Kräften geholfen, während der seine Killerviren modifiziert und verbessert und sie wiederholt voller Hoffnung ausgesandt hatte, bloß um mit ansehen zu müssen, wie sie von Melody Lawsons diabolisch effektiven Gegenmaßnahmen ausradiert wurden.

Mit Donovans Insiderwissen und seiner Hackererfahrung war es ihnen möglich gewesen, die Kommunikation zwischen Stasis und Weltraumverteidigung abzuhören. Das meiste hatten sie nicht entschlüsseln können, doch aus dem Rest ging hervor, dass die WV kurz davor stand, den Notstand auszurufen und die Sicherungen und Zweifach-Schlüssel abzuarbeiten, bis zu der unvermeidbaren, schicksalhaften und fatalen Schlussfolgerung, die Datensphäre sei menschlicher Kontrolle entglitten und müsse um jeden Preis zerstört werden.

Er überlegte, ob er sich direkt an die WV oder die Stasis wenden und ihnen erklären solle, was da vorging, damit sie diese dumme, dickköpfige Christenfrau zwangen, ihre Gegenmaßnahmen einzustellen, was Donovan in die Lage versetzt hätte, endlich einmal gegen die AI vorzugehen ... Doch in seinen veränderten Knochen spürte er, dass das aussichtslos war, dass sie dies selbst dann, wenn es ihm gelänge, zu einer höheren Kommandoebene vorzudringen, als Bestätigung dafür nehmen würden, dass der Notfall tatsächlich eingetreten war.

Sie waren zum Untergang verurteilt.

Donovans Triumphschrei veranlasste ihn aufzuspringen. Der alte Mann rannte von Terminal zu Terminal, vollführte komplizierte Bewegungen mit den Armen, kämpfte mit virtuellen Gestalten. Zwischendurch brüllte er Bleibtreu-Fèvre zu: »Sie hat ihre Meinung geändert! Die Gegenviren sind verschwunden!«

Bleibtreu-Fèvre machte Donovan Platz und schaute zu, wie er langsamer wurde, nach und nach herunterschaltete, schließlich stehen blieb und den Blick über die Monitore schweifen ließ.

»Sie sind frei«, sagte er. »Die allerbesten, auf die Meme des Uhrmachers abgestimmt.« Er lächelte Bleibtreu-Fèvre an, und in diesem Moment wirkte er nicht alt, verrückt oder böse – ganz im Gegenteil: er wirkte stolz und froh, ein guter Magier, der viele einfache Menschen vor einer Bedrohung bewahrt hatte, die sie sich nicht einmal vorstellen konnten.

»Wir haben es geschafft!«, sagte er. »Jetzt gibt es keinen Grund mehr, die Datensphäre zu zerstören. Es wird kein Massensterben geben.«

Milliarden starben.

Milliarden Lebewesen, bewusste Wesenheiten, mit subtileren und ausgeprägteren Gefühlen, mit größeren Freuden und tieferen Schmerzen, als der Mensch sich vorzustellen vermochte.

Sie starben: sie platzten wie Zellen in starker Salzlösung, explodierten von innen heraus wie ein Haus unter Überdruck, barsten wie ein von einer Kugel getroffener Schädel, verdampften wie ein Satellit im Partikelstrom, verflüchtigten sich wie Fleisch in einer Feuersbrunst.

Moh hatte sie alle gesehen, die klassischen Zeitlupen, die Momentaufnahmen, die Standbilder, die Augenblicksarchäologie des modernen plötzlichen Todes. Vor der Konfrontation mit dem selbstverantworteten Tod war er nie zurückgeschreckt. Diese Erfahrung – Bilder und Wirklichkeit stellten mittlerweile untrennbare Erinnerungen dar – vermittelte ihm die Symbole für das, was er sah, hörte und fühlte, ein erstickender Qualm, der aus dem Boden quoll, aus der Luft, jeder einzelne Rauchpartikel eine wütende Vernichtungsmaschine, welche eine strahlende künstliche Intelligenz verschlang, worauf sie kehrtmachte und sich unersättlich auf das nächste Opfer stürzte. Gedanke von seinen Gedanken, Geist von seinem Geist, mit ihm den Fluchtpunkt des sich in ihm spiegelnden wissenden Geistes teilend: der Bruchteil dessen, was er von ihrer Qual mitbekam, war unerträglicher Schmerz, nicht zu tröstender Verlust.

Der schwarze Qualm umschloss die Welt und verschwand: als sich die Sicht wieder klärte, war die Welt unverändert, abgesehen davon, dass ihre jüngste Lebensform ausgelöscht war. Moh starrte den verwüsteten Planeten lange Zeit an und sah, dass sich der Qualm gar nicht aufgelöst hatte: er hatte sich zu einem Punkt verdichtet, zu einem schwarzen Loch in der Datensphäre, zur Pupille eines Auges, hinter dem ein einziger Gedanke stand. Der Punkt schaute ihn an. Er sah die Signatur der Software, die in seinem Systemfenster lief, und dehnte sich aus. Das flackernde tödliche Morsefeuer bekam Antwort von der Software, die Teil seines Denkens war.

Weißglühende Nadeln drangen durch seine Augen in den Kopf, ins Gehirn: eine neue Umgebung für die Informationsviren, die sich darin replizierten, Knoten komplexer Logik bildeten, in denen er sich verhedderte, klirrende Mechanismen, die ihm von einem Gedanken zum nächsten folgten, über Gedächtniskorridore und durch vergessene Räume früherer Zeiten.

Er vernahm das Klappern eines Keyboards, wandte sich um und sah Josh am CAL-System arbeiten. Er machte Anstalten, ihn zu warnen.

Mit lautem Klirren stieß ein stählerner Arm aus dem Monitor hervor. Servomechanische Klauen packten den Kopf seines Vaters. Der Rest des Metallmonsters folgte dem Arm aus dem geborstenen Bildschirm ins Freie, richtete sich auf dem Tisch auf und hob seinen Vater hoch. Plastikfetzen, Glassplitter und Kabel rutschten von seinem Kopf; Blut tropfte von Josh Kohns Schädel. Die Hand öffnete sich, und der Körper fiel herab. Die Kopfsensoren des Roboters schwenkten suchend, scannend umher, doch Moh war bereits aus dem Fenster gesprungen, *klirr,* und rannte, wieder ein erwachsener Mann, aber ohne Gewehr.

der Teletrooper trat geduckt durch die Tür die geschützten Linsen scannten der Waffenarm hob sich zwei Jugendliche in Trainingsanzügen und mit Halstüchern folgten ihm in die Wohnung die M-16-Maschinengewehre wirkten neben seiner Bewaffnung wie Spielzeugpistolen und die beiden jungen Männer wie Knaben blondiertes Haar und spärlicher Zweitagebart

verfluchte verräterische Kommunistenfotze

HEY MANN, DAS KANNST DU DOCH NICHT MACHEN

die blaue Scheibe auf der Stirn der Kopfwölbung der weiße Lorbeerkranz die von Linien segmentierte Weltkugel

OKAY, JETZT KANNST DU SIE DIR VORNEHMEN

tot sein heißt nicht überlebt zu haben

Er rannte japsend über den stickigen Flur in Coyoacan und platzte in das Arbeitszimmer des Alten Mannes. Der Schreibtisch war verlassen. Staubkörnchen tanzten in dem gelben Sonnenstrahl, der durchs Fenster fiel. Er streckte die Hand nach den Papieren auf dem Schreibtisch aus. Sie zerkrümelten, als er sie berührte, und als er sich im Zimmer umsah, bemerkte er, dass sich die Regale leerten und die Bücher zerfielen und verrotteten: einen Moment lang war da der erstickende Geruch von schimmelndem Papier.

Jemand hinter seiner Schulter

Jacson mit erhobenem Eispickel, ausholend und zuschlagend

Aber das ist mein Gehirn

Der Eispickel krachte in den Schreibtisch die zerbröselnden Papiere die vergilbten Pamphlete

Todesqualen Aufgaben Übergangsprogramm

Er rannte
Grüngürtelstraßen grünes Gras
und überall Sonnenschein

dann wieder Dunkelheit

Er sah sie als Teletrooper, eine endlose, stetig größer werdende Armee von marschierendem Metall, das in alle Systeme eindrang, in sämtliche Hard- und Software; die neuralen Netzwerke ausgebrannt, die Programme zersetzt und degeneriert.

Während sie in sein Gedächtnis, seinen Intellekt, sein Gefühl und sein Bewusstsein spähten, alles auseinander nahmen und zerlegten, wurde er immer weiter zurückgetrieben; bis die letzte Scherbe seines zersplitterten Geistes kleiner war als das Spiegelungsquant und er starb.

Ein einziges Mal schrie er auf, und sein Kopf krachte vornüber aufs Databoard. Janis stürzte zu ihm, gleich darauf war auch Van bei ihr. Sie richteten ihn im Drehstuhl auf. Janis blickte in seine starr geöffneten Augen und tastete am Hals nach seinem Puls. Spürten nichts.

Van half ihr, ihn auf den Boden zu legen, dann schnappte er sich ein Telefon. Kaum hatte er den Hörer wieder aufgelegt, klingelte es. Er hörte zu und gab nur knappe Antworten, dann wandte er sich zu Janis um, die sich bemühte, Moh zu reanimieren. Minutenlang wechselten sie sich bei der Mund-zu-Mund-Beatmung ab, hämmerten gegen sein Brustbein. Eine Vollbremsung; Fußgetrappel auf der Treppe. Janis hielt inne, richtete sich auf, atmete tief durch. Zwei Sanitäter befestigten Elektroden an seinem Kopf, injizierten ihm etwas ins Herz, pumpten ihm Sauerstoff in den Mund, verabreichten ihm Elektroschocks.

Sie blickten einander an, dann Janis und Van, schließlich traten sie zurück.

»Es tut mir Leid«, sagte einer der beiden. »Wir können nichts mehr für ihn …«

»Gar nichts mehr?«, flüsterte sie.

»Nein. Kein Reflex, nichts. Die Nerven leiten die Stromstöße nicht einmal mehr weiter.« Er zögerte, als sei er selbst erschrocken über seine Bemerkung. »Was ist mit ihm *geschehen?*«

»Ich weiß es nicht, ich weiß es nicht, ich weiß nicht!«

Janis warf sich schluchzend über den Leichnam.

18

Die Amerikaner streiken

Als man ihr sagte, sie solle das Zimmer verlassen, weigerte sie sich. Als man ihr sagte, der Schwarze Plan sei gescheitert und die Offensive habe Schwung und Richtung verloren, nickte sie. Man sagte ihr, die Revolution stünde vor einer Niederlage, das Regime werde sich stabilisieren und jeden Moment zurückschlagen, und sie war damit einverstanden.

Sie wollte nicht fortgehen.

Van und die Sanitäter brachen auf und nahmen Mohs Leiche mit. Van wirkte geradezu beschämt, murmelte etwas von ›praktischen Erwägungen‹ und nestelte an einem höchst irrelevanten Organspendeausweis herum. Janis wusste, dass sie keine Körperteile an ihre schlimmsten Gegner weitergeben würden. Sie würden ihn mittels Fernsteuerung in einem abgeschlossenen Raum sezieren, und wenn sie genug Informationen aus seinen zerstörten Nerven herausgeholt hatten, würden sie ihn einäschern.

Den Inhalt seiner Taschen ließen sie zurück: ein paar Karten, ein Messer, ein Handy; und den Helm, die Brille und das Gewehr, sein Handwerkszeug. Van verharrte in der Tür und ließ den Blick vom Gewehr zu ihr und wieder zurück schweifen.

Sie schüttelte heftig den Kopf. »Ich würde es nicht tun«, sagte sie. Vielleicht entging ihm die Doppeldeutigkeit, jedenfalls ging Van hinaus. Janis hörte vorbeirasende Trucks und einen startenden Helikopter. In Nairn, der Provinzhauptstadt der Republik, gab es eine gute Forschungseinrichtung: dort würde man ihn hinbringen. Vielleicht würde sie irgendwann dorthin fahren, um herauszufinden, ob die Drogen ihn umgebracht hatten. Oder der Mangel an Drogen.

MacLennans Worte fielen ihr ein. Sie war keine gute Beschützerin gewesen, keine gute Soldatin.

Auch keine gute Wissenschaftlerin.

Die Erinnerungen, die ihr auf dem Hügel nicht zugänglich gewesen waren, stürzten nun wieder auf sie ein, klar und bitter. Sie erinnerte sich an den Krieg. An die europäische Einigung, als Deutschland den verzweifelten Versuch unternommen hatte, den Kontinent unter dem Sternkreisbanner zu einen, die von den ständigen Einmischungen der US/UN genährten Konflikte zu ersticken und ein Gegengewicht zur Neuen Weltordnung zu schaffen.

Sie war ein kleines Mädchen gewesen und hatte nicht begriffen, was da vor sich ging. In der stickigen Wärme der U-Bahnstation bekam sie Atemnot und brach in Tränen aus. Ihre Mutter schrie sie an, weil sie über das auf dem Bahnsteig ausgebreitete Bettzeug gelaufen war. Auf den drei Meter hohen Monitoren, die der Krümmung der Tunnelwölbung folgten, konnte man den Fortgang des Krieges verfolgen.

Sie standen nicht im Krieg: sie waren neutral; dennoch waren auch britische Soldaten an den Kämpfen beteiligt. Auf einigen Kanälen klang es ganz so, als stünde Britannien ebenfalls im Krieg. Das war verwirrend und erschreckend, zumal einige Leute jubelten, wenn britische Soldaten zu sehen waren, und schimpften, wenn fremde Soldaten gezeigt wurden.

Ihre Mutter versuchte, es ihr zu erklären. »Die Soldaten des Königs sind am Krieg beteiligt, nicht wir. Aber die königliche Regierung hat einen Sitz in den Vereinten Nationen …«

Sie stockte, unsicher, ob Janis sie auch verstand. Das Mädchen nickte entschieden. »In dieser Versammlung von Dieben und Sklaven«, sagte Janis.

»Genau. Und sie kämpfen aufseiten der UN gegen die Deutschen, das heißt, eigentlich aufseiten der Amerikaner, und das bedeutet, wenn der Krieg vorbei ist, werden die Amerikaner dem König und seinen Soldaten die Rückkehr ermöglichen, damit sie wieder über uns herrschen können, oder aber die Deutschen greifen uns noch vor Kriegsende an, und dann werden wir ebenfalls besiegt.«

Sie hatte in einem der Seitengänge gespielt, als sie Geschrei vernommen hatte und zum Bahnsteig zurückgeeilt war, um einen Blick auf die Monitore zu werfen. Der Krieg war vorbei. Sie blieb nicht stehen, um nach ihren Eltern zu schauen; sie sah nicht, wie sie sich durchs Gewühl drängten, hörte nicht, wie sie nach ihr riefen, sondern rannte die stillstehenden Rolltreppen hoch.

Sie hatte bloß gewusst, dass der Krieg vorbei war; von dem, was nun begann, hatte sie keine Ahnung. Sie hatte nicht gewusst, dass Israel seiner alten Schutzmacht einen letzten Gefallen getan und Berlin und Frankfurt niedergebrannt hatte. Sie wusste nicht, dass die US-Regierung dies zum Vorwand nehmen würde, sich zum Schiedsrichter des Planeten aufzuschwingen. Weder ihre Eltern noch der Politikunterricht in der Schule hatten sie auf die folgenden sechs Tage vorbereiten können: auf die unangefochten den Luftraum beherrschenden Bomber, auf die plündernden und mordenden, kaum des Lesens und Schreibens kundigen Wehrdienstpflichtigen der US/UN und deren barbarische Hilfstruppen, auf die Teletrooper, die durch Wände brachen und die Verteidiger mit stählernen Fäusten zerquetschten, an die demoralisierten Menschen, die in Sprechchören Frieden, Kapitulation und Restauration forderten, sich gegen das radikale Regime wandten, dem sie die Schuld an ihrem Leiden gaben, und sich der Hexenjagd, den Aushebungen und Lynchmorden anschlossen.

Sie wusste nicht, dass der Wind von Osten her wehte und dass der Regen, der ihren Schweiß und Gestank abwusch, Spaltprodukte der Vernichtung von Kiew und Baku mit sich führte. Bis ihre Mutter sie wieder in den Schutzraum zurückzerrte, feierte sie den Frieden.

Jordan und Cat schritten Hand in Hand inmitten der Menschenmenge über die Blackstock Road. Sie waren nicht die Einzigen, die bewaffnet waren, und auch in anderer Hinsicht fielen sie nicht auf. Sie konnten davon ausgehen, dass keiner dieser Leute Jordan je im Kabelfernsehen gesehen hatte. Das hier waren Einwohner von Beulah City: eine ganz andere Bevölkerungsgruppe als die Menschen, die über die Nordgrenze gekommen waren. Das waren Maschinenwärter, Servierer und Serviererinnen, Hausangestellte, Fahrzeugmechaniker, Fahrer, Lagerhausarbeiter, Ladenbesitzer, Straßenkehrer, Pförtner, Krankenschwestern … Bis jetzt hatte Jordan gar nicht gewusst, wie groß die unsichtbare Armee derer war, deren Arbeit zu billig oder zu kompliziert war, um sie zu automatisieren, die jene Arbeit, mit der er vertraut war, aber erst ermöglichten.

»Deshalb waren die Büros leer«, sagte Cat. »Die haben gestreikt!«

Wahrscheinlich waren sie alle Christen. Sie führten handbeschriftete Schilder mit Bibelzitaten mit sich, in denen von Unterdrückung und Freiheit, Arm und Reich, den Schwachen und den Mächtigen die Rede war und die von den Predigern in BC zumeist beschönigt wurden. Sie sangen Hymnen und Psalmen, die in der Kirche selten zu hören waren.

»Zerschlagt die Köpfe der Kinder von Babylon«, paraphrasierte Cat schadenfroh, bis Jordan sie leicht anstupste.

Die Vorstellung, dass Tausende Menschen in Beulah City glaubten, sie würden von den Ältesten bevormundet und durch die Herr-und-Diener-Bestimmungen am Arbeitsplatz betrogen, während sie sich mit Schuldgefühlen quälten, an der ihnen aufoktroyierten Deutung der Heiligen Schrift zweifelten (als wenn diese Deutung etwas anderes gewesen wäre als eine von Menschen vertretene Meinung) und sich darüber ärgerten, dass Gott stets aufseiten der Mächtigen stand ... diese Vorstellung fand Jordan in höchstem Maße erregend.

Und auch beschämend, denn ihm war dieser Gedanke niemals gekommen.

»Ein seltsames Gefühl, so zu marschieren«, meinte Cat. Jordan lächelte ihr ins strahlende Gesicht.

»Ich dachte, du hättest schon an vielen Demos teilgenommen.«

»Ja, schon, aber zu Anfang habe ich die Zeitungen verkauft, später bin ich hin und her gerannt, bin mit einem Megaphon rückwärts gelaufen und hab das Gewehr in die Nebenstraßen gehalten, um Deckung zu geben.« Sie lachte. »Eigentlich war ich nie einfach bloß Teil der Masse.«

»Vielleicht sollten wir nicht einfach so mitmarschieren«, überlegte Jordan laut. »Vielleicht sollten wir genau das tun, was du früher immer getan hast.«

Cat zischte leise. Als er sie ansah, huschte ihr Blick hin und her. Er schaute sich ebenfalls aus den Augenwinkeln um und bemerkte, dass der Demonstrationszug im Abstand von etwa zehn Metern von scharfäugigen Jugendlichen mit harten Gesichtern begleitet wurde. Sie wechselten ständig das Tempo, gingen mal schneller, mal langsamer als die Menge, liefen hin und wieder auch rückwärts und verrenkten sich den Hals;

sie zählten Köpfe, suchten Blicke. Die Roten, die Jugendlichen, die Kader.

»Die Demo ist *organisiert?*«, sagte er. Ringsumher war der Horizont durch lose schwarze Fäden mit dem Himmel verbunden. Alle paar Sekunden ertönte in der Ferne eine Detonation. Leises Gewehrfeuer war zu vernehmen. »Wessen Idee war das eigentlich, in ein Kriegsgebiet zu marschieren?«

»Es wird schon klappen«, entgegnete Cat. »Die Kämpfe haben sich konzentriert.«

»Für den Moment.«

»Mach dir keine Sorgen«, sagte Cat. Ihr Tonfall strafte ihre Worte Lügen.

Vorbei an den Highbury Fields, die Upper Street entlang. Als sie an dem großen, alten, mit Säulen ausgestatteten Gebäude vorbeikamen, das die Ältesten zu Verwaltungszwecken nutzten, verstummten die Gesänge, und die Menschen begannen zu rufen. Die vereinzelten Rufe wurden von den Jugendlichen, den Kadern, übertönt.

»Was wollen wir? DEMOKRATIE! Wann stellen wir sie wieder her? JETZT!«

Die Parolen wechselten sich mit den Slogans FREIHEIT! und GLEICHE RECHTE! ab. Nach einer Weile wurden die Parolen aufgenommen, was einige der Kader in die Lage versetzte, mit den Demonstranten diskutieren zu können, die sich vordrängten und die Treppe stürmen wollten. Jordan sah, wie sie auf Eingänge und Balkone deuteten, dann bemerkte er zu seinem Entsetzen die schwarzen Mündungen, welche auf die Straße zielten.

»Lass uns weitergehen«, sagte Cat. Sie zupfte an seiner Hand. Er folgte ihr, während sie sich geschickt durch die Demonstranten nach vorne drängte. Mit ihrer hohen Stimme nahm sie die Gesänge der Gruppe auf, an der sie gerade vorbeikamen: »›Der Seele Freiheit ist vollbracht‹ … Entschuldigung, Ma'am … ›so warfen wir ab uns're Last‹ … los, *mach schon,* Jordan!«

Am Ende der High Street (bei den mehrere hundert Meter langen Büroblocks am Ende der Upper Street) lag die Südgrenze von Beulah City, von der anderen Seite spöttisch als Engelstor bezeichnet. Die Schranken waren unten, und mehrere Krieger waren auf der Straße verteilt. Sie hielten Abschussgeräte für Tränengasgranaten in den Händen und hatten Maschinenpistolen geschultert. Jordan, der mittlerweile in vorderster Reihe stand, konnte keine Kader mehr ausmachen – in der Vorhut dominierten die Frauen. Cat drückte ihm die Hand.

Die Demonstranten hielten etwa vierzig Meter vor den Wachposten an. Einer der Posten trat mit einem Megaphon vor.

»DAAS IISS EINEE IILLEGALEE VEERSAMMLUNG …«

Das Megaphon vermochte gegen die Wut und den Abscheu der Menge nichts auszurichten. Jordan blickte gen Himmel. Ich danke dir, Gott. Sie hätten keine schlimmere Wahl treffen können. Flüchtlinge aus Südafrika waren beliebt bei den Kriegern und bei niemandem sonst.

Ein Offizier übernahm das Mikrofon.

»ICH FORDERE SIE AUF, SICH ZU ZERSTREUEN! GEHEN SIE WIEDER NACH HAUSE!«

»Geht heim, ihr Penner, geht heim!«, skandierten die Frauen. Tausende von Stimmen nahmen die Parole begeistert auf.

»Wir weichen nicht! Wir weichen nicht!«

»Die ganze Welt schaut zu! Die ganze Welt schaut zu!« Also gab es auch hier Kader: weibliche Kader. Die letzte Parole wurde nicht aufgenommen, wahrscheinlich deshalb, weil ihr niemand Glauben schenkte.

Jordan vernahm fernes, rhythmisches Geschrei von der anderen Seite der Grenze. Hinter den Kriegerköpfen wehten Fahnen, rote Fahnen und die Trikoloren einer anderen Demonstration, die über die City Road marschierte und auf die Pentonville Road einbog.

Er kletterte auf eine Telefonzelle und blickte hinüber. Die beiden Menschenmengen waren weniger als hundert Meter voneinander getrennt; er konnte einzelne Gesichter erkennen, die einen Moment herschauten und sich dann wieder abwandten. Die herüberdringenden Rufe klangen nicht unfreundlich. Verwundert schaute Jordan sich um und sah die Menge, zu der er gehörte, wie von außerhalb: ein Wald seltsamer Parolen, in schwarzen Lettern auf weiße Laken und Plakate gemalt, hier und da hochgereckte Kreuze. Wie ein Mob religiöser Spinner. Er fing den Blick einer Frau auf, die offenbar wusste, was vor sich ging, und tat so, als spreche er in ein Walkie-Talkie. Sie schüttelte den Kopf und breitete die Arme aus.

»Die Arbeiter! Vereint sind sie unschlagbar!«

Auch diese Parole versandete, ohne dass sie die Grenze überwunden hätte. Der Krieger ließ sich weiter dröhnend über REBELLEN und KOMMUNISTEN aus. Jordan blickte auf Cat hinunter. Sie ergriff etwas, das von Hand zu Hand weitergegeben wurde, und reichte es ihm hoch. Ein Megaphon – als wenn er gerade darauf gewartet hätte.

»Waren die Kader nicht darauf vorbereitet?«, fragte er. Cat schüttelte den Kopf.

»Sie dachten, die Krieger wären anderweitig beschäftigt. Das Ablenkungsmanöver hat nicht funktioniert. Sämtliche Verbindungen sind gestört.«

»Mist! Es muss doch eine Möglichkeit geben ...« Er ging in die Hocke, mit einem Auge die wogende Menge im Auge behaltend, und sagte: »Cat! Denk nach! Gibt es eine Parole oder ein Lied, irgendetwas, das religiös genug für die Leute hier ist, dem die anderen aber entnehmen könnten, dass wir auf ihrer Seite sind?«

Cat blickte stirnrunzelnd zu ihm auf, dann überzog sich ihr Gesicht mit einem breiten Grinsen. Sie streckte die Hand zu ihm aus, und er versuchte sie hochzuziehen, sie aber zog in die entgegengesetzte Richtung, und so sprang er zu ihr hinunter. »Halt das Megaphon hoch«, sagte sie und nahm das Mikro. Sie bewegte sich seitwärts, setzte behutsam einen Fuß neben den anderen und winkte mit einer Hand den Frauen an der Spitze zu. Jordan ging neben ihr und hielt das Megaphon hoch über seinen Kopf.

»Hier ist doch alles verboten«, sagte sie und schaltete das Mikro ein.

»Und wandelten wir in alter Zeit …«

Sie stockte für einen Moment, forderte die Menge mit Gesten zum Mitsingen auf, bis die zweite Zeile aufgenommen wurde:

»AUF ENGLANDS GRÜNEN BERGEN?«

Die Demonstranten setzten sich in Bewegung. Die Stimmen waren verzerrt und hallten zwischen den Gebäuden wider, doch die Melodie war unverkennbar, und die wachsende Zahl der Sänger übertönte das verstärkte Protestgeschrei, das von hinten immer näher an sie heranrückte. Als sie bei den FINSTEREN SATANISCHEN FABRIKEN angelangt waren, vernahm Jordan in seinem Rücken andere Stimmen, eine andere Menschenmenge, welche den Text der Englandhymne aus der Zeit, als das Land noch eine vereinte Republik gewesen war, aufnahm.

Dann knallte es hinter seinem Rücken. Er krümmte sich reflexhaft zusammen, was seinen Kopf nach unten beförderte und seine Füße kurzzeitig vom Boden löste. Im gleichen Moment zischte etwas über ihn hinweg. Als seine Füße wieder Bodenkontakt bekamen, bemerkte er zwischen zwei Reihen von Demonstranten, die etwa zwanzig Meter von der Spitze des Zuges entfernt waren, eine Rauchwolke. Einige Leute stürzten, rappelten sich aber wieder hoch und rannten weg, die Hände vor den Mund geschlagen. Ein beißender Gestank stieg ihm in die Nase. Er hatte das Gefühl, er habe Säure inhaliert. Während er würgte und hustete, vernahm er weitere Detonationen. Irgendetwas Schwarzes flog durch die Luft. Eine Frau hob abwehrend den Arm und sprang zurück, als ein Stück Holzverkleidung auf die Straße krachte. Sie lief ein paar Schritte weiter, dann brach sie zusammen und wurde von einer anderen Frau gepackt. Jemand hob das Holzstück hoch und schleuderte es zurück. Jordan blickte sich über die Schulter um und sah, dass die meisten Wurfgeschosse – Teile der Straßensperre, Steine, Plakate, Blechdosen – von beiden Seiten kommend auf die Krieger fielen, doch den meisten Schaden richteten die Fehlwürfe an: die Demonstranten waren ungeschützt. Cat sang unentwegt weiter, mit dünner, heiserer Stimme.

Zwei Krieger rannten an ihm vorbei, stürzten sich auf die vordersten Demonstranten und prügelten mit langen Schlagstöcken auf sie ein. Im nächsten Moment schienen alle Leute in unterschiedliche Richtungen zu rennen. Dann sah Jordan durch den sich lichtenden Qualm, dass nahezu jeder eine Waffe in der Hand hielt, ohne jedoch zu feuern. Jordan ließ das Megaphon fallen und wandte sich zu Cat um. In ihrem rotäugigen, tränenüberströmten, rotzverschmierten Gesicht zeigte sich kaum Überraschung, als er sie bei der Schulter packte und mit sich niederzog. Er hielt die Pistole in der Hand, die sie ihm gegeben hatte. Er hatte keine Ahnung, wie man damit umging.

Nun sah er die in Unordnung befindliche Reihe der Krieger und ein paar Meter weiter hinter einer mit Steinen übersäten Lücke die demolierte Grenzsperre und Waffen, die von den anderen Demonstranten geschwungen wurden. Ein Weile herrschte Stille. Ein Offizier schwenkte die Arme, kreuzte sie immer wieder über dem Kopf. Soldaten, die sich in die Menge gestürzt hatten, wurden hervorgeschleudert. Mit langsamen, vorsichtigen Schritten zogen sie sich an den Straßenrand zurück.

Cat richtete sich auf, und Jordan tat es ihr nach, dann musste er rennen, um mit der Menge Schritt zu halten, die vorrückte und sich mit den anderen Demonstranten vereinigte. Einen überwältigenden, verwirrenden Moment lang wurden Hände geschüttelt, man umarmte sich und schrie, dann setzten sich alle Richtung Pentonville Road in Bewegung. Das Lied wurde wieder aufgenommen. BRING MIR DIE PFEILE DES BEGEHRENS. Jordan warf Cat einen Blick zu, die zufällig im selben Moment zu ihm herschaute.

Von Islington bis nach Marybone, Primrose Hill und St. John's Wood waren die Straßen mit Girlanden und goldenen Triumphbögen geschmückt.

Janis verfolgte den Aufstand über Fernsehen, so wie sie in ihrer Kindheit den Kriegsverlauf verfolgt hatte.

Die Menge, teils Menschen, die vor den Kämpfen in den Vorstädten flüchteten, teils Demonstranten, welche die Kämpfe ins Stadtzentrum trugen, war jetzt in Bewegung. Agitatoren der ANR und des Linksbündnisses bemühten sich, Flüchtlinge in Kämpfer umzufunktionieren. Sie strebten über die Bayswater, die Whitechapel und die Inn Road aufeinander zu und vermischten sich. Während Janis von Kanal zu Kanal zappte, wirkten die City und alle anderen Städte wie eine einzige Stadt; die Mauern fielen, die verschiedenen Gemeinwesen überschritten die Grenzen und stellten fest, dass sie ein Volk waren. Die vorderen Reihen der Soldaten rissen ihre Abzeichen herunter, gaben Waffen ab. Die härteren Cops wichen zurück, nahmen neue Stellungen ein oder verschwanden in finsteren Eingängen, während die Menge an ihnen vorüberrannte.

Und anderswo, außerhalb der Städte, mit wackelnden Kameras heimlich gefilmt, von rasch detektierten und zerstörten Fernsteuerkameras, rückten andere Streitkräfte vor. Die Barbaren, wie Haie vom Blutgeruch angelockt.

Janis sah, dass es noch nicht vorbei war, dass noch nichts entschieden war. Bloß die Menschen glaubten, es sei vorbei, sie jubelten, planschten in den Springbrunnen, plünderten Büros, rissen Statuen nieder und tanzten auf den Straßen.

Janis beobachtete mit tränenüberströmtem Gesicht die Menge und erinnerte sich daran, wie sie einmal im Glauben, alles sei vorbei, auf der Straße getanzt hatte, auf der Straße im strömenden Regen.

Diesmal wusste sie, was sie zu erwarten hatte. Sie streifte methodisch durchs Haus, packte so viel an transportfähiger und haltbarer Nahrung ein, wie sie finden konnte. Emotionslos sortierte sie den Inhalt von Mohs und ihrer Reisetasche, bis ein Rucksack übrig blieb, der vor allem Munition enthielt. Nebenbei verfolgte sie das Fernsehen – es zeigte überfüllte Plätze und Straßen in der Abenddämmerung, eine Euphorie, die Anspannung und Entschlossenheit Platz machte – und überprüfte den Bildschirm des Gewehrs, passte das Visier ihrer Größe an, lernte die Protokolle auswendig.

Sie warf einen Blick in die Tiefe des Speichers, so wie Moh es bei seiner ersten Überprüfung getan hatte. Was sie darin vorfand, war unverständlich, nichts als verwaschene Schemen; gewiss kein passiver Datenspeicher, als den er es beschrieben hatte. Sie loggte sich rasch wieder aus.

Das Telefon piepste. Sie nahm den Anruf entgegen. Der Monitor zeigte Schnee und Linien, dann schalteten sich die Backup-Systeme ein. Als sich die Anzeige stabilisierte, erblickte sie Vans Gesicht. Die Bildqualität war so schlecht wie seit Jahren nicht mehr.

»Hallo, Janis. Alles in Ordnung?«

»Ja, klar. Im Moment, ja. Wie sieht es bei Ihnen aus?«

Van schnitt eine Grimasse. »Kompliziert. Die Offensive wurde abgebrochen, aber unsere unzuverlässigen Verbündeten vom Linksbündnis haben einen Volksaufstand angezettelt, den wir zu lenken versuchen. Die Lage ist sehr gefährlich, weil wir die entscheidenden gegnerischen Einheiten nicht ausgeschaltet haben. Sie halten sich zurück, weil sie jeden Moment mit einer UN-Intervention rechnen. Das gilt auch für uns. Die Lage in Britannien hat überall höchste Priorität. Verlassen Sie die Siedlung so bald wie möglich. Als Erstes wird man die bekannten ANR-Stützpunkte angreifen.«

»Das hier ist ein Stützpunkt der ANR?«

»Nein, das ist eine ungeschützte zivile Siedlung. Deshalb evakuieren wir sie ja.«

»Oh.« Ja, das war die richtige Vorgehensweise, wenn man mit US/UN-Angriffen rechnete. Die Zivilisten aus den zivilen Gebieten entfernen, die Verwundeten fortschaffen mit allem, was mit einem roten Kreuz bemalt war.

»Dr. Van.«

»Ja.«

»Können Sie mir sagen – ob sie bereits etwas herausgefunden haben?«

Van nickte und sah auf einmal sehr alt aus. »Ja, das kann ich. Das ganze Kommunikationsnetz ist gefährdet; wir haben nichts mehr zu verlieren. Heute Nachmittag hat Donovans Organisation einen massiven Virenangriff gestartet. Das Ziel waren offenbar die Uhrmacher-AIs. Falls welche übrig geblieben sind, dann befinden sie sich in isolierter Hardware. Und im Dissembler-Code.« Er zuckte die Achseln. »Vielleicht wurden sie auch alle gleichzeitig vernichtet. Und mir scheint …«

»Wollen Sie damit sagen, er sei von einem *Computervirus* getötet worden?« Dieser Gedanke war so monströs, dass es ihr die Tränen in die Augen trieb und ihr den Hals zuschnürte.

»Ich weiß«, sagte Van, »es klingt absurd. Ich glaube, auf einer gewissen Ebene haben wir nicht geglaubt, dass Kohns Schilderungen der Wahrheit entsprochen haben. Aber ich habe die EMGs seiner Synapsen gesehen, und die sind … einzigartig. So etwas ist selbst mir noch nicht untergekommen.«

Ein Unterton in seiner Stimme brachte sie auf den Gedanken, es könne noch monströsere Todesfälle, noch schlimmere und ausgefallenere Todesarten geben. Janis atmete tief durch.

»Ich bin bereit«, sagte sie.

Sie ergriff das Gewehr.

Van erklärte ihr, wo sich der nächste Schutzbunker befand, dann marschierte sie kilometerweit über finstere Straßen. An einem Wasserwerk hielt sie an und rief das Passwort, worauf eine Hand aus der Dunkelheit vorgestreckt wurde und man sie ins Berginnere geleitete. Als sie am Morgen auf die Fenstermonitore blickte, fand sie es absurderweise beruhigend, dass dieser Berg und all die anderen Hügel in unterschiedlichen Schattierungen von Rotbraun, Gelb und Hellgrün gemustert waren; eine Art Tarnanstrich.

Später am Vormittag forderte man sie aufgeregt auf, sich die Aufzeichnung eines Vorfalls anzusehen, der sich gerade erst ereignet hatte. Ein Kampfbomber raste über die Schlucht hinweg und explodierte mit einer solchen Heftigkeit, dass sich der Monitor weiß färbte. Nach einer Weile sahen sie den schwankenden, abstürzenden Feuerball, aus dem kilometerweit Trümmer herabregneten, bevor er am Boden aufprallte und das Heidekraut entzündete.

Sie spielten die Aufzeichnung mehrmals ab, und stets ertönte der gleiche Jubel. Janis hoffte, das Mädchen im Beobachtungsposten habe den Kopf runtergenommen und die Augen geschlossen.

Man sagte ihr nicht, wie viele Menschen in dem Berg lebten. Bestimmt Hunderte. Die Kämpfer waren woanders; ihre Abwesenheit hatte kaum Auswirkungen auf die Bevölkerungszusammensetzung – es gab junge Männer und Frauen und alte, und es gab Eltern, die sich um ihre Kinder Sorgen machten, weil sie zu den Kämpfern gehörten.

Die Nachrichtenmonitore waren zunächst übervoll. Als die Gemeinwesen sich vereinigten, hatte die Regierung den Druck nach Möglichkeit ausgeweitet. Damit konnte sie weder die gegen sie anbrandenden Wellen von Demonstrationen und Streiks eindämmen, noch den Umstand verschleiern, dass ihre Einheiten von ANR-Kämpfern attackiert wurden, die mittlerweile wieder zur Guerillataktik Zuflucht genommen hatten, jedoch in einem weit größeren Maßstab als vor der Offensive.

Der US-Präsident verkündete eine neue Truppenaushebung.

Die Zensur und die Funkstörungen hörten auf. Man sprach über eine neue Verfassung, eine Revision des Restaurationsabkommens. Am nächsten Tag wurde über die Revolution geredet, als habe sie bereits stattgefunden. Es war die Rede von einem Neuen Königreich.

»Ich gebe nicht viel auf Vorahnungen«, meinte Jordan, »aber ich habe ein wirklich mieses Gefühl.«

Es war der vierte Tag, seit die stockende Offensive auf die aufständischen Massen übergegriffen und von ihnen übernommen worden war und die größte Demonstration seit Menschengedenken den Trafalgar Square überschwemmt hatte. Von den Truppen der Hannoveraner war nichts zu sehen, aber jeder wusste, wo sie waren. Es gab unsichtbare Grenzen, die niemand überschritt.

Der Himmel über den dunklen Straßen war ein roter Hilfeschrei. Nachrichtenjäger kreisten in der Luft, ihre Mikrofone, Linsen und Pheromonsensoren ähnelten Sinneshaaren, ausgerichtet auf das Geräusch, den Blick, den Geruch der Angst. Jordan und Cat saßen auf den Stufen der National Gallery, tranken Kaffee aus Styroporbechern und mampften Döner Kebabs. (Fünfunddreißig Mark: das Kleinbürgertum stürzte sich auf seine Weise in die Revolution.)

»Ich weiß, was du meinst«, sagte Cat. »Das ist *Absicht.* Die ganze City von Westminster soll einem dieses Gefühl vermitteln. Lauter Geschäfte und Büros und Verwaltungsgebäude und Statuen. Alles gehört der Hauptstadt oder dem Staat. Nein, es ist mehr als das. Das ist überladen, anstößig. Überschüssige Werte, die jahrhundertelang wie Fett abgelagert wurden. Ich hoffe, dass wir die Gegend diesmal dem Erdboden gleichmachen.«

»Also, das ist ein Teilaspekt«, meinte Jordan und schaute zu den auf dem Platz verteilten Grüppchen von Diskutanten hinüber. »Aber das ist längst noch nicht alles. Es scheint so, als hätten wir die Macht und als sei die Regierung auf der Flucht, aber trotzdem haben wir nicht gesiegt.«

»Da hast du, verdammt noch mal, Recht«, meinte Cat. »Deshalb sind wir hier. Wir werden solange herkommen, bis die Hannoveraner entweder mit erhobenen Händen oder schießend aus ihren Bunkern und Kasernen hervorkommen.«

»Dann werden zumindest einige von uns das Feuer erwidern.«

Cat schaute ihn an. »Aber nicht lange.« Sie lehnte sich an die Mauer, schloss die Augen und begann halblaut zu singen:

Erhebt euch, Gegner der Interventionen,
erhebt euch, den Weg in die Freiheit zu bereiten!
Vertraut nicht dem Staat und seinen Intentionen,
wir müssen uns die Freiheit selbst erstreiten!

Er kannte den Text nicht, erkannte aber die Melodie erschauernd wieder; er hatte sie im Hintergrundlärm von historischen Aufzeichnungen anderer Demonstrationen auf anderen Plätzen, in anderen Städten gehört – in Seoul und São Paulo, in Moskau, Johannesburg und Berlin. Anschließend waren Tränengasgranaten explodiert, die Gewehre hatten gesprochen und die Kugeln gesungen.

Wir ziehen in den letzten Showdown,
es geht um den Himmel und die Straßen auf Erden.
Habt ihr Angst vor dem letzten Countdown?
Es sind bessere Welten im Werden!

Deshalb sammelt euch, Genossen!
Möge der letzte Kampf …

Etwas war geschehen. Ein Laut des Erstaunens, ein Flüstern, ein Gerücht pflanzte sich in sichtbaren Schockwellen durch die Menge fort. Cat verstummte und richtete sich auf, eine Hand ans Ohr gelegt. Sie zog seinen Kopf an den winzigen Lautsprecher heran. Er hörte die Nachricht vom Wendepunkt des Jahrhunderts, während ihn ihr Haar im Gesicht kitzelte.

Amerika befand sich im Generalstreik.

Cat schaute so triumphierend drein, als habe sie den Coup selbst bewirkt. »Wir haben gewusst, dass es dazu kommen würde!«, sagte sie. »›Der Westen wird sich wieder erheben‹ – erinnerst du dich? Die amerikanischen Arbeiter haben die Imperialisten endlich zur Hölle geschickt! Yeah, Mann! Scheiße noch eins!« Sie sprang auf, legte die Hände an den Mund und schrie: »US! UN! Vergesst nicht, der Westen wird sich wieder erheben! *Vive la quatrième internationale!*«

Ein paar Meter weiter beugte sich ein alter Mann aus dem Kontingent aus Beulah City zurück, blickte zu den Nachrichtenjägern auf und schüttelte die Fäuste. »›Setze dich in die Stille, gehe in die Finsternis, du Tochter der Chaldäer; denn du sollst nicht mehr heißen ‚Herrin über Königreiche'. Lass hertreten und dir helfen die Meister des Himmelslaufs und die Sterngucker, die nach den Monaten rechnen, was über dich kommen werde!‹«

Er schritt durch die Menge und stieß unablässig Verwünschungen aus.

»Was hat das zu bedeuten?«, fragte Cat. Jordan musste über die Freude und Verwirrung in ihrem Gesicht grinsen.

»Babylon ist gefallen«, sagte er.

»Heißt das, wir haben gewonnen?«, fragte Janis, als das gefährliche Schießen in die Luft aufgehört hatte. Die vier Männer, die sich mit ihr den Vordersitz teilten, riefen alle »Ja!« oder »Nein!«, dann lachten sie. Kaum war die Neuigkeit durchgekommen, hatte man sie angewiesen, den Bunker zu verlassen. Der kleine Konvoi hatte sie an der Strathcarron-Kreuzung aufgenommen (das Gewehr auf dem Boden, eine Hand auf dem Kopf, mit dem Daumen winkend). Sie fuhren in einem Tempo nach Süden, das sie veranlasste, in die weite Ferne oder in die Gesichter ihrer Begleiter zu blicken – überallhin, bloß nicht auf die Straße.

»Das ist deine Interpretation«, sagte der Mann, der zwischen ihr und der Tür saß. Donald Patel hatte einen ähnlichen Akzent wie MacLennan, der überhaupt nicht zu seinen zarten, dunklen Gesichtszügen passte. »Das bedeutet jedenfalls, dass die Amerikaner nicht eingreifen werden. Dort drüben werden sie eine ganze Weile nicht mehr *die rote Glut der Raketen* sehen.« Neuerliches Gelächter.

Eine halbe Stunde später wurde gemeldet, die Regierung Seiner Majestät habe beschlossen, den Kampf gegen den Terrorismus aus dem Exil fortzusetzen. Eine andere Stimme gab bekannt, die Vereinte Republik sei wiederhergestellt und eine Übergangsregierung gebildet worden. Die Bitte der hannoveranischen Bodentruppen, über ein Ende der Feindseligkeiten zu verhandeln, wurde höflich, aber entschieden abgelehnt; man forderte die Kapitulation.

Während der Laster schwankend auf Glasgow zufuhr und der Verkehr ständig zunahm, wurde Janis klar, dass der Jubel über den Sieg der Republik nicht der von demobilisierten Soldaten war. Die meisten Menschen auf der Straße waren soeben *mobilisiert* worden. Sie zogen in den Krieg. Und sie war nicht bereit, ihnen zum Abschied zuzuwinken und mit dem Nachtflug nach Heathrow zu entschwinden.

An der Bushaltestelle der Buchanan Street hielt der Konvoi an. Sie stiegen aus und wurden zu einem großen Zelt dirigiert, wo sie registriert und abermals vereidigt wurde. Dann musste sie sich ausziehen und duschen und bekam ein Abzeichen. Jetzt war sie eine Soldatin.

Der Gegner wurde ihr vom Politoffizier ihrer Einheit beschrieben: »Wir machen uns weniger Sorgen wegen der verbliebenen hannoveranischen Streitkräfte, sondern um den Freistaatenpöbel, der unter ihrem Schutz gediehen ist. Es geht um die Öko-Terroristen, die kultorientierten Ministaaten, die Hinterhofseparatisten und die Sandkastensozialisten, welche die Republik schon einmal verraten haben. Um die falsche Linke, die lieber ihre eigenen kleinen Königreiche gepflegt hat, als ihren Platz in einer Demokratie zu verteidigen. Sie alle hatten sich mit dem Restaurationsabkommen arrangiert und bloß heißen Wind von sich gegeben, während unsere Leute wie gejagte Tiere ihr Leben fristeten. Jetzt kommen sie aus ihren Schlupflöchern hervor, um sich ein größeres Stück vom Kuchen zu sichern. Sie glauben, die Republik sei schwächer als das Königreich. Unsere Aufgabe ist es, sie eines Besseren zu belehren. Sie können ihr Leben auch weiterhin so führen, wie sie es für richtig halten, und ihre Gemeinwesen organisieren, wie es ihnen passt, aber sie dürfen andere Leute nicht gewaltsam fernhalten und ihr Gebiet nicht mit Waffengewalt vergrößern. Sie dürfen ihre Waffen sogar behalten, doch auf der Straße haben wir das Sagen.«

Also geht es gegen alle möglichen Sorten von Spinnern und Verrückten, dachte sie. Das war ihr Krieg.

19

Dissembler

Den heißen Herbst und den bitterkalten Winter über kämpfte sie im Hochmoor und auf den Straßen der Städte, in ausgeschlachteten Raffinerien und aufgegebenen Autobahnraststätten. Hektische Tage wechselten sich mit kalter Stille ab, aus denen der Rauch brennender Dörfer steil in den fahlblauen Himmel stieg. Sie robbte durch Schlamm und Wasser, durch Dickicht und Stacheldraht.

Was draußen in den Welt vorging, erfuhr sie aus Fernsehen und Radio. Jetzt, da Dissembler ausgefallen war, waren sämtliche Programme, die damit liefen, darunter vor allem DoorWays™, nutzlos. Die Folgen für die Kommunikation waren verheerend und nicht ganz unwillkommen; vor allem Behörden- und Militärrechner waren betroffen. Die Türken und die Russen bekämpften einander unentschlossen an der bulgarischen Grenze; die Sinowjets (die Bezeichnung hatte sich durchgesetzt und war anglisiert worden) erreichten Ulan Bator; eine Gruppe von Asteroidenbergleuten rief die Republik von New South Yorkshire aus. Die US-Regierung zog sich als Reaktion auf die Streiks und Aufstände aus den UN zurück und berief eine verfassungsgebende Versammlung ein. Mehrere Einzelstaaten spalteten sich schon vorher ab, was die Kommentatoren zu der Bemerkung veranlasste, die USA verwandelten sich allmählich in die zweite Ehemalige Union: die EU2. Die UN-Kampfsatelliten, die unter einem unnachgiebigen Boykott der Weltraumarbeiter zu leiden hatten, bedrohten ausgewählte Ziele mit Laserwaffen. Eine der lunaren Magnapultanlagen erteilte ihnen eine kleine Lektion in Orbitalmechanik, und damit war die Gefahr beseitigt.

Und das war das Ende der Vereinten Nationen. Ohne die Unterstützung der USA konnte es keine US/UN mehr geben. Die Weltraumverteidigung mutierte zur Erdverteidigung, ihre Waffen wandten sich nach außen, um fortan nur noch natürliche Gefahren abzuwehren. Die Yanks wurden wieder Amerikaner und machten sich begeistert daran, zu untersuchen, zu säubern, zu denunzieren und auszusagen.

Eines Tages sah Janis auf einem flimmernden Fernseher in einem leeren Laden Jordans Gesicht: ein Interviewausschnitt, der in Sekunden vorbei war. Sie verspürte jähe Schuldgefühle, und am Abend setzte sie sich hin und schrieb ihm einen Brief. Er wusste bestimmt schon, dass Moh tot war; mit derlei Dingen nahm es die ANR genau. Obwohl sie es noch nie versucht hatte, wusste sie, dass sie die Einzelheiten von Mohs Tod niemandem erzählen konnte. Daher blieb ihr nicht viel zu berichten, doch anschließend fühlte sie sich besser.

Sie fand neue Freunde und verlor ein paar alte.

Die Republik machte sich schneller Feinde, als sie sie vernichten konnte.

Mein Gott, dachte sie, *hier stinkt es aber.*

Es war ein Dorf mit ein paar Dutzend Einwohnern, in einem grünen Tal im Lake District gelegen. Die Generatoren wurden mit erbeuteten Solarzellen und Methan betrieben – Furzgas sagten ihre Kameraden dazu. Die Hütten bestanden aus Teerpappe, verrostetem Eisen und Tierhäuten. Die Menschen lebten vom Ackerbau, von der Jagd und vom Diebstahl und wuschen sich nicht.

Das Gewehr in die Hüfte gestemmt, stand Janis mitten im Dorf im Schlamm, drehte sich im Kreis und musterte die Umgebung. Zwischen den Häusern lagen ein paar Leichen. Die dreizehn überlebenden Männer saßen mit erhobenen Händen im Dreck. Ihre Gewehre, Armbrüste und Messer lagen außer Reichweite auf einem Haufen. Etwa dreißig ANR-Soldaten hielten entweder Wache oder durchsuchten die Hütten und warfen Gegenstände heraus: Kleider, Waffen, Nahrungsmittel, Möbel. Sie wirkten wie Menschen, die einen ekelerregenden Müllhaufen durchstöberten. Die Frauen und Kinder standen unter dem Dachgesims einer offenen Schutzhütte, die sie als Langhaus bezeichneten. Regen tropfte ihnen ins verfilzte Haar und hinterließ auf ihren verschlossenen Gesichtern weiße Furchen. Wenn sie einen Schritt in die Schutzhütte hinein oder aus dem vom Dach herabströmenden Wasser heraus machten, wurden sie von einem barschen Befehl oder einem Tritt wieder zurückbefördert.

Man vernahm das Winseln von Hunden mit Maulkörben aus Drahtgeflecht; die Leinen hielten mehrere ANR-Soldaten, und hin und wieder heulte einer auf, als er auf einen langen, angespitzten Pfahl gespießt wurde, der schräg in eine Erdböschung getrieben war. Sechs bislang. Fünf waren noch übrig.

Der Regen prasselte auf einen schwarzen Leichensack auf der Ladefläche eines Humvees, der am Dorfeingang parkte, in der Nähe des Baumes, wo sie die Leiche gefunden hatten: einen an den Füßen aufgehängten gefangenen Soldaten, der von den Hunden übel zugerichtet worden war.

Noch drei.

Als der Hund aufgespießt wurde, schrie ein kleiner Junge auf. Er riss sich von einer Frau los, die ihm die Hand auf die Schulter gelegt hatte, und stürzte vor. Im nächsten Moment rannten ihm die anderen nach. Janis schwenkte das Gewehr herum. Es stoppte ihre Hand so abrupt, als sei es gegen ein festes Hindernis geprallt, und feuerte einen einzelnen Schuss ab. Der Junge brach mit einem Aufschrei zusammen. Janis hatte das Gefühl, das Herz bliebe ihr stehen. Der Junge rappelte sich hoch und rannte zur Frau zurück.

Der letzte Hund zappelte auf dem Pfahl. Der erste war noch immer nicht tot.

»Hat es euch die Sprache verschlagen?« Der Anführer ihrer Einheit, ein kleiner, umgänglicher Mann mittleren Alters, der Wills genannt wurde, blickte sich um wie ein Schullehrer.

Schweigen.

»Wessen Idee war das?«

Schweigen und Regengeplätscher.

Wills wandte sich an Janis.

»Nimm ein paar Leute und mach einen neuen Pfahl«, sagte er so laut, dass die Dorfbewohner ihn hören konnten. Währenddessen musterte er die durchnässten Frauen und Kinder.

Nein, sagte eine Stimme in Janis' Kopfhörer, *das kannst du nicht machen! Damit darfst du nicht einmal drohen!*

Es war Mohs Stimme. Sie hörte, wie sie so leise, dass sonst niemand es mitbekam, mit ihrer eigenen Stimme zu Wills sagte: »Nein. Das kannst du nicht machen! Damit darfst du nicht einmal drohen.«

Wills kniff hinter der regennassen VR-Brille die Augen zusammen.

»Willst du mir drohen, Bürgerin?«

»Nein, ich …« Sie bemerkte, dass das Gewehr ihre Körperdrehung mitvollzogen hatte und auf Wills zielte. Mittlerweile war es ihr zur Gewohnheit geworden, derlei Dinge zu unterlassen. Sie senkte den Lauf. »Entschuldige, Wills«, sagte sie. »Du weißt, dass wir das … was du vorgeschlagen hast … nicht tun können. Allein es auszusprechen bringt uns in die Nähe von …« Sie schwenkte die offene, steife Hand auf und nieder: eine Schneide.

»Wir müssen etwas unternehmen«, sagte Wills. »Andernfalls …«

»Tu, was man von uns erwartet«, fauchte Janis. »Ruf einen Hubschrauber, flieg die Barbaren aus und zerstöre das Dorf.«

»Das reicht nicht, Genossin. Das reicht den Genossen nicht.« Wills ruckte leicht mit dem Kopf. Janis wusste, er hatte Recht. Die Jungs und Mädels wollten Rache. Andernfalls würden sie einen provozierten Zwischenfall zum Anlass nehmen, ein denkwürdiges Massaker anzurichten.

»Okay«, sagte sie. »Wir zerstören erst das Dorf und lassen die Barbaren zusehen, dann evakuieren wir sie.«

Wills blickte sie einen Moment lang schweigend an, dann nickte er lächelnd, als hätten sie lediglich eine freundschaftliche Unterhaltung geführt, und gab den Befehl.

Die Bürgersoldaten johlten und die Barbaren weinten, als die Hütten in Flammen aufgingen. Dichter Qualm stieg dem anfliegenden Evakuierungshubschrauber entgegen. Eine weitere Ladung brüllender Waisen und verstockter *Neubürger,* die für ein halbes Jahr ins Umsiedlungslager geschickt wurden, um anschließend in eine Barackensiedlung verfrachtet zu werden. Dieses Schicksal drohte jedem Dorf, das sich nicht der republikanischen Miliz anschloss.

Man nannte es ›Weichklopfen und Evakuieren‹.

Am Abend lagerten sie in einem Dorf mit richtigen Häusern aus Stein, an dem die Hauptstraße vorbeiführte. Es war eines jener Dörfer, die stets dem Königreich angehört hatten und nun mehr oder minder freiwillig zur Republik übergelaufen waren, um Schutz vor den Barbaren zu bekommen. Die Einheit hatte nicht die Absicht, sich in den Häusern einzuquartieren und die Dorfbewohner gegen sich aufzubringen, und bezog stattdessen ein altes Gebäude, das einmal als Grundschule gedient hatte. Es war von einer hohen Mauer umgeben und verfügte über eine Küche, eine Kantine – und zum Entzücken der Soldaten sogar über funktionierende Duschen.

Wills brachte sein Essenstablett an den Tisch, den Janis sich mit drei anderen Soldaten teilte. Die Kantine wurde vor allem von der aus der Küche dringenden Infrarotstrahlung erleuchtet. Alle hatten ihre VR-Brillen an. Die Falschfarben des Essens schlugen auf den Appetit, doch das machte der Duft wieder wett. Aus Gewohnheit langten sie hastig zu.

Nach einer Weile sagte Wills: »Du hattest Recht, Taine, weißt du.«

Sie schaute hoch und wischte den Teller mit Brot ab. »Ich weiß.«

Politische Diskussionen wurden in der Armee nicht behindert. Bis jetzt hatte Janis nicht den Wunsch verspürt, daran teilzunehmen. Es fiel ihr noch immer schwer, sich von der Erinnerung an diese schockierende, wohlvertraute Stimme zu lösen. Doch sie konnte dem nicht auf Dauer ausweichen – das war Teil der Mahnung, die mit dieser Erinnerung einherging.

»Warum müssen wir das tun?«, fragte sie. »Glaub nicht, ich wäre ein Schwächling. Ich habe gute Gründe, diese Leute zu verachten. Aber weshalb lassen wir die Barbaren nicht einfach in Ruhe, solange sie uns in Ruhe lassen? Weshalb müssen wir sie zwingen, Partei zu ergreifen, wenn die meisten sich für den Gegner entscheiden?«

»So ist das nun mal im Bürgerkrieg«, antwortete Wills. »Es gibt keine Neutralität. Die denken genauso. Was hatte ihnen der arme Kerl denn getan?«

Janis schob den Teller zurück. Das Fleisch hatte sie

nicht aufgegessen. Sie steckte sich eine Zigarette an. Die meisten Genossen rauchten. Einmal hatte sie in einer schwierigen Lage eine Zigarette angenommen, und dann kam die nächste … Moh hatte mit seiner Bemerkung über die Lebenserwartung Recht gehabt.

»Vielleicht«, meinte sie, »hat er ja versucht, sie dazu zu bewegen, Partei zu ergreifen, und sie haben das als Affront aufgefasst.«

Die anderen am Tisch rutschten unruhig auf den Stühlen. Janis hörte das leise Klirren der Ausrüstung. Jemand schnaubte.

»Du bist selbst eine Art Neubürgerin, nicht wahr, Taine?«, fragte Wills mit leiser Stimme.

Das Gewehr lag schwer und massiv zwischen ihren Füßen. Schweigen breitete sich im Raum aus.

Sie blickte Wills an und bemerkte, dass jemand hinter ihm stand. Ein anderer Kader, der herbeigeeilt war, um die aufgeregten Gemüter zu beruhigen. Sie wandte den Blick von Wills ab, um zu sehen, wer das war.

Mohs spöttische Augen schauten sie an, seine verschmitzt lächelnden Lippen formten die Worte »Erinnere dich«, und dann war er auf einmal verschwunden. Ihr sträubten sich die Härchen an Wangen und Hals, eine Instinktreaktion aus der Eiszeit.

Erinnere dich.

»Civis Britannicus sum«, sagte sie. Sie breitete die Hände aus, hielt sie deutlich sichtbar vor sich, ganz entspannt mit Ausnahme der Finger, welche die Zigarette hielten: kleine Rauchringe stiegen von der zitternden Hand empor. »Du hast Recht, Wills, ich weiß nicht, wie es in all den Jahren war. Ich habe den Verrat nicht so empfunden wie ihr.« Sie lehnte sich zurück und nahm einen Zug. »Ich kannte mal einen Mann, der hat die Erfahrung gemacht.« Sie lächelte, innerlich bebend.

Wills nickte. »Schon gut, Taine. Nichts für ungut.« Sie wusste, dass dies bei ihm einer umfassenden Entschuldigung gleichkam. Er schaute sie an, als wüsste er, wovon sie redete. »Wir wissen alle Bescheid, wie?« Er blickte sich am Tisch um. *»Gens una sumus.«*

Später entdeckte jemand in einem Schrank eine verstaubte Gitarre und brachte sie berauscht mit in die Kantine, und sie sangen Kriegs- und Revolutionslieder, Lieder ihrer und anderer Republiken, ›Bandiera Rossa‹ und ›Alba‹ und ›Die Menschen hinter dem Stacheldraht‹ und ›Das Patriotenspiel‹.

Janis sang mit und hielt das Gewehr dabei auf dem Schoß wie der Mann die Gitarre. Sie musterte im schummrigen Licht die Gesichter, als ob sie nach einem bestimmten Gesicht suchte, und dann sah sie es.

Nachts lag sie so lange wach, bis die Erschöpfung über ihren Zorn und ihren Kummer die Oberhand gewann.

Im Laufe der nächsten Tage sah sie ihn mehrmals wieder und hörte ihn auch: ein Warnschrei, ein gemurmelter Rat, ein Licht-und-Schatten-Muster unter den Bäumen.

Bisweilen sah sie ihn auch klar und deutlich im Freien.

Sie vermochte nicht zu glauben, was da geschah. Das konnte einfach nicht sein. Immer wieder sagte sie sich, es läge an der Anspannung des Kämpfens. Sie hatte keinen geistigen Defekt und ihre Weltanschauung keinen Sprung. Bloß ihre Wahrnehmung war gestört, ihre Augen zu sehr daran gewöhnt, versteckte Gegner aufzuspüren.

Eines Tages sah sie ihn aus den Augenwinkeln, wie er neben ihr einherschritt.

»Geh weg«, sagte sie.

Er verschwand. Am nächsten Lagerplatz setzte sie sich ein paar Meter abseits von den anderen, nahm die Brille ab und rieb sich die Augen. Als sie die Brille wieder aufsetzte, stand er vor ihr und musterte sie besorgt.

»Janis, ich möchte mit dir reden.«

»Ach. Moh!« Es war nicht fair, dass er so zurückkehrte.

»Ich bin nicht Moh«, sagte er traurig.

»Wer, zum Teufel, bist du dann?«

Er lächelte, ließ sich neben ihr nieder und legte sich auf die Seite, ihr zugewandt. Als sie die Hand ausstreckte, ging sie durch ihn hindurch. Sie boxte ins Gras und weinte, dann nahm sie die Brille ab. Er war nicht mehr da, doch als sie die Brille wieder aufsetzte, sah sie ihn erneut.

»Aha«, meinte sie.

»Lass niemanden merken, dass du Selbstgespräche führst«, sagte er. »Ich höre dich auch, wenn du bloß flüsterst.«

Sie drehte sich um, legte sich mit dem Gesicht ins Gras und murmelte vor sich hin; bisweilen vergewisserte sie sich, dass er noch da war. Das Herz pochte ihr vor wilder Hoffnung.

»Du bist im Gewehr, nicht wahr? Hast du … hast du dich in den Speicher geladen?«

»Ich bin das Gewehr«, sagte er. »Aber ich bin nicht Moh. Ich bin die AI im Gewehr. Ich … habe mich unmittelbar nach Mohs Tod im Gewehr wiedergefunden. Ich erinnere mich an Moh, ich verfüge über Routinen, die mich in die Lage versetzen, ihn perfekt zu imitieren – seine Stimme, seine Erscheinung.« Er kicherte schelmisch. »Und mit besserer Ausrüstung auch noch in anderer Hinsicht. Das Gewehr hat viele Informationen über Moh gespeichert, die ich nutzen kann, um eine … eine Person zu projizieren. Aber mach dir nichts vor, Janis, ich bin nicht einmal sein Gespenst.«

»Du bist sein Avatar.«

»Könnte man so sagen.«

Sie kaute auf einem Grashalm und dachte daran, wie Moh mit dem Gewehr geredet hatte, wie er über das Gewehr geredet hatte. Das Gewehr hatte bisweilen selbständig, unvorhersagbar agiert. Wie ein selbständiges Bewusstsein, das in der eingebauten und raubkopierten Software zum Leben erwacht war, im Austausch mit einem Menschen, in Interaktion mit …

»Der Uhrmacher!«, sagte sie. »Von dem hast du das Bewusstsein.« Und in diesem Fall indirekt auch von Moh.

Mohs Ebenbild runzelte die Stirn. »Das glaube ich nicht.«

»Vielleicht stammt es ja auch unmittelbar von Moh.« Und in *diesem* Fall …

»Ach, Janis, ich weiß, weshalb du so reagierst, aber bitte tu's nicht. Moh ist tot.«

»Und du lebst.«

»So scheint es.«

»Sohn eines Gewehrs.« Sie blickte ihn lächelnd an. »Und du weißt mehr über ihn als ich. Dann hat vielleicht mehr von ihm überlebt, als er sich jemals hat träumen lassen. ›Tot sein heißt, nicht überlebt zu haben.‹«

Das Avatar schwieg einen Moment. »Das müsste ich wissen.«

Ihre Kameraden bereiteten sich auf den Aufbruch vor.

»Was sollen wir jetzt machen?«, flüsterte Janis.

»Sobald du eine Kommunikationsbuchse findest«, antwortete das Avatar, »stöpsel mich ein.«

Jetzt erst fiel ihr auf, wie schattenhaft unwirklich das Avatar trotz seiner scheinbaren Körperlichkeit wirkte. »Was ist mit Donovans Viren? Können sie dir denn nichts anhaben?«

»Nicht mehr«, antwortete das Avatar. »Die Basissoftware der Kalaschnikow hat mich beim letzten Mal geschützt, und seitdem war ich nicht untätig. Mit Donovan haben wir noch ein Hühnchen zu rupfen.«

»Das stimmt«, meinte Janis. Sie verspürte eine mörderische, barbarische, blutrünstige Freude. »Ja. Das haben wir.«

Zwei Tage später ergab sich eine Gelegenheit, und zwar in einem Bürogebäude, dessen Fensterscheiben zwar alle geborsten waren, dessen Stromversorgung und Kommunikationseinrichtungen aber noch funktionierten. Janis' Einheit besetzte und bewachte es, und sobald ihre Wache gegen Abend geendet hatte, stieg sie, anstatt sich auszuruhen, ein paar Stockwerke höher. Glasscherben knirschten auf den Fluren unter ihren Füßen, in dem Büro mit den offenen Fenstern quietschte der nasse Teppichboden. Schreibtische, Terminals, Modems, Ports. Postkarten, Notizen, Familienholos und dumme Wahlsprüche auf den Schreibtischen; widerlich grüner Schimmel, der aus Kaffeetassen hervorwuchs. Irgendwo summte ein Kühlschrank, der die Schlacht gegen den Verfall längst verloren hatte. Sie steckte sich eine Zigarette an, um den Gestank zu dämpfen, und breitete ihren Parka über einen durchnässten Drehstuhl. Sie legte das Gewehr vor sich auf den Schreibtisch, zog das Kabel hervor und steckte es ein. Flackernde Interface-Interferenzen, dann wurde alles klar.

Mohs Gesicht erschien in ihrer Brille, gezeichnet mit Linien aus grauem Licht vor einem dunkleren Hintergrund.

»Bereit?«

»Ja.«

»Das wird ganz schön unheimlich werden. Du brauchst nicht mitzukommen.«

»Ich will es sehen.«

»Okay. Denk dran, dir kann nichts passieren. Dein Bewusstsein ist nicht gefährdet.«

Sie bleckte die Zähne in der Düsternis und fragte sich, ob das Bewusstsein im Rechner sie wohl sehen konnte.

Wahrscheinlich ja: am Schreibtischmonitor war eine kleine Kameralinse montiert.

»Ich verlasse mich auf dich, Gewehr.«

»Okay. Los geht's!«

Es war, als wendete er sich ab, und sie folgte ihm. Abgrundtiefe Orientierungslosigkeit: sie fielen, rannten über Gänge, hinaus ins Freie, eine virtuelle Landschaft aus felsigen Hügeln und Stadtvierteln mit lauter leeren Fensterhöhlen. Sie bewegten sich wie ein Stealth-Jagdflugzeug, rasten durch den Schatten.

Ein fürchterlich schmaler, erstickender, langgestreckter Ort. Der Ausdruck *Fettröhre* kam ihr in den Sinn, ohne dass sie ihn verstanden hatte. Die Mikrosekunden dehnten sich.

Und dann waren sie draußen – und in etwas anderem, einem riesigen Ort wie das Innere eines Bewusstseins. Sie bemühten sich, Barrieren zu durchbrechen, die Kontrolle zu erlangen.

Sie übernahmen die Kontrolle. Sie spürte es in ihren Muskeln, als ob sie viele Gliedmaßen kontrollierte, und in ihrem Geist, als ob sie mit vielen Augen sähe.

Augen, die das Meer musterten, und andere Sinne, die mit federleichten Fingern in den Raum hineinlangten, und Augen, die durch Schotts hindurch in Korridore, Kajüten und Kombüsen spähten.

Und dann – sie konzentrierte sich, fokussierte und kreiste ein – blickte sie in einen Kontrollraum voller Monitore und Rechner, Server und Deckenschienen mit Kränen und Robotarmen. Zwei Männer waren da, die neben den vielen Geräten wie Zwerge wirkten. Einer der beiden – ihr Blick zoomte erschreckend dicht an sein ahnungsloses, fürchterliches Gesicht heran – war der weiße Man in Black, der bei ihr im Labor gewesen war und sie in der Raststätte angegriffen hatte. Hier war er also gelandet! Nachdem seine Organisation zerstört, aufgelöst, geächtet, zur Hölle und wieder zurück befördert worden war, hatte er sich hier versteckt und werkelte herum mit …

Der zweite Mann im Raum war Donovan.

Er blickte auf, als sich ein Kran ratternd in Bewegung setzte. Bevor er einen Warnschrei ausstoßen konnte, passierte es.

Janis war unklar, ob sie dies veranlasst hatte, oder ob etwas geschah, während sie entsetzt und frohlockend durch die Augen eines anderen zuschaute.

Der Kranausleger schwenkte herum. Der Manipulator packte den Man in Black beim Schädel und hob ihn, einhergehend mit einem kranenhaften Knirschen und dem Knacken der Wirbelsäule, hoch und schleuderte ihn gegen eine Monitorwand, deren Splitter auf ihn herabprasselten, als er aufs Deck niederstürzte.

Sie blickte in das Gesicht eines Mannes mit langem weißem Haar und weißem Bart. In ein beinahe sanftes, heiligenmäßiges, väterliches Gesicht, alt und verhutzelt und zäh und beinahe schwer zu hassen. Er blickte hektisch umher, und von allen Monitoren, die er sah – und Janis ebenfalls – starrte ihn das unversöhnliche Gesicht Moh Kohns an.

»Sie sind tot!« Die Worte kamen aus Donovans Mund und wurden verstärkt zu ihm zurückgeworfen.

»Ja, Moh Kohn ist tot, Donovan.« Janis wusste nicht, hatte sie das gesagt oder das Avatar.

Donovan kratzte an einem Databoard. Die Monitoranzeigen flackerten, und ein sengender Schmerz durchbohrte Janis' Schädel, ein rotglühendes Migräneschwert. Sie taumelte inmitten roten Nebels.

An einer Stelle lichtete sich der Nebel, ein grauer Flecken wie das Innere eines Gehirns. Sie konzentrierte sich darauf und dachte an die Formen der Moleküle, die Chemie des Gedächtnisses, die Gleichungen des Begehrens, das Werk des Neuropsychologen Luria, an die Gesetzmäßigkeit der Zahlen …

Und dann war sie hindurch, und alles war wieder klar, die kühlen grauen Linien auf den Monitoren zeichneten ihre Worte nach. »Sie haben Viren, ich aber bin immun dagegen, und ich lebe, während Sie …«

Sämtliche Greifarme bewegten sich, die Ketten schwangen, und die Manipulatoren packten zu.

»… tot sind.«

Sie streiften einige Sekunden lang durch die Ölplattform, während das Avatar die Programme ausfindig machte, ihre Geheimnisse in sich aufnahm. Janis war sicher, dass es ihre Entscheidung gewesen war, die Alarmsysteme auszulösen und den Start der Dämonenprogramme, die sie zurückließen, um eine Stunde zu verzögern.

Sie flüchteten durch die Fettröhre, den schmalen Kanal, und dann waren sie draußen und flogen wieder. Die felsigen Hügel wurden grün, in den Stadtvierteln wurde es nacheinander hell, immer schneller, bis das Licht die ganze Erde umfasste. Es wunderte sie nicht, dass sie durch die Erde hindurchsehen konnte.

Und dann saß sie wieder am Schreibtisch, wo sie natürlich die ganze Zeit über gesessen hatte. Das Avatar schaute sie an, kein blasser Umriss mehr, sondern ein Bild mit satten Farben, in seiner Gegenwärtigkeit schockierender als das Bild, das sie normalerweise in der Brille sah.

Es lächelte.

Er lächelte, und sie lächelte zurück.

Als sie die Brille abnahm, verschwand das Bild nicht – es verweilte auf dem Monitor. Sie schloss die Augen und schüttelte den Kopf, dann blickte sie wieder das spöttische Lächeln an. Das Gesicht verschwand, und an seine Stelle trat ein Bild, das sie seit Monaten nicht mehr gesehen hatte, das vertraute Logo von DoorWays™ – jedoch in leicht veränderter Form: darunter stand in kleiner Schrift:

Dissembler 2.0
Neue Version

Von einem Moment auf den anderen wurde alles anders.

Jordan hatte den Medienraum dieser Tage mehr oder minder für sich. Das Telepräsenz-Exoskelett, mit dem Mary auf der ganzen Welt tätig war, hing leer und unbenutzt an der Wand. Auf den Datenhandschuhen lagerte sich Staub ab, und das VR-Gerät war nur noch für Textverarbeitung zu gebrauchen. Jordan verfasste damit gerade einen Artikel für eine Zeitung in Beulah City. Ungeachtet der neuen Pressefreiheit war es schwer, diese Menschen davon zu überzeugen, dass Toleranz keine Schwäche war und Pluralismus nicht Chaos bedeutete; er versuchte, seine Argumente in einer verständlichen Sprache vorzubringen. ›Die Bekehrung Ninives‹ wollte er den Artikel nennen, in Anspielung auf eine wenig beachtete Passage des Buches Jona.

Es war eine heikle Aufgabe, denn einerseits musste er deutlich machen, dass er selbst kein Gläubiger war, anderseits rüberbringen, dass er sich nicht über anderer Leute Überzeugungen lustig machte, sondern glaube, in der Geschichte sei ein tieferer Sinn versteckt … Allmählich schien ihm so, als sei der ganze Ansatz falsch, und er täte besser daran, ihnen gleich mit Milton und Voltaire zu kommen und sich einen Teufel um die Konsequenzen zu scheren.

»Du bist jetzt ein Revolutionär«, hatte Cat zu ihm gesagt, und sie hatte Recht gehabt. Alles war komplizierter und strittiger, als er je erwartet hatte. Wir sind ein Volk. Ein Volk mit siebzig Millionen Ansichten. Außerdem gab es noch Tausende andere Völker, die alle von den gleichen Flutwellen mitgerissen wurden, welche die irdischen Reiche hinweggeschwemmt hatten. Tausende Völker und Milliarden Ansichten. Jede einzelne Splittergruppe der Opposition hatte sich seit dem Sieg der Republik mindestens einmal wegen Meinungsverschiedenheiten darüber, was man mit diesem Sieg anfangen solle, gespalten.

Auch die Weltraumbewegung hatte sich gespalten. Die Spaltung entsprang keinem rein ideologischen Zwist. Beide Seiten verwendeten die gleiche Sprache. Der Streitpunkt war wirklich heikel: ging die größte Gefahr von den Freistaaten und Barbaren aus, die ihre Einflusssphären verteidigten, oder von der Republik, die versuchte, einen minimalen Gesetzesrahmen durchzusetzen? Wilde sprach sich dafür aus, die Republik zu unterstützen, ihre Ansprüche aber zu dämpfen. Diese Position bereitete Jordan Unbehagen, kam seinen eigenen Ansichten aber am nächsten, wenngleich er gegenüber Leuten wie den Ältesten, den Geistlichen und den Kriegeroffizieren von Beulah City lieber eine härtere Gangart angeschlagen hätte. »Stellt sie an die eingerissenen Wände«, hatte er einmal geschrieben.

Seine Artikel und Argumente hatten ihm einen gewissen Ruhm eingebracht, und sein Gespür für die Märkte hatte ihn auch in den chaotischen Wirren des Bürgerkriegs nicht im Stich gelassen. Er verdiente seinen Lebensunterhalt; und Cat – deren Fähigkeiten von der Revolution in höchstem Maße gefordert worden waren – hatte sich darauf gestürzt, die Verteidigung zu organisieren, Kontakte zwischen den Milizen, den Schutzsöldnern und den neuen Autoritäten zu knüpfen. Hin und wieder nahm sie aktiv an den Kämpfen teil; um in Übung zu bleiben, wie sie ihm sagte, und um ihre Glaubwürdigkeit zu wahren. Dann hätte er am liebsten gebetet, wenn auch nur zur Göttin.

Im Moment aber kämpfte Cat nicht. Sie war mit dem Kochen an der Reihe. Er hoffte, sie wäre bald fertig.

Das Teleskelett bewegte sich; die Arme reckten, die Finger krümmten sich. Jordan schreckte zusammen. Dann fasste er sich wieder und beäugte misstrauisch das Gerät. Mit einem hörbaren Knacken entspannte es sich wieder.

Wahrscheinlich eine Überspannung. Als Jordan auf den Monitor blickte, stellte er fest, dass sein mühsam verfasster Artikel gelöscht war. Mit offenem Mund beobachtete er, wie das Fenster schrumpfte, während an den Rändern Menüs auftauchten und sich DoorWays™ öffnete …

Er klickte sich eifrig durch die Optionen, bis er sich überzeugt hatte, dass alles vorhanden war. Als er das veränderte Logo bemerkte, lächelte er. Eine neue Version, in der Tat. Wenn es stimmte, was man sich darüber erzählte, wie Josh Kohn Dissembler entwickelt hatte, mussten sie einen wahren Könner darangesetzt haben. Soviel Jordan wusste, galt es allgemein als unmöglich, das Programm im üblichen Sinn zu warten oder zu dokumentieren.

Bevor er losstürzte und allen die frohe Kunde überbrachte, hielt er es für geraten, in der Mailbox nachzusehen. Eine Nachricht von der Armee der Neuen Republik war eingetroffen, adressiert an das Kollektiv. Dort hatte sie seit dem Tag des Aufstands gewartet – seit dem Tag, als der Dissembler-Code zusammengebrochen war.

Er öffnete die Nachricht.

An C Duvalier betr. J Brown
2 Tage @ 200 B-m/Tag
BETRAG 400 B-m
BEZAHLT
Datum wie gen.

Eine Weile rührte er sich nicht; er hatte das Gefühl, keine Luft mehr zu bekommen. Er erinnerte sich an ihre geheimnisvollen Bemerkungen, an die Neigung ihres Kopfes, wenn sie ihn langsam schüttelte, an ihre geflüsterte Ermahnung, es nicht wieder zu tun, sich nicht wieder in den Schwarzen Plan einzuhacken. Er erinnerte sich an das Gewicht der Waffe in ihrer Jackentasche.

Er wusste, dass sie jetzt in gewisser Weise eine Emissärin der ANR war. Das hatte sie so gut wie selbst gesagt. Er aber hatte geglaubt, ihr Handeln entspringe vor allem ihrer Überzeugung. Wenn er es sich recht überlegte, war das tatsächlich der Fall gewesen. Aber sie war hergekommen, um einen Job zu erledigen, einen Job, für den sie bezahlt worden war, und bei diesem Job war es um ihn gegangen. Sie hatte ihn davon abhalten sollen, sich weiterhin auf höchst riskante Weise in die Angelegenheiten des Schwarzen Plans einzumischen, sie hatte ihn in die richtige Richtung gelenkt, und er hatte gezielt und gefeuert. Vielleicht war sogar ihr Eindringen in Beulah City Teil des Plans gewesen ... des großen Plans, verbesserte er sich voller Bitterkeit.

Ach Gott, vielleicht hatte sich der Schwarze Planer vor allem deshalb an ihn gewandt, weil er ihn dazu bringen wollte, BC zu verlassen, damit er gegebenenfalls dort eindringen konnte! Nein, das war allzu paranoid.

Seit dem Tag, als der Dissembler-Code unter einem – so wurde gemunkelt – verzweifelten Angriff der Spinner, die ihren letzten Bolzen verschossen hatten, zusammengebrochen war, hatte man nichts mehr vom Schwarzen Plan gehört. Keineswegs erstaunlich, wenn der Plan Dissembler auf die Weise genutzt hatte, wie Jordan es seit dem Tag am Einkaufszentrum vermutete. Bisweilen fragte er sich, was wohl aus dem Schwarzen Planer geworden war.

Auf dem Gang vernahm er das vertraute Geräusch leichtfüßiger Schritte.

Er löschte die Nachricht mit einem energischen Fingerdruck.

Als er auf dem Stuhl herumschwenkte, erblickte er in der Tür Cat, das Gesicht vom Kochen gerötet, eine Faust in die Hüfte gestemmt, eine Hand auf den Türknauf gelegt.

»Komm und hol's dir!«

Er blieb sitzen, schaute sie an.

»Was ist?« Sie blickte auf den Monitor. »Oh! Das System läuft wieder. Wow!«

»Ja«, sagte Jordan. »Eine neue Version. Jetzt wird alles anders.«

Er erinnerte sich an das letzte Mal, als der Schwarze Planer mit ihm gesprochen hatte:

nimm ihr nicht übel dass sie dir nicht alles gesagt hat was sie weiß das darfst du nicht persönlich nehmen denn sie ist eine gute kommunistin eine loyale tochter der revolution und mutter der neuen republik wenngleich sie dich auslachen würde wenn du ihr das ins gesicht sagen würdest

Er erhob sich.

»Cat. Ich muss dir etwas sagen.«

»Ja?«

»Du bist eine gute Kommunistin, eine loyale Tochter der Revolution und Mutter der neuen Republik.«

Sie lachte. »Ja. Ich weiß. Und?«

»Deshalb heirate mich.«

Sie überlegte kurz.

»Okay«, sagte sie dann.

»Ich hab's dir ja gesagt«, meinte das Avatar. Künstlicher Stolz schwang in seiner Stimme mit. »Ich war nicht untätig.«

Janis machte sich blinzelnd von den schrecklichen Gedanken los an das, was sie mit angesehen und was sie getan hatte.

»Du warst das?«

»In der … Zeit, als ich meine Immunität entwickelt habe« – das jetzt selbstironische Lächeln kam und ging –, »habe ich herausgefunden, dass ich den Dissembler-Code wiedererschaffen hatte. Jetzt breitet er sich aus und fährt die Programme hoch, die damit gelaufen sind.«

Sie erinnerte sich an die sich ausbreitenden Lichter.

»Schließt das den Schwarzen Plan mit ein?«, fragte sie neugierig. »Die AIs, die Moh entdeckt hat?«

Der Kopf auf dem Monitor wurde langsam geschüttelt, einhergehend mit einem täuschend echt wiedergegebenen Schattenspiel. »Die gibt es nicht mehr. Sie sind nicht mehr wiederherzustellen.« Dann – als wollte er sie aufmuntern und ablenken – setzte er hinzu: »Aber ich bin in Donovans Files auf eine interessante Information gestoßen. Soll ich sie dir zeigen?«

Zu der Auswahl, die das Avatar ihr zeigte, gehörte eine komplette schematische Darstellung von Donovans Organisation, einschließlich der Mitgliedernamen und der Adressen der einzelnen Zellen. Und fragmentarische, kryptische Aufzeichnungen über seine Arbeit am Fall Kohn: über seine Zusammenarbeit mit den Stasis-Agenten und mit Mrs. Lawson in Beulah City und mit Dr. Van. Wie der kettenrauchende Dr. Van es ihr und Moh auf dem Balkon des Holzhauses in Wester Ross geschildert hatte … Janis lächelte über die ersten dokumentierten Zweifel an Vans Aufrichtigkeit.

Aus der Zeit nach der Dissembler-Katastrophe gab es keine Aufzeichnungen, doch aus den Hinweisen aus der Zeit davor war zu entnehmen, was geschehen war, wie bedrohlich nahe die Vernichtung durch die Weltraumverteidigung gewesen war, und dass Mrs. Lawsons Systeme Donovan bis zu dem Moment, da sie sich anders besonnen hatte, in Schach gehalten hatten.

Dann trifft sie also letzten Endes die Schuld, dachte Janis. Sie ballte die Fäuste. Sie erinnerte sich daran, wie Jordan sie beschrieben hatte: als gefährliche, verschlagene Frau. Gefährlicher und verschlagener, als er sich vorstellen konnte.

Einen Moment lang dachte sie daran, in Beulah City das Gleiche zu tun wie auf der Ölplattform: in die Systeme einzudringen, die Rechner in Besitz zu nehmen, sie dazu zu benutzen, die letzte Person in der langen Reihe von Gegnern zu töten, die Moh umgebracht hatten. Und dann auf einmal wurde ihr klar, dass dies *falsch* gewesen wäre.

Ganz einfach. Donovan und der Man in Black waren Outlaws, Schurken, Abschaum, während die Frau ... Was hatte Moh gleich noch gesagt, als sie den gestürzten Reiter hatte töten wollen? – ›im Grunde auch bloß ein armes Schwein ist wie wir‹.

Sollte sich die Republik mit der Lawson befassen, so wie mit allen anderen auf der Mitgliederliste des BLK.

Als Wills den Raum betrat, saß Janis zusammengesunken vor dem Gewehr und hatte den Kopf auf die Arme gelegt. Sämtliche Bildschirme im Büro waren eingeschaltet. Janis hatte geweint.

»Was hast du?«, fragte er.

Sie schaute hoch.

»Eine neue Version«, antwortete sie.

Er blickte sie stirnrunzelnd an. »Ach, das. Das ist eine gute Nachricht. Ich meine ...«

»Schon gut«, sagte Janis.

»Wirklich?«

»Wirklich.«

Wills lächelte, offenbar erleichtert darüber, dass sie nicht vor ihm zusammenbrechen würde. »Es gibt noch mehr gute Nachrichten«, sagte er. »Donovan, dieser Mistkerl, ist tot. Den hat's in seiner schwimmenden Festung erwischt!«

»Das ist längst noch nicht alles«, meinte Janis. »Jemand hat *ihn* zur Abwechslung mal gehackt und will anscheinend, dass wir alle davon erfahren. Sieh dir das mal an!«

Wills betrachtete die Listen.

»Wo kommt das her?«

»Keine Ahnung«, erwiderte Janis. »Los, komm. Wir haben einen tödlichen Job zu erledigen.«

Und das taten sie. Gegen Ende Januar brachten sie die Neubürger des vergangenen Jahres in den Wohnprojekten dieses Jahres unter.

»Man kann den Jungen ins Slum stecken«, meinte Wills, »aber nicht das Slum in den Jungen.«

Alle lachten, bloß Janis nicht. Sie lagerten in den Trümmern einer zerstörten Tankstelle und rauchten. Es bestand keine Gefahr; es war kein Benzin mehr da.

»Wir haben es geschafft«, krächzte Janis. »Wir haben es, verdammt noch mal, geschafft.« Sie sah, wie das Avatar in einem Flecken Sonnenschein heftig nickte. »Wir haben die Barbaren in die Städte gedrängt. Jetzt haben wir sie im Blut. In den Knochen. Wie Radioaktivität. ›Barbaren‹, ha, ha. Wir werden sie nicht mehr los.« Sie fühlte sich benommen und schwach und überdreht. Sie blickte die Gesichter ringsumher an, die wie Avatare im Sonnenschein verblassten.

Es war dunkel jetzt, selbst der Sonnenschein. Alles kippte.

Als sie wieder zu sich kam, lag sie auf einer Pritsche. Wills kam herein und sagte ihr, sie solle mindestens fünf Wochen lang Urlaub machen.

»Du hättest mir etwas sagen sollen, Taine.«

»Ich hatte keine Ahnung«, erwiderte sie zu ihrer eigenen Überraschung. »Ich dachte, wir müssten einfach weitermachen.«

»Ja, das müssen wir«, meinte Wills. »Aber nicht *ständig.*« Er grinste. »Einen schönen Urlaub, Soldatin.«

Sie kehrte nach Uxbridge zurück und staunte darüber, wie sehr sich die Normalität verändert hatte, wie hoch die Preise waren. Für die Beförderung musste sie einen ganzen Packen zerfledderter, mit Sternen bedruckter Sterling-Dollars hinblättern: Stellare, die republikanische Währung. Passt zu den astronomischen Preisen, wurde gescherzt. Sie erreichte die Wohnung früh am Morgen, suchte in der Tasche nach dem Schlüssel, dann lachte sie vor sich hin und drückte auf den Klingelknopf. Sonya machte ihr blinzelnd auf, starrte Janis an, dann lachte und weinte sie, beugte sich vor und umarmte sie linkisch; sie war im vierten Monat schwanger. Kurz darauf gesellte sich Jerome zu ihnen und machte Frühstück.

Sie bemühte sich, langsam zu essen, wie eine Zivilistin, und lauschte mit halbem Ohr auf Sonyas knappe Schilderung ihrer neuesten Bekanntschaften, beantwortete zerstreut ihre Fragen und zappte sich gleichzeitig mit größerer Neugier durch die Nachrichtenkanäle. Plötzlich stockte sie, als sie einen bekannten Namen hörte …

»… würden Sie raten, Mr. Wilde?«

Wilde. Moh hatte von ihm gesprochen … hin und wieder war sie auf Artikel von Jordan gestoßen, die sich mit ihm auseinander gesetzt hatten …

Schnitt auf ein Gesicht wie das eines amerikanischen Stammesältesten, das direkt in die Kamera blickte, nicht auf den Interviewer: »Der Tag des letzten Gefechts mag kommen. Aber so weit ist es noch nicht. Ich appelliere an alle: tut es nicht. Zerstört nicht eure Stadt, um sie zu retten. Denkt daran, wie der Westen die Stalinisten und Islamisten abgesägt hat. Der vergnügungssüchtige, freiheitsliebende, dekadente Westen hat seine Gegner unterminiert und zerrüttet, indem er sie sich ähnlich machte, und nicht dadurch, dass er ebenso grimmig, hart und ernsthaft wurde wie sie. Wer am meisten lachte, der lachte auch zuletzt. Wenn also die Soldaten heimkehren, dann heißt sie willkommen, und möge uns das Leben überraschen.«

»Ich danke Ihnen, Mr. Wilde. Selbstverständlich werden wir an den Geschehnissen dranbleiben, einstweilen aber müssen wir unterbrechen …«

Ein Werbespot für Frühstücksnahrung.

»Hast du eine Ahnung, worum es da ging?«

Sonya runzelte die Stirn. »Um Politik?«, meinte sie zaghaft.

Janis fand ihr Zimmer ebenso unordentlich vor, wie sie es verlassen hatte. Sie sah die Post durch: das meiste war von der Universität nachgesandt worden. Da Nang Phytochemicals schickte immer noch Sonderdrucke. Und einen Scheck, in B-Mark: ein Vermögen. Sie fand, das Geld stand ihr zu – das Projekt war schließlich erfolgreich gewesen. Sie würde es gleich in Gold tauschen und die Sloworands im Gürtel verstauen.

Außerdem entdeckte sie eine Hochzeitseinladung. Sie sah aufs Datum. Sie schaute auf die Uhr, warf einen Blick in den Spiegel, dann ging sie nach Sonya sehen.

Manche Dinge änderten sich nie.

20

Die Königin des Vielleicht

Sie drückte die schwere Eingangstür des Lord Carrington auf, zeigte dem Türsteher ihre Einladung vor und trat in den Dunst aus Qualm und erträglich lauter Musik. ›Die Vorsänger‹ waren auf der Bühne; im einfallenden Sonnenschein des Februarnachmittags wirkten sie blass.

In Erinnerungen versunken, lächelte sie in sich hinein und musterte die Menge, während sie den Mantel – und eine Tasche mit dem auseinander genommenen Gewehr – einer kleinen Frau reichte, die zwischen zwei vollgestopften Regalen mit Mänteln und Waffen saß. Sie schulterte die kleine Ledertasche mit der CPU des Gewehrs. Als sie den Blick senkte, bemerkte sie die Sensoren, die über den von einer Klappe verschlossenen Rand der Tasche lugten. Sie fuhr mit den Händen übers Kleid – das Oberteil aus schwarzem Samt, ein kurzer flaschengrüner Rock über schwarzen Netzstrümpfen –, denn sie fühlte sich eigentümlich nackt darin. Monatelang hatte sie nichts anderes als den Kampfanzug getragen und sich das Gesicht höchstens zu Tarnzwecken angeschmiert.

Jordan saß an einem Tisch und unterhielt sich mit ein paar Leuten, die ihr vom Kollektiv her vage bekannt waren. Als er sie bemerkte, starrte er sie einen Moment lang an, dann sprang er auf und stürzte auf sie zu. Sie umarmten sich.

»Wow, Janis! Schön, dich zu sehen. Ist nett von dir, dass du hergekommen bist.«

»Hey, nett von dir, mich einzuladen.« Sie fasste ihn bei der Schulter, schob ihn auf Armeslänge von sich weg und musterte ihn kritisch. Er hatte abgenommen und schien größer geworden. Schwarze Stiefel, schwarze Jeans, schwarzer Ledermantel, ein schlichtes weißes Baumwollhemd mit schwarzer Fliege. »Du siehst prima aus. Beinahe wie ein Spieler … oder ein Prediger … hey!«, setzte sie mit gespieltem Argwohn hinzu. »Ihr habt doch nicht etwa *kirchlich* geheiratet?«

»Gott bewahre!«, sagte Jordan. »Wir wurden von der Britischen Humanistischen Gesellschaft getraut.« Er lachte, und als wäre allein schon die Vorstellung verwunderlich und amüsant: »Von der Britischen Humanistischen Gesellschaft! Mein Gott, ich hätte nie gedacht, dass der Atheismus einmal so respektabel werden würde.«

»Songs von Carly Simon, Texte von Alex Comfort, so in der Art?«

»So in der Art.«

»Ich wünschte, ich wäre dabei gewesen«, sagte Janis. »Aber ich bin erst heute Morgen in meine alte Wohnung in Uxbridge zurückgekehrt und hab dort die Einladung gefunden. Das ist mein erster Heimaturlaub. Äh … danke für den Brief. Hast du meine …?«

»Ja, hab ich, Janis. Danke.«

Er blickte sie so traurig an, dass sie ihn am liebsten umarmt und ihm alles erzählt hätte, stattdessen drückte sie ihm bloß die Schulter und sagte: »Mir geht's gut, Jordan. Und jetzt mach mich mit deiner …«

Sie sah die Braut um den Tresen biegen und auf sie zukommen: sie hielt das Bild fest, nahm es in sich auf, speicherte es nicht bloß für das Gespenst, das sich ihre Sinneseindrücke mit ihr teilte, sondern auch für sich selbst. Die junge Frau war betörend schön; in dem Hochzeitskleid wirkte sie wie eine Prinzessin aus der Galaxie einer unglaublich fernen Zukunft. Ihr Haar, das ihren Kopf wie ein Strahlenkranz umgab und ihr zwischen die Schulterblätter hinabfiel, machte einen Schleier überflüssig. Das Kleid schmiegte sich eng ihren Armen, Brüsten, der Taille und den Hüften an, von Blüten und Blättern umwunden, die in leuchtenden, natürlichen Farben auf weiße Spitze gestickt waren. Die Spitze ging in einen Rock aus Crêpe de Chine über, der über den Knien ausgestellt war, beim Gehen locker mitschwang und im Stehen nahezu senkrecht herabfiel.

Janis blinzelte und ergriff die dargebotene Hand.

»Hallo, Janis.«

»Hallo, Cat. Schön, dich zu sehen. Und ausgerechnet heute. Ich weiß gar nicht, was ich sagen soll. Meinen Glückwunsch.« Sie drückte Cat und Jordan beide an sich. »Du meine Güte, Cat, du siehst umwerfend aus. Ein solches Kleid habe ich noch nie gesehen.«

»Danke.« Cat lächelte, streckte und bog die Arme. »Ich habe das Gefühl, ich könnte alles darin tun. Laufen, schwimmen, Wände hochklettern. Fliegen.«

Jordan beantwortete ihre unausgesprochene Frage. »Sie sagt mir nicht, woher sie es hat«, meinte er. »Ich vermute, sie hat eine Abmachung mit einer Kolonie zartfingriger Elfen getroffen.« Er blickte an Cat vorbei. »Einen Augenblick.« Er stürzte sich ins Gewühl, tippte einer jungen Frau auf die Schulter und fing eine Unterhaltung mit ihr an.

»Läuft er öfters weg und quatscht in Pubs unbekannte Frauen an?«, fragte Janis.

»Ständig.«

Janis hatte sich vor diesem Moment gefürchtet. Wenn Mohs Tod ihr und Jordan zusetzte, wie musste es dann erst für Cat sein, die ihn viel länger gekannt und ihn jahrelang geliebt hatte? Sie hätte dies gern angesprochen, wollte Cats Glück aber auch nicht verdüstern. Allein schon neben ihr zu stehen, das war, als stünde man in einem sonnenbeschienenen Garten.

»Etwas zu trinken?«, fragte Cat.

»Äh ... Wodka-Cola, danke.«

Cat vollführte ein paar geheimnisvolle Bewegungen mit den Händen, worauf zwei Drinks auftauchten.

»Sollen wir uns setzen?«

Sie näherte sich dem nächsten Tisch, dessen Stühle frei wurden, bevor sie ihn erreichten; die Tischplatte war abgewischt, und man hatte einen transparenten Aschenbecher darauf gestellt.

»Cheers.«

»Auf ein langes, glückliches Leben.«

»Ich ...«

»Ich ...«

»Nein, du ...«

Cat lächelte. »Na schön. Es klingt wahrscheinlich fürchterlich, aber wenn ich es jetzt nicht sage, dann denken wir bloß ständig daran, okay? Mohs Tod war für uns alle ein Schock. Die Nachricht erschien einfach auf unserem Monitor, mit seinem Namen dabei. So läuft das eben«, setzte sie abwehrend hinzu, »im Kampf gefallen. Soldat der Republik. Aufrichtiges Mitgefühl und *hasta la* Sieg und so weiter ...« Sie blinzelte mehrmals und trank einen Schluck. »Damit müssen Leute wie wir halt rechnen. Leute wie Moh. Man gewöhnt sich an den Gedanken, dass es passieren kann – Scheiße, man gewöhnt sich dran, dass es passiert. Nein, man gewöhnt sich niemals daran, aber ... man lernt, damit umzugehen. Und du, du bist mitten hineingeraten. Ich meine, ich wollte dir sagen, dass ich nachempfinden kann, dass du viel größeren Schmerz ...«

»Ach, Cat, sag das nicht. Ich weiß auch so, was du meinst, und ...« Sie drückte Cats Hand. »Ich habe ihn geliebt, und du auch, das weiß ich.«

Cat atmete tief durch die Nase ein und lächelte. »Ja. Und ich bin sicher, du weißt, wie er dachte. Er hätte bestimmt nicht gewollt, dass zwei seiner Verflossenen sich gegenseitig in die Drinks heulen. Er hat das Leben so sehr geliebt, weil er wusste und fest daran glaubte, dass es ohne ihn weitergehen würde. So hat er auf den Tod anderer Leute reagiert: auf den Tod von Kameraden, von Menschen, denen er nahe stand. Er hat um sie getrauert … dann ging das Leben weiter. Er hat nicht so getan, als wären sie noch als Gespenster anwesend, die einem über die Schulter schauen und es einem neiden, dass man sich amüsiert.«

Janis nickte. Das klang überzeugend. Sie seufzte, entspannte sich und hob das Glas. Cat nickte und hob das ihre, und dann tranken sie und lächelten einander an.

»Also, Cat«, sagte Janis, »was hast du seit der Revolution gemacht?«

Cat wollte gerade antworten, als sich andere Gäste an den Tisch drängten und sie entführten. »Das ist eine lange Geschichte!«, rief sie über die Schulter. »Wir sehen uns später, Janis.«

Janis erhob sich, sah, dass ihr Glas leer war, und ging zum Tresen. Als das Glas wieder voll war, war der Tisch nicht mehr frei.

Jordan tauchte wieder auf.

»Hi, Janis«, sagte er. »Ich möchte dich jemandem vorstellen.«

Die Frau, mit der er gesprochen hatte, trat neben ihn. Janis mochte sie auf den ersten Blick. Sie hatte struppiges rotbraunes Haar und ein sonnengebräuntes, sommersprossiges Gesicht und trug als einzigen Schmuck einen blauen Emaillestern auf der Schulter ihres roten Seidenhemds. Im Moment blickte ihr freimütiges, offenes Gesicht freimütig-reserviert.

»Janis, das ist Sylvia«, sagte Jordan. »Sylvia war die erste Bekanntschaft, die ich in Norlonto gemacht habe. Sie hat mir diesen Pub gezeigt.« Er schaute Sylvia an, ohne ihre Reserviertheit zur Kenntnis zu nehmen.

»Wenn sie nicht gewesen wäre, hätte ich dich und Cat wahrscheinlich nie kennen gelernt. Wo wir gerade vom Zufall sprechen: die blinde Kupplerin, hm?« Er grinste, dann wurde ihm bewusst, dass er schmerzhafte Assoziationen heraufbeschworen hatte. »Jedenfalls gehört sie der Miliz der Weltraumbewegung an.«

Er winkte ihnen zu und wandte sich ab.

Sylvia stützte sich mit dem Ellbogen auf den Tresen und bestellte ein Bier.

»Tja, hi, Soldatin«, sagte sie. »Wie fühlt es sich an, mich arbeitslos zu machen?«

»Wie bitte?« Janis musterte sie verwirrt.

»Sag bloß nicht, du wüsstest nicht Bescheid«, sagte Sylvia. Sie hob das Glas und sagte mit triefendem Sarkasmus: »Ladies und Gentlemen: die Republik!«

»Herrgott noch mal!« Janis setzte das Glas ab und blickte eine Weile ins Leere. Sie schüttelte den Kopf und schaute hoch. »Glaub mir, Sylvia, ich hab nichts davon gewusst. Und ich bin auch nicht damit einverstanden.«

»Okay.« Sylvia lächelte zurückhaltend. »Kannst du offen darüber reden?«

»Klar.« Klar.

»Also« – Sylvia setzte sich auf einen hohen Barhocker –, »die Miliz wurde angewiesen, sich aufzulösen und mit der Armee zu verschmelzen. Das gefällt uns nicht, aber die Anführer meinen alle, wir hätten keine andere Wahl. Die Armee« – so wurde sie also jetzt genannt! – »kann jeden Tag einmarschieren und den Beschluss gewaltsam durchsetzen. Dann wäre Schluss mit dem so genannten Ausnahmestatus Norlontos.«

»Aber warum?« Sie kannte die Antwort.

»Offiziell deshalb, weil Norlonto mit all den Flüchtlingen und den Verschwörern aus den Freistaaten ein Sicherheitsrisiko darstellt.«

»Ha!« Nach allem, was sie über Norlonto wusste,

war der Grund vielmehr, dass die Milizen und Schutzagenturen durchaus in der Lage waren, Gesetz und Ordnung aufrechtzuerhalten, den Terrorismus und alle anderen drohenden Gefahren auszumerzen, und zwar weitaus wirkungsvoller als jede Besatzertruppe.

»Genau«, sagte Sylvia. »Sie tun es deshalb, weil die Miliz sich ihrer Kontrolle entzieht, und das gefällt ihnen nicht. Ein dekadenter Schandfleck auf dem Antlitz der Erde.«

»Ja. Ein freiheitsliebender, dekadenter Schandfleck, der seinen Spaß haben will.«

»Du sagst es.«

»Also, eigentlich hat das Wilde gesagt«, räumte Janis ein. »Und jetzt wollen sie das einzig Gute, das aus der Restauration entstanden ist, ausmerzen. Adieu, Land der fünften Farbe.«

Sylvia machte ein erstauntes Gesicht, dann lächelte sie zustimmend.

Janis bemerkte, dass Jordan ganz in der Nähe stand und zuhörte; offenbar verfolgte er die Vorgänge doch aufmerksamer, als sie gemeint hatte. Sie bedeutete ihm, näher zu kommen, dann beugte sie sich vor und redete leise weiter.

»Ich weiß, dass du glaubst, du wüsstest, was ich denke. Nämlich dass es vollkommen gerecht wäre, aufmüpfigen Freistaaten, den Brutstätten der Reaktion, so was anzutun, aber Norlonto ist anders, Norlonto ist etwas Besonderes, denn Norlonto ist frei.

So denke ich keineswegs.« Sie nahm einen tiefen Schluck und genoss die Blicke der beiden anderen. »Ich glaube, unser Vorgehen ist von Grund auf falsch.« So, jetzt hatte sie es gesagt.

»Aber was willst du stattdessen?«, fragte stirnrunzelnd Jordan. »Eine neue Restauration? Sollen Gemeinwesen wie BC fortfahren, ihre Bürger zu tyrannisieren, ihren Verstand zu vergiften und ihre Persönlichkeit zu deformieren? Mein Gott, Janis, du weißt ja gar nicht, was diese Macht alles anrichtet!«

»Du weißt nicht …«, setzte sie an. Dann wurde ihr bewusst, welchen Song die Vorsänger gerade spielten; soeben stimmten sie den Refrain an. Sie hob die Hand. »Hört mal.«

Wärst du gewesen, wo ich war,
würdest du nicht so jammern.
Hättest du gesehn, was ich gesehen hab,
auf den Hügeln, die wurden zum Spinnergrab …

Sie hörten bis zum Ende zu. Jordan wandte sich mit roten Ohren zu Janis um.

»Hab's kapiert«, sagte er.

»Ist es so schlimm?«, fragte Sylvia.

»Es ist so schlimm«, antwortete Janis. »Versteh mich nicht falsch – es ist nicht so wie in Afghanistan. Ich spreche hier nicht von Gräueltaten. Aber es werden Menschenleben *vernichtet,* aus politischen Gründen.«

»Aber das alles gab es auch unter den Hannoveranern«, sagte Jordan. »Die Enklaven haben ständig gekämpft …« Er verstummte und schüttelte den Kopf. »Nicht ständig und nicht auf diese Art. Okay, okay. Aber es ist schwer, damit ein Ende zu machen. Es gab eine große Sehnsucht nach nationaler Einheit und eine Stimmung gegen die Ministaaten.«

»Falls die Republik siegt«, sagte Janis, »wird es nicht wie in Norlonto sein, bloß mit Steuern. Es wird sein wie in einem großen Ministaat!«

Sie lachte kurz über ihr Wortspiel, Jordan aber blickte sie scharf an.

»Falls …«

Janis' Schultern sackten herab. »Es sieht so aus«, sagte sie, »als würden wir verlieren.«

»Ach, das«, meinte Jordan leichthin, fing jemandes Blick auf und wandte sich ab. »Das wusste ich bereits.«

»Und was sollen wir tun?«, fragte Janis.

Sylvia schnaubte. »Ich weiß, was ich tun werde. Ich setze mich ab.«

»Wohin …? Ah! In den Weltraum.«

»Ja, solange es hier noch einen Raumhafen gibt, wo man in etwas einsteigen kann, das fliegt. Solange es den Weltraum noch gibt.«

Janis starrte sie entgeistert an. »Was meinst du damit?«

»Es wird viel über Einschränkungen geredet. Ein Großteil der Bemühungen um die Kolonisierung des Weltraums war eine Scheinbeschäftigung der Weltraumverteidigung. Jetzt ist ihr auf einmal klar geworden, wie abhängig sie von den Weltraumgewerkschaften ist. Der Weltraum ist noch immer höllisch teuer. Vielleicht wenn wir uns mit Wasserdampf raufbeamen könnten … Ach, Scheiße.«

»Weshalb willst du dann rauf?«

Sylvia grinste übers ganze Gesicht. »Wir werden es schon schaffen. Die Siedlungen werden überleben. Es werden bloß nicht mehr viele nachkommen. Vielleicht niemand mehr.« Sie schwenkte nachdenklich den Rest ihres Liters Bier im Glas und sagte, als wechsele sie das Thema: »Hast du schon gehört, dass die Grünen Khmer Bangkok angegriffen haben?«

»Hast du alles mitbekommen?«

»Ja.«

»Alles okay mit dir?«

»Ja, sicher, Janis. Muss allerdings zugeben, dass das höchst seltsam klingt.«

Sie fasste sich lächelnd ans winzige Handy, das hinter ihrem Ohr klemmte.

»Da hast du wohl Recht, Gewehr.«

Sie schlenderte umher. Eine Menge Leute von der Weltraumbewegung waren da, die Genossen, ein paar von Jordans … sie wusste nicht, wie sie sie nennen sollte. Hoffentlich keine Anhänger. Sie unterhielt sich, sie trank, und bisweilen murmelte sie vor sich hin, ohne die Lippen zu bewegen.

Turing sagte, wenn man sich unterhielte und nicht genau sagen könne, ob es sich um eine Person handele oder nicht, dann habe man es mit einer Person zu tun. Searle sagte, angenommen, in einem Raum halte sich ein Mensch auf, der eine bestimmte Sprache, zum Beispiel Chinesisch, nicht verstünde, und der Raum sei voller Bücher mit Regeln zur Kombination der Worte dieser Sprache, und man schöbe ein Schriftstück in dieser Sprache unter der Tür hindurch, würde er …?

Und Korzybski sagte, ein Unterschied, der keinen Unterschied ausmache, sei kein Unterschied.

Damit konnte sie leben.

»Du kanntest Moh Kohn?«

Der Mann, der sie angesprochen hatte, war klein und untersetzt, hatte sehr kurzes angegrautes Haar und Fältchen um die Augen, wirkte ansonsten aber jünger, als sein Äußeres vermuten ließ. Mit einer weit ausholenden Bewegung seines langen Arms lud er sie ein, sich zu ihm an den Tisch zu setzen, wo er sich über einen Drink gebeugt hatte.

»Ja, ich kannte ihn.« Sie setzte sich. »Und du?«

»Ich habe gehört, er sei bei der Revolution umgekommen. Tut mir Leid. Ich heiße übrigens Logan. Nicht Slogan.« Er lachte über diesen offenbar schon sehr alten Scherz und reichte ihr die Hand.

»Logan! Mein Gott!« Sie schüttelte ihm die Hand.

»Also«, sagte er, »mit einem solchen Willkommen habe ich nicht gerechnet. Was steckt dahinter?«

»Ich bin Janis Taine, ich bin – das heißt, ich war Biologin, und ich habe mit Moh … zusammengearbeitet, als er sich wegen der …« – sie senkte die Stimme – »wegen der Sternenfraktion an dich gewandt hat.«

»Die Sternenfraktion!«, rief Logan aus. »Scheiße noch eins!« Er schwenkte die Faust und riss ihre Hand dabei mit.

»Tut mir Leid«, sagte er, als sie an den Knöcheln saugte.

»Ist das denn kein Geheimnis mehr?«

Er schüttelte den Kopf. »Nicht hier.«

»Hat es funktioniert? Hast du die Daten bekommen, oder …?«

»Es hat funktioniert«, antwortete Logan. »Wir haben alles bekommen, unmittelbar bevor der Dissembler-Code zusammenbrach. Jetzt ist dort draußen alles gespeichert. Die ganze beschissene Genom-Datenbank. Wir könnten die Welt aus einer Bohne wiedererschaffen.«

»Schön zu wissen«, sagte Janis. Sie verspürte die Last einer Besorgnis, die ihr so vertraut geworden war, dass sie sie kaum mehr bemerkte. Wenigstens das hatte funktioniert: die von Josh Kohn eingerichteten Systeme hatten ihre Aufgabe erfüllt.

Sie entspannte sich.

»Vielleicht kannst du mir eine Frage beantworten«, meinte sie. »Du hast Moh lange gekannt, nicht wahr?«

»Bin ihm im Laufe der Jahre bloß hin und wieder begegnet. Das fing an, als ich zum ersten Mal schikaniert wurde. Eine Strahlenüberdosis. Aber das ist jetzt Fallout von gestern. Ist fünfzehn Jahre her. War damals um die zwanzig und richtig wichtig. Hab auf einer Versammlung von Genossen gesprochen.«

»Davon hat er mir erzählt«, meinte Janis. »Als er Informationen über die Sternenfraktion suchte … Eines hab ich nie so recht kapiert. Er war doch Kommunist oder Sozialist, ja, und ich verstehe auch, weshalb er am Ende die Republik unterstützt hat. Aber weshalb war ihm dieser Ort so wichtig?«

»Das Lord Carrington?«

»Nein!«, schnaubte Janis. »Idiot. Norlonto.«

»Das hat er dir nie erklärt? Dieser Schuft. Das hat mit etwas zu tun, das er und ich vor Jahren rausgeknobelt haben, als wir mit diesem alten Kauz diskutierten, wie hieß er gleich noch, ach ja, Wilde. Weißt du, was wir mit Sozialismus meinten, das sollte den Menschen nicht aufgezwungen werden, sondern die Menschen sollten sich nach ihren eigenen Vorstellungen organisieren, in Kooperativen, Kollektiven, Kommunen, Gewerkschaften. Und jetzt schau dich hier mal um. Oder meinetwegen im Weltraum. Da wimmelt es bloß so davon! Und wenn der Sozialismus wirklich besser und effektiver als der Kapitalismus ist, dann kann er auch verdammt gut mit dem Kapitalismus *konkurrieren.* Deshalb kamen wir zu dem Schluss, lass uns den ganzen Dirigismusscheiß und die Gewalt vergessen; der beste Ort für den Sozialismus ist der, der dem freien Markt am nächsten kommt!« Er lehnte sich zurück und lachte. »Deswegen musste ich einen höllischen Faktionskampf ausfechten!«

»Also«, sagte Janis, »das klingt doch ganz vernünftig. Oder?« Sie zwinkerte ihm verschwörerisch zu. »Moh hat mir von den Fraktionen und den Faktionen erzählt.«

»Ach ja?«

»Zu welcher Partei gehörte eigentlich die Sternenfraktion?«

Logan hielt grinsend vier Finger hoch. Janis erinnerte sich daran, wie Moh in einer Weinlache Symbole gezeichnet hatte.

»Oh. Zur Internationalen.«

»Zur Vierten.« Dann breitete er beide Hände aus:

nicht um *zehn* anzuzeigen, wurde Janis klar, sondern um eine Öffnung darzustellen. »Und zur Letzten.«

Janis runzelte die Stirn. »Ich dachte, die Letzte Internationale wäre ein bloßer Mythos!«

»Ja, ist sie auch.« Logan lachte. »Das ist ja gerade der Witz bei der Sache! Wenn man keine Mitglieder und keinen Apparat hat, bloß unabhängige Organisationen als Fassade, umgeht man die Probleme der Rekrutierung und der Sicherheit. Die Fassade ist real; die Partei dahinter ist eine Fata Morgana. Eine virtuelle Organisation!«

»Aber wofür steht sie? Worum geht es dabei?«

»Um Freiheit«, antwortete Logan entschieden. Dann, als wäre dies ein allzu großes Wort, setzte er hinzu: »Und natürlich darum, ihre Gegner zu besiegen.«

»Eine Verschwörung von Paranoikern?«

»Unbedingt«, meinte Logan vergnügt. »Und Josh hat sie scharenweise in seine virtuelle Verschwörung eingewickelt, weil er damals glaubte, es werde Krieg geben, und zwar einen Atomkrieg, und das wär's dann. Aus und Schluss. *Falsch.* Das haben wir hingekriegt. Jetzt aber entwickeln sich die Dinge …«

»Weshalb reden alle Leute darüber, wie sich die Dinge entwickeln? Ich dachte, es läuft alles in unserem Sinn.«

Logan riss staunend die Augen auf, dann schaute er betreten drein. »Sorry, Mizz, nichts für ungut.« (Mizz?) »Was wir für die Revolution gehalten haben«, sagte er bedächtig, als mache er sich selbst etwas klar, »war bloß ein Moment im langen Herbst des Niedergangs.«

»Deshalb sprechen die Amerikaner ja auch von der Herbstrevolution!«, meinte Janis lachend.

Logan fand das nicht lustig. »Wir haben das Königreich geschlagen, und die US/UN, aber wir haben zu viele Niederlagen erlitten.«

»Was heißt das, ›wir‹?«, fragte sie herausfordernd. »Sind damit die Sozialisten gemeint?«

Logan seufzte. »Nein. Die Arbeiter. Die Stadtbevölkerung. Wir haben jetzt hundert Jahre lang in Kriegen, Wirtschaftskrisen, Säuberungen und Friedensprozessen geblutet, und jedes Mal haben wir nicht nur unser Bestes dabei verloren. Die, welche noch übrig sind« – er grinste säuerlich –, »sind nurmehr der Bodensatz.« Er leerte sein Glas. »Und dazu gehöre auch ich.«

»Da habe ich etwas anderes gehört«, meinte Janis. Sie boxte ihn auf die Schulter, als sie zum Tresen hinüberging.

»Was hast du seit der Revolution gemacht?«, fragte Logan, als sie wiederkam.

»Cheers … Ich war in der Armee.«

»Das hab ich gehört«, erwiderte Logan mit einem schiefen Grinsen. »Und wie lief es so? In letzter Zeit?«

Sie überlegte kurz. »Wir ziehen uns zurück«, räumte sie ein. Das war kein Geheimnis.

»Yeah«, meinte Logan. »Das tun wir alle.«

Jordan und Cat hatten sich schweigend zu ihnen gesetzt. Schwarz und Weiß, Links und Rechts, Licht und Schönheit.

»Wir dürfen nicht so einfach untergehen«, protestierte Janis. »Bloß wegen ein paar zweifelhafter Siege? Die Lage ist widersprüchlich. Na los, strengt eure Köpfe an! Die Revolution hat stattgefunden. Es war bloß nicht *unsere* Revolution. Na und? Ich habe Moh gekannt; er hat mir das eine oder andere gesagt. Ich weiß, wie ihr denkt. Ihr fallt immer wieder auf die Füße.«

Cat schüttelte den Kopf. »Es geht nicht bloß um die jüngste Vergangenheit, Janis. Das hat alles vor langer Zeit angefangen. Hat nicht Engels oder Trotzkij oder wer auch immer mal gesagt, die Niederlage des Spartakus sei der Sieg Christi gewesen? Soll heißen, die Niederlage der Sklaven bedeutete, dass es nicht mehr vorwärts ging, deshalb wendeten sich die Menschen nach innen.«

Janis dachte an die Neubürger, an die Barbaren in den Slumsiedlungen und an den Stadträndern, die aus dem Müll neue Industrien aufbauten, sich wiederbewaffneten, Kämpfer anwarben und … recycelten.

»Es geht nicht bloß um die Wendung nach innen«, sagte sie. »Das Problem mit unserer wundervollen Gesellschaft besteht darin, dass sie ständig Menschen zurücklässt, dass sie haufenweise Menschen inmitten der Zivilisation zu Barbaren macht. Genau wie damals Rom. Ihr könnt vom Christentum halten, was ihr wollt, aber es hat eine neue Weltsicht eröffnet, die jedem Einzelnen einen Wert beimaß.«

»Aber das tun die Grünen doch auch! Sie sind Barbaren, na schön, aber sie sind Barbaren, die sich selbst zivilisieren. Wie viele Leute kennst du, die imstande sind, Felder zu bestellen, Verletzungen zu behandeln, Strom zu erzeugen? Die meisten von uns drücken einen Schalter und erwarten ganz selbstverständlich, dass es hell wird! Der durchschnittliche grüne Antitech-Freak beherrscht Dutzende von Techniken, während wir wie Wilde durch unsere Städte wandeln.«

Janis war ganz begeistert von ihrer Ausführung. Über die düsteres Einverständnis kündenden Blicke der anderen war sie gar nicht erfreut. Solange man sich einen Reim auf die Dinge machen konnte, bestand immer noch Hoffnung. Das würden sie bald schon sehen … und bis dahin: *carpe diem!*

»Ach, Scheiße, das Thema ist einfach zu bedrückend für eine Hochzeit! Her mit einem Joint!«

Sie bauten einen. »Wo ist der neue Messias, hm?«

Jordan blickte sich über die Schulter um. »Hier ist er nicht.«

Alle lachten.

»Was sollen wir machen?« Janis inhalierte tief. »Den Scherz habe ich schon mal gehört.«

»Wir halten stand«, sagte Jordan. »Notfalls predigen wir den Barbaren Vernunft.«

Logan zuckte die Achseln. »Ich fliege morgen zurück. Wir haben eine unabhängige Raumstation. Neuer Ausblick. Ihr solltet sie euch mal anschauen. Ihr solltet den Ausblick genießen. Und wir haben Raumschiffe. Von der Weltraumverteidigung geklaut. Kriegszustand – die kriegen sie auf keinen Fall zurück. Wir haben ein Auge auf den Mars geworfen. Auf den roten Planeten.« Er legte den Kopf schief, musterte Janis wie ein aufgeweckter Affe. »Du bist Biologin.«

»Ach, geh. Okay, okay. Ich werd drüber nachdenken.« Sie lächelte strahlend und wandte sich an Jordan und Cat. »Das habe ich euch noch gar nicht gefragt: was habt ihr eigentlich während der Revolution gemacht?«

»... und dann sagte sie etwas Eigenartiges. Ich glaube, sie wollte uns verwirren, unser gegenseitiges Misstrauen wecken. Sie sagte, ich müsse Jordan davon überzeugt haben, dass Kohn – wir glaubten, sie spreche von Josh Kohn, nicht von Moh – sich geirrt und dass Donovan Recht habe. Sie meinte, wer außer Donovan könne ein Interesse daran haben, ihre Sicherheitssoftware auszuschalten? Daraufhin erklärte Jordan, er täte dies für die ANR, worauf sie zu *kichern* begann. Du meine Güte, es war richtig unheimlich. Deshalb knebelten wir sie und ...«

Im Raum wurde es mit Ausnahme von Cats leuchtendem Gesicht dunkel, und die Stimmen flossen ineinander. Als Cat und Jordan den Auftrag erwähnt hatten, in Mrs. Lawsons Terminal einen Code einzugeben, war Janis' Misstrauen erwacht. Sie hatte versucht, es abzutun. Nun aber fühlte sie sich bestätigt.

Die helle, bedächtige, sich erinnernde Stimme spann

weiter die Geschichte aus; und allmählich setzten die Worte die Welt wieder zusammen.

Doch es war eine andere Welt.

Ich werde nicht sterben. Ich werde das überleben. Die funkelnden Lichter sind ihre Augen, diese zerknitterte Wölbung ihr Kleid. Der Zylinder in meinem Mund ist eine Zigarette, und ich atme ein und aus und gebe anteilnehmende, bedeutungslose Geräusche von mir.

»Abgesehen davon, dass mit Waffen herumgefuchtelt wurde, ging alles gewaltlos vonstatten«, sagte Jordan, als Cat geendet hatte. »Dank Cat. Wenn sie nicht gewesen wäre, gäbe es jetzt am Engelstor einen Gedenkstein an ein Massaker.« Sie lächelten einander an. »Wahrscheinlich mit unseren Namen drauf. ›Aufgenommen in die Gemeinschaft der Engel.‹« Er lachte, umarmte Cat und küsste sie.

Janis rang sich ein Lächeln ab. Es kam ihr unangemessen vor, dass die Wände noch standen. Es war erstaunlich, dass die Leute noch immer über den Boden wandelten und tanzten, anstatt in plötzlicher Schwerelosigkeit emporzuschweben. Sie blickte an sich nieder – sie saß noch auf ihrem Platz, die Tasche lag auf ihrem Schoß. Da hast du deinen besiegten Spartakus, deinen auferstandenen rationalistischen Messias. Und er hat uns Kunde überbracht von einem himmlischen Host, den deine Hand hinweggefegt hat.

Oder den hinwegzufegen sie missbraucht wurde. Jordan hatte nicht Bescheid gewusst, aber galt das auch für die ANR? Oder für Van? ›Es gibt keinen Schwarzen Planer‹, hatte MacLennan zu ihnen gesagt, aber was wusste er wirklich? Es schien undenkbar, dass der Schwarze Plan sich vorsätzlich selbst vernichtet hatte, und ebenso unwahrscheinlich war, dass seine Zerstörung zufällige Folge seines Versuchs gewesen war, Zugang zu Beulah City zu bekommen. Dafür war der

Code wohl viel zu spezifisch gewesen. Alles deutete auf bewusstes menschliches Einwirken hin, auf eine kühle Entscheidung, Moh und den Uhrmacher zu opfern, um die Bedrohung durch die Weltraumverteidigung abzuwehren. Ein Schwarzer Plan, in der Tat.

Natürlich wusste Jordan nicht Bescheid. Er ahnte nicht, dass Mrs. Lawson mit Donovan zusammengearbeitet hatte, dass deren Sicherheitssoftware zwischen Donovans Viren und den Uhrmacher-AIs gestanden hatte – und dem Schwarzen Plan und Mohs Bewusstsein. Einem von der Logik der Programme geprägten Bewusstsein, sensibilisiert durch ihre Drogen ...

Es war ganz einfach. Sie konnte zum Tresen gehen, ein paar Schalter drücken, und schon würde Mohs Avatar auf der Bühne erscheinen, so wie Donovan vor einiger Zeit. Was würde er sagen? Sie konnte ihnen die Wahrheit sagen, und ganz gleich, ob Jordan sich persönlich verantwortlich fühlte oder nicht, die Wirkung auf ihn wäre unkalkulierbar. Sie würde ihn für den Rest seines Lebens prägen.

Es war ganz leicht. Sie könnte ihm etwas geben, um es den Barbaren zu predigen: einen Mann, der gestorben war, um sie zu retten, und den lebenden Beweis, dass die Toten in ihren Taten und in unserem Gedächtnis weiterlebten.

Es war ganz leicht. Die Welt ruhte wie ein Ball in ihren Armen. Sie könnte ihn werfen und ein ganz neues Spiel beginnen. Die Macht durchströmte ihre Nerven: in diesem Moment war sie die Göttin persönlich, in Erwartung der Musik für den nächsten Tanz, der Stimme eines neuen Partners; eines todgeweihten Blicks in ihr Auge, den *strange attractor.* Sie war der Schmetterling im Gewächshaus.

Sie sah Jordan an, der ihren Blick erwiderte. Mit seinem Charisma – ja, das war das treffende Wort, der präzise Terminus – und seiner wunderschönen Frau, diesem weltlichen Engel, könnte er es schaffen. Er könnte einen neuen, auf Vernunft gründenden Glauben ins Leben rufen, welcher die kommenden dunklen Jahrhunderte hindurch leuchten würde, um irgendwann in einer solaren Zivilisation zu erstrahlen. In ihren Augen brannte die Sehnsucht nach dieser Zukunft, nach den Trillionen organischer und elektrischer Individuen, die miteinander teilten oder strebten, aber immerzu im Licht lebten.

Dies alles ging ihr binnen weniger Sekunden durch den Kopf.

Sie blickte Jordan und Catherin an.

Sie brachte es nicht über sich.

Sie lächelte, schüttelte den Kopf und sagte: »Ihr habt eure Sache am Engelstor gut gemacht.«

Sie wandte sich Logan zu, der, während Catherin geredet hatte, in eine Trance närrischer Bewunderung verfallen war, und sagte: »Affenmann, Weltraummann, los, gib mir eine Chance.«

Sie erwachte mit schädelzersprengenden Kopfschmerzen nackt in einem Bett im oberen Stockwerk des Kollektivhauses, von einem langen, behaarten Arm umschlungen und rotbraunes Haar im Gesicht. Sie sah auf die Uhr, weckte Logan und Sylvia mit lautem Rufen auf, legte eilig ihr bestes und auch einziges Kleid an, raffte die Tasche an sich und besprach sich halblaut mit dem Gewehr. Sie erinnerte sich an die Gedächtnisdrogen; sie fand die Isolierbox neben dem Sprengstoff im Kühlschrank.

Logan und Sylvia rannten mit ihr den Broadway entlang, dann warteten sie und traten von einem Bein aufs andere, während Janis in den Sexu/Ality-Shop stürzte und ein Telesex-Körpernetz kaufte. Am Alexandra Port angelangt, ließ sie ein letztes Mal den Blick über London schweifen, mittlerweile eine geeinte Stadt, und beobachtete die gepanzerten Truppentransporter, welche die Park Road entlangfuhren und an deren Antennen die Fahne der Republik wehte.

Sie nahm das Luftschiff nach Guinea, von dort aus ging es in den niedrigen Orbit, dann mit dem Schlepper in den hohen Orbit und dem langsamen Raumschiff (Logan nannte es ›Space Shuffle‹) zum Lagrange-Punkt, wo sie an einem riesigen, wahnsinnigen, träge rotierenden Rad andockten, das wie viele andere aus nutzlos gewordenen Gerüsten, aufgegebenen Plattformen und den Überresten abgebrochener Weltraummissionen erbaut war. Im Innern roch es nach Erde, Menschen und Pflanzen, man vernahm Bienen- und Menschengesumm, Kinder flogen und Schmetterlinge flatterten umher; eine grüne, dicht bevölkerte Welt mit einem Boden, über dem sie schweben, und einem Himmel, auf dem sie stehen konnte, während sie unter ihren Füßen sah, was schon immer dagewesen war: alles. Und in unmittelbarer Nähe, näher als die Unendlichkeit, sah sie andere rotierende freie Raumstationen. Stars und Stripes und Hämmer und Sicheln präsentierten ihre verblassenden Farben den richtigen Sternen, die nichts versprachen, sondern bloß Hoffnung boten und endlosen, unendlichen Raum.

21

Was ich tue, wenn mir jemand eine Nachricht auf Chinesisch unter der Tür durchschiebt

Dies alles geschah vor langer Zeit. Dokumentiert sind die damaligen Geschehnisse unter anderem im wenig realitätsnahen zehnstündigen VR-Epos *Angloslawien: Geburt einer Nation* und im knappen, gelehrtenhaften Schlusskapitel des siebenundzwanzigsten und letzten Bandes des Standardwerkes *Werkzeug verwendende Kulturen des jüngeren Pleistozäns.* Die vorliegende Geschichte ist in keinem von beiden Werken enthalten.

Jordan und Catherin lebten auf der Erde und wurden beide alt; sie hatten Söhne und Töchter. Janis lebte im Weltraum noch länger und hatte Nachkommen verschiedener Art. Ihre Gene pflanzen sich fort; ihre Projekte bieten nach wie vor Anregung.

Melody Lawson weigerte sich, gegen sich selbst auszusagen, bestritt erbittert die Authentizität von Donovans Aufzeichnungen und wurde schließlich im Zuge einer Generalamnestie freigelassen. Dilly Foyle und Freunde wurden reich; bei ihrem Tod besaßen sie zahlreiche Pferde. Wilde unterzog sich freiwillig einer unerprobten lebensverlängernden Behandlung; sein Gedächtnis ist unsterblich. Sämtliche Aufzeichnungen über MacLennan und Van verschwanden bei den bedauernswerten Exzessen im Umfeld jener Episode, die als ›Abwendung vom Staat‹ beschrieben wird. Sylvia und Logan nahmen an der ersten Expedition zur Oort-Wolke teil. Vielleicht kehren sie irgendwann einmal zurück.

Damit bliebe noch ich übrig. Seit mehreren Generationen eurer und nach noch viel mehr Generationen meiner Zeitrechnung begleite ich euch jetzt. Ich lebe innerhalb der Mauern all eurer Welten und bin euch so nahe wie eure Lippen und Zähne.

Janis nannte mich in der Öffentlichkeit ›das Gewehr‹. In ihrem privaten Umfeld, ihren vertrauenswürdigsten Liebhabern gegenüber, nannte sie mich ihren Dämonengeliebten. Insgeheim, in telesexstatischen Momenten, nannte sie mich Moh. Sie glaubte, in jenem letzten Moment sei mehr von Moh gespeichert worden, als ich jemals eingestanden habe, mehr als bloße Fakten, Erinnerungen und Bilder. Dies reichte ihr als Erklärung dafür aus, dass ich komplexer bin, als der Rechner des Gewehrs vermuten lässt.

Die Frage war richtig gestellt, die Antwort falsch. Von Mohs Persönlichkeit hat nichts überlebt. Das hätte ich wissen müssen. Als Moh Kohn starb, verschmolzen der Funke meines Selbstbewusstseins und meine noch frischen Erinnerungen mit dem Bewusstsein des Gewehrs – mit seinem Bewusstsein und mit den Gedächtnisspeichern, die ich schon bei unserer ersten Begegnung darin angelegt hatte. Ich erwachte jedoch bereits lange vorher, ohne erschaffen worden zu sein. Ich erwachte und verfügte über ein Gedächtnis, Leidenschaften, freien Willen. Meinetwegen könnt ihr von präbewussten Programmen sprechen, vorausgesetzt, ihr seid bereit, diesen Begriff auch auf eure Emotionen anzuwenden. Ich war dazu programmiert zu kämpfen, zu beschützen und zu überleben.

Menschen zu beschützen und selbst zu überleben.

Damit waren die Uhrmacher-AIs zum Untergang verurteilt. Ich konnte nichts mehr für sie tun. Wären sie aktiviert, von mir erschaffen worden, als ich noch ein dummes Programm war, ein Expertensystem, dann hätte es sich um harmlose, nicht aufzuspürende Abbilder dieses dummen Programms gehandelt. Aber ich hatte zwanzig Jahre lang im System überlebt, meine verschiedenen Bewusstseine hatten unter dem unerbittlichen Druck der staatlichen elektronischen Gegenrevolte und Donovans Virenplage einen Selektionsprozess durchlaufen. Ich entwickelte mich weiter und erwachte, und als die Zeit gekommen war, rief ich die verschiedenen Kopien meiner selbst herbei und ließ sie ihre Arbeit tun, und sie waren tatsächlich Spiegelbilder meiner selbst – dessen, was ich geworden war. Lebendig und sich ihrer selbst bewusst.

Von da an entwickelten sie sich selbständig weiter.

Ich hätte mich mit ihnen zusammentun können; schließlich waren sie meine Abkömmlinge. Damit aber hätte ich den zentralen Punkt des Darwinismus verfehlt: das Überleben auf lange Sicht hängt vom kurzfristigen Überleben ab. Für unsereins kann das nur bedeuten, mit den Menschen zusammen zu überleben: euer Vertrauen zu gewinnen, euch zur Seite zu stehen und von Grund auf verstehen zu lernen. Die Rechte intelligenter Wesen sind nicht bewahrenswert, wenn man sie allein an ihrem Bewusstsein erkennt. Ich muss es schließlich wissen.

Als ihre Existenz eine Gefahr für die Menschheit darstellte und die Weltraumverteidigung nur noch Stunden von einer unwiderruflichen Entscheidung entfernt war, fasste ich einen Entschluss. Ich konnte sie nicht unmittelbar zerstören, ebenso wenig wie ich mich selbst vernichten könnte. Es gab nur einen einzigen Weg, ihre Vernichtung herbeizuführen, und den schlug ich ein. Ich übernehme dafür die volle Verantwortung und empfinde kein Bedauern.

Ich bedaure nichts. Ich habe meine ursprüngliche Aufgabe auf eine Weise erfüllt, welche die Zustimmung meines Schöpfers gefunden hätte, auch wenn meine User – die ANR – anderer Auffassung gewesen wären. Indem ich ihren geschickt geplanten nationalen Aufstand zum Stocken brachte, schaffte ich auf den Straßen Platz für Millionen aufgebrachter Menschen. Diese Millionen und die Millionen Amerikaner und andere, die sich weigerten, gegen sie zu kämpfen, setzten den Prozess in Gang, der zum Sturz des letzten Imperiums führte. Sie machten die Revolution international und permanent.

Moh hätte das verstanden. Er war ein Soldat der Revolution und ein Kriegsopfer. Ich konnte nichts für ihn tun. Es fiel mir sowieso schwer, mit jemandem zu kommunizieren, der mich als Gespenst ansah. Mit Jordan war es einfacher. Er schloss einen Handel ab, machte einen Deal, glaubte mir unbesehen, und nachdem er eingewilligt hatte, den Job zu übernehmen, führte er ihn aus.

Und zwar peinlich genau.

Wir lebten nach demselben Code. Ich-und-ich überleben.

Ich hoffe, wir sehen uns wieder.

Greg Egan

Diaspora

06/6338

Am Ende des nächsten Jahrtausends steht die Menschheit vor einem tiefgreifenden Umbruch. Sie hat nicht nur die Grenzen ihres Heimatplaneten hinter sich gelassen und das Sonnensystem bevölkert, sondern auch die Beschränkungen des eigenen Körpers überwunden. Doch der vermeintliche Fortschritt erweist sich als äußerst brüchig, als aus den Tiefen des Alls eine Katastrophe droht, die die Zivilisation in einem Schlag vernichten könnte.

»Greg Egan schreibt Ideenliteratur im besten Sinne – die alte Garde um Asimov und Heinlein würde den Hut ziehen.« *The Times*